山田社
日檢書

ここまでやる、だから合格できる　竭盡所能，所以絕對合格

絕對合格全攻略！

新制日檢 必背 かならず あんしょう かならずでる 必出 單字

N2

吉松由美・田中陽子・西村惠子・
山田社日檢題庫小組

◉ 合著

愛因斯坦說，人的差異就在業餘時間，業餘時間生產著人才。

從現在開始，每天日語進步一點點，

可別小看日復一日的微小累積，

它可以水滴石穿，讓您從 N5 到 N1 都一次考上。

多懂一種語言，就多發現一個世界，多一份能力，多一份大大的薪水！

而選對好的單字書，不但可以幫助您學會標準發音，

還能高效累積大量詞彙，事半功倍！

百分百應考學習對策：

★ 標示「單字重音」，練出敏銳日文耳與標準口說！

★ 附加容易混淆的「類義詞」，針對日檢題型，詞彙量 up ！

★ 活用必看「詞組短句」，搭配什麼詞語？一點就通！

★ 用配合同級單字、文法和實事的「豐富例句」全方位學習，一併提升閱讀力！

★ 標準東京腔示範「朗讀」，反覆聆聽，深植記憶！

本書特色：

❶ 50 音順序收錄必考全單字，隨查隨到，命中考題！

　　本書精心收錄完整的 N2 必考單字，讀者不但能將考試會考的單字一次補齊，還可把握考前黃金衝刺時間、集中火力、不走冤枉路。此外，所有單字皆按照 50 音順序編排，以便於隨時化身萬用詞典，在遇到問題時隨即查詢，加深記憶！

❷ 重音標示打下標準口說基礎，聽力大躍進！

　　重音的重要性不可忽視，發錯重音可能會導致對方的誤解，而聆聽時不懂重音，則難以精準掌握話語中的關鍵詞彙。反之，能說一口標準的發音，可說是日文能力十分專精的一種展現。本書全書單字皆標注重音，幫您一步一腳印，打下扎實基礎，不論是應戰日檢聽力，還是往後的口說能力都能一次到位！

❸ 類義詞小補帖，補充豐富詞彙庫，KO 日檢題型！

　　除了基本的中文詞義解說外，本書再加碼附上單字的類義詞。藉由這些補充詞彙，您不僅能更深入理解單字的詞義、累積雙倍詞彙，面對日檢單字考題中，選出同義單字的第 4 題也能迎刃而解，當然，也能活用於第 3 題及所有題型。說話時總是詞不達意，或有詞窮的困擾，也能靠這一本對症下藥，變身口說達人！

❹ 黃金短句＋長句，活用性、理解力、豐富度一次滿足！

　　本書內含專業日籍教師精心撰寫的「精要短句＋多元長句」，短句精簡的點出單字搭配的常見詞彙及用法，讓讀者瞬間理解、快速吸收；而長句則加入了同級單字、文法，且主題多元並廣泛納入奧運及新冠肺炎等最新實事，不論是面對最新的考題或是日常聊天通通適用！從用法到詞彙幫您補好、補滿！

❺ 聽書培養語感，每日數分鐘，深入腦海不死背！

　　本書附有日籍教師錄製的標準東京腔陪您學習，讀者可以搭配書籍，或是單純播放聽書、訓練聽力。只要每天花數分鐘反覆聆聽，單字自然就滾瓜爛熟，還能適應同級聽力測驗的對話速度，聽出日文語感，打造敏銳日文耳！

❻ 清晰舒適的排版，一目瞭然，易讀又好學！

　　有了清晰好讀的版面和閱讀動線，不但能給予閱讀者良好的心情，亦有助於提高吸收力。而本書採跨頁設計，左頁為單字介紹，右頁為例句，讓讀者輕鬆對照不再眼花繚亂，零碎時間或考前更可只瀏覽左頁、快速復習。另外也於單字前方貼心附上空格，以便讀者安排復習進度。

　　別讓記憶力，成為考試的壓力，只要找對單字書，破關斬將、輕鬆取證不是問題。讓百分百全面的單字學習對策成為您的秘密武器，用單字量制霸考場！

CONTENTS 目錄

新「日本語能力測驗」概要

JLPT

一、什麼是新日本語能力試驗呢

1. 新制「日語能力測驗」

從 2010 年起實施的新制「日語能力測驗」（以下簡稱為新制測驗）。

1－1　實施對象與目的

新制測驗與舊制測驗相同，原則上，實施對象為非以日語作為母語者。其目的在於，為廣泛階層的學習與使用日語者舉行測驗，以及認證其日語能力。

1－2　改制的重點

改制的重點有以下四項：

1　測驗解決各種問題所需的語言溝通能力

新制測驗重視的是結合日語的相關知識，以及實際活用的日語能力。因此，擬針對以下兩項舉行測驗；一是文字、語彙、文法這三項語言知識；二是活用這些語言知識解決各種溝通問題的能力。

2　由四個級數增為五個級數

新制測驗由舊制測驗的四個級數（1級、2級、3級、4級），增加為五個級數（N1、N2、N3、N4、N5）。新制測驗與舊制測驗的級數對照，如下所示。最大的不同是在舊制測驗的 2 級與 3 級之間，新增了 N3 級數。

N1	難易度比舊制測驗的 1 級稍難。合格基準與舊制測驗幾乎相同。
N2	難易度與舊制測驗的 2 級幾乎相同。
N3	難易度介於舊制測驗的 2 級與 3 級之間。（新增）
N4	難易度與舊制測驗的 3 級幾乎相同。
N5	難易度與舊制測驗的 4 級幾乎相同。

＊「N」代表「Nihongo（日語）」以及「New（新的）」。

3　施行「得分等化」

由於在不同時期實施的測驗，其試題均不相同，無論如何慎重出題，每次測驗的難易度總會有或多或少的差異。因此在新制測驗中，導入「等化」的計

分方式後，便能將不同時期的測驗分數，於共同量尺上相互比較。因此，無論是在什麼時候接受測驗，只要是相同級數的測驗，其得分均可予以比較。目前全球幾種主要的語言測驗，均廣泛採用這種「得分等化」的計分方式。

4 提供「日本語能力試驗 Can-do 自我評量表」（簡稱 JLPT Can-do）

為了瞭解通過各級數測驗者的實際日語能力，新制測驗經過調查後，提供「日本語能力試驗 Can-do 自我評量表」。該表列載通過測驗認證者的實際日語能力範例。希望通過測驗認證者本人以及其他人，皆可藉由該表格，更加具體明瞭測驗成績代表的意義。

1－3 所謂「解決各種問題所需的語言溝通能力」

我們在生活中會面對各式各樣的「問題」。例如，「看著地圖前往目的地」或是「讀著說明書使用電器用品」等等。種種問題有時需要語言的協助，有時候不需要。

為了順利完成需要語言協助的問題，我們必須具備「語言知識」，例如文字、發音、語彙的相關知識、組合語詞成為文章段落的文法知識、判斷串連文句的順序以便清楚說明的知識等等。此外，亦必須能配合當前的問題，擁有實際運用自己所具備的語言知識的能力。

舉個例子，我們來想一想關於「聽了氣象預報以後，得知東京明天的天氣」這個課題。想要「知道東京明天的天氣」，必須具備以下的知識：「晴れ（晴天）、くもり（陰天）、雨（雨天）」等代表天氣的語彙；「東京は明日は晴れでしょう（東京明日應是晴天）」的文句結構；還有，也要知道氣象預報的播報順序等。除此以外，尚須能從播報的各地氣象中，分辨出哪一則是東京的天氣。

如上所述的「運用包含文字、語彙、文法的語言知識做語言溝通，進而具備解決各種問題所需的語言溝通能力」，在新制測驗中稱為「解決各種問題所需的語言溝通能力」。

新制測驗將「解決各種問題所需的語言溝通能力」分成以下「語言知識」、「讀解」、「聽解」等三個項目做測驗。

語言知識	各種問題所需之日語的文字、語彙、文法的相關知識。
讀　解	運用語言知識以理解文字內容，具備解決各種問題所需的能力。
聽　解	運用語言知識以理解口語內容，具備解決各種問題所需的能力。

作答方式與舊制測驗相同，將多重選項的答案劃記於答案卡上。此外，並沒有直接測驗口語或書寫能力的科目。

2. 認證基準

　　新制測驗共分為 N1、N2、N3、N4、N5 五個級數。最容易的級數為 N5，最困難的級數為 N1。

　　與舊制測驗最大的不同，在於由四個級數增加為五個級數。以往有許多通過 3 級認證者常抱怨「遲遲無法取得 2 級認證」。為因應這種情況，於舊制測驗的 2 級與 3 級之間，新增了 N3 級數。

　　新制測驗級數的認證基準，如表 1 的「讀」與「聽」的語言動作所示。該表雖未明載，但應試者也必須具備為表現各語言動作所需的語言知識。

　　N4 與 N5 主要是測驗應試者在教室習得的基礎日語的理解程度；N1 與 N2 是測驗應試者於現實生活的廣泛情境下，對日語理解程度；至於新增的 N3，則是介於 N1 與 N2，以及 N4 與 N5 之間的「過渡」級數。關於各級數的「讀」與「聽」的具體題材（內容），請參照表 1。

■ 表 1　新「日語能力測驗」認證基準

困難 *	級數	認證基準
↑		各級數的認證基準，如以下【讀】與【聽】的語言動作所示。各級數亦必須具備為表現各語言動作所需的語言知識。
	N1	能理解在廣泛情境下所使用的日語 【讀】・可閱讀話題廣泛的報紙社論與評論等論述性較複雜及較抽象的文章，且能理解其文章結構與內容。 ・可閱讀各種話題內容較具深度的讀物，且能理解其脈絡及詳細的表達意涵。 【聽】・在廣泛情境下，可聽懂常速且連貫的對話、新聞報導及講課，且能充分理解話題走向、內容、人物關係、以及說話內容的論述結構等，並確實掌握其大意。
	N2	除日常生活所使用的日語之外，也能大致理解較廣泛情境下的日語 【讀】・可看懂報紙與雜誌所刊載的各類報導、解說、簡易評論等主旨明確的文章。 ・可閱讀一般話題的讀物，並能理解其脈絡及表達意涵。 【聽】・除日常生活情境外，在大部分的情境下，可聽懂接近常速且連貫的對話與新聞報導，亦能理解其話題走向、內容、以及人物關係，並可掌握其大意。

		能大致理解日常生活所使用的日語
	N3	【讀】 · 可看懂與日常生活相關的具體內容的文章。 · 可由報紙標題等，掌握概要的資訊。 · 於日常生活情境下接觸難度稍高的文章，經換個方式敘述，即可理解其大意。 【聽】 · 在日常生活情境下，面對稍微接近常速且連貫的對話，經彙整談話的具體內容與人物關係等資訊後，即可大致理解。
	N4	能理解基礎日語 【讀】 · 可看懂以基本語彙及漢字描述的貼近日常生活相關話題的文章。 【聽】 · 可大致聽懂速度較慢的日常會話。
＊容易 ↓	N5	能大致理解基礎日語 【讀】 · 可看懂以平假名、片假名或一般日常生活使用的基本漢字所書寫的固定詞句、短文、以及文章。 【聽】 · 在課堂上或周遭等日常生活中常接觸的情境下，如為速度較慢的簡短對話，可從中聽取必要資訊。

＊ N1 最難，N5 最簡單。

3. 測驗科目

新制測驗的測驗科目與測驗時間如表 2 所示。

■ 表 2 測驗科目與測驗時間 ＊①

級數	測驗科目 （測驗時間）			
N1	語言知識（文字、語彙、文法）、讀解 （110 分）		聽解 （60 分）	→
N2	語言知識（文字、語彙、文法）、讀解 （105 分）		聽解 （50 分）	→
N3	語言知識 （文字、語彙） （30 分）	語言知識（文法）、讀解 （70 分）	聽解 （40 分）	→
N4	語言知識 （文字、語彙） （30 分）	語言知識（文法）、讀解 （60 分）	聽解 （35 分）	→
N5	語言知識 （文字、語彙） （25 分）	語言知識（文法）、讀解 （50 分）	聽解 （30 分）	→

測驗科目為「語言知識（文字、語彙、文法）、讀解」；以及「聽解」共 2 科目。

測驗科目為「語言知識（文字、語彙）」；「語言知識（文法）、讀解」；以及「聽解」共 3 科目。

N1 與 N2 的測驗科目為「語言知識（文字、語彙、文法）、讀解」以及「聽解」共 2 科目；N3、N4、N5 的測驗科目為「語言知識（文字、語彙）」、「語言知識（文法）、讀解」、「聽解」共 3 科目。

由於 N3、N4、N5 的試題中，包含較少的漢字、語彙、以及文法項目，因此當與 N1、N2 測驗相同的「語言知識（文字、語彙、文法）、讀解」科目時，有時會使某幾道試題成為其他題目的提示。為避免這個情況，因此將「語言知識（文字、語彙、文法）、讀解」，分成「語言知識（文字、語彙）」和「語言知識（文法）、讀解」施測。

＊①：聽解因測驗試題的錄音長度不同，致使測驗時間會有些許差異。

4. 測驗成績

4－1　量尺得分

舊制測驗的得分，答對的題數以「原始得分」呈現；相對的，新制測驗的得分以「量尺得分」呈現。

「量尺得分」是經過「等化」轉換後所得的分數。以下，本手冊將新制測驗的「量尺得分」，簡稱為「得分」。

4－2　測驗成績的呈現

新制測驗的測驗成績，如表 3 的計分科目所示。N1、N2、N3 的計分科目分為「語言知識（文字、語彙、文法）」、「讀解」、以及「聽解」3 項；N4、N5 的計分科目分為「語言知識（文字、語彙、文法）、讀解」以及「聽解」2 項。

會將 N4、N5 的「語言知識（文字、語彙、文法）」和「讀解」合併成一項，是因為在學習日語的基礎階段，「語言知識」與「讀解」方面的重疊性高，所以將「語言知識」與「讀解」合併計分，比較符合學習者於該階段的日語能力特徵。

■ 表 3　各級數的計分科目及得分範圍

級數	計分科目	得分範圍
N1	語言知識（文字、語彙、文法） 讀解 聽解	0 ～ 60 0 ～ 60 0 ～ 60
	總分	0 ～ 180
N2	語言知識（文字、語彙、文法） 讀解 聽解	0 ～ 60 0 ～ 60 0 ～ 60
	總分	0 ～ 180

N3	語言知識（文字、語彙、文法）	0～60
	讀解	0～60
	聽解	0～60
	總分	0～180
N4	語言知識（文字、語彙、文法）、讀解	0～120
	聽解	0～60
	總分	0～180
N5	語言知識（文字、語彙、文法）、讀解	0～120
	聽解	0～60
	總分	0～180

　　各級數的得分範圍，如表3所示。N1、N2、N3的「語言知識（文字、語彙、文法）」、「讀解」、「聽解」的得分範圍各為0～60分，三項合計的總分範圍是0～180分。「語言知識（文字、語彙、文法）」、「讀解」、「聽解」各占總分的比例是1：1：1。

　　N4、N5的「語言知識（文字、語彙、文法）、讀解」的得分範圍為0～120分，「聽解」的得分範圍為0～60分，二項合計的總分範圍是0～180分。「語言知識（文字、語彙、文法）、讀解」與「聽解」各占總分的比例是2：1。還有，「語言知識（文字、語彙、文法）、讀解」的得分，不能拆解成「語言知識（文字、語彙、文法）」與「讀解」二項。

　　除此之外，在所有的級數中，「聽解」均占總分的三分之一，較舊制測驗的四分之一為高。

4－3　合格基準

　　舊制測驗是以總分作為合格基準；相對的，新制測驗是以總分與分項成績的門檻二者作為合格基準。所謂的門檻，是指各分項成績至少必須高於該分數。假如有一科分項成績未達門檻，無論總分有多高，都不合格。

　　新制測驗設定各分項成績門檻的目的，在於綜合評定學習者的日語能力，須符合以下二項條件才能判定為合格：①總分達合格分數（＝通過標準）以上；②各分項成績達各分項合格分數（＝通過門檻）以上。如有一科分項成績未達門檻，無論總分多高，也會判定為不合格。N1～N3及N4、N5之分項成績有所不同，各級總分通過標準及各分項成績通過門檻如下所示：

級數	總分		分項成績					
			言語知識（文字・語彙・文法）		讀解		聽解	
	得分範圍	通過標準	得分範圍	通過門檻	得分範圍	通過門檻	得分範圍	通過門檻
N1	0～180分	100分	0～60分	19分	0～60分	19分	0～60分	19分
N2	0～180分	90分	0～60分	19分	0～60分	19分	0～60分	19分
N3	0～180分	95分	0～60分	19分	0～60分	19分	0～60分	19分

級數	總分		分項成績			
			言語知識 （文字・語彙・文法）・讀解		聽解	
	得分範圍	通過標準	得分範圍	通過門檻	得分範圍	通過門檻
N4	0～180分	90分	0～120分	38分	0～60分	19分
N5	0～180分	80分	0～120分	38分	0～60分	19分

※ 上列通過標準自 2010 年第 1 回 (7 月)【N4、N5 為 2010 年第 2 回 (12 月)】起適用。

　　缺考其中任一測驗科目者，即判定為不合格。寄發「合否結果通知書」時，含已應考之測驗科目在內，成績均不計分亦不告知。

4－4　測驗結果通知

　　依級數判定是否合格後，寄發「合否結果通知書」予應試者；合格者同時寄發「日本語能力認定書」。

■ N1, N2, N3

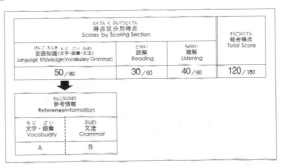

■ N4, N5

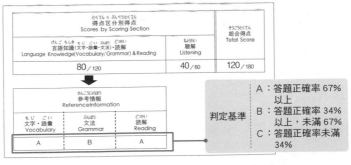

※ 各節測驗如有一節缺考就不予計分，即判定為不合格。雖會寄發「合否結果通知書」但所有分項成績，含已出席科目在內，均不予計分。各欄成績以「＊」表示，如「＊＊／60」。
※ 所有科目皆缺席者，不寄發「合否結果通知書」。

N2 題型分析

測驗科目 (測驗時間)			試題內容		
			題型	小題 題數 *	分析
語言知識、讀解 (105分)	文字、語彙	1	漢字讀音 ◇	5	測驗漢字語彙的讀音。
		2	假名漢字寫法 ◇	5	測驗平假名語彙的漢字寫法。
		3	複合語彙 ◇	5	測驗關於衍生語彙及複合語彙的知識。
		4	選擇文脈語彙 ○	7	測驗根據文脈選擇適切語彙。
		5	替換類義詞 ○	5	測驗根據試題的語彙或說法,選擇類義詞或類義說法。
		6	語彙用法 ○	5	測驗試題的語彙在文句裡的用法。
	文法	7	文句的文法1 (文法形式判斷) ○	12	測驗辨別哪種文法形式符合文句內容。
		8	文句的文法2(文句組構) ◆	5	測驗是否能夠組織文法正確且文義通順的句子。
		9	文章段落的文法 ◆	5	測驗辨別該文句有無符合文脈。
	讀解*	10	理解內容 (短文) ○	5	於讀完包含生活與工作之各種題材的說明文或指示文等,約200字左右的文章段落之後,測驗是否能夠理解其內容。
		11	理解內容 (中文) ○	9	於讀完包含內容較為平易的評論、解說、散文等,約500字左右的文章段落之後,測驗是否能夠理解其因果關係或理由、概要或作者的想法等等。
		12	綜合理解 ◆	2	於讀完幾段文章(合計600字左右)之後,測驗是否能夠將之綜合比較並且理解其內容。
		13	理解想法 (長文) ◇	3	於讀完論理展開較為明快的評論等,約900字左右的文章段落之後,測驗是否能夠掌握全文欲表達的想法或意見。

讀解 *	14	釐整資訊	◆	2	測驗是否能夠從廣告、傳單、提供訊息的各類雜誌、商業文書等資訊題材（700字左右）中，找出所需的訊息。
聽解 (50分)	1	課題理解	◇	5	於聽取完整的會話段落之後，測驗是否能夠理解其內容（於聽完解決問題所需的具體訊息之後，測驗是否能夠理解應當採取的下一個適切步驟）。
	2	要點理解	◇	6	於聽取完整的會話段落之後，測驗是否能夠理解其內容（依據剛才已聽過的提示，測驗是否能夠抓住應當聽取的重點）。
	3	概要理解	◇	5	於聽取完整的會話段落之後，測驗是否能夠理解其內容（測驗是否能夠從整段會話中理解說話者的用意與想法）。
	4	即時應答	◆	12	於聽完簡短的詢問之後，測驗是否能夠選擇適切的應答。
	5	綜合理解	◇	4	於聽完較長的會話段落之後，測驗是否能夠將之綜合比較並且理解其內容。

＊「小題題數」為每次測驗的約略題數，與實際測驗時的題數可能未盡相同。此外，亦有可能會變更小題題數。

＊有時在「讀解」科目中，同一段文章可能會有數道小題。

＊符號標示：「◆」舊制測驗沒有出現過的嶄新題型；「◇」沿襲舊制測驗的題型，但是更動部分形式；「○」與舊制測驗一樣的題型。

資料來源：《日本語能力試驗 JLPT 官方網站：分項成績‧合格判定‧合否結果通知》。2016 年 1 月 11 日，取自：http://www.jlpt.jp/tw/guideline/results.html

漸進式學習

⇨ 利用單字、詞組（短句）和例句（長句），由淺入深提高理解力。

⇨ 每個單字都有 3 個方格，每複習一次就打勾一次。

| N2 單字 | 輕重音 | 中譯、類對義詞 | 詞組 | 例句 |

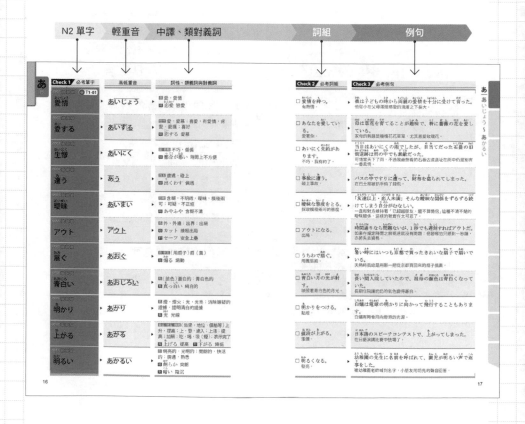

日本語能力試驗
JLPT

N2

50音順單字

Check 1 必考單字	高低重音	詞性、類義詞與對義詞

0001 □□□ 🔘 T1-01

あいじょう
愛情

▸ あいじょう ▸

名 愛，愛情
類 恋愛 戀愛

0002 □□□

あい
愛する

▸ あいする ▸

他サ 愛，愛慕；喜愛，有愛情，疼愛，愛護；喜好
類 恋する 愛慕

0003 □□□

あいにく
生憎

▸ あいにく ▸

副・形動 不巧，偏偏
類 都合が悪い 時間上不方便

0004 □□□

あ
遭う

▸ あう ▸

自五 遭遇，碰上
類 出くわす 偶遇

0005 □□□

あいまい
曖昧

▸ あいまい ▸

形動 含糊，不明確，曖昧，模稜兩可；可疑，不正經
類 あやふや 含糊不清

0006 □□□

アウト

▸ アウト ▸

名 外，外邊；出界；出局
類 カット 接殺出局
對 セーフ 安全上壘

0007 □□□

あお
扇ぐ

▸ あおぐ ▸

自・他五 （用扇子）扇（風）
類 煽る 煽動

0008 □□□

あおじろ
青白い

▸ あおじろい ▸

形 （臉色）蒼白的；青白色的
類 真っ白い 純白的

0009 □□□

あ
明かり

▸ あかり ▸

名 燈，燈火；光，光亮；消除嫌疑的證據，證明清白的證據
類 光 光線

0010 □□□

あ
上がる

▸ あがる ▸

自五・他五・接尾 （效果，地位，價格等）上升，提高；上，登，進入；上漲；提高；加薪；吃，喝，吸（煙）；表示完了
類 上げる 提高 對 下がる 降低

0011 □□□

あか
明るい

▸ あかるい ▸

形 明亮的，光明的；開朗的，快活的；精通，熟悉
類 朗らか 爽朗
對 暗い 陰沉

□ 愛情を持つ。
有熱情。

▶ 彼は子どもの時から両親の愛情を十分に受けて育った。
他從小在父母滿懷慈愛的澆灌之下長大。

□ あなたを愛している。
愛著你。

▶ 母は草花を育てることが趣味で、特に薔薇の花を愛している。
家母的興趣是種植花花草草，尤其喜愛玫瑰花。

□ あいにく先約があります。
不巧，我有約了。

▶ 当日はあいにくの雨でしたが、目当てだった石畳の旧街道跡は雨の中でも素敵だった。
可惜當天下了雨，不過我最想看的石板古道遺址在雨中仍是別有一番風情。

□ 事故に遭う。
碰上事故。

▶ バスの中ですりに遭って、財布を盗られてしまった。
在巴士裡被扒手偷了錢包。

□ 曖昧な態度をとる。
採取模稜兩可的態度。

▶ 「友達以上・恋人未満」そんな曖昧な関係をずるずる続けてしまう自分がむなしい。
一直和對方維持著「已超越朋友、還不算情侶」這種不清不楚的曖昧關係，這樣的我實在太可悲了。

□ アウトになる。
出局。

▶ 時間通りなら問題ないが、1秒でも遅刻すればアウトだ。
如果在規定時間之前抵達就沒有問題；但若哪怕只遲到一秒鐘，亦將失去資格。

□ うちわで扇ぐ。
用團扇搧。

▶ 暑い時にはいつも京都で買ったきれいな扇子で扇いでいる。
天熱時我總是用那一把從京都買回來的扇子搧風。

□ 青白い月の光が射す。
映照著青白色的月光。

▶ 長い間入院していたので、祖母の顔色は青白くなっていた。
長期住院讓奶奶的氣色變得蒼白。

□ 明かりをつける。
點燈。

▶ 白蟻は電球の明かりに向かって飛行することもあります。
白蟻有時會飛向燈泡的光源。

□ 値段が上がる。
漲價。

▶ 日本語のスピーチコンテストで、上がってしまった。
在日語演講比賽中怯場了。

□ 明るくなる。
發亮。

▶ 幼稚園の先生に名前を呼ばれて、園児が明るい声で返事をした。
被幼稚園老師喊到名字，小朋友用明亮的聲音回答。

Check 1　必考單字	高低重音	詞性、類義詞與對義詞
0012 □□□ 空き あ	あき	名 空隙，空白；閒暇；空額 類 遊び 遊手好閒 あそ
0013 □□□ 明らか あき	あきらか	形動 顯然，清楚，明確；明亮 類 明白 明瞭 めいはく
0014 □□□ 諦める あきら	あきらめる	他下一 死心，放棄；想開 類 思い切る 斷念 おも き
0015 □□□ 呆れる あき	あきれる	自下一 吃驚，愕然，嚇呆，發愣 類 驚く 驚嚇 おどろ
0016 □□□ 開く あ	あく	自五 開，打開；(店舖)開始營業 類 開ける 開始營業
0017 □□□ ◎ T1-02 アクセント	アクセント	名 重音；重點、強調之點；語調； (服裝或圖案設計上)突出點，著眼點 類 イントネーション 語調
0018 □□□ 欠伸 あくび	あくび	名・自サ 哈欠 類 鼾 打呼 いびき
0019 □□□ 悪魔 あくま	あくま	名 惡魔，魔鬼 類 鬼 鬼怪 おに
0020 □□□ 飽くまで(も) あ	あくまで(も)	副 徹底，到底 類 とことん 徹底
0021 □□□ 明くる あ	あくる	連體 次，翌，明，第二 類 次 第二 つぎ
0022 □□□ 明け方 あ がた	あけがた	名 黎明，拂曉 類 朝 早晨 あさ 對 暮れ方 傍晚 く がた

□ 空きを作る。
騰出空間。

▶ 今週は忙しくてスケジュールにまったく空きがない。
這星期非常忙碌，行程滿檔。

□ 明らかになる。
變得清楚。

▶ 睡眠は脳の回復に重要な役割を果たす。その点は明らかな証拠がある。
睡眠對於大腦的修補具有重要的功用。這項推論已得到明確的證實了。

□ 諦めきれない。
不放棄。

▶ バイクに乗りたかったが、金銭的な問題と親から危険だから駄目と言われて、買うのを諦めた。
我很渴望騎摩托車，可惜金錢方面的困難加上父母認為危險而不允許，只好放棄買車了。

□ 呆れて物が言えない。
嚇得說不出話來。

▶ 彼の身勝手で稚拙な行動に呆れてしまった。
他那種自私又幼稚的行為令人難以置信。

□ 幕が開く。
開幕。

▶ ドアが開くけど、閉まらない。
門開了，但卻關不起來。

□ 文章にアクセントをつける。
在文章上標示重音。

▶ スコットランド英語のアクセントを聞いてみたいと思っている方にはこの映画がお勧めです。
如果有人想聽蘇格蘭口音的英語，可以看這部電影。

□ あくびが出る。
打哈欠。

▶ 授業中の私語と欠伸はしないように、と先生に何度も注意された。
老師屢次警告我，不可在課堂上和同學交談或是打呵欠。

□ 悪魔を払う。
驅逐魔鬼。

▶ こんなひどいことをする犯人は悪魔の心を持った人間だ。
如此傷天害理的兇手是個心如惡魔之人！

□ あくまで頑張る。
堅持努力到底。

▶ いったん引き受けたからには、あくまでもやり抜くつもりだ。
既然接下任務，就得貫徹到底。

□ 明くる朝が大変でした。
第二天早上累壞了。

▶ 長男が生まれた明くる年の春、海外赴任を命じられた。
在長子誕生的翌年春天，被派往海外工作了。

□ 明け方まで勉強する。
開夜車通宵讀書。

▶ 金曜日の夜から雨になり、明け方まで激しく雨が降っていた。
星期五從晚上開始下雨，一直到黎明時分都是暴雨如注。

19

Check 1 必考單字	高低重音	詞性、類義詞與對義詞
0023 □□□ あ 上げる	あげる	他下一・自下一 舉起,抬起,揚起,懸掛;(從船上)卸貨;增加;升遷;送入;表示做完;表示自謙 類 上がる 上升
0024 □□□ あこが 憧れる	あこがれる	自下一 嚮往,憧憬,愛慕;眷戀 類 愛する 喜好
0025 □□□ あしあと 足跡	あしあと	名 腳印;(逃走的)蹤跡;事蹟,業績 類 痕跡 痕跡
0026 □□□ あしもと 足元	あしもと	名 腳下;腳步;身旁,附近 類 手元 手邊
0027 □□□ あじ 味わう	あじわう	他五 品嚐;體驗,玩味,鑑賞 類 舐める 品味(酒)
0028 □□□ あし はこ 足を運ぶ	あしをはこぶ	慣 去,前往拜訪 類 訪問 拜訪
0029 □□□ あせ 汗	あせ	名 汗 類 涙 眼淚
0030 □□□ あそこ	あそこ	代 那裡;那種程度;那種地步 類 あんなに 那麼的
0031 □□□ あたた あたた 暖かい・温かい	あたたかい	形 溫暖,暖和;熱情,熱心;和睦;充裕,手頭寬裕 類 優しい 體貼的
0032 □□□ ⊙T1-03 あた あ 当り・当たり	あたり	名 命中,打中;感覺,觸感;味道;猜中;中獎;待人態度;如願,成功;(接尾)每,平均 類 命中 命中
0033 □□□ あちこち	あちこち	代 這兒那兒,到處(或唸:あちこち) 類 ところどころ 處處

Check 2 必考詞組	Check 3 必考例句
□ 温度を上げる。 提高溫度。	全然気にしていませんから、どうか顔を上げてください。 我真的完全沒有放在心上，快請抬起頭來。
□ スターに憧れる。 崇拜明星偶像。	アメリカのIT企業で働くことに憧れているが、大学を卒業できるかどうかが問題だ。 我雖然嚮往在美國的資訊科技企業工作，可是能不能從大學畢業還是個問題。
□ 足跡を残す。 留下足跡。	畑に残っていた足跡から見ると、野菜をとったのはクマだ。 依照遺留在菜園裡的腳印判斷，偷了蔬菜的是熊。
□ 足下にも及ばない。 望塵莫及。	床がぬれているので、滑らないよう足元に気をつけてください。 地板濕滑，請小心行走以免跌倒。
□ 味わって食べる。 邊細細品嚐邊吃。	昼食後は、浅草寺、仲見世を散策して、下町の風情を味わった。 用完午餐後，到淺草寺和寺院內那條商店街慢慢逛，沉浸在老街風情中。
□ 何度も足を運ぶ。 多次前往拜訪。	得意先の会社に何度も足を運んで、やっと契約を結んだ。 在多次造訪客戶的公司之後，終於拿到合約了。
□ 汗をかく。 流汗。	テニスの後、シャワーで汗を流してさっぱりした。 打完網球沖去一身汗水，整個人神清氣爽極了。
□ 彼の病気があそこまで悪いとは思わなかった。 沒想到他的病會那麼嚴重。	彼女の英会話が、あそこまで上達しているとは思わなかった。 我不覺得她的英語會話程度有那麼好。
□ 懐 が暖かい。 手頭寬裕。	日本人のお宅で温かいもてなしを受けて、とてもうれしかった。 在日本人的家受到溫馨的招待，讓人開心極了。
□ 当たりが出る。 中獎了。	「今日は機嫌がいいね。何かいいことがあった」「うん。当たり」 「今天心情很好哦，有什麼好事發生嗎？」「嗯，你猜對了！」
□ あちこちにある。 到處都有。	仕事が終わってから、あちこち寄り道をして家に帰った。 工作結束，又到處逛一逛以後才回到家裡。

あ
行

Check 1 必考單字	高低重音	詞性、類義詞與對義詞

0034 □□□
あちらこちら
▶ あちらこちら
代 到處，四處；相反，顛倒
類 各地 各地

0035 □□□
熱い（あつ）
▶ あつい
形 熱的，燙的；熱情的，熱烈的
類 暖かい 熱情的

0036 □□□
扱う（あつか）
▶ あつかう
他五 操作，使用；對待，待遇；調停，仲裁
類 操作する 操作

0037 □□□
厚かましい（あつ）
▶ あつかましい
形 厚臉皮的，無恥
類 図々しい 厚顏無恥的

0038 □□□
圧縮（あっしゅく）
▶ あっしゅく
名・他サ 壓縮；（把文章等）縮短
類 縮小する 縮減

0039 □□□
当てはまる（あ）
▶ あてはまる
自五 適用，適合，合適，恰當
類 適合する 迎合

0040 □□□
当てはめる（あ）
▶ あてはめる
他下一 適用；應用
類 適用する 適用

0041 □□□
後（あと）
▶ あと
名 (地點、位置)後面，後方；(時間上)以後；(距現在)以前；(次序)之後，其後；以後的事；結果，後果；其餘，此外；子孫，後人
類 後で 等一下

0042 □□□
跡（あと）
▶ あと
名 印，痕跡；遺跡；跡象；行蹤下落；家業；後任，後繼者
類 足跡 腳印

0043 □□□
暴れる（あば）
▶ あばれる
自下一 胡鬧；放蕩，橫衝直撞
類 怒る 發怒

0044 □□□
浴びる（あ）
▶ あびる
他上一 洗，浴；曬，照；遭受，蒙受
類 かかる 淋上

22

Check 2　必考詞組	Check 3　必考例句
□ あちらこちらに散らばっている。 四處散亂著。	森の中を歩いたら、あちらこちらで鳥のさえずりが聞こえた。 在森林裡漫步時，從四面八方傳來了鳥啼聲。
□ 熱いものがこみあげてくる。 激起一股熱情。	世界平和を唱える講演を聴いて、感動で胸が熱くなった。 聆聽提倡世界和平的演講時，感動得胸口熱血澎湃。
□ 大切に扱う。 認真的對待。	この会社は、主に日本へ輸出する食料品を扱っている。 這家公司主要經營銷售外銷日本的食品。
□ 厚かましいお願いですが。 真是不情之請，不過…。	厚かましいかもしれませんが、ぜひ私のお願いを聞いてください。 我有個不情之請，懇請您垂聽央求。
□ 大きいファイルを圧縮する。 壓縮大的檔案。	転送データを圧縮して、転送時間を短縮したい。 我想壓縮傳送的檔案，以縮短傳送時間。
□ 条件に当てはまる。 符合條件。	いつもお客様の目線に立ち、伺ったご要望にぴったり当てはまる最適なマンションをご提供いたします。 我們無時無刻站在貴賓的角度，為您提供符合所有需求的最佳大廈物件。
□ 規則に当てはめる。 適用規則。	自分の気持ちにぴったり合う言葉を当てはめてみる。 試著套用能夠如實呈現自身心境的詞彙。
□ 後を付ける。 跟蹤。	電話をしたが、田中さんはもう会社を出た後だった。 雖然撥了電話過去，可惜田中小姐已經離開公司了。
□ 跡を絶つ。 絕跡。	コップに指の跡が残らないように、やわらかい紙できれいに拭いた。 用柔軟的紙張將印在杯子上的指紋擦得乾乾淨淨了。
□ 大いに暴れる。 橫衝直撞。	牧場主が、暴れる馬を必死で押さえてなだめている。 牧場老闆正在拚命制服與安撫那匹發狂的馬。
□ シャワーを浴びる。 淋浴。	暖かな日の光を浴びながら、猫がベランダで昼寝をしている。 沐浴在暖陽下的貓咪正在陽台睡著午覺。

Check 1 必考單字	高低重音	詞性、類義詞與對義詞

0045 □□□
あぶ あぶ
炙る・焙る ▸ あぶる ▸
他五 烤；烘乾；取暖
類 焼く 烤

0046 □□□
あふ
溢れる ▸ あふれる ▸
自下一 溢出，漾出，充滿
こぼ
類 零れる 溢出

0047 □□□
あま
甘い ▸ あまい ▸
形 甜的；淡的；寬鬆，好說話；鈍，鬆動；藐視；天真的；樂觀的；淺薄的；愚蠢的
あお
類 青い 不成熟的

0048 □□□ 🔊 T1-04
あま ど
雨戸 ▸ あまど ▸
名（為防風防雨而罩在窗外的）木板套窗，滑窗
類 シャッター 電捲門

0049 □□□
あま
甘やかす ▸ あまやかす ▸
他五 嬌生慣養，縱容放任；嬌養，嬌寵
類 あまい 疼愛
對 きびしい 嚴厲

0050 □□□
あま
余る ▸ あまる ▸
自五 剩餘；超過，過分，承擔不了
のこ
類 残る 剩下

0051 □□□
あ もの
編み物 ▸ あみもの ▸
名 編織；編織品
ぬの
類 布 布匹

0052 □□□
あ
編む ▸ あむ ▸
他五 編，織；編輯，編纂
く た
類 組み立てる 組織

0053 □□□
あめ
飴 ▸ あめ ▸
名 糖，麥芽糖
類 チョコレート 巧克力

0054 □□□
あや
危うい ▸ あやうい ▸
形 危險的；令人擔憂，靠不住
けわ
類 険しい 險峻

0055 □□□
あや
怪しい ▸ あやしい ▸
形 奇怪的，可疑的；靠不住的，難以置信；奇異，特別；笨拙；關係曖昧的
おそ
類 恐ろしい 驚人的

□ 海苔をあぶる。
烤海苔。
▶ お母さんは台所で干物を焙っている。いい匂いだ。
媽媽正在廚房裡炙烤魚乾，香味陣陣飄來。

□ 涙があふれる。
淚眼盈眶。
▶ 昔うちの玄関は、狭くて、収納も少なく、物や靴が溢れてしまっていました。
我家以前的玄關不但很小又沒什麼儲藏空間，東西和鞋子堆得到處都是。

□ 敵を甘く見る。
小看了敵人。
▶ 祖母は孫にとても甘くて、いつもそっと小遣いを渡している。
奶奶非常寵孫兒，總是偷偷塞零用錢給他。

□ 雨戸を開ける。
拉開木板套窗。
▶ 掃除のたびに雨戸を閉められて部屋が暗かったです。
每次打掃時總是把擋雨窗闔攏，使得房間一片漆黑。

□ 甘やかして育てる。
嬌生慣養。
▶ 子どもを甘やかしてばかりいると自立心が育たなくなるよ。
如果老是寵孩子，就沒辦法培養孩子的獨立性了。

□ 目に余る。
令人看不下去。
▶ 作ったハンバーグが余ったので、冷凍保存することにした。
做了太多漢堡肉，因此把吃不完的放進冷凍庫裡保存起來。

□ 編み物をする。
編織。
▶ 編み物が趣味だという田中さんに手編みの手袋をもらった。
興趣是打毛線的田中小姐親手織了手套送給我。

□ お下げを編む。
編髮辮。
▶ 妹は長い髪を毎朝、母に編んでもらっている。
媽媽每天早上都幫有著一頭長髮的妹妹編辮子。

□ 飴をしゃぶらせる。
（為了討好、欺騙等而）
給（對方）些甜頭。
▶ のどが痛くて飴をなめていたら、少しよくなった。
喉嚨很痛，含喉糖之後緩解了一些。

□ 危ういところを助かる。
在危急之際得救了。
▶ テストの結果はよかった。実は英語と国語が危ういと思ってた。すごく嬉しかった。
測驗的結果很不錯耶！老實說，我對英文和國文沒什麼把握。真讓我高興死啦！

□ 動きが怪しい。
行徑可疑的。
▶ 昨日、公園の鉄棒でトレーニングしている時、やたらと鉄棒の周りを歩く怪しい奴がいた。
某天，我在公園裡練單槓的時候，忽然有個可疑的傢伙在單槓周圍一直走來走去的。

Check 1 　必考單字	高低重音	詞性、類義詞與對義詞
0056 □□□ あやま 誤り	あやまり	名 錯誤 類 間違い 錯誤
0057 □□□ あやま 誤る	あやまる	自五・他五 錯誤，弄錯；耽誤 類 間違える 弄錯
0058 □□□ あら	あら	感（女性用語）（出乎意料或驚訝時發出的聲音）唉呀！唉唷 類 あっ（表示驚訝或感動）啊！
0059 □□□ あら 荒い	あらい	形 凶猛的；粗野的，粗暴的；濫用 類 激しい 激烈的
0060 □□□ あら 粗い	あらい	形 大；粗糙 類 卑しい 粗劣
0061 □□□ あらし 嵐	あらし	名 風暴，暴風雨 類 夕立 午後雷陣雨
0062 □□□ あらすじ 粗筋	あらすじ	名 概略，梗概，概要 類 大体 概要
0063 □□□ あら 新た	あらた	形動 重新；新的，新鮮的 類 新鮮 新鮮的
0064 □□□ T1-05 あらた 改めて	あらためて	副 重新；再 類 繰り返し 反覆
0065 □□□ あらた 改める	あらためる	他下一 改正，修正，革新；檢查 類 改善 改善
0066 □□□ あ 有らゆる	あらゆる	連体 一切，所有 類 すべて 全部

Check 2 必考詞組	Check 3 必考例句
□ 誤りを犯す。 犯錯。	▶ 彼はみんなに注意されて、ついに自分の誤りを認めた。 在眾人的勸告之下，他終於承認了自己的錯誤。
□ 道を誤る。 走錯路。	▶ 電車でスマホを誤って座席と窓際の壁の隙間に落としてしまいました。 我在電車上不慎將手機掉入座位和窗邊牆壁之間的縫隙裡了。
□ あら、大変だ。 哎呀，可不得了！	▶ あら、冷蔵庫に入れておいたケーキがなくなっている。 咦？放在冰箱裡的蛋糕不見了！
□ 呼吸が荒い。 呼吸急促。	▶ この辺りは気の荒い熊が出没するので、注意してください。 這一帶有性情凶暴的熊出沒，請務必當心。
□ 目の粗い籠を使う。 使用縫大的簍子。	▶ 何度も洗濯したタオルは、手ざわりが粗くなってしまった。 洗過好幾次的毛巾，觸感變粗糙了。
□ 嵐の前の静けさが漂う。 籠罩著暴風雨前寧靜的氣氛。	▶ こんな嵐の日に恋人と過ごすのもきっと素敵なんだろうなあ。 在這樣一個暴風雨的日子裡如果能和戀人共度時光，一定會很甜蜜嗯。
□ 物語のあらすじが見えない。 看不清故事大概。	▶ その本、20数年前に読んだことがあったが、詳細や粗筋は忘れてしまった。 那本書我在20幾年前讀過，不過內容和梗概都忘光了。
□ 決意を新たにする。 重下決心。	▶ 午後の会議で、新たな仕事の打ち合わせをする予定だ。 將於下午的會議中商討新工作。
□ 改めてお願いします。 再次請求你。	▶ お話の詳細を改めてお伺いしてもよろしいでしょうか。 請問方便再請教一下那件事的細節嗎？
□ 行いを改める。 改正行為。	▶ 運動や食事の習慣を改めて、内臓脂肪を減らそう。 讓我們透過改變運動和飲食習慣，有效減少內臟脂肪吧！
□ あらゆる可能性を探る。 探查所有的可能性。	▶ あの電器店には、あらゆる電子辞書がそろっているそうだ。 那家電器行應該備有各家廠商的電子辭典。

Check 1 必考單字	高低重音	詞性、類義詞與對義詞

0067 □□□
現れ・表れ（あらわ・あらわ）
▶ あらわれ ▶
名（為「あらわれる」的名詞形）表現；現象；結果
類 発現（はつげん） 顯現

0068 □□□
有り難い（あ・がた）
▶ ありがたい ▶
形 難得，少有；值得感謝，感激，值得慶幸
類 助かる 得救

0069 □□□
（どうも）ありがとう
▶ （どうも）ありがとう ▶
感 謝謝
類 感謝（かんしゃ） 感謝

0070 □□□
有る・在る（あ・あ）
▶ ある ▶
自五 有；持有，具有；舉行，發生；有過；在
類 存在（そんざい） 存在

0071 □□□
或る（あ）
▶ ある ▶
連體（動詞「あり」的連體形轉變，表示不明確、不肯定）某，有
類 はっきりしない 不明確

0072 □□□
或いは（ある）
▶ あるいは ▶
接・副 或者，或是，也許；有的，有時
類 かもしれない 或許

0073 □□□
あれこれ
▶ あれこれ ▶
名 這個那個，種種
類 あちこち 到處

0074 □□□
あれ(っ)
▶ あれ（っ） ▶
感（驚訝、恐怖、出乎意料等場合發出的聲音）呀！唉呀？
類 あらら （女性用語表驚訝）哎呀

0075 □□□
荒れる（あ）
▶ あれる ▶
自下一 天氣變壞；（皮膚）變粗糙；荒廢；荒蕪；暴戾，胡鬧；秩序混亂
類 崩れる（くず） 天氣變差

0076 □□□
泡（あわ）
▶ あわ ▶
名 泡，沫，水花
類 シャボン玉（だま） 肥皂泡

0077 □□□
慌ただしい（あわ）
▶ あわただしい ▶
形 匆匆忙忙的，慌慌張張的
類 急ぎ（いそ） 匆促

Check 2　必考詞組	Check 3　必考例句
□ 努力の現れが結果となっている。 努力所得的結果。	▶ この店はメニューが少し増えたような気がする。お客さんを飽きさせない努力の表れだ。 我覺得這家店的菜單好像增加了幾道品項，可以看出店家為避免顧客吃膩所做的努力。
□ ありがたく頂戴する。 拜領了。	▶ 言葉が通じない国で受ける親切は、本当にありがたい。 在語言不通的國家得到的關懷，格外令人感激。
□ (どうも) ありがとうございます。 非常感謝。	▶ お母さんの掃除の手伝いをしてくれて、どうもありがとう。 謝謝你幫忙媽媽打掃喔！
□ 二度あることは三度ある。 禍不單行。	▶ 田舎の伯父の家には、車が２台とバイクが１台ある。 鄉下的伯父家有兩輛汽車和一輛機車。
□ ある程度の時間がかかる。 要花費某種程度上的時間。	ある日、我が家の庭に１匹の子猫がやってきた。 一天，我家院子來了一隻小貓咪。
□ 父あるいは母が出席する。 父親或母親會出席。	▶ 会場には駐車場がないので、電車あるいはバスを利用してください。 會場並未附設停車場，請搭乘電車或巴士前來。
□ あれこれと考える。 東想西想。	▶ 上司にあれこれ言われ過ぎて、やる気をなくしてしまった。 主管不管什麼事都要嘮嘮叨叨，讓人根本提不起勁做事了。
□ あれっ、今日どうしたの。 唉呀！今天怎麼了？	▶ あれっ、きみは昨日、田舎へ帰ったのではなかったの？ 咦，你不是昨天回鄉下了嗎？
□ 肌が荒れる。 皮膚變粗糙。	▶ 台風で海が荒れてフェリーが欠航になってしまった。 受到颱風影響，海象不佳，因此渡輪停駛了。
□ 泡が立つ。 起泡泡。	▶ 目を閉じてシャンプーをしていたのに、泡が目に入った。 洗頭時已經閉著眼睛了，結果泡沫還是滲進眼睛裡了。
□ あわただしい毎日がやってくる。 匆匆忙忙的每一天即將到來。	年末は新年を迎えるための準備で、なんとなく慌ただしい。 歲末之際為迎接新年來臨的張羅準備，總讓人忙得團團轉。

Check 1 必考單字	高低重音	詞性、類義詞與對義詞

0078 ☐☐☐
あわ
哀れ
→ あわれ →
名・形動 可憐，憐憫；悲哀，哀愁；情趣，風韻
類 かわいそう 可憐的

0079 ☐☐☐
あん
案
→ あん →
名 計畫，提案，意見；預想，意料
類 アイデア 點子

0080 ☐☐☐ ◎ T1-06
あん い
安易
→ あんい →
名・形動 容易，輕而易舉；安逸，舒適，遊手好閒
類 気楽 輕鬆

0081 ☐☐☐
あん き
暗記
→ あんき →
名・他サ 記住，背誦，熟記
類 丸暗記 全部背下來

0082 ☐☐☐
あんてい
安定
→ あんてい →
名・自サ 安定，穩定；（物體）安穩
類 安心 放心

0083 ☐☐☐
アンテナ
→ アンテナ →
名 天線
類 ネット 網際網路

0084 ☐☐☐
あんなに
→ あんなに →
副 那麼地，那樣地
類 こんなに 這麼地

0085 ☐☐☐
あんまり
→ あんまり →
形動・副 太，過於，過火
類 ずいぶん 相當地

0086 ☐☐☐
い
位
→ い →
漢造 位；身分，地位；（對人的敬稱）位
類 地位 地位

0087 ☐☐☐
い
胃
→ い →
名 胃
類 腸 腸子

0088 ☐☐☐
い だ
言い出す
→ いいだす →
他五 開始說，說出口
類 言う 講

□ <ruby>哀<rt>あわ</rt></ruby>れなやつだ。 可憐的傢伙。 ▶	<ruby>雨<rt>あめ</rt></ruby>の<ruby>中<rt>なか</rt></ruby>、<ruby>空<rt>あ</rt></ruby>き<ruby>地<rt>ち</rt></ruby>で<ruby>鳴<rt>な</rt></ruby>いている<ruby>子犬<rt>こいぬ</rt></ruby>が<ruby>哀<rt>あわ</rt></ruby>れで、<ruby>拾<rt>ひろ</rt></ruby>って<ruby>帰<rt>かえ</rt></ruby>った。 雨中，空地裡的小狗可憐兮兮地叫著，於是將牠撿回家了。
□ <ruby>案<rt>あん</rt></ruby>を<ruby>立<rt>た</rt></ruby>てる。 草擬計畫。 ▶	<ruby>仕事<rt>しごと</rt></ruby>を<ruby>早<rt>はや</rt></ruby>く<ruby>進<rt>すす</rt></ruby>めるための<ruby>案<rt>あん</rt></ruby>をみんなで<ruby>考<rt>かんが</rt></ruby>えましょう。 請各位一同思考有助於提升工作效率的方案吧！
□ <ruby>安易<rt>あんい</rt></ruby>に<ruby>考<rt>かんが</rt></ruby>える。 想得容易。 ▶	<ruby>部長<rt>ぶちょう</rt></ruby>に<ruby>安易<rt>あんい</rt></ruby>な<ruby>仕事<rt>しごと</rt></ruby>だと<ruby>言<rt>い</rt></ruby>われて<ruby>引<rt>ひ</rt></ruby>き<ruby>受<rt>う</rt></ruby>けたが、<ruby>実際<rt>じっさい</rt></ruby>は<ruby>辛<rt>つら</rt></ruby>い<ruby>仕事<rt>しごと</rt></ruby>だった。 接下一件經理聲稱易如反掌的工作，實際上卻是一樁艱鉅的任務。
□ <ruby>丸暗記<rt>まるあんき</rt></ruby>を<ruby>防<rt>ふせ</rt></ruby>ぐ。 防止死記硬背。 ▶	<ruby>古文<rt>こぶん</rt></ruby>は<ruby>使<rt>つか</rt></ruby>い<ruby>方<rt>かた</rt></ruby>を<ruby>覚<rt>おぼ</rt></ruby>えつつ、<ruby>暗記<rt>あんき</rt></ruby>することがコツです。 背誦古文的訣竅在於，了解其使用方法的同時將其背下來。
□ <ruby>安定<rt>あんてい</rt></ruby>を<ruby>図<rt>はか</rt></ruby>る。 謀求安定。 ▶	<ruby>半年<rt>はんとし</rt></ruby>ごとの<ruby>契約更新<rt>けいやくこうしん</rt></ruby>など、<ruby>不安定<rt>ふあんてい</rt></ruby>な<ruby>雇用形態<rt>こようけいたい</rt></ruby>は<ruby>珍<rt>めずら</rt></ruby>しくない。 每半年重新續約這一類不穩定的聘僱形式並不罕見。
□ アンテナを<ruby>張<rt>は</rt></ruby>る。 搜集情報。 ▶	アンテナ<ruby>工事<rt>こうじ</rt></ruby>をすれば、チャンネル<ruby>数<rt>すう</rt></ruby>が<ruby>大幅<rt>おおはば</rt></ruby>に<ruby>増<rt>ふ</rt></ruby>えます。 只要進行天線架設工程，即可大幅增加頻道數。
□ <ruby>被害<rt>ひがい</rt></ruby>があんなにひどいとは<ruby>思<rt>おも</rt></ruby>わなかった。 沒想到災害會如此嚴重。 ▶	<ruby>山<rt>やま</rt></ruby>の<ruby>雪<rt>ゆき</rt></ruby>があっという<ruby>間<rt>ま</rt></ruby>に<ruby>融<rt>と</rt></ruby>けてしまった。<ruby>今年<rt>ことし</rt></ruby>はあんなにたくさん<ruby>積<rt>つ</rt></ruby>もったのに。 山上的雪竟然一轉眼就融化了，今年的雪可是積得很深呢。
□ あんまりなことを<ruby>言<rt>い</rt></ruby>う。 說過分的話。 ▶	<ruby>昨日<rt>きのう</rt></ruby>は、<ruby>話題<rt>わだい</rt></ruby>のカレーを<ruby>食<rt>た</rt></ruby>べました。でも、あんまりおいしくなかった。 昨天，我吃了熱門的咖哩。可是並不怎麼好吃。
□ <ruby>高<rt>たか</rt></ruby>い<ruby>地位<rt>ちい</rt></ruby>に<ruby>就<rt>つ</rt></ruby>く。 坐上高位。 ▶	<ruby>一流企業<rt>いちりゅうきぎょう</rt></ruby>に<ruby>入<rt>はい</rt></ruby>ってよい<ruby>地位<rt>ちい</rt></ruby>につくことが<ruby>幸<rt>しあわ</rt></ruby>せとは<ruby>限<rt>かぎ</rt></ruby>らない。 進入一流公司當上高階主管並不等於幸福。
□ <ruby>胃<rt>い</rt></ruby>が<ruby>痛<rt>いた</rt></ruby>い。 胃痛。 ▶	<ruby>明日<rt>あした</rt></ruby>は<ruby>胃<rt>い</rt></ruby>の<ruby>検査<rt>けんさ</rt></ruby>をするので、<ruby>朝<rt>あさ</rt></ruby>は<ruby>何<rt>なに</rt></ruby>も<ruby>食<rt>た</rt></ruby>べられない。 明日要做胃鏡，所以早上不能吃任何東西。
□ <ruby>言<rt>い</rt></ruby>い<ruby>出<rt>だ</rt></ruby>しにくい。 難以啟齒的。 ▶	<ruby>彼女<rt>かのじょ</rt></ruby>はいきなり、<ruby>別<rt>わか</rt></ruby>れたいと<ruby>言<rt>い</rt></ruby>い<ruby>出<rt>だ</rt></ruby>した。その<ruby>日<rt>ひ</rt></ruby>は<ruby>俺<rt>おれ</rt></ruby>の<ruby>誕生日<rt>たんじょうび</rt></ruby>だった。 她毫無預警地提出了分手。那天，還是我的生日。

Check 1 必考單字	高低重音	詞性、類義詞與對義詞

0089 ☐☐☐
言い付ける（い つ）
▸ いいつける
▸ 他下一 命令；告狀；說慣，常說
類 命じる 命令

0090 ☐☐☐
委員（い いん）
▸ いいん
▸ 名 委員
類 職員 職員

0091 ☐☐☐
息（いき）
▸ いき
▸ 名 呼吸，氣息；步調
類 息づく 喘氣

0092 ☐☐☐
意気（い き）
▸ いき
▸ 名 意氣，氣概，氣勢，氣魄
類 プライド 自尊心

0093 ☐☐☐
意義（い ぎ）
▸ いぎ
▸ 名 意義，意思；價值
類 価値 價值

0094 ☐☐☐
生き生き（い い）
▸ いきいき
▸ 副・自サ 活潑，生氣勃勃，栩栩如生
類 晴れ晴れ 愉快

0095 ☐☐☐
勢い（いきお）
▸ いきおい
▸ 名 勢，勢力；氣勢，氣焰
類 勇ましい 勇猛的

0096 ☐☐☐
いきなり
▸ いきなり
▸ 副 突然，冷不防，馬上就…
類 不意（に）忽然

0097 ☐☐☐ 🔊 T1-07
生き物（い もの）
▸ いきもの
▸ 名 生物，動物；有生命力的東西，活的東西
類 生物 生物

0098 ☐☐☐
幾（いく）
▸ いく
▸ 接頭 表數量不定，幾，多少，如「幾日」（幾天）；表數量、程度很大，如「幾千万」（幾千萬）
類 若干 若干

0099 ☐☐☐
育児（いく じ）
▸ いくじ
▸ 名 養育兒女
類 子育て 撫育孩子

Check 2 必考詞組	**Check 3** 必考例句

□ 用事を言い付ける。
吩咐事情。

▶ うちの母親が何かと用事を言いつけてきて、困ってます。
我媽媽老是差遣我做事，真麻煩。

□ 学級委員に選ばれた。
被選為班級幹部。

▶ 周りの友達が困っていると、必ず声をかける姿に、学級委員に選ばれたことも納得です。
每當身邊的朋友有困擾時總是主動開口幫忙，如此貼心的態度難怪會被大家選為班長。

□ 息をつく。
喘口氣。

▶ 今朝は寒くて子どもたちは手に息を吹きかけて温めた。
今天早上很冷，我幫孩子們呵氣暖手。

□ 意気投合する。
意氣相投。

▶ みんな東京五輪でのメダル獲得に向け、意気が上がっている。
每個人都豪情萬丈地立志要在東京奧運奪下獎牌。

□ 人生の意義を問う。
追問人生意義。

▶ 意義を感じられなければ仕事はすぐにつまらなくなる。
除非由衷體悟到這件工作的意義，否則做不了多久就覺得沒意思了。

□ 生き生きとした表情をしている。
露出一副朝氣十足的表情。

▶ この物語は登場人物の心の動きが生き生きと描写されている。
這則故事生動地描繪了各個角色的心理狀態。

□ 勢いを増す。
勢頭增強。

▶ これは風の勢いが今にも感じられるような素敵なお写真ですね。
這真是一張彷彿可以看到狂風呼嘯的生動照片！

□ いきなり泣き出す。
突然哭了起來。

▶ 犬がいきなり飛び出してきたので、慌ててブレーキを踏んだ。
一隻狗毫無預警地衝了出來，我連忙踩了煞車。

□ 生き物を殺す。
殺生。

▶ どんなに小さな生き物にも人間と同じように命がある。
再怎麼微不足道的生物也和人類同樣擁有生命。

□ 幾千万の星を見上げた。
抬頭仰望幾千萬星星。

▶ 警察官は、交通規則を守るようにと幾度も注意した。
警察再三警告了務必遵守交通規則。

□ 育児に追われる。
忙於撫育兒女。

▶ 昨今の「イクメン」ブームに男性の本音を尋ねてみると、「育児は得意、楽しい！」という男性が多かった。
近來掀起一股「全職奶爸」的熱潮。當採訪男士內心的真實想法時，有眾多男士表示「我很會帶孩子，帶孩子很開心！」。

い｜いいつける～いくじ

Check 1　必考單字	高低重音	詞性、類義詞與對義詞
0100 □□□ いくぶん **幾分**	▸ いくぶん ▸	副·名 一點，少許，多少；（分成）幾 分；（分成幾分中的）一部分 類 少々　稍微
0101 □□□ **いけない**	▸ いけない ▸	形·連語 不好，糟糕；沒希望，不行； 不能喝酒，不能喝酒的人；不許，不 可以 類 悪い　不好
0102 □□□ い ばな **生け花**	▸ いけばな ▸	名 生花，插花 類 華道　花道
0103 □□□ い けん **異見**	▸ いけん ▸	名·他サ 不同的意見，不同的見解，異 議 類 異論　異議
0104 □□□ い こう **以降**	▸ いこう ▸	名 以後，之後 類 以後　以後
0105 □□□ いさ **勇ましい**	▸ いさましい ▸	形 勇敢的，振奮人心的；活潑的； （俗）有勇無謀 類 たくましい　剛毅
0106 □□□ い し **意志**	▸ いし ▸	名 意志，志向，心意 類 意向　意圖
0107 □□□ い じ **維持**	▸ いじ ▸	名·他サ 維持，維護 類 堅持　堅持
0108 □□□ いしがき **石垣**	▸ いしがき ▸	名 石牆 類 塀　圍牆
0109 □□□ い しき **意識**	▸ いしき ▸	名·他サ （哲學的）意識；知覺，神智； 自覺，意識到 類 認識　理解
0110 □□□ い じょう **異常**	▸ いじょう ▸	名·形動 異常，反常，不尋常 類 不健康　不健康

□ 寒さがいくぶん和
　らいだ。
寒氣緩和了一些。

▶ 朝晩の暑さは幾分やわらいだとはいえ、まだまだ強い
日差しが残っていますね。
晝夜的高溫雖然稍有下降，然而陽光依然相當熾熱呢。

□ いけない子に育っ
　てほしくない。
不想培育出壞孩子。

▶ 弱いものいじめはいけないよ。みんな仲良くしよう。
不可以欺負弱小喔！大家要相親相愛喲！

□ 生け花を習う。
學插花。

▶ 私の趣味は旅行、買い物、そして約1年前に習い始め
た「生け花」です。
我的興趣是旅行、購物和大約一年前開始學的「插花」。

□ 異見を唱える。
持異議。

▶ 大衆は、まともな異見を唱えず、政治家たちに反駁した。
普羅大眾並未提出論述得當的異議，只管盲目地和政治家們唱反
調。

□ 8月以降はずっと
　いる。
8月以後都在。

▶ 30代で一度結婚と離婚を経験し、以降はずっと都内で
一人暮らしだ。
我在30幾歲時結了婚又離了婚，此後一直獨自一人住在東京。

□ 勇ましく立ち向か
　う。
勇往直前。

▶ 一人で原始林へ乗り込もうとするとは、君はなんて勇
ましいんだ。
你這樣單槍匹馬闖進原始森林，真是太勇敢了！

□ 意志が弱い。
失去意識。

▶ 人間、強い意志がなければ楽なほうへ楽なほうへ行っ
てしまうものです。
人類若非憑藉堅強的意志，就會不由自主地一直往輕鬆容易的那
條路走去。

□ 健康を維持する。
維持健康。

▶ 健康を維持するために積極的に運動に取り組むことが
大切です。
積極鍛鍊身體是保持健康的關鍵。

□ 石垣のある家に住
　みたい。
想住有石牆的房子。

▶ 大地震のせいで、歴史のある城の石垣が壊れてしまっ
た。
這場大地震震垮了歷史悠久的城堡石牆。

□ 意識を失う。
失去意識。

▶ 患者の意識は戻ったが、まだ楽観はできない。
患者雖已恢復意識了，但是病情並不樂觀。

□ 異常が見られる。
發現有異常。

▶ この地域は異常な暑さのため、農作物に大きな被害が
あった。
由於本地區的異常高溫，農作物受到了很大的損害。

Check 1 必考單字	高低重音	詞性、類義詞與對義詞
0111 □□□ い しょくじゅう **衣食住**	▶ いしょくじゅう	名 衣食住 類 暮らす 生活
0112 □□□ いずみ **泉**	▶ いずみ	▶ 名 泉，泉水；泉源；話題 類 温泉 溫泉
0113 □□□ ◎ T1-08 いず **何れ**	▶ いずれ	▶ 代·副 哪個，哪方；反正，早晚，歸根 到底；不久，最近，改日 類 そのうち 再過不久
0114 □□□ いた **板**	▶ いた	▶ 名 木板；薄板；舞台 類 パネル 液晶螢幕
0115 □□□ い たい **遺体**	▶ いたい	▶ 名 遺體 類 死亡 死亡
0116 □□□ い だい **偉大**	▶ いだい	形動 偉大的，魁梧的 類 優秀 優秀
0117 □□□ いだ **抱く**	▶ いだく	他五 抱；懷有，懷抱 類 抱く 摟抱
0118 □□□ いた **痛み**	▶ いたみ	▶ 名 痛，疼；悲傷，難過；損壞；（水 果因碰撞而）腐爛 類 悲しみ 悲傷
0119 □□□ いた **痛む**	▶ いたむ	▶ 自五 疼痛；苦惱；損壞 類 傷める 弄傷
0120 □□□ いた **至る**	▶ いたる	▶ 自五 到，來臨；達到；周到 類 到達する 到達
0121 □□□ い ち **位置**	▶ いち	▶ 名·自サ 位置，場所；立場，遭遇；位 於 類 場所 地方

Check 2 必考詞組	Check 3 必考例句
□ 衣食住に困らない。 不愁吃穿住。	失業したら、衣食住のためのお金もすぐに足りなくなる。 一旦失業，日常生活所需費用馬上捉襟見肘。
□ 本は知識の泉だ。 書籍是知識之泉源。	この泉の水は、病気を治すと信じられています。 人們深信這處泉水可以治病。
□ いずれまたお話ししましょう。 改日我們再聊聊。	彼は頭がよく、洞察力が鋭い。ごまかしはいずればれるだろう。 他頭腦聰明，又有犀利的洞察力。要想瞞騙他遲早會被拆穿的。
□ 床に板を張る。 地板鋪上板子。	部屋の端に置いてある板の上に荷物を置いてください。 請把東西擺在房間牆邊的擱板上。
□ 遺体を埋葬する。 埋葬遺體。	その事件の犯人の遺体は大学の研究室に運ばれていった。 這起案件的兇手遺體被送往大學的研究室了。
□ 偉大な人物が登場する。 偉人上台。	アメリカ大陸を発見したコロンブスは、偉大な探検家である。 發現美洲大陸的哥倫布是一位偉大的探險家。
□ 疑問を抱く。 抱持疑問。	日本料理の勉強をしたいという夢を抱いて日本へ行く。 我懷抱著學習日本料理的夢想，即將啟程前往日本。
□ 痛みを訴える。 訴說痛苦。	検査の時に多少の痛みはありますが、麻酔をするほどではなく、我慢できる程度です。 檢查的時候雖然會有少許疼痛，但是應該可以忍受，不必接受麻醉。
□ 心が痛む。 傷心。	以前に事故にあって完治しないまま放置した右足が、今でも痛む。 我的右腿在之前的事故受傷後沒有徹底治癒就這麼擱著不管，到現在還會隱隱作痛。
□ 至る所が音楽であふれている。 到處充滿音樂。	この道を線路に沿って5キロ歩くと、海に至る。 沿著這條路旁的鐵軌走5公里，就會到海邊了。
□ 位置を占める。 占據位置。	そのレストランは位置がいい。 這家餐廳店面位置良好。

37

Check 1 必考單字	高低重音	詞性、類義詞與對義詞
0122 □□□ いちおう 一応	▸ いちおう	▸ 副 大略做了一次，暫，先，姑且 類 ひとまず 暫且
0123 □□□ いちご 苺	▸ いちご	▸ 名 草莓 類 トマト 番茄
0124 □□□ いちじ 一時	▸ いちじ	▸ 連語・副 某時期，一段時間；那時；暫時；一點鐘；同時，一下子 類 一応 暫且
0125 □□□ いちだん 一段と	▸ いちだんと	▸ 副 更加，越發 類 もっと 更加
0126 □□□ いちば 市場	▸ いちば	▸ 名 市場，商場 類 売り場 販賣處
0127 □□□ いちぶ 一部	▸ いちぶ	▸ 名 一部分，（書籍、印刷物等）一冊，一份，一套 類 少量 少量
0128 □□□ いちりゅう 一流	▸ いちりゅう	▸ 名 一流，頭等；一個流派；獨特 類 世界一 世界第一
0129 □□□ いつ 何時か	▸ いつか	▸ 副 未來的不定時間，改天；過去的不定時間，以前；不知不覺 類 いつ 何時
0130 □□□ 🔘T1-09 いっか 一家	▸ いっか	▸ 名 一所房子；一家人；一個團體；一派 類 一族 全家族
0131 □□□ いっしゅ 一種	▸ いっしゅ	▸ 名 一種；獨特的；（說不出的）某種，稍許 類 仲間 同類
0132 □□□ いっしゅん 一瞬	▸ いっしゅん	▸ 名 一瞬間，一剎那 類 あっという間に 眨眼間

Check 2 必考詞組	**Check 3** 必考例句

□ 一応目を通す。
大略看過。

▶ 正式決定ではないが、一応旅行日程を知らせておこう。
雖然尚未正式定案，還是先把旅遊行程表給你過目。

□ 苺を栽培する。
種植草莓。

▶ クリスマスケーキを作るためにいちごを一箱買ってきた。
為了做耶誕蛋糕而買了一盒草莓回來。

□ 一時のブームが去った。
風靡一時的熱潮已過。

▶ 一時はどうなるかと心配したが、薬を飲ませたら治りました。
一度很擔心病情會繼續惡化，幸好在餵他吃完藥以後就康復了。

□ 一段と美しくなった。
變得更加美麗。

▶ 寒さが一段と厳しくなったので、ストーブを出した。
寒氣愈發刺骨，於是拿出了暖爐。

□ 魚市場が大変混雑している。
魚市場擁擠不堪。

▶ 市場では魚と肉だけではなく、野菜や花なども売っています。
市場不只賣魚賣肉，也販售蔬菜和花卉等等。

□ 一部始終を話す。
述說（不好的）事情的來龍去脈。

▶ このニュースを知っているのは一部の人だけです。
只有少數人知悉這項消息。

□ 一流になる。
成為第一流。

▶ 一流の芸術家に必要なのは１％の才能と99％の努力だそうだ。
據說要成為頂尖的藝術家，應當具備１％的才華與99％的努力。

□ 願い事はいつかは叶う。
願望總有一天會實現。

▶ おいしかったね。またいつか一緒に食事をしましょう。
這頓飯真好吃！下回再約一天一起用餐吧！

□ 一家の主が亡くなった。
一家之主去世了。

▶ 戦争のせいで、一家がばらばらになってしまった。
戰爭造成了全家人流離四散。

□ 彼は一種の天才だ。
他是某種天才。

▶ この生き物はとても体が小さいですが、虫ではなく鳥の一種です。
這種生物雖然體型很小，但並不屬於昆蟲而是一種鳥類。

□ 一瞬の出来事だった。
一剎那間發生的事。

▶ 幼稚園の帰り道、目を離した一瞬でいなくなった息子が９年ぶりに現れた。
當時在從幼兒園放學回家的路上，我一個不留神導致就此不知所蹤的兒子，終於在闊別９年之後出現了。

あ
行

Check 1 必考單字	高低重音	詞性、類義詞與對義詞

0133 ☐☐☐
いっせい
一斉に
▶ いっせいに ▶
副 一齊，一同
類 一気に 一口氣

0134 ☐☐☐
いっそう
一層
▶ いっそう ▶
副 更，越發
類 ますます 更加

0135 ☐☐☐
いったん
一旦
▶ いったん ▶
副 一旦，既然；暫且，姑且
類 一時 暫時

0136 ☐☐☐
いっち
一致
▶ いっち ▶
名・自サ 一致，相符
類 一様 相同

0137 ☐☐☐
いってい
一定
▶ いってい ▶
名・自他サ 一定；規定，固定
類 制限 限制

0138 ☐☐☐
いつ
何時でも
▶ いつでも ▶
副 無論什麼時候，隨時，經常，總是
類 常に 經常

0139 ☐☐☐
いっぽう
一方
▶ いっぽう ▶
名・副助・接 一個方向；一個角度；一面，同時；（兩個中的）一個；只顧，愈來愈…；從另一方面說
類 同時に 同時

0140 ☐☐☐
いつ
何時までも
▶ いつまでも ▶
副 到什麼時候也…，始終，永遠
類 ずっと 一直

0141 ☐☐☐
いてん
移転
▶ いてん ▶
名・自他サ 轉移位置；搬家；（權力等）轉交，轉移
類 移動 移動

0142 ☐☐☐
いでん
遺伝
▶ いでん ▶
名・自サ 遺傳
類 伝わる 流傳

0143 ☐☐☐
いでんし
遺伝子
▶ いでんし ▶
名 基因
類 細胞 細胞

40

Check 2 必考詞組	Check 3 必考例句
□ 一斉に立ち上がる。 一同起立。	▶ 雨がやんだので、生徒は一斉に運動場に飛び出した。 雨停了，學生蜂擁衝向了操場。
□ 一層寒くなった。 更冷了。	▶ A大学を受験したいなら、なお一層勉強に励みなさい。 如果想報考A大學，就得更加努力用功。
□ 一旦約束したこと は必ず守る。 一旦約定了的事就應該 遵守。	▶ 踏切が開いていても、車はいったん止まらなければな らない。 即使平交道柵欄已經上升，車輛仍必須等候一段時間才能通行。
□ 指紋が一致する。 指紋相符。	▶ 互いに足を引っ張り合ってないで、ここは一致団結し よう。 這種時候不要互扯後腿，應該要團結一致。
□ 一定の収入が保証 される。 保證有一定程度的收入。	▶ 今回の調査では、一定の成果を得ることができた。 此次調查收穫了部分成果。
□ 勘定はいつでもよ ろしい。 哪天付款都可以。	▶ あなたが都合の良い時にいつでも連絡ください。 您方便時候請隨時與我聯絡。
□ この道路が一方通 行になっている。 前方為單向通行道路。	▶ 京都は伝統的な建築物がある一方、近代的なビルも多 い。 京都不僅有傳統的建築物，與此同時，也有許多現代化的高樓。
□ いつまでも忘れな い。 永遠不會忘記。	▶ 女はいつもの所に立って、たった一人でいつまでも男 を待っていた。 那個女人依舊站在老地方，孤伶伶地苦苦等候著男人的到來。
□ 今月末に移転する。 這個月底搬遷。	▶ 新宿事務所は移転しました。移転先はこちらをご覧く ださい。 新宿的事務所已搬遷，新的地點如下。
□ ハゲは遺伝するの。 禿頭會遺傳嗎？	▶ 妹の冒険好きは父からの遺伝だ。 妹妹熱愛冒險的性格是遺傳自父親的。
□ 遺伝子が存在する。 存有遺傳基因。	▶ 遺伝子検査によって多くの病気が予防できるように なった。 目前基因檢驗已能有效預防多種疾病。

Check 1 必考單字	高低重音	詞性、類義詞與對義詞

0144 ☐☐☐
井戸（いど）
▶ いど
▶ 名 井
類 水源（すいげん） 水源

0145 ☐☐☐
緯度（いど）
▶ いど
▶ 名 緯度
類 赤道（せきどう） 赤道

0146 ☐☐☐ ◉T1-10
移動（いどう）
▶ いどう
▶ 名・自他サ 移動，轉移
類 移す（うつ） 移動

0147 ☐☐☐
稲（いね）
▶ いね
▶ 名 水稻，稻子
類 小麦（こむぎ） 小麥

0148 ☐☐☐
居眠り（いねむり）
▶ いねむり
▶ 名・自サ 打瞌睡，打盹兒
類 昼寝（ひるね） 午睡

0149 ☐☐☐
威張る（いばる）
▶ いばる
▶ 自五 誇耀，逞威風
類 生意気（なまいき） 自大

0150 ☐☐☐
違反（いはん）
▶ いはん
▶ 名・自サ 違反，違犯
類 反則（はんそく） 違規

0151 ☐☐☐
衣服（いふく）
▶ いふく
▶ 名 衣服
類 着物（きもの） 衣服

0152 ☐☐☐
今に（いま）
▶ いまに
▶ 副 就要，即將，馬上；至今，直到現在
類 そのうち 不久

0153 ☐☐☐
今にも（いま）
▶ いまにも
▶ 副 馬上，不久，眼看就要
類 すぐ 立刻

0154 ☐☐☐
嫌がる（いや）
▶ いやがる
▶ 他五 討厭，不願意，逃避
類 うざい 令人厭煩的

□ 井戸を掘る。
挖井。

▶ 子どもたちは家族のために1日に何度も井戸まで往復して水汲みをしていました。
孩子們曾經每天往返水井很多趟為全家人打水。

□ 緯度が高い。
緯度高。

▶ なぜイギリスなど、ヨーロッパ北西部は北海道よりも緯度が高いのに暖かいの。
為什麼諸如英國的歐洲西北部地區緯度比北海道高，但卻比較溫暖呢？

□ 部隊を移動する。
部隊轉移。

▶ 違法駐車のため、車がレッカー車に移動された。
因為違規停車，車子被拖吊車拖走了。

□ 稲を刈る。
割稻。

▶ 豊かに実った稲が、秋の風に吹かれて揺れている。
飽滿的稻穗隨著秋風吹拂而擺曳不止。

□ 居眠り運転をする。
開車打瞌睡。

▶ バカな私が居眠り運転をしたせいで、若い男性まで事故に巻き込んでしまった。
愚蠢的我由於疲勞駕駛，害一位年輕的先生無端捲入了車禍。

□ 部下に威張る。
對部下擺架子。

▶ 男の人は威張っているが、本当に強いのは女性の方だと思う。
許多男人自以為了不起，但我覺得其實女人才是真正的強者。

□ 交通違反に問われる。
被控違反交通規則。

▶ 審判は、ルール違反をしたA選手に対し、退場を勧告した。
裁判對違規的A運動員給予驅逐出場的處分。

□ 衣服を整える。
整裝。

▶ 汚れた衣服を洗うために、スーパーで洗剤を買ってきた。
為了洗髒衣服而去超市買了洗衣精回來。

□ 今に追い越される。
即將要被超越。

▶ そんな所で遊んでいると、今にけがをするよ。やめなさい。
在那種地方玩遲早會受傷的，快點離開！

□ 今にも雨が降りそうだ。
眼看就要下雨了。

▶ 今にも雨が降り出しそうなので、慌てて庭の洗濯物を取り込んだ。
眼看著就要下雨了，匆匆忙忙地把晾在院子裡的衣物收進屋裡。

□ 嫌がる相手がいる。
我有厭惡的對象。

▶ 雨を嫌がってはいけない。雨は田畑を潤し、飲み水になるから。
人們不應該厭惡下雨。因為雨水可以滋潤農田，還能化為飲用水。

Check 1　必考單字	高低重音	詞性、類義詞與對義詞
0155 □□□ いよいよ **愈々**	▶ いよいよ ▶	副 愈發；果真；終於；即將要；緊要 關頭 類 ようやく 終於
0156 □□□ い らい **以来**	▶ いらい ▶	名 以來，以後；今後，將來 類 今後 今後
0157 □□□ い らい **依頼**	▶ いらい ▶	名・自他サ 委託，請求，依靠 類 頼む 請求
0158 □□□ い りょう **医療**	▶ いりょう ▶	名 醫療 類 治療 治療
0159 □□□ い りょうひん **衣料品**	▶ いりょうひん ▶	名 衣料；衣服 類 衣服 衣服
0160 □□□ い　　い **煎る・炒る**	▶ いる ▶	他五 炒，煎 類 炒める 炒
0161 □□□ ◉ T1-11 い　もの **入れ物**	▶ いれもの ▶	名 容器，器皿 類 容器 容器
0162 □□□ いわ **祝い**	▶ いわい ▶	名 祝賀，慶祝；賀禮；慶祝活動 類 祝賀 祝賀
0163 □□□ い **言わば**	▶ いわば ▶	副 譬如，打個比方，說起來，打個比 方說（或唸：いわば） 類 例え 例子
0164 □□□ いわゆる **所謂**	▶ いわゆる ▶	連體 所謂，一般來說，大家所說的， 常說的 類 言う 說話
0165 □□□ いんさつ **印刷**	▶ いんさつ ▶	名・自他サ 印刷 類 コピー 影印

Check 2 必考詞組	**Check 3** 必考例句
□ いよいよ夏休みだ。 終於要放暑假了。	▶ いよいよ明日から夏休みだね。日本はこれから本格的な夏に入るけど、南半球にあるブラジルは冬なんだよ。 明天終於開始放暑假囉。日本即將邁入盛夏，而位於南半球的巴西卻還是冬天呢。
□ 生まれて以来ずっと愛され続けている。 出生以來一直都被深愛著。	▶ 一人暮らしを始めて以来、ずっと外食が続いている。 自從我一個人住之後，一直都是在外面吃飯的。
□ 依頼人から提供してもらう。 委託人所提供。	▶ 資金援助を依頼する手紙を出したが、まだ返答がない。 雖然已經寄出請金援的信，但尚未收到回覆。
□ 医療が提供される。 提供醫療。	▶ 超高齢化社会を迎えた日本では、医療費が国の財政を大きく圧迫しているのはよく知られています。 眾所周知，在已經邁入超高齡化社會的日本，醫療費用成為國家財政的沉重負擔。
□ 衣料品店を営む。 經營服飾店。	▶ 地震があった地域には海外からも衣料品や薬品が届いた。 地震災區收到了來自國外的衣物及藥品。
□ 豆を煎る。 炒豆子。	▶ きな粉は大豆を煎って粉にしたもので、駄菓子や団子、わらびもちなどにかけて食べる。 黃豆粉是用炒過的黃豆研磨而成的粉末，可以撒在雜糧點心、糯米糰子或是蕨餅上面享用。
□ ポテトの入れ物が変わった。 馬鈴薯外裝改變了。	▶ クッキーをあげるから、何か入れ物を持って来て。 有餅乾給你，帶個容器來裝吧。
□ お祝いを述べる。 致賀詞。	▶ 大学合格のお祝いに、祖父からタブレットをもらった。 爺爺給了我平版電腦作為考上大學的賀禮。
□ これは言わば一種の宣伝だ。 這可說是一種宣傳。	▶ 彼は言わば本邦近代医学の開祖といっていい。 他堪稱日本近代醫學的奠基者。
□ ああいう人たちがいわゆるゲイなんだ。 那樣的人就是所謂的同性戀。	▶ 彼女はいわゆる恋愛勝ち組、モテ側の人生を歩んできている。 她稱得上是愛情常勝軍，始終過著異性緣極佳的人生。
□ チラシを印刷してもらう。 請他印製宣傳單。	▶ 今回の写真集は、かなり印刷がきれいだと思った。 我覺得這次的寫真集，印刷得非常精美。

45

Check 1　必考單字	高低重音	詞性、類義詞與對義詞

0166 □□□
いんたい
引退
▶ いんたい ▶
名・自サ 隱退，退職
類 辞任 辞職（じにん）

0167 □□□
いんよう
引用
▶ いんよう ▶
名・自他サ 引用
類 引く 引用（ひ）

0168 □□□
ウィスキー
▶ ウィスキー ▶
名 威士忌（酒）
類 ウォツカ 伏特加

0169 □□□
ウーマン
▶ ウーマン ▶
名 婦女，女人
類 ガール 女孩

0170 □□□
うえき
植木
▶ うえき ▶
名 植種的樹；盆景
類 盆栽 養殖於盆栽的花草（ぼんさい）

0171 □□□
う
飢える
▶ うえる ▶
自下一 飢餓，渴望
類 渇する 口渇（かつ）

0172 □□□
うお
魚
▶ うお ▶
名 魚
類 シーフード 海鮮食品

0173 □□□
うがい
嗽
▶ うがい ▶
名・自サ 漱口
類 すすぐ 漱口

0174 □□□
う
浮かぶ
▶ うかぶ ▶
自五 漂，浮起；想起，浮現，露出；（佛）超度；出頭，擺脫困難
類 浮く 浮起（う）

0175 □□□
う
浮かべる
▶ うかべる ▶
他下一 浮，泛；露出；想起
類 表す 表現（あらわ）

0176 □□□ 🔘 T1-12
う
浮く
▶ うく ▶
自五 飄浮；動搖，鬆動；高興，愉快；結餘，剩餘；輕薄
類 舞う 飛舞（ま）

Check 2 必考詞組

□ 引退声明を発表する。
宣布退休。

□ 名言を引用する。
引用名言。

□ スコッチウイスキーを飲む。
喝蘇格蘭威士忌。

□ キャリアウーマンになる。
成為職業婦女。

□ 植木を植える。
種樹。

□ 愛情に飢える。
渴望愛情。

□ うお座に入る。
進入雙魚座。

□ うがい薬が苦手だ。
漱口水我最怕了。

□ 名案が浮かぶ。
想出好方法。

□ 涙を浮かべる。
熱淚盈眶。

□ 浮かない顔をしている。
一副陰沉的臉。

Check 3 必考例句

彼女は引退を決意した理由は「モチベーションの低下」だと答えた。
她的回答是，決定退役的理由在於「失去鬥志了」。

文書内に引用文献一覧が挿入されました。
文件裡插入了引用文獻的一覽表。

俺は酒が弱いからウィスキーのような強い酒は飲めないよ。
我酒量不好，沒辦法喝威士忌那種烈酒啦！

専業主夫になりたいからキャリアウーマンと結婚したい。
因為我想當家庭主夫，所以想跟職業女性結婚。

私が留守の間、植木には必ず毎日水をやってくださいね。
我不在的這段期間，一定要每天幫盆栽澆水喔！

7円でアフリカの飢えている子ども一人が1日食事できる。
只要7圓，就能讓一個非洲的飢餓兒童得到一天的溫飽。

私は彼女の、白魚のような美しい指をじっと見ていた。
我凝視著她那如銀魚般美麗的手指。

私はたまに食塩水で鼻うがいしています。
我偶爾會用食鹽水清洗鼻腔。

海を眺めていると、生まれた島の景色が目に浮かぶ。
每當遠眺大海，眼前便會浮現我出生的那座島嶼的一景一物。

子どもたちは、お風呂におもちゃを浮かべて遊ぶのが好きだ。
孩子們喜歡在洗澡時玩著會浮在水面的玩具。

空を見上げると、真っ白な雲が浮いているのが見えた。
仰望天空，就能看到飄在上面的潔白雲朵。

47

<table>
<tr><td>0177 □□□
うけたまわ
承る</td><td>▶</td><td>う けたまわ る</td><td>▶</td><td>他五 聽取；遵從，接受；知道，知
悉；傳聞
類 受ける 接受</td></tr>
<tr><td>0178 □□□
う と
受け取り</td><td>▶</td><td>う けとり</td><td>▶</td><td>名 收領；收據；計件工作（的工錢）
りょうしゅうしょ
類 領収書 收據</td></tr>
<tr><td>0179 □□□
う と
受け取る</td><td>▶</td><td>う けと る</td><td>▶</td><td>他五 領，接收，理解，領會
う い
類 受け入れる 接收</td></tr>
<tr><td>0180 □□□
う も
受け持つ</td><td>▶</td><td>う けもつ</td><td>▶</td><td>他五 擔任，擔當，掌管
ひ う
類 引き受ける 承擔</td></tr>
<tr><td>0181 □□□
うさぎ
兎</td><td>▶</td><td>う さぎ</td><td>▶</td><td>名 兔子
ことり
類 小鳥 小鳥</td></tr>
<tr><td>0182 □□□
うしな
失う</td><td>▶</td><td>う しなう</td><td>▶</td><td>他五 失去，喪失；改變常態；喪，
亡；迷失；錯過
な
類 無くす 丟失</td></tr>
<tr><td>0183 □□□
うすぐら
薄暗い</td><td>▶</td><td>う すぐらい</td><td>▶</td><td>形 微暗的，陰暗的
ま くら
類 真っ暗 漆黑</td></tr>
<tr><td>0184 □□□
うす
薄める</td><td>▶</td><td>う すめる</td><td>▶</td><td>他下一 稀釋，弄淡
わ
類 割る 分割</td></tr>
<tr><td>0185 □□□
うたが
疑う</td><td>▶</td><td>う たがう</td><td>▶</td><td>他五 懷疑，疑惑，不相信，猜測
あや
類 怪しい 可疑的</td></tr>
<tr><td>0186 □□□
う あ
打ち合わせ</td><td>▶</td><td>う ちあわせ</td><td>▶</td><td>名・他サ 事先商量，碰頭
かいぎ
類 会議 會議</td></tr>
<tr><td>0187 □□□
う あ
打ち合わせる</td><td>▶</td><td>う ちあわせる</td><td>▶</td><td>他下一 使…相碰，（預先）商量
そうだん
類 相談する 商談</td></tr>
</table>

<table>
</table>

Check 2 必考詞組

□ ご注文 承 りました。
收到訂單了。

□ 受け取りをもらう。
拿收據。

□ 給料を受け取る。
領薪。

□ 一年A組を受け持つ。
擔任一年A班的導師。

□ ウサギの登り坂だ。
事情順利進行。

□ 気を失う。
意識不清。

□ 薄暗い部屋に閉じ込められた。
被關進微暗的房間。

□ 水で薄める。
摻水稀釋。

□ 目を疑う。
感到懷疑。

□ 打ち合わせをする。
事先商量。

□ 出発時間を打ち合わせる。
商量出發時間。

Check 3 必考例句

復唱します。山田様ですね。帰り次第ご連絡申し上げます。私田中と申します。確かに 承 りました。
我再復述一遍：您是山田先生，等他回來以後我會請他與您聯繫。敝姓田中，一定會將您的留言轉告他的。

最近ではコンビニでも注文した荷物の受け取りができます。
目前在便利商店也能領取訂購的商品了。

宅配便で受け取った荷物が破損していた経験がある人は、少なくないだろう。
想必不少人都遇過收到的宅配包裹已經破損的經驗吧。

私は、会社の総務部で荷物の発送を受け持っている。
我在公司的總務部負責收發貨物。

うさぎは声を出して鳴かないので、家の中で飼う人が多い。
很多人在家中飼養兔子，因為牠不會出聲大叫。

彼は両親を失ったので、アルバイトをして大学の入学金を作った。
他失去了父母，只好靠著打工賺取了大學的註冊費。

毎朝、兄はまだ薄暗い時に起きて、ジョギングをしている。
每天早上，哥哥總是在天剛矇矇亮的時候起床，出門跑步。

スープの味が濃いと思うので、ちょっと薄めた方がいいと思います。
我覺得湯的味道太重了，稍淡一點比較好。

夫の不倫を疑って、探偵に不倫調査を頼んだが、幸い不倫ではなかった。
我懷疑丈夫有婚外情，於是聘請偵探進行外遇調查，所幸他並沒有出軌。

仕事の打ち合わせをした後に、お礼のメールを送りましょう。
在商務會談後，請寄份感謝函給對方吧。

午前の会議で、私たちは今後のビジネスについて打ち合わせるつもりだ。
我們預計在上午的會議中商討今後的業務事宜。

う｜うけたまわる ～ うちあわせる

Check 1 必考單字	高低重音	詞性、類義詞與對義詞
0188 □□□ う け 打ち消す	うちけす	他五 否定，否認；熄滅，消除 類 否定する 否定
0189 □□□ う ちゅう 宇宙	うちゅう	名 宇宙；（哲）天地空間；天地古今 ぜん せ かい 類 全世界 全世界
0190 □□□ ◎T1-13 うつ 映す	うつす	他五 映，照；放映 はんしゃ 類 反射する 反射
0191 □□□ うった 訴える	うったえる	他下一 控告，控訴，申訴；求助於； 使…感動，打動 こく そ 類 告訴する 控告
0192 □□□ うなず 頷く	うなずく	自五 點頭同意，首肯 しょう ち 類 承知 贊同
0193 □□□ うな 唸る	うなる	自五 呻吟；（野獸）吼叫；發出鳴聲； 吟，哼；贊同，喝彩 ほ 類 吠える 咆嘯
0194 □□□ うば 奪う	うばう	他五 剝奪；強烈吸引；除去 と 類 取る 奪取
0195 □□□ う 生まれ	うまれ	名 出生；出生地；門第，出生 しゅっさん 類 出産 生產
0196 □□□ う む 有無	うむ	名 有無；可否，願意與否 そんざい 類 存在 存在
0197 □□□ うめ 梅	うめ	名 梅花，梅樹；梅子 びわ 類 枇杷 枇杷
0198 □□□ うやま 敬う	うやまう	他五 尊敬 とうと 類 尊ぶ 尊重

Check 2 / 必考詞組	Check 3 / 必考例句
□ 事実を打ち消す。 否定事實。	その情報は、本当に起きている事実を打ち消していることを明らかにした。 那項情報揭露了真的正在發生的事實遭到掩蓋湮滅的真相。
□ 宇宙旅行に申し込む。 申請太空旅行。	私の子どもの頃からの夢は、宇宙に行くことだった。 我從小到大的夢想就是上太空。
□ 姿を映す。 映照出姿態。	アルプスの名峰などスイスの雄大な景色を、スライドに映す。 幻燈片呈現出包括知名的阿爾卑斯山在內的瑞士各地的壯闊風光。
□ 警察に訴える。 向警察控告。	今年も、数多くのウイグル人イスラム教徒たちが信教の自由を訴えて平和的に抗議活動を行った。 今年同樣有眾多維吾爾族穆斯林為爭取宗教自由而進行了和平示威活動。
□ 軽くうなずく。 輕輕地點頭。	私の希望を言うと、店員は頷いて素敵な帽子を見せてくれた。 我說出條件後，店員點點頭，出示了一頂漂亮的帽子。
□ うなり声を上げる。 發出呻吟聲。	皆さんは唸っている犬に対して無闇に近付いたり触ろうとするのはやめましょう。 大家應當避免擅自靠近或觸摸低吠的狗。
□ 命を奪う。 奪去性命。	その男は私から 100 万円の入った鞄を奪って逃げた。 那個男人搶走我那只裝有一百萬圓的包包之後逃跑了。
□ 生まれ変わる。 脫胎換骨。	私は田舎生まれ田舎育ちなので、広い庭付きの家が当たり前だと思っていた。 我是在鄉村出生、在鄉村長大的，因而過去一直以為每一棟房屋都有大院子。
□ 欠席者の有無を確かめる。 確認有無缺席者。	就職試験の時に、自動車運転免許の有無を聞かれた。 參加求職面試時被問有沒有汽車駕照。
□ 梅の実をたくさんつける。 梅樹結了許多梅子。	梅の季節が来るたびに、この花が大好きだった母を思い出す。 每當梅花綻放的季節來臨，總令我憶起最喜歡這種花的先母。
□ 師を敬う。 尊師。	アジアの多くの国の人々は、先祖や家族を敬う意識が強い。 亞洲諸國的民眾多數具有追遠慎終的觀念。

あ
行

必考單字	高低重音	詞性、類義詞與對義詞

0199 □□□
裏返す (うらがえ)
▶ うらがえす ▶
他五 翻過來；通敵，叛變
類 ひっくり返す(かえ) 翻轉

0200 □□□
裏切る (うら ぎ)
▶ うらぎる ▶
他五 背叛，出賣，通敵；辜負，違背
類 反(はん)する 造反

0201 □□□
裏口 (うらぐち)
▶ うらぐち ▶
名 後門，便門；走後門
類 勝手口(かって ぐち) 後門
對 表口(おもてぐち) 正門

0202 □□□
占う (うらな)
▶ うらなう ▶
他五 占卜，占卦，算命
類 予言(よ げん)する 預言

0203 □□□
恨み (うら)
▶ うらみ ▶
名 恨，怨，怨恨
類 意地悪(い じ わる) 捉弄

0204 □□□
恨む (うら)
▶ うらむ ▶
他五 抱怨，恨；感到遺憾，可惜；雪恨，報仇
類 敵視(てき し)する 仇視

0205 □□□ 🔘 **T1-14**
羨む (うらや)
▶ うらやむ ▶
他五 羨慕，嫉妒
類 焼(や)く 忌妒

0206 □□□
売り上げ (う あ)
▶ うりあげ ▶
名 (一定期間的)銷售額，營業額
類 収入(しゅうにゅう) 收入

0207 □□□
売り切れ (う き)
▶ うりきれ ▶
名 賣完
類 売(う)り尽(つ)くす 銷售一空

0208 □□□
売り切れる (う き)
▶ うりきれる ▶
自下一 賣完，賣光
類 無(な)くなる 沒了

0209 □□□
売れ行き (う ゆ)
▶ うれゆき ▶
名 (商品的)銷售狀況，銷路
類 景気(けい き) 景氣

Check 2 　必考詞組　　　　　## Check 3 　必考例句

□ 靴下を裏返して履く。
襪子反過來穿。

▶ 靴下を洗う時に「表のまま」か「裏返し」かアンケート調査を実施したところ、「表のまま」が多いことが分かりました。
我們做了一項問卷調查，請教受訪者在洗襪子時是「直接洗表面」還是「翻過來洗內面」，結果得知多數人是「直接洗表面」的。

□ 期待を裏切る。
辜負期待。

▶ 「努力は君を裏切らない」という名言があるが、それは正しい努力の時に限るのだ。
有句名言是「你的努力是不會白費的」，不過前提是那必須是有效的努力。

□ 裏口入学をさせる。
讓他走後門入學。

▶ 家が揺れるのを感じたので、裏口から庭にとび出した。
我覺得房子在搖晃，於是衝出後門奔向了院子。

□ 身の上を占う。
算命。

▶ 占い師に将来を占ってもらうと、お金持ちになれると言われた。
我請占卜師幫忙算命，他鐵口直斷我以後會變成大富豪。

□ 恨みを買う。
招致怨恨。

▶ こんなひどいことをするなんて、彼は私に何か恨みでもあるのか。
他如此殘酷，到底對我有什麼深仇大恨呢？

□ 敵を恨む。
怨恨敵人。

▶ 男は浮気されたら彼女を恨み、女は浮気されたら浮気相手の女を恨むって本当ですか。
聽說假如男人遭到劈腿，恨的是自己的女友；而如果女人遭到劈腿，恨的是那個橫刀奪愛的女人。這是真的嗎？

□ 人を羨む。
羨慕別人。

▶ あの二人はみんなが羨むほど仲がいい夫婦だ。
那兩位是人人稱羨的恩愛夫妻。

□ 売り上げが伸びる。
銷售額增加。

▶ 今日は天気が悪いせいか昨日ほど店の売り上げがよくない。
大概因為今天天氣欠佳，店裡的銷售狀況不像昨天那麼好。

□ 本日売り切れとなりました。
今日貨已全部售完。

▶ あの店の弁当は人気で、いつも昼前に売り切れになる。
那家店的盒餐很受歡迎，總在中午之前就銷售一空。

□ 切符が売り切れる。
票賣光了。

▶ 神戸牛シリーズは今回が第4弾となりますが、販売するとその日の分はすぐに売り切れる。
這家餐廳與神戶牛合作的聯名系列這次已是第4度推出了，但只要一開賣，當天限量供應的餐點還是立刻銷售一空。

□ 売れ行きが悪い。
銷路不好。

▶ 人気がない歌手のチケットは、安くても売れ行きが悪い。
沒沒無名的歌手即使演唱會門票價格低廉，依然銷路不佳。

Check 1 必考單字	高低重音	詞性、類義詞與對義詞
0210 □□□ う 売れる	▶ う<u>れる</u>	▶ **自下一** 商品賣出，暢銷；變得廣為人知，出名，聞名 **類** 売り出す 上市
0211 □□□ うろうろ	▶ う<u>ろうろ</u>	▶ **副・自サ** 徘徊；不知所措，張慌失措 **類** ふらふら 閒晃
0212 □□□ うわ 上	▶ う<u>わ</u>	▶ **漢造**（位置的）上邊，上面，表面；（價值、程度）高；輕率，隨便 **類** 上方 上方
0213 □□□ う 植わる	▶ う<u>わる</u>	▶ **自五** 栽上，栽植 **類** 埋める 埋起
0214 □□□ うん 運	▶ う<u>ん</u>	▶ **名** 命運，運氣 **類** 運気 運氣
0215 □□□ うん が 運河	▶ う<u>んが</u>	▶ **名** 運河 **類** 河川 河川
0216 □□□ うんと	▶ う<u>んと</u>	▶ **副** 多，大大地；用力，使勁地 **類** だいぶ 相當地
0217 □□□ うんぬん 云々	▶ う<u>んぬん</u>	▶ **名・他サ** 云云，等等；說長道短 **類** つべこべ 狡辯
0218 □□□ うんぱん 運搬	▶ う<u>んぱん</u>	▶ **名・他サ** 搬運，運輸 **類** 運送 運送
0219 □□□ うんよう 運用	▶ う<u>んよう</u>	▶ **名・他サ** 運用，活用 **類** 使用 使用
0220 □□□ ○ T1-15 えっ	▶ え<u>っ</u>	▶ **感**（表示驚訝、懷疑）啊！；怎麼？ **類** げっ 表達不滿或驚恐

Check 2 必考詞組	**Check 3** 必考例句
□ 名が売れる。 馳名。	コロナ禍で沢山の食材を入れられる大きな冷蔵庫がよく売れる。 在新冠疫情的催化之下，能夠容納海量食材的大型冰箱銷路極佳。
□ 慌ててうろうろする。 慌張得不知所措。	どのコースで山を登るか迷ってうろうろしましたが、結局は農道を歩くことにした。 本來猶豫著不曉得該爬哪條路線而到處徘徊，最後決定走農用道路了。
□ 上着を脱ぐ。 脱上衣。	会社の上役は仕事に関しては厳しいが、みんなに信頼されている。 公司的主管雖在工作上要求嚴格，依然廣受部屬的信賴。
□ 桃が植わっている。 種著桃樹。	庭の隅に植わっている木は、春に一度咲いて、秋にもう一度咲く桜です。 栽種在庭院角落的樹木是春天開一次、秋天還會再開一次的櫻花。
□ 運がいい。 運氣好。	「いつも笑顔でいると運がよくなるんだよ」「そうかなあ…」 「笑口常開可以帶來好運喔！」「真的是那樣嗎…」
□ 運河を開く。 開運河。	咲いている桜を見ながら、運河に沿ってのんびり歩いた。 一面沿著運河悠閒漫步，一面欣賞盛開的櫻花。
□ うんと勉強しよう。 一起發憤圖強吧！	うんと働いて、うんと金を貯めて、学校を卒業したら二人で何か事業を始めよう。 我們兩個一起拚命工作、一起拚命存錢，等到畢業以後就一起創業吧！
□ 理由が云々と言う。 說了種種理由。	今はその是非をうんぬんすべき時ではない。 現在並非是針對那件事情的正確與否，來說三長道短的時候。
□ 木材を運搬する。 搬運木材。	冷蔵庫を運搬するときは、通路に保護シートを敷いてから行ってください。 在搬運冰箱的時候，請先在通道鋪上防撞墊再開始搬運。
□ 有効に運用する。 有效的運用。	なぜ多くの人が老後資金の運用で失敗するのか。 為什麼許多人都無法善用養老資金呢？
□ えっ、今日は帰ってこないの？ 咦？今天不回來了嗎？	えっ、優子の就職先、あの有名ゲーム会社なの。羨ましいなぁ。 什麼？優子上班的地方是那家鼎鼎大名的遊戲公司！好羨慕喔…。

あ行

0221 □□□ えいえん **永遠**	▶ え|いえん ▶	名 永遠，永恆，永久 類 長い間 長時間
0222 □□□ えいきゅう **永久**	▶ え|いきゅう ▶	名 永遠，永久 類 変わらない 不變
0223 □□□ えいぎょう **営業**	▶ え|いぎょう ▶	名・自他サ 營業，經商 類 経営 經營
0224 □□□ えいせい **衛生**	▶ え|いせい ▶	名 衛生 類 予防 預防
0225 □□□ えいぶん **英文**	▶ え|いぶん ▶	名 用英語寫的文章；「英文學」、「英文學科」的簡稱 類 漢文 中國古文
0226 □□□ えい わ **英和**	▶ え|いわ ▶	名 英日辭典 類 国語 本國語言
0227 □□□ え がお **笑顔**	▶ え|がお ▶	名 笑臉，笑容 類 喜ばしい 欣喜
0228 □□□ えが **描く**	▶ え|が|く ▶	他五 畫，描繪；以…為形式，描寫；想像 類 塗る 塗抹
0229 □□□ えきたい **液体**	▶ え|きたい ▶	名 液體 類 乳液 乳液
0230 □□□ えさ **餌**	▶ え|さ ▶	名 飼料，飼食 類 飼料 飼料
0231 □□□ **エチケット**	▶ エ|チケット ▶	名 禮節，禮儀，(社交)規矩 類 マナー 禮儀

□ 永遠の眠りについた。
長眠不起。
▶ 彼女といると楽しくて、この時間が永遠に続いてほしいと思う。
和她在一起時十分開心，真希望這樣的時光能夠直到永遠。

□ 永久に続く。
萬古長青。
▶ 子どもの頃、なかなか乳歯が抜けなくて永久歯が生えなかった。
小孩子的時候乳齒一直沒脫落，導致恆齒無法長出來。

□ 営業を開始。
開始營業。
▶ 表向きは研究者だが、実際の仕事は開発した商品を売り込む営業マンだ。
他對外宣稱是研發人員，實際的工作卻是推銷研發成功的新產品的業務人員。

□ 環境衛生を維持する。
維護環境衛生。
▶ あの地方は戦争が続いて衛生状態も悪くなっている。
那地方戰火連綿，衛生狀態亦惡劣不堪。

□ 英文から日本語に翻訳される。
把英文翻譯成日文。
▶ この小説は、英文で読んでもわかりやすくておもしろかった。
這部小說即使讀英文版也是淺白易懂，讀來妙趣橫生。

□ 英和辞典を使う。
使用英日辭典。
▶ 高校入学のお祝いに、叔父から英和辞書をもらった。
舅舅送了英日辭典做為我的高中入學賀禮。

□ 笑顔を作る。
強顏歡笑。
▶ 子どもの笑顔を見ると、どんな疲れも吹き飛んでしまう。
一看到孩子臉上的笑容，所有的疲憊全都拋到九霄雲外了。

□ 夢を描く。
描繪夢想。
▶ 幼稚園で園児が、クレヨンで象やキリンの絵を描いている。
小朋友正在幼兒園裡用蠟筆畫著大象和長頸鹿的圖畫。

□ 液体に浸す。
浸泡在液體之中。
▶ この液体は０度以下で固体になるので気をつけてください。
這種液體在零度以下會變成固體，請務必當心。

□ 鳥に餌をやる。
餵鳥飼料。
▶ カルガモの幼鳥が池の鯉に餌を与えています。面白いですね。
花嘴鴨的幼鳥正在池塘裡餵食鯉魚，好有趣喔！

□ エチケットを守る。
遵守社交禮儀。
▶ 日本では、出された食べ物は残さずに食べるのがエチケットだと思っている。
在日本，一般認為將端上桌的所有食物全部吃完才是有禮貌的表現。

57

Check 1 必考單字	高低重音	詞性、類義詞與對義詞

0232 ☐☐☐
絵の具 (えのぐ)
▶ え のぐ ▶
名 顔料
類 インク 墨水

0233 ☐☐☐
絵葉書 (え はがき)
▶ え は がき ▶
名 圖畫明信片，照片明信片
類 手紙 (てがみ) 信

0234 ☐☐☐
エプロン
▶ エ プロン ▶
名 圍裙
類 よだれ掛け (か) 口水巾

0235 ☐☐☐
偉い (えらい)
▶ え ら い ▶
形 偉大，卓越，了不起；（地位）高，（身分）高貴；（出乎意料）嚴重
類 立派 (りっぱ) 優秀的

0236 ☐☐☐ ⊙ T1-16
円 (えん)
▶ え ん ▶
名 （幾何）圓，圓形；（明治後日本貨幣單位）日元
類 ドル 美元（dollar）

0237 ☐☐☐
延期 (えん き)
▶ え ん き ▶
名・他サ 延期
類 遅らせる (おく) 拖延

0238 ☐☐☐
演技 (えん ぎ)
▶ え ん ぎ ▶
名・自サ （演員的）演技，表演；做戲
類 芝居 (しばい) 演技

0239 ☐☐☐
園芸 (えんげい)
▶ え ん げ い ▶
名 園藝
類 栽培 (さいばい) 種植

0240 ☐☐☐
園児 (えん じ)
▶ え ん じ ▶
名 幼園童
類 生徒 (せいと) 國高中生

0241 ☐☐☐
円周 (えんしゅう)
▶ え ん し ゅ う ▶
名 （數）圓周
類 曲線 (きょくせん) 曲線

0242 ☐☐☐
演習 (えんしゅう)
▶ え ん し ゅ う ▶
名・自サ 演習，實際練習；（大學內的）課堂討論，共同研究
類 訓練 (くんれん) 訓練

□ 絵の具を塗る。
著色。
▶ ふと絵が描きたくなって、絵の具を持って公園に行った。
忽然想作畫，於是帶上顏料去了公園。

□ 絵葉書を出す。
寄明信片。
▶ 留学中の娘から、絵葉書が届くのが楽しみだった。
那時最期待就是收到留學中的女兒寄來的風景明信片了。

□ エプロンを付ける。
圍圍裙。
▶ 男性のエプロン姿がこんなに素敵だなんて、知らなかった。
真沒想到男士穿上圍裙會是那麼帥氣有型。

□ えらい目にあった。
吃了苦頭。
▶ 彼が偉いのは、何でも好奇心をもって学ぼうとしたことです。
他最了不起的莫過於凡事總是抱著好奇心去學習。

□ 円を描く。
畫圓。
▶ クラスのみんなで山に登り、円になって弁当を食べた。
全班同學相偕爬山，圍坐一圈吃了便當。

□ 会議を延期する。
會議延期。
▶ 台風10号が近づいており、よって本日の試合は延期します。
10號颱風即將來襲，因此，今日比賽將延期舉行。

□ 演技派の俳優が演じる。
由演技派演員出演。
▶ オリンピックで完璧な演技を見せた羽生結弦が首位に立った。
在奧運比賽中表現完美的羽生結弦，其得分居於領先地位。

□ 園芸を楽しむ。
享受園藝。
▶ 父は毎日仕事で忙しいが、休日は趣味の園芸を楽しんでいる。
爸爸每天都忙於工作，十分享受假日蒔花弄草的興趣。

□ 園児が多い。
有很多幼兒園的孩童。
▶ 園児たちが歌いながら歩くのを、お年寄りは笑顔で見ていた。
老人家笑著看幼兒園的小朋友邊走邊唱。

□ 円周率を求める。
計算出圓周率。
▶ 円の直径がわかれば、この円の円周もすぐわかりますよ。
只要知道直徑長度，立刻就能算出這個圓的圓周喔！

□ 軍事演習を中止する。
中止軍事演習。
▶ 射撃の演習は、決まったときに決まった場所で行います。
射擊的演練將會在特定的時間、特定的場合舉行。

あ行

Check 1 必考單字	高低重音	詞性、類義詞與對義詞
0243 □□□ えんじょ **援助**	▶ えんじょ	▶ 名·他サ 援助，幫助 類 支援 支援
0244 □□□ **エンジン**	▶ エンジン	▶ 名 發動機，引擎 類 ガソリン 汽油
0245 □□□ えんぜつ **演説**	▶ えんぜつ	▶ 名·自サ 演說 類 講演 演講
0246 □□□ えんそく **遠足**	▶ えんそく	▶ 名·自サ 遠足，郊遊 類 ハイキング 健行
0247 □□□ えんちょう **延長**	▶ えんちょう	▶ 名·自他サ 延長，延伸，擴展；全長 類 拡張 擴大
0248 □□□ えんとつ **煙突**	▶ えんとつ	▶ 名 煙囪 類 換気 通風
0249 □□□ おい **甥**	▶ おい	▶ 名 姪子，外甥 類 従兄弟 堂表兄弟
0250 □□□ お か **追い掛ける**	▶ おいかける	▶ 他下一 追趕；緊接著 類 追い詰める 窮追不捨
0251 □□□ お つ **追い付く**	▶ おいつく	▶ 自五 追上，趕上；達到；來得及 類 付け回す 緊緊跟隨
0252 □□□ ⊙T1-17 **オイル**	▶ オイル	▶ 名 油，油類；油畫，油畫顏料；石油 類 サラダオイル 沙拉油
0253 □□□ おう **王**	▶ おう	▶ 名 帝王，君王，國王；首領，大王； （象棋）王將 類 君王 君王

60

□ 援助を受ける。
接受援助。

▶ 先方に資金援助を申し出たが、こちらの好意は退けられた。
我向對方表示願意提供金援，但是這份好意遭到了拒絕。

□ エンジンがかかる。
引擎啟動。

▶ 換気の悪い場所ではエンジンをかけたままにしないでください。
請勿將汽車停在通風不良處怠速未熄火。

□ 演説を行う。
舉行演說。

▶ アメリカの大統領だって、日本の首相だって、原稿を見ながら演説をしています。
美國總統也好，日本首相也罷，都是看稿演講的。

□ 遠足に行く。
去遠足。

▶ 明日の遠足は、9時に校門前に集合となっていますので、よろしくお願いいたします。
明天的遠足訂在9點於校門口集合，萬事拜託了。

□ 時間を延長する。
延長時間。

▶ 私はビザを切り替えて、滞在を少し延長しようと思っています。
我打算更新簽證，稍稍延長滯留時間。

□ 煙突が立ち並ぶ。
煙囪林立。

▶ 工場の煙突からの排気臭、どこまで拡散しているかご存じですか。
您知道從工廠煙囪排放的臭氣擴散範圍有多大嗎？

□ 叔父甥の間柄だけだった。
僅只是叔姪的關係。

▶ 甥が東大に合格したのですが、学費と生活費を稼ぐためにバイトをしたいと言っています。
我的侄子考上了東京大學，他說想去打工賺學費和生活費。

□ 流行を追いかける。
追求流行。

▶ 若いころ夢を追い掛けて上京したのですが、現実の厳しさに心が折れそうなことが、いっぱいありました。
年輕時為了追逐夢想而去了東京，卻在殘酷的現實中遭受了數不清的挫折打擊。

□ 成績が追いつく。
追上成績。

▶ タクシーで行けば、たぶん彼に追い付くことができるだろう。
如果攔計程車趕過去，大概還能追得上他吧。

□ オイル漏れがひどい。
嚴重漏油。

▶ 私はオリーブオイルの匂いが苦手でしたが、体に良いと勧められて、炒め物に使うようになった。
我不喜歡橄欖油的味道，可是人家推薦它有益健康，所以拿它來炒菜了。

□ ライオンは百獣の王だ。
獅子是百獸之王。

▶ 隣の国は、王の強い権力でますます大きくなっていった。
鄰國在國王的強權治理之下愈發壯大。

Check 1 必考單字	高低重音	詞性、類義詞與對義詞

0254 ☐☐☐

追う (お·う) ▸ お う ▸ 他五 追；趕走；逼催，忙於；趨趕；追求；遵循，按照
類 駆ける 奔跑

0255 ☐☐☐

オーケストラ ▸ オーケストラ ▸ 名 管絃樂（團）；樂池，樂隊席
類 交響楽 (こうきょうがく) 交響樂

0256 ☐☐☐

王様 (おう·さま) ▸ おうさま ▸ 名 國王，大王
類 キング 國王

0257 ☐☐☐

王子 (おう·じ) ▸ おうじ ▸ 名 王子；王族的男子
類 皇子 (おうじ) 王子

0258 ☐☐☐

王女 (おう·じょ) ▸ おうじょ ▸ 名 公主；王族的女子
類 姫 (ひめ) 公主

0259 ☐☐☐

応じる·応ずる (おう·おう) ▸ おうじる·おうずる ▸ 自上一 響應；答應；允應，滿足；適應
類 応える (こたえる) 回應

0260 ☐☐☐

旺盛 (おう·せい) ▸ おうせい ▸ 形動 旺盛
類 活発 (かっぱつ) 活潑

0261 ☐☐☐

応接 (おう·せつ) ▸ おうせつ ▸ 名·自サ 接待，應接
類 おもてなし 款待

0262 ☐☐☐

応対 (おう·たい) ▸ おうたい ▸ 名·他サ 應對，接待，應酬
類 接見 (せっけん) 接見

0263 ☐☐☐

横断 (おう·だん) ▸ おうだん ▸ 名·他サ 橫斷；橫渡，橫越
類 通過 (つうか) 通過

0264 ☐☐☐

凹凸 (おう·とつ) ▸ おうとつ ▸ 名 凹凸，高低不平
類 強弱 (きょうじゃく) 強弱

Check 2 必考詞組	Check 3 必考例句
□ 理想を追う。 追尋理想。	▶ 私は小さいころ、ままごと遊びよりも、兄達の後ろを追って野を山を駆け回る、わんぱく娘でした。 我小時候是個頑皮的女孩，比起玩扮家家酒，更喜歡跟在哥哥們的後面滿山遍野到處跑。
□ オーケストラを結成する。 組成管弦樂團。	▶ 音楽を勉強してオーケストラの指揮者になるのが夢だ。 研修音樂並成為交響樂團的指揮家是我的夢想。
□ 裸の王様。 國王的新衣。	▶ この国では王様の誕生日に祭りが行われ、みんなで祝います。 這個國家會在國王誕辰日舉行慶典，舉國歡慶。
□ 第二王子が成人を迎える。 二王子迎接成年。	▶ 王様には 3 人の王子がいて、そのうちの一人は日本に留学中です。 國王有 3 個王子，其中一位正在日本留學。
□ 王女に仕える。 侍奉公主。	▶ 誰にも何にも興味を持たなかったこの国の王女は、たった一人の少年にだけ興味を持った。 這個國家的公主對任何人都沒興趣，單單對一個少年感到興趣。
□ 希望に応じる。 滿足希望。	▶ ご予算・ご希望に応じてあなただけの宴会コースをご用意致します。 我們將按照您的預算與需求，為您客制化專屬的宴會套餐。
□ 食欲が旺盛だ。 食慾很旺盛。	▶ 彼女は旺盛な知識欲で研究を続け、結果を論文にまとめた。 她懷著旺盛的求知欲持續研究，並將得到的結果彙整在論文裡。
□ 客に応接する。 接見賓客。	▶ 女中は座敷に出て客の応接をする。 旅館的女性服務員走出鋪有榻榻米的房間，來接待賓客。
□ 電話の応対が丁寧になった。 電話的應對變得很有禮貌。	▶ 今日はお客様の応対で忙しかったので帰宅後の眠気がハンパないです。 今天為了接待客戶而忙得團團轉，以致於到家之後睏得眼睛都睜不開了。
□ 道路を横断する。 橫越馬路。	▶ 高齢者の方へ。道路を横断している時が、一番危険です。無理な横断は、絶対にしないでください。 高齡長者穿越馬路是最危險的時刻，請千萬不要搶快過馬路！
□ 凹凸が激しい。 非常崎嶇不平。	▶ このシールは、凹凸のない壁に貼れば簡単にはがれません。 這種貼紙只要貼在沒有凹凸不平的牆面，絕不會輕易脫落。

Check 1 必考單字	高低重音	詞性、類義詞與對義詞

0265 □□□
オートメーション
→ オートメーション →
名 自動化，自動控制裝置，自動操縱法
類 無人化 無人化

0266 □□□
おうふく
往復
→ おうふく →
名・自サ 往返，來往；通行量
類 往来 來往通行

0267 □□□ ◎T1-18
おうべい
欧米
→ おうべい →
名 歐美
類 中米 中美

0268 □□□
おうよう
応用
→ おうよう →
名・他サ 應用，運用
類 運用 活用

0269 □□□
お
終える
→ おえる →
他下一・自下一 做完，完成，結束
類 終わる 結束

0270 □□□
おお
大
→ おお →
造語 (形狀、數量)大，多；(程度)非常，很；大體，大概
類 最大 最大

0271 □□□
おお
大いに
→ おおいに →
副 很，頗，大大地，非常地
類 随分 非常地

0272 □□□
おお
覆う
→ おおう →
他五 覆蓋，籠罩；掩飾；籠罩，充滿；包含，蓋擴
類 隠す 掩蓋

0273 □□□
おおざっぱ
大雑把
→ おおざっぱ →
形動 草率，粗枝大葉；粗略，大致
類 いい加減 適度

0274 □□□
おおどお
大通り
→ おおどおり →
名 大街，大馬路
類 街道 大道

0275 □□□
おお や
大家
→ おおや →
名 房東；正房，上房，主房
類 地主 地主

□ オートメーション
に切り替える。
改為自動化。
▶ 職場のオートメーション化で中間層向けの仕事がなくなる恐れがある。
職場的自動化恐將導致中階職務的消失。

□ 往復切符を買う。
購買來回車票。
▶ 僕は週1回、東京と大阪の間を往復している。
我固定每週往返東京大阪一次。

□ 欧米諸国が対立する。
歐美各國相互對立。
▶ この会社では欧米だけでなく世界中の社員が働いている。
這家公司不單在歐美地區，更有遍布世界各地的職員在工作。

□ 応用がきかない。
無法應用。
▶ 最近は、CAS冷凍を応用して瞬間冷凍を実現した家庭用冷凍冷蔵庫も登場している。
最近市面上也出現了運用CAS冷凍技術達到瞬間冷凍效果的家用冷藏冷凍冰箱。

□ 仕事を終える。
工作結束。
▶ 宿題を終えてから、空き地でサッカーの練習をする。
寫完作業以後要去空地練習足球。

□ 大騒ぎになっている。
變成大混亂的局面。
▶ 大事なお客様がいらっしゃるので、大急ぎで居間を掃除した。
重要的客人即將到訪，十萬火急地打掃了房間。

□ 大いに感謝している。
非常感謝。
▶ 今夜のパーティーは、大いに食べ、楽しく歌いましょう。
讓我們在今晚的派對上盡情吃喝、開懷歌唱吧！

□ 顔を覆う。
蒙面。
▶ 11月だというのに、遠くの山を眺めると、すっかり雪に覆われている。
現在才11月，可是眺望遠山，上面已覆滿靄靄白雪。

□ 大雑把な見積もりを出す。
拿出大致的估計。
▶ あの人の仕事はおおざっぱだから、あまり信用できない。
那個人做事十分草率，不太值得信任。

□ 大通りを横切る。
橫過馬路。
▶ あと10メートルほど行くと大通りに出ます。郵便局はその向こうです。
再走10公尺會到一條大馬路，對面就是郵局。

□ 大家さんと相談する。
與房東商量。
▶ ローズを3本買った。小さな花瓶には2本挿すのが精一杯で、残りの1本を大家さんにあげた。
我買了3朵玫瑰。小花瓶只能容得下兩支，多出來的那支送給房東了。

Check 1 必考單字	高低重音	詞性、類義詞與對義詞

0276 ☐☐☐
おおよそ
大凡
▶ おおよそ ▶
副 大體，大概，一般；大約，差不多
類 大概 大致

0277 ☐☐☐
おか
丘
▶ おか ▶
名 丘陵，山崗，小山
類 台地 台地

0278 ☐☐☐
かず かず
お数・お菜
▶ おかず ▶
名 菜飯，菜餚
類 献立 菜單

0279 ☐☐☐
おが
拝む
▶ おがむ ▶
他五 叩拜；合掌作揖；懇求，央求；瞻仰，見識
類 祈る 祈禱

0280 ☐☐☐
か
お代わり
▶ おかわり ▶
名・自サ（酒、飯等）再來一杯、一碗
類 食事 用餐

0281 ☐☐☐
おき
沖
▶ おき ▶
名（離岸較遠的）海面，海上；湖心；（日本中部方言）寬闊的田地、原野
類 磯 海，湖岸

0282 ☐☐☐
おぎな
補う
▶ おぎなう ▶
他五 補償，彌補，貼補
類 満たす 補充

0283 ☐☐☐ T1-19
き どく
お気の毒に
▶ おきのどくに ▶
連語・感 令人同情；過意不去，給人添麻煩
類 かわいそう 令人同情

0284 ☐☐☐
おくがい
屋外
▶ おくがい ▶
名 戶外
類 室外 室外

0265 ☐☐☐
おくさま
奥様
▶ おくさま ▶
名 尊夫人，太太
類 上さん 妻子

0286 ☐☐☐
おく がな
送り仮名
▶ おくりがな ▶
名 漢字訓讀時，寫在漢字下的假名；用日語讀漢文時，在漢字右下方寫的假名
類 仮名づかい 假名拼法

Check 2 ／ 必考詞組

□ 事件のおおよそを
知る。
得知事件的大致狀況。

□ 丘を越える。
越過山崗。

□ ご飯のおかずにな
る。
成為配菜。

□ 神様を拝む。
拜神。

□ ご飯をお代わりす
る。
再來一碗飯。

□ 沖に出る。
出海。

□ 欠員を補う。
補足缺額。

□ お気の毒に思う。
覺得可憐。

□ 屋外運動靴が必要
だ。
需要戶外的運動鞋。

□ 奥様はお元気です
か。
尊夫人別來無恙？

□ 送り仮名を付ける。
寫上送假名。

Check 3 ／ 必考例句

▶ 両親が私の進学をどう考えているか、おおよそわかる。
我大抵可以猜到父母對我的升學有著什麼樣的規畫。

▶ いずれの季節も、晴れた日に丘の上から眺める太平洋
が素晴らしいですよ。
無論在哪個季節，選個晴朗的日子站在山崗上眺望太平洋總是讓
人心曠神怡唷！

▶ キッチンに立って料理するのがしんどいとき、コンビ
ニのお菜がお勧めです。
當不想待在廚房裡辛苦做飯時，便利商店的常備菜正好可以派上
用場。

▶ 元日の朝、家族みんなで海に行き、初日の出を拝んだ。
元旦清晨，全家人去海邊迎接了新年的第一道曙光。

▶ コーヒーのお代わりは、スタバがお得だ。
星巴克的咖啡續杯特別划算。

▶ 台風のせいで船が沖に出られないので、村の人達は
困っている。
颱風來襲使得船隻無法出海，村民們十分煩惱。

▶ 品物の生産量が足りなくなるとインドやタイから輸入
して補った。
商品產量不足時，從印度和泰國進口添補了。

▶ 伯父が交通事故で足を骨折したらしい。お気の毒に。
聽說舅舅在車禍中腳骨折了，好可憐。

▶ 子どもはなるべく毎日、屋外で遊ばせたほうがいい。
盡可能讓小孩子每天都到戶外跑跑跳跳比較好。

▶ 部長、1時間ほど前に奥様からお電話がありました。
經理，大約一小時前尊夫人曾經來電。

▶ 「細かい」と漢字で書くときの送り仮名は「かい」です。
用漢字寫「細かい」的時候，送假名是「かい」。

あ
行

0287 □□□
おく
贈る
▸ お<u>くる</u> ▸
他五 贈送，餽贈；授與，贈給
類 差し上げる 贈予（長輩）

0288 □□□
げん き
お元気で
▸ お<u>げんきで</u> ▸
寒暄 請保重
類 ご無事に 祝安康

0289 □□□
おこた
怠る
▸ お<u>こたる</u> ▸
他五 怠慢，懶惰；疏忽，大意
類 サボる 翹班，翹課

0290 □□□
おさな
幼い
▸ お<u>さない</u> ▸
形 幼小的，年幼的；孩子氣，幼稚的
類 若い 年輕

0291 □□□
おさ
収める
▸ お<u>さめる</u> ▸
他下一 接受；取得；收藏，收存；收集，集中；繳納；供應，賣給；結束
類 得る 獲得

0292 □□□
おさ
治める
▸ お<u>さめる</u> ▸
他下一 治理；鎮壓
類 つかさどる 掌管

0293 □□□
お
惜しい
▸ お<u>しい</u> ▸
形 遺憾；可惜的，捨不得；珍惜
類 残念 遺憾

0294 □□□
し
お知らせ
▸ お<u>しらせ</u> ▸
名 通知，訊息
類 案内 通知

0295 □□□
お せん
汚染
▸ お<u>せん</u> ▸
名・自他サ 汚染
類 汚点 汙點

0296 □□□
おそ
恐らく
▸ お<u>そらく</u> ▸
副 恐怕，或許，很可能
類 どうやら 大概

0297 □□□
おそ
恐れる
▸ お<u>それる</u> ▸
自下一 害怕，恐懼；擔心
類 おびえる 膽怯

□ 記念品を贈る。
贈送紀念品。

▶ 友だちの出産祝いに、ベビー服を贈るつもりだ。
我想贈送朋友嬰兒服做為新生兒禮物。

□ では、お元気で。
那麼，請您保重。

▶ 来週日本へ帰るのですね。寂しくなりますが、お元気で。
下週要回日本了吧？以後這裡要冷清了。請多保重。

□ 注意を怠る。
疏忽大意。

▶ 扇風機は掃除を怠っていたので汚いですが、ちゃんと動きます。
我懶得清潔電風扇因此機體很髒，不過還是可以正常運轉。

□ 幼い子どもがいる。
有幼小的孩子。

▶ 田舎に帰った時、祖母に幼い頃の思い出話をしてもらった。
回到鄉下時，讓奶奶給我說了小時候的往事。

□ 勝利を手中に収める。
勝券在握。

▶ 大学でよい成績を収めたので、希望の会社に就職できた。
多虧上大學時拿到了好成績，這才得以進入心目中的公司上班。

□ 国を治める。
治國。

▶ 土岐氏は200年以上、美濃の国を治めてきた凄いお家です。
土岐氏是曾經統治美濃國超過200年的名門大族。

□ 時間が惜しい。
珍惜時間。

▶ 彼女のピアノの才能を、埋もれたままにしておくのは惜しい。
她的鋼琴才華就此埋沒，未免可惜。

□ お知らせが届く。
消息到達。

▶ 今日は大切なお知らせがありますのでよく聞いてください。
今天有重大事項宣布，請仔細聆聽。

□ 大気汚染が問題となった。
大氣污染成為問題。

▶ 海洋汚染は地球規模の問題として深刻化している。
海洋汙染是日益嚴重的全球議題。

□ おそらく無理だ。
恐怕沒辦法。

▶ この雪は、明日の朝にはおそらく雨に変わるでしょう。
到了明天早上，這場雪很可能會變成雨吧。

□ 恐れるものがない。
天不怕地不怕。

▶ 戸外で遊ぶ子どもが少なくなるのではないかと恐れている。
往後在戶外嬉戲的孩童恐將漸漸減少。

Check 1 / 必考單字	高低重音	詞性、類義詞與對義詞

0298 □□□
おそ
恐ろしい
▶ おそろしい ▶
形 可怕；驚人，非常，厲害
類 すさまじい 駭人的

0299 □□□ ⊙ T1-20
たが さま
お互い様
▶ おたがいさま ▶
名・形動 彼此，互相
類 お互いに 互相

0300 □□□
おだ
穏やか
▶ おだやか ▶
形動 平穩；溫和，安詳；穩妥，穩當
類 のどか 恬靜

0301 □□□
お ち つ
落ち着く
▶ おちつく ▶
自五 (心神，情緒等)穩靜；鎮靜，安詳；穩坐，穩當；(長時間)定居；有頭緒；淡雅，協調
類 静まる 平靜下來

0302 □□□
で か
お出掛け
▶ おでかけ ▶
名 出門，正要出門
類 出る 出去

0303 □□□
て つだ
お手伝いさん
▶ おてつだいさん ▶
名 佣人
類 女中 女傭

0304 □□□
おど
脅かす
▶ おどかす ▶
他五 威脅，逼迫；嚇唬
類 びっくりさせる 嚇人

0305 □□□
おとこ ひと
男の人
▶ おとこのひと ▶
名 男人，男性
類 男子 男性

0306 □□□
お もの
落とし物
▶ おとしもの ▶
名 不慎遺失的東西
類 忘れ物 遺失物

0307 □□□
おど で
躍り出る
▶ おどりでる ▶
自下一 躍進到，跳到
類 飛び立つ 飛上空中

0308 □□□
おと
劣る
▶ おとる ▶
自五 劣，不如，不及，比不上
類 負ける 敗

Check 2 必考詞組	**Check 3** 必考例句
☐ 恐ろしい経験をした。 經歷了恐怖的經驗。	▶ 恐ろしい映画を見たので、夜眠れなくなってしまった。 看了恐怖電影，嚇得晚上睡不著覺。
☐ お互い様です。 彼此彼此。	▶ 災害にあった時、大変なのはお互い様です。助け合いましょう。 災難發生時彼此同樣深受其害，讓我們互助合作吧。
☐ 穏やかな天気に恵まれた。 遇到舒適的好天氣。	▶ 会議では、賛成派と反対派が穏やかに意見を交換した。 在會議上，同意派和反對派心平氣和地交換了意見。
☐ 落ち着いた人になりたい。 想成為穩重沈著的人。	▶ 異国での生活は大変でしょうが、東京に落ち着いたら電話をください。 可以想見在異國生活並不容易，等你到東京安頓下來以後再撥個電話給我。
☐ お出かけ用の靴がない。 沒有出門用的鞋子。	▶ 部長がお出かけの間に荷物が届いたので受け取っておきました。 經理外出時送來了包裹，因此代為簽收了。
☐ お手伝いさんを雇う。 雇傭人。	▶ 忙しいので、掃除や洗濯をしてくれるお手伝いさんがほしい。 由於忙得不開身，希望聘個幫忙打掃和洗衣的家事服務員。
☐ 脅かさないで。 別逼迫我。	▶ 強盗がコンビニの店員に「金を出せ」と脅かした。 搶匪開口威脅了超商店員：「拿錢來！」
☐ 男の人に会う。 跟男性會面。	▶ この写真の、椅子に座っている男の人が誰か知っていますか。 你知道這張相片裡坐在椅子上的男人是誰嗎？
☐ 落とし物を届ける。 送交遺失物。	▶ 交番には財布や衣服、おもちゃなど多くの落とし物が届く。 派出所收到許多諸如錢包、衣服和玩具等等遺失物品。
☐ トップに躍り出る。 一躍而居冠。	▶ 無名のチームが、選手を強化した結果、優勝候補に躍り出た。 那支沒沒無聞的隊伍在強化了選手的實力之後，立刻躋身於有望奪冠的行列。
☐ 昨日に劣らず暑い。 不亞於昨天的熱。	▶ 最近の子どもは、昔と比べて体力が劣っていると言われる。 論體力，現在的兒童多半不及以前的兒童。

あ
行

0309 □□□ おどろ 驚かす	▶ お<u>ど</u>ろ<u>かす</u>	▶ 他五 使吃驚，驚動；嚇唬；驚喜；使 驚覺 類 驚く 吃驚
0310 □□□ おに 鬼	▶ お<u>に</u>	▶ 名・接頭 鬼：人們想像中人形的、有角和獠牙 的怪物。也指沒有感情的冷酷的人。熱中於 一件事的人。也引申為大型的，突出的意思。 類 妖怪 妖怪
0311 □□□ おのおの 各々	▶ お<u>の</u>お<u>の</u>	▶ 名・副 各自，各，諸位 類 めいめい 每個人
0312 □□□ お化け	▶ お<u>ば</u>け	▶ 名 鬼；怪物 類 亡霊 亡魂
0313 □□□ ◎ T1-21 おび 帯	▶ お<u>び</u>	▶ 名（和服裝飾用的）衣帶，腰帶；「帶 紙」的簡稱 類 ベルト 皮帶（belt）
0314 □□□ ひる お昼	▶ お<u>ひ</u>る	▶ 名 白天；中飯，午餐 類 昼食 午飯
0315 □□□ おぼ 溺れる	▶ お<u>ぼ</u>れる	▶ 自下一 溺水，淹死；沉溺於，迷戀於 類 消える 消失
0316 □□□ まい お参り	▶ お<u>ま</u>いり	▶ 名・自サ 參拜神佛或祖墳 類 初もうで 新年參拜
0317 □□□ まえ お前	▶ お<u>ま</u>え	▶ 代・名 你（用在交情好的對象或同輩以 下。較為高姿態說話）；神前，佛前 類 てめえ（輕蔑的稱呼）你
0318 □□□ みこし みこし お神輿・お御輿	▶ お<u>み</u>こし	▶ 名 神轎；(俗)腰 類 移動神社 位於日本高知縣，可移 動的山車神殿
0319 □□□ め で た お目出度い	▶ お<u>め</u>で<u>たい</u>	▶ 形 恭喜，可賀 類 めでたい 可喜可賀

Check 2 　必考詞組

□ 世間を驚かす。
震驚世人。

□ 鬼に金棒。
如虎添翼。

□ 各々の考えがまと
まらず。
各自的想法無法一致。

□ お化け屋敷に入る。
進到鬼屋。

□ 帯を巻く。
穿衣帶。

□ お昼の献立を用意
した。
準備了午餐的菜單。

□ 川で溺れる。
在河裡溺水。

□ 神社にお参りする。
到神社參拜。

□ お前の彼女が見て
るぞ。
你的女友睜著眼睛在看
喔。

□ お神輿を担ぐ。
扛神轎。

□ おめでたい話だ。
可喜可賀的事。

Check 3 　必考例句

▶ 送別会で、転勤する同僚をあっと驚かすイベントを考
えている。
我們打算在歡送會上送給那位即將調職的同事一個天大的驚喜活
動。

▶ 母親は、嘘をついた子を、心を鬼にして厳しく叱った。
媽媽狠下心來，嚴厲地斥責了說謊的孩子。

▶ 審査員は、全ての作品を味わい、各々が優れていると
思う3作品に投票をする。
評審委員將會品嚐所有的作品，並且將票投給各自心目中最優秀
的3件作品。

▶ 子どもの頃はお化けが怖くて夜一人でトイレに行けな
かった。
小時候很怕鬼，夜裡不敢一個人去上廁所。

▶ 初めて和服を着て帯をしめたときはきつかったが、す
ぐ慣れた。
第一次穿上和服繫緊腰帶時簡直無法呼吸，不過很快就習慣了。

▶ さあ、お昼の時間ですよ。食べたいものを作ってあげ
ましょう。
嗯，午餐時間到囉。想吃什麼我做給你。

▶ 溺れている犬を助けたら、飼い主に丁寧にお礼を言わ
れた。
在救起那隻險些溺水的小狗後，飼主向我再三道謝了。

▶ 朝早く家族で石段を登って東照宮にお参りに行きまし
た。
全家人一大早爬上石階去參拜了東照宮。

▶ 嫌なことがあっても、お前はいつもにこにこしている
ね。
即使遇到不如意，你也總是笑咪咪的呢。

▶ お祭りでお御輿をかつぐ人々の掛け声が聞こえてきた。
祭典中人們抬神轎的吆喝聲傳了過來。

▶ 今日は、いちばん下の娘が結婚式を挙げるおめでたい
日だ。
今天是小女兒舉行結婚典禮的大喜之日。

Check 1　必考單字	高低重音	詞性、類義詞與對義詞
0320 □□□ おも　　が 思い掛けない	おもいがけない ▸	形 意想不到的，偶然的，意外的 類 不意 突然
0321 □□□ おも　こ 思い込む	おもいこむ ▸	自五 確信不疑，深信；下決心 類 違いない 肯定
0322 □□□ おも　き 思いっ切り	おもいっきり ▸	副 死心；下決心；狠狠地，徹底的 類 思う存分 盡情地
0323 □□□ おも　や 思い遣り	おもいやり ▸	名 同情心，體貼 類 親切 親切
0324 □□□ おも 重たい	おもたい ▸	形 (份量)重的，沉的；心情沉重 類 重苦しい 鬱悶的
0325 □□□ おもなが 面長	おもなが ▸	名・形動 長臉，橢圓臉 類 馬面 長臉
0326 □□□ おも 主に	おもに ▸	副 主要，重要；(轉)大部分，多半 類 専ら 主要
0327 □□□ おや　こ 親子	おやこ ▸	名 父母和子女 類 母子 母子
0328 □□□ ◉T1-22 おやつ	おやつ ▸	名 (特指下午2到4點給兒童吃的)點心，零食 類 夜食 宵夜
0329 □□□ およ 泳ぎ	およぎ ▸	名 游泳 類 スイミング 游泳
0330 □□□ およ 凡そ	およそ ▸	名・形動・副 大概，概略；(一句話之開頭)凡是，所有；大概，大約；完全，全然 類 ほぼ 大概

Check 2 必考詞組	Check 3 必考例句
□ 思いがけない出来事に巻き込まれる。 被卷入意想不到的事。	▶ 研究論文で、思い掛けない優秀賞をいただいて、驚いた。 這篇研究論文竟讓我意外獲得優秀獎，太驚喜了！
□ できないと思い込む。 一直認為無法達成。	▶ 苦手だと思い込んでいたものも、見方を変えたり工夫したりすることで好きになることもある。 有時候藉由改變看法或是轉換角度，可以讓事物從原本的深惡痛絕變成了愛不釋手。
□ 思いっきり悪口を言う。 痛罵一番。	▶ 高原で思いっ切り大声を出したら、気持ちがよかった。 在高原上放聲大叫後，心情爽快極了。
□ 思い遣りのある言葉だ。 富有同情心的話語。	▶ 多くの親は子どもを思いやりのある人に育てたいと願っている。 許多父母都盼望將兒女養育成懂得體貼關懷的人。
□ 重たい荷物を持つ。 抬帶沈重的行李。	▶ 引っ越しのスタッフは、重たい家具を軽々と運んでいる。 搬家公司的員工很輕鬆地搬運著沉甸甸的家具。
□ 面長の人に合う。 適合臉長的人。	▶ 江戸時代の美人の顔は、みんな面長に描かれている。 江戸時代的美人相都是畫成鵝蛋臉。
□ バイクを主に取り扱う。 以機車為重點處理。	▶ この公園は主にスポーツ施設が充実した公園ですが、雰囲気も優れており、デートにもおすすめです。 這座公園雖然是以齊全的體育設施為主題的公園，不過氣氛很好，也挺適合約會的。
□ 仲の良い親子だ。 感情融洽的親子。	▶ 去年の夏休みに親子で初めての海外旅行に出かけた。 去年暑假第一次去了趟海外親子旅遊。
□ おやつを食べる。 吃零食。	▶ 子どもからの「絵本みたいなおやつが食べたい」に応えて作ったお菓子が、意外とおいしかった。 原本只是為了滿足孩子「想要吃和圖畫書裡面畫得一樣的點心」的願望而製作的糕餅，沒想到還滿好吃的。
□ 泳ぎを習う。 學習游泳。	▶ クマは木登りや泳ぎの上手な動物だと知っていましたか。 你知道熊是一種擅於爬樹和游泳的動物嗎？
□ およそ1トンのカバがいる。 有大約一噸重的河馬。	▶ コンサート会場には、およそ1万人の観客が集まった。 演唱會的場地大約聚集了一萬名觀眾。

あ
行

Check 1 必考單字	高低重音	詞性、類義詞與對義詞
0331 □□□ およ 及ぼす	▶ およぼす ▶	他五 波及到，影響到，使遭到，帶來 類 与える 給予
0332 □□□ オルガン	▶ オルガン ▶	名 風琴 類 ピアノ 鋼琴
0333 □□□ おろ 卸す	▶ おろす ▶	他五 批發，批售，批賣 類 下げる 降價
0334 □□□ わ お詫び	▶ おわび ▶	名・自サ 道歉 類 謝り 道歉
0335 □□□ お 終わる	▶ おわる ▶	自五・他五 完畢，結束，告終；做完，完結；(接於其他動詞連用形下)…完 類 仕舞う 結束
0336 □□□ おん 音	▶ おん ▶	名 聲音，響聲；發音 類 アクセント 語調
0337 □□□ おん 恩	▶ おん ▶	名 恩情，恩 類 恩情 恩情
0338 □□□ おんけい 恩恵	▶ おんけい ▶	名 恩惠，好處，恩賜 類 恵み 恩惠
0339 □□□ おんしつ 温室	▶ おんしつ ▶	名 溫室，暖房 類 ビニールハウス 塑膠膜溫室
0340 □□□ おんせん 温泉	▶ おんせん ▶	名 溫泉 類 風呂 澡堂
0341 □□□ おんたい 温帯	▶ おんたい ▶	名 溫帶 類 寒帯 寒帯

□ 被害を及ぼす。
帶來危害。

▶ ファストフードが子どもの健康に及ぼす影響について考える。
探究速食對兒童健康之相關影響。

□ 電子オルガンが広まる。
電子風琴普及。

▶ 友達の結婚式の余興で、オルガンを演奏することになった。
要在朋友婚禮的餘興節目上彈奏風琴。

□ 薬品を卸す。
批發藥品。

▶ 当社はエビやツナなど多様な食品を大手小売店や問屋に卸している。
本公司向大型零售業以及批發商批發包括蝦和鮪魚在內的多樣化食品。

□ お詫びを言う。
道歉。

▶ 昨日掲載しました内容について、つぎのとおり誤りがありました。お詫びして訂正いたします。
昨日刊載內容誤植如後，謹此更正並致上歉意。

□ 夢で終わる。
以夢告終。

▶ 今、会議中ですので、終わるまでこちらでお待ちください。
他目前正在開會，請在這裡等候至會議結束。

□ ノイズ音を低減する。
減低噪音。

▶ 「青」という漢字の音読みは「せい」だと知っていましたか。
你知道「青」這個漢字的音讀是「せい」嗎？

□ 恩を売る。
賣人情。

▶ 困っている時に助けてもらった恩は決して忘れない。
您出手搭救燃眉之急的大恩大德絕對永生不忘！

□ 恩恵を受ける。
領受恩典。

▶ 自然の恩恵を受けずに生きていくことはできません。
倘若沒有大自然賦予的恩澤，世間萬物都無法存活。

□ 温室で苺を作る。
在溫室栽培草莓。

▶ この地方では、温室の中で多くのくだものや野菜を育てている。
這個地區通常是在溫室裡栽種各種水果與蔬菜。

□ 温泉に入る。
泡溫泉。

▶ スキーの後で温かい温泉に入って、のんびりすごしたい。
真想在滑雪之後泡在熱呼呼的溫泉裡悠閒享受一番。

□ 温帯気候に属す。
屬於溫帶氣候。

▶ 日本は温帯ですが、冬になると雪が降る地方もあります。
日本位處溫帶氣候，甚至有些地區一入冬就降雪。

Check 1 必考單字	高低重音	詞性、類義詞與對義詞

0342 □□□
おんだん
温暖
▶ お|んだん ▶
名・形動 温暖
類 暖和 暖和

0343 □□□
おんちゅう
御中
▶ お|んちゅう ▶
名（用於寫給公司、學校、機關團體等的書信）公啟
類 殿 用於職稱或姓名後表尊敬

0344 □□□ T1-23
おんな ひと
女の人
▶ お|んなのひと| ▶
名 女人
類 女子 女性

0345 □□□
か
可
▶ か| ▶
名 可，可以；及格
類 できる 可以做到

0346 □□□
か
蚊
▶ か| ▶
名 蚊子
類 虫 蟲

0347 □□□
か
課
▶ か| ▶
名・漢造（教材的）課；課業；（公司等）科
類 章 章節

0348 □□□
か
日
▶ か ▶
漢造 表示日期或天數
類 デー 日子（day）

0349 □□□
か
家
▶ か ▶
漢造 專家
類 門 師門

0350 □□□
か
歌
▶ か ▶
漢造 唱歌；歌詞
類 唄 歌曲

0351 □□□
カー
▶ カ|ー ▶
名 車，車的總稱，狹義指汽車
類 車両 車輛

0352 □□□
カーブ
▶ カ|ーブ ▶
名・自サ 轉彎處；彎曲；（棒球、曲棍球）曲線球
類 ターン 迴轉

か｜おんだん〜カーブ

□ 地球温暖化を防ぐ。
防止地球暖化。
▶ 私の故郷は温暖な気候で、みかんの栽培が盛んである。
我的家鄉氣候溫暖，是橘子的盛產地。

□ 株式会社丸々商事御中
丸丸商事株式會社
敬啟
▶ 会社などに出す手紙には「様」ではなく「御中」と書きます。
寫給公司機構的信件，落款應該用「公啟」而不是「女士先生」。

□ 女の人に嫌われる。
被女人討厭。
▶ サッカーや相撲を観るのが好きな女の人が増えています。
喜歡看足球賽或相撲賽的女性觀眾越來越多了。

□ お弁当持ち込み可。
可攜帶便當進入。
▶ 飲み物は持ち込み可ですが、食べ物はご遠慮ください。
飲料可以攜入，但請勿帶食物入內。

□ 蚊に刺された。
被蚊子叮了。
▶ やっぱり蚊が多いのは屋外です。
戶外就是免不了蚊子多。

□ 第3課を予習する。
預習第3課。
▶ 来週の期末テストの範囲は、26課から50課までだそうだ。
據說下週的期末考試範圍是從第26課到第50課。

□ 二日かかる。
需要兩天。
▶ 陸上部の夏の合宿は、北海道で3泊4日で行う予定だ。
田徑隊的夏季集訓將前往北海道進行4天3夜的訓練。

□ 専門家もびっくりする。
專家都嚇一跳。
▶ ピカソは、スペインで生まれた有名な画家であり、彫刻家である。
畢卡索是一位生於西班牙的知名畫家，亦是一名雕刻家。

□ 和歌を一首詠んだ。
朗誦了一首和歌。
▶ 私の趣味は短歌で、大学の短歌同好会に所属している。
我的興趣是寫短歌，目前加入大學的短歌同好會。

□ マイカー通勤が減った。
開自用車上班的人減少了。
▶ レンタカーを借りてみんなでドライブにでかけよう。
大家一起去租車兜風吧！

□ 急カーブを曲がる。
急轉彎。
▶ カーブを投げるための握り方は、人それぞれあります。
投曲球的握法因人而異。

Check 1 必考單字	高低重音	詞性、類義詞與對義詞

0353 □□□
ガールフレンド ▸ ガールフレンド ▸
名 女友
類 愛人 情夫情婦

0354 □□□
かい
貝 ▸ かい ▸
名 貝類
類 鮑 鮑魚

0355 □□□
がい
害 ▸ がい ▸
名・漢造 為害，損害；災害；妨礙
類 損害 損害

0356 □□□
がい
外 ▸ がい ▸
接尾・漢造 以外，之外；外側，外面，外部；妻方親戚；除外
類 外部 外面

0357 □□□
かいいん
会員 ▸ かいいん ▸
名 會員
類 隊員 隊員

0358 □□□
かいえん
開演 ▸ かいえん ▸
名・自他サ 開演
類 開幕 開幕

0359 □□□
かい が
絵画 ▸ かいが ▸
名 繪畫，畫
類 絵本 繪本

0360 □□□
かいかい
開会 ▸ かいかい ▸
名・自他サ 開會
類 開講 開始課程

0361 □□□ ⊙T1-24
かいがい
海外 ▸ かいがい ▸
名 海外，國外
類 国外 國外

0362 □□□
かいかく
改革 ▸ かいかく ▸
名・他サ 改革
類 改善 改善

0363 □□□
かいかん
会館 ▸ かいかん ▸
名 會館
類 ホール（戲劇、音樂會）大廳

☐ ガールフレンドと
デートに行く。
和女友去約會。

▶ 5歳の息子には、もうかわいいガールフレンドがいる。
5歲的兒子已經有個可愛的小女朋友了。

☐ 貝を拾う。
撿貝殼。

▶ 宝石箱の蓋には貝を用いた美しい細工が施されていた。
珠寶盒的蓋子以精美的工藝鑲嵌著貝殼。

☐ 健康に害がある。
對健康有害。

▶ ファストフードばかり食べていると、体に害があるらしい。
聽說經常吃速食對健康有害。

☐ 予想外の答えを出す。
做出意料之外的答案。

▶ オプショナルツアーは予算外だったので、お金が足りなくなった。
當初的預算沒有估到自費行程，以至於身上的錢不夠用了。

☐ 会員制になっております。
為會員制。

▶ 父はスポーツクラブの会員になって、毎日通っている。
爸爸自從加入健身房的會員後，天天都去那裡運動。

☐ 7時に開演する。
7點開演。

▶ 昼の公演は午後2時、夜の公演は午後6時半に開演します。
午場是在下午2點、晚場是在下午6點半開演。

☐ 抽象絵画を飾る。
掛上抽象畫擺飾。

▶ 20年前に盗難に遭った絵画は、今も所在が確認されていない。
20年前遭竊的畫作，至今依然下落不明。

☐ 司会者のあいさつで開会する。
司儀致詞宣布會議開始。

▶ 開会式での聖火台への点火はオリンピックの名場面の一つだ。
奧運開幕式中的點燃聖火儀式是萬眾矚目焦點之一。

☐ 海外で暮らす。
居住海外。

▶ 沢田さんが海外に赴任となると、ここも寂しくなりますね。
澤田先生轉調國外工作以後，這裡可要冷清嘍。

☐ 改革を進める。
進行改革。

▶ 抜本的な税制改革を行い、子どもたちに負担を残さない。
徹底實施稅務改革，將來才不會給孩子們造成負擔。

☐ 市民会館を作る。
建造市民會館。

▶ この土地に新しい会館が建てられる。
這塊地上即將蓋一座新會館。

Check 1 必考單字	高低重音	詞性、類義詞與對義詞

0364 □□□
かいけい
会計
▸ かいけい ▸ 副・自サ 會計;付款,結帳
類 支出 開銷 (ししゅつ)

0365 □□□
かいごう
会合
▸ かいごう ▸ 名・自サ 聚會,聚餐
類 集会 集會 (しゅうかい)

0366 □□□
がいこう
外交
▸ がいこう ▸ 名 外交;對外事務,外勤人員
類 交際 交際 (こうさい)

0367 □□□
かいさつ
改札
▸ かいさつ ▸ 名・自サ (車站等)的驗票
類 入り口 入口 (い ぐち)

0368 □□□
かいさん
解散
▸ かいさん ▸ 名・自他サ 散開,解散,(集合等)散會
類 散会 散會 (さんかい)

0369 □□□
かい し
開始
▸ かいし ▸ 名・自他サ 開始
類 始業 開學,開始營業 (しぎょう)

0370 □□□
かいしゃく
解釈
▸ かいしゃく ▸ 名・他サ 解釋,理解,說明
類 解説 講解 (かいせつ)

0371 □□□
がいしゅつ
外出
▸ がいしゅつ ▸ 名・自サ 出門,外出
類 不在 不在家 (ふざい)

0372 □□□
かいすいよく
海水浴
▸ かいすいよく ▸ 名 海水浴場
類 日光浴 日光浴 (にっこうよく)

0373 □□□
かいすう
回数
▸ かいすう ▸ 名 次數,回數
類 頻度 頻率 (ひんど)

0374 □□□
かいせい
快晴
▸ かいせい ▸ 名 晴朗,晴朗無雲
類 晴れ 晴天 (は)

Check 2 必考詞組	Check 3 必考例句

□ 会計を済ます。
結帳。
▶ この PC には会計のソフトが入っています。
這部電腦有安裝會計軟體。

□ 会合を重ねる。
多次聚會。
▶ 第 1 回会合を開催します。なお、会議は率直かつ自由な意見交換を確保するため、非公開とします。
首場會談即將舉行。此外，為確保與會人士可於會議中坦率且自由地交換意見，將以閉門會議的形式進行。

□ 外交関係を絶つ。
斷絕外交關係。
▶ 兄は外交官になるために有名な大学の法学部に入学した。
哥哥為了當外交官而進入了著名大學的法學院就讀。

□ 改札を抜ける。
通過驗票口。
▶ 駅の改札を出たらもう旅は始まっている。
一踏出車站的票閘口，即是旅程的開始。

□ 野球部を解散する。
就地解散棒球隊。
▶ 警察は、群衆を解散させたが、一部は抗議を続けた。
當時警方雖已驅散了集會群眾，仍有部分人士持續抗議。

□ 試合開始を待つ。
等待比賽開始。
▶ 発売開始と同時に電話をかけまくって、チケットをゲットした。
一開賣就拼命打電話，總算買到票了。

□ 解釈を間違える。
弄錯了解釋。
▶ あの文章はいろいろに解釈される。
那篇文章可由不同觀點予以解讀。

□ 外出を控える。
減少外出。
▶ 部長はただ今外出しておりますので、ご要件をお伺いします。
經理目前外出，請問有何貴幹？

□ 海水浴場が近い。
海水浴場很近。
▶ ここは穏やかな海水浴場で、毎年夏には、多くの海水浴客が訪れる。
這裡是波平浪靜的海水浴場，每年夏天都有許多遊客前來戲水。

□ 回数を重ねる。
三番五次。
▶ 「たまに」は起こる回数が非常に少ない様子。
「たまに／偶爾」是形容發生次數極少的狀態。

□ 天気は快晴だ。
天氣晴朗無雲。
▶ 引っ越す日は快晴だったので、作業はスムーズに進みました。
搬家當天陽光普照，因此作業進展順暢。

Check 1 必考單字	高低重音	詞性、類義詞與對義詞
0375 □□□ かいせい **改正**	► かいせい	名・他サ 修正，改正 類 しゅうせい 修正 修正
0376 □□□ かいせつ **解説**	► かいせつ	名・他サ 解說，說明 類 せつめい 說明 說明
0377 □□□ かいぜん **改善**	► かいぜん	名・他サ 改善，改良，改進 類 かいりょう 改良 改良
0378 □□□ ◎ T1-25 かいぞう **改造**	► かいぞう	名・他サ 改造，改組，改建 類 かいへん 改変 變更
0379 □□□ かいつう **開通**	► かいつう	名・自サ（鐵路、電話線等）開通，通 車，通話 類 ちょくつう 直通 直達
0380 □□□ かいてき **快適**	► かいてき	形動 舒適，暢快，愉快 類 ゆかい 愉快 愉快
0381 □□□ かいてん **回転**	► かいてん	名・自サ 旋轉，轉動，迴轉；轉彎，轉 換（方向）；（表次數）周，圈；（資金） 週轉 類 じてん 自転 自轉
0382 □□□ かいとう **回答**	► かいとう	名・自サ 回答，答覆 類 へんじ 返事 回答
0383 □□□ かいとう **解答**	► かいとう	名・自サ 解答 類 かいけつ 解決 解決
0384 □□□ がいぶ **外部**	► がいぶ	名 外面，外部 類 アウトサイド 外側（outside）
0385 □□□ かいふく **回復**	► かいふく	名・自他サ 恢復，康復；挽回，收復 類 ふっこう 復興 復興

□ 規則を改正する。
修改規定。

▶ 来年、試験制度が大幅に改正されることになった。
明年的考試制度將出現重大變革。

□ ニュース解説が群
を抜く。
新聞解說出類拔萃。

▶ お年寄り向けにスマホをやさしく解説した。
我用簡單容易的方式為老人家解釋了如何操作智慧型手機。

□ 改善を図る。
謀求改善。

▶ 事業の拡大より、まずは労働環境の改善を図ることが
先決だ。
在擴大事業規模之前，應先致力於改善勞動環境。

□ ホテルを刑務所に
改造する。
把飯店改建成監獄。

▶ 蔵を改造した雰囲気のある喫茶店が好きだ。
我喜歡那種充滿由倉庫改造而成的氣氛的咖啡廳。

□ トンネルが開通す
る。
隧道通車。

▶ 世界遺産・知床の横断道路が開通しました。
世界自然遺產──知床半島的橫貫公路開放通車了。

□ 快適な空間になる。
成為舒適之空間。

▶ 毎年夏休みには、避暑地の別荘で快適に過ごしている。
每年暑假都到位於避暑勝地的別墅享受舒心愜意的日子。

□ 頭の回転が速い。
腦筋轉動靈活。

▶ 頭の回転が速い人は、優秀な人が多いそうです。
這裡好像有許多頭腦敏捷的優秀人才。

□ 読者の質問に回答
する。
答覆讀者的問題。

▶ メーカーに問い合わせしていますが、未だ回答がない
状態です。
我正在聯繫製造商，但尚未得到答覆。

□ 数学の問題に解答
する。
解答數學問題。

▶ 至急次の問題の解答を教えていただきたいです。
請盡快告知下一個問題的答案。

□ 外部に漏らす。
洩漏出去。

▶ この書類は外部の人に見せないようにしてください。
這份文件請勿外洩非相關人士閱覽。

□ 景気が回復する。
景氣回升。

▶ 景気の回復は当分期待できない。
經濟復甦的前景目前並不樂觀。

か／かいせい～かいふく

Check 1 必考單字	高低重音	詞性、類義詞與對義詞
0386 ☐☐☐ かいほう **開放**	▶ か|いほう	**名・他サ** 打開，敞開；開放，公開 **類** かいじょ 解除 解除
0387 ☐☐☐ かいほう **解放**	▶ か|いほう	**名・他サ** 解放，解除，擺脫 **類** オープン 開放
0388 ☐☐☐ かいよう **海洋**	▶ か|いよう	**名** 海洋 **類** たいかい 大海 大海
0389 ☐☐☐ がいろじゅ **街路樹**	▶ が|いろ|じゅ	**名** 行道樹 **類** なみき 並木 行道樹
0390 ☐☐☐ がいろん **概論**	▶ が|いろん	**名** 概論 **類** ようやく 要約 摘要
0391 ☐☐☐ かえ **帰す**	▶ か|えす	**他五** 讓…回去，打發回家 **類** もど 戻る 回家
0392 ☐☐☐ かえ **却って**	▶ か|えって	**副** 反倒，相反地，反而 **類** どうせ 反正
0393 ☐☐☐ か おく **家屋**	▶ か|おく	**名** 房屋，住房 **類** す 住まい 住所
0394 ☐☐☐ かお **香り**	▶ か|おり	**名** 芳香，香氣 **類** にお 匂い 香味 **對** くさ 臭い 臭的
0395 ☐☐☐ **○T1-26** かか **抱える**	▶ か|かえる	**他下一**（雙手）抱著，夾（在腋下）；擔 當，負擔；雇傭 **類** も 持つ 懷有
0396 ☐☐☐ か かく **価格**	▶ か|かく	**名** 價格 **類** か ち 価値 價值

□ 市場を開放する。 開放市場。	▶ この博物館は１年中観光客に開放されている。 這座博物館全年開放遊客參觀。
□ 奴隷を解放する。 解放奴隷。	▶ 「名もなき家事」から解放されるための三つのルールをご紹介します。 接下來傳授３大原則，讓您從此擺脫「叫不出名字的家事」（瑣碎家務）。
□ 海洋公園に行く。 去海洋公園。	▶ 日本は海に囲まれているので、海洋資源が豊かである。 日本四面環海，海洋資源相當豐富。
□ 街路樹がきれいだ。 行道樹很漂亮。	秋になると街路樹の葉が、緑色から美しい黄色に変わる。 秋天來臨，路樹的葉色由綠轉為美麗的黃。
□ 経済学概論が刊行された。 經濟學概論出版了。	▶ 山本先生の文学概論の授業は、毎週月曜日の３時限目です。 山本教授的文學概論課程是每週一的第３堂。
□ 家に帰す。 讓…回家。	▶ 大晦日は実家にいる予定だったが、仕事のため妻子だけ先に帰して、僕は１日遅らせた。 原先計畫在除夕日回老家，由於工作之故，只好請太太和小孩先回去，我晚一天再到。
□ かえって足手まといだ。 反而礙手礙腳。	▶ タクシーより電車で行ったほうが、かえって早く着くよ。 與其搭計程車，不如搭電車去，那樣反而更快抵達喔！
□ 家屋が立ち並ぶ。 房屋羅列。	▶ 台風による家屋の破損は大きかった。 颱風造成了屋宅的嚴重損害。
□ 香りを付ける。 讓…有香氣。	▶ 本物のワインの香りを嗅ぐ体験をした。 體驗了嗅聞純正紅酒的醇香。
□ 頭を抱える。 抱頭（思考或發愁等）。	▶ 体に障害を抱えながら、いつも笑顔の彼女はみんなに勇気を与える存在だ。 雖是身障人士卻時常面露笑容的她帶給大家勇氣。
□ 商品の価格をつける。 標示商品價格。	▶ 人気のない商品の価格を下げたが、なかなか売れない。 雖已調降銷路不佳商品的價格，但販售狀況依然不樂觀。

Check 1 必考單字	高低重音	詞性、類義詞與對義詞

0397 □□□
かがや
輝く
▶ かがやく
▶ **自五** 閃光，閃耀；洋溢；光榮，顯赫
類 照る 照耀

0398 □□□
かかり　かか
係・係り
▶ かかり
▶ **名** 負責擔任某工作的人；關聯，牽聯
類 事務員 行政人員

0399 □□□
かか
係わる
▶ かかわる
▶ **自五** 關係到，涉及到；有牽連，有瓜葛；拘泥
類 及ぼす 波及

0400 □□□
かき ね
垣根
▶ かきね
▶ **名** 籬笆，柵欄，圍牆
類 ませがき 園籬

0401 □□□
かぎ
限り
▶ かぎり
▶ **名** 限度，極限；（接在表示時間、範圍等名詞下）只限於…，以…為限，在…範圍內
類 限度 範圍

0402 □□□
かぎ
限る
▶ かぎる
▶ **自他五** 限定，限制；限於；以…為限；不限，不一定，未必
類 押える 控制

0403 □□□
がく
学
▶ がく
▶ **名・漢造** 學校；知識，學問，學識
類 学業 學業

0404 □□□
がく
額
▶ がく
▶ **名・漢造** 名額，數額；匾額，畫框（或唸：がく）
類 値 價值

0405 □□□
か くう
架空
▶ かくう
▶ **名** 空中架設；虛構的，空想的
類 無実 沒有根據

0406 □□□
かく ご
覚悟
▶ かくご
▶ **名・自他サ** 精神準備，決心；覺悟
類 決行 毅然實行

0407 □□□
かく じ
各自
▶ かくじ
▶ **名** 每個人，各自
類 各個 各個

□ 太陽が空に輝く。
太陽在天空照耀。
▶ 夜の帰り道、夜空に凄く綺麗な満月が輝いていた。
那天晚間返家的路上，夜空掛著一輪絕美的圓月。

□ 案内係がゲートを開ける。
招待員打開大門。
▶ 早速、係りの者を向かわせますので、お部屋でお待ちください。
請您在房間裡稍待片刻，我們馬上就派相關部門的同仁前往處理。

□ 命に係わる。
攸關性命。
▶ 多くの人がその汚職事件に係わっていたそうだ。
據說有不少人涉及那件貪汙案。

□ 垣根を取り払う。
拆除籬笆。
▶ 隣の家の垣根に美しい夕顔が咲いていて、きれいでした。
鄰屋的圍牆上開的葫蘆花美得令人屏息。

□ 限りある命を楽しむ。
享受有限的生命。
▶ 問題から逃げてばかりいる限り、何も解決しませんよ。
若是一遇到問題就逃避，什麼事都解決不了喔。

□ 今日に限る。
限於今日。
▶ この格安の周遊券は、外国人に限って買うことができる。
這種特別優惠的周遊券僅限外籍人士購買。

□ 学がある。
有學問。
▶ 「源氏物語」に興味があり、日本の古典文学を研究している。
對《源氏物語》感到興趣，正在研究日本的古典文學。

□ 予算の額を超える。
超過預算額度。
▶ 老後に備え、毎月の貯金の額を増やしていこうと思う。
我打算增加每個月的儲蓄金額，為養老生活提前布署。

□ 架空の人物がいる。
有虛擬人物。
▶ この舞台に登場する人物はすべて架空の人物です。
出現在這座舞台上的所有角色都是虛構的人物。

□ 覚悟を決める。
堅定決心。
▶ 長期戦も覚悟していたが、マンションが早期に売却できて良かった。
原本已經做好長期抗戰的心理準備，沒想到大廈很快就賣出去，真是太好了。

□ 各自で用意する。
每人各自準備。
▶ この勉強会への参加に当たり、タイトル・説明文を各自で考えてきてください。
參與本研習小組者，請各自構思標題和說明內容。

か―かがやく〜かくじ

Check 1 / 必考單字	高低重音	詞性、類義詞與對義詞

0408 □□□
かくじつ
確実 ▸ か|くじつ ▸ 形動 確實，準確；可靠
類 明確 明確（めいかく）

0409 □□□
がくしゃ
学者 ▸ が|くしゃ ▸ 名 學者；科學家
類 研究者 研究人員（けんきゅうしゃ）

0410 □□□
かくじゅう
拡充 ▸ か|くじゅう ▸ 名・他サ 擴充
類 拡大 擴大（かくだい）

0411 □□□
がくしゅう
学習 ▸ が|くしゅう ▸ 名・他サ 學習
類 習得 學會（しゅうとく）

0412 □□□ T1-27
がくじゅつ
学術 ▸ が|くじゅつ ▸ 名 學術
類 研究 鑽研（けんきゅう）

0413 □□□
かくだい
拡大 ▸ か|くだい ▸ 名・自他サ 擴大，放大
類 発展 擴展（はってん）

0414 □□□
かく ち
各地 ▸ か|くち ▸ 名 各地
類 随所 到處（ずいしょ）

0415 □□□
かくちょう
拡張 ▸ か|くちょう ▸ 名・他サ 擴大，擴張
類 拡散 擴散（かくさん）

0416 □□□
かく ど
角度 ▸ か|くど ▸ 名（數學）角度；（觀察事物的）立場
類 観点 觀點（かんてん）

0417 □□□
がくねん
学年 ▸ が|くねん ▸ 名 學年（度）；年級
類 学級 班級（がっきゅう）

0418 □□□
かくべつ
格別 ▸ か|くべつ ▸ 副 特別，顯著，格外；姑且不論
類 特別 特別（とくべつ）

□ かくじつ じょうほう え
確実な情報を得る。
得到可靠的情報。

▶ た なか し まんひょう かくとく とうせん かくじつ
田中氏は 23 万票を獲得した。当選は確実だ。
田中先生得到了23萬票，篤定當選了。

□ ちょめい がくしゃ いくせい
著名な学者を育成した。
培育了著名的學者。

▶ ゆうめい がくしゃ しん
有名な学者の言うことでも、そのまま信じてはいけない。
即便是知名學者的論述，亦不可對其深信不疑。

□ こうじょう かくじゅう
工場を拡充する。
擴大工廠。

▶ はんどうたい せいさんせつび かくじゅう
半導体の生産設備を拡充する。
擴充半導體的生產設備。

□ えいご がくしゅう
英語を学習する。
學習英文。

▶ ほんこう ねんかん がくしゅうけいかく そ じゅぎょう すす
本校では、年間の学習計画に沿って授業を進めています。
本校之授課進度乃是依循年度學習計畫予以安排。

□ がくじゅつざっし ろんぶん けいさい
学術雑誌に論文を掲載する。
將論文刊登在學術雜誌上。

▶ はなし がくじゅつてき す かんこうきゃく はなし
ガイドさんの話は学術的過ぎて、観光客レベルの話ではないのです。
導遊先生的解說過於學術性，並未考量觀光客可接受的程度。

□ き ぼ かくだい
規模が拡大する。
擴大規模。

▶ たいふう せいりょく ほくじょう かくだい
台風の勢力は、北上するにつれてますます拡大している。
颱風的暴風半徑和強度隨著北移而持續擴大當中。

□ かく ち めぐ
各地を巡る。
巡迴各地。

▶ なつ かく ち さまざま
夏になると各地で様々なイベントがあり、ウキウキしますね。
每逢夏天，各地紛紛舉辦各種活動，真讓人雀躍又期待呀！

□ りょう ど かくちょう
領土を拡張する
擴大領土。

▶ に ほん かいがい かくちょう
日本ビジネスを海外に拡張する。
將日本業務拓展到海外。

□ かく ど
あらゆる角度から
ぶんせき
分析する。
從各種角度來分析。

▶ すこ かく ど か かんが た なか いけん き
少し角度を変えて考えてみると、田中さんの意見は危
けん
険だ。
只要稍微轉換思考視角，就會發現田中先生的看法十分危險。

□ がくねんまつ し けん しゅうりょう
学年末試験が終了した。
學期末考試結束了。

▶ なかむら がくねん がっこう なか あ き かい
中村さんとは学年がちがうので学校の中では会う機会がない。
我和中村學姐由於就讀年級不同，在學校裡沒有機會見面。

□ きょう さむ かくべつ
今日の寒さは格別だ。
今天格外寒冷。

▶ そ ぼ つく でんとうてき しょうがつ りょうり かくべつ
祖母が作る伝統的な正月の料理は、どれも格別においしい。
奶奶做的傳統年菜，每一道都特別美味。

0419 □□□ がくもん **学問**	▶ がくもん ▶	名・自サ 學業，學問；科學，學術；見識，知識 類 研修 進修
0420 □□□ かくりつ **確率**	▶ かくりつ ▶	名 機率，概率 類 比率 比例
0421 □□□ がくりょく **学力**	▶ がくりょく ▶	名 學習實力 類 理解力 理解力
0422 □□□ かげ **陰**	▶ かげ ▶	名 日陰，背影處；背面；背地裡，暗中 類 日陰 日陰
0423 □□□ かげ **影**	▶ かげ ▶	名 影子；倒影；蹤影，形跡 類 闇 黑暗
0424 □□□ かけつ **可決**	▶ かけつ ▶	名・他サ（提案等）通過 類 賛成 贊同
0425 □□□ か まわ **駆け回る**	▶ かけまわる ▶	自五 到處亂跑 類 飛び回る 跑來跑去
0426 □□□ か げん **加減**	▶ かげん ▶	名・他サ 加法與減法；調整，斟酌；程度，狀態；（天氣等）影響；身體狀況；偶然的因素 類 程度 程度
0427 □□□ か こ **過去**	▶ かこ ▶	名 過去，往昔；（佛）前生，前世 類 歴史 歴史
0428 □□□ ◉T1-28 かご **籠**	▶ かご ▶	名 籠子，筐，籃 類 袋 袋子
0429 □□□ か こう **下降**	▶ かこう ▶	名・自サ 下降，下沉 類 下落 下降

□ 学問を修める。
求學。

▶ ここは学問の神様を奉る神社として受験生で賑わう。
這裡是奉祀學問之神的神社，許多考生都會來這裡參拜。

□ 確率が高い。
機率高。

▶ 今回の起業は経験や人脈があるので成功の確率が高くなるのです。
這次創業結合了經驗與人脈，因此成功機率很高。

□ 学力が高まる。
提高學習實力。

▶ 宿題が沢山出るが、ついていけば必ず学力が上がる。
雖然老師出了很多作業，只要能夠全部完成，一定有助於強化學習能力。

□ 陰で糸を引く。
暗中操縱。

▶ 山に登り疲れて木の陰で休んでいたとき、小さい鹿が現れた。
爬山的路上累得在樹蔭下休息時，一隻小鹿出現了。

□ 影が薄い。
存在感薄弱。

▶ 私の家の庭は、隣のマンションの影になって日が当たらない。
隔壁那棟大廈的影子就落在我家的庭院裡，陽光照不進來。

□ 法案が可決する。
通過法案。

▶ 新しい法案が本日、衆議院で可決された。
眾議院於今日通過了新法案。

□ 子犬が駆け回る。
小狗到處亂跑。

▶ 広々とした牧場を、2頭の馬が悠々と駆け回っている。
兩匹馬在牧場上逍遙自在地到處奔馳。

□ 手加減がわからない。
不知道斟酌力道。

▶ 薪ストーブは火の加減が難しく、温度が安定するまで時間がかかります。
木柴爐不容易控制火力，需要花費一段時間才能調整到恆溫。

□ 過去を顧みる。
回顧往事。

▶ できるものなら過去に戻りたい。あの日に戻ってやり直したい。
如果可以，我想回到過去；我要回到那一天，重來一遍。

□ かごの鳥になる。
成為籠中鳥（喻失去自由的人）。

▶ おばあさんが背負っている籠の中からみかんが一つ落ちた。
從老奶奶揹在身上的籃子裡掉了一顆橘子下來。

□ パラシュートが下降する。
降落傘下降。

▶ 人口の推移を表すグラフは緩やかな下降線を描いている。
呈現人口變化的圖表畫著平緩的下彎曲線。

Check 1 必考單字	高低重音	詞性、類義詞與對義詞

0430 □□□
かこう
火口
▸ かこう
▸ 名（火山）噴火口；（爐灶等）爐口
類 火口　爐口

0431 □□□
かさい
火災
▸ かさい
▸ 名 火災
類 戦火　戦火

0432 □□□
かさ
重なる
▸ かさなる
▸ 自五 重疊，重複；（事情、日子）趕在一起
類 ダブる　雙重

0433 □□□
かざん
火山
▸ かざん
▸ 名 火山
類 活火山　活火山

0434 □□□
かし
菓子
▸ かし
▸ 名 點心，糕點，糖果
類 スナック　點心

0435 □□□
かじ
家事
▸ かじ
▸ 名 家事，家務；家裡（發生）的事
類 水仕事　廚房的清洗工作

0436 □□□
かしこ
賢い
▸ かしこい
▸ 形 聰明的，周到，賢明的
類 鋭い　敏銳的

0437 □□□
か　だ
貸し出し
▸ かしだし
▸ 名（物品的）出借，出租；（金錢的）貸放，借出
類 借り　欠債

0438 □□□
かしつ
過失
▸ かしつ
▸ 名 過錯，過失
類 錯誤　錯誤

0439 □□□
かじつ
果実
▸ かじつ
▸ 名 果實，水果
類 果肉　果肉

0440 □□□
かしま
貸間
▸ かしま
▸ 名 出租的房間
類 賃貸マンション　出租公寓

☐ 火口からマグマが
噴出する。
從火山口噴出岩漿。

▶ 火山は霧がかかって火口が見えなかった。
火山上當時起霧,看不見火山口。

☐ 火災に遭う。
遭遇火災。

▶ 隣の町で火災があったらしく、消防車が何台も走って
いった。
鄰鎮好像發生火災了,好幾輛消防車疾駛而過。

☐ 用事が重なる。
很多事情趕在一起。

▶ お祝いが重なったので今回は特別なケーキでお祝いし
ました!
這次雙喜臨門,準備了與眾不同的蛋糕來慶祝!

☐ 火山が噴火する。
火山噴火。

▶ 日本列島は別名火山列島とも言われるくらい多くの火
山があります。
日本列島上火山分布眾多,因而擁有火山列島的別名。

☐ 和菓子を家庭で作
る。
在家裡製作日本點心。

▶ 明日は孫が遊びに来るから、孫の好きなお菓子を買っ
ておこう。
明天孫子要來家裡玩,先去買些他喜歡吃的糖果餅乾吧。

☐ 家事の手伝いをす
る。
幫忙做家務。

▶ 彼は一人暮らし歴が長かったから家事は何でも自分で
できる。
他獨居的時間相當久了,任何家務都能一手包辦。

☐ 賢いやり方があっ
た。
有聰明的作法。

▶ 犬は賢くて、飼い主さんの行動をよく見ています。
狗很聰明,會仔細觀察主人的行為。

☐ 本の貸し出しを行
う。
進行書籍出租。

▶ 図書館の本はだれにでも貸し出しをします。
圖書館裡的書任何人都可以去借閱。

☐ （重大な）過失を犯
す。
犯下（重大）過錯。

▶ 車に傷をつけたのは私の過失です。修理代はもちろん
払います。
刮傷車身是我的過失,修理費當然由我支付。

☐ 果実が実る。
結出果實。

▶ 果実が実る庭木はとても綺麗で好きだった。
那時庭院裡結實纍纍的樹真美,我好喜歡。

☐ 貸間を探す。
找出租房子。

▶ 祖母は、祖父が亡くなってから貸間をして暮らしてい
る。
自從家祖父辭世之後,家祖母便靠著收租過日子。

Check 1 必考單字	高低重音	詞性、類義詞與對義詞
0441 □□□ かしや 貸家	▸ かしや ▸	名 出租的房子 類 ビル 大樓
0442 □□□ かしょ 箇所	▸ かしょ ▸	名·接尾（特定的）地方；（助數詞）處 類 場所 地方
0443 □□□ かじょう 過剰	▸ かじょう ▸	名·形動 過剩，過量 類 超過 超過
0444 □□□ かじ 齧る	▸ かじる ▸	他五 咬，啃；一知半解 類 噛む 咬
0445 □□□ ◉T1-29 か 貸す	▸ かす ▸	他五 借出，出借；出租；提出策劃 類 貸し出す 借出
0446 □□□ かぜい 課税	▸ かぜい ▸	名·自サ 課稅 類 税金 稅金
0447 □□□ かせ 稼ぐ	▸ かせぐ ▸	名·他五（為賺錢而）拼命的勞動；（靠 工作、勞動）賺錢；爭取，獲得 類 儲ける 賺錢
0448 □□□ か ぜぐすり 風邪薬	▸ かぜぐすり ▸	名 感冒藥 類 睡眠薬 安眠藥
0449 □□□ か せん 下線	▸ かせん ▸	名 下線，字下畫的線，底線 類 傍線 畫在字旁的線
0450 □□□ か そく 加速	▸ かそく ▸	名·自他サ 加速 類 高速 高速
0451 □□□ か そく ど 加速度	▸ かそくど ▸	名 加速度；加速 類 神速 神速

□ 貸家の広告をアッ
　プする。
　上傳出租房屋的廣告。

▶ 4ＤＫの貸家で暮らして豊かな緑に囲まれ、日々、心が
潤う。
住在４房一廳的租屋裡，周圍綠意盎然，天天都感到無比療癒。

□ 訛りのある箇所。
　發音不標準的地方。

▶ 間違った箇所は「なぜ間違ったのか」をもう一度考え
てもらいます。
請針對錯誤的部分重新思考「為什麼會做錯」。

□ 過剰な反応が起こ
　る。
　發生過度的反應。

人口が過剰になったため、住宅難が問題になっている
都市がある。
有些城市由於人口過剰，衍生出無殼蝸牛的問題。

□ 木の実をかじる。
　啃樹木的果實。

▶ 猿の野郎がりんごを齧っているので殴りつけてやろう
と思ったら、逃げて行った。
我發現那隻臭猴子在咬蘋果，正要過去揍牠，卻被牠趁機溜了。

□ 部屋を貸す。
　房屋租出。

▶ 妹に電子辞書を貸したら、なかなか返してもらえない。
我把電子辭典借給妹妹用，可是她遲遲不肯歸還。

□ 輸入品に課税する。
　課進口貨物稅。

▶ その品は課税の対象になります。
那批貨物按規定是要課稅的。

□ 点数を稼ぐ。
　爭取（優勝）分數。

▶ 彼女はバイオリンを弾いて生活費を稼いでいる。
她靠拉小提琴賺取生活費。

□ 風邪薬を飲む。
　吃感冒藥。

▶ 私は体が丈夫で、風邪薬など一度も飲んだことがない。
我身體強壯，連一次都沒吃過感冒藥。

□ 下線を引く。
　畫底線。

▶ 下線の部分はまちがっているので、直しておいてくだ
さい。
底線劃錯位置了，請予以修正。

□ アクセルを踏んで
　加速する。
　踩油門加速。

▶ 坂の上から自転車で下ると、加速度がついてとても危
ない。
若腳踏車從斜坡上滑下去，受到重力加速度的影響將十分危險。

□ 進歩に加速度がつ
　く。
　加快速度進步。

▶ 子どもを取り巻くＩＴ環境の変化は加速度的に進んで
いる。
現代兒童身處的資訊科技環境正在加速變化當中。

Check 1　必考單字	高低重音	詞性、類義詞與對義詞
0452 □□□ かたがた **方々**	▶ か<u>たがた</u>	▶ **名‧代‧副**（敬）大家；您們；這個那個，種種；各處；總之 **類** 別々　各自
0453 □□□ かたな **刀**	▶ か<u>たな</u>	▶ **名** 刀的總稱 **類** 剣　劍
0454 □□□ かたまり **塊**	▶ か<u>たまり</u>	▶ **名‧接尾** 塊狀，疙瘩；集團；極端…的人 **類** 岩　岩石
0455 □□□ かた **固まる**	▶ か<u>たまる</u>	▶ **自五**（粉末、顆粒、黏液等）變硬，凝固；固定，成形；集在一起，成群；熱中，篤信（宗教等） **類** 固める　使凝固
0456 □□□ かたむ **傾く**	▶ か<u>たむ</u>く	▶ **自五** 傾斜；有…的傾向；（日月）偏西；衰弱，衰微 **類** 片寄る　偏向某一方
0457 □□□ かたよ　　かた よ **偏る‧片寄る**	▶ か<u>たよ</u>る	▶ **自五** 偏於，不公正，偏袒；失去平衡 **類** 寄る　傾向
0458 □□□ かた **語る**	▶ か<u>たる</u>	▶ **他五** 說，陳述；演唱，朗讀 **類** 言う　說
0459 □□□ か　ち **価値**	▶ か<u>ち</u>	▶ **名** 價值 **類** 意味　意義
0460 □□□ が **勝ち**	▶ が<u>ち</u>	▶ **接尾** 往往，容易，動輒；大部分是 **類** 優勝　冠軍
0461 □□□ がっ か **学科**	▶ が<u>っか</u>	▶ **名** 科系 **類** 分野　領域
0462 □□□ がっかい **学会**	▶ が<u>っかい</u>	▶ **名** 學會，學社 **類** 研究会　研討會

□ 父兄の方々が応援
に来られる。
各位父兄長輩前來支援。

▶ パーティーに出席した方々と、自己紹介や名刺交換を
した。
我向出席酒會的賓客自我介紹以及交換名片。

□ 腰に刀を差す。
刀插在腰間。

▶ 祖父の家には 500 年前に作られた古い刀が飾ってある。
爺爺家陳列著500年前鍛造的古刀。

□ 欲の塊が踊っている。
貪得無厭的人上竄下跳。

▶ 砂糖の塊がなくなって溶けるまで、よく混ぜてください。
請仔細攪拌，直到糖塊溶化消失。

□ 粘土が固まる。
把黏土捏成一塊。

▶ 冷蔵庫で 1 時間冷やすと、卵が固まってプリンができ
るよ。
放進冰箱一個鐘頭讓蛋液凝固，這樣布丁就完成囉！

□ 賛成に傾く。
傾向贊成。

▶ テレビの上の絵が傾いてたので直しておきました。
電視機上面的那幅畫歪了，所以把它擺正了。

□ 栄養が偏る。
營養不均。

▶ 「公平」は偏ったり、一部を特別に扱ったりしないこと。
「公平」是指不應帶有偏見或讓少數人享有特權。

□ 真実を語る。
陳述事實。

▶ これはおじいさんとおばあさんが語るお話の絵本です。
這是一本根據爺爺奶奶講述的故事所畫成的繪本。

□ 価値がある。
有價值。

▶ この宝石は偽物なので、まったく価値はありません。
這顆寶石是贗品，一文不值。

□ 病気がちな人が多
い。
很多人常常感冒。

▶ 曇りがちの日が続き、洗濯物が乾かなくて困る。
一連幾天都是陰陰的，洗好的衣服怎麼樣都晾不乾，傷腦筋。

□ 建築学科を第一志
望にする。
以建築系為第一志願。

▶ 私の大学の文学部に情報を学ぶための学科ができた。
我就讀的大學的文學院設立了專修資訊的學系。

□ 学会に出席する。
出席學會。

▶ 今日は教授が学会に出席するため、大学の授業が休み
になった。
教授今日出席學會，因此停課一次。

Check 1 必考單字	高低重音	詞性、類義詞與對義詞

0463 ☐☐☐ ○ **T1-30**

がっかり ▶ が<u>っかり</u> ▶ **副・自サ** 失望，灰心喪氣；筋疲力盡
類 しょんぼり 垂頭喪氣

0464 ☐☐☐
かっ き
活気 ▶ か<u>っき</u> ▶ **名** 活力，生氣；興旺
類 生気 生機

0465 ☐☐☐
がっ き
学期 ▶ が<u>っき</u> ▶ **名** 學期
類 期間 期間

0466 ☐☐☐
がっ き
楽器 ▶ が<u>っき</u> ▶ **名** 樂器
類 管弦楽 管弦樂

0467 ☐☐☐
がっきゅう
学級 ▶ が<u>っきゅう</u> ▶ **名** 班級，學級
類 学年 年級

0468 ☐☐☐
かつ
担ぐ ▶ か<u>つぐ</u> ▶ **他五** 扛，挑；推舉，擁戴；受騙
類 負う 背負

0469 ☐☐☐
かっ こ
括弧 ▶ <u>かっこ</u> ▶ **名** 括號；括起來
類 句読点 句號和逗號

0470 ☐☐☐
かっこく
各国 ▶ <u>かっこく</u> ▶ **名** 各國
類 国々 各國

0471 ☐☐☐
かつ じ
活字 ▶ か<u>つじ</u> ▶ **名** 鉛字，活字
類 明朝体 明體字

0472 ☐☐☐
がっしょう
合唱 ▶ が<u>っしょう</u> ▶ **名・他サ** 合唱，一齊唱；同聲高呼
類 斉唱 齊聲唱

0473 ☐☐☐
かっ て
勝手 ▶ か<u>って</u> ▶ **形動** 任意，任性，隨便
類 いい加減 敷衍

か─がっかり～かって

□ がっかりさせる。
令人失望。
▶ 彼女が来なくて、とてもがっかりした。
她沒來，我感到很失望。

□ 活気にあふれる。
充滿活力。
▶ 駅前のスーパーがなくなれば、町に活気がなくなるでしょう。
萬一車站前的超市不營業了，這座小鎮將會變得死氣沉沉吧。

□ 学期末試験を受ける。
考期末考試。
▶ 明日から新学期が始まるのに、まだ宿題が終わっていない。
明天就要開學了，可是作業還沒寫完。

□ 楽器を奏でる。
演奏樂器。
▶ ピアノをはじめとする楽器を演奏するためには、楽譜を読まなくてはなりません。
想要演奏包括鋼琴在內的各種樂器，就得學會看樂譜才行。

□ 学級担任を生かす。
使班導發揮作用。
▶ 学級会で「物事をみんなで話合って決めていく」ということを経験してきた。
我在班會中學到了「凡事應由大家一起討論做出決定」。

□ 荷物を担ぐ。
搬行李。
▶ 彼は軽々と二箱のビールを肩に担いでいる。
他輕輕鬆鬆地把兩箱啤酒扛在肩上。

□ 括弧でくくる。
括在括弧裡。
▶ 括弧の中の言葉をそれぞれの文の中の入るべきところに入れましょう。
請將括號裡的單詞分別填入句中的正確位置。

□ 各国の代表が集まる。
各國代表齊聚。
▶ 各国の大使が集まって、環境問題について会議を開いた。
各國大使齊聚一堂，舉行了以環境議題為主旨的會議。

□ 活字を読む。
閱讀。
▶ 活字になった私の投稿文を見て、嬉しくなった。
看到我的投稿被印成鉛字，真是高興極了！

□ 合唱部に入る。
參加合唱團。
▶ 全員で校歌を合唱し、全校生徒で花道を作りました。
全體人員一同合唱了校歌，並由全校學生們鋪開一條星光大道。

□ 勝手な行動を取る。
採取專斷的行動。
▶ グループ旅行ですから、勝手な行動はしないでください。
這是團體旅行，請勿做出違規行為。

か

行

0474 □□□ かつどう 活動	▸ か つどう ▸	名・自サ 活動，行動 類 行動 行動
0475 □□□ かつよう 活用	▸ か つよう ▸	名・他サ 活用，利用，使用 類 応用 應用
0476 □□□ かつりょく 活力	▸ か つりょく ▸	名 活力，精力 類 体力 體力
0477 □□□ か てい 仮定	▸ か てい ▸	名・自サ 假定，假設 類 仮設 假設
0478 □□□ か てい 過程	▸ か てい ▸	名 過程 類 経過 過程
0479 □□□ か てい 課程	▸ か てい ▸	名 課程 類 コース 課程
0480 □□□ ●T1-31 かな 悲しむ	▸ か なしむ ▸	他五 感到悲傷，痛心，可歎 類 痛む 痛心 對 喜ぶ 欣喜
0481 □□□ か なづか 仮名遣い	▸ か なづかい ▸	名 假名的拼寫方法 類 ふりがな 假名注音
0482 □□□ かなら 必ずしも	▸ か ならずしも ▸	副 不一定，未必 類 わけではない 並非
0483 □□□ かね 鐘	▸ か ね ▸	名 鐘，吊鐘 類 ベル 鈴鐺
0484 □□□ か そな 兼ね備える	▸ か ねそなえる ▸	他下一 兩者兼備 類 兼ねる 兼

□ 野外行動を行う。
舉辦野外活動。

▶ 住民らは工場建設を阻止するべく、署名活動を始めた。
為了阻止工廠建設，居民開始了連屬行動。

□ 知識を活用する。
活用知識。

▶ シニア人材を活用したい中小企業が多くなってきた。
有愈來愈多的中小企業願意導入銀髮人力資源。

□ 活力を与える。
給予活力。

▶ 少子化がこのまま止まらなければ、国の活力も失われる。
假如無法阻止少子化問題的持續惡化，國家亦將失去活力。

□ 仮定に基づく。
根據假設。

▶ この本の内容のすべてが事実と仮定してみよう。
假設這本書所寫內容都是事實的情況下。

□ 過程を経る。
經過過程。

▶ 李さんは、スピーチで、二人の出会いから結婚までの過程を話した。
李女士在演講中描述了兩人從相遇到結婚的歷程。

□ 教育課程が重視される。
教育課程深受重視。

▶ 僕は一度会社に就職してから、博士後期課程に戻ってきている。
我曾一度就業後，再回來上博士後期課程。

□ 別れを悲しむ。
為離別感傷。

▶ この作文には、愛犬が死んで悲しむ気持ちがよく出ている。
這篇作文充分流露出主人在愛犬死去後的傷心欲絕。

□ 仮名遣いが簡単になった。
假名拼寫方式變簡單了。

▶ この本は、昔の仮名遣いで書かれているので、読みにくい。
這本書使用的是舊式的假名用法，很不容易閱讀。

□ 必ずしも正しいとは限らない。
未必一定正確。

▶ 話題の映画だからといって、必ずしも面白いとは限らない。
一部具有話題性的電影並不等於具有娛樂性。

□ 鐘をつく。
敲鐘。

▶ 12月31日になると、鐘をつくためにこの寺に多くの人が集まる。
每逢12月31日，總有許多民眾為了敲鐘而來到這座寺院。

□ 知性と美貌を兼ね備える。
兼具智慧與美貌。

▶ この町は、伝統的な面と近代的な面を兼ね備えている。
這座小鎮同時兼具傳統的一面和現代的一面。

か｜かつどう～かねそなえる

Check 1　必考單字	高低重音	詞性、類義詞與對義詞
0485 □□□ か ねつ **加熱**	か<u>ねつ</u>	**名・他サ** 加熱，高溫處理 か おん **類** 加温 加熱
0486 □□□ か **兼ねる**	か<u>ねる</u>	**他下一・接尾** 兼備；不能，無法 も **類** 持つ 擁有
0487 □□□ **カバー**	カ<u>バー</u>	**名・他サ** 罩，套；補償，補充；覆蓋 **類** ふた 蓋子
0488 □□□ か はんすう **過半數**	か<u>はんすう</u>	**名** 過半數，半數以上 だい ぶ ぶん **類** 大部分 大部分
0489 □□□ かぶ **株**	か<u>ぶ</u>	**名・接尾** 株，顆；（樹的）殘株；股票； （職業等上）特權；擅長；地位 しゃさい **類** 社債 公司債券
0490 □□□ かぶ **被せる**	か<u>ぶせる</u>	**他下一** 蓋上；（用水）澆沖；戴上（帽子等）；推卸 おお **類** 覆う 覆蓋
0491 □□□ かま **釜**	か<u>ま</u>	**名** 窯，爐；鍋爐 **類** やかん 水壺
0492 □□□ かま **構いません**	か<u>まいません</u>	**寒暄** 沒關係，不在乎 だいじょう ぶ **類** 大丈夫 沒關係
0493 □□□ かみ **上**	か<u>み</u>	**名・漢造** 上邊，上方，上游，上半身；以前，過去；開始，起源於；統治者，主人；京都；上座；（從觀眾看）舞台右側 いただき **類** 頂 頂端
0494 □□□ かみ **神**	か<u>み</u>	**名** 神，神明，上帝，造物主；（死者的）靈魂 しんぶつ **類** 神仏 神與佛
0495 □□□ かみ **紙くず**	か<u>みくず</u>	**名** 廢紙，沒用的紙 **類** ごみ 垃圾

□ 牛乳を加熱する。
把牛乳加熱。

▶ ハチミツを加熱すれば、乳児に食べさせても大丈夫ですか。
請問蜂蜜經過加熱後可以給嬰兒吃嗎？

□ 趣味と実益を兼ねる。
興趣與實利兼具。

▶ このカフェは画廊も兼ねていて、若い女性客が多かった。
這家咖啡廳兼營畫廊，有很多年輕的女性顧客造訪。

□ 欠点をカバーする。
補償缺陷。

▶ 日本人の90％が本にカバーをつけるという統計も出ている。
據統計顯示有9成的日本人會使用書套。

□ 過半数に達する。
超過半數。

▶ 新しいホテルの建設計画に、町の過半数の人が反対している。
過半數的鎮民反對這項新旅館的興建計畫。

□ 株価が上がる。
股票上漲。

▶ 学生時代に始めた株で大きな利益を得て、専業投資家になった。
我從學生時代開始投資股票並獲得了高額利潤，如今已成為一名全職投資人。

□ 帽子を被せる。
戴上帽子。

▶ 食べる時は、ふたを被せてレンジで温めるとおいしいよ。
享用時，蓋上蓋子微波後滋味更棒喔！

□ 窯で焼く。
在窯裡燒。

▶ 祖母の家のお釜で炊いたご飯は、驚くほどおいしかった。
奶奶家用大鍋子炊煮出來的米飯，好吃得不可思議。

□ 私は構いません。
我沒關係。

▶ 10分ぐらいなら遅くなっても構いませんよ。待っています。
區區遲到10分鐘無所謂呀，我在這裡等你。

□ 上座に座る。
坐上位。

▶ かつてこの川上にあった村は、今はダムの底になっている。
曾經座落於這條河上游的村莊，如今已沉在水壩底下了。

□ 神に祈る。
向神禱告。

▶ 試験のための勉強は力の限りやった。あとは神に祈るだけだ。
已經竭盡全力努力備考了，接下來唯有祈求神明的保佑了。

□ 紙くずを拾う。
撿廢紙。

▶ うちの猫は目隠ししてゴミ箱に紙くずを投げることができる。
我家的貓可以在蒙住眼睛的狀態下把紙屑扔進垃圾桶裡。

Check 1 必考單字	高低重音	詞性、類義詞與對義詞

0496 □□□ ⊙ T1-32 かみさま 神様	かみさま	名（神的敬稱）上帝，神；（某方面的）專家，活神仙，（接在某方面技能後）…之神 類 教祖 教主
0497 □□□ かみそり 剃刀	かみそり	名 剃刀，刮鬍刀；頭腦敏銳（的人） 類 バリカン 理髮剃刀
0498 □□□ かみなり 雷	かみなり	名 雷；雷神；大發雷霆的人 類 稲妻 閃電
0499 □□□ か もく 科目	かもく	名 科目，項目；（學校的）學科，課程 類 百科 百科
0500 □□□ か もつ 貨物	かもつ	名 貨物；貨車 類 品物 實物
0501 □□□ か よう 歌謡	かよう	名 歌謠，歌曲 類 ソング 歌曲
0502 □□□ から 空	から	名 空的；空，假，虛 類 無い 沒有
0503 □□□ から 殻	から	名 外皮，外殼 類 亀甲 龜殼
0504 □□□ がら 柄	がら	名・接尾 身材；花紋，花樣；性格，人品，身分；表示性格，適合性 類 縞模様 條紋花樣
0505 □□□ カラー	カラー	名 色，彩色；（繪畫用）顏料 類 色彩 色彩
0506 □□□ からかう	からかう	他五 逗弄，調戲 類 構う 逗弄

□ 神様を信じる。
信神。

▶ 日本の昔話には、海や山、川の神様など多くの神様が出てくる。
在日本的民間傳說中，有主宰海洋和山川的各種神祇。

□ 剃刀でひげをそる。
用剃刀刮鬍子。

▶ 今まで安物の剃刀でひげを剃っていた息子に電気髭剃りを買ってあげたいと思ってます。
我想買一支電動刮鬍刀，給一直以來都使用廉價剃刀刮鬍子的兒子。

□ 雷が鳴る。
雷鳴。

▶ 今朝は、雷を伴う大雨の大きな音で目を覚ましました。
今早，滂沱大雨伴隨著雷聲發出轟隆巨響，將我從睡夢中驚醒。

□ 試験科目が9科目ある。
考試科目有9科。

▶ 授業は八つの科目に分類されている。
課程共分為8個科目。

□ 貨物を輸送する。
送貨。

▶ 材木を積んだ貨物列車が、大きい音を立てて通過した。
載運木材的貨物列車發出了巨大的聲響疾駛而過。

□ 歌謡曲を歌う。
唱歌謠。

▶ ある朝、ベランダの方から口笛の昭和歌謡曲が聞こえてきた。
一天早上，我聽到一陣以口哨吹著昭和時代流行歌謠的聲音從陽台那邊傳了過來。

□ 空にする。
騰出；淨空。

▶ ペットボトルは飲み残しがないように空にして捨ててください。
請先將寶特瓶裡喝剩的飲料傾倒之後再丟棄空瓶。

□ 殻を脱ぐ。
脱殼，脱皮。

▶ カニを茹でると、殻があっと言う間に真っ赤になった。
螃蟹一下水永燙，蟹殼立刻變成紅通通的。

□ 柄に合わない。
不合身分。

▶ 今シーズンの中ではこちらが一番派手な柄です。いつもすぐに完売してしまいます。
這是本季設計中最華麗的圖案，每次補貨總是立刻銷售一空。

□ カラーコピーをとる。
彩色影印。

▶ 祖母の若い頃はカラー写真が珍しく、ほとんど白黒だったそうだ。
聽說奶奶還年輕的那個時代彩色相片十分稀奇，絕大多數都是黑白的。

□ 子どもをからかう。
逗小孩。

▶ 小猫をからかうな、ひっかかれるぞ。
不要逗弄小貓咪，當心被抓傷哦！

Check 1 必考單字	高低重音	詞性、類義詞與對義詞
0507 □□□ からから	からから	副・自サ 乾的、硬的東西相碰的聲音 （擬音）（擬態時唸：からから） 類 カサカサ 乾燥的
0508 □□□ がらがら	がらがら	名・副・自サ・形動 手搖鈴玩具；硬物相撞 聲；直爽；很空（擬態時唸：からから） 類 ヨーヨー 溜溜球（yo-yo）
0509 □□□ 空っぽ	からっぽ	名・形動 空，空洞無一物 類 空き 空的、閒置的東西
0510 □□□ 空手	からて	名 空手道 類 ボクシング 拳擊
0511 □□□ 刈る	かる	他五 割，剪，剃 類 切る 切割
0512 □□□ ◎T1-33 枯れる	かれる	自上一 枯萎，乾枯；老練，造詣精深； （身材）枯瘦 類 乾く 乾燥
0513 □□□ カロリー	カロリー	名（熱量單位）卡，卡路里；（食品營 養價值單位）卡，大卡 類 エネルギー 能量
0514 □□□ 可愛がる	かわいがる	他五 喜愛，疼愛；嚴加管教，教訓 類 甘やかす 溺愛
0515 □□□ 可哀相・可哀想	かわいそう	形動 可憐 類 惨め 悲慘的
0516 □□□ 可愛らしい	かわいらしい	形 可愛的，討人喜歡；小巧玲瓏 類 可愛い 可愛的
0517 □□□ 為替	かわせ	名 匯款，匯兌 類 小切手 支票

□ からから音がする。
鏗鏗作響。

▶ 連日雨が降らないので、田んぼがからからに乾いてしまった。
連續好幾天沒下雨，田裡的土壤都因乾燥而龜裂開來。

□ がらがらとシャッターを開ける。
嘎啦嘎啦地把鐵門打開。

▶ 今日は休日なので、電車はがらがらだと思っていたが、途中から乗ってくる人が結構多かった。
由於今天是假日，原以為電車裡應該是空蕩蕩的，不過中途上車的乘客越來越多。

□ 頭の中が空っぽだ。
腦袋空空。

▶ 運動して喉が渇いたが、ペットボトルの中は空っぽだった。
運動後口好渴，可是寶特瓶裡空空的，連一滴水都沒有了。

□ 空手を習う。
練習空手道。

▶ 私は、ひところ空手を習っていたが、すぐにやめてしまった。
我曾經學過一陣子空手道，不過很快就放棄了。

□ 草を刈る。
割草。

▶ 髪の毛を短く刈ったら、かっこうよくなった。
把頭髮剃短之後，變得更帥氣了。

□ 作物が枯れる。
作物枯萎。

▶ 冬になって農作物が全部枯れてしまった。
到了冬天，所有的農作物都枯死了。

□ カロリーが高い。
熱量高。

▶ 今日食べた物の中で1番カロリーの高い物は何ですか。
你今天吃的食物之中，熱量最高的是哪一種？

□ 子どもを可愛がる。
疼愛小孩。

▶ 可愛がっていた猫が亡くなり、母が引きこもるようになってしまった。
自從愛貓離開人世後，媽媽天天悶在家裡足不出戶。

□ かわいそうな子が増える。
可憐的小孩增多。

▶ かわいそうな女の子が出てくる童話を読んで、涙が出た。
讀到童話故事有個可憐的小女孩，不禁落了淚。

□ 可愛らしい猫が出迎えてくれる。
可愛的貓出來迎接我。

▶ ピンクの猫がとてもかわいらしいです。
粉紅色的貓看起來非常可愛。

□ 為替で支払う。
用匯款支付。

▶ こちらなら、どのニュースで為替相場が動いたのかすぐに分かります。
在這裡您可以立即看出匯率波動是受到什麼消息面的影響。

か｜からから～かわせ

Check 1　必考單字	高低重音	詞性、類義詞與對義詞

0518 ☐☐☐
かわら
瓦 ▶ かわら ▶
- 名 瓦
- 類 タイル　磁磚

0519 ☐☐☐
かん
勘 ▶ かん ▶
- 名 直覺，第六感；領悟力
- 類 直感<small>ちょっかん</small>　直覺

0520 ☐☐☐
かん
感 ▶ かん ▶
- 名·漢造 感覺，感動；感
- 類 情<small>じょう</small>　感情

0521 ☐☐☐
かんかく
間隔 ▶ かんかく ▶
- 名 間隔，距離
- 類 距離<small>きょり</small>　距離

0522 ☐☐☐
かんかく
感覚 ▶ かんかく ▶
- 名·他サ 感覺
- 類 知覚<small>ちかく</small>　知覺

0523 ☐☐☐
かん き
換気 ▶ かんき ▶
- 名·自他サ 換氣，通風，使空氣流通
- 類 通風<small>つうふう</small>　通風

0524 ☐☐☐
かんきゃく
観客 ▶ かんきゃく ▶
- 名 觀眾
- 類 観衆<small>かんしゅう</small>　觀眾

0525 ☐☐☐
かんげい
歓迎 ▶ かんげい ▶
- 名·他サ 歡迎
- 類 出迎え<small>でむかえ</small>　迎接

0526 ☐☐☐
かんげき
感激 ▶ かんげき ▶
- 名·自サ 感激，感動
- 類 感心<small>かんしん</small>　欽佩

0527 ☐☐☐
かんさい
関西 ▶ かんさい ▶
- 名 日本關西地區（以京都、大阪為中心的地帶）
- 類 近畿<small>きんき</small>　日本古代京城（京都）

0528 ☐☐☐
かんさつ
観察 ▶ かんさつ ▶
- 名·他サ 觀察
- 類 監督<small>かんとく</small>　監督

□ 瓦で屋根を葺く。
用瓦鋪屋頂。

▶ 地震で、多くの屋根の瓦が落ちて割れてしまった。
地震造成了大量屋頂瓦掉落破裂。

□ 勘が鈍い。
反應遲鈍，領悟性低。

▶ 彼の心に片想いの人がいると気がついたの。私は勘がいいから。それが許せなくて別れたの。
我的第六感很強，發現他暗戀著別人。由於無法接受，於是分手了。

□ 隔世の感がある。
有恍如隔世的感覺。

▶ 朝早くから夜遅くまで働いているので、休日も疲労感が残る。
由於天天從大清早工作到深夜，那股渾身倦怠的感覺在假日依然揮之不去。

□ 間隔を取る。
保持距離。

▶ 教室では間隔をあけて座ってください。
教室內請落實梅花座。

□ 感覚が鋭い。
感覺敏銳。

▶ 付き合って半年くらいになる彼氏との金銭感覚の違いに悩んでいます。
我和交往半年左右的男朋友金錢觀並不一致，十分苦惱。

□ 窓を開けて換気する。
打開窗戶使空氣流通。

▶ シャワーの後は、浴室の換気扇をつけておいてください。
淋浴後請開啟浴室的換氣扇。

□ 観客層を広げる。
擴大觀眾層。

▶ パンダの赤ちゃんが生まれて、2年前に比べて観客数が3倍ぐらいになった。
在貓熊寶寶誕生之後，入園遊客數成長為兩年前的大約3倍。

□ 歓迎を受ける。
受歡迎。

▶ 大統領来日の際は、首相自ら空港まで出向いて歓迎の意を表した。
總統訪日時，首相親自到機場迎接表示歡迎。

□ 感激を与える。
使人感慨。

▶ 再会の感激のひととき、ありがとうございました。みなさま素敵でした。
由衷感謝這令人感動的重逢時刻！各位真是太好了！

□ 関西地方を襲った。
襲擊關西地區。

▶ 関西と関東はことばだけでなく、食べ物の味もちがう。
關西地區和關東地區不僅用詞和腔調不同，連對食物調味的喜好也不一樣。

□ 植物を観察する。
觀察植物。

▶ いろんな角度から観察することで新しいアイデアを発見する。
改變看事情的角度，就能發現新點子。

Check 1	必考單字	高低重音	詞性、類義詞與對義詞

0529 □□□ ◎ T1-34
かん
感じ
► かんじ ►
名 知覺，感覺；印象
類 気分 心情
きぶん

0530 □□□
がんじつ
元日
► がんじつ ►
名 元旦
類 正月 新年
しょうがつ

0531 □□□
かんじゃ
患者
► かんじゃ ►
名 病人，患者
類 病人 病人
びょうにん

0532 □□□
かんしょう
鑑賞
► かんしょう ►
名・他サ 鑑賞，欣賞
類 玩味 玩味
がんみ

0533 □□□
かんじょう
勘定
► かんじょう ►
名・他サ 計算；算帳；（會計上的）帳目，
戶頭，結帳；考慮，估計
類 愛想 結帳
あいそ

0534 □□□
かんじょう
感情
► かんじょう ►
名 感情，情緒
類 気持ち 心情
きも

0535 □□□
かんしん
関心
► かんしん ►
名 關心，感興趣
類 興味 興趣
きょうみ

0536 □□□
かん
関する
► かんする ►
自サ 關於，與…有關
類 構う 干預
かま

0537 □□□
かんせつ
間接
► かんせつ ►
名 間接
類 遠回し 委婉
とおまわ

0538 □□□
かんそう
乾燥
► かんそう ►
名・自他サ 乾燥；枯燥無味
類 脱水 脱水
だっすい

0539 □□□
かんそく
観測
► かんそく ►
名・他サ 觀察（事物），（天體，天氣等）
觀測
類 観望 観察
かんぼう

□ 感じがいい。
　感覺良好。

▶ 売れる店の店員は感じが良く、売れない店の店員は感じが悪い方が多いと思う。
我覺得業績好的店，店員多半十分親切；而業績差的店，店員的態度往往很差。

□ 元日から営業する。
　從元旦開始營業。

▶ 元日も仕事をする人はたくさんいるが、役所や銀行は休みだ。
雖然元旦那天有很多人仍須上班，但是公家機關和銀行休息一天。

□ 患者を診る。
　診察患者。

▶ 医者は患者によって育てられ、患者は医者によって良い人生を歩む。
醫師是在患者的砥礪之下得到成長，而患者則在醫師的治療之中邁向美好的人生。

□ 映画を鑑賞する。
　鑑賞電影。

▶ ご自宅で映画鑑賞をする際におすすめのヘッドホンをご紹介します。
為您推薦一些適合在家看電影的頭罩式耳機。

□ 勘定を済ます。
　付完款，算完帳。

▶ お勘定は別々でお願いできますか。
可以麻煩分開結帳嗎？

□ 感情を抑える。
　壓抑情緒。

▶ 感情的になって怒ったことを、後になってとても後悔した。
若因一時衝動而暴怒，在事過境遷之後往往懊悔不已。

□ 関心を持つ。
　關心，感興趣。

▶ 学生の時からいろいろなことに関心を持って、自分の視野を広げてください。
從學生時代就要對各種事物產生興趣，以開闊自己的眼界。

□ 政治に関する問題を解決する。
　解決政治相關問題。

▶ 日本美術に関する論文を書くために、毎日図書館に通っている。
為了撰寫一篇關於日本藝術的論文而天天上圖書館。

□ 間接的に影響する。
　間接影響。

▶ 消費税やたばこ税、酒税は間接税だと知っていましたか。
您知道消費稅、香菸稅和酒稅都屬於間接稅嗎？

□ 空気が乾燥している。
　空氣乾燥。

▶ この化粧水1本で、乾燥したお肌もしっとり。
只要這一瓶化妝水，連乾燥的肌膚也能變得保水滋潤。

□ 天体を観測する。
　觀測天體。

▶ 犬のタロとジロは南極観測隊で犬橇を引いて働いた。
當年太郎與次郎這兩隻狗在南極觀測隊裡擔當拉雪橇的任務。

か — かんじ 〜 かんそく

113

Check 1 必考單字	高低重音	詞性、類義詞與對義詞

0540 □□□ かんたい **寒帯**	▶ かんたい	名 寒帶 類 雪国 雪多的地方
0541 □□□ がんたん **元旦**	▶ がんたん	名 元旦 類 新年 新年
0542 □□□ かんちが **勘違い**	▶ かんちがい	名・自サ 想錯，判斷錯誤，誤會 類 誤解 誤解
0543 □□□ かんちょう **官庁**	▶ かんちょう	名 政府機關 類 都庁 東京最高行政單位
0544 □□□ かんづめ **缶詰**	▶ かんづめ	名 罐頭；不與外界接觸的狀態；擁擠的狀態 類 箱詰め 箱裝
0545 □□□ かんでんち **乾電池**	▶ かんでんち	名 乾電池 類 バッテリー 可充電電池
0546 □□□ ⊙ T1-35 かんとう **関東**	▶ かんとう	名 日本關東地區（以東京為中心的地帶） 類 東北 日本東北地方
0547 □□□ かんとく **監督**	▶ かんとく	名・他サ 監督，督促；監督者，管理人；（影劇）導演；（體育）教練 類 コーチ 教練
0548 □□□ かんねん **観念**	▶ かんねん	名・自他サ 觀念；決心；斷念，不抱希望 類 心象 印象
0549 □□□ かんぱい **乾杯**	▶ かんぱい	名・自サ 乾杯 類 祝福 祝福
0550 □□□ かんばん **看板**	▶ かんばん	名 招牌；牌子，幌子；（店舖）關門，停止營業時間 類 広告 廣告

か｜かんたい～かんばん

□ 寒帯の動物が南下
した。
寒帯動物向南而去。

► 気温が極端に低い寒帯では、樹木は大きく生育できない。
樹木在氣溫極低的寒帶地區無法長得高大。

□ 元旦に初詣に行く。
元旦去新年參拜。

► みんなから届く年賀状を読むのは、元旦の一番の楽しみだ。
看大家寄來的賀年卡是元旦假期中最令我期待的事了。

□ 君と勘違いした。
誤以為是你。

► このときの小さな勘違いが、後々大問題を引き起こすことになる。
這種時候的小誤會，日後將會引發大問題。

□ 官庁に勤める。
在政府機關工作。

► 父は官庁で35年間も働いている。
家父已在政府機關任職長達35年之久。

□ 缶詰にする。
關起來。

► 災害などの非常用に、なるべくたくさんの缶詰を買っておこう。
盡量去多買些罐頭儲存起來，以備災難發生時緊急之需吧。

□ 乾電池を入れ換える。
換電池。

► TVのリモコンが動かないので、乾電池を交換したら、動いた。
電視遙控器按下時沒有反應，換了電池以後即可正常運作了。

□ 関東地方が強く揺れる。
關東地區強烈搖晃。

► 関東地方は今日も雲のない青空が広がるでしょう。
關東地區今日應該同樣是晴空萬里的好天氣。

□ 野球チームの監督になる。
成為棒球隊教練。

► 故高畑勲氏は日本を代表するアニメーション映画の監督だ。
已故的高畑勲先生是知名日本動畫電影導演。

□ 時間の観念がない。
沒有時間觀念。

► コーヒーの風味は、苦味、酸味で表すことが一般的ですが、僕はそれは固定観念だと思います。
咖啡的風味通常用苦味和酸味來形容，我認為那是一種刻板印象。

□ 乾杯の音頭を取る。
首先帶頭乾杯。

► 新郎新婦のために乾杯いたしましょう！
我們敬新郎新娘，乾杯！

□ 看板にする。
打著招牌；以…為榮；
商店打烊。

► 彼は街を彩る映画の看板を描き続けている。
他不間斷地繪製出一幅幅為街頭增色添光的電影看板。

Check 1 必考單字	高低重音	詞性、類義詞與對義詞
0551 □□□ かんびょう 看病	▶ かんびょう	▶ 名・他サ 看護，護理病人 類 看護 護理
0552 □□□ かんむり 冠	▶ かんむり	▶ 名 冠，冠冕；字頭，字蓋；有點生氣 類 王冠 王冠
0553 □□□ かん り 管理	▶ かんり	▶ 名・他サ 管理，管轄；經營，保管 類 運営 經營
0554 □□□ かんりょう 完了	▶ かんりょう	▶ 名・自他サ 完了，完畢；（語法）完了，完成 類 完成 完成
0555 □□□ かんれん 関連	▶ かんれん	▶ 名・自サ 關聯，有關係 類 関係 關聯
0556 □□□ かん わ 漢和	▶ かんわ	▶ 名 漢語和日語；漢日辭典（用日文解釋古漢語的辭典） 類 漢文 中國古文
0557 □□□ き 期	▶ き	▶ 名 時期；時機；季節；（預定的）時日 類 間 期間
0558 □□□ き 器	▶ き	▶ 名・漢造 有才能，有某種才能的人；器具，器皿；起作用的，才幹 類 瓶 瓶子
0559 □□□ き 機	▶ き	▶ 名・接尾・漢造 時機；飛機；（助數詞用法）架；機器 類 機会 機會
0560 □□□ き あつ 気圧	▶ きあつ	▶ 名 氣壓；（壓力單位）大氣壓 類 電圧 電壓
0561 □□□ ぎ いん 議員	▶ ぎいん	▶ 名 （國會，地方議會的）議員 類 政治家 政治家

□ 病人を看病する。
護理病人。

▶ ひどい風邪で寝込んでいたら、彼が一晩中看病してくれた。
我罹患了重感冒臥病在床，而他徹夜不眠地照顧我。

□ 草かんむりになっている。
為草字頭。

▶ 博物館で、1000年前に作られた王様の美しい冠を見た。
在博物館裡看到了1000年前製作的美麗皇冠。

□ 品質を管理する。
品質管理。

▶ 寝たきりになった母のため、私が母の財産などの管理を任せられた。
臥病在床的母親託付我幫她保管財產。

□ 工事が完了する。
結束工程。

▶ スマホやパソコンからネットだけで5分で簡単に資金集めが完了します。
只要通過手機或電腦連上網路，僅需5分鐘即可完成資金籌集。

□ 関連が深い。
關係深遠。

▶ 近年、電子書籍に関連する話題が注目を集めています。
近年來，電子書相關的議題備受關注。

□ 漢和辞典を使いこなす。
善用漢和辭典。

▶ 漢和辞典で、自分の名前に使われている漢字の意味を調べた。
在中日辭典裡查找了自己名字使用的漢字含義。

□ 入学の時期が訪れる。
又到開學期了。

▶ 来週から期末テストが始まるので、早く勉強を始めよう。
下星期就要期末考試了，還是早點開始用功吧。

□ 食器を片付ける。
收拾碗筷。

▶ 日本の茶道に興味を持ち、様々な茶器を見せてもらった。
對日本的茶道產生興趣，請對方讓我欣賞了各種茶具。

□ 時機を待つ。
等待時機。

▶ パソコンなどの機器を使って仕事をするようになってから、能率があがった。
自從使用電腦之類的機器之後，從此提升了工作效率。

□ 高気圧が張り出す。
高氣壓伸展開來。

▶ 県内は高気圧に覆われて、広く晴れるところが多くなります。
本縣在高氣壓籠罩之下，多數地區都是晴空萬里的好天氣。

□ 議員を辞する。
辭去議員職位。

▶ 市議会議員を決めるための選挙がだんだん近づいている。
市議員選舉的投票日一天天逼近。

Check 1 必考單字	高低重音	詞性、類義詞與對義詞
0562 □□□ きおく **記憶**	き|おく	**名・他サ** 記憶，記憶力；記性 **類** そうき 想起　回憶
0563 □□□　◎ T1-36 き おん **気温**	き|おん	**名** 氣溫 **類** てんこう 天候　天候
0564 □□□ き かい **器械**	き|かい	**名** 機械，機器 **類** きかい 機械　機械
0565 □□□ ぎ かい **議会**	ぎ|かい	**名** 議會，國會 **類** こっかい 国会　國會
0566 □□□ 着替え **着替え**	き|がえ	**名** 換衣服；換的衣服 **類** いろなお お色直し　結婚典禮上的換裝
0567 □□□ き **気がする**	き|がする	**慣** 好像；有心 **類** かん 感じがする　覺得
0568 □□□ き かん **機関**	き|かん	**名** （組織機構的）機關，單位；（動力裝置）機關 **類** ぎ いん 議院　國會
0569 □□□ き かんしゃ **機関車**	き|かんしゃ	**名** 機車，火車 **類** き しゃ 汽車　火車
0570 □□□ き ぎょう **企業**	き|ぎょう	**名** 企業；籌辦事業 **類** かいしゃ 会社　公司
0571 □□□ き きん **飢饉**	き|きん	**名** 飢饉，飢荒；缺乏，…荒 **類** きょうねん 凶年　歉年
0572 □□□ き ぐ **器具**	き|ぐ	**名** 器具，用具，器械 **類** き き 機器　機器

□ 記憶に新しい。
記憶猶新。
► 人は子ども時代に、耐えがたい苦痛に襲われると、防衛本能が働いて記憶から消し去ろうとする。
當一個人小時候遭受到無法忍受的痛苦時將會啟動心理防衛機制，試圖將那段經歷從記憶中予以抹除。

□ 気温が下がる。
氣溫下降。
► 気温が低く空気も乾燥しているので、風邪に気をつけてください。
不但氣溫低還加上空氣乾燥，這種時候請務必預防感冒。

□ 医療器械を開発する。
開發醫療器械。
► 未病は、医療器械の発達で検査値の異常などにより早期に発見できるようになりました。
所謂未病先防，如今已可藉助先進的醫療設備及早發現異常的檢驗數值。

□ 議会を解散する。
解散國會。
► 議会で増税の計画が中止になったというニュースを見た。
看到議會決議中止增稅案的新聞報導了。

□ 着替えを持つ。
攜帶換洗衣物。
► このホテルで何でも売っているから、着替えを持って来ていない。
反正這家旅館什麼都有得買，所以沒帶換洗的衣物來。

□ 見たことがあるような気がする。
好像有看過。
► あの方とは、どこかで会ったことがあるような気がする。
那一位…我似乎曾在哪裡見過。

□ 行政機関が定める。
行政機關規定。
► 兄は大学院を出てからずっと海外の金融機関で働いている。
哥哥從研究所畢業以來，一直都在國外的金融企業工作。

□ 蒸気機関車を運転する。
駕駛蒸汽火車。
► 昭和の時代は蒸気機関車の汽笛の音が時計代わりだった。
在昭和時代，蒸汽火車的汽笛聲相當於時鐘的報時聲。

□ 企業を起こす。
創辦企業。
► 頑張って働く社員に対して、しっかりと報いられるのは、大企業よりも中小企業の方だと思う。
我認為對於努力工作的員工而言，在中小企業得到的回報要比在大企業來得多。

□ 飢饉に見舞われる。
鬧飢荒。
► さつま芋は飢饉で苦しむ人々の大切な食料だ。
地瓜是飽受飢荒之苦的人們格外珍貴的糧食。

□ 器具を使う。
使用工具。
► この店では、なべや包丁などの調理器具が安く買える。
在這家店可以買到便宜的鍋子、菜刀等等烹飪工具。

Check 1　必考單字	高低重音	詞性、類義詞與對義詞

0573 ☐☐☐
きげん
期限　▶　き|げん　▶
图 期限
類 締切 截止日

0574 ☐☐☐
きげん
機嫌　▶　き|げん　▶
图 心情，情緒
類 気分 心情

0575 ☐☐☐
きこう
気候　▶　き|こう　▶
图 氣候
類 天気 天氣

0576 ☐☐☐
きごう
記号　▶　き|ごう　▶
图 符號，記號
類 合図 信號

0577 ☐☐☐
きざ
刻む　▶　き|ざむ　▶
他五 切碎；雕刻；分成段；銘記，牢記
類 削る 刨去

0578 ☐☐☐
きし
岸　▶　き|し　▶
图 岸，岸邊；崖
類 崖 斷崖

0579 ☐☐☐
き　じ
生地　▶　き|じ　▶
图 本色，素質，本來面目；布料；（陶器等）毛坯
類 化繊 化學纖維

0580 ☐☐☐
ぎ　し
技師　▶　ぎ|し　▶
图 技師，工程師，專業技術人員
類 技術者 技師

0581 ☐☐☐ ⊙ T1-37
ぎ　しき
儀式　▶　ぎ|しき　▶
图 儀式，典禮
類 式典 典禮

0582 ☐☐☐
き　じゅん
基準　▶　き|じゅん　▶
图 基礎，根基；規格，準則
類 模範 典範

0583 ☐☐☐
き　しょう
起床　▶　き|しょう　▶
名・自サ 起床
類 目覚め 睡醒

□ 期限が切れる。
期滿，過期。

▶ 図書館の本の返却期限を過ぎてしまいました。今日返します。
已經超過圖書館規定的借閱期限了。今天得去還書。

□ 機嫌を取る。
討好，取悅。

▶ 田中さん機嫌がいいですね。いいことがあったのですか。
田中先生心情真好，是不是有什麼好事呀？

□ 気候が暖かい。
天氣溫暖。

▶ 山に行くなら今よりもっと気候のいい季節にしよう。
如果要上山，還是等到氣候比現在更好的季節吧。

□ 記号をつける。
標上記號。

▶ ここからは、中学校で学習する数学の記号をまとめています。
從這部分起，彙整歸納了各位即將在中學階段學習的數學符號。

□ 文字を刻む。
刻上文字。

▶ 観光の記念に、キーホルダーに名前を刻んでもらった。
請店家在鑰匙圈刻上名字，當成到此一遊的紀念品。

□ 岸を離れる。
離岸。

▶ この川の向こう岸までどちらが早く泳げるか競争しよう。
我們比賽誰最快游到這條河的對岸吧！

□ ドレスの生地が粗い。
洋裝布料質地粗糙。

▶ この生地はシワになりやすいです。
這種質料容易起皺。

□ レントゲン技師が行う。
X光技師著手進行。

▶ 私はこの病院で診療放射線技師として働いている。
我在這家醫院擔任醫事放射師。

□ 儀式を行う。
舉行儀式。

▶ 天皇陛下の即位儀式に出席した外国元首らを招いた。
我們已敬邀出席天皇陛下即位典禮的各國元首蒞臨與會。

□ 基準に達する。
達到基準。

▶ テストの点数が 80 点以上であることが合格の基準だ。
考試成績的合格標準是80分以上。

□ 起床時間を設定する。
設定起床時間。

▶ 就寝時間は 12 時、起床時間は 6 時頃が多いです。
我通常晚上12點就寢，6點左右起床。

Check 1 必考單字	高低重音	詞性、類義詞與對義詞
0584 □□□ 傷 きず	▶ き‾ず	名 傷口，創傷；缺陷，瑕疵 類 怪我 受傷
0585 □□□ 着せる き	▶ き‾せる	他下一 給穿上（衣服）；鍍上；嫁禍，加罪 類 まとう 裏著
0586 □□□ 基礎 き そ	▶ き‾そ	名 基石，基礎，根基；地基 類 根本 根本
0587 □□□ 期待 き たい	▶ き‾たい	名・他サ 期待，期望，指望 類 希望 希望
0588 □□□ 気体 き たい	▶ き‾たい	名（理）氣體 類 蒸気 蒸氣
0589 □□□ 基地 き ち	▶ き‾ち	名 基地，根據地 類 拠点 據點
0590 □□□ 貴重 き ちょう	▶ き‾ちょう	形動 貴重，寶貴，珍貴 類 大事 寶貴的
0591 □□□ 議長 ぎ ちょう	▶ ぎ‾ちょう	名 會議主席，主持人；（聯合國，國會）主席 類 主席 主席
0592 □□□ きつい	▶ き‾つい	形 嚴厲的，嚴苛的；剛強，要強；緊的，瘦小的；強烈的；累人的，費力的 類 つらい 痛苦的
0593 □□□ 切っ掛け き か	▶ き‾っかけ	名 開端，動機，契機 類 契機 契機
0594 □□□ 気付く き づ	▶ き‾づく	自五 察覺，注意到，意識到；（神志昏迷後）甦醒過來 類 察する 判斷

□ 傷を負う。
受傷。

▶ 「痛そうだね」「いや、こんな傷は薬を付ければすぐに治るよ」
「看起來好痛啊…」「沒什麼，這點小傷只要擦擦藥很快就好囉！」

□ 罪を着せる。
嫁禍罪名。

▶ 彼らは彼に一番いいスーツを着せて埋葬した。
他們為他穿上最體面的西裝之後將他埋葬了。

□ 基礎を固める。
鞏固基礎。

基礎をしっかりと身につけることで、応用で良い成果をあげることができます。
建立良好的基礎有助於日後的應用發揮，進而收穫豐厚的成果。

□ 期待を裏切る。
違背期望。

▶ 会社はこの新製品に期待している。
公司對這款新產品抱持高度期待。

□ 気体は通すが水は通さない。
氣體可通過，但水無法通過。

▶ この液体は温めると気体になるので、冷やしておいてください。
這種液體遇熱就會變成氣體，所以請冷藏保存。

□ 基地を建設する。
建設基地。

▶ 家の近くにアメリカ軍の基地があって、いつも飛行機の音がする。
我家附近就有一座美軍基地，經常發出飛機起降的噪音。

□ 貴重な体験ができた。
得到寶貴的經驗。

▶ 若いうちに異文化に触れることは貴重な経験である。
趁年輕接觸不同文化可以獲得寶貴的經驗。

□ 議長を務める。
擔任會議主席。

▶ その議員は議長が止めても発言を続けようとしていた。
即使議長要求停止了，那位議員依然繼續發言。

□ 仕事がきつい。
費力的工作。

この靴はきついので、もう少し大きいのを見せてください。
這雙鞋太緊了，請拿再大一點的給我。

□ きっかけを作る。
製造機會。

▶ 駅でいきなり声をかけられ、それがきっかけで恋人になった。
在車站忽然有人喚我一聲，這促成了我們交往的契機。

□ 誤りに気付く。
意識到錯誤。

▶ 私は自分の誤りに気付いてくれる人を大切にしています。
我很珍惜那些能夠對我指正錯誤的人們。

Check 1 必考單字	高低重音	詞性、類義詞與對義詞

0595 □□□
喫茶
（きっさ）

▶ き｜っさ ▶

名 喝茶，喫茶，飲茶
類 軽食 小吃

0596 □□□
ぎっしり

▶ ぎ｜っし｜り ▶

副（裝或擠的）滿滿的
類 びっしり 緊密

0597 □□□
気に入る
（き・い・る）

▶ き｜にいる ▶

連語 稱心如意，喜歡，寵愛
類 好感を持つ 喜歡

0598 □□□
気にする
（き）

▶ き｜にする ▶

慣 介意，在乎
類 気を使う 顧慮

0599 □□□ ⊙ T1-38
気になる
（き）

▶ き｜にな｜る ▶

慣 擔心，放心不下
類 気に掛かる 掛心

0600 □□□
記入
（き・にゅう）

▶ き｜にゅう ▶

名・他サ 填寫，寫入，記上
類 明記 標示清楚

0601 □□□
記念
（き・ねん）

▶ き｜ねん ▶

名・他サ 紀念
類 追想 追憶

0602 □□□
記念写真
（き・ねん・しゃ・しん）

▶ き｜ねんしゃ｜しん ▶

名 紀念照
類 合成写真 合成照片

0603 □□□
機能
（き・のう）

▶ き｜のう ▶

名・自サ 機能，功能，作用
類 性能 性能

0604 □□□
気の所為
（き・せい）

▶ き｜のせ｜い ▶

連語 神經過敏；心理作用
類 思い過ごし 多慮

0605 □□□
気の毒
（き・どく）

▶ き｜のど｜く ▶

名・形動 可憐的，可悲；可惜，遺憾；
過意不去，對不起
類 遺憾 遺憾

□ 喫茶店で待ち合わせ。
在咖啡店碰面。

▶ 最近、店主自らがコーヒーを淹れるようなこだわりがある喫茶店が増えた。
近來，有愈來愈多咖啡館特別講究是由店主親自沖咖啡的。

□ ぎっしりと詰める。
塞滿，排滿。

▶ 兄の弁当箱には、いつもご飯がぎっしり詰まっている。
哥哥的飯盒裡總是裝著滿滿的白飯。

□ プレゼントを気に入る。
喜歡禮物。

▶ 姉は韓国ドラマが気に入っていて、DVDをたくさん借りている。
姐姐愛上韓劇，租了很多片DVD回來。

□ 失敗を気にする。
對失敗耿耿於懷。

▶ 間違っても気にしないで、スピーチコンテストに出ようと思う。
我想參加演講比賽，即使過程中出現失誤也不會放在心上。

□ 外の音が気になる。
在意外面的聲音。

▶ 昨夜は、大学の入学試験のことが気になって眠れなかった。
昨天一整晚都在擔心大學入學考試而無法成眠。

□ 必要事項を記入する。
記上必要事項。

▶ 所定の用紙に記入の上、窓口に提出してください。
請於指定用紙填寫完畢後，交給承辦人員。

□ 記念品をもらう。
收到紀念品。

▶ 20周年を記念して、さまざまなイベントが開催される。
為慶祝20週年，即將舉辦各式各樣的紀念活動。

□ 七五三の記念写真を撮る。
拍攝七五三的紀念照。

▶ 子どもも終始笑顔で家族で撮った記念写真は宝物です。
連小孩也同樣笑嘻嘻的全家福紀念照是傳家之寶。

□ 機能を果たす。
發揮作用。

▶ 作り手、演じ手、観客の三位一体がうまく機能しない限り、良い劇場は成り立たないでしょう。
除非創作者、表演者和觀眾三者同心協力，否則難以成就一座完美的劇場。

□ 気のせいかもしれない。
可能是我神經過敏吧。

▶ 気のせいかもしれないが、部長は少し疲れているようだ。
或許是我多心了，總覺得經理似乎有些疲態。

□ 気の毒な境遇にあった。
遭逢悲慘的處境。

▶ 大変お気の毒ですが、ご希望の携帯電話は売り切れました。
非常抱歉，您想買的那款手機已經售完了。

Check 1 必考單字	高低重音	詞性、類義詞與對義詞

0606 □□□
牙（きば）
▶ きば
▶ 名 犬齒，獠牙
類 象牙（ぞうげ）象牙

0607 □□□
基盤（きばん）
▶ きばん
▶ 名 基礎，底座，底子；基岩
類 根拠（こんきょ）根據

0608 □□□
寄付（きふ）
▶ きふ
▶ 名・他サ 捐贈，捐助，捐款
類 寄贈（きぞう）贈送

0609 □□□
気分転換（きぶんてんかん）
▶ きぶんてんかん
▶ 連語・名 轉換心情
類 ストレス解消（かいしょう）抒解壓力

0610 □□□
気味・気味（きみ・ぎみ）
▶ きみ・ぎみ
▶ 名・接尾 感觸，感受，心情；有一點兒，稍稍
類 気分（きぶん）氣氛

0611 □□□
気味が悪い（きみがわるい）
▶ きみがわるい
▶ 形 毛骨悚然的；令人不快的
類 不快感を持つ（ふかいかん）感到不快

0612 □□□
奇妙（きみょう）
▶ きみょう
▶ 形動 奇怪，出奇，奇異，奇妙
類 奇異（きい）離奇

0613 □□□
義務（ぎむ）
▶ ぎむ
▶ 名 義務
類 任務（にんむ）任務

0614 □□□
疑問（ぎもん）
▶ ぎもん
▶ 名 疑問，疑惑
類 懐疑（かいぎ）懷疑

0615 □□□
逆（ぎゃく）
▶ ぎゃく
▶ 名・漢造 反，相反，倒；叛逆
類 裏（うら）內幕

0616 □□□ ⏺ T1-39
客席（きゃくせき）
▶ きゃくせき
▶ 名 觀賞席；宴席，來賓席
類 議席（ぎせき）議員資格

□ ライオンの牙が獲物を噛み砕く。 獅子的尖牙咬碎獵物。	▶ 犬は鋭い牙でかみつくことができる。 狗能用尖銳的牙齒啃咬。
□ 基盤を固める。 鞏固基礎。	▶ 体と精神はつながっている。健康は経営力の基盤だ。 身體和心靈是一體兩面。健康是管理能力的基礎。
□ 寄付を募る。 募捐。	▶ この商品の売上の一部は義援金として被災地に寄付されます。 這項產品將會提撥部分銷售金額捐贈災區。
□ 気分転換に散歩に出る。 出門散步換個心情。	▶ 仕事が忙しい時は、気分転換に体育館のプールで泳いでいる。 平常工作忙碌時會去體育館的泳池游泳，藉此轉換心情。
□ 風邪気味に効く。 對感冒初期有效。	▶ 昨日から風邪気味で、咳と鼻水が出て困っている。 從昨天起就有點感冒的跡象，出現咳嗽和流鼻水的症狀，實在不妙。
□ 気味が悪い夢を見た。 夢到可怕的夢。	▶ 彼の笑い声と態度は気味が悪い。私は嫌いだ。 我真討厭他那令人毛骨悚然的笑聲和表情。
□ 奇妙な現象に驚く。 對奇怪的現象感到驚訝。	▶ 奇妙なことに、友だちの占いが当たって新しい恋人ができた。 奇妙的是，朋友占的卦居然成真，我又交到一個女友！
□ 義務を果たす。 履行義務。	▶ 権利ばかり主張して義務を果たさない人間は信用されない。 一味主張權利而不善盡義務的人不值得信賴。
□ 疑問に答える。 回答疑問。	▶ 会社の経営方針に疑問を持ったので、転職を考え始めた。 對公司的經營方針產生疑慮，開始思考換工作了。
□ 逆にする。 弄反過來。	▶ 目的地と逆の方向に進んで、道に迷ってしまった。 前進的方向與目的地相反，結果迷路了。
□ 客席を見渡す。 遠望觀眾席。	▶ 劇場に入り、初めて舞台上から観客を見た時はすごくワクワクしていた。 當我踏入劇場，第一次從舞台望向觀眾席時，心中無比雀躍。

Check 1 必考單字	高低重音	詞性、類義詞與對義詞

0617 □□□
ぎゃくたい
虐待 ▸ ぎゃくたい ▸
名・他サ 虐待
類 暴虐 兇殘無道

0618 □□□
きゃく ま
客間 ▸ きゃくま ▸
名 客廳
類 応接間 會客室

0619 □□□
キャプテン ▸ キャプテン ▸
名 團體的首領；船長；隊長；主任
類 チーフ 首領

0620 □□□
ギャング ▸ ギャング ▸
名 持槍強盜團體，盜伙
類 やくざ 流氓

0621 □□□
キャンパス ▸ キャンパス ▸
名 （大學）校園，校內
類 スクール 學校

0622 □□□
キャンプ ▸ キャンプ ▸
名・自サ 露營，野營；兵營，軍營；登山隊基地；（棒球等）集訓
類 露営 露營

0623 □□□
きゅう
旧 ▸ きゅう ▸
名・漢造 陳舊；往昔，舊日；舊曆，農曆；前任者
類 故 以前的

0624 □□□
きゅう
級 ▸ きゅう ▸
名・漢造 等級，階段；班級，年級
類 位 排名順位

0625 □□□
きゅう
球 ▸ きゅう ▸
名・漢造 球；（數）球體，球形
類 毬 球

0626 □□□
きゅう か
休暇 ▸ きゅうか ▸
名 （節假日以外的）休假
類 休日 休假

0627 □□□
きゅうぎょう
休業 ▸ きゅうぎょう ▸
名・自サ 停課
類 店休 店鋪休息

□ 児童虐待は深刻な
問題だ。
虐待兒童是很嚴重的問
題。

▶ 子どもが虐待されているようですが、どうすればよい
ですか。
那孩子疑似遭受虐待，該怎麼辦才好？

□ 客間に通す。
請到客廳。

▶ 私は先生を客間に案内し、向かい合ってソファに腰か
けた。
我領著老師走進客廳，在沙發面對面坐了下來。

□ キャプテンに従う。
服從隊長。

▶ 彼は入団2年目からチームキャプテンとして活躍して
いる。
他自加入球隊的第2年起就以隊長之姿大顯身手。

□ ギャングに襲われ
る。
被盜匪搶劫。

▶ 警察はいろんな作戦でギャングを一瞬で殺してしまう。
警方透過多管齊下的行動，一舉殲滅了幫派流氓。

□ 大学のキャンパス
がある。
有大學校園。

▶ 毎年秋、何百万人もの学生たちが大学のキャンパスに
向かう。
每年秋天，數以百萬計的學生進入大學校園。

□ 渓谷でキャンプす
る。
在溪谷露營。

▶ 公園でキャンプを楽しんだことがあります。
我曾在公園享受過露營的樂趣。

□ 旧正月に餃子を食
べる。
舊曆年吃水餃。

▶ 日本では、旧暦のお盆の頃、帰省で交通機関が混雑する。
在日本，人們會在舊曆的中元節假期返鄉，各種交通工具無人
滿為患。

□ 英検一級に合格す
る。
英檢一級合格。

▶ 甥は、そろばんの級が上がったと言って喜んでいる。
姪子喜孜孜地報告自己的珠算晉級了。

□ 球の体積を求める。
解出球的體積。

▶ 玄関の電球が切れたので、ＬＥＤの電球に交換した。
玄關的燈泡壞掉了，所以換成了LED燈泡。

□ 休暇を取る。
請假。

▶ ずっと仕事で忙しかったから、1週間ぐらい休暇がほ
しい。
工作一直非常忙碌，很希望能休假一星期左右。

□ 都合により本日休
業します。
由於私人因素，本日休
息。

▶ 当店、毎週火曜日は休業日となっております。
本店每週二公休。

Check 1 必考單字	高低重音	詞性、類義詞與對義詞

0628 □□□
きゅうげき
急激
▸ きゅうげき
▸ 形動 急遽
類 急速 迅速

0629 □□□
きゅうこう
休校
▸ きゅうこう
▸ 名·自サ 停課
類 閉園（園區）關門

0630 □□□
きゅうこう
休講
▸ きゅうこう
▸ 名·自サ 停課
類 臨休 臨時休業

0631 □□□
きゅうしゅう
吸収
▸ きゅうしゅう
▸ 名·他サ 吸收
類 学習 學習

0632 □□□
きゅうじょ
救助
▸ きゅうじょ
▸ 名·他サ 救助，搭救，救援，救濟
類 救済 救濟

0633 □□□ ◉ T1-40
きゅうしん
休診
▸ きゅうしん
▸ 名·他サ 停診
類 休止 停止

0634 □□□
きゅうせき
旧跡
▸ きゅうせき
▸ 名 古蹟
類 遺跡 遺址

0635 □□□
きゅうそく
休息
▸ きゅうそく
▸ 名·自サ 休息
類 休憩 歇息

0636 □□□
きゅうそく
急速
▸ きゅうそく
▸ 名·形動 迅速，快速
類 速度 速度

0637 □□□
きゅうよ
給与
▸ きゅうよ
▸ 名·他サ 供給（品），分發，待遇；工資，津貼
類 給料 薪水

0638 □□□
きゅうよう
休養
▸ きゅうよう
▸ 名·自サ 休養
類 休息 休息

□ 急激な変化に耐える。
忍受急遽的變化。

▶ 山の天候は急激に変化するので、注意してください。
山上的天氣變化多端，請務必當心。

□ 地震で休校になる。
因地震而停課。

▶ 学生諸君喜べ！昼からは休校だ。
各位同學，好消息！下午學校停課囉！

□ 授業が休講になる。
停課。

▶ 講師が風邪を引いてるので今日の授業は休講になった。
由於講師罹患感冒，今天的課程暫停一次。

□ 知識を吸収する。
吸收知識。

▶ 我が社は同業超大手に吸収合併されることになりました。
本公司被同業的超大型企業購併了。

□ 人命救助につながる。
關係到救命問題。

▶ 救助を待つ間、1枚のチョコレートで飢えを凌いだ。
在等待救援期間，只靠一片巧克力勉強充飢。

□ 日曜休診が多い。
週日大多停診。

▶ 今日は11月の休診日についてのお知らせです。
今天要通知大家11月的休診日。

□ 京都の名所旧跡を訪ねる。
造訪京都的名勝古蹟。

▶ この町は名所や旧跡が多いが、おしゃれな店は少ない。
這座小鎮有很多名勝古蹟，然而風格時尚的店家卻寥寥無幾。

□ 休息を取る。
休息。

▶ 忙しい週末に備えて十分に休息する。
為迎接忙碌的週末，需讓身心充分休息。

□ 急速な変化が予測される。
預測將有迅速的變化。

▶ この地域は新幹線が開通して急速に観光客が増えた。
這個地區在新幹線開通之後，觀光客人數亦隨之快速成長。

□ 給与をもらう。
領薪水。

▶ 給与が高いからこそきちんと貯蓄をしたほうがいい。
就是因為薪水高，才更需要好好存錢。

□ 休養を取る。
休養。

▶ 夏休みに入って、田舎で休養しながら、自分の将来を考えることにした。
我決定趁著暑假到鄉下，休息的同時，也思考未來該何去何從。

Check 1 必考單字	高低重音	詞性、類義詞與對義詞

0639 □□□
きよ
清い ▸ き|よ|い ▸

形 清徹的，清潔的；（內心）暢快的，問心無愧的；正派的，光明磊落；乾脆
類 きれい 潔淨

0640 □□□
きょう
器用 ▸ き|ょう ▸

名・形動 靈巧，精巧；手藝巧妙；精明
こうみょう
類 巧妙 巧妙

0641 □□□
きょう か
強化 ▸ きょう|か ▸

名・他サ 強化，加強
ぞうきょう
類 増強 加強

0642 □□□
きょうかい
境界 ▸ きょ|うかい ▸

名 境界，疆界，邊界
ふんかい
類 分界 分界

0643 □□□
きょう ぎ
競技 ▸ きょう|ぎ ▸

名・自サ 競賽，體育比賽
類 ゲーム 比賽

0644 □□□
ぎょう ぎ
行儀 ▸ ぎょう|ぎ ▸

名 禮儀，禮節，舉止
ようぎ
類 容儀 儀表

0645 □□□
きょうきゅう
供給 ▸ きょ|うきゅう ▸

名・他サ 供給，供應
ていきょう
類 提供 提供

0646 □□□
きょうさん
共産 ▸ きょ|うさん ▸

名 共產；共產主義
じ ち
類 自治 自治

0647 □□□
ぎょう じ
行事 ▸ ぎょ|うじ ▸

名（按慣例舉行的）儀式，活動（或唸：ぎょうじ）
ぎ しき
類 儀式 儀式

0648 □□□
きょうじゅ
教授 ▸ きょ|うじゅ ▸

名・他サ 教授；講授，教
こうし
類 講師 講師

0649 □□□ ⊙T1-41
きょうしゅく
恐縮 ▸ きょ|うしゅく ▸

名・自サ（對對方厚意感覺）惶恐（表感謝或客氣）；（給對方添麻煩）對不起，過意不去；（感覺）不好意思，羞愧，慚愧
えんりょ
類 遠慮 客氣

□ 清<ruby>きよ<rt></rt></ruby>い水<ruby>みず<rt></rt></ruby>を湧<ruby>わ<rt></rt></ruby>き出<ruby>だ<rt></rt></ruby>させる。
湧出清水。

▶ 谷川<ruby>たにがわ<rt></rt></ruby>の清<ruby>きよ<rt></rt></ruby>い流<ruby>なが<rt></rt></ruby>れに沿<ruby>そ<rt></rt></ruby>って歩<ruby>ある<rt></rt></ruby>くと、魚<ruby>さかな<rt></rt></ruby>がたくさん泳<ruby>およ<rt></rt></ruby>いでいるのが見<ruby>み<rt></rt></ruby>えた。
沿著清澈的溪流漫步，看到了許多魚兒在水裡悠游。

□ 彼<ruby>かれ<rt></rt></ruby>は手先<ruby>てさき<rt></rt></ruby>が器用<ruby>きよう<rt></rt></ruby>だ。
他手很巧。

▶ 母<ruby>はは<rt></rt></ruby>は手先<ruby>てさき<rt></rt></ruby>が器用<ruby>きよう<rt></rt></ruby>なので、毛糸<ruby>けいと<rt></rt></ruby>でマフラーやセーターを編<ruby>あ<rt></rt></ruby>んでくれる。
媽媽手巧，常打毛線為我織圍巾和毛衣。

□ 警備<ruby>けいび<rt></rt></ruby>を強化<ruby>きょうか<rt></rt></ruby>する。
加強警備。

▶ 筋<ruby>きん<rt></rt></ruby>トレで健康的<ruby>けんこうてき<rt></rt></ruby>なカロリー消費<ruby>しょうひ<rt></rt></ruby>と体力<ruby>たいりょく<rt></rt></ruby>の強化<ruby>きょうか<rt></rt></ruby>を図<ruby>はか<rt></rt></ruby>る。
期盼透過重訓用健康的方式消耗能量並且強化體能。

□ 境界線<ruby>きょうかいせん<rt></rt></ruby>を引<ruby>ひ<rt></rt></ruby>く。
劃上界線。

▶ 隣<ruby>となり<rt></rt></ruby>の建物<ruby>たてもの<rt></rt></ruby>の一部<ruby>いちぶ<rt></rt></ruby>が土地<ruby>とち<rt></rt></ruby>の境界線<ruby>きょうかいせん<rt></rt></ruby>を越<ruby>こ<rt></rt></ruby>えています。どのような請求<ruby>せいきゅう<rt></rt></ruby>ができますか。
鄰接建築物有部分超出了基地界線。請問應當如何請求損害賠償？

□ 競技<ruby>きょうぎ<rt></rt></ruby>に出<ruby>で<rt></rt></ruby>る。
參加比賽。

▶ 1週間<ruby>しゅうかん<rt></rt></ruby>、陸上競技場<ruby>りくじょうきょうぎじょう<rt></rt></ruby>で行<ruby>おこな<rt></rt></ruby>われる県大会<ruby>けんたいかい<rt></rt></ruby>に参加<ruby>さんか<rt></rt></ruby>してまいります。
我們將會參加於田徑場舉行的縣級錦標賽，為期一週。

□ 行儀<ruby>ぎょうぎ<rt></rt></ruby>が悪<ruby>わる<rt></rt></ruby>い。
沒有禮貌。

▶ 妹<ruby>いもうと<rt></rt></ruby>は厳<ruby>きび<rt></rt></ruby>しい高校<ruby>こうこう<rt></rt></ruby>に進学<ruby>しんがく<rt></rt></ruby>したが、行儀<ruby>ぎょうぎ<rt></rt></ruby>はなかなかよくならない。
妹妹雖然升上校風嚴謹的高中就讀，但是禮儀規矩依然有待加強。

□ 供給<ruby>きょうきゅう<rt></rt></ruby>を断<ruby>た<rt></rt></ruby>つ。
斷絕供給。

▶ 衣料品<ruby>いりょうひん<rt></rt></ruby>の価格破壊<ruby>かかくはかい<rt></rt></ruby>は、供給<ruby>きょうきゅう<rt></rt></ruby>が需要<ruby>じゅよう<rt></rt></ruby>を上回<ruby>うわまわ<rt></rt></ruby>った結果<ruby>けっか<rt></rt></ruby>だ。
服裝價格暴跌是供給遠大於需求所造成的結果。

□ 共産党<ruby>きょうさんとう<rt></rt></ruby>が発表<ruby>はっぴょう<rt></rt></ruby>した。
共產黨發表了。

▶ マルクス主義<ruby>しゅぎ<rt></rt></ruby>の文献<ruby>ぶんけん<rt></rt></ruby>でも社会主義<ruby>しゃかいしゅぎ<rt></rt></ruby>と共産主義<ruby>きょうさんしゅぎ<rt></rt></ruby>は厳格<ruby>げんかく<rt></rt></ruby>に区別<ruby>くべつ<rt></rt></ruby>されていなかった。
即便在馬克思主義的文獻中，亦未對社會主義和共產主義予以嚴謹區分。

□ 行事<ruby>ぎょうじ<rt></rt></ruby>を行<ruby>おこな<rt></rt></ruby>う。
舉行儀式。

▶ ハロウィンは日本<ruby>にほん<rt></rt></ruby>でも国民的<ruby>こくみんてき<rt></rt></ruby>な行事<ruby>ぎょうじ<rt></rt></ruby>になりつつある。
萬聖節在日本亦逐漸成為民眾普遍慶祝的節日。

□ 書道<ruby>しょどう<rt></rt></ruby>を教授<ruby>きょうじゅ<rt></rt></ruby>する。
教書法。

▶ A教授<ruby>きょうじゅ<rt></rt></ruby>の授業<ruby>じゅぎょう<rt></rt></ruby>は印象的<ruby>いんしょうてき<rt></rt></ruby>だった。ハーバードでも人気<ruby>にんき<rt></rt></ruby>が非常<ruby>ひじょう<rt></rt></ruby>に高<ruby>たか<rt></rt></ruby>い。
A教授的課程令人印象深刻，在哈佛大學堪稱廣受學生愛戴。

□ 恐縮<ruby>きょうしゅく<rt></rt></ruby>ですが…。
（給對方添麻煩，表示）
對不起，過意不去。

▶ お手数<ruby>てすう<rt></rt></ruby>をおかけして恐縮<ruby>きょうしゅく<rt></rt></ruby>ですが、どうぞよろしくお願<ruby>ねが<rt></rt></ruby>いいたします。
對於給您帶來的不便，我們深感歉意，但還請多多關照。

Check 1 必考單字	高低重音	詞性、類義詞與對義詞
0650 □□□ きょうどう **共同**	▶ きょ**うどう**	▶ 名・自サ 共同 類 きょうりょく 協力 合作
0651 □□□ きょう ふ **恐怖**	▶ きょ**うふ**	▶ 名・自サ 恐怖，害怕 類 きょう い 脅威 威脅
0652 □□□ きょうふう **強風**	▶ きょ**うふう**	▶ 名 強風 類 ぼうふう 暴風 暴風
0653 □□□ きょうよう **教養**	▶ きょ**うよう**	▶ 名 教育，教養，修養；（專業以外的）知識學問 類 がくもん 学問 學識
0654 □□□ きょうりょく **強力**	▶ きょ**うりょく**	▶ 名・形動 力量大，強力，強大 類 む てき 無敵 無敵
0655 □□□ ぎょうれつ **行列**	▶ ぎょ**うれつ**	▶ 名・自サ 行列，隊伍，列隊；（數）矩陣 類 たい ご 隊伍 隊伍
0656 □□□ きょ か **許可**	▶ きょ**か**	▶ 名・他サ 許可，批准 類 にん か 認可 批准
0657 □□□ ぎょぎょう **漁業**	▶ ぎょ**ぎょう**	▶ 名 漁業，水產業 類 すいさんぎょう 水産業 漁業
0658 □□□ きょく **局**	▶ きょ**く**	▶ 名・接尾 房間，屋子；（官署，報社）局，室；特指郵局，廣播電臺；局面，局勢；（事物的）結局 類 ぶ 部 部門
0659 □□□ きょく **曲**	▶ きょ**く**	▶ 名・漢造 曲調；歌曲；彎曲 類 メロディ 旋律
0660 □□□ きょくせん **曲線**	▶ きょ**くせん**	▶ 名 曲線 類 わんきょく 彎曲 彎曲

□ 共同で経営する。
一起經營。

▶ 会談の翌日、両国首脳による共同声明が発表された。
會談翌日，兩國領袖發表了共同聲明。

□ 恐怖に襲われる。
感到害怕、恐怖。

▶ 電車が脱線して、パニック状態の恐怖に襲われました。
因電車的脱軌，引起極度的恐慌與不安。

□ 強風が吹く。
強風吹拂。

▶ 今朝は強風のために電車が 20 分以上も遅れています。
今天早上受到強風影響，電車延誤超過20分鐘。

□ 教養を身につける。
提高素養。

▶ 父の話によると、亡くなった祖母は教養の高い人だったらしい。
聽爸爸說，過世的奶奶是位修養高尚的女士。

□ 強力な味方になる。
成為強大的夥伴。

▶ このクレーンは強力で、重い荷物も楽々と持ち上げる。
這部起重機威力強大，連笨重的物品也能輕鬆舉起。

□ 行列のできる店などがある。
有排隊人潮的店家等等。

▶ チケットを手に入れるために、朝とても早く行列に並んだ。
為了買到票，我大清早就去排隊了。

□ 許可が出る。
批准。

▶ 霊峰「天柱山」に登る許可を得る。
獲得攀登靈峰天柱山的入山許可。

□ 漁業が盛んである。
漁業興盛。

▶ 妻の田舎は漁業が盛んで、毎年おいしい魚が送られてくる。
太太的老家是漁村，每年都會寄來鮮美的魚。

□ 郵便局が近い。
郵局很近。

▶ 将来は、地元の放送局でアナウンサーになりたい。
我以後想在故鄉的廣播電台當個播報員。

□ 曲を演奏する。
演奏曲子。

▶ この曲は 30 年前に流行したもので、とても懐かしい。
這首曲子在30年前曾經流行一時，令人格外懷念。

□ 曲線を描く。
畫曲線。

▶ 山頂はおだやかな曲線を描いている。くっきりしていてきれいだな。
山巔呈現著柔和的曲線，輪廓分明，美不勝收。

Check 1 必考單字	高低重音	詞性、類義詞與對義詞
0661 □□□ きょだい 巨大	▶ きょ|だい	▶ 形動 巨大；雄偉 類 膨大 膨脹的
0662 □□□ きら 嫌う	▶ きら|う	▶ 他五 嫌惡，厭惡；憎惡；區別 類 嫌がる 討厭
0663 □□□ きらきら	▶ き|らきら	▶ 副·自サ 閃耀 類 ちかちか 閃爍
0664 □□□ ぎらぎら	▶ ぎ|らぎら	▶ 副·自サ 閃耀（程度比きらきら還強） 類 ぴかぴか 閃閃發亮
0665 □□□ きらく 気楽	▶ き|らく	▶ 名·形動 輕鬆，安閒，無所顧慮 類 快適 舒適
0666 □□□ ○T1-42 きり 霧	▶ き|り	▶ 名 霧，霧氣；噴霧 類 雲 雲
0667 □□□ きりつ 規律	▶ き|りつ	▶ 名 規則，紀律，規章 類 法律 法律
0668 □□□ き 斬る	▶ き|る	▶ 他五 砍；切 類 殺す 殺死
0669 □□□ き 切る	▶ き|る	▶ 接尾（接助詞運用形）表示達到極限； 表示完結 類 終わる 終了
0670 □□□ き 切れ	▶ き|れ	▶ 名 衣料，布頭，碎布 類 生地 布料
0671 □□□ きれい きれい 綺麗・奇麗	▶ き|れい	▶ 形 好看，美麗；乾淨；完全徹底；清 白，純潔；正派，公正 類 華やか 華麗

□ 巨大な船が浮かんでいる。
巨大的船漂浮著。
▶ アフリカに行って、巨大な象を写真に撮りたい。
我想去非洲拍攝龐然巨象的照片。

□ 世間から嫌われる。
被世間所厭惡。
▶ 子どものころは人参を嫌っていたが、今では大好きである。
我小時候很討厭吃紅蘿蔔，但現在是最喜歡的蔬菜了。

□ 星がきらきら光る。
星光閃耀。
▶ 夜空に星がきらきらと輝いている。
星星在夜空中閃閃發光。

□ 太陽がぎらぎら照りつける。
陽光照得刺眼。
▶ 夏になって、太陽がぎらぎら眩しく、刺すような光になってきました。
隨著夏天的到來，豔陽高照，陽光直射強烈刺眼。

□ 気楽に暮らす。
悠閒度日。
▶ 祖父は田舎で畑仕事をしながら、気楽な毎日を過ごしている。
爺爺在鄉間務農，天天過著無憂無慮的生活。

□ 霧が晴れる。
霧散。
▶ 今朝こんなに電車が遅れているのは濃い霧のためらしい。
今天早上電車之所以延誤了那麼久，據說是由於濃霧所致。

□ 規律を守る。
遵守紀律。
▶ 規律正しい生活をしていれば病気にならないそうだ。
一般而言，只要生活規律就不至於生病。

□ 人を斬る。
砍人。
▶ 侍が刀で人を斬る場面は、映画などの時代劇でよく観る。
武士揮刀砍人的場景常在電影之類的歷史劇中出現。

□ 疲れきる。
疲乏至極。
▶ 「源氏物語」の 54 巻を、2 年間かけてやっと読み切った。
我耗費了整整兩年，終於讀完共54卷的《源氏物語》。

□ 余ったきれでハンカチを作る。
用剩布做手帕。
▶ こんな布切ればかり集めていても、何にもならない。
收集那麼多碎布也沒什麼用處。

□ 部屋をきれいにする。
把房間打掃乾淨。
▶ この植物園には、きれいな蘭の花が 1 年中咲いている。
這座植物園一年四季都開著美麗的蘭花。

Check 1 必考單字	高低重音	詞性、類義詞與對義詞
0672 □□□ ぎろん **議論**	► ぎろん	**名・他サ** 爭論，討論，辯論 **類** 弁論 辯論
0673 □□□ き つ **気を付ける**	► きをつける	**慣** 當心，留意 **類** 目を配る 留意四周
0674 □□□ ぎん **銀**	► ぎん	**名** 銀，白銀；銀色 **類** 金 黃金
0675 □□□ きんがく **金額**	► きんがく	**名** 金額 **類** 値段 價格
0676 □□□ きんぎょ **金魚**	► きんぎょ	**名** 金魚 **類** 熱帯魚 熱帶魚
0677 □□□ きん こ **金庫**	► きんこ	**名** 保險櫃；（國家或公共團體的）金融機關，國庫 **類** 宝箱 百寶箱
0678 □□□ きんせん **金銭**	► きんせん	**名** 錢財，錢款；金幣 **類** 金 錢財
0679 □□□ きんぞく **金属**	► きんぞく	**名** 金屬，五金 **類** 岩石 岩石
0680 □□□ きんだい **近代**	► きんだい	**名** 近代，現代（日本則意指明治維新之後） **類** 現代 現代
0681 □□□ きんにく **筋肉**	► きんにく	**名** 肌肉 **類** 腕力 腕力
0682 □□□ きんゆう **金融**	► きんゆう	**名・自サ** 金融，通融資金 **類** 経済 經濟

□ 議論を交わす。
進行辯論。
▶ 彼の理論が真実であることは議論の余地がない。
他的理論是千真萬確的，這點毫無辯駁的餘地。

□ 忘れ物をしないように気を付ける。
注意有無遺忘物品。
▶ 信号機のない横断歩道は、しっかり気を付けて渡ってください。
在穿越沒有交通號誌的馬路時，請仔細確認左右來車之後再通過。

□ 銀の世界が広がる。
展現一片銀白的雪景。
▶ 私の国では赤ん坊が生まれると銀のスプーンを贈る習慣がある。
我國有個習俗，小寶寶出生後親友會致贈銀湯匙。

□ 金額が大きい。
金額巨大。
▶ 友だちへの結婚祝いの金額は、一般的にいくらぐらいですか。
請問致贈朋友的結婚禮金，一般而言該給多少金額呢？

□ 金魚すくいが楽しい。
撈金魚很有趣。
▶ お祭りで買った小さな金魚がもうこんなに大きくなった。
在祭典上買回來的小金魚已經長這麼大了。

□ 金を金庫にしまう。
錢收在金庫裡。
▶ 金庫の中にある貯金通帳を持って来てください。
請把金庫裡的存摺拿過來。

□ 金銭に細かい。
錙銖必較。
▶ 社長が政治家に金銭を渡していたことが問題になっている。
總經理交付金錢給政治家的那件事惹出麻煩了。

□ 金属は熱で溶ける。
金屬被熱熔化。
▶ 検査の前にネックレスや指輪などの金属を外してください。
接受檢查前請先摘下項鍊或戒指等等金屬飾品。

□ 近代化を進める。
推行近代化。
▶ 森の中にある近代的な建物が美術館です。彫刻も素敵だけれど、絵もすごい。
座落於森林中的那棟現代建築是美術館。館內展示的雕塑巧奪天工，畫作更是令人讚嘆。

□ 筋肉を鍛える。
鍛鍊肌肉。
▶ 息子は筋肉を鍛えるために毎日スポーツクラブに通っている。
兒子為了鍛鍊肌肉而每天上健身房。

□ 国際金融を得意とする。
擅長國際金融。
▶ 円高不況対策として金融をゆるめ、6兆円の追加投資が行われた。
為因應日圓高漲所導致的經濟不景氣，而放寬金融追加6兆日圓的投資。

Check 1 必考單字	高低重音	詞性、類義詞與對義詞
0683 ☐☐☐ ◉T1-43 く いき 区域	くいき	名 區域 ち く 類 地区 地區
0684 ☐☐☐ く 食う	くう	他五 (俗)吃，(蟲)咬 め あ 類 召し上がる 吃，「食う」的敬語
0685 ☐☐☐ ぐうすう 偶数	ぐうすう	名 偶數，雙數 き すう 類 奇数 奇數
0686 ☐☐☐ ぐうぜん 偶然	ぐうぜん	名・形動・副 偶然，偶而；(哲)偶然性 い がい 類 意外 意外
0687 ☐☐☐ くうそう 空想	くうそう	名・他サ 空想，幻想 む そう 類 夢想 幻想
0688 ☐☐☐ くうちゅう 空中	くうちゅう	名 空中，天空 う ちゅう 類 宇宙 宇宙
0689 ☐☐☐ くぎ 釘	くぎ	名 釘子 類 ねじ 螺絲
0690 ☐☐☐ く ぎ 区切る	くぎる	他四 (把文章)斷句，分段 わ 類 分ける 分開
0691 ☐☐☐ くさり 鎖	くさり	名 鎖鏈，鎖條；連結，聯繫；(喻)段， 段落 かぎ 類 鍵 鑰匙
0692 ☐☐☐ くしゃみ 嚔	くしゃみ	名 噴嚔 せき 類 咳 咳嗽
0693 ☐☐☐ く じょう 苦情	くじょう	名 不平，抱怨 もん く 類 文句 牢騷

□ 危険区域に入った。
進入危險地區。

▶ ここから先は危険区域なので立入禁止になっています。
前方為危險區域，禁止進入。

□ 飯を食う。
吃飯。

▶ ああ、腹減った。お母さん、何か食うものない？
唉，肚子餓了。媽媽，有沒有什麼可以吃的？

□ 偶数の部屋にいすがある。
偶數的房間有椅子。

▶ 日本では、お祝いをあげるとき、2万円や4万円など偶数の金額を避ける。
日本人致贈禮金時，忌諱包入2萬圓、4萬圓之類的偶數金額。

□ 偶然の一致が起きている。
發生偶然的一致。

▶ 高校の恩師と、偶然日本行きの同じ飛行機に乗り合わせた。
我和高中的恩師恰巧搭上了同一班飛往日本的飛機。

□ 空想にふける。
沈溺於幻想。

▶ 空想的な物語を描くのが好きです。
我喜歡撰寫一些虛幻的故事。

□ ロボットが空中を飛ぶ。
機器人飛在空中。

▶ 大きな飛行機が空中を高く飛んでいる。
一架大飛機正在高空遨翔。

□ 釘を刺す。
再三叮嚀。

▶ 椅子を作るために、板やくぎを買ってきてください。
為了製作椅子，請購買木板和釘子。

□ 区切って話す。
分段說。

▶ 広い畑を四つに区切って、種類が違う野菜の苗を植える。
將寬廣的田地分成4個區域，分別種上不同種類的菜苗。

□ 鎖につなぐ。
拴在鎖鏈上。

▶ 鎖でつながれていた犬が、立ち入った人に噛みつこうとした。
當時那隻被鏈條拴住的狗企圖撲咬入侵者。

□ くしゃみが出る。
打噴嚏。

▶ 花粉症でくしゃみが止まらなくなるといった症状に苦しめられている。
由於罹患花粉熱而飽受狂打噴嚏的症狀所苦。

□ 苦情を訴える。
抱怨。

▶ あまりの対応の悪さに、ホテルに苦情のメールを書きました。
旅館員工的應對極其不妥，因此給館方寫了一封電子郵件客訴。

く｜くいき～くじょう

141

Check 1 必考單字	高低重音	詞性、類義詞與對義詞

0694 □□□
苦心 (く しん)
▶ く⌐しん
▶ 名・自サ 苦心，費心
類 辛労 (しんろう) 辛労

0695 □□□
屑 (くず)
▶ く⌐ず
▶ 名 碎片；廢物，廢料(人)；(挑選後剩下的)爛貨
類 かす 殘渣

0696 □□□
崩す (くず)
▶ く⌐ずす
▶ 他五 拆毀，粉碎
類 乱す (みだ) 擾亂

0697 □□□
愚図つく (ぐ ず)
▶ ぐ⌐ずつく
▶ 自五 陰天；動作遲緩拖延
類 曇る (くも) 陰天

0698 □□□
崩れる (くず)
▶ く⌐ずれ⌐る
▶ 自下一 崩潰；散去；潰敗，粉碎
類 砕ける (くだ) 破碎

0699 □□□
管 (くだ)
▶ て⌐だ
▶ 名 細長的筒，管
類 パイプ 管道

0700 □□□
具体 (ぐ たい)
▶ ぐ⌐たい
▶ 名 具體
類 有形 (ゆうけい) 有形

0701 □□□ ◉T1-44
砕く (くだ)
▶ く⌐だ⌐く
▶ 他五 打碎，弄碎
類 こなす 弄碎

0702 □□□
砕ける (くだ)
▶ く⌐だけ⌐る
▶ 自下一 破碎，粉碎
類 粉砕する (ふんさい) 使粉碎

0703 □□□
草臥れる (く たび)
▶ く⌐たびれ⌐る
▶ 自下一 疲勞，疲乏
類 ばてる 筋疲力盡

0704 □□□
下らない (くだ)
▶ く⌐だらない
▶ 連語・形 無價值，無聊，不下於…
類 愚かしい (おろ) 愚蠢

□ 苦心が実る。
苦心總算得到成果。

今後の調査研究のために資金繰りに苦心しなくてはならない。
為了往後的調查研究，不得不為籌措資金而絞盡腦汁。

□ 人間のくずだ。
無用的人。

パン屑がほとんど出ない、優秀な「パン切りナイフ」が本日届きました。
切片時幾乎不會掉落麵包屑、做工精良的「麵包刀」於今天到貨了。

□ 体調を崩す。
把身體搞壞。

4年前に体調を崩してしまい改善のため、車を止めて自転車に乗ることで克服しました。
4年前身體變得很差，為了改善這樣的狀況，我透過不再開車而改騎自行車的方法恢復了健康。

□ 天気が愚図つく。
天氣總不放晴。

今日の朝から天気がぐずついていたので、1日中ずっと家にいた。
今天一早天空就灰濛濛的，於是我一整天都待在家裡。

□ 天気が崩れる。
天氣變天。

机の上に積み上げていた本が崩れて、CDが割れてしまった。
疊在桌上的書堆坍倒下來，把CD壓裂了。

□ 管を通す。
疏通管子。

細い管からガスを送って機械を動かしています。
透過細管子輸送瓦斯以啟動機械。

□ 具体例を示す。
以具體的例子表示。

あなたが見た夢について具体的に説明してください。
請具體詳述你所看到的夢境。

□ 敵の野望を砕く。
粉碎敵人的野心。

母は午後来られるお客様の接待のために、心を砕いている。
媽媽為了接待即將於下午來訪的客人而費心張羅。

□ コップが粉々に砕ける。
杯子摔成碎片。

お気に入りのワイングラスが床に落ちて、砕けてしまった。
我鍾愛的紅酒杯跌落地面，碎了。

□ 人生にくたびれる。
對人生感到疲乏。

ハイキングで8時間ほど歩いたので、くたびれてしまった。
健行走了8個小時左右，完全累癱了。

□ くだらない冗談はやめろ。
別淨說些無聊的笑話。

またくだらない失敗をして、彼は本当に間抜けな奴だ。
他又犯了愚蠢的錯誤，真是個糊塗蟲。

Check 1　必考單字	高低重音	詞性、類義詞與對義詞

0705 ☐☐☐
くち
口
▶ く↓ち
> 名・接尾 口，嘴；用嘴說話；口味；人
> 口，人數；出入或存取物品的地方；
> 口，放進口中或動口的次數；股，份
> 類 味覚　味覺

0706 ☐☐☐
くちべに
口紅
▶ く↓ちべに
> 名 口紅，唇膏
> 類 化粧品　化妝品

0707 ☐☐☐
く つう
苦痛
▶ く↓つう
> 名 痛苦
> 類 悲痛　悲痛

0708 ☐☐☐
くっ付く
▶ く↓っつく
> 自五 緊貼在一起，附著
> 類 付く　附著

0709 ☐☐☐
くっ付ける
▶ く↓っつける
> 他下一 把…粘上，把…貼上，使靠近
> 類 付ける　安裝上

0710 ☐☐☐
くどい
▶ く↓どい
> 形 冗長乏味的，(味道)過於膩的
> 類 やかましい　嘮叨

0711 ☐☐☐
く とうてん
句読点
▶ く↓とうてん
> 名 句號，逗點；標點符號
> 類 点　標點

0712 ☐☐☐
く ぶん
区分
▶ く↑ぶん
> 名・他サ 區分，分類（或唸：く↓ぶん）
> 類 区画　區劃

0713 ☐☐☐
く べつ
区別
▶ く↑べつ
> 名・他サ 區別，分清
> 類 分類　分類

0714 ☐☐☐
くぼ くぼ
窪む・凹む
▶ く↓ぼむ
> 自五 凹下，塌陷
> 類 潰れる　壓壞

0715 ☐☐☐
くみ
組
▶ く↓み
> 名 套，組，隊；班，班級；(黑道)幫
> 類 班　小組

□ 口がうまい。
花言巧語，善於言詞。

▶ 兄は辛口のカレーが好きだが、母はいつも甘口を作る。
哥哥其實喜歡吃辣味咖哩，可是媽媽老是煮甜味的。

□ 口紅をつける。
擦口紅。

▶ この口紅の色は私には派手過ぎると思うので、妹にあげよう。
這支脣彩的顏色擦在我嘴上感覺太豔麗了，不如送給妹妹吧。

□ 苦痛を感じる。
感到痛苦。

▶ いくら暇でも、人の悪口をずっと聞かされるのは苦痛だ。
就算閒著沒事做，一直聽他說別人的壞話未免太痛苦了。

□ 敵方にくっつく。
支持敵方。

▶ スニーカーの底にガムがくっ付いて、どうやっても取れない。
運動鞋的鞋底黏到口香糖，怎麼樣都摘不下來。

□ のりでくっ付ける。
用膠水黏上。

▶ 冷蔵庫のドアに、磁石で買い物リストをくっ付けている。
用磁鐵把購物清單吸附在冰箱門上。

□ 表現がくどい。
表現過於繁複。

▶ 認知症になると話がくどくなるという傾向や、「あの」「これ」などの言葉をよく使うようになるそうです。
失智患者說話有變得囉唆的傾向，或是常用到「呃」和「這」之類的語詞。

□ 句読点を打つ。
標上標點符號。

▶ 論文を出す前に、句読点の打ち方をもう一度見直してください。
在提交論文之前，請再一次檢查標點符號有無誤用。

□ レベルを5段階に区分する。
將層級區分為5個階段。

▶ 経費になるものとならないものの区分がわかりません。
我不知道該如何區分哪些項目屬於或不屬於經費。

□ 区別が付く。
分辨清楚。

▶ 中学生以下の生徒では、色の区別がつかないことがあった。
有些中學以下的學童不太懂得分辨顏色。

□ 目がくぼむ。
眼窩深陷。

▶ 目がくぼむ原因は、コラーゲンの減少と筋肉の衰えだと言われています。
據說眼窩凹陷的原因是膠原蛋白流失和肌肉鬆弛。

□ 組に分ける。
分成組。

▶ 私は幼稚園の時、彼と同じさくら組だった。
我讀幼兒園時，和他一起上櫻花班。

く／くち～くみ

Check 1 必考單字	高低重音	詞性、類義詞與對義詞
0716 □□□ くみあい 組合	▶ くみあい	名 (同業)工會，合作社 類 同盟 聯盟
0717 □□□ く あ 組み合わせ	▶ くみあわせ	名 組合，配合，編配 類 組む 組織起來
0718 □□□ ⊙T1-45 く た 組み立てる	▶ くみたてる	他下一 組織，組裝 類 作る 組成
0719 □□□ く 汲む	▶ くむ	他五 打水，取水 類 すくう 掬起
0720 □□□ く 組む	▶ くむ	自五 聯合，組織起來 類 携わる 參加
0721 □□□ くも 曇る	▶ くもる	自五 天氣陰，朦朧 類 煙る 朦朧
0722 □□□ く 悔やむ	▶ くやむ	他五 懊悔的，後悔的 類 惜しむ 惋惜
0723 □□□ くらい 位	▶ くらい	名 (數)位數；皇位，王位；官職，地位；(人或藝術作品的)品味，風格 類 台 (車輛、機械的量詞) 台
0724 □□□ く 暮らし	▶ くらし	名 度日，生活；生計，家境 類 やりくり 籌措
0725 □□□ クラブ	▶ クラブ	名 俱樂部，夜店；(學校)課外活動，社團活動 類 サークル 同好會
0726 □□□ グラフ	▶ グラフ	名 圖表，圖解，座標圖；畫報 類 リスト 目錄

□ 労働組合がない。
没有工會。

▶ 最近、勤めている会社で労働組合の役員になった。
最近，我在任職公司的工會當了幹部。

□ 組み合わせが決まる。
決定編組。

▶ この上着とスカートは組み合わせが悪いから別の服を着よう。
這件外套和裙子搭起來不好看，還是穿其他衣服吧。

□ 模型を組み立てる。
組裝模型。

▶ 小さい時から、プラモデルを組み立てるのが好きだった。
我從小就喜歡組裝模型。

□ バケツに水を汲む。
用水桶打水。

▶ 昔、この地方では谷川の水を汲んで飲料水にしていたらしい。
據說這地方的居民從前都是汲取溪水做為飲用水的。

□ 足を組む。
蹺腳。

▶ 林さんと組んで、二人で新しい会社を作りたいと思っている。
我計畫和林小姐兩人聯手創立一家新公司。

□ 鏡が曇る。
鏡子模糊。

▶ 午後から曇ってきたので、暗くなる前にお散歩に行きました。
午後天氣轉陰，所以趁著天色暗下來之前去散步了。

□ 過去の過ちを悔やむ。
後悔過去錯誤的作為

▶ 不合格になったことを、今さら悔やんでもしかたがない。
事到如今，再怎麼懊悔沒能通過考試也無濟於事了。

□ 位が上がる。
升級。

▶ 彼の先祖は武士だったが、位が低かったため、家は貧しかった。
他的祖先雖是武士，但是階級較低，因而家境一貧如洗。

□ 暮らしを立てる。
謀生。

▶ 子どもにとって、自然に囲まれた田舎での暮らしはいい経験だ。
對孩童來說，在大自然圍繞的鄉間生活是很好的體驗。

□ ナイトクラブが増加している。
夜總會增多。

▶ 息子をスポーツクラブに入れたかったが嫌がるのでやめた。
兒子原本參加運動社團，但他不喜歡，所以退出了。

□ グラフを書く。
畫圖表。

▶ このグラフを見てからもう一度検討しよう。
在看過這張圖表以後重新討論一次吧。

く｜くみあい～グラフ

147

Check 1 必考單字	高低重音	詞性、類義詞與對義詞

0727 □□□
グラウンド ▸ グラウンド ▸ 選語 運動場，球場，廣場，操場
類 コート 球場

0728 □□□
クリーニング ▸ クリーニング ▸ 名・他サ (洗衣店)洗滌
類 メンテナンス 維護

0729 □□□
クリーム ▸ クリーム ▸ 名 鮮奶油，奶酪；膏狀化妝品；皮鞋油；冰淇淋
類 スイーツ 甜點

0730 □□□
くる
狂う ▸ くるう ▸ 自五 發狂，發瘋，失常，不準確，有毛病；落空，錯誤；過度著迷，沉迷
類 取り乱す 驚慌失措

0731 □□□
くる
苦しい ▸ くるしい ▸ 形 艱苦；困難；難過；勉強
類 痛い 痛苦的

0732 □□□
くる
苦しむ ▸ くるしむ ▸ 自五 感到痛苦，感到難受
類 痛める 使（肉體、心理）痛苦

0733 □□□
くる
苦しめる ▸ くるしめる ▸ 他下一 使痛苦，欺負
類 苛める 折磨
反 可愛がる 疼愛

0734 □□□
くる
包む ▸ くるむ ▸ 他五 包，裹
類 包める 包，捲

0735 □□□
くれぐれも ▸ くれぐれも ▸ 副 反覆，周到
類 つくづく 仔細地

0736 □□□ ⊙T1-46
くろう
苦労 ▸ くろう ▸ 名・形動・自サ 辛苦，辛勞
類 骨折 骨折

0737 □□□
くわ
銜える ▸ くわえる ▸ 他一 叼，銜
類 噛む 咬

148

□ グラウンドで走る。
在操場跑步。
▶
雨で相当グラウンドがぬかるんでいるので、今日の体験会は中止となりました。
大雨造成運動場滿地泥濘，因此取消了今天的體驗會。

□ クリーニングに出す。
送去洗衣店洗。
▶
この服はドライクリーニングのみです。水洗いはできません。
這件衣服只能乾洗，不可以水洗。

□ 生クリームを使う。
使用鮮奶油。
▶
洗顔後、そのクリームを付けるときれいになるそうだ。
聽說洗臉後抹上這種乳液就會變美喔。

□ 気が狂う。
發瘋。
▶
犬は近所迷惑なほど狂ったようにほえている。
狗兒瘋狂地不停吠叫，幾乎嚴重打擾到鄰居的安寧。

□ 家計が苦しい。
生活艱苦。
▶
子どもが大学生と高校生になり、家計が苦しくなった。
孩子分別升上大學和高中，家計愈發捉襟見肘。

□ 理解に苦しむ。
難以理解。
▶
交通事故で骨折し、満足に歩けず、半年ほど苦しんだ。
在車禍中受傷骨折後沒法正常走路，足足被折磨了半年。

□ 持病に苦しめられる。
受宿疾折磨。
▶
我が家の家計を苦しめているのはわたしの無駄遣いと痛感しました。
我痛切地明白到原來是我的揮霍造成全家經濟陷入了困窘。

□ 風呂敷でくるむ。
以方巾包覆。
▶
雪山で遭難した負傷者を毛布でくるみ、ストレッチャーに載せた。
用毛毯裹住在雪山受難的傷患，再將他抬至擔架上。

□ くれぐれも気をつけて。
請多多留意。
▶
お世話になりました。皆様方に、くれぐれもよろしくお伝えください。
請代向關照過我們的諸位致上最誠摯的問候。

□ 苦労をかける。
讓…擔心。
▶
合格した瞬間、全ての苦労が報われるような感じがしました。
在考上的那一刻，感覺所有的努力都得到了回報。

□ 楊枝をくわえる。
叼著牙籤。
▶
1匹の猫が魚を銜えて意気揚々と歩いて行きました。
一隻貓叼著魚，意氣風發地踱了過去。

Check 1　必考單字	高低重音	詞性、類義詞與對義詞
0738 □□□ くわ 加える	▶ くわえる	▶ 他下一 加，加上 類 混ぜる 混合
0739 □□□ くわ 加わる	▶ くわわる	▶ 自五 加上，添上 類 増える 増加
0740 □□□ くん 訓	▶ くん	▶ 名 (日語漢字的)訓讀(音) 類 訓読み 漢字的日文讀音
0741 □□□ ぐん 軍	▶ ぐん	▶ 名 軍隊；(軍隊編排單位)軍 類 軍隊 軍隊
0742 □□□ ぐん 郡	▶ ぐん	▶ 名 (地方行政區之一)郡 類 県 縣
0743 □□□ ぐん 群	▶ ぐん	▶ 名 群，族，同類聚集成群 類 集団 小組
0744 □□□ ぐんたい 軍隊	▶ ぐんたい	▶ 名 軍隊 類 武力 武力
0745 □□□ くんれん 訓練	▶ くんれん	▶ 名・他サ 訓練 類 養成 培養
0746 □□□ げ 下	▶ げ	▶ 名 下等；(書籍的)下卷 類 劣 低劣
0747 □□□ けい けい 形・型	▶ けい	▶ 漢造 型，模型；樣版，典型，模範；樣式；形成，形容 類 像 姿態
0748 □□□ けい き 景気	▶ けいき	▶ 名 (事物的)活動狀態，活潑，精力旺盛；(經濟的)景氣 類 売れ行き 銷路

□ メンバーに新人を
加える。
會員有新人加入。

▶ 氷砂糖に水を加えて煮詰め、蜜をつくる。
冰糖加水，熬煮成糖漿。

□ 新しい要素が加わ
る。
增添新的因素。

▶ 新メニューが加わったのでメニュー表を久しぶりに一
新しました。
由於增加了新的品項，整份菜單久違地煥然一新。

□ 訓読みを覚える。
背誦訓讀（用日本固有
語言讀漢字的方法）。

「年」という字の訓読みは「とし」で、音読みは「ねん」
です。
「年」這個字的訓讀是「とし」，音讀是「ねん」。

□ 軍を率いる。
率領軍隊。

▶ 戦争が始まったので、上の息子は18才で海軍に入った。
當時由於戰爭爆發，因此大兒子在18歲時加入了海軍。

□ 国の下に郡を置く。
國下面設郡。

▶ 東京都の多摩地区は、市部と西多摩郡に分かれていま
す。
東京都的多摩地區分為市部和西多摩郡。

□ 群をなす。
集結成群。

▶ 田中さんの文章力は同世代の中では群を抜いている。
田中小姐的寫作能力在同年代中可謂出類拔萃。

□ 軍隊に入る。
入伍當軍人。

▶ キムさんは母国の軍隊で2年過ごした後、日本に留学
した。
金先生在祖國度過兩年的軍旅生涯後，前往日本留學了。

□ 訓練を受ける。
接受訓練。

緊急事態の発生に備えて、日頃から避難訓練を行って
いる。
為因應緊急事件的發生而定期實施避難訓練。

□ 状況は下の下だ。
狀況為下下等。

▶ 高校2年生の頃の数学の成績は、クラスで中の下だっ
た。
高中2年級時的數學成績在班上屬於中後段。

□ 模型を作る。
製作模型。

▶ この洋服店は、体型にあったスーツをいろいろ揃えて
いる。
這家西服店陳列著適合各種體型的西裝。

□ 景気が回復する。
景氣好轉。

▶ 最近は景気が良くなっている中で求職者が増加してい
る。
近來隨著景氣好轉，求職者亦同步增多。

Check 1　必考單字	高低重音	詞性、類義詞與對義詞
0749 □□□ けいこ **稽古**	けいこ	名・自他サ (學問、武藝等的)練習，學習；(演劇、電影、廣播等的)排演，排練 類 修練　鍛鍊
0750 □□□ けいこう **傾向**	けいこう	名 (事物的)傾向，趨勢 類 偏好 偏好
0751 □□□ けいこく **警告**	けいこく	名・他サ 警告 類 注意 忠告
0752 □□□ けいじ **刑事**	けいじ	名 刑事；刑事警察 類 デカ 條子（俗稱）
0753 □□□ ◎T1-47 けいじ **掲示**	けいじ	名・他サ 牌示，佈告欄；公佈 類 告知 通知
0754 □□□ けいしき **形式**	けいしき	名 形式，樣式；方式 類 恰好 狀態
0755 □□□ **ケース**	ケース	名 盒，箱，袋；場合，情形，事例 類 ボックス 盒子
0756 □□□ けいぞく **継続**	けいぞく	名・自他サ 繼續，繼承 類 持続 持續
0757 □□□ けいと **毛糸**	けいと	名 毛線 類 羊毛 羊毛
0758 □□□ けいど **経度**	けいど	名 (地)經度 類 子午線 0度經線
0759 □□□ けいとう **系統**	けいとう	名 系統，體系 類 体系 體系

□ けいこをつける。
訓練。

▶ 稽古を一生懸命行うのは当たり前である。
拼命練習是天經地義的事。

□ 傾向がある。
有…的傾向。

▶ なぜ麦を主食とする人は肉を多く食べる傾向があるのか。早食いだとなぜ太りやすいのか。
為什麼以小麥為主食的人通常也會吃很多肉呢？為什麼吃得快容易發胖呢？

□ 警告を受ける。
受到警告。

▶ 警告を無視した結果、彼らは私たちに攻撃を始めた。
因無視警告，致使對方開始對我方展開攻擊。

□ 刑事責任を問われる。
被追究刑事責任。

▶ 二人の刑事がこの事件について２年間も調べ続けているそうだ。
據聞有兩位刑警這兩年來持續調查這起案件。

□ 掲示が出る。
貼出告示。

▶ 遵守すべき事項等を掲示する。
公告應遵守的等等事項。

□ 正当な形式をふむ。
走正當程序。

▶ 形式にばかりとらわれていると、本質が見えなくなる。
倘若一味拘泥形式，將難以窺見本質。

□ ケースに入れる。
裝入盒裡。

▶ 猫を入れて運ぶのに新しいケースを買った。
我為了帶貓出門而買下一個新提籃。

□ 連載を継続する。
繼續連載。

▶ ご契約は、継続停止のお手続きをいただかないかぎり更新されますので、更新時のお手続きは不要です。
這份契約只要沒有辦理終止就會自動更新，因此續約時不需進行任何手續。

□ 毛糸で編む。
以毛線編織。

▶ 叔母が心をこめて編んでくれた毛糸のセーターは、とても温かい。
姑姑費心為我織的毛線衣，穿起來真暖和。

□ 経度を調べる。
查詢經度。

▶ 自分の生まれた場所の経度と緯度を調べるのが宿題です。
作業是調查自己出生地的經度和緯度。

□ 系統を立てる。
建立系統。

▶ 飛行機の墜落により、電気系統に問題が見つかったため、同機の出荷を停止した。
墜機原因已被判定是電力供應系統的問題，所以該機型暫停出貨。

Check 1 必考單字	高低重音	詞性、類義詞與對義詞
0760 □□□ げいのう **芸能**	► げいのう	► 名 (戲劇，電影，音樂，舞蹈等的總稱)演藝，文藝，文娛 類 エンターテイメント 表演娛樂
0761 □□□ けいば **競馬**	► けいば	名 賽馬 類 競輪 自行車競賽
0762 □□□ けいび **警備**	► けいび	► 名・他サ 警備，戒備 類 守備 防守
0763 □□□ けいようし **形容詞**	► けいようし	► 名 形容詞 類 動詞 動詞
0764 □□□ けいようどうし **形容動詞**	► けいようどうし	名 形容動詞 類 副詞 副詞
0765 □□□ げか **外科**	► げか	► 名 (醫)外科 類 小児科 小兒科
0766 □□□ けがわ **毛皮**	► けがわ	► 名 毛皮 類 牛皮 牛皮
0767 □□□ げき **劇**	► げき	► 名・接尾 劇，戲劇；引人注意的事件 類 ドラマ 連續劇
0768 □□□ げきぞう **激増**	► げきぞう	► 名・自サ 激增，劇增 類 増える 增加
0769 □□□ げしゃ **下車**	► げしゃ	► 名・自サ 下車 類 下船 下船
0770 □□□ ◎T1-48 げしゅく **下宿**	► げしゅく	► 名・自サ 租屋；住宿 類 宿泊 住宿

Check 2 必考詞組	Check 3 必考例句

□ 芸能人が集う。
聚集了演藝圈人士。
▶ 今最も話題になっている芸能ニュースをお届けします。
我們將為您送上娛樂焦點的最新消息！

□ 競馬場に行く。
去賽馬場。
▶ 妹は、競馬に夢中で仕事をしない夫との離婚を考えている。
妹妹正在考慮和那個從不工作、只沉溺賭馬的丈夫離婚。

□ 警備に当たる。
負責戒備。
▶ 国連本部の前の道路は、警備のために車両の通行を完全に遮断してしまった。
聯合國總部前方車道已全面封鎖以確保安全。

□ 形容詞に相当する。
相當於形容詞。
▶ 形容詞は、物事の性質や状態を表す単語です。
形容詞是用來表現事物的性質或狀態的單詞。

□ 形容動詞に付く。
接在形容詞後面。
▶ 形容動詞も、形容詞と同じような性質がありますが、活用が異なります。
形容動詞和形容詞具有相同的性質，但是詞尾變化不同。

□ 外科医を育てる。
培育外科醫生。
▶ 最近悩まされている手のしびれ。外科でレントゲンを撮ったけれど、どこも異常が無いと言われた。
最近飽受手麻症狀的困擾。去外科拍了 X 光片，醫師卻說沒有任何異樣。

□ 毛皮のコートが特売中だ。
毛皮大衣特賣中。
▶ 毛皮のコートは温かいとは思うが、欲しいとは思わない。
雖然知道皮草大衣穿起來很暖和，但是並不想擁有一件。

□ 劇を演じる。
演戲。
▶ 少女はクリスマスの劇で天使の役を演じた。
這個女孩在聖誕節的話劇中飾演了天使的角色。

□ 人口が激増する。
人口激增。
▶ インターネットからの直接注文の激増への対応に追われていた。
從網路直接下訂的顧客暴增，訂單應接不暇。

□ 途中下車する。
中途下車。
▶ 電車に乗って車窓から風景を眺めたり、途中下車して撮影したり、食事を楽しんだりするのが私の休日の過ごし方です。
從車窗欣賞風景、沿途下車拍照以及享用美食是我度過假日的方式。

□ おじの家に下宿している。
在叔叔家裡租房間住。
▶ 私はおじの家に下宿している。
我正寄宿在叔叔家。

Check 1 必考單字	高低重音	詞性、類義詞與對義詞

0771 □□□
げ すい
下水
▶ げすい ▶
名 污水，髒水，下水；下水道的簡稱
類 廃水 汙水
はいすい

0772 □□□
けず
削る
▶ けずる ▶
他五 削，刨，刮；刪減，削去，削減
類 取る 用手拿取
と

0773 □□□
げ た
下駄
▶ げた ▶
名 木屐
類 靴 鞋子

0774 □□□
けつあつ
血圧
▶ けつあつ ▶
名 血壓
類 血行 血液循環
けっこう

0775 □□□
けっかん
欠陥
▶ けっかん ▶
名 缺陷，致命的缺點
類 弱点 弱點
じゃくてん

0776 □□□
げっきゅう
月給
▶ げっきゅう ▶
名 月薪，工資
類 給料 薪水
きゅうりょう

0777 □□□
けっきょく
結局
▶ けっきょく ▶
名・副 結果，結局；最後，最終，終究
類 結果 結果
けっか

0778 □□□
けっさく
傑作
▶ けっさく ▶
名 傑作
類 佳作 佳作
かさく

0779 □□□
けっしん
決心
▶ けっしん ▶
名・自他サ 決心，決意
類 覚悟 覺悟
かくご

0780 □□□
けつだん
決断
▶ けつだん ▶
名・自他サ 果斷明確地做出決定，決斷
類 判決 對是非善惡的判斷
はんけつ

0781 □□□
けってい
決定
▶ けってい ▶
名・自他サ 決定，確定
類 決断 果斷決定
けつだん

□ 下水処理場に届く。
抵達污水處理場。

▶ 今日3時から下水道の工事があるのでしばらく水道は使えない。
今天從3點開始進行下水道工程，暫時無法使用自來水。

□ 鉛筆を削る。
削鉛筆。

▶ 祖父たちの年代では、小学生の時から小刀で鉛筆を削っていたらしい。
聽說在爺爺他們的那個時代，從讀小學時就是拿小刀削鉛筆的。

□ 下駄を履く。
穿木屐。

▶ 下半身の鍛錬のために、彼はいつも鉄下駄をはいている。
為了鍛鍊下肢肌力，他總是穿著鐵屐。

□ 血圧が上がる。
血壓上升。

▶ 朝は血圧が高くなるので、軽く体を動かし温めてから出かけよう。
早上血壓較高，要稍微熱身一下再出門喔！

□ 欠陥商品に悩まされる。
深受瑕疵商品所苦惱。

▶ せっかく買った車に欠陥が見つかって、がっかりした。
滿心歡喜買下的車子卻發現瑕疵，真讓人沮喪。

□ 月給が上がる。
調漲工資。

▶ 社会人として初めての月給をもらって、ワクワクした。
成為社會新鮮人後領到第一份薪水，好興奮啊！

□ 結局だめになる。
結果最後失敗。

▶ どの服を買おうか迷ったが、結局何も買わないで帰ってきた。
那時猶豫著該買哪件衣服才好，結果什麼都沒買就回家了。

□ 傑作が生まれる。
創作出傑作。

▶ これは、19世紀につくられたピアノ曲の中でも傑作の一つだ。
這首曲子堪稱19世紀鋼琴創作曲的傑作之一。

□ 決心がつく。
下定決心。

▶ パーティーに何を着ていこうか決心がつかないでいる。
我遲遲無法決定該穿什麼去參加派對。

□ 決断を下す。
下決定。

▶ 治療の概略を説明しましたが、まだ決断がつかない。
雖然治療的大致內容醫生已說明了，但是否執行尚未決定。

□ 決定を待つ。
等待決定。

▶ 国連は制裁措置として輸出入の禁止を決定した。
聯合國通過了禁止進出口的制裁決議。

Check 1 必考單字	高低重音	詞性、類義詞與對義詞

| 0782 □□□
けってん
欠点 | ▶ けってん ▶ | 名 缺點，欠缺，毛病
類 粗 缺點 |

| 0783 □□□
けつろん
結論 | ▶ けつろん ▶ | 名·自サ 結論
類 判断 判定 |

| 0784 □□□
け はい
気配 | ▶ けはい ▶ | 名 跡象，苗頭，氣息（ 或唸：けはい ）
類 感覚 感覺 |

| 0785 □□□
げ ひん
下品 | ▶ げひん ▶ | 形動 卑鄙，下流，低俗，低級
類 俗悪 低級 |

| 0786 □□□
けむ
煙い | ▶ けむい ▶ | 形 煙撲到臉上使人無法呼吸，嗆人
類 煙たい 煙霧燻人 |

| 0787 □□□ ○ T1-49
けわ
険しい | ▶ けわしい ▶ | 形 陡峭，險峻；險惡，危險；(表情
等)嚴肅，可怕，粗暴
類 危うい 危險的 |

| 0788 □□□
けん
券 | ▶ けん ▶ | 名 票，証，券
類 クーポン 成冊販售的折扣票券 |

| 0789 □□□
けん
権 | ▶ けん ▶ | 名·漢造 權力；權限
類 権利 權利 |

| 0790 □□□
げん
現 | ▶ げん ▶ | 名·漢造 現，現在的
類 今 現在 |

| 0791 □□□
けんかい
見解 | ▶ けんかい ▶ | 名 見解，意見
類 意見 意見 |

| 0792 □□□
げんかい
限界 | ▶ げんかい ▶ | 名 界限，限度，極限
類 限度 限度 |

□ 欠点を改める。
改正缺點。

▶ 人の欠点を探して文句ばかり言っていると嫌われるよ。
一天到晚挑剔抱怨別人的缺點，會被人討厭喔。

□ 結論が出る。
得出結論。

▶ 我々は、秋の年次総会までに結論を出すことを期待している。
我們期盼能在秋季年會前得出結論。

□ 気配がない。
沒有跡象。

▶ この問題に関してロシアの態度は少しも軟化する気配がない。
在這項議題上，俄羅斯的態度沒有任何軟化的跡象。

□ 笑い方が下品だ。
笑得很不雅。

▶ テレビでのA知事の発言は、トップの話し方ではない。とても下品だ。
A知事在電視上發表的論點根本不是一位領導者應有的言論，簡直低俗至極！

□ 煙草が煙い。
菸燻嗆人。

▶ キャンプをしたとき、薪がよく燃えなくて煙くてたまらなかった。
露營的時候無法順利升火，只冒出陣陣濃煙，嗆得人難受極了。

□ 険しい山道が続く。
山路綿延崎嶇。

▶ ここから先は道が険しくて、車の通行はできないそうだ。
接下來的道路十分崎嶇，車子恐怕開不過去。

□ 入場券を求める。
購買入場券。

▶ 美術展の割引券を2枚もらったから、一緒に行こうよ。
人家給我兩張美術展的折價券，一起去看吧！

□ 兵馬の権を握る。
握有兵權。

▶ 人権は、どんな場合でも絶対に守られなくてはならない。
事關人權，無論在任何狀況之下都必須堅決捍衛。

□ 現社長が会長に就任する。
現在的社長就任為會長。

▶ この欄に現住所を、その下の欄に前の住所を書いてください。
請在這一欄寫下目前的住址，然後在下一欄寫下之前的住址。

□ 見解が違う。
看法不同。

▶ 景気の回復について、専門家の見解を聞いてみたいと思う。
我們想聽聽看專家對於景氣復甦有何見解。

□ 限界を超える。
超過極限。

▶ もう何年もこの仕事をやってきたが、もう我慢の限界だ。
這份工作已經做了太多年，我再也受不了了！

Check 1 必考單字	高低重音	詞性、類義詞與對義詞
0793 □□□ けんがく 見学	▶ けんがく	▶ 名・他サ 參觀 類 見物 参觀
0794 □□□ けんきょ 謙虚	▶ けんきょ	▶ 形動 謙虚 類 謹慎 謹慎小心
0795 □□□ げんきん 現金	▶ げんきん	▶ 名 (手頭的)現款，現金；(經濟的)現款，現金 類 金銭 金錢
0796 □□□ げんご 言語	▶ げんご	▶ 名 言語 類 言詞 言詞
0797 □□□ げんこう 原稿	▶ げんこう	▶ 名 原稿 類 草稿 草稿
0798 □□□ げんざい 現在	▶ げんざい	▶ 名 現在，目前，此時 類 現代 現代
0799 □□□ げんさん 原産	▶ げんさん	▶ 名 原產 類 国産 國產
0800 □□□ げんし 原始	▶ げんし	▶ 名 原始；自然 類 古代 古代
0801 □□□ げんじつ 現実	▶ げんじつ	▶ 名 現實，實際 類 真実 真實
0802 □□□ けんしゅう 研修	▶ けんしゅう	▶ 名・他サ 進修，培訓 類 修業 研習技能或學業
0803 □□□ げんじゅう 厳重	▶ げんじゅう	▶ 形動 嚴重的，嚴格的，嚴屬的 類 厳格 嚴屬

□ 工場見学を始める。
開始參觀工廠。
▶ 最先端のホンダの工場を見学してきました。
我參觀了HONDA工廠最先進的技術。

□ 謙虚に反省する。
虛心地反省。
▶ 僕は決めた。耳の痛い意見も謙虚に聞くようにしよう。
我決定了，即使是不中聽的建議也要虛心接受。

□ 現金で支払う。
以現金支付。
▶ 現金よりスマホで払いたいという若い人が最近増えている。
最近有越來越多年輕人是以手機付款取代現金結帳。

□ 言語に絶する。
無法形容。
▶ いろいろな言語を学ぶのが好きだ。
我喜歡學習各種語言。

□ 原稿を書く。
撰稿。
▶ この原稿の締め切りは3月10日だから、まだ間に合います。
這份稿子的繳交截止日是3月10日，所以還來得及。

□ 現在に至る。
到現在。
▶ ただいまお掛けになった電話は、現在使われておりません。
您所撥的電話號碼是空號。

□ 原産地が表示される。
標示原產地。
▶ このスーパーの野菜や果物は、原産地がアメリカのものが多い。
這家超市的蔬菜和水果的原產地多數來自美國。

□ 原始林が広がる。
原始森林展現開來。
▶ 社会科で原始時代の生活について勉強しています。
在社會課學習原始時代的生活樣貌。

□ 現実に起こる。
發生在現實中。
▶ 現実がいくら厳しくても、希望があるならば耐えられる。
無論現實有多麼嚴苛，只要懷抱希望就能堅持下去。

□ 研修を受ける。
接受培訓。
▶ 会社の研修で、1週間の海外視察に行くことになった。
公司的培訓課程已安排前往國外考察一週。

□ 厳重に取り締まる。
嚴格取締。
▶ 旅行に行く時は、厳重に戸締りをして出かけてください。
旅行時，請一定要仔細緊閉門窗之後再出門。

け
けんがく〜げんじゅう

Check 1 必考單字	高低重音	詞性、類義詞與對義詞
0804 ☐☐☐ げんしょう **現象**	▶ げんしょう	▶ **名** 現象 **類** 状態 情況
0805 ☐☐☐ ⊙ T1-50 げんじょう **現状**	▶ げんじょう	▶ **名** 現状 **類** 事実 事實
0806 ☐☐☐ けんせつ **建設**	▶ けんせつ	▶ **名·他サ** 建設 **類** 建築 建造
0807 ☐☐☐ けんそん **謙遜**	▶ けんそん	▶ **名·形動·自サ** 謙遜，謙虛 **類** 謙虚 謙虛
0808 ☐☐☐ けんちく **建築**	▶ けんちく	▶ **名·他サ** 建築，建造 **類** 営造 建造
0809 ☐☐☐ げん ど **限度**	▶ げんど	▶ **名** 限度，界限 **類** 極限 極限
0810 ☐☐☐ けんとう **見当**	▶ けんとう	▶ **名** 推想，推測；大體上的方位，方向；(接尾)表示大致數量，大約，左右 **類** 予測 預料
0811 ☐☐☐ けんとう **検討**	▶ けんとう	▶ **名·他サ** 研討，探討；審核 **類** 検察 檢查
0812 ☐☐☐ げん **現に**	▶ げんに	▶ **副** 做為不可忽略的事實，實際上，親眼 **類** 実に 真的
0813 ☐☐☐ げん ば **現場**	▶ げんば	▶ **名** (事故等的)現場；(工程等的)現場，工地 **類** 現地 當地，現場
0814 ☐☐☐ けん び きょう **顕微鏡**	▶ けんびきょう	▶ **名** 顯微鏡 **類** 虫眼鏡 放大鏡

□ 自然現象が発生する。
發生自然現象。

▶ 「逃げ水」とは、水のない所に水が見える不思議な現象のことだ。
所謂「海市蜃樓」是指在沒有水的地方卻看得到水的奇特現象。

□ 現状を維持する。
維持現狀。

▶ 車を買い替えたいが、我が家の現状では難しいだろう。
雖然想換一輛車子，無奈以我家的現況恐怕不容易。

□ 建設が進む。
工程有進展。

▶ 高層ビルの建設に先立って、地域住民への説明会が行われた。
在建造摩天大樓之前為當地居民舉辦了說明會。

□ 謙遜の文化を持つ。
擁有謙虛文化。

▶ 彼は傲慢で、謙遜するような男ではない。
他性格傲慢自大，並非一個謙虛的男人。

□ 立派な建築を残す。
留下漂亮的建築。

▶ 大学院の修士課程で建築を勉強している。
目前正在建築研究所攻讀碩士學程。

□ 限度を超える。
超過限度。

▶ 最近の彼の不平不満は、限度を超えていると思う。
我覺得他最近累積的不滿情緒已經超出極限了。

□ 見当がつく。
推測出。

▶ 彼が何を言いたいのか、見当がつかない。
我實在猜不出來他想說些什麼。

□ 検討を重ねる。
反覆地檢討。

▶ 会社は派遣社員の受け入れを検討している。
公司正在考慮引進派遣人力。

□ 現にこの目で見た。
親眼看到。

▶ 犯人はあの人に間違いない。現に私は彼の顔を見たのだから。
凶手就是那個人絕錯不了！我可是親眼看到了他的長相！

□ 工事現場を囲む。
圍繞工地現場。

▶ すべての現場で日々の安全管理が徹底されています。
每天都在所有的第一線作業場域嚴格執行安全管理。

□ 顕微鏡で見る。
用電子顯微鏡觀察。

▶ 電子顕微鏡を使うと原子レベルのものまで観察ができる。
使用電子顯微鏡能夠觀察到原子等級的微小物體。

け
げんしょう ～ けんびきょう

Check 1 必考單字	高低重音	詞性、類義詞與對義詞
0815 □□□ けんぽう 憲法	けんぽう	名 憲法 類 国法 國家的法律
0816 □□□ けんめい 懸命	けんめい	形動 拼命，奮不顧身，竭盡全力 類 一生懸命 竭盡全力
0817 □□□ けん り 権利	けんり	名 權利 類 資格 資格
0818 □□□ げん り 原理	げんり	名 原理；原則 類 原則 原則
0819 □□□ げんりょう 原料	げんりょう	名 原料 類 素材 素材
0820 □□□ ご 碁	ご	名 圍棋 類 囲碁 圍棋
0821 □□□ こい 恋	こい	名・自他サ 戀，戀愛；眷戀 類 愛 愛情
0822 □□□ こい 恋しい	こいしい	形 思慕的，眷戀的，懷戀的 類 いとしい 惹人憐愛的
0823 □□□ ⦿T1-51 こう 校	こう	名 學校；校對 類 学院 學校
0824 □□□ こ 請う	こう	他五 請求，希望 類 頼む 懇求
0825 □□□ こういん 工員	こういん	名 工廠的工人，(產業)工人 類 工人 工匠

□ 憲法に違反する。 違反憲法。	日本国憲法についてわかりやすく説明している漫画がある。 有一部漫畫以淺顯易懂的方式說明《日本憲法》。
□ 懸命にこらえる。 拼命忍耐。	母犬は近寄る人すべてに激しく吠え、懸命に子犬を守ろうとしていた。 當時狗媽媽朝著每一個靠近的人狂吠，盡全力保護小狗。
□ 権利を持つ。 具有權力。	人は誰でも教育を受ける権利があることを知っていますか。 你知道任何人都擁有接受教育的權利嗎？
□ てこの原理を使う。 使用槓桿原理。	大学では今、民主主義の原理について学んでいます。 我目前在大學學習民主主義的原理。
□ 石油を原料とするプラスチック。 塑膠是以石油為原料做出來的。	多くの洗剤には石油が原料として使われている。 多數洗潔劑的原料都來自石油。
□ 碁を打つ。 下圍棋。	子どもに囲碁を習わせると、落ち着きが身につくと言われている。 一般而言，讓兒童學習圍棋有助於培養定力。
□ 恋に落ちる。 墜入愛河。	恋の話題で盛り上がる。 眾人圍繞著戀愛的話題，興高采烈地討論著。
□ ふるさとが恋しい。 思念故鄉。	誕生日になると、母が焼いてくれたケーキが恋しくなる。 每逢生日，就會想起媽媽為我烘烤的蛋糕。
□ 校を重ねる。 多次校對。	久しぶりに田舎に帰り、友達と一緒に母校を訪れた。 回到久違的鄉下，和朋友一起造訪了母校。
□ 許しを請う。 請求原諒。	心臓病を患う娘の高額手術費のため、父は祖父に援助を請うしかなかった。 由於罹患心臟病的女兒手術費用高昂，她的爸爸只好向爺爺求助了。
□ 工員が丁寧に作る。 工人仔細製造。	注文が増えたので、生産量を増やすために新しい工員を雇った。 由於訂單增加，於是雇了新員工以提升產量。

こ けんぽう～こういん

Check 1 必考單字	高低重音	詞性、類義詞與對義詞

0826 □□□
ごういん
強引
▶ ご<u>ういん</u> ▶
形動 強行，強制，強勢
類 強行 強行

0827 □□□
こううん
幸運
▶ こ<u>ううん</u> ▶
名・形動 幸運，僥倖
類 幸福 幸福

0828 □□□
こうえん
講演
▶ こ<u>うえん</u> ▶
名・自サ 演說，講演
類 講述 講解

0829 □□□
こうか
高価
▶ <u>こうか</u> ▶
名・形動 高價錢
類 高額 高額

0830 □□□
こうか
硬貨
▶ <u>こうか</u> ▶
名 硬幣，金屬貨幣
類 貨幣 貨幣

0831 □□□
こうか
校歌
▶ <u>こうか</u> ▶
名 校歌
類 卒業歌 畢業歌

0832 □□□
ごうか
豪華
▶ <u>ごうか</u> ▶
形動 奢華的，豪華的
類 派手 華麗

0833 □□□
こうがい
公害
▶ こ<u>うがい</u> ▶
名 (汚水、噪音等造成的)公害
類 騒音 噪音

0834 □□□
こうかてき
効果的
▶ こ<u>うかてき</u> ▶
形動 有效的
類 効率的 效率高的

0835 □□□
こうきあつ
高気圧
▶ こ<u>うき</u>あつ ▶
名 高氣壓
對 低気圧 低氣壓

0836 □□□
こうきしん
好奇心
▶ こ<u>うき</u>しん ▶
名 好奇心
類 関心 感興趣

□ 強引なやり方が批
　判される。
　強勢的做法深受批評。

▶ やっぱり女子は強引に誘ってリードしてくれる男性に
　憧れているものです。
　還是那些會主動邀約並且主導約會的男人比較容易得到女生的青睞。

□ 幸運をつかむ。
　抓住機遇。

▶ テストを試みたところ、幸運にもそれが良い結果をも
　たらした。
　我抱著不妨一試的心態參加了測試。幸運的是，居然得到了不錯
　的成績。

□ 環境問題について
　講演する。
　演講有關環境問題。

▶ 政策など様々な分野の専門家から講演の後、ディスカッ
　ションを行います。
　在包括政策在內的各領域專家演講之後，將會舉行討論。

□ 高価な贈り物を渡
　す。
　授與昂貴的禮物。

▶ 姉は高価な着物を買ったが、まだ一度しか着ていない。
　姊姊雖然買了一襲昂貴的和服，但到現在只穿過一次而已。

□ 硬貨で支払う。
　以硬幣支付。

▶ バスに乗る時は、硬貨を用意しておいた方がいいです
　よ。
　搭乘巴士時最好預先備妥硬幣喔！

□ 校歌を歌う。
　唱校歌。

▶ 卒業式や入学式では、みんなで校歌を歌うことになっ
　ている。
　在畢業典禮和入學典禮上，大家都會齊聲合唱校歌。

□ 豪華な衣装をも
　らった。
　收到奢華的服裝。

▶ 伯父は事業に成功し、プール付きの豪華な別荘を買っ
　た。
　伯父的事業相當成功，買下一棟附泳池的豪華別墅。

□ 公害を出す。
　造成公害。

▶ 最近、カラオケ騒音公害が増えていて困る人が大勢い
　るらしい。
　近來似乎有許多人飽受與日遽增的卡拉OK噪音公害。

□ 効果的な治療を求
　める。
　尋求有效的醫治方法。

▶ 健康の維持には、栄養バランスのとれた食事と適度な
　運動が効果的だ。
　要想保持健康，均衡的營養和適度的運動都頗具功效。

□ 南の海上に高気圧
　が発生した。
　南方海面上形成高氣壓。

▶ 高気圧に覆われて天気も良く、ピクニックにふさわし
　い日だ。
　在高氣壓籠罩之下天氣晴朗，是個適合野餐的好日子。

□ 好奇心が強い。
　好奇心很強。

▶ 子どもの頃の妹は、とても活発で好奇心が強かった。
　妹妹小時候非常活潑，好奇心又強。

こ｜ごういん〜こうきしん

か行

Check 1 必考單字	高低重音	詞性、類義詞與對義詞
0837 □□□ こうきゅう **高級**	こうきゅう	名・形動 (級別)高，高級；(等級程度)高 類 高等 高等
0838 □□□ こうきょう **公共**	こうきょう	名 公共 類 社会的 對社會的
0839 □□□ こうくう **航空**	こうくう	名 航空；「航空公司」的簡稱 類 運航 航行
0840 □□□ ⊙T1-52 こうけい **光景**	こうけい	名 景象，情況，場面，樣子 類 景色 風景
0841 □□□ こうげい **工芸**	こうげい	名 工藝 類 細工 手工藝
0842 □□□ ごうけい **合計**	ごうけい	名・他サ 共計，合計，總計 類 小計 部分合計
0843 □□□ こうげき **攻撃**	こうげき	名・他サ 攻擊，進攻；抨擊，指責，責 難；(棒球)擊球 類 打撃 打擊
0844 □□□ こうけん **貢献**	こうけん	名・自サ 貢獻 類 奉仕 效勞
0845 □□□ こうこう **孝行**	こうこう	名・自サ・形動 孝敬，孝順 類 奉養 侍奉供養
0846 □□□ こうさ **交差**	こうさ	名・自他サ 交叉 類 交叉 交叉
0847 □□□ こうさい **交際**	こうさい	名・自サ 交際，交往，應酬 類 社交 交際

□ 高級な料理を楽しめる。
可以享受高級料理。

▶ デパートの紳士服売り場で、高級なスーツを注文した。
在百貨公司的西服專櫃訂製了高級西裝。

□ 公共料金をカードで支払う。
刷卡支付公共費用。

▶ 電車の中など、公共の場で大声で話すのはやめましょう。
在電車之類的公共場所請避免高聲交談。

□ 航空会社を利用する。
搭乘航空公司的航班。

▶ 航空機の事故はかなり少なくなったが、油断はできない。
儘管空難機率已經大幅降低了，依然不可掉以輕心。

□ 恐ろしい光景を見てしまった。
遭遇恐怖的情景。

▶ 山の頂上に立つと、太陽が海に沈む日没の光景が一面に広がっていました。
那時一站到山頂上，夕陽沉入海面的浩瀚美景便在眼前鋪展開來。

□ 工芸品を販売する。
賣工藝品。

▶ この店は地元の杉で作った工芸品がたくさん並んでいた。
這家商店陳列了許多用當地杉木製作的工藝品。

□ 合計を求める。
算出總計。

▶ 420 円が一つと 750 円が一つで合計 1170 円になる。
一件420圓、一件750圓，總共是1170圓。

□ 攻撃を受ける。
遭到攻擊。

▶ 守備が貧弱では、いくら攻撃力があっても試合には勝てない。
要是守備太差，就算攻擊力再強也贏不了比賽。

□ 優勝に貢献する。
對獲勝做出貢獻。

▶ 自分の能力を生かせば、私も社会に貢献できると信じています。
只要充分發揮自己的才能，相信我也能夠對社會有所貢獻。

□ 孝行を尽くす。
盡孝心。

▶ これからたくさん親孝行します。
從今往後我要好好孝敬父母。

□ 道路が交差する。
道路交叉。

▶ あの店は、三つの線路が交差するところにありました。
那家店位於 3 條鐵軌的交匯處。

□ 交際がひろい。
交際廣。

▶ 現在職場の先輩と交際して 4 ヶ月が経った。
我與同職場的前輩已交往 4 個月了。

Check 1 必考單字	高低重音	詞性、類義詞與對義詞
0848 □□□ こう し **講師**	こうし	名 (高等院校的)講師；演講者 類 助教授 準教授
0849 □□□ こうしき **公式**	こうしき	名・形動 正式；(數)公式 類 正式 正規
0850 □□□ こうじつ **口実**	こうじつ	名 藉口，口實 類 弁解 辯解
0851 □□□ こうしゃ **後者**	こうしゃ	名 後來的人；(兩者中的)後者 類 他方 另一方面
0852 □□□ こうしゃ **校舎**	こうしゃ	名 校舍 類 学園 校園
0853 □□□ こうしゅう **公衆**	こうしゅう	名 公眾，公共，一般人 類 民衆 民眾
0854 □□□ こうすい **香水**	こうすい	名 香水 類 化粧品 化妝品
0855 □□□ こうせい **公正**	こうせい	名・形動 公正，公允，不偏 類 公明 公正
0856 □□□ こうせい **構成**	こうせい	名・他サ 構成，組成，結構 類 構造 結構
0857 □□□ こうせき **功績**	こうせき	名 功績 類 成果 成果
0858 □□□ ◎T1-53 こうせん **光線**	こうせん	名 光線 類 光芒 光芒

□ 講師を務める。
擔任講師。

▶ 講師だからといって、何でも知っているわけではない。
雖說是講師，也並非無所不知。

□ 公式に認める。
正式承認。

▶ 小学生の妹に、円の面積を求める公式を教えてやった。
教了讀小學的妹妹求圓面積的公式。

□ 口実を作る。
編造藉口。

▶ 彼は病気を口実にパーティーの参加を断った。
他藉口生病，婉拒了出席酒會。

□ 後者が特に重要だ。
後者特別重要。

▶ 行くか行かないかさんざん悩んで、後者を選んだ。
一直猶豫著到底該不該去，最終選了後者。

□ 校舎を建て替える。
改建校舍。

▶ 木造の校舎は、少し暗い感じがしますが、落ち着いた木の香りが漂っている。
木造校舍雖然感覺有些沉重，卻也散發著一股讓人心情寧靜的木頭芳香。

□ 公衆の前で演説する。
在大眾面前演講。

▶ 携帯電話を使う人が増えて、駅や街中の公衆電話の数が減った。
隨著行動電話使用者的增加，車站和街邊的公用電話設置數量減少了。

□ 香水をつける。
擦香水。

▶ 電車で隣に座った女性は妻と同じ香水をつけていた。
搭電車時坐在旁邊的那位女士，噴在身上的香水和我太太用的是同一款。

□ 公正な立場に立つ。
站在公正的立場上。

▶ スポーツの試合の審判は、公正に行われなければならない。
運動比賽的裁判必須公平評審。

□ 番組を構成する。
組織節目。

▶ 家族構成を教えてください。
請告訴我您的家庭結構。

□ 功績を残す。
留下功績。

▶ 今年、弊社の功績が認められて、さまざまな賞を受賞しました。
今年，敝司的業績備受肯定，獲頒許多獎項。

□ 太陽の光線が反射される。
太陽光線反射。

▶ 沈んでゆく太陽の光線が湖に反射し、一本の光の道のように見えた。
緩緩西沉的陽光於湖面反射，看起來像極了一道光徑。

Check 1 必考單字	高低重音	詞性、類義詞與對義詞
0859 □□□ こうそう **高層**	こうそう	名 高空，高氣層；高層 類 高地 高地
0860 □□□ こうぞう **構造**	こうぞう	名 構造，結構 類 結構 結構
0861 □□□ こうそく **高速**	こうそく	名 高速 類 快速 高速
0862 □□□ こうたい **交替**	こうたい	名・自サ 換班，輪流，替換，輪換 類 交互 交替
0863 □□□ こうち **耕地**	こうち	名 耕地 類 農地 耕地
0864 □□□ **コーチ**	コーチ	名・他サ 教練，技術指導；教練員 類 トレーナー 教練
0865 □□□ こうつうきかん **交通機関**	こうつうきかん	名 交通機關，交通設施 類 交通手段 交通方式
0866 □□□ こうてい **肯定**	こうてい	名・他サ 肯定，承認 類 承認 承認
0867 □□□ こうてい **校庭**	こうてい	名 學校的庭園，操場 類 園庭 幼兒園的院子
0868 □□□ こうど **高度**	こうど	名・形動 (地)高度，海拔；(地平線到天體的)仰角；(事物的水平)高度，高級 類 標高 海拔
0869 □□□ **コード**	コード	名 (電)軟線 類 ケーブル 電纜線

Check 2 必考詞組	Check 3 必考例句
□ 高層ビルが立ち並ぶ。 高樓大廈林立。	近所に高層マンションが建設されることを知って驚いた。 當我得知附近將要蓋一棟摩天樓時大吃一驚。
□ 構造を分析する。 分析結構。	このビルは地震に強い構造になっていると宣伝されている。 這棟大樓的主打賣點是具有耐震結構。
□ 高速道路が建設された。 建設高速公路。	首都高速道路は、東京とその周辺地域を走る都市高速道路である。 首都高速公路是一條連結東京與周邊地區的都市高速公路。
□ 当番を交替する。 輪流值班。	旦那と店番を交替でやる。 與先生輪班顧店。
□ 耕地面積を知りたい。 想知道耕地面積。	家畜の放牧や飼料生産のため、広い耕地が必要だ。 為了放牧家畜和生產飼料，需要廣大的耕地。
□ ピッチングをコーチする。 指導投球的技巧。	彼は次回同じ対戦相手に負けないように、コーチの助言を書き留めた。 他抄下了教練的建議，以免下次又輸給同一個對手。
□ 交通機関を利用する。 乘坐交通工具。	成田から東京まで、どの交通機関を使って行くとよいでしょうか。 從成田到東京，該搭乘哪種交通工具為宜呢？
□ 肯定的な意見を言ってくれた。 提出了肯定的意見。	どうしてそのことについて肯定も否定もしないんですか。 你對那件事為什麼既不承認也不否認呢？
□ 校庭で遊ぶ。 在操場玩。	大地震で無我夢中で校庭に走り出た。 發生大地震時拼了命地衝到學校操場。
□ 高度を下げる。 降低高度。	パイロットが、機内放送で飛行機の現在の高度を説明した。 機師透過機內廣播，報告了飛機目前的飛行高度。
□ テレビのコードを差し込む。 插入電視的電線。	スマホを充電するため、延長コードにつないでいた。 為了幫手機充電而接到了延長線上。

Check 1 必考單字	高低重音	詞性、類義詞與對義詞

0870 ☐☐☐
こうとう
高等
▶ こうとう ▶
- 名・形動 高等，上等，高級
- 類 上級 高級

0871 ☐☐☐
こうどう
行動
▶ こうどう ▶
- 名・自サ 行動，行為
- 類 アクション 行動

0872 ☐☐☐
ごうとう
強盗
▶ ごうとう ▶
- 名 強盜；行搶
- 類 盗賊 盜賊

0873 ☐☐☐
ごうどう
合同
▶ ごうどう ▶
- 名・自他サ 合併，聯合；(數)全等
- 類 合体 合體

0874 ☐☐☐
こうば
工場
▶ こうば ▶
- 名 工廠，作坊
- 類 鉄工所 鐵工廠

0875 ☐☐☐ ◎T1-54
こうひょう
公表
▶ こうひょう ▶
- 名・他サ 公布，發表，宣布
- 類 公示 公告

0876 ☐☐☐
こうぶつ
鉱物
▶ こうぶつ ▶
- 名 礦物
- 類 金塊 金塊

0877 ☐☐☐
こうへい
公平
▶ こうへい ▶
- 名・形動 公平，公道
- 類 平等 平等

0878 ☐☐☐
こうほ
候補
▶ こうほ ▶
- 名 候補，候補人；候選，候選人
- 類 補助 補助

0879 ☐☐☐
こうむ
公務
▶ こうむ ▶
- 名 公務，國家及行政機關的事務
- 類 執務 辦公

0880 ☐☐☐
こうもく
項目
▶ こうもく ▶
- 名 文章項目，財物項目；(字典的)詞條，條目
- 類 種目 項目

□ 高等学校を卒業する。
高中畢業。

▶ 将来、ロケット開発に関する高等な技術を身につけたい。
我以後想學習研發火箭的相關高階技術。

□ 行動を起こす。
採取行動。

▶ 親切から出た行動とはいえ、それは少々お節介だな。
雖說是基於古道熱腸的舉動，未免有些多管閒事了。

□ 強盗を働く。
行搶。

▶ コンビニに入った強盗は店員をなぐって店のお金を奪って逃げた。
闖入便利商店的強盗揍了店員，搶走店裡的錢之後逃跑了。

□ 二国の軍隊が合同演習を行う。
兩國的軍隊舉行聯合演習。

▶ 二社合同で出展する。
兩家公司合併參展。

□ 工場で働く。
在工廠工作。

▶ 父は40年間働いた工場をやめて、自分で小さな会社を作った。
家父離開了工作長達40年的工廠，自己開了家小公司。

□ 公表をはばかる。
害怕被公開。

▶ 政府の不正を公表します。
將政府的徇私舞弊公諸於世。

□ 豊かな鉱物資源に恵まれる。
豐富的礦資源。

▶ 日本では1230種もの鉱物が採れるそうです。
據說在日本可以開採到多達1230種礦物。

□ 公平に扱う。
公平對待。

▶ 1枚のピザを、5人の兄弟で公平に切り分けて食べた。
5個兄弟姊妹公平地切開一片比薩分食了。

□ 候補に上がる。
被提名為候補。

▶ 次の区長候補は、2年間議員を務めた鈴木さんです。
下一屆區長的候選人是兩年來認真問政的鈴木議員。

□ 公務員になりたい。
想當公務員。

▶ この町には30年前に公務で訪れたことがあります。
這座小鎮我曾在30年前因公出差時造訪過。

□ 項目別に分ける。
以項目來分類。

▶ お客様からいただいた質問をいくつかの項目に分けてQ&A形式でまとめました。
我們將客戶提出的問題分為幾個類別，並以問答形式予以彙整了。

こ｜こうとう～こうもく

Check 1 必考單字	高低重音	詞性、類義詞與對義詞

0881 ☐☐☐
こうよう
紅葉 ▸ こうよう ▸ 名・自サ 紅葉；變成紅葉
類 黄葉(こうよう) 秋天的黄葉

0882 ☐☐☐
コーラス ▸ コーラス ▸ 名 合唱；合唱團；合唱曲
類 デュエット 二重唱

0883 ☐☐☐
ごうり
合理 ▸ ごうり ▸ 名 合理
類 正論(せいろん) 合乎道理的正確言論

0884 ☐☐☐
こうりゅう
交流 ▸ こうりゅう ▸ 名・自サ 交流，往來；交流電
類 コミュニケーション 交流

0885 ☐☐☐
ごうりゅう
合流 ▸ ごうりゅう ▸ 名・自サ (河流)匯合，合流；聯合，合併
類 合一(ごういつ) 合而為一

0886 ☐☐☐
こうりょ
考慮 ▸ こうりょ ▸ 名・他サ 考慮
類 考察(こうさつ) 研究

0887 ☐☐☐
こうりょく
効力 ▸ こうりょく ▸ 名 效力，效果，效應
類 効果(こうか) 功效

0888 ☐☐☐
ゴール ▸ ゴール ▸ 名 (體)決勝點，終點；球門；跑進決勝點，射進球門；奮鬥的目標
類 トライ 橄欖球中的觸地得分

0889 ☐☐☐
こ
肥える ▸ こえる ▸ 自下一 肥，胖；土地肥沃；豐富；(識別力)提高，(鑑賞力)強
類 太る(ふとる) 發福

0890 ☐☐☐
こ
焦がす ▸ こがす ▸ 他五 弄糊，烤焦，燒焦；(心情)焦急，焦慮；用香薰
類 焦げる(こげる) 燒焦了

0891 ☐☐☐
こ きゅう
呼吸 ▸ こきゅう ▸ 名・自他サ 呼吸，吐納；(合作時)步調，拍子，節奏；竅門，訣竅
類 吸収(きゅうしゅう) 吸收

□ 紅葉を見る。
賞楓葉。

▶ 桜や紅葉の季節もいいが、葉の落ちた冬の寺もまた情緒があっていいものだ。
櫻花盛開和紅葉滿樹的季節自然美麗，落葉遍地的冬日寒寺也別有一番風情。

□ コーラス部に入る。
參加合唱團。

▶ 手話や踊りを交えたコーラスはとても美しかったです。
揉合手語及舞蹈的合唱表演真是優美極了。

□ 合理性に欠ける。
缺乏合理性。

▶ この仕事の進め方は無駄が多くて、合理的とは言えない。
這項工作的流程太多無謂的步驟，稱不上有效率。

□ 交流を深める。
深入交流。

▶ ローマ時代は地中海を中心に、交易や文化交流が盛んに行われた。
羅馬時代以地中海為中心進行了熱絡的交易與文化交流。

□ 本隊に合流する。
與主力部隊會合。

▶ 三つの川が合流する場所なので三川と言う。
由於是3條河流匯集的地點，因而被稱為「三川」。

□ 相手の立場を考慮する。
站在對方的立場考量。

▶ 弟は父の生前の身の回りの世話をしていたため、その点を考慮に入れた遺産分割を行いたいと考えていました。
家父在世時一直是由舍弟照料起居，我希望在分配遺產時能夠將遺一點納入考量。

□ 効力が生じる。
生效。

▶ 課長の励ましも、やる気のない社員にはあまり効力がなかった。
科長的勉勵聽在毫無幹勁的職員耳中，幾乎無法產生有效的激勵作用。

□ ゴールに到達する。
抵達終點。

▶ 結婚はゴールではなく、新しい人生のスタートです。
結婚不是終點，而是嶄新人生的起點。

□ 口が肥える。
講究吃。

▶ この地域の土はよく肥えていて、野菜作りに最適である。
這個地區的土壤相當肥沃，用來栽種蔬菜再適合不過了。

□ ご飯を焦がす。
把飯煮糊。

▶ パンを真っ黒に焦がしてしまったので、朝食は牛乳だけだった。
由於麵包烤得焦黑，結果早餐只喝了牛奶。

□ 呼吸がとまる。
停止呼吸。

▶ ここでいう症状とは、じんましんや呼吸困難等を指します。
這裡所謂的症狀，是指出現蕁麻疹以及呼吸困難等等。

Check 1 必考單字	高低重音	詞性、類義詞與對義詞
0892 □□□ こ 漕ぐ	▶ こぐ	▶ 他五 划船，搖櫓，蕩槳；蹬(自行車)，打(鞦韆) あやつ 類 操る 駕駛
0893 □□□ ◉T1-55 ごく 極	▶ ごく	▶ 副 非常，最，極，至，頂 きゅうきょく 類 究極 最終
0894 □□□ こくおう 国王	▶ こくおう	▶ 名 國王，國君 おうさま 類 王様 國王
0895 □□□ こくふく 克服	▶ こくふく	▶ 名・他サ 克服 かいふく 類 回復 康復
0896 □□□ こくみん 国民	▶ こくみん	▶ 名 國民 しょみん 類 庶民 百姓
0897 □□□ こくもつ 穀物	▶ こくもつ	▶ 名 五穀，糧食 ごこく 類 五穀 五穀
0898 □□□ こくりつ 国立	▶ こくりつ	▶ 名 國立 しりつ 類 市立 市立
0899 □□□ くろうさま ご苦労様	▶ ごくろうさま	▶ 名・形動 (表示感謝慰問)辛苦,受累,勞駕 つか さま 類 お疲れ様 辛苦了
0900 □□□ こ 焦げる	▶ こげる	▶ 自下一 烤焦，燒焦，焦，糊；曬褪色 や 類 焼く 燒烤
0901 □□□ こご 凍える	▶ こごえる	▶ 自下一 凍僵 ひ 類 冷える 變冷
0902 □□□ こころ あ 心当たり	▶ こころあたり	▶ 名 想像，(估計、猜想)得到；線索，苗頭 けんとう 類 見当をつける 預想

□ 自転車をこぐ。
踩自行車。

▶ 富士山を眺めながらボートを漕ぐときの水の音っていいよね。
一邊眺望富士山一邊划船的水聲真是療癒呀。

□ 極親しい関係を持つ。
保持極親關係。

▶ 彼は不良のように見えるけど、中身はごく真面目な青年です。
雖然他外表看似品行不佳，其實是個非常忠厚耿直的年輕人。

□ 国王に会う。
謁見國王。

▶ ブータン国王の結婚式は伝統のチベット仏教の形式で行われた。
當年不丹國王的婚禮是以藏傳佛教的形式舉行的。

□ 病を克服する。
戰勝病魔。

▶ 新薬による治療を受けることができて、ついに病気を克服した。
我幸運地得到新藥治療，最終戰勝了病魔。

□ 国民の義務を果たす。
竭盡國民的義務。

▶ 国民は自分が政治の中心にいるという意識を持つべきだ。
每一個國民皆須認知到自己亦在政治體系中佔有一席重要的位置。

□ 穀物を輸入する。
進口五穀。

▶ しばらく雨が降らなかったので多くの穀物が枯れてしまった。
由於好一陣子沒下雨，五穀作物大量枯萎了。

□ 国立公園を訪ねる。
尋訪國家公園。

▶ 兄は東京にある国立大学で環境経済学を学んでいます。
哥哥目前在一所國立大學中主修環境經濟學。

□ ご苦労様と声をかける。
說聲「辛苦了」。

▶ 仕事を手伝ってくれた後輩に、「ご苦労様」とお礼を言った。
向幫忙工作的學弟道謝，說了句「辛苦了」。

□ 茶色に焦げる。
燒焦成茶色。

▶ 夜桜を見ながらバーベキューをしたが、暗くてお肉が焦げてしまった。
一面欣賞夜櫻一邊烤肉，但是實在太暗，肉都烤焦了。

□ 手足が凍える。
手腳凍僵。

▶ 池に手を入れたら、あまりの冷たさに手が凍えてしまった。
伸手探進池子裡，冰冷的池水幾乎要將手凍僵了。

□ 心当たりがある。
有線索。

▶ どこで腕時計をなくしたのか、まったく心当たりがない。
究竟是在哪裡弄丟手錶的，我一點頭緒也沒有。

179

Check 1 必考單字	高低重音	詞性、類義詞與對義詞
0903 □□□ こころえ 心得る	こころえる	他下一 懂得，領會，理解；有體驗； 答應，應允記在心上的 類 通じる 領會
0504 □□□ こし 腰	こし	名・接尾 腰；（衣服、裙子等的）腰身 類 尻 臀部
0905 □□□ こし か 腰掛け	こしかけ	名 凳子；暫時棲身之處，一時落腳處 類 椅子 椅子
0906 □□□ こし か 腰掛ける	こしかける	自下一 坐下 類 着席 就座
0907 □□□ ご じゅうおん 五十音	ごじゅうおん	名 50音 類 母音 母音
0908 □□□ こしら 拵える	こしらえる	他下一 做，製造；捏造，虛構，化妝， 打扮；籌措，填補 類 作り出す 製作出來
0909 □□□ こ こ 越す・超す	こす	自他五 越過，跨越，渡過；超越，勝 於；過，度過，遷居，轉移 類 越える 過了某個時間
0910 □□□ こす 擦る	こする	他五 擦，揉，搓；摩擦 類 こすれる 摩擦
0911 □□□ T1-56 こ たい 固体	こたい	名 固體 類 鉄塊 鐵塊
0912 □□□ ち そう さま ご馳走様	ごちそうさま	連語 承蒙您的款待了，謝謝 類 ご粗末様 招待不周，請多多包含
0913 □□□ こっ か 国家	こっか	名 國家 類 母国 祖國

□ 事情を心得る。
充分理解事情。

▶ 新製品開発の難しさはよく心得ているが、あきらめずにがんばりたい。
我非常了解研發新產品有多麼困難，但還是希望永不氣餒地繼續堅持下去。

□ 腰が抜ける。
站不起來；嚇得腿軟。

▶ 祖母は、最近腰や膝が痛くなって歩くのが辛いという。
奶奶最近腰疼膝痛的，行走困難。

□ 腰掛けＯＬがやっぱり多い。
（婚前）暫時於此工作的女性果然很多。

店内に入ると、予約していない方々が腰掛けに座って待っていた。
一踏進店裡，發現沒有預約的客人都坐在凳子上候位。

□ ベンチに腰掛ける。
坐長板凳。

▶ 毎週日曜日、公園のベンチに腰掛けて本を読むのが楽しみだ。
我很享受每週日坐在公園長椅上閱讀的時光。

□ 五十音順で並ぶ。
以 50 音的順序排序。

▶ ６歳の息子は、小学校で五十音を習い始めたばかりだ。
６歲的兒子在小學才剛開始學習50音。

□ 金をこしらえる。
湊錢。

▶ 彼は小金をこしらえて結婚した。
他攢下一點點錢結婚了。

□ 山を越す。
翻越山嶺。

▶ 大雨で水が増えているので、川を歩いて越すのは無理だ。
大雨導致水量暴漲，沒辦法涉水過河。

□ 目を擦る。
揉眼睛。

▶ 鍋の底をスポンジで擦って、汚れをきれいに落とす。
用菜瓜布刷鍋底，就能將油垢清除得乾乾淨淨。

□ 固体に変わる。
變成固體。

▶ ドライアイスは二酸化炭素が固体になったものです。
乾冰是二氧化碳的固體形態。

□ ごちそうさまと言って箸を置く。
說「謝謝款待」後，就放下筷子。

▶ 日本では、食事の前に「頂きます」、食事の後に「ご馳走様」と言う。
在日本，人們會在飯前說「開動了」，飯後說「吃飽了」。

□ 国家試験がある。
有國家考試。

▶ 国家のために仕事がしたいので、政治学を勉強している。
我想從事國家效力的工作，因此正在研讀政治學。

Check 1　必考單字	高低重音	詞性、類義詞與對義詞

0914 ☐☐☐
こっかい
国会 ▶ こっかい ▶
名 國會，議會
類 議会 國家議會

0915 ☐☐☐
こづか
小遣い ▶ こづかい ▶
名 零用錢
類 手当 津貼

0916 ☐☐☐
こっきょう
国境 ▶ こっきょう ▶
名 國境，邊境，邊界
類 国界 國境

0917 ☐☐☐
コック ▶ コック ▶
名 廚師
類 板前さん 日本料理店廚師

0918 ☐☐☐
こっせつ
骨折 ▶ こっせつ ▶
名・自サ 骨折
類 怪我 受傷

0919 ☐☐☐
こっそり ▶ こっそり ▶
副 悄悄地，偷偷地，暗暗地
類 そっと 偷偷的

0920 ☐☐☐
こてん
古典 ▶ こてん ▶
名 古書，古籍；古典作品
類 名著 名著

0921 ☐☐☐
こと
琴 ▶ こと ▶
名 古琴，箏
類 三味線 三味線

0922 ☐☐☐
ことづ
言付ける ▶ ことづける ▶
他下一 託帶口信，託付
類 伝える 轉告

0923 ☐☐☐
こと
異なる ▶ ことなる ▶
自五 不同，不一樣
類 違う 不一樣
對 合う 一致

0924 ☐☐☐
こと ば づか
言葉遣い ▶ ことばづかい ▶
名 說法，措辭，表達
類 言い回し 措辭

□ 国会を解散する。
解散國會。

▶ 今、国会では新しい法律について議論している最中だ。
國會對於新法的制訂正在激烈辯論中。

□ 小遣いをあげる。
給零用錢。

▶ 親からもらった小遣を節約して、子どもの貧困解消のために寄付した。
我把爸媽給的零用錢存起來，捐給了救助貧困兒童的機構。

□ 国境を越える。
越過國境。

▶ あの山へ行くには、国境でパスポートを見せなければならない。
要想登上那座山，就必須在國境出示護照才可以。

□ コックになる。
成為廚師。

▶ フランス料理店でフランス人のコックがフランス料理を作っている。
一位法籍廚師正在一家法國餐廳烹調法式料理。

□ 足を骨折する。
腳骨折。

▶ 昨年末、スキーで足を骨折してしまって、病院に3ヶ月入院した。
去年年底，我滑雪時摔斷了腿，在醫院住了3個月。

□ こっそりと忍び込む。
悄悄地進入。

▶ 冷凍庫に入っているアイスクリームをこっそり食べてしまった。
偷偷吃掉了放在冷凍庫裡的冰淇淋。

□ 古典音楽を楽しむ。
欣賞古典音樂。

▶ 古典を読んだらおもしろくて、日本の文化を研究したくなった。
當初閱讀古典文學著作之後覺得很有意思，於是對研究日本文化產生了興趣。

□ 琴を習う。
學琴。

▶ 私は成人後に琴を習い始めて10年たつ邦楽ファンです。
我是一個在成年以後學古琴長達10年的日本傳統音樂迷。

□ 手紙を言付ける。
托付帶信。

▶ うちの母親が何かと用事を言付けてきて困っています。
我媽媽老是差遣我做事，真麻煩。

□ 習慣が異なる。
習慣不同。

▶ 生産年や生産地が異なるワインをブレンドして造る。
這是由不同年份、產區的葡萄酒調和而成的。

□ 丁寧な言葉遣いをする。
有禮貌的言辭。

▶ 言葉遣いが悪いと誤解を生みやすいだけでなく、信用されない。
措辭不當不僅容易造成誤會，還會使自己失去信賴。

Check 1 必考單字	高低重音	詞性、類義詞與對義詞
0925 □□□ ことわざ **諺**	こ̲とわざ	名 諺語，俗語，成語，常言 類 名言 名言
0926 □□□ ことわ **断る**	こ̲とわ̲る	他五 預先通知，事前請示；謝絕 類 拒む 拒絕
0927 □□□ こな **粉**	こ̲な̲	名 粉，粉末，麵粉 類 パウダー 粉末
0928 □□□ この **好み**	こ̲のみ	名 愛好，喜歡，願意 類 趣味 愛好
0929 □□□ ◎T1-57 この **好む**	こ̲の̲む̲	他五 愛好，喜歡，願意；挑選，希望；流行，時尚 類 愛する 喜愛
0930 □□□ ぶ さ た **ご無沙汰**	ご̲ぶさた	名・自サ 久疏問候，久未拜訪，久不奉函 類 久しぶり 隔了許久
0931 □□□ こ むぎ **小麦**	こ̲むぎ	名 小麥 類 大豆 大豆
0932 □□□ ご めん **御免**	ご̲めん	名・感 原諒；表拒絕 類 謝絕 謝絕
0933 □□□ こ や **小屋**	こ̲や̲	名 簡陋的小房，茅舍；(演劇、馬戲等的)棚子；畜舍 類 物置 倉庫
0934 □□□ こら **堪える**	こ̲らえ̲る	他下一 忍耐，忍受；忍住，抑制住；容忍，寬恕 類 耐える 忍受
0935 □□□ ご らく **娯楽**	ご̲らく	名 娛樂，文娛 類 趣味 興趣

□ ことわざに曰く。
俗話說…。

▶ 素晴らしいことわざには、人生を素晴らしくするためのヒントが隠されています。
經典諺語蘊含著有助於邁向美好人生的隱喻。

□ 借金を断られる。
借錢被拒絕。

▶ 最近会社の飲み会への参加を断る新人が増えている。
最近有愈來愈多新進員工拒絕參加主管和同僚的飲酒聚會。

□ 粉になる。
變成粉末。

▶ ３種類の粉と牛乳で簡単にカラフルカップスイーツが作れます。
只要用３種調和粉末和牛奶就可以輕鬆做出五彩繽紛的杯子蛋糕。

□ 好みに合う。
合口味。

▶ 彼女に服を買ってあげたいけれど、色の好みがわからない。
雖然想買衣服送她，卻不曉得她喜歡什麼顏色。

□ 甘いものを好む。
喜愛甜食。

▶ 彼はプライドが高く一人を好む。集団生活を好まない。
他很高傲，喜歡獨處，排斥團體生活。

□ 久しくご無沙汰しています。
久疏問候（寫信時致歉）。

▶ 先生ご無沙汰しております。早いもので私もこの春から社会人となります。
與老師久疏問候。近日可好。時光飛逝，我從今年春天起也將成為職場新鮮人了。

□ 小麦粉をこねる。
揉麵粉糰。

▶ アメリカから船で小麦が日本に運ばれてくるようになった。
現在已經可以經由海運從美國載送小麥到日本了。

□ 御免なさい。
對不起。

▶ 罪のない子どもたちが犠牲になる戦争なんて、御免だ。
會讓無辜的孩子們淪為犧牲品的戰爭，我可不幹！

□ 小屋を建てる。
蓋小屋。

▶ 山小屋のトイレは有料で、百円玉を専用の箱に入れる方式です。
山間小屋的廁所是收費的，收取方式是將百圓硬幣投入設置的盒子裡。

□ 怒りをこらえる。
忍住怒火。

▶ 彼は「先発としての仕事が出来ず、申し訳ない」と悔しさを堪えて振り返る。
「非常抱歉，我沒能善盡先發投手的職責」，他滿懷懊悔地回憶道。

□ ここは娯楽が少ない。
這裡娛樂很少。

▶ このゲーム機は娯楽としてだけでなく学習にも適しています。
這款遊戲機不僅具備娛樂功能，同時有助於學習。

Check 1 必考單字	高低重音	詞性、類義詞與對義詞
0936 ☐☐☐ ご覧 <ruby>覧<rt>らん</rt></ruby>	▸ ご<u>らん</u> ▸	名 (敬)看，觀覽；(親切的)請看；(接動詞連用形)試試看 類 <ruby>拝見<rt>はいけん</rt></ruby> 請讓我看看
0937 ☐☐☐ <ruby>凝<rt>こ</rt></ruby>る	▸ こ<u>る</u> ▸	自五 凝固，凝集；(因血行不周、肌肉僵硬等)酸痛；狂熱，入迷；講究，精緻 類 <ruby>打<rt>う</rt></ruby>ち<ruby>込<rt>こ</rt></ruby>む 入迷
0938 ☐☐☐ コレクション	▸ コ<u>レ</u>クション ▸	名 蒐集，收藏；收藏品 類 コレクト 收集
0939 ☐☐☐ これら	▸ こ<u>れ</u>ら ▸	代 這些 類 あれら 那些
0940 ☐☐☐ <ruby>転<rt>ころ</rt></ruby>がす	▸ こ<u>ろ</u>がす ▸	他五 滾動，轉動；開動(車)，推進；轉賣；弄倒，搬倒 類 <ruby>回<rt>まわ</rt></ruby>す 轉動
0941 ☐☐☐ <ruby>転<rt>ころ</rt></ruby>がる	▸ こ<u>ろ</u>がる ▸	自五 滾動，轉動；倒下，躺下；擺著，放著，有 類 <ruby>回<rt>まわ</rt></ruby>る 旋轉
0942 ☐☐☐ <ruby>転<rt>ころ</rt></ruby>ぶ	▸ こ<u>ろ</u>ぶ ▸	自五 跌倒，倒下；滾轉；趨勢發展，事態變化 類 <ruby>倒<rt>たお</rt></ruby>れる 倒下
0943 ☐☐☐ <ruby>怖<rt>こわ</rt></ruby>がる	▸ こ<u>わ</u>がる ▸	自五 害怕 類 <ruby>怯<rt>おび</rt></ruby>える 膽怯
0944 ☐☐☐ <ruby>今<rt>こん</rt></ruby>	▸ こ<u>ん</u> ▸	漢造 現在；今天；今年 類 <ruby>今頃<rt>いまごろ</rt></ruby> 現在
0945 ☐☐☐ <ruby>紺<rt>こん</rt></ruby>	▸ こ<u>ん</u> ▸	名 深藍，深青 類 <ruby>藍<rt>あい</rt></ruby> 靛藍色
0946 ☐☐☐ <ruby>今回<rt>こんかい</rt></ruby>	▸ こ<u>ん</u>かい ▸	名 這回，這次，此番 類 <ruby>先日<rt>せんじつ</rt></ruby> 上次

こ｜ごらん～こんかい

□ ご覧に入れる。
請看…。
▶ この秋発売される新製品のビデオをご覧になってください。
敬請觀賞即將於今年秋季上市的新產品介紹影片。

□ 肩が凝る。
肩膀痠痛。
最近ゲームに凝っていて、ときどき夜更かしをしてしまう。
最近迷上電玩，有時會玩通宵。

□ 切手のコレクションを趣味とする。
以郵票收藏做為嗜好。
▶ これは切手のコレクションづくりを楽しむためのガイドブックです。
這是一本可以帶領讀者享受集郵樂趣的導覽專書。

□ これらの商品を扱っている。
銷售這些商品。
▶ これらはイタリアから輸入した、有名なベネチアングラスだ。
這些是從義大利進口的知名威尼斯玻璃。

□ ボールを転がす。
滾動球。
小学校の体育祭で、大きなボールを転がして走る競技に出た。
我在小學的運動會上參加了滾大球的比賽。

□ 機会が転がる。
機會降臨。
▶ 広場からサッカーボールが転がってきたので、蹴り返した。
有顆足球從廣場那邊滾了過來，於是踢回去了。

□ 滑って転ぶ。
滑倒。
▶ 憧れの人の前で転んでとても恥ずかしかった。
在我心儀的對象面前跌了一跤，尷尬得想找個地洞鑽進去。

□ お化けを怖がる。
懼怕妖怪。
▶ 親が「〇〇しないと鬼がくるよ」と言うのに対し、本気で怖がってしまう子も多いそうだ。
似乎有很多小孩在聽到父母說「如果不〇〇就會被鬼抓走喔」的時候真的被嚇壞了。

□ 今日の日本が必要としている。
如今的日本是很需要的。
▶ 来週の会議で、今年度の会長を選出する予定である。
將於下週的會議中選出本年度的會長。

□ 紺色のズボンがピンク色になった。
深藍色的褲子變成粉紅色的。
▶ 面接には黒か紺のシングルスーツを着用していくのがお薦めです。
參加面試時建議穿著黑色或深藍色的單排扣西裝。

□ 今回が2回目です。
這次是第二次。
▶ 今回の試験には、3万人の参加が予定されている。
這次考試估計將有3萬名考生上場。

187

Check 1 必考單字	高低重音	詞性、類義詞與對義詞

0947 ☐☐☐　　○T1-58

コンクール ▸ コンクール ▸
名 競賽會，競演會，會演
類 コンテスト 競賽

0948 ☐☐☐

コンクリート ▸ コンクリート ▸
名・形動 混凝土；具體的
類 セメント 水泥

0949 こんごう
混合 ▸ こんごう ▸
名・自他サ 混合
類 配合 混合

0950 ☐☐☐

コンセント ▸ コンセント ▸
名 電線插座
類 充電 充電

0951 こんだて
献立 ▸ こんだて ▸
名 菜單
類 レシピ 食譜

0952 ☐☐☐

こんなに ▸ こんなに ▸
副 這樣，如此
類 こんな 如此

0953 こんなん
困難 ▸ こんなん ▸
名・形動 困難，困境；窮困
類 至難 困難至極

0954 こんにち
今日 ▸ こんにち ▸
名 今天，今日；現在，當今
類 昨今 最近

0955 こんばん
今晩は ▸ こんばんは ▸
寒暄 晚安，你好
類 こんにちは 你好

0956 こんやく
婚約 ▸ こんやく ▸
名・自サ 訂婚，婚約
類 入籍 加入戶籍

0957 こんらん
混乱 ▸ こんらん ▸
名・自サ 混亂
類 困惑 不知所措

□ 合唱コンクールに
出る。
出席合唱比賽。

▶ 子どもの頃、絵のコンクールで優勝したことがある。
小時候曾在繪畫比賽得到了第一名。

□ コンクリートが固
まる。
水泥凝固。

▶ 日本で初めての鉄筋コンクリートの高層ビルは18階建
てのアパートでした。
日本第一座鋼筋混凝土建造的摩天大樓是一棟18層樓的大廈。

□ 砂と小石を混合す
る。
混合砂和小石子。

▶ 今年男女混合チームとして再結成しました。
今年以男女混合的方式再次重組了團隊。

□ コンセントを差す。
插插座。

▶ コンセントにコードをつないで、新しい掃除機を使っ
てみる。
把電線插上插座，用用看新的吸塵器。

□ 献立を作る。
安排菜單。

▶ 今日の献立は豚肉とキャベツのピリ辛炒め、それにみ
そ汁です。
今天的菜色是辣炒豬肉高麗菜，搭配味噌湯。

□ こんなに大きく
なったよ。
長這麼大了喔！

▶ 英語の試験で、こんなに良い点数を取ったのは初めて
だ。
這是我第一次在英文考試中拿到這麼高的分數！

□ 困難に打ち勝つ。
克服困難。

▶ 彼は様々な困難に打ち勝って、会社を発展させていっ
た。
他戰勝了種種困難，協助公司事業蒸蒸日上。

□ 今日に至る。
直到今日。

▶ 本校は、今日までに1万人以上の卒業生を送り出した。
本校截至今日，已經培育出超過一萬名畢業生了。

□ こんばんは、寒くな
りましたね。
你好，變冷了呢。

▶ こんばんは。夜遅くお邪魔して申し訳ございません。
晚上好。深夜打擾，萬分抱歉。

□ 婚約を発表する。
宣佈訂婚訊息。

▶ ロンドン出身の女性と婚約する。
我要和一位倫敦女性訂婚。

□ 混乱が起こる。
發生混亂。

▶ 彼が姿を見せ、取材陣が集まって来て質問を投げかけ、
会場は一時、混乱しました。
當他一現身，記者立刻蜂擁而上競相提問，會場一度陷入了混亂。

Check 1 必考單字	高低重音	詞性、類義詞與對義詞

0958 □□□
さ
差
▶ さ
▶ 图 差別，區別，差異；差額，差數
類 差異 差異

0959 □□□
サークル
▶ サークル
▶ 图 伙伴，小組；周圍，範圍
類 フォーラム 座談會

0960 □□□
サービス
▶ サービス
▶ 名・自他サ 售後服務；服務，接待，侍候；(商店)廉價出售，附帶贈品出售
類 ビジネス 工作事務

0961 □□□
さい
際
▶ さい
▶ 名・漢造 時候，時機，在…的狀況下；彼此之間，交接；會晤；邊際
類 折 時候

0962 □□□
さい
再
▶ さい
▶ 漢造 再，又一次
類 又 再次

0963 □□□
さいかい
再開
▶ さいかい
▶ 名・自他サ 重新進行
類 再建 重建

0964 □□□
ざいこう
在校
▶ ざいこう
▶ 名・自サ 在校
類 在学 在學

0965 □□□ ○T1-59
さいさん
再三
▶ さいさん
▶ 副 屢次，再三
類 屢次 屢次

0966 □□□
ざいさん
財産
▶ ざいさん
▶ 图 財產；文化遺產
類 私産 私人財產

0967 □□□
さいじつ
祭日
▶ さいじつ
▶ 图 節日；日本神社祭祀日；宮中舉行重要祭祀活動日；祭靈日
類 節日 季節轉換時過的節日

0968 □□□
さいしゅう
最終
▶ さいしゅう
▶ 图 最後，最終，最末；(略)末班車
類 終業 完成一學期或學年的課程

□ 差が 著 しい。
差別明顯。

▶ 鈴木さんと中村さんの英語の点数は、ほとんど差がない。
鈴木小姐和中村小姐的英文分數幾乎不分上下。

□ 文学のサークルに入った。
參加文學研究社。

▶ 「学生時代に熱中していたことは」「テニスサークルに入っていました」
「你在學生時代熱衷的愛好是？」「我那時加入了網球隊。」

□ サービスをしてくれる。
得到（減價）服務。

▶ あの店はサービスがいいと評判だ。
那家店以服務周到著稱。

□ この際にお伝え致します。
在這個時候通知您。

▶ 近くにお越しの際には、ぜひ我が家にお立ち寄りください。
搬到附近時，請一定要常到我家坐坐。

□ 再チャレンジする。
再挑戰一次。

▶ レポートの評価が 50 点以下の人は、再提出すること。
報告分數低於50分的人，必須重新繳交一份。

□ 電車が運転を再開する。
電車重新運駛。

▶ 再開の予定につきましては確定次第、ウェブサイトに掲載いたします。
恢復營業的日期確定後，將在官網公布。

□ 在校生代表が祝辞を述べる。
在校生代表致祝賀詞。

▶ 本校の在校生は約 600 名です。
本校約有600名在校生。

□ 再三注意する。
屢次叮嚀。

▶ 医師は再三手術を勧めたが患者が拒否した。
醫生一再建議動手術卻遭到了患者的拒絕。

□ 財産を継ぐ。
繼承財產。

▶ 父親には財産があるが、彼はそれを欲しいとは思わない。
雖然父親擁有資產，但他一點都不想要。

□ 日曜祭日は会社が休み。
節假日公司休息。

▶ 祭日は仕事になりますが、有給を使用して休む事も可能です。
假日那天要上班，不過可以請有薪假。

□ 最終に間に合う。
趕上末班車。

▶ 毎週楽しみに見ていた韓国ドラマも、今日が最終回だ。
每星期都滿懷期待準時收看的韓劇，今天終究來到最後一集了。

さ｜さ～さいしゅう

191

Check 1 / 必考單字	高低重音	詞性、類義詞與對義詞

0969 □□□
さいしゅうてき
最終的 ▸ さいしゅうてき ▸ 形動 最後
題 究極的 最終的

0970 □□□
さいそく
催促 ▸ さいそく ▸ 名・他サ 催促，催討
題 督促 督促

0971 □□□
さいちゅう
最中 ▸ さいちゅう ▸ 名 動作進行中，最頂點，活動中
題 真中 中央

0972 □□□
さいてん
採点 ▸ さいてん ▸ 名・他サ 評分數
題 評価 評價

0973 □□□
さいなん
災難 ▸ さいなん ▸ 名 災難，災禍
題 苦難 苦難

0974 □□□
さいのう
才能 ▸ さいのう ▸ 名 才能，才幹
題 才略 智謀

0975 □□□
さいばん
裁判 ▸ さいばん ▸ 名・他サ 裁判，評斷，判斷；(法)審判，審理
題 訴訟 訴訟

0976 □□□
さいほう
再訪 ▸ さいほう ▸ 名・他サ 再訪，重遊
題 再来 過去的狀態再度回歸

0977 □□□
ざいもく
材木 ▸ ざいもく ▸ 名 木材，木料
題 石材 石材

0978 □□□
ざいりょう
材料 ▸ ざいりょう ▸ 名 材料，原料；研究資料，數據
題 原料 原料

0979 □□□
サイレン ▸ サイレン ▸ 名 警笛，汽笛
題 クラクション 汽車警笛

□ 最終的にやめることにした。
最後決定不做。

旅行先の候補はいろいろあったが、最終的に京都に決まった。
原先列了好幾個旅遊的去處，最後決定到京都。

□ 返事を催促する。
催促答覆。

借金の催促状が突然届いた。
突然收到了催債的催促通知。

□ 試合の最中に雨が降って来た。
正在比賽的時候下起雨來了。

映画を見ている最中に、音を立てて食べ物を食べるのは迷惑だ。
若是正在看電影時吃會發出聲音的食物，將會打擾到其他觀眾。

□ 採点が甘い。
給分寬鬆。

その先生は単位の採点は厳しいが、授業は面白い。
那位老師的學分很難拿，但授課很有趣。

□ 災難に遭う。
遭遇災難。

今日はいろいろと災難だったが、またそれは明日のブログに書こうかな。
今天真是災難連連，不如寫成文章明天上傳到部落格吧。

□ 才能に恵まれる。
很有才幹。

成功する人は、「才能よりも努力が重要」と考えている。
成功人士相信「努力比天賦更重要」。

□ 裁判を受ける。
接受審判。

勝ち目のない裁判の弁護を引き受けることになった。
接手了一個沒有勝訴可能的審判辯護。

□ 大阪を再訪する。
重遊大阪。

貿易業務で上海を再訪した。
因貿易業務關係，再度拜訪了上海。

□ 材木を選ぶ。
選擇木材。

材木屋が材木を売る相手は、大工さんです。
木材店販售木材的客戶是木匠。

□ 材料がそろう。
備齊材料。

作りたい料理の材料が足りないから、冷蔵庫内の物だけを使ってアレンジしたいと思います。
原本想做的菜食材不夠，乾脆利用冰箱裡現有的東西即興發揮。

□ サイレンを鳴らす。
鳴放警笛。

消防車のサイレンが聞こえてきた。火事だろうか。
我聽到消防車的警笛，發生火災了嗎？

さ｜さいしゅうてき ～ サイレン

Check 1　必考單字	高低重音	詞性、類義詞與對義詞
0980 □□□ さいわ 幸い	▶ さいわい	名・形動・副 幸運，幸福；幸虧，好在； 對…有幫助，對…有利，起好影響 類 こうふく 幸福 幸福
0981 □□□ サイン	▶ サイン	名・自サ 簽名，署名，簽字；記號，暗 號，信號，作記號 類 きめい 記名 簽名
0982 □□□ さかい 境	▶ さかい	名 界線，疆界，交界；境界，境地； 分界線，分水嶺 類 あいだ 間 中間
0983 □□□ さか 逆さ	▶ さかさ	名（「さかさま」的略語）逆，倒，顛 倒，相反 類 うえした 上下 上下顛倒
0984 □□□　◎T1-60 さかさま 逆様	▶ さかさま	名・形動 逆，倒，顛倒，相反 類 みぎひだり 右左 左右相反
0985 □□□ さかのぼ 遡る	▶ さかのぼる	自五 溯，逆流而上；追溯，回溯 類 もど 戻す 使…退回
0986 □□□ さか ば 酒場	▶ さかば	名 酒館，酒家，酒吧 類 い ざか や 居酒屋 小酒館
0987 □□□ さか 逆らう	▶ さからう	自五 逆，反方向；違背，違抗，抗 拒，違拗 類 こば 拒む 阻擋對方前進
0988 □□□ さか 盛り	▶ さかり	名・接尾 最旺盛時期，全盛狀態；壯 年；（動物）發情；（接動詞連用形） 表正在最盛的時候 類 ぜんせい き 全盛期 全盛期
0989 □□□ さきおと とい 一昨昨日	▶ さきおととい	名 大前天，前三天 類 きのう 昨日 昨天
0990 □□□ さきほど 先程	▶ さきほど	副 剛才，方才 類 さいきん 最近 最近

□ 不幸中の幸い。
不幸中的大幸。

▶

高層ビルで火事が発生したが、幸いにもすぐに消し止められた。
摩天樓發生了火災，所幸立刻撲滅了。

□ サインを送る。
送暗號。

▶

説明書を読んで、この書類にサインしてください。
請於讀完說明書後，在這份文件上簽名。

□ 生死の境をさまよう。
在生死之間徘徊。

▶

国と国との境の多くは山や川、緯線や経線などを基準に決められた。
多數國與國之間的邊界皆以山脈、河川和經緯線等當作劃分基準。

□ 上下が逆さになる。
上下顛倒。

▶

テーブルの上に逆さにおいてあるコップは、まだ誰も使っていません。
倒扣在桌上的杯子還沒有任何人用過。

□ 裏表を逆さまに着る。
穿反。

▶

有名な画家が描いたといわれる絵だが、掛け方が逆さまじゃないか。
這幅畫據說是著名畫家的作品，是不是掛反了呢？

□ 流れをさかのぼる。
回溯。

▶

川を遡ると、水はどんどんきれいになり、そして美しい渓谷が現れます。
溯流而上，溪水愈見清澈，最後出現了一座美麗的山谷。

□ 酒場で喧嘩が始まった。
酒吧裡開始吵起架了。

▶

ここは下町情緒あふれる安い酒場がたくさんある。
這裡有很多洋溢著老街氛圍的便宜酒館。

□ 歴史の流れに逆らう。
違抗歷史的潮流。

▶

島を目指し、潮の流れに逆らって泳いだので、とても疲れた。
到目的地那座小島是一路逆著潮流游過去的，簡直累死人了。

□ 盛りを過ぎる。
全盛時期已過。

▶

夏の暑い盛りには、山里にセミの声が鳴り響きます。
炎炎夏日，山間迴盪著嘹亮的蟬鳴。

□ 一昨昨日の出来事だ。
大前天的事情。

▶

一昨昨日の会議で決まったことを、朝、社員に発表する。
大前天的會議決議事項，將於今天早上向職員宣布。

□ 先程お見えになりました。
剛才蒞臨的。

▶

彼は今朝出かけましたが、先程家に帰ってきた。
他今天早上出門了，不過剛才已經回到家裡。

Check 1 必考單字	高低重音	詞性、類義詞與對義詞
0991 □□□ 作業 さ ぎょう	► さぎょう	► 名・自サ 工作，操作，作業，勞動 類 営業 營業
0992 □□□ 裂く さ	► さく	► 他五 撕開，切開；扯散；分出，擠 出，勻出；破裂，分裂 類 破く 弄破
0993 □□□ 索引 さくいん	► さくいん	► 名 索引 類 目録 目錄
0994 □□□ 作者 さくしゃ	► さくしゃ	► 名 作者 類 作家 文學、藝術作品的作者
0995 □□□ 作成 さくせい	► さくせい	► 名・他サ 寫，作，造成(表、件、計畫、 文件等)；製作，擬制 類 制作 製作
0996 □□□ 作製 さくせい	► さくせい	► 名・他サ 製造 類 創作 創作
0997 □□□ 作物 さくもつ	► さくもつ	► 名 農作物；庄嫁 類 農産物 農產品
0998 □□□ 探る さぐ	► さぐる	► 他五 (用手腳等)探，摸；探聽，試探， 偵查；探索，探求，探訪 類 洗う 徹底查明
0999 □□□ 支える ささ	► ささえる	► 他下一 支撐；維持，支持；阻止，防 止 類 サポート 支援
1000 □□□ ◎T1-61 囁く ささや	► ささやく	► 自五 低聲自語，小聲說話，耳語 類 つぶやく 嘟囔
1001 □□□ 匙 さじ	► さじ	► 名 匙子，小杓子 類 杓文字 勺子

□ 作業を進める。
進行作業。

▶ この作業がいかに大変かは、実際にやった人でないとわからない。
這項工程有多麼浩大，唯有實際從事過的人才能體會。

□ 二人の仲を裂く。
兩人關係破裂。

▶ この事がきっかけになって、二人の仲は裂かれてしまった。
這件事導致了兩人關係破裂。

□ 索引をつける。
附加索引。

▶ テキストの索引は 50 音順に並んでいるので、わかりやすい。
教科書的索引是按照50音的順序編排的，很容易查找。

□ 本の作者が登場する。
書的作者上場。

▶ この本の作者は、A子さんです。Aシリーズを書いている人だよ。
這本書的作者是A子女士，就是正在寫A系列的那個人喔！

□ 報告書を作成する。
寫報告。

▶ 標本作成の際は採集した日時と場所を記しておくこと。
製作標本時需標示採集的時間日期和地點。

□ カタログを作製する。
製作型錄。

▶ 会社のカタログを作製した。
製作了公司的商品型錄。

□ 園芸作物を栽培する。
栽培園藝作物。

▶ 1か月間、雨が全く降らなかったので、作物が枯れてしまった。
整整一個月沒下過一滴雨，農作物都枯萎了。

□ 手で探る。
用手摸索。

▶ 宇宙誕生の謎を探るプロジェクトにぜひ参加したいと思っている。
我非常渴望參與探索宇宙誕生奧祕的計畫。

□ 暮らしを支える。
維持生活。

▶ 彼らは私が辛い時も楽しい時も、いつも私を支えてくれた。
無論在我身陷痛苦或是感到開心的時候，他們永遠是我的心靈支柱。

□ 耳元でささやく。
附耳私語。

▶ 彼はもうすぐ現役を引退するのではないかと囁かれている。
他喃喃說著恐怕再過不久就得離開第一線了。

□ 匙ですくう。
用匙舀。

▶ この料理には大匙 2 杯の砂糖と日本酒を使います。
做這道菜需要兩大匙糖和日本酒。

さ｜さぎょう～さじ

197

Check 1	必考單字	高低重音	詞性、類義詞與對義詞

1002 ☐☐☐
ざしき
座敷 ▶ ざしき ▶ 名 日本式客廳；酒席，宴會，應酬；宴客的時間；接待客人
類 客室 客廳

1003 ☐☐☐
さ つか
差し支え ▶ さしつかえ ▶ 名 不方便，障礙，妨礙
類 邪魔 妨礙

1004 ☐☐☐
さ ひ
差し引く ▶ さしひく ▶ 他五 扣除，減去；抵補，相抵(的餘額)；(潮水的)漲落，(體溫的)升降
類 除く 去掉

1005 ☐☐☐
さし み
刺身 ▶ さしみ ▶ 名 生魚片
類 切り身 肉類切塊

1006 ☐☐☐
さ
差す ▶ さす ▶ 他五・助動・五型 指，指示；使，叫，令，命令做…
類 入れる 放入

1007 ☐☐☐
さすが
流石 ▶ さすが ▶ 副・形動 真不愧是，果然名不虛傳；雖然…，不過還是；就連…也都，甚至
類 やはり 果然

1008 ☐☐☐
ざせき
座席 ▶ ざせき ▶ 名 座位，座席，乘坐，席位
類 客席 客人的座位

1009 ☐☐☐
さつ
札 ▶ さつ ▶ 名・漢造 紙幣，鈔票；(寫有字的)木牌，紙片；信件；門票，車票
類 カード 信用卡的簡稱

1010 ☐☐☐
さつえい
撮影 ▶ さつえい ▶ 名・他サ 攝影，拍照；拍電影
類 記録 記録

1011 ☐☐☐
ざつおん
雑音 ▶ ざつおん ▶ 名 雜音，噪音
類 騒音 噪音

1012 ☐☐☐
さっきょく
作曲 ▶ さっきょく ▶ 名・他サ 作曲，譜曲，配曲
類 編曲 改編的樂曲

□ 座敷に通す。
帯到客廳。

▶ 座敷とテーブル席がありますが、どちらにしますか。
有和式座位和桌椅座位，請問您想坐在哪一邊呢？

□ 日常生活に差し支えありません。
生活上沒有妨礙。

▶ 差し支えなければ、あなたの生年月日を教えてください。
方便的話，敬請告知您的出生年月日。

□ 月給から税金を差し引く。
從月薪中扣除稅金。

▶ 労働者は税金を差し引いて給料をもらいます。
勞工領取的薪資需先扣稅。

□ 刺身は苦手だ。
不敢吃生魚片。

▶ 新鮮な魚をいただいたので、さっそく刺身にして食べた。
人家送了新鮮的魚來，立刻切成生魚片享用了。

□ 西日が差す。
夕陽照射。

▶ 目が痛くて眼科に行ったら、目薬を差すように言われた。
由於眼睛痛而去了眼科，醫師說要點眼藥水治療。

□ さすがに寂しい。
果然很荒涼。

▶ 動物を利用して小さな島を観光地化し、ビジネスに繋げるとは、日本人はさすがに商売上手だ。
日本人不愧有商業頭腦，懂得藉助動物將小島變成觀光勝地，從而賺取商業收入。

□ 座席に着く。
就座。

▶ 特大荷物スペースつき座席を予約する場合は、複数回に分けて予約してください。
擬預約附有超大置物空間的座位時，敬請分批預訂。

□ お札を数える。
數鈔票。

▶ この自動販売機は、1万円札を使うことはできない。
這台自動販賣機不接受一萬圓鈔票。

□ 屋外で撮影する。
在屋外攝影。

▶ 独特な撮影の手法が評価され、映画は監督賞を受賞した。
這部電影獨特的拍攝手法大受讚揚，一舉奪下最佳導演獎。

□ 電話に雑音が入る。
電話裡有雜音。

▶ 雑音が多いと勉強に集中できないから、ちょっと静かにして。
噪音太吵沒辦法專心用功，麻煩安靜一點。

□ 交響曲を作曲する。
作交響曲。

▶ 私が彼女の結婚式の歌を作曲しました。
我為她的婚禮譜了一首曲子。

Check 1 必考單字	高低重音	詞性、類義詞與對義詞

1013 ☐☐☐
さっさと
▶ さっさと ▶
圖 (毫不猶豫、毫不耽擱時間地)趕緊地，痛快地，迅速地
類 さっと 突然發生某事

1014 ☐☐☐
早速(さっそく)
▶ さっそく ▶
圖 立刻，馬上，火速，趕緊
類 即時(そくじ) 立刻

1015 ☐☐☐
ざっと
▶ ざっと ▶
圖 粗略地，簡略地，大體上的；(估計)大概，大略；潑水狀
類 大(おお)ざっぱ 粗略的

1016 ☐☐☐
さっぱり
▶ さっぱり ▶
名・他サ 整潔，俐落，瀟灑；(個性)直爽，坦率；(感覺)爽快，病癒；(味道)清淡
類 あっさり 性格直率

1017 ☐☐☐ ◎T1-62
さて
▶ さて ▶
副・接・感 一旦，果真；那麼，卻說，於是；(自言自語，表猶豫)到底，那可…
類 なお 更，再

1018 ☐☐☐
砂漠(さばく)
▶ さばく ▶
名 沙漠
類 流砂(りゅうさ) 沙漠

1019 ☐☐☐
錆(さび)
▶ さび ▶
名 (金屬表面因氧化而生的)鏽；(轉)惡果
類 銹(さび) 鏽 (同「錆」)

1020 ☐☐☐
錆(さ)びる
▶ さびる ▶
自上一 生鏽，長鏽；(聲音)蒼老
類 衰(おとろ)える 衰弱

1021 ☐☐☐
座布団(ざぶとん)
▶ ざぶとん ▶
名 (舖在席子上的)棉坐墊
類 マット 地毯

1022 ☐☐☐
差別(さべつ)
▶ さべつ ▶
名・他サ 輕視，區別
類 輕蔑(けいべつ) 蔑視

1023 ☐☐☐
作法(さほう)
▶ さほう ▶
名 禮法，禮節，禮貌，規矩；(詩、小說等文藝作品的)作法
類 手法(しゅほう) 技法

□ さっさと帰る。
　趕快回去。

> 晩ご飯を食べ終わったら、さっさとお風呂に入りなさい。
> 晚飯吃完了就快點去洗澡！

□ 早速とりかかる。
　火速處理。

> 誕生日に素敵な帽子を頂いたので、早速かぶって出かけた。
> 生日時收到了漂亮帽子的禮物，馬上戴出門亮相了。

□ ざっと拝見します。
　大致上已讀過。

> 一袋の切手を拾いました。ざっと計算してみたら、だいたい３万円分くらいだった。
> 我撿到一袋郵票。大致算了一下，差不多值３萬圓面額。

□ さっぱりしたものが食べたい。
　想吃些清淡的菜。

> 表裏がなく、竹を割ったようにさっぱりした性格の人が多いそうだ。
> 性格表裡如一、心直口快的人好像還不少呢。

□ さて、本題に入ります。
　接下來，我們來進入主題。

> 私がお尋ねしたかったすべての質問はこれで終わりです。さて、あなたのほうから質問をお受けしたいと思います。
> 以上就是我想請教的所有問題了。接下來，您有任何疑問都可以問我。

□ 砂漠に生きる。
　在沙漠生活。

> 砂漠で昼夜の温度差が大きい原因のひとつに、太陽の光を遮るものが何もないことが挙げられる。
> 不難想見，沙漠晝夜溫差大的原因之一是沒有任何物體足以遮蔽陽光。

□ 金属が錆付く。
　金屬生鏽。

> タンクの傷は放置するとすぐに錆が出るので、塗装で対処します。
> 如果對水槽的凹痕置之不理很快就會生鏽，要上漆修補才行。

□ 包丁が錆びる。
　菜刀生鏽。

> 雨によって自転車が茶色く錆びてしまった。
> 腳踏車淋雨後冒出了褐色的鏽斑。

□ 座布団を敷く。
　舖上坐墊。

> お客さんには座布団を出しておもてなししている。
> 正在為客人送上坐墊，提供熱忱的款待。

□ 差別が激しい。
　差別極為明顯。

> 肌の色で差別するとは、視野が狭いと言わざるを得ない。
> 膚色歧視只能說是眼界狹隘。

□ 作法をしつける。
　進行禮節教育。

> 華道や茶道では、技術とともにいろいろな作法があります。
> 在插花和茶道中，有著不同門派的技法和禮儀。

Check 1 必考單字	高低重音	詞性、類義詞與對義詞

1024 □□□ **様** さま	▶ さま	名・代・接尾 樣子，狀態；姿態；表示尊敬 類 姿 人事物的姿態、狀況
1025 □□□ **妨げる** さまた	▶ さまたげる	他下一 阻礙，防礙，阻攔，阻撓 類 阻む 阻擋
1026 □□□ **寒さ** さむ	▶ さむさ	名 寒冷 類 冷え 寒冷
1027 □□□ **左右** さ ゆう	▶ さゆう	名・他サ 左右方；身邊，旁邊；左右其詞，支支吾吾；(年齡)大約，上下；掌握，支配，操縱 類 両側 兩側
1028 □□□ **皿** さら	▶ さら	名 盤子；盤形物；(助數詞)一碟等 類 缶 罐子
1029 □□□ **更に** さら	▶ さらに	副 更加，更進一步；並且，還；再，重新；(下接否定)一點也不，絲毫不 類 くわえて 再加上
1030 □□□ **去る** さ	▶ さる	自五・他五・連體 離開；經過，結束；(空間、時間)距離；消除，去掉 類 出る 出去
1031 □□□ **猿** さる	▶ さる	名 猴子，猿猴 類 ゴリラ 大猩猩
1032 □□□ **騒がしい** さわ	▶ さわがしい	形 吵鬧的，吵雜的，喧鬧的；(社會輿論)議論紛紛的，動盪不安的 類 やかましい 喧鬧的
1033 □□□ **爽やか** さわ	▶ さわやか	形動 (心情、天氣)爽朗的，清爽的；(聲音、口齒)鮮明的，清楚的，巧妙的 類 朗らか 心情舒暢
1034 □□□ **産** さん	▶ さん	名 生產，分娩；(某地方)出生；財產 類 産出 出產

| □ 様になる。
像樣。 | ▶ | 色とりどりの花が咲き乱れるさまは、まるで天国のようでした。
五彩繽紛的花朵盛開綻放的景象，簡直像是天國一般。 |

□ 交通を妨げる。
妨礙交通。　▶　台風で倒れた木が道路をふさぎ、車の通行を妨げている。
被颱風吹倒的樹木擋住車道，妨礙車輛通行。

□ 寒さで震える。
冷得發抖。　▶　この花は寒さに弱いので、冬は室内に入れることが大切です。
這種花不耐寒，因此冬天一定要移入室內。

□ 命運を左右する。
支配命運。　▶　若手社員の育成は、会社の将来を左右する大切な業務の一つだ。
年輕職員的培育屬於重要業務的一環，與公司的發展息息相關。

□ 目を皿のようにする。
睜大雙眼。　▶　ご飯を食べ終わったら、すぐにお皿を台所に運びなさい。
記得一吃完飯就要馬上把碗盤拿到廚房。

□ 更に事態が悪化する。
事情更進一步惡化。　▶　高校生になったら、さらに学校の授業が難しくなった。
升上高中以後，學校課業變得更難了。

□ 世を去る。
逝世。　▶　ダム建設のため、多くの人々が故郷を去り、再び帰ることはありませんでした。
為了建造水壩，有許許多多的人離開家鄉，卻再也沒能回去了。

□ 猿も木から落ちる。
智者千慮必有一失。　▶　寒くなると、猿も温泉に入りにやって来るそうだ。
聽說天氣一冷，連猴子也會來泡溫泉。

□ 教室が騒がしい。
教室吵雜。　▶　駅前のマンションは騒がしいので、郊外に引っ越したい。
住在車站前的大廈太吵了，想搬到郊外。

□ 爽やかな朝が迎えられる。
迎接清爽的早晨。　▶　多くの小学校の児童は、いつも爽やかな挨拶をする。
許多小學的學童總是用清脆嘹亮的聲音向人問好。

□ お産をする。
生產。　▶　このくだものは外国産ですが、とてもおいしいですよ。
這種水果雖然不是國產的，不過非常香甜喔。

さ｜さま～さん

Check 1 必考單字	高低重音	詞性、類義詞與對義詞
1035 ☐☐☐ ⊙ T1-63 さんこう **参考**	さんこう	名・他サ 參考，借鑑 類 模作 仿作
1036 ☐☐☐ さんせい **酸性**	さんせい	名 (化)酸性 類 硝酸 硝酸
1037 ☐☐☐ さん そ **酸素**	さんそ	名 (理)氧氣 類 空気 空氣
1038 ☐☐☐ さん ち **産地**	さんち	名 產地；出生地 類 本場 原產地
1039 ☐☐☐ さんにゅう **参入**	さんにゅう	名・自サ 進入；進宮 類 加入 加入團體或組織
1040 ☐☐☐ さんりん **山林**	さんりん	名 山上的樹林；山和樹林 類 森 森林
1041 ☐☐☐ し **氏**	し	代・接尾・漢造 (做代詞用)這位，他；(接人姓名表示敬稱)先生；氏，姓氏；家族，氏族 類 名 名字
1042 ☐☐☐ し あ **仕上がる**	しあがる	自五 做完，完成；做成的情形 類 作り上げる 完成
1043 ☐☐☐ **しあさって**	しあさって	名 大後天 類 あした 明天
1044 ☐☐☐ **シーツ**	シーツ	名 床單 類 毛布 毯子
1045 ☐☐☐ じ いん **寺院**	じいん	名 寺院 類 神社 神社

□ 参考になる。
可供參考。

▶ ハンバーグの作り方は料理の本を参考にしました。
關於做漢堡排的步驟我參考了食譜。

□ 尿が酸性になる。
尿變成酸性的。

▶ 酸性雨が原因で、今までに多くの森林が消えてしまった。
長久以來，酸雨導致了大片森林的消失。

□ 酸素マスクをつける。
戴上氧氣面具。

▶ 高地では、空気中の酸素濃度が薄くなって、呼吸が苦しくなる。
在高地上，空氣中的氧氣濃度稀薄，使呼吸變得困難。

□ 産地直送にこだわる。
嚴選產地直送。

▶ 最近、スーパーの野菜には、産地や生産者の名前がはっきり書かれている。
最近在超市販售的蔬菜會明確標示產地名稱與生產者姓名。

□ 市場に参入する。
投入市場。

▶ 今、農業ビジネスに参入する企業が増えている。
目前有愈來愈多公司跨足農業綜合企業領域。

□ 山林に交わる。
出家。

▶ 空気が乾燥していたのであっという間に山林に火事が広がった。
由於空氣乾燥，山林大火一下子就延燒開來了。

□ トランプ氏が大統領になる。
川普成為總統。

▶ 藤原氏は、平安時代に最も権力を持っていた貴族である。
藤原氏是平安時代擁有最高權力的貴族。

□ 論文が仕上がる。
完成論文。

▶ オーダーメイドのスーツが仕上がるまでに、ほぼ１週間ほどかかる。
量身訂做的西裝，大約需要耗費一個星期左右才能縫製完成。

□ しあさっての試合が中止になった。
大後天的比賽中止了。

▶ ５月は休日が多いので今日からしあさってまで仕事は休みです。
由於５月份國定假日較多，所以從今天到大後天放連假，不必上班。

□ シーツを洗う。
洗床單。

▶ 枕カバーやシーツは、毎日取り替えて、清潔に保ちましょう。
每天都要更換枕套和床單以保持清潔喔！

□ 寺院に参拝する。
參拜寺院。

▶ ３姉妹が営む小さな民宿が古い寺院が集まる京都の東山にあります。
由３姐妹經營的小民宿位於古剎雲集的京都東山。

し
さんこう〜じいん

Check 1 必考單字	高低重音	詞性、類義詞與對義詞
1046 □□□ **しいんと**	**し**いんと	副・自サ 安靜，肅靜，平靜，寂靜 類 ひっそり 寂靜
1047 □□□ じ えい **自衛**	**じ**えい	名・他サ 自衛 類 警備 警備
1048 □□□ しおから **塩辛い**	**し**おから**い**	形 鹹的 類 辛い 鹹的
1049 □□□ し かい **司会**	**し**かい	名・自他サ 司儀，主持會議(的人) 類 ナレーター 節目解說人，旁白
1050 □□□ し かく **四角い**	**し**かくい	形 四角的，四方的 類 正方形 正方形
1051 □□□ し かた **仕方がない**	**し**かたがない	連語 沒有辦法，沒有用處，無濟於事，迫不得已；受不了，…得不得了；不像話 類 やむない 沒有辦法
1052 □□□ じか **直に**	**じ**かに	副 直接地，親自地；貼身 類 直ぐに 立刻
1053 □□□ T1-64 **しかも**	**し**かも	接 而且，並且；而，但，卻；反而，竟然，儘管如此還… 類 その上 而且
1054 □□□ じ かんわり **時間割**	**じ**かんわり	名 時間表 類 時刻表 運輸時刻表
1055 □□□ し き **四季**	**し**き	名 四季 類 春夏秋冬 春夏秋冬
1056 □□□ しき **式**	**し**き	名・漢造 儀式，典禮，(特指)婚禮；方式；樣式，類型，風格；做法；算式，公式 類 形 形式

□ 教室がしいんとしている。
教室安靜無聲。

▶ 雨の音が病院の中を一層しいんとさせた。
雨聲讓醫院顯得更為寂靜。

□ 自衛手段をとる。
採取自衛手段。

▶ 自衛のために立ち上がる。
為了自保所以挺身而出。

□ 味は塩辛い。
味道很鹹。

▶ 高血圧の父は、医師に塩辛い食べ物を制限させられている。
患有高血壓的家父被醫師禁止食用過鹹的食物。

□ 司会を務める。
擔任司儀。

▶ 司会を務めることになった彼が大きな拍手に包まれながらステージに登場する。
被賦予主持人之職的他在熱烈的掌聲中登上了舞台。

□ 四角い窓からのぞく。
從四角窗窺視。

▶ お餅の形は地域によって異なり、丸いのや四角いのがある。
年糕的形狀隨著不同地區而各不相同，有圓的也有方的。

□ 仕方がないと思う。
覺得沒有辦法。

▶ 弟は1日何時間もゲームをやっていて、仕方がないやつだ。
弟弟每天打電玩好幾個鐘頭，誰都拿那個臭小子沒辦法。

□ 肌に直に着る。
貼身穿上。

▶ これは会社にとって重要な書類ですから、社長に直に渡します。
這是公司的重要文件，必須呈送總經理親覽。

□ 安くてしかも美味い。
便宜又好吃。

▶ この店、メニューがいっぱい！しかも、そんなに高くない。
這家店的菜色品項太豐富了！更棒的是，價格堪稱實惠。

□ 時間割を組む。
安排課表。

▶ 時間割を見て、明日の授業の予習をしておいてください。
請參照課程表預習明天的課程內容。

□ 四季を味わう。
欣賞四季。

▶ 春の桜、夏の花火、秋のもみじなど、四季それぞれの楽しみがある。
春天的櫻花、夏天的煙火以及秋天的楓葉等等，一年四季各有不同的風光。

□ 式を挙げる。
舉行儀式（婚禮）。

▶ 結婚式に出席できない場合でも祝電をお贈りすることができます。
若是遇到無法參加婚禮的情形，也可以發送賀電祝福。

Check 1　必考單字	高低重音	詞性、類義詞與對義詞

1057 ☐☐☐
直（じき）
▶ じき
▶ 名・副 直接；(距離)很近，就在眼前；(時間)立即，馬上
類 直接（ちょくせつ）直接

1058 ☐☐☐
時期（じき）
▶ じき
▶ 名 時期，時候；期間；季節
類 機会（きかい）好時機

1059 ☐☐☐
しきたり
▶ しきたり
▶ 名 慣例，常規，成規，老規矩
類 習慣（しゅうかん）風俗習慣

1060 ☐☐☐
敷地（しきち）
▶ しきち
▶ 名 建築用地，地皮；房屋地基
類 住宅地（じゅうたくち）住宅區

1061 ☐☐☐
支給（しきゅう）
▶ しきゅう
▶ 名・他サ 支付，發給
類 給付（きゅうふ）給付

1062 ☐☐☐
至急（しきゅう）
▶ しきゅう
▶ 名・副 火速，緊急；急速，加速
類 急ぎ（いそぎ）急迫

1063 ☐☐☐
頻りに（しきりに）
▶ しきりに
▶ 副 頻繁地，再三地，屢次；不斷地，一直地；熱心，強烈
類 度々（たびたび）屢次

1064 ☐☐☐
敷く（しく）
▶ しく
▶ 自五・他五 撲上一層，(作接尾詞用)鋪滿，遍佈，落滿鋪墊，鋪設；布置，發佈
類 置く（おく）放置

1065 ☐☐☐
しくじる
▶ しくじる
▶ 他五 失敗，失策；(俗)被解雇
類 のがす 錯過

1066 ☐☐☐
刺激（しげき）
▶ しげき
▶ 名・他サ (物理的，生理的)刺激；(心理的)刺激，使興奮
類 影響（えいきょう）影響

1067 ☐☐☐
茂る（しげる）
▶ しげる
▶ 自五 (草木)繁茂，茂密
類 生やす（はやす）使…生長

□ 雨が直にやむ。
雨馬上會停。

▶ 部長は直に戻ります。どうぞこの部屋でお待ちください。
経理很快就回來了，請在這個會客室稍待片刻。

□ 時期が重なる。
時期重疊。

▶ 施肥時期ですが、6月と気温が高い時期なので、田植え2週間以内にしましょう。
關於施肥的時機，由於進入6月以後氣溫較高，建議在兩週內插秧較為恰當喔。

□ 古い仕来りを捨てる。
捨棄古老成規。

▶ 黒人の彼は父親に「古いしきたりを破るつもりで行け」と応援を受けて海軍に入隊した。
身為黑種人的他在父親這番話──胸懷破除舊規的大志去闖蕩吧──的鼓勵之下加入了海軍。

□ 学校の敷地を図にした。
把學校用地繪製成圖。

▶ マンションの敷地にある桜が綺麗で思いがけずお花見が出来ました。
栽種在大廈公共庭園裡的櫻花開得很漂亮，令人驚喜地在家門口就能賞櫻了。

□ 旅費を支給する。
支付旅費。

▶ 毎月定額の残業代を支給する。
每個月將會支付一筆固定的加班費。

□ 至急の用件がございます。
有緊急事件。

▶ 受験票を忘れた人は、至急受付までお越しください。
忘記帶准考證的考生請盡速到試務中心。

□ 警笛がしきりに鳴る。
警笛不停地響。

▶ さっきからしきりに、消防自動車のサイレンが鳴っている。
從剛才就頻頻傳來消防車的鳴笛聲。

□ 座布団を敷く。
鋪坐墊。

▶ 床にカーペットを敷いたら、カビやダニが大量発生するから、定期的にお手入れしよう。
如果在地板鋪設地毯，黴菌和塵蟎容易在上面大量繁殖，請記得定期清理喔。

□ 試験にしくじる。
考壞了。

▶ 一次試験でしくじっても二次試験で挽回できる。
第一次測驗沒有考好，還可以利用第二次學力測驗的時候補救。

□ 景気を刺激する。
刺激景氣。

▶ 国が景気を刺激するために、大型減税を実行した。
政府為刺激經濟，已經實施大規模的減稅措施。

□ 雑草が茂る。
雜草茂密。

▶ 雑草が茂った畑には、たくさんの生き物が生息しています。
在雜草叢生的田地裡棲息著許多生物。

しじき～しげる

Check 1 必考單字　　　　高低重音　　　　詞性、類義詞與對義詞

1068 ☐☐☐ 時刻 じこく	▶ じこく	▶ 名 時刻，時候，時間 類 時間 時間
1069 ☐☐☐ 自殺 じさつ	▶ じさつ	▶ 名·自サ 自殺，尋死 類 自決 自殺
1070 ☐☐☐ 持参 じさん	▶ じさん	▶ 名·他サ 帶來(去)，自備 類 携帯 攜帶
1071 ☐☐☐ ◉T1-65 指示 しじ	▶ しじ	▶ 名·他サ 指示，指點 類 号令 號令
1072 ☐☐☐ 事実 じじつ	▶ じじつ	▶ 名 事實；(作副詞用)實際上 類 真実 事實
1073 ☐☐☐ 死者 ししゃ	▶ ししゃ	▶ 名 死者，死人 類 死人 死者
1074 ☐☐☐ 磁石 じしゃく	▶ じしゃく	▶ 名 磁鐵；指南針 類 磁気 磁力
1075 ☐☐☐ 始終 しじゅう	▶ しじゅう	▶ 名·副 開頭和結尾；自始至終；經常， 不斷，總是 類 昼夜 日夜
1076 ☐☐☐ 自習 じしゅう	▶ じしゅう	▶ 名·他サ 自習，自學 類 独学 自學
1077 ☐☐☐ 事情 じじょう	▶ じじょう	▶ 名 狀況，內情，情形；(局外人所不 知的)原因，緣故，理由 類 原因 原因
1078 ☐☐☐ 自身 じしん	▶ じしん	▶ 名·接尾 自己，本人；本身 類 本人 當事人

□ 時刻どおりに来る。
遵守時間來。

▶ 社長の乗っている飛行機の到着時刻は予定より遅れそうです。
總經理搭乘的班機似乎會比預定的時刻延後抵達。

□ 自殺を図る。
企圖自殺。

▶ 彼女は二十歳のときに睡眠薬による自殺をはかっていた。
在20歲時，她曾試圖用安眠藥自盡。

□ 弁当を持参する。
自備便當。

▶ お弁当を持参して、藤の花を見てきました。
我自備盒餐，前去欣賞了紫藤花。

□ 指示に従う。
聽從指示。

▶ 監督の指示に女優陣が異議を唱え、現場は混乱した。
女演員們群起抗議導演的指示，片場頓時一陣混亂。

□ 事実を認める。
承認事實。

▶ 彼が人の物を盗んだという事実はまったくないし、信じられないことだ。
說什麼他偷了別人的東西，那絕非事實，無法置信！

□ 災害で死者が出る。
災害導致有人死亡。

▶ 地震が大きかった割には、一人も死者は出なかった。
儘管地震的強度相當大，所幸無人罹難。

□ 磁石で紙を固定する。
用磁鐵固定紙張。

▶ 消しカスを磁石で集めれば簡単に捨てられますよ。
您可以用磁鐵吸起橡皮擦屑，瞬間清理乾淨喔。

□ 事件の始終を語る。
敘述事件的始末。

▶ 仕事をしていても、入院中の母のことが始終気にかかる。
儘管忙著工作，心裡卻一直掛念著住院的母親。

□ 家で自習する。
在家自習。

▶ カフェなどで自習を行うメンバーを募集しています。
我們正在募集願意一起在咖啡廳裡自習的成員。

□ 事情が変わる。
情況有所變化。

▶ 妻は怒るかもしれないが事情を話せば許してくれるだろう。
這件事說不定會惹太太生氣，不過只要把來龍去脈解釋清楚，她應該會原諒我吧。

□ 扉は自分自身で開ける。
門要自己開。

▶ 今週のみずがめ座、納得がいかないことは自分自身でよく考えてください。
本週的水瓶座，請深切反省自己會感到忿忿不平的問題癥結所在。

し じこく～じしん

Check 1 / 必考單字	高低重音	詞性、類義詞與對義詞

1079 ☐☐☐
しず
静まる
▶ しずまる ▶
自五 變平靜；平靜，平息；減弱；平靜的(存在)
類 安らぐ 心情平靜下來

1080 ☐☐☐
しず
沈む
▶ しずむ ▶
自五 沉沒，沈入；西沈，下山；消沈，落魄，氣餒；沈淪
類 落ちる 落下

1081 ☐☐☐
し せい
姿勢
▶ しせい ▶
名 (身體)姿勢；態度
類 態度 態度

1082 ☐☐☐
し ぜん か がく
自然科学
▶ しぜんかがく ▶
名 自然科學
類 人文科学 人文科學

1083 ☐☐☐
し そう
思想
▶ しそう ▶
名 思想
類 意見 見解

1084 ☐☐☐
じ そく
時速
▶ じそく ▶
名 時速
類 速度 速度

1085 ☐☐☐
し そん
子孫
▶ しそん ▶
名 子孫；後代
類 一族 一整個家族

1086 ☐☐☐
し たい
死体
▶ したい ▶
名 屍體
類 屍 屍體

1087 ☐☐☐
し だい
次第
▶ しだい ▶
名・接尾 順序，次序；依序，依次；經過，緣由；任憑，取決於
類 順序 順序

1088 ☐☐☐ ⦿T1-66
じ たい
事態
▶ じたい ▶
名 事態，情形，局勢
類 情勢 情勢

1089 ☐☐☐
したが
従う
▶ したがう ▶
自五 跟隨；服從，遵從；按照；順著，沿著；隨著，伴隨
類 応じる 配合情況採取相應的行動

□ 風が静まる。 風平息下來。	▶ 映画が始まると、ざわついていた観客席が急に静まった。 電影一開始播映，原本嘈雜的觀眾席立刻安靜下來了。
□ 太陽が沈む。 日落。	▶ 川底に沈んでいるごみをボランティアで清掃してきれいにした。 一直沉在河底的垃圾都由志工清除乾淨了。
□ 姿勢をとる。 採取⋯姿態。	▶ スピーチをする時は、表情や姿勢にも気をつけましょう。 演講的時候別忘了也要注意表情和姿態喔！
□ 自然科学を研究する。 研究自然科學。	▶ 私は子どもの頃から文学より自然科学に興味がある。 我從小對自然科學的興趣遠比文學來得濃厚。
□ 東洋思想を学ぶ。 學習東洋思想。	▶ 自分の国さえ豊かになればいいというのは危険な思想だ。 只要自己的國家強盛就好——這種思想非常危險。
□ 平均時速は 15 キロです。 平均時速 15 公里。	▶ この新幹線の平均の時速は何キロメートルでしょう。 不曉得這條新幹線的平均時速會達到多少公里？
□ 子孫の繁栄を願う。 祈求多子多孫。	▶ 世界で最も多くの子孫を残した人は誰でしょうか。 請問世界上擁有最多子孫的人是誰呢？
□ 白骨死体が発見された。 骨骸被發現了。	▶ 警察が調べても死体がどうやって運ばれたかわからなかった。 警方經過調查還是無法查出屍體是如何被搬運到該處的。
□ 事の次第を話す。 敘述事情的經過。	▶ 今度の旅行に参加できるかどうかは、本人の健康次第だ。 這趟旅行能否參加，端看各人的健康狀況。
□ 事態が悪化する。 事態惡化。	▶ うそをつけばつくほど事態はますます悪くなっていくよ。 謊話連篇會讓事態變得愈來愈糟喔！
□ 意向にしたがう。 順著意圖。	▶ 私たちは法律に従うべきである。 我們應當遵守法律。

し
しずまる～したがう

Check 1 必考單字	高低重音	詞性、類義詞與對義詞
1090 □□□ したが **下書き**	▶ し たがき ▶	名・他サ 試寫；草稿，底稿；打草稿； 試畫，畫輪廓 類 原稿 原稿
1091 □□□ したが **従って**	▶ し たがって ▶	他五 因此，從而，因而，所以 類 よって 因此
1092 □□□ じ たく **自宅**	▶ じ たく ▶	名 自己家，自己的住宅 類 わが家 自己的住宅或家庭
1093 □□□ した じ **下敷き**	▶ し たじき ▶	名 墊子；墊板；範本，樣本 類 基礎 基礎
1094 □□□ したまち **下町**	▶ し たまち ▶	名 (普通百姓居住的)小工商業區；(都 市中)低窪地區 類 銀座 繁華街
1095 □□□ じ ち **自治**	▶ じ ち ▶	名 自治，地方自治 類 法治 以法治國
1096 □□□ しつ **室**	▶ し つ ▶	名・漢造 房屋，房間；(文)夫人，妻室； 家族；窖，洞；鞘 類 個室 單人房間
1097 □□□ じっかん **実感**	▶ じ っかん ▶	名・他サ 真實感，確實感覺到；真實的 感情 類 痛切 深切
1098 □□□ じっ ぎ **実技**	▶ じ つぎ ▶	名 實際操作 類 実演 現場表演
1099 □□□ じっけん **実験**	▶ じ っけん ▶	名・他サ 實驗，實地試驗；經驗 類 試験 檢驗
1100 □□□ じつげん **実現**	▶ じ つげん ▶	名・自他サ 實現 類 獲得 獲得

□ 下書きに手を加える。
在底稿上加工。

▶ 私は、何とか初めての小説の下書きを書き終えた。
我總算寫完了第一部小說的底稿。

□ 線からはみ出ました。したがってアウトです。
跑出線了，所以是出局。

▶ そういうわけだから、従ってその件に責任があるのは彼です。
因為這些原因，所以他應為這件事情負責。

□ 自宅で事務仕事をやっている。
在家中做事務性工作。

▶ チケットを紛失、またはご自宅にお忘れになった場合でもチケットの再発行は致しておりません。
即使機票遺失或是遺忘在家中，本公司恕不補發。

□ 体験を下敷きにして書く。
根據經驗撰寫。

▶ 豊富な成功事例と失敗事例を下敷きにして、あなたの会社の商品を売るための具体的なアドバイスをします。
我們將列舉大量的成功案例及失敗案例，為貴司提供產品銷售的具體建議。

□ 下町で町工場を営む。
於庶民（工商業者）居住區開工廠。

▶ 東京の下町は物価が安くて、人の心も温かい。住みやすいところです。
東京的老城區物價便宜、人情溫暖，很適宜居住。

□ 地方自治を守る。
守護地方自治。

▶ 自治体によってごみの出し方のルールがちがいます。
垃圾丟棄的相關規定依照地方自治體而有所不同。

□ 職員室を改装した。
改換職員室的裝潢。

▶ 順番にお呼びしますので、待合室でお待ちください。
我們會依序叫號，請在候診室等待。

□ 実感がない。
沒有真實感。

▶ 結婚したけれど、まだ実感がわかないです。
雖然結婚了，但還沒有什麼真實感。

□ 実技試験で不合格になる。
實際操作測驗不合格。

▶ 兄は音楽や体育などの実技科目はいつも成績が良くて、クラスでトップを走っていた。
我哥哥在音樂和體育這類術科的成績相當優異，在班上名列前茅。

□ 実験が失敗する。
實驗失敗。

▶ 実験は失敗し、我々の費やした労力は無駄に終わった。
實驗失敗，我們耗費的勞力以徒勞而告終。

□ 実現を望む。
期望能實現。

▶ 成人年齢が引き下げられ、18歳選挙権が実現した。
成年年齡下修，讓有選舉權的年齡調降為18歲。

し
したがき〜じっけん

Check 1 必考單字	高低重音	詞性、類義詞與對義詞
1101 □□□ **しつこい**	しつこい	形 (色香味等)過於濃的，油膩；執拗，糾纏不休 類 あくどい 過於狠毒而使人反感的做法
1102 □□□ じっさい **実際**	じっさい	名・副 實際；事實，真面目；確實，真的，實際上 類 真実 真實
1103 □□□ じっし **実施**	じっし	名・他サ (法律、計畫、制度的)實施，實行 類 実行 執行
1104 □□□ ⊙T1-67 じっしゅう **実習**	じっしゅう	名・他サ 實習 類 修業 學習課業或技術
1105 □□□ じっせき **実績**	じっせき	名 實績，實際成績 類 成果 成果
1106 □□□ じつ **実に**	じつに	副 確實，實在，的確；(驚訝或感慨時)實在是，非常，很 類 真に 真的
1107 □□□ しっぴつ **執筆**	しっぴつ	名・他サ 執筆，書寫，撰稿 類 著述 著書
1108 □□□ じつぶつ **実物**	じつぶつ	名 實物，實在的東西，原物；(經)現貨 類 真物 真的實體
1109 □□□ しっぽ **尻尾**	しっぽ	名 尾巴；末端，末尾；尾狀物 類 お尻 臀部
1110 □□□ しつぼう **失望**	しつぼう	名・他サ 失望 類 失意 失意
1111 □□□ じつよう **実用**	じつよう	名・他サ 實用 類 有用 有用的

□ しつこい<ruby>味<rt>あじ</rt></ruby>がする。
味道濃厚
▶ <ruby>受験<rt>じゅけん</rt></ruby>の<ruby>日<rt>ひ</rt></ruby>、<ruby>息子<rt>むすこ</rt></ruby>に<ruby>忘<rt>わす</rt></ruby>れ<ruby>物<rt>もの</rt></ruby>はないかとしつこいほど<ruby>念<rt>ねん</rt></ruby>を<ruby>押<rt>お</rt></ruby>した。
考日當天，幾近囉嗦地一再訊問兒子東西是不是都帶齊了。

□ <ruby>実際<rt>じっさい</rt></ruby>は<ruby>難<rt>むずか</rt></ruby>しい。
實際上很困難。
▶ <ruby>富士山<rt>ふじさん</rt></ruby>をテレビで<ruby>見<rt>み</rt></ruby>て、ぜひ<ruby>実際<rt>じっさい</rt></ruby>に<ruby>登<rt>のぼ</rt></ruby>ってみたいと<ruby>思<rt>おも</rt></ruby>った。
在電視節目中看到富士山不禁動了念頭，有朝一日非得親自爬上去看看不可。

□ <ruby>実施<rt>じっし</rt></ruby>に<ruby>移<rt>うつ</rt></ruby>す。
付諸行動。
▶ <ruby>外国人相談<rt>がいこくじんそうだん</rt></ruby>センター<ruby>独自<rt>どくじ</rt></ruby>の<ruby>法律相談<rt>ほうりつそうだん</rt></ruby>サービスはまだ<ruby>実施<rt>じっし</rt></ruby>されていない。
外籍人士諮詢中心特設法律諮詢服務尚未實施。

□ <ruby>病院<rt>びょういん</rt></ruby>で<ruby>実習<rt>じっしゅう</rt></ruby>する。
在醫院實習。
▶ 3<ruby>年生<rt>ねんせい</rt></ruby>になると、<ruby>生徒<rt>せいと</rt></ruby>たちは<ruby>就職<rt>しゅうしょく</rt></ruby>の<ruby>準備<rt>じゅんび</rt></ruby>のために<ruby>会社<rt>がいしゃ</rt></ruby>や<ruby>工場<rt>こうじょう</rt></ruby>へ<ruby>現場実習<rt>げんばじっしゅう</rt></ruby>に<ruby>出<rt>で</rt></ruby>るようになる。
升上3年級之後，學生們開始前往公司和工廠進行現場實習，為日後就業預作準備。

□ <ruby>実績<rt>じっせき</rt></ruby>が<ruby>上<rt>あ</rt></ruby>がる。
提高實際成績。
▶ <ruby>彼<rt>かれ</rt></ruby>は<ruby>実績<rt>じっせき</rt></ruby>が<ruby>認<rt>みと</rt></ruby>められて、<ruby>世界選手権<rt>せかいせんしゅけん</rt></ruby>の<ruby>日本代表<rt>にほんだいひょう</rt></ruby>になった。
他的成績得到了認可，成為代表日本參加世錦賽的選手。

□ <ruby>実<rt>じつ</rt></ruby>に<ruby>頼<rt>たの</rt></ruby>もしい。
實在很可靠。
▶ <ruby>昨日<rt>きのう</rt></ruby>は<ruby>仕事<rt>しごと</rt></ruby>で<ruby>疲<rt>つか</rt></ruby>れていたのか、<ruby>実<rt>じつ</rt></ruby>に12<ruby>時間<rt>じかん</rt></ruby>も<ruby>寝<rt>ね</rt></ruby>てしまった。
昨天可能是工作太累了，足足睡了12個鐘頭。

□ <ruby>執筆<rt>しっぴつ</rt></ruby>を<ruby>依頼<rt>いらい</rt></ruby>する。
請求（某人）撰稿。
▶ <ruby>原稿<rt>げんこう</rt></ruby>の<ruby>執筆<rt>しっぴつ</rt></ruby>と<ruby>並行<rt>へいこう</rt></ruby>して、<ruby>発表用<rt>はっぴょうよう</rt></ruby>スライドの<ruby>準備<rt>じゅんび</rt></ruby>を<ruby>進<rt>すす</rt></ruby>める。
一方面撰寫原稿，並且同時準備簡報所需的投影片。

□ <ruby>実物<rt>じつぶつ</rt></ruby>そっくりに<ruby>描<rt>えが</rt></ruby>く。
照原物一樣地畫。
▶ <ruby>画像<rt>がぞう</rt></ruby>では<ruby>実物<rt>じつぶつ</rt></ruby>よりきれいに<ruby>見<rt>み</rt></ruby>える<ruby>傾向<rt>けいこう</rt></ruby>があります。
圖像看起來往往比真實的物體更加賞心悅目。

□ しっぽを<ruby>出<rt>だ</rt></ruby>す。
露出馬腳。
▶ <ruby>愛犬<rt>あいけん</rt></ruby>が<ruby>尻尾<rt>しっぽ</rt></ruby>を<ruby>振<rt>ふ</rt></ruby>っている<ruby>姿<rt>すがた</rt></ruby>を<ruby>見<rt>み</rt></ruby>ると、<ruby>幸<rt>しあわ</rt></ruby>せな<ruby>気持<rt>きも</rt></ruby>ちになる。
看著愛犬搖著尾巴的模樣就感到滿滿的幸福。

□ <ruby>失望<rt>しつぼう</rt></ruby>を<ruby>禁<rt>きん</rt></ruby>じえない。
感到非常失望。
▶ <ruby>僕<rt>ぼく</rt></ruby>は<ruby>彼<rt>かれ</rt></ruby>の<ruby>浅<rt>あさ</rt></ruby>はかな<ruby>言動<rt>げんどう</rt></ruby>に<ruby>失望<rt>しつぼう</rt></ruby>し、ファンをやめました。
我對他輕率的言行感到失望透頂，決定不再當他的粉絲了。

□ <ruby>実用的<rt>じつようてき</rt></ruby>なものが<ruby>喜<rt>よろこ</rt></ruby>ばれる。
實用的東西備受歡迎。
▶ この<ruby>掃除機<rt>そうじき</rt></ruby>は<ruby>実用性<rt>じつようせい</rt></ruby>に<ruby>優<rt>すぐ</rt></ruby>れた<ruby>機能<rt>きのう</rt></ruby>が<ruby>充実<rt>じゅうじつ</rt></ruby>しています。
這台吸塵器具備了諸多實用性十足的功能。

し｜しつこい〜じつよう

Check 1 必考單字	高低重音	詞性、類義詞與對義詞
1112 □□□ じつれい 実例	▸ じつれい	▸ 名 實例 類 事例 具體的實例
1113 □□□ しつれん 失恋	▸ しつれん	▸ 名・自サ 失戀 類 失望 失望
1114 □□□ し てい 指定	▸ してい	▸ 名・他サ 指定 類 限定 限定範圍、數量等
1115 □□□ し てつ 私鉄	▸ してつ	▸ 名 私營鐵路 類 ＪＲ 日本鐵路公司的合稱
1116 □□□ し てん 支店	▸ してん	▸ 名 分店 類 支部 由本部分離出來的分部
1117 □□□ しどう 指導	▸ しどう	▸ 名・他サ 指導；領導，教導 類 教育 教育
1118 □□□ じ どう 児童	▸ じどう	▸ 名 兒童 類 学童 小學生
1119 □□□ しな 品	▸ しな	▸ 名・接尾 物品，東西；商品，貨物；(物品的)質量，品質；品種，種類；情況，情形 類 物品 物品
1120 □□□ しなやか	▸ しなやか	▸ 形動 柔軟，和軟；巍巍顫顫，有彈性；優美，柔和，溫柔 類 しとやか 端莊的
1121 □□□ ◉ T1-68 し はい 支配	▸ しはい	▸ 名・他サ 指使，支配；統治，控制，管轄；決定，左右 類 所轄 管轄
1122 □□□ しば い 芝居	▸ しばい	▸ 名 戲劇，話劇；假裝，花招；劇場 類 演劇 舞台劇

□ 実例を挙げる。
举出實例。

▶ この薬品を使った実験が成功したという実例はない。
目前這種藥物的實驗還沒有實際的成功案例。

□ 失恋して落ち込む。
因失戀而消沈。

▶ 彼女が髪を切ったのは短い髪型が好きだからで、失恋したからではない。
她把頭髮剪短是因為喜歡短髮造型，並不是因為失戀了。

□ 時間を指定する。
指定時間。

▶ この地域は土砂災害の警戒区域に指定されている。
這個地區被列為土石流災害警戒區。

□ 私鉄に乗る。
搭乘私鐵。

▶ 自転車と私鉄で 20 キロ離れた町にある大学に通っている。
我總是騎自行車再搭私營鐵路電車前往距離20公里遠的城鎮上大學。

□ 支店を出す。
開分店。

▶ 来月から、私は西支店から本店に異動になりました。
從下個月開始，我將從西分公司調回總公司。

□ 指導を受ける。
接受指導。

▶ 授業は各単元の本質に沿った指導を心掛けています。
教學內容特別著重於根據各個單元的中心思想予以指導。

□ 児童虐待があとを絶たない。
虐待兒童問題不斷發生。

▶ ここは子どもの創造性を高め、豊かな心を育てる児童書が豊富に揃っています。
這裡陳列著種類豐富的兒童讀物，對於小朋友的提升創造力以及滋養心靈很有助益。

□ よい品を揃えた。
好貨一應俱全。

▶ この品は値段のわりにうまい。
以價格而言，這道餐點還算挺好吃的。

□ しなやかな竹は美しい。
柔軟的竹子美極了。

▶ しなやかに舞うフィギュアスケートに、すっかり魅せられた。
舞姿曼妙的花式溜冰令我深深著迷。

□ 支配を受ける。
受到控制。

▶ 弱いとは、行動が感情に支配されることである。
所謂軟弱，就是任由行為被情感所支配。

□ 芝居がうまい。
演技好。

▶ この芝居はとても洗練されていて美しいなぁと思いました。
我覺得這部話劇相當凝鍊與唯美。

Check 1 必考單字	高低重音	詞性、類義詞與對義詞

1123 □□□
しばしば
▶ しばしば ▶
副 常常，每每，屢次，再三
類 暫く 片刻

1124 □□□
芝生
▶ しばふ ▶
名 草皮，草地
類 庭園 庭園

1125 □□□
支払い
▶ しはらい ▶
名・他サ 付款，支付(金錢)
類 払い 支付

1126 □□□
支払う
▶ しはらう ▶
他五 支付，付款
類 払う 付款

1127 □□□
縛る
▶ しばる ▶
他五 綁，捆，縛；拘束，限制；逮捕
類 繋げる 連接使變長

1128 □□□
地盤
▶ じばん ▶
名 地基，地面；地盤，勢力範圍
類 地面 地面

1129 □□□
痺れる
▶ しびれる ▶
自下一 麻木；(俗)因強烈刺激而興奮
類 染みる 刺痛

1130 □□□
自分勝手
▶ じぶんかって ▶
形動 任性，恣意妄為
類 自由自在 隨心所欲

1131 □□□
紙幣
▶ しへい ▶
名 紙幣
類 お札 紙鈔

1132 □□□
萎む・凋む
▶ しぼむ ▶
自五 枯萎，凋謝；扁掉
類 落ちる 落下

1133 □□□
絞る
▶ しぼる ▶
他五 扭，擠；引人(流淚)；拼命發出(高聲)，絞盡(腦汁)；剝削，勒索；拉開(幕)
類 縮む 收縮

□ しばしば起こる。
屢次發生。
▶ この店は密談の場としてしばしば外国の要人に利用されている。
這家餐廳常被外國政要當作祕密商談的地方。

□ 芝生に寝転ぶ。
睡在草地上。
▶ 公園の芝生に座ってぼーっとするって最高です。
坐在公園的草地上發呆是最享受的時刻了。

□ 支払いを済ませる。
付清。
中国はキャッシュレス化が進み、誰もがスマホを機械にかざして支払いをすませている。
中國積極推廣無現金化，只要把手機靠近機器感應就能輕鬆付款。

□ 料金を支払う。
支付費用。
▶ 保険証を持たないで病院へ行き、費用の全額を支払った。
我在沒有健保卡的情況下去了醫院，付了全額醫藥費。

□ 時間に縛られる。
受時間限制。
▶ 荷物はひもをきつく縛って、車に載せてください。
請用繩子緊緊捆住行李再放到車上。

□ 地盤を固める。
堅固地基。
▶ ここは地盤がしっかりしているので、工事は大変ですが、地震に強く、安心です。
這地方的地基密實而堅固，儘管施工難度高，但是抗震性強，住起來很安心。

□ 足がしびれる。
腳痲。
▶ 長い間畳に座っていたので、足が痺れてしまった。
長時間跪坐在榻榻米上，腳麻了。

□ あの人は自分勝手だ。
那個人很任性。
▶ クラスメートの自分勝手な振る舞いを見兼ねて、注意した。
我看不慣同班同學自私任性的舉動，勸阻了他。

□ 1万円紙幣を両替する。
將萬元鈔票換掉（成小鈔）。
自販機で水を買いたかったが、1万円紙幣しかなく、我慢した。
雖然很想在自動販賣機買水喝，可是身上只有一萬圓紙鈔，只好繼續忍耐了。

□ 花がしぼむ。
花兒凋謝。
▶ チューリップの花がしぼんだので、花壇が寂しくなった。
鬱金香的花朵凋謝了，花台變得冷冷清清的。

□ タオルを絞る。
擰毛巾。
▶ 濡らしたタオルを固く絞って、泥だらけの足をふいた。
將濕毛巾用力擰乾，擦拭了沾滿泥土的腳。

し｜しばしば～しぼる

Check 1 必考單字	高低重音	詞性、類義詞與對義詞
1134 □□□ 資本 し ほん	しほん	名 資本 類 元金 資本
1135 □□□ 仕舞い し ま	しまい	名 終了，末尾；停止，休止；閉店； 賣光；化妝，打扮 類 終わり 結局
1136 □□□ 姉妹 し まい	しまい	名 姊妹 類 兄弟 兄弟姊妹
1137 □□□ 仕舞う し ま	しまう	自五・他五・補動 結束，完了，收拾；收拾 起來；關閉；表不能恢復原狀 類 収める 收納
1138 □□□ しまった	しまった	連語・感 糟糕，完了 類 やっちゃった 糟糕了
1139 □□□ ○T1-69 染み し	しみ	名 汙垢；玷汙 類 汚れ 髒污
1140 □□□ しみじみ	しみじみ	副 痛切，深切地；親密，懇切；仔 細，認真的 類 切切 心中迫切的
1141 □□□ 事務 じ む	じむ	名 事務(多為處理文件、行政等庶務 工作) 類 業務 工作業務
1142 □□□ 締切る しめ き	しめきる	他五 (期限)屆滿，截止，結束 類 終わる 結束
1143 □□□ 示す しめ	しめす	他五 出示，拿出來給對方看；表示，表 明；指示，指點，開導；呈現，顯示 類 述べる 敘述
1144 □□□ 占めた しめ	しめた	連語・感 (俗)太好了，好極了，正中下 懷 類 やったね 太好了

□ 資本を増やす。
増資。

▶ 資本金は少なかったが、その会社は 10 年で急成長した。
儘管資本並不雄厚，那家公司依然在10年內快速成長。

□ おしまいにする。
打烊；結束。

▶ 彼は最初まじめな顔で私の話を聞いていたが、しまいには笑い出した。
他一開始還一臉嚴肅地聽我講話，到最後居然笑了出來。

□ 3人姉妹が100円ショップを営んでいる。
姉妹 3 人經營著百元商店。

▶ 私たちは時には競争相手、時には仲のいい姉妹です。
我們有時候是競爭對手，有時候是很親密的姐妹。

□ ナイフをしまう。
把刀子收拾起來。

▶ クリーニングに出した冬のコートを、洋服ダンスにしまう。
將送去乾洗後的冬季大衣收進衣櫃裡。

□ しまったと気付く。
發現糟糕了。

▶ しまった。乗り換えの電車を間違えてしまった。
糟了！在轉乘站搭錯電車了！

□ 服に醬油の染みが付く。
衣服沾上醬油。

▶ シャツについたコーヒーの染みは、洗っても取れなかった。
沾在襯衫上的咖啡汙漬怎麼洗都洗不掉了。

□ しみじみと感じる。
痛切地感受到。

▶ 同窓会で、友人と高校時代の思い出をしみじみ語り合った。
在同學會上，和老同學不無傷感地聊起了高中時代的回憶。

□ 事務に追われる。
忙於處理事務。

▶ 事務の仕事がしたいんですが、どれぐらいワード、エクセルが出来たほうがいいですか。
我想從事行政工作，請問Word和Excel的操作技巧應該具備什麼程度比較好呢？

□ 今日で締め切る。
今日截止。

▶ 申込順とし、定員に達した時点で締切ります。
本活動參加人數將依照報名順序至額滿為止。

□ 道を示す。
指路。

▶ こうなったら数字で示して説得するしかない。
既然如此，只能拿出數據來說服他們了。

□ しめたと思う。
心想太好了。

▶ しめた。この数学の問題は、昨日解いたのと同じ問題だ。
太好了！這道數學題目就是我昨天解過的那一題！

Check 1 必考單字	高低重音	詞性、類義詞與對義詞
1145 □□□ し 占める	しめる	他下一 佔有，佔據，佔領；(只用於特殊形)表得到(重要的位置) 類 貸し切る 包場，包車
1146 □□□ しめ 湿る	しめる	自五 濕，受潮，濡濕；(火)熄滅，(勢頭)漸消 類 濡らす 弄濕
1147 □□□ じ めん 地面	じめん	名 地面，地表；土地，地皮，地段 類 地盤 地基
1148 □□□ しも 霜	しも	名 霜；白髮 類 露 露水
1149 □□□ ジャーナリスト	ジャーナリスト	名 記者 類 プロデューサー 影劇製作人
1150 □□□ シャープペンシル	シャープペンシル	名 自動鉛筆 類 クレヨン 蠟筆
1151 □□□ しゃかい か がく 社会科学	しゃかいかがく	名 社會科學 類 文化科学 研究人類文化的科學
1152 □□□ じゃが芋	じゃがいも	名 馬鈴薯 類 さつまいも 地瓜
1153 □□□ しゃがむ	しゃがむ	自五 蹲下 類 かがむ 蹲下
1154 □□□ じゃぐち 蛇口	じゃぐち	名 水龍頭 類 排気口 排氣口
1155 □□□ じゃくてん 弱点	じゃくてん	名 弱點，痛處；缺點 類 欠陥 缺陷

□ 過半数を占める。
佔有半數以上。

▶ このレストランの客は、家族連れが 70 パーセントを占める。
這家餐廳的家庭顧客佔消費客層的百分之70。

□ のりが湿る。
紫菜受潮變軟了。

▶ 雨の日が続き、洋服ダンスに掛けたスーツが湿ってしまった。
連日下雨，掛在衣櫥裡的套裝變得有點潮濕。

□ 地面がぬれる。
地面溼滑。

▶ 友達の携帯電話を地面に落として壊してしまった。
朋友的手機摔落地面故障了。

□ 霜が降りる。
降霜。

▶ 霜を踏んで歩いたせいで靴が泥だらけになってしまった。
由於踏著落霜而行，鞋上沾滿了泥濘。

□ ジャーナリストを目指す。
想當記者。

▶ そのジャーナリストの書いた戦争の記事が特別賞をとった。
那名記者撰寫的戰爭報導奪得了特別獎。

□ シャープペンシルで書く。
用自動鉛筆寫。

▶ テストの時はえんぴつかシャープペンシルを使ってください。
考試時請使用傳統鉛筆或自動鉛筆。

□ 社会科学を学ぶ。
學習社會科學。

▶ 私は子どもの頃から社会科学に興味を持っていた。
我從小就對社會科學感到興趣。

□ じゃが芋を茹でる。
用水煮馬鈴薯。

▶ 今日紹介するのはにんにくとじゃがいもで作る料理です。
今天要教各位一道用蒜頭和馬鈴薯做的料理。

□ しゃがんで小石を拾う。
蹲下撿小石頭。

▶ 男の子は夢中になって道端にしゃがんで遊んでいた。
男孩那時蹲在路邊專注地玩耍。

□ 蛇口をひねる。
轉開水龍頭。

▶ 日本は蛇口から出る水をそのまま飲める。
在日本可以直接飲用自來水。

□ 弱点をつかむ。
抓住弱點。

▶ 彼女の弱点は悪い男に弱いというところです。
她的弱點是容易受到壞男人的欺騙。

さ
行

Check 1 必考單字	高低重音	詞性、類義詞與對義詞
1156 □□□ 車庫 しゃ こ	しゃこ	名 車庫 類 ガレージ 車庫
1157 □□□ 写生 しゃ せい	しゃせい	名・他サ 寫生，速寫；短篇作品，散記 類 写実 寫實
1158 □□□ ○T1-70 社説 しゃ せつ	しゃせつ	名 社論 類 記事 報導
1159 □□□ 借金 しゃっきん	しゃっきん	名・自サ 借款，欠款，舉債 類 債務 債務
1160 □□□ シャッター	シャッター	名 鐵捲門；照相機快門 類 フィルター 攝影濾光鏡
1161 □□□ 車道 しゃ どう	しゃどう	名 車道 類 歩道 人行道
1162 □□□ しゃぶる	しゃぶる	他五 (放入口中)含，吸吮 類 食べる 吃
1163 □□□ 車輪 しゃりん	しゃりん	名 車輪；(演員)拼命，努力表現；拼命於，盡力於 類 タイヤ 輪胎
1164 □□□ 洒落 しゃ れ	しゃれ	名 俏皮話，雙關語；(服裝)亮麗，華麗，好打扮 類 冗談 玩笑；素敵 極好的
1165 □□□ じゃん拳 けん	じゃんけん	名 猜拳，划拳 類 たこ揚げ 放風箏
1166 □□□ 週 しゅう	しゅう	名・漢造 星期；一圈 類 週間 一星期

226

Check 2 必考詞組　**Check 3** 必考例句

□ 車庫に入れる。
開車入庫。
▶ 車庫に置いてある父の BMW のバイクの部品が盗まれた。
爸爸停在車庫裡那輛BMW機車的零件被偷了。

□ 花を写生する。
花卉寫生。
▶ 子ども達がお庭で富士山の写生をしていました。
孩子們那時正在院子裡遠眺富士山寫生。

□ 社説を読む。
閱讀社論。
▶ どの新聞社の社説も昨日の事件について意見を述べている。
每一家報社的社論都發表了對昨天那起事件的看法。

□ 借金を抱える。
負債。
▶ 彼は、借金してまで自分のやりたいことをやってきた。
他不惜借錢也要完成自己想做的事。

□ シャッターを下ろす。
放下鐵捲門。
▶ 「シャッターを押しますよ。いいですか。はい、チーズ」
「我要拍囉，準備好了沒？來，一二三，笑一個！」

□ 車道に飛び出す。
衝到車道上。
▶ 危険ですので、駐車場内の車道では絶対に遊ばないでください。
請勿在停車場的車道上玩耍，以免發生危險。

□ 飴をしゃぶる。
吃糖果。
▶ 彼女は棒つきのレモンキャンディーをしゃぶっている。
她嘴裡含著一支檸檬棒棒糖。

□ 車輪の下敷きになる。
被車輪輾過去。
▶ 観光地の馬車の車輪が壊れて、乗っていた人が怪我をした。
旅遊勝地的馬車車輪發生故障，導致乘客受傷。

□ 洒落をとばす。
說俏皮話。
▶ 新しい課長はまじめすぎてしゃれがまったく通じない。
新來的科長太過嚴肅，毫無幽默感可言。

□ じゃんけんをする。
猜拳。
▶ あなたはじゃんけんで最初に出すのは何が多いですか。
玩石頭剪刀布的時候你通常先出什麼呢？

□ 先週から腰痛が酷い。
上禮拜開始腰疼痛不已。
▶ 健康のため、1週間に一度、市営プールで泳いでいる。
為了維持健康，我每週一次到市立泳池游泳。

し｜しゃこ〜しゅう

227

Check 1 必考單字	高低重音	詞性、類義詞與對義詞

1167 □□□
しゅう
州

▸ しゅう ▸

漢造 大陸，州
類 圏 範圍

1168 □□□
しゅう
集

▸ しゅう ▸

漢造 (詩歌等的)集；聚集
類 全集 全集

1169 □□□
じゅう
銃

▸ じゅう ▸

名・漢造 槍，槍形物；有槍作用的物品
類 機関砲 機關炮（大型化的機關槍）

1170 □□□
じゅう
重

▸ じゅう ▸

接尾 (助數詞用法)層，重
類 目 第…，表示事物的順序或等級

1171 □□□
じゅう
中

▸ じゅう ▸

名・接尾 (舊)期間；表示整個期間或區域
類 期限 期限

1172 □□□
しゅう い
周囲

▸ しゅうい ▸

名 周圍，四周；周圍的人，環境
類 環境 環境

1173 □□□
しゅうかい
集会

▸ しゅうかい ▸

名・自サ 集會
類 大会 大型集會

1174 □□□
しゅうかく
収穫

▸ しゅうかく ▸

名・他サ 收獲(農作物)；成果，收穫；獵獲物
類 収入 收入

1175 □□□
じゅうきょ
住居

▸ じゅうきょ ▸

名 住所，住宅
類 住まい 住所

1176 □□□ ◎ T1-71
しゅうきん
集金

▸ しゅうきん ▸

名・自他サ (水電、瓦斯等)收款，催收的錢
類 徴収 國家或團體徵收資金

1177 □□□
しゅうごう
集合

▸ しゅうごう ▸

名・自他サ 集合；群體，集群；(數)集合
類 集結 集結

□ 世界は五大州に分
　かれている。
　世界分五大洲。

▶ 「風と共に去りぬ」の舞台は、アメリカのジョージア州
　のアトランタです。
　《亂世佳人》的故事背景發生在美國喬治亞州的亞特蘭大。

□ 文学全集を編む。
　編纂文學全集。

▶ アジアの寺を巡り、撮った写真を写真集にして出版し
　た。
　將拍攝亞洲寺院巡禮的照片集結成攝影集後出版了。

□ 銃を撃つ。
　開槍。

▶ この国では銃の保有は国民の自衛のために欠かせない
　権利である。
　在這個國家，人民擁有槍支是為求自衛所必不可少的權利。

□ 五重の塔に登る。
　登上五重塔。

▶ 修学旅行で奈良の法隆寺に行き、五重の塔を見学した。
　修業旅行前往奈良的法隆寺，參觀了五重塔。

□ 熱帯地方は1年中
　暑い。
　熱帶地區整年都熱。

▶ 船や鉄道を利用して、世界中をのんびり旅してみたい。
　我想搭船和火車到世界各地，悠遊自在旅行。

□ 周囲を森に囲まれ
　ている。
　被周圍的森林圍繞著。

▶ 暇にまかせて駅の周囲をぐるりと歩いて1周した。
　我利用閒暇時間繞著車站周圍走了一圈。

□ 集会を開く。
　舉行集會。

▶ 市長は災害への対応を検討するために緊急集会を行い
　ました。
　市長召開了緊急會議討論災難應變措施。

□ 収穫が多い。
　收穫很多。

▶ この秋は果物が豊作で、平年を上回る収穫が見込まれ
　る。
　今年秋天水果豐收，收穫量可望超越歷年水準。

□ 住居を移転する。
　移居。

▶ ここには、以前は海兵隊の住居があったと聞きました。
　聽說這裡原先是海軍陸戰隊的宿舍。

□ 集金に回る。
　到各處去收款。

▶ 学費を稼ぐために、朝日新聞の配達と集金を8年以上、
　行っていました。
　為了賺學費，我已經負責《朝日新聞》的送報和收報費超過8年了。

□ 9時に集合する。
　9點集合。

▶ ツアーで空港のチェックインカウンターに集合するこ
　とになっている。
　旅行團需在機場的報到櫃台集合。

し
しゅう～
しゅうごう

229

Check 1 必考單字	高低重音	詞性、類義詞與對義詞

1178 □□□
習字
しゅうじ
▶ しゅ**うじ**
▶ 图 習字，練毛筆字
類 書道 書法

1179 □□□
重視
じゅうし
▶ じゅ**うし**
▶ 名・他サ 重視，認為重要
類 尊重 尊重

1180 □□□
重傷
じゅうしょう
▶ じゅ**うしょう**
▶ 图 重傷
類 重症 重病

1181 □□□
修正
しゅうせい
▶ しゅ**うせい**
▶ 名・他サ 修改，修正，改正
類 改正 修正

1182 □□□
修繕
しゅうぜん
▶ しゅ**うぜん**
▶ 名・他サ 修繕，修理（或唸：しゅ**うぜ**ん）
類 修復 修復

1183 □□□
重体
じゅうたい
▶ じゅ**うたい**
▶ 图 病危，病篤
類 重篤 非常嚴重的病況

1184 □□□
重大
じゅうだい
▶ じゅ**うだい**
▶ 形動 重要的，嚴重的，重大的
類 大切 重要的

1185 □□□
住宅
じゅうたく
▶ じゅ**うたく**
▶ 图 住宅
類 居所 住處

1186 □□□
住宅地
じゅうたくち
▶ じゅ**うたくち**
▶ 图 住宅區
類 団地 住宅區、工業區等計畫性規畫的區域

1187 □□□
集団
しゅうだん
▶ しゅ**うだん**
▶ 图 集體，集團
類 チーム 團隊

1188 □□□
集中
しゅうちゅう
▶ しゅ**うちゅう**
▶ 名・自他サ 集中；作品集
類 集結 集結

□ 習字を習う。
學書法。
▶ 中村さんは仕事の後に習字教室に通っているそうだ。
中村小姐好像會在下班後去學書法。

□ 実績を重視する。
重視實際成績。
▶ ルールよりマナーを重視したい。
比起規定，我認為應該更要重視禮節。

□ 重傷を負う。
受重傷。
▶ 彼は事故で重傷を負って、しばらく仕事を休んだ。
他在事故中身負重傷，暫時不能工作。

□ 原稿に修正を加える。
修改原稿。
▶ 金額は修正の上ご連絡致します。
金額修正完畢後將會與您聯繫。

□ 古い家屋を修繕した。
整修舊房屋。
▶ ランドセルを買った児童で、まめに修繕に出している者など聞いたことがありません。
從沒聽說過哪個小朋友買了書包以後一天到晚送修的。

□ 重体に陥る。
病危。
▶ 事故で重体に陥った少女は、ある医者の手により蘇った。
在事故中身受重傷的少女被某位醫師從死神手中搶回來了。

□ 重大な誤りにつながる。
導致嚴重的錯誤。
▶ 無資格者の給湯器の取り付けは重大な事故につながる場合がございます。
沒有執照的人安裝熱水器恐將導致嚴重的意外。

□ 住宅が密集する。
住宅密集。
▶ 祖父は田舎の広い住宅に、祖母と二人で暮らしている。
爺爺在鄉下的大宅院裡和奶奶過著兩個人的生活。

□ 閑静な住宅地にある。
位在安靜的住宅區裡。
▶ その店は静かな住宅地の中にあるのに、いつも混んでいる。
那家店儘管開在安靜的住宅區中，卻總是門庭若市。

□ 集団生活になじめない。
無法習慣集體生活。
▶ 午後4時過ぎに小学校から児童が先生に連れられて集団下校で帰ってきました。
下午4點過後，小學學童在老師的帶領之下集體放學回家了。

□ 精神を集中する。
集中精神。
▶ より豊かな社会を創りだすために全精力を集中します。
為了讓社會更加富饒，我將全力以赴。

し
しゅうじ～しゅうちゅう

231

Check 1 必考單字	高低重音	詞性、類義詞與對義詞

1189 ☐☐☐
しゅうてん
終点
▶ しゅうてん ▶
名 終點
類 終着点 終點

1190 ☐☐☐
じゅうてん
重点
▶ じゅうてん ▶
名 重點(物)作用點
類 要点 要點

1191 ☐☐☐
しゅうにゅう
収入
▶ しゅうにゅう ▶
名 收入，所得
類 給与 工資

1192 ☐☐☐
しゅうにん
就任
▶ しゅうにん ▶
名・自サ 就職，就任
類 就業 就業

1193 ☐☐☐ ◉ T1-72
しゅうのう
収納
▶ しゅうのう ▶
名・他サ 收納，收藏
類 保管 保管

1194 ☐☐☐
しゅうへん
周辺
▶ しゅうへん ▶
名 周邊，四周，外圍
類 周囲 周圍

1195 ☐☐☐
じゅうみん
住民
▶ じゅうみん ▶
名 居民
類 市民 市民

1196 ☐☐☐
じゅうやく
重役
▶ じゅうやく ▶
名 擔任重要職務的人；重要職位，重任者；(公司的)董事與監事的通稱
類 取締役 董事長

1197 ☐☐☐
しゅうりょう
終了
▶ しゅうりょう ▶
名・自他サ 終了，結束；作完；期滿，屆滿
類 終業 完成工作，學期結束

1198 ☐☐☐
じゅうりょう
重量
▶ じゅうりょう ▶
名 重量，分量；沈重，有份量
類 重さ 重量

1199 ☐☐☐
じゅうりょく
重力
▶ じゅうりょく ▶
名 (理)重力
類 引力 引力

☐ 終点で降りる。
在終點站下車。

▶ 生まれ育った実家の隣が岐阜バスの終点だったので、小さい頃からよくバスを見に行った。
岐阜巴士的終點站就在我生長的老家旁邊，所以我從小就常去看巴士。

☐ 福祉に重点を置いた。
以福利為重點。

▶ テストの準備のために授業の重点をノートに書いて覚えた。
為了準備考試而把上課的重點寫在了筆記本裡背誦。

☐ 収入が安定する。
收入穩定。

▶ 子どもがたくさんほしいけれど、今の収入では育てられない。
雖然想生很多個小孩，可是以目前的收入根本養不起。

☐ 社長に就任する。
就任社長。

▶ このたび、理事長に就任いたしました青木善治です。
我是接任本屆理事長的青木善治。

☐ 収納スペースが足りない。
收納空間不夠用。

▶ 古い洋服を全てクローゼットに収納する。
把所有的舊衣服都收進壁櫥裡。

☐ 都市の周辺に住んでいる。
住在城市的四周。

▶ 観光地の周辺には、土産物屋や食堂などがたくさんできている。
觀光名勝的周邊開著不少特產店和餐館等等商家。

☐ 都市の住民を襲う。
襲擊城市的居民。

▶ 花見客が大勢来ると、近くの住民は迷惑ではないだろうか。
大批賞花遊客湧入此處，難道不會造成附近居民的困擾嗎？

☐ 会社の重役になった。
成為公司董事。

▶ 彼は重役になるために 30 年間一生懸命働いた。
他為了當上董事，這30年來拚了命工作。

☐ 試合が終了する。
比賽終了。

▶ 今回は何事もなく任務を終了した。
這次也順順利利地完成了任務。

☐ 重量を測る。
秤重。

▶ この飛行機には重量 20kg 以上の荷物は持ち込めません。
這條航線規定每人不可攜帶重量超過20公斤的行李。

☐ 重力が加わる。
加上重力。

▶ 宇宙飛行士は無重力の状態で長時間過ごさなければならない。
太空人被迫長時間生活在無重力狀態之下。

Check 1　必考單字	高低重音	詞性、類義詞與對義詞
1200 □□□ しゅ ぎ **主義**	しゅ<u>ぎ</u>	名 主義，信條；作風，行動方針 類 方針 方針
1201 □□□ じゅく ご **熟語**	じゅ<u>くご</u>	名 成語，慣用語；(由兩個以上單詞組成)複合詞；(由兩個以上漢字構成的)漢語詞 類 慣用語 慣用語
1202 □□□ しゅくじつ **祝日**	しゅ<u>くじつ</u>	名 (政府規定的)節日 類 定休日 每週或每月的固定休息日
1203 □□□ しゅくしょう **縮小**	しゅ<u>くしょう</u>	名・他サ 縮小 類 短縮 縮短
1204 □□□ しゅくはく **宿泊**	しゅ<u>くはく</u>	名・自サ 投宿，住宿 類 下宿 租屋
1205 □□□ じゅけん **受験**	じゅ<u>けん</u>	名・他サ 參加考試，應試，投考 類 試験 測驗
1206 □□□ しゅ ご **主語**	しゅ<u>ご</u>	名 主語；(邏)主詞 類 修飾語 修飾語
1207 □□□ しゅしょう **首相**	しゅ<u>しょう</u>	名 首相，內閣總理大臣 類 元首 元首
1208 □□□ しゅちょう **主張**	しゅ<u>ちょう</u>	名・他サ 主張，主見，論點 類 強調 強調
1209 □□□ しゅっきん **出勤**	しゅ<u>っきん</u>	名・自サ 上班，出勤 類 出社 到公司上班
1210 □□□　⊙ T1-73 じゅつ ご **述語**	じゅ<u>つご</u>	名 謂語 類 単語 單字

□ 社会主義の国が
次々に生まれた。
社會主義的國家一個接
一個的誕生。

▶ 彼は子どもの頃から平和主義者で、けんかが苦手だ。
他從小就是一個和平主義者，很不喜歡與他人衝突。

□ 熟語を使う。
引用成語。

▶ 自然に関する漢字を二つ以上使って熟語を作りなさい。
請使用兩個以上與自然相關的漢字造成語。

□ 祝日を祝う。
慶祝國定假日。

▶ 明日は、「勤労感謝の日」です。祝日なので学校はお休
みです。
明天是「勞動感恩節」，這是國定假日，因此學校放假一天。

□ 軍備を縮小する。
裁減軍備。

▶ 台風の影響で規模が縮小される。
因受到颱風的影響而被迫縮小規模。

□ ホテルに宿泊する。
投宿旅館。

▶ 宿泊予約、ホテル予約なら Yahoo! トラベルや楽天トラ
ベルが便利です。
只要上「yahoo! 旅遊」或「樂天旅遊」，不管是預約住宿或預訂
旅館都能輕鬆搞定。

□ 大学を受験する。
參加大學考試。

▶ 春にフィンランドの大学を受験し合格しました。
春天參加了芬蘭的大學入學考試，並且合格了。

□ 主語と述語から成
り立つ。
由主語跟述語所構成的。

▶ 主語を省略した会話は、誤解のもととなる場合がある。
省略主詞的對話有時會造成誤會。

□ 首相に指名される。
被指名為首相。

▶ この 5 年間で日本の首相は次々と交代している。
過去這 5 年，日本首相換過一位又一位。

□ 自説を主張する。
堅持己見。

▶ 相手を尊重して思いやる心を持ちながら、適切に自分
の意見や主張を伝えられます。
在尊重對方、體諒對方的前提之下，適當表達自己的意見和主張。

□ 9時に出勤する。
9點上班。

▶ 9時に会社に出勤する。
9點到公司上班。

□ 主語の動作、性質を表
わす部分を述語という。
敘述主語的動作或性質
的部分叫述語。

▶ 日本語は英語などと違い、述語が文の最後に来るのが
特徴だ。
日文不同於英文，其特徵為述語放在句末。

し
しゅぎ〜じゅつご

Check 1 必考單字	高低重音	詞性、類義詞與對義詞

1211 ☐☐☐
しゅっちょう
出張

► しゅっちょう ►

名・自サ 因公前往，出差
類 公務 國家公務 (こうむ)

1212 ☐☐☐
しゅっぱん
出版

► しゅっぱん ►

名・他サ 出版
類 印刷 印刷 (いんさつ)

1213 ☐☐☐
しゅと
首都

► しゅと ►

名 首都
類 都市 都市 (とし)

1214 ☐☐☐
しゅとけん
首都圏

► しゅとけん ►

名 首都圈
類 関東一帯 關東地區 (かんとういったい)

1215 ☐☐☐
しゅふ
主婦

► しゅふ ►

名 主婦，女主人
類 奥様 (傭人稱呼) 女主人 (おくさま)

1216 ☐☐☐
じゅみょう
寿命

► じゅみょう ►

名 壽命；(物)耐用期限
類 余命 餘生 (よめい)

1217 ☐☐☐
しゅやく
主役

► しゅやく ►

名 (戲劇)主角；(事件或工作的)中心人物
類 ヒロイン 女主角

1218 ☐☐☐
しゅよう
主要

► しゅよう ►

名・形動 主要的
類 肝心 首要 (かんじん)

1219 ☐☐☐
じゅよう
需要

► じゅよう ►

名 需要，要求；需求
類 需供 需要和供給 (じゅきょう)

1220 ☐☐☐
じゅわき
受話器

► じゅわき ►

名 聽筒
類 イヤホン 耳機

1221 ☐☐☐
じゅん
順

► じゅん ►

名・漢造 順序，次序；輪班，輪到；正當，必然，理所當然；順利
類 順序 順序 (じゅんじょ)

□ 米国に出張する。
べいこく しゅっちょう
到美國出差。
▶ うちは管理職の方の出張が多いです。
かんりしょく かた しゅっちょう おお
我們這裡的管理階層人員經常需要出差。

□ 本を出版する。
ほん しゅっぱん
出版書籍。
▶ 彼はその本を自費で出版した。
かれ ほん じひ しゅっぱん
他自費出版了那本書。

□ 首都が変わる。
しゅと か
改首都。
▶ 東京は日本の首都ですが、他の都市にも様々な魅力が
とうきょう にほん しゅと ほか とし さまざま みりょく
あります。
東京是日本的首都，但是其他城市也各自擁有不同的魅力。

□ 首都圏の人口が減
しゅとけん じんこう へ
り始める。
はじ
首都圏人口開始減少。
▶ テレビでは6時の天気予報の後で首都圏のニュースが始
じ てんきよほう あと しゅとけん はじ
まる。
電視節目在6點的氣象預報結束後，緊接著開始首都圈的新聞報
導。

□ 専業主婦がブログ
せんぎょうしゅふ
で稼ぐ。
かせ
專業的家庭主婦在部落
格上賺錢。
▶ 彼女は専業主婦をしながら、大学に入り直し、資格を
かのじょ せんぎょうしゅふ だいがく はい なお しかく
とった頑張り屋さんです。
がんば や
她不僅是全職家庭主婦，同時也是一位重新進入大學就讀、甚至
取得專業證照的拚命三郎。

□ 寿命が尽きる。
じゅみょう つ
壽命已盡。
▶ この温泉で10年寿命が延びるって、本当ですか。
おんせん ねんじゅみょう の ほんとう
聽說在這處溫泉浸泡就能讓人延長10年壽命，是真的嗎？

□ 主役が決まる。
しゅやく き
決定主角。
▶ 彼は2021年の映画『A』で初出演で初主役、金馬賞の
かれ ねん えいが はつしゅつえん はつしゅやく きんばしょう
新人賞を獲得した。
しんじんしょう かくとく
2021年的電影《A》對他而言不僅是出道之作，亦是首度擔綱男
主角，更憑藉這部電影勇奪金馬獎的新人獎。

□ 四つの主要な役割
よっ しゅよう やくわり
がある。
有4個主要的任務。
▶ 本日の会議の主要な議題は、地球温暖化に関すること
ほんじつ かいぎ しゅよう ぎだい ちきゅうおんだんか かん
だ。
今日會議的主要議題是地球暖化。

□ 需要が高まる。
じゅよう たか
需求大增。
▶ 商品が売れている会社は、いつも客の需要を調査して
しょうひん う かいしゃ きゃく じゅよう ちょうさ
いる。
產品暢銷的公司，總是時時刻刻調查顧客的需求。

□ 受話器を使う。
じゅわき つか
使用聽筒。
▶ 受話器をおいてすぐ、彼女に強く言い過ぎたことを後
じゅわき かのじょ つよ い す こう
悔した。
かい
才放下電話聽筒，馬上後悔剛剛對她說得太過分了。

□ 先着順にてご予約
せんちゃくじゅん よやく
を承ります。
うけたまわ
按到達先後接受預約。
▶ このセミナーの定員は50名です。先着順で参加できま
ていいん めい せんちゃくじゅん さんか
す。
這場研討會的名額為50人，依照報名先後順序至額滿為止。

し
しゅっちょう〜じゅん

237

Check 1 必考單字	高低重音	詞性、類義詞與對義詞

1222 ☐☐☐
じゅん
準
▶ じゅん ▶
接頭 準，次
類 副 輔佐主要事物的人或物

1223 ☐☐☐
しゅんかん
瞬間
▶ しゅんかん ▶
名 瞬間，剎那間，剎那；當時，…的同時
類 一瞬 一瞬間

1224 ☐☐☐
じゅんかん
循環
▶ じゅんかん ▶
名・自サ 循環
類 回流 循環的流動

1225 ☐☐☐
じゅんきょうじゅ
准教授
▶ じゅんきょうじゅ ▶
名 (大學的)副教授
類 客員教授 外部人才受邀任職的教授

1226 ☐☐☐
じゅんじゅん
順々
▶ じゅんじゅん ▶
副 按順序，依次；一點點，漸漸地，逐漸
類 次々 絡繹不絕

1227 ☐☐☐ T1-74
じゅんじょ
順序
▶ じゅんじょ ▶
名 順序，次序，先後；手續，過程，經過
類 順位 排名，順位

1228 ☐☐☐
じゅんじょう
純情
▶ じゅんじょう ▶
名・形動 純真，天真
類 純粋 純真

1229 ☐☐☐
じゅんすい
純粋
▶ じゅんすい ▶
名・形動 純粹的，道地；純真，純潔，無雜念的
類 質朴 質樸

1230 ☐☐☐
じゅんちょう
順調
▶ じゅんちょう ▶
名・形動 順利，順暢；(天氣、病情等)良好
類 成功 成功

1231 ☐☐☐
しよう
使用
▶ しよう ▶
名・他サ 使用，利用，用(人)
類 利用 利用

1232 ☐☐☐
しょう
小
▶ しょう ▶
名 小(型)，(尺寸，體積)小的；小月；謙稱
類 短 短

□ 準優勝が一番悔しい。
亞軍最叫人心有不甘。

▶ 毎日練習を続けたので、準決勝まで進むことができた。
每天持續練習的結果，終於一路晉級到準決賽了。

□ 決定的瞬間を捉えた。
捕捉關鍵時刻。

▶ 母親は、やっと見つかった息子の顔を見た瞬間に泣き出した。
當母親總算見到兒子的那一瞬間忍不住哭了出來。

□ 血液が循環する。
血液循環。

▶ 適度な運動は血液の循環を活発にする。
適當的運動可以促進血液循環。

□ 准教授に就任しました。
擔任副教授。

▶ 彼はしばらくの間、母校の大学の准教授として働いた。
他曾在大學母校擔任副教授一段時期。

□ 順々に席を立つ。
依序離開座位。

▶ 受付で名前を書いて、前から順々に席に着いてください。
請於報到處簽到，由第一排依序往後入座。

□ 順序が違う。
次序不對。

▶ 下の階の部屋内の工事は順序よく進んでいます。ご安心ください。
樓下屋內的工程正在依序順利進行，敬請放心。

□ 純情な青年を騙す。
欺騙純真的少年。

▶ このコミックは、純情な高校生の学校生活を描いている。
這部漫畫描繪的是純情高中生的校園生涯。

□ 純粋な動機を持つ。
擁有純正的動機。

▶ この店のケーキは、純粋な蜂蜜を使っているそうだ。
聽說這家店的蛋糕用的是純蜂蜜。

□ 順調に回復する。
（病情）恢復良好。

▶ 郊外に向かう地下鉄の建設工事は、順調に進んでいる。
向郊區延伸的地鐵建設工程正順利進行中。

□ 会議室を使用する。
使用會議室。

▶ 以下の内容をご確認の上、ご使用ください。
使用前請先確認以下內容。

□ 大は小を兼ねる。
大能兼小。

▶ 功績を認められて、殿様から大小二つの茶碗をいただきました。
汗馬功勞得到了主公的嘉勉，賜下一大一小兩只茶碗。

し｜じゅん～しょう

Check 1 必考單字	高低重音	詞性、類義詞與對義詞
1233 □□□ しょう 章	しょう	名 (文章，樂章的)章節；紀念章，徽章 類 課 課，教科書的章節
1234 □□□ しょう 賞	しょう	名・漢造 獎賞，獎品，獎金；欣賞 類 特賞 特別獎
1235 □□□ じょう 上	じょう	名・漢造 上等；(書籍的)上卷；上部，上面；上好的，上等的 類 上官 上司
1236 □□□ しょう か 消化	しょうか	名・他サ 消化(食物)；掌握，理解，記牢(知識等)；容納，吸收，處理 類 分解 分解；理解 理解
1237 □□□ しょうがい 障害	しょうがい	名 障礙，妨礙；(醫)損害，毛病；(障礙賽中的)欄，障礙物 類 災厄 災難
1238 □□□ しょうがくきん 奨学金	しょうがくきん	名 獎學金，助學金 類 育英資金 助學金
1239 □□□ し よう 仕様がない	しようがない	慣 沒辦法 類 どうしようもない 毫無辦法
1240 □□□ しょう ぎ 将棋	しょうぎ	名 日本象棋，將棋 類 碁 圍棋
1241 □□□ じょう き 蒸気	じょうき	名 蒸汽 類 水分 水分
1242 □□□ じょうきゃく 乗客	じょうきゃく	名 乘客，旅客 類 旅客 乘客
1243 □□□ じょうきゅう 上級	じょうきゅう	名 (層次、水平高的)上級，高級 類 特等 一等之上的特別等級

□ 章を改める。 換章節。	▶ 宿題は 1 章から 3 章の終わりまで英語に訳してくることです。 回家作業是從第 1 章到第 3 章的結尾，全部譯成英文。
□ 賞を受ける。 獲獎。	▶ バイオリンのコンクールで一位に入賞し、表彰された。 在小提琴比賽中榮獲第一名，得到了表揚。
□ うな丼の上を頼んだ。 點了上等鰻魚丼。	▶ 寿司屋に電話して、握りずし上の出前を注文した。 打電話到壽司店叫了握壽司的外賣。
□ 消化に良い。 有益消化。	▶ 梅干しと鰻の食べ合わせは消化を助けます。 同時食用梅乾和鰻魚可以幫助消化。
□ 障害を乗り越える。 跨過障礙。	▶ これから障害のあるお子さんを育てる家庭への手当制度をご紹介します。 接下來介紹關於身心障礙兒童之家庭的補助制度。
□ 奨学金をもらう。 得到獎學金。	▶ 兄は奨学金のおかげで大学を卒業することができました。 家兄在獎學金的助益之下，得以順利從大學畢業了。
□ 負けても仕様がない。 輸了也沒轍。	▶ 宿題をしなかったのだから、先生に叱られてもしようがない。 既然沒有做作業，受到老師的責備也是咎由自取。
□ 将棋を指す。 下日本象棋。	▶ 将棋の対局を観戦することに興味はありますか。 你有沒有興趣觀看象棋的賽局呢？
□ 蒸気が立ち上る。 蒸氣冉冉升起。	▶ 蒸気機関車が力強く煙を吐いて疾走するその姿は魅力にあふれている。 蒸汽火車猛力噴煙、快速飛馳的身影充滿無比的吸引力。
□ 乗客を降ろす。 讓乘客下車。	▶ その飛行機には約 300 人の乗客が乗っていた。 那架飛機搭載了大約300名乘客。
□ 上級になる。 升上高級。	▶ 中級クラスまでは楽だったが、上級クラスは授業が難しい。 讀中級班時還算輕鬆，升上高級班後課程內容就很難了。

し
しょう～じょうきゅう

241

Check 1 必考單字	高低重音	詞性、類義詞與對義詞

1244 ☐☐☐
しょうぎょう
商業
► しょうぎょう ►
名 商業
類 商売 買賣

1245 ☐☐☐ ⊙ T1-75
じょうきょう
上京
► じょうきょう ►
名・自サ 進京，到東京去
類 上洛 前往京都

1246 ☐☐☐
じょうきょう
状況
► じょうきょう ►
名 狀況，情況
類 環境 環境

1247 ☐☐☐
じょう げ
上下
► じょうげ ►
名・自他サ (身分、地位的)高低，上下，低賤
類 高低 價值、程度等的高低

1248 ☐☐☐
しょう じ
障子
► しょうじ ►
名 日本式紙拉門，隔扇
類 ふすま 不透光的隔扇

1249 ☐☐☐
しょう し か
少子化
► しょうしか ►
名 少子化
類 晩婚化 晩婚化

1250 ☐☐☐
じょうしき
常識
► じょうしき ►
名 常識
類 教養 教養

1251 ☐☐☐
しょうしゃ
商社
► しょうしゃ ►
名 商社，貿易商行，貿易公司
類 貿易会社 貿易公司

1252 ☐☐☐
じょうしゃ
乗車
► じょうしゃ ►
名・自サ 乘車，上車；乘坐的車
類 搭乗 搭乘

1253 ☐☐☐
じょうしゃけん
乗車券
► じょうしゃけん ►
名 車票
類 切符 票券

1254 ☐☐☐
しょうしょう
少々
► しょうしょう ►
名・副 少許，一點，稍稍，片刻
類 わずか 稍微

□ 商業振興をはかる。
計畫振興商業。
▶ この辺は昔から商業が盛んで、とても賑やかだった。
這一帶從以前就是商業興盛之地，熱鬧非凡。

□ 18歳で上京する。
18歲到東京。
▶ 地方から一人で上京してくる。
從外地獨自一人來到首都。

□ 状況が変わる。
狀況有所改變。
▶ 今は忙しくてくわしく話せる状況ではないのです。
目前的狀況忙得不可開交，沒辦法詳細說明。

□ 上下関係にうるさい。
非常注重上下關係。
▶ 服の上下の組み合わせがわからない。
上下裝如何穿搭，我不太擅長。

□ 壁に耳あり、障子に目あり。
隔牆有耳，隔籬有眼。
▶ 部屋の雰囲気を変えたいときにはカラーの障子紙に張り替えてみてもいいです。
想要改變房間的氣氛時，不妨將拉門換貼彩色的門紙。

□ 少子化が進んでいる。
少子化日趨嚴重。
▶ 日本では少子化が進み、労働力が減っているのが問題だ。
在日本，少子化導致勞動力遞減已經造成問題了。

□ 常識がない。
沒有常識。
▶ ある人にとっては常識でも、他の人にとっては必ずしも常識ではない。
一件事對某個人而言也許是常識，但對其他人來說卻未必是常識。

□ 商社に勤める。
在貿易公司上班。
▶ 国際的なビジネスに興味があるので、卒業後は商社に就職したい。
由於對國際商務有興趣，希望畢業後能到貿易公司工作。

□ 乗車の手配をする。
安排乘車。
▶ ご乗車くださいまして、ありがとうございます。
非常感謝您的搭乘。

□ 乗車券を拝見する。
檢查車票。
▶ この電車に乗るためには、乗車券のほかに特急券が必要だ。
要搭這班電車，除了車票之外還必須購買特快票。

□ 少々お待ちください。
請稍等一下。
▶ このコーヒーは苦いので、砂糖とミルクを少々入れよう。
這杯咖啡好苦，加點砂糖和牛奶吧。

し｜しょうぎょう～しょうしょう

Check 1 必考單字	高低重音	詞性、類義詞與對義詞
1255 □□□ しょう 生じる	▸ しょうじる	自他サ 生，長；出生，產生；發生；出現 類 起こす 引起
1256 □□□ じょうたつ 上達	▸ じょうたつ	名・自他サ (學術、技藝等)進步，長進；上呈，向上傳達 類 熟練 熟練
1257 □□□ しょう ち 承知	▸ しょうち	名・他サ 同意，贊成，答應；知道；許可，允許 類 同意 贊成
1258 □□□ しょうてん 商店	▸ しょうてん	名 商店 類 売店 販賣部
1259 □□□ しょうてん 焦点	▸ しょうてん	名 焦點；(問題的)中心，目標 類 視点 視線或畫面的焦點
1260 □□□ じょうとう 上等	▸ じょうとう	名・形動 上等，優質；很好，令人滿意 類 高級 上等
1261 □□□ しょうどく 消毒	▸ しょうどく	名・他サ 消毒，殺菌 類 殺虫 殺蟲
1262 □□□ しょうにん 承認	▸ しょうにん	名・他サ 批准，認可，通過；同意，承認 類 承諾 答應
1263 □□□ ⊙T1-76 しょうにん 商人	▸ しょうにん	名 商人 類 業者 業者
1264 □□□ しょうはい 勝敗	▸ しょうはい	名 勝負，勝敗 類 負け勝ち 輸贏
1265 □□□ じょうはつ 蒸発	▸ じょうはつ	名・自サ 蒸發，汽化；(俗)失蹤，出走，去向不明，逃之夭夭 類 沸騰 沸騰

□ 義務が生じる。 具有義務。 ▶	1年以内の正常なご使用で、商品に問題が生じた場合は、無料交換いたします。 假如產品於一年內在正常使用情況下發生故障，本公司將免費更換新品。
□ 上達が見られる。 看得出進步。 ▶	世界一上達が速い勉強法は1日15分、聴き流すことです。今までの100倍英語が身につきます。 世界上最快速提升英語能力的方法是只要每天當作背景聲音聽15分鐘，即可強化100倍！
□ ご承知の通りです。 誠如您所知。 ▶	彼女は多額の金を失うかもしれないと承知の上で一か八かやってみた。 她在知曉將有損失慘重的風險下，仍決定賭一把。
□ 商店が立ち並ぶ。 商店林立。 ▶	上田商店で働きたいと思ったきっかけは何ですか？ 請問您是基於什麼動機想在上田商店工作呢？
□ 焦点が合う。 對準目標。 ▶	課長の話はいつも焦点がずれているので、みんな困っている。 科長說話時總是失焦，同事們一想到要聽他講話就頭痛。
□ 上等な品を使っている。 用的是高級品。 ▶	この靴は上等な牛革を使っていて、とても履きやすい。 這雙鞋是用上等牛皮縫製而成的，穿起來非常合腳。
□ 傷口を消毒する。 消毒傷口。 ▶	こちらはしっかりと患部を消毒できるスプレー式です。 這一種是可以對患處進行徹底消毒的噴霧劑型。
□ 承認を求める。 請求批准。 ▶	この件については、社長からの承認が得られなかったので、繰り返し検討するしかない。 關於這件案子，由於尚未得到總經理的批准，只能不斷反覆檢討規劃。
□ 大阪商人は商売が上手い。 大阪商人很會做生意。 ▶	父は僕が教師になることを望んだが、僕は商人になる道を選んだ。 爸爸希望我當老師，然而我選擇走上了從商之路。
□ 勝敗が決まる。 決定勝負。 ▶	この試合は、互いに張り合って、なかなか勝敗が決まらない。 在這場比賽中，雙方勢均力敵，遲遲無法分出勝負。
□ 水分が蒸発する。 水分蒸發。 ▶	亭主が蒸発してもう3年になる。 我先生人間蒸發，已經3年了。

し
しょうじる～じょうはつ

Check 1 必考單字	高低重音	詞性、類義詞與對義詞

1266 ☐☐☐
しょうひん
賞品 ▸ しょ**う**ひん ▸ 名 獎品
類 賞金 獎金

1267 ☐☐☐
じょうひん
上品 ▸ じょ**う**ひん ▸ 名・形動 高級品，上等貨；莊重，高雅，優雅
類 優雅 優雅

1268 ☐☐☐
しょう ぶ
勝負 ▸ しょ**う**ぶ ▸ 名・自サ 勝敗，輸贏；比賽，競賽
類 競争 競賽

1269 ☐☐☐
しょうべん
小便 ▸ しょ**う**べん ▸ 名・自サ 小便，尿；(俗)終止合同，食言，毀約
類 おしっこ 尿尿，幼兒語

1270 ☐☐☐
しょうぼう
消防 ▸ しょ**う**ぼう ▸ 名 消防；消防隊員，消防車
類 防災 防災

1271 ☐☐☐
しょう み
正味 ▸ しょ**う**み ▸ 名 實質，內容，淨剩部分；淨重；實數；實價，不折不扣的價格，批發價
類 正確 正確

1272 ☐☐☐
しょうめい
照明 ▸ しょ**う**めい ▸ 名・他サ 照明，照亮，光亮，燈光；舞台燈光
類 灯火 燈光

1273 ☐☐☐
しょうもう
消耗 ▸ しょ**う**もう ▸ 名・自他サ 消費，消耗；(體力)耗盡，疲勞；磨損
類 減損 耗損

1274 ☐☐☐
じょうようしゃ
乗用車 ▸ じょ**う**よ**う**しゃ ▸ 名 自小客車
類 クリーンカー 環保車輛

1275 ☐☐☐
しょうらい
将来 ▸ しょ**う**らい ▸ 名・副・他サ 將來，未來，前途；(從外國)傳入；帶來，拿來；招致，引起
類 以後 以後

1276 ☐☐☐
じょおう
女王 ▸ じょ**お**う ▸ 名 女王，王后；皇女，王女
類 女皇 女皇

□ 賞品が当たる。
中獎。
▶ じゃんけん大会で勝って賞品をもらった。
我在猜拳大賽中獲勝，得到了獎品。

□ 上品な味をお楽しみください。
享用口感高雅的料理。
▶ そんな食べ方をしないで、もっと上品に食べなさい。
吃相別那麼難看，用餐可得斯文一點。

□ 勝負をする。
比賽。
▶ 相手チームの速攻で勝負をつけられた。
在敵隊的火速攻擊之下立刻分出了勝負。

□ 立ち小便をする。
站著小便。
▶ いきなりおどかすなよ！小便がもれちゃったじゃないか。
不要突然嚇我啦！害我都要尿褲子了！

□ 消防士になる。
成為消防隊員。
▶ 駐車禁止の場所に車が止まっていて消防車が通れない。
在禁止停車的地方停著車子，阻礙了消防車的通行。

□ 正味1時間かかった。
實際花了整整一小時。
▶ 試験まで正味3か月しかないので気を引き締めてがんばろう。
距離考試實際上只剩3個月的時間了，打起精神專心準備吧！

□ 照明の明るい部屋だ。
燈光明亮的房間。
▶ 部屋の照明を消す。
關掉房間的照明設備。

□ 体力を消耗する。
消耗體力。
▶ 荷物が重い場合、それだけで体力を消耗します。
行李很重時，光是提著都很消耗體力。

□ 乗用車を買う。
買汽車。
▶ 都心は交通が便利なので、乗用車は必要ないと思う。
市中心交通方便，我覺得應該不需要額外備車。

□ 将来を考える。
思考將來要做什麼。
▶ 近い将来また会いましょう。
近期再見吧！

□ 新しい女王が誕生した。
新的女王誕生了。
▶ 彼女は多くの取り巻きの男性を引き連れ、まるで女王のように振舞っていました。
當時的她率領著一大群團團簇擁的男人，舉止儀態猶如一位女王。

しょうひん～じょおう

247

Check 1 / 必考單字	高低重音	詞性、類義詞與對義詞

1277 □□□
しょきゅう
初級 ► しょきゅう ► 名 初級
類 初歩 初學

1278 □□□
じょきょう
助教 ► じょきょう ► 名 助理教員；代理教員
類 助手 大學助教

1279 □□□
しょく
職 ► しょく ► 名·漢造 職業，工作；職務；手藝，技能；官署名
類 職業 職業

1280 □□□
しょくえん
食塩 ► しょくえん ► 名 食鹽
類 調味料 調味料

1281 □□□
しょくぎょう
職業 ► しょくぎょう ► 名 職業
類 ビジネス 事業

1282 □□□ ◉ T1-77
しょくせいかつ
食生活 ► しょくせいかつ ► 名 飲食生活
類 衣食 穿衣和飲食

1283 □□□
しょくたく
食卓 ► しょくたく ► 名 餐桌
類 会食 聚餐

1284 □□□
しょくば
職場 ► しょくば ► 名 工作崗位，工作單位
類 仕事場 工作的場所

1285 □□□
しょくひん
食品 ► しょくひん ► 名 食品
類 食糧 糧食

1286 □□□
しょくぶつ
植物 ► しょくぶつ ► 名 植物
類 草木 草木

1287 □□□
しょくもつ
食物 ► しょくもつ ► 名 食物
類 食材 食材

□ 初級コースを学ぶ。
學習初級課程。
▶ 先生は初級で習った語彙や文型表現だけを使って教えています。
老師只用初級班學過的單詞和句型教學。

□ 助教に内定した。
已内定採用為助教。
▶ 夫は大学で助教をしている頃からこの研究を続けている。
外子從在大學擔任助教時就開始從事這項研究了。

□ 職に就く。
就職。
▶ 祖父は二十歳の時、職を求めて台北に出てきたらしい。
聽說爺爺在20歲的時候上台北求職。

□ 食塩と砂糖で味付けする。
以鹽巴和砂糖調味。
▶ のどが痛かったので食塩水で何度もうがいをした。
喉嚨太痛了，所以用食鹽水不停地漱口。

□ 教師を職業とする。
以教師為職業。
▶ 面接で、今までどんな職業に就いた経験があるか、質問された。
在面試中被問到了過去從事過什麼行業？有沒有工作經驗？

□ 食生活が豊かになった。
飲食生活變得豐富。
▶ この春から一人暮らしをしている息子の食生活が気になる。
很擔心今年春天搬出去一個人住的兒子有沒有好好吃飯。

□ 食卓を囲む。
圍著餐桌。
▶ 川で捕まえた魚などが食卓に上っていたので、みんな大喜びだった。
從河裡捕到的魚一端上桌，大家都開心極了。

□ 職場を守る。
堅守工作崗位。
▶ 引っ越したので家から職場まで片道1時間以上かかります。
搬家之後從家裡到工作地點，光是單程就要超過一個小時。

□ 食品売り場を拡大する。
擴大食品販賣部。
▶ 夕方の食品売り場はいつも大勢の客で混んでいる。
傍晚的食品賣場總是人山人海。

□ 植物を育てる。
種植植物。
▶ 山に登る楽しみの一つは、珍しい植物を見ることです。
登山的樂趣之一就是發現難得一見的植物。

□ 食物アレルギーをおこす。
食物過敏。
▶ 長い間戦争が続いた国では、食物が不足するようになった。
戰亂連年的國家已經發生糧食不足的情況了。

Check 1 必考單字	高低重音	詞性、類義詞與對義詞

1288 □□□
しょくよく
食欲 ▶ しょくよく ▶ 名 食慾
類 空腹感 空腹感

1289 □□□
しょこく
諸国 ▶ しょこく ▶ 名 各國
類 各国 各國

1290 □□□
しょさい
書斎 ▶ しょさい ▶ 名 (個人家中的)書房，書齋
類 勉強部屋 家中用來讀書學習的房間

1291 □□□
じょ し
女子 ▶ じょし ▶ 名 女孩子，女子，女人
類 婦女 女性

1292 □□□
じょしゅ
助手 ▶ じょしゅ ▶ 名 助手，幫手；(大學)助教
類 アシスタント 助手

1293 □□□
しょじゅん
初旬 ▶ しょじゅん ▶ 名 初旬，上旬
類 月初め 月初

1294 □□□
じょじょ
徐々に ▶ じょじょに ▶ 副 徐徐地，慢慢地，一點點；逐漸，漸漸
類 緩やかに 緩慢地

1295 □□□
しょせき
書籍 ▶ しょせき ▶ 名 書籍
類 書物 書籍

1296 □□□
しょっ き
食器 ▶ しょっき ▶ 名 餐具
類 カトラリー 餐桌上用的刀叉等

1297 □□□
ショップ ▶ ショップ ▶ 接尾 (一般不單獨使用)店舖，商店
類 売店 販賣部

1298 □□□
しょてん
書店 ▶ しょてん ▶ 名 書店；出版社，書局
類 書房 書店

□ 食欲がない。
沒有食慾。

▶ 今回は食欲が止まらない人へダイエットを成功させるコツをご紹介します。
本次為各位介紹能夠幫助食慾旺盛的人成功瘦身的祕訣。

□ アフリカ諸国を歴訪した。
追訪非洲各國。

▶ 大統領は、日本を出発した後でアジア諸国を訪問する予定です。
總統預定從日本啟程前往亞洲各國訪問。

□ 書斎に閉じこもる。
關在書房裡。

▶ 朝から少し肌寒いくらいなので、どこにも出掛けずに書斎で本を読んでいる。
一早就覺得有點寒意，所以我什麼地方都沒去，一直待在書房裡讀書。

□ 女子学生が行方不明になった。
女學生行蹤不明。

▶ 母は女子大を卒業してすぐに英語の教師になった。
媽媽從女子大學畢業後隨即當上了英文教師。

□ 助手を雇う。
雇用助手。

▶ 林先生は「集中すること」を研究室の助手や大学院生に強く求めた。
林教授堅決要求研究室的助理和研究生必須嚴守「專心致志」的信條。

□ 10月の初旬は紅葉がきれいだ。
10月上旬紅葉美極了。

▶ 3月20日から4月の初旬までに桜が咲き始めます。
櫻花從3月20日到4月上旬之間逐漸綻放。

□ 徐々に移行する。
慢慢地轉移。

▶ 春になって、近くの山々の雪も徐々にとけだした。
春天到來，鄰近群山上的積雪也漸漸融化了。

□ 書籍を検索する。
檢索書籍。

▶ 書籍売り場では、年末になるとカレンダーも売っています。
書籍賣場每逢年底也會銷售月曆。

□ 食器を洗う。
洗餐具。

▶ こちらの食器用洗剤の方が高いが、油汚れがよく落ちる。
這種洗碗精雖然比較貴，但可以把油膩膩的碗盤洗得清潔溜溜。

□ ショップを開店する。
店舖開張。

▶ インターネットのショップで、格安のカメラを買った。
在網路商店上買了一台特別便宜的相機。

□ 書店を回る。
尋遍書店。

▶ 駅前の書店では、「鬼滅の刃」の漫画を大量に並べていた。
車站前的書店裡陳列著大量《鬼滅之刃》的漫畫。

Check 1 必考單字	高低重音	詞性、類義詞與對義詞
1299 □□□ ◎ T1-78 しょどう 書道	▸ しょどう	▸ 名 書法 類 習字 練毛筆字
1300 □□□ しょ ほ 初歩	▸ しょほ	▸ 名 初學，初步，入門 類 初等 初級
1301 □□□ しょめい 署名	▸ しょめい	▸ 名·自サ 署名，簽名；簽的名字 類 サイン 簽名
1302 □□□ しょ り 処理	▸ しょり	▸ 名·他サ 處理，處置，辦理 類 整理 整理
1303 □□□ しら が 白髪	▸ しらが	▸ 名 白頭髮 類 銀髪 白髮
1304 □□□ シリーズ	▸ シリーズ	▸ 名 (書籍等的)彙編，叢書，套；(影片、電影等)系列；(棒球)聯賽 類 全集 全集
1305 □□□ じ りき 自力	▸ じりき	▸ 名 憑自己的力量 類 独力 靠著一己之力
1306 □□□ し りつ 私立	▸ しりつ	▸ 名 私立，私營 類 私塾 私塾
1307 □□□ し りょう 資料	▸ しりょう	▸ 名 資料，材料 類 文献 參考資料
1308 □□□ しる 汁	▸ しる	▸ 名 汁液，漿；湯；味噌湯 類 湯 開水
1309 □□□ しろ 城	▸ しろ	▸ 名 城，城堡；(自己的)權力範圍，勢力範圍 類 皇居 皇宮

□ 書道を習う。
學習書法。

▶ 姉は小学生の頃から今までずっと書道を習っています。
姊姊從上小學時到現在一直學書法，不曾間斷。

□ 初歩から学ぶ。
從入門開始學起。

▶ 仕事のできる田中さんが、こんな初歩的なミスをするとは意外だ。
工作能力強的田中先生居然會犯下如此基本的失誤，實在令人意外。

□ 契約書に署名する。
在契約書上簽名。

▶ その契約書に署名する前にすべての細目についてよく考えるべきです。
在那份合約書上簽名之前，應先針對每一條細項審慎評估。

□ 処理を頼む。
委託處理。

▶ ゴキブリの餌になる生ゴミは放置せず、きちんと処理してください。
不要隨手擺放那些會成為蟑螂糧食的廚餘垃圾，請務必妥善處理。

□ 白髪が増える。
白髮增多。

▶ 母は最近白髪が目立ってきたことを気にしている。
媽媽最近很在意頭上的白髮愈來愈明顯了。

□ 全シリーズを揃える。
全集一次收集齊全。

▶ BMW 3シリーズは BMW で最も人気がある。
BMW 3系列是BMW中受到最多顧客喜愛的車系。

□ 自力で逃げ出す。
自行逃脫。

▶ 自力で問題を解決したときのすっきり感が好きです。
我很享受僅憑自己的力量解決問題的那種快感。

□ 私立（学校）に進学する。
到私立學校讀書。

▶ 子どもを二人とも私立中学に進学させるのは、家計的に無理があるでしょうか。
如果讓兩個孩子都上私立中學，會不會造成家裡的經濟難以負荷呢？

□ 資料を集める。
收集資料。

▶ 去年みんなで集めた資料をもとに、発表の準備をしましょう。
我們依照大家去年蒐集到的資料做為基礎，開始準備簡報吧。

□ みそ汁を作る。
做味噌湯。

▶ 野菜の煮汁は体にいいので、捨てないでください。
蔬菜熬出來的湯有益身體健康，請不要倒掉。

□ 城が落ちる。
城池陷落。

▶ 今夜、王様のお城で開かれるパーティに招待されている。
受邀參加國王今晚在城堡裡舉行的酒會。

し｜しょどう～しろ

Check 1 必考單字	高低重音	詞性、類義詞與對義詞
1310 □□□ しろうと **素人**	しろうと	名 外行，門外漢；業餘愛好者，非專業人員；良家婦女 類 アマチュア 業餘愛好者
1311 □□□ しわ **皺**	しわ	名 (皮膚的)皺紋；(紙或布的)縐折，摺子 類 小じわ 小皺紋
1312 □□□ しん **芯**	しん	名 蕊；核；枝條的頂芽 類 心 事物的中心
1313 □□□ しんくう **真空**	しんくう	名 真空；(作用、勢力達不到的)空白，真空狀態 類 空白 空白
1314 □□□ しんけい **神経**	しんけい	名 神經；察覺力，感覺，神經作用 類 頭脳 頭腦
1315 □□□ しんけん **真剣**	しんけん	名・形動 真刀，真劍；認真，正經 類 熱情 熱情
1316 □□□ しんこう **信仰**	しんこう	名・他サ 信仰，信奉 類 信奉 信仰
1317 □□□ じんこう **人工**	じんこう	名 人工，人造 類 加工 人為加工
1318 □□□ ⊙ T1-79 しんこく **深刻**	しんこく	形動 嚴重的，重大的，莊重的；意味深長的，發人省思的，尖銳的 類 痛切 深切
1319 □□□ しんさつ **診察**	しんさつ	名・他サ (醫)診察，診斷 類 診断 診斷
1320 □□□ じんじ **人事**	じんじ	名 人事，人力能做的事；人事(工作)；世間的事，人情世故 類 任免 任免，罷免

□ 素人向きの本を読んだ。
閲讀了給非專業人士看的書。

▶ 皆さんの小説は素人とは思えないほど完成度が高いです。
各位的小説完成度相當高，簡直不像是出自業餘人士之手。

□ しわが増える。
皺紋增加。

▶ シーツを敷くときは、しわが寄らないようにしてください。
鋪床單的時候請繃緊，避免出現皺摺。

□ 鉛筆の芯が折れる。
鉛筆芯斷了。

▶ 安いえんぴつは芯がすぐに折れるので、買ってはだめよ。
便宜的鉛筆很容易折斷，不可以買喔！

□ 真空パックをして保存する。
真空包裝後保存起來。

▶ 真空パックに入っている食べ物は、なかなか腐らない。
以真空方式包裝的食物可以保存很久，不易腐壞。

□ 神経が太い。
神經大條，感覺遲鈍。

▶ 歯の神経を痛めて大きく削られてしまった。
將患有神經痛的牙齒挖除了很大的部分。

□ 真剣に考える。
認真的思考。

▶ 父は減塩の食事に真剣に取り組み、血圧が正常値になった。
家父嚴格遵循減鹽飲食以後，血壓降至正常值了。

□ 信仰を持つ。
有信仰。

▶ 日本は信仰の自由がある。
日本人民享有宗教信仰自由。

□ 人工衛星を打ち上げる。
發射人造衛星。

▶ このスキー場は人工の雪を使っているようです。
聽說這座滑雪場使用的是人工造雪。

□ 深刻な問題を抱えている。
存在嚴重的問題。

▶ 日本では、少子高齢化は、深刻な社会問題になっている。
在日本，少子化及高齡化已然成為嚴重的社會問題。

□ 診察を受ける。
接受診斷。

▶ 24時間体制で患者さんを診察しております。
本診所24小時全天無休為病患看診。

□ 人事異動が行われる。
進行人事異動。

▶ みんなが気にしていた来年度の人事がやっと発表された。
令大家提心吊膽的明年度人事異動終於公布了。

し｜しろうと〜じんじ

| --- | --- | --- |

1321 □□□
じんしゅ
人種
▶ じんしゅ ▶

名 人種，種族；(某)一類人；(俗)(生活環境、愛好等不同的)階層
類 民族 民族

1322 □□□
しんじゅう
心中
▶ しんじゅう ▶

名·自サ (古)守信義；(相愛男女因不能在一起而感到悲哀)一同自殺，殉情；(轉)兩人以上同時自殺
類 自殺 自殺

1323 □□□
しんしん
心身
▶ しんしん ▶

名 身和心；精神和肉體
類 心体 身與心

1324 □□□
じんせい
人生
▶ じんせい ▶

名 人的一生；生涯，人的生活
類 生涯 一生

1325 □□□
しんせき
親戚
▶ しんせき ▶

名 親戚，親屬
類 親族 親屬

1326 □□□
しんぞう
心臓
▶ しんぞう ▶

名 心臟；厚臉皮，勇氣
類 臓器 體內如胸腔、腹腔等器官

1327 □□□
じんぞう
人造
▶ じんぞう ▶

名 人造，人工合成
類 人工 人工

1328 □□□
しんたい
身体
▶ しんたい ▶

名 身體，人體
類 躯幹 軀幹

1329 □□□
しんだい
寝台
▶ しんだい ▶

名 床，床鋪，(火車)臥鋪
類 ベッド 床

1330 □□□
しんだん
診断
▶ しんだん ▶

名·他サ (醫)診斷；判斷
類 往診 醫生到病人家看病

1331 □□□
しんちょう
慎重
▶ しんちょう ▶

名·形動 慎重，穩重，小心謹慎
類 消極的 消極的

□ 人種による偏見を
なくす。
消除種族歧視。

▶ 人種差別は決して許されることではないと思う。
我認為種族歧視是絕不可容許之事。

□ 無理心中を図る。
企圖強迫對方殉情。

▶ A市で一家心中のニュースがありました。
有一則事發在A市，牽連全家一同自盡的新聞報導。

□ 心身を鍛える。
鍛鍊身心。

▶ 毎日忙しくて、最近では心身ともに疲れてしまった。
每天都忙得團團轉，這陣子以來已是身心俱疲。

□ 人生が変わる。
改變人生。

▶ 結婚＝（イユール）人生で一番の幸せ、と思っている
人も多いのではないのでしょうか。
我想，應該很多人都認為結婚＝人生中最幸福的事吧？

□ 親戚のおじさんが
かっこいい。
我叔叔很帥氣。

▶ この政治家は私の遠い親戚だと母から聞いておどろい
た。
聽媽媽說這位政治家是遠房親戚時，我非常吃驚。

□ 心臓が強い。
心臟很強。

▶ 大学の合格発表を見るときは心臓がどきどきした。
去看大學錄取榜單的時候，心臟噗通噗通跳個不停。

□ 人造湖が出現した。
出現了人造湖。

▶ 人造人間が出て来て多くの人を助ける小説が、今、中
学生に評判である。
製造機器人來幫助許多人類的那部小說，目前廣受中學生的喜愛。

□ 身体検査を受ける。
接受身體檢查。

▶ スポーツが身体と精神の発達に役立つことは知られて
いる。
眾所周知，運動有助於促進生理與心理的發育。

□ 寝台列車が利用さ
れる。
臥鋪列車被使用。

▶ 寝台列車は人気があるので、なかなか切符が手に入ら
ない。
臥鋪火車大受旅客歡迎，一票難求。

□ 診断が出る。
診斷書出來了。

▶ がんと診断された翌日から入院して、放射線治療を受
け始めました。
被診斷出癌症的隔天就立刻住院，開始接受放射線治療。

□ 慎重な態度をとる。
採取慎重的態度。

▶ この器械は壊れやすいので、取り扱いは慎重にお願い
します。
這部機器很容易壞，使用時請務必謹慎。

Check 1 必考單字	高低重音	詞性、類義詞與對義詞

1332 ☐☐☐
しんにゅう
侵入 ▸ しんにゅう ▸ 名・自サ 浸入，侵略；(非法)闖入
題 侵略 侵略

1333 ☐☐☐
しんねん
新年 ▸ しんねん ▸ 名 新年
題 年始 拜年

1334 ☐☐☐
しんぱん
審判 ▸ しんぱん ▸ 名・他サ 審判，審理，判決；(體育比賽等的)裁判；(上帝的)審判
題 判断 判斷

1335 ☐☐☐ ⦿ **T1-80**
じんぶつ
人物 ▸ じんぶつ ▸ 名 人物；人品，為人；人材；人物(繪畫的)，人物(畫)
題 人間 人類

1336 ☐☐☐
じんぶんかがく
人文科学 ▸ じんぶんかがく ▸ 名 人文科學，文化科學(哲學、語言學、文藝學、歷史學領域)
題 伝統文化 傳統文化

1337 ☐☐☐
じんめい
人命 ▸ じんめい ▸ 名 人命
題 生命 生命

1338 ☐☐☐
しんゆう
親友 ▸ しんゆう ▸ 名 知心朋友
題 友達 朋友

1339 ☐☐☐
しんよう
信用 ▸ しんよう ▸ 名・他サ 堅信，確信；信任，相信；信用，信譽；信用交易，非現款交易
題 信頼 信賴

1340 ☐☐☐
しんらい
信頼 ▸ しんらい ▸ 名・他サ 信賴，相信
題 自信 自信

1341 ☐☐☐
しんり
心理 ▸ しんり ▸ 名 心理
題 意識 意識

1342 ☐☐☐
しんりん
森林 ▸ しんりん ▸ 名 森林
題 原野 原野

□ 賊が侵入する。
盜賊入侵。

▶ 猿は２階の窓からも家の中に侵入することがあります。
猴子甚至可能從２樓的窗戶侵入家中。

□ 新年を迎える。
迎接新年。

▶ ご家族のみなさまにとってよい新年になりますように。
敬祝闔家新年諸事如意。

□ 審判が下る。
作出判決。

▶ この審判を受け、彼は「解決してうれしい」とコメントした。
接受審判時，他發表了「能解決很高興」的感言。

□ 危険人物を追放する。
逐出危險人物。

▶ 歴史上の人物で最も尊敬すべき人はだれですか。
哪一位歷史人物最應該受到尊敬呢？

□ 人文科学を学ぶ。
學習人文科學。

▶ 自然科学より人文科学に興味がある学生が多いということだ。
對人文科學的興趣大於自然科學的學生不在少數。

□ 人命にかかわる。
攸關人命。

▶ どんな時でも人命より大切な物はないと考えている。
我認為在任何情況下，人命永遠重於一切。

□ 親友を守る。
守護知心好友。

▶ 友奈とは同級生で家も隣同士という、大の親友だ。
友奈就是住在隔壁的那個同學，是我最要好的朋友。

□ 彼の話は信用できる。
他說的可以信任。

▶ あなたの言うことは信用できない。
我沒辦法相信你說的話。

□ 信頼が厚い。
深受信賴。

▶ 彼は信頼できる人で、責任感が強い。
他是個很有責任感的人，值得信賴。

□ 顧客の心理をつかむ。
抓住顧客心理。

▶ 大学で、子どもの心理についていろいろ役に立つことを学んだ。
在大學裡研讀了對於兒童心理有所助益的實務理論。

□ 森林を守る。
守護森林。

▶ 森林のおかげで、洪水や山崩れなどの災害が少なくなっている。
在森林的庇護之下，洪水與山崩災害逐漸減少。

Check 1 必考單字	高低重音	詞性、類義詞與對義詞
1343 ☐☐☐ しんるい **親類**	しんるい	名 親戚，親屬；同類，類似 類 親戚 親戚 (しんせき)
1344 ☐☐☐ じんるい **人類**	じんるい	名 人類 類 人間 人類 (にんげん)
1345 ☐☐☐ しん ろ **進路**	しんろ	名 前進的道路 類 志向 志向 (しこう)
1346 ☐☐☐ しん わ **神話**	しんわ	名 神話 類 昔話 民間傳說 (むかしばなし)
1347 ☐☐☐ す **巣**	す	名 巢，窩，穴；賊窩，老巢；家庭； 蜘蛛網 類 洞窟 洞窟 (どうくつ)
1348 ☐☐☐ ず **図**	ず	名 圖，圖表；地圖；設計圖；圖畫 類 図形 圖樣 (ずけい)
1349 ☐☐☐ すい か **西瓜**	すいか	名 西瓜 類 苦瓜 苦瓜 (にがうり)
1350 ☐☐☐ すいさん **水産**	すいさん	名 水產(品)，漁業 類 海産 海產 (かいさん)
1351 ☐☐☐ すい じ **炊事**	すいじ	名・自サ 烹調，煮飯 類 調理 烹調 (ちょうり)
1352 ☐☐☐ 🔘T2-01 すいしゃ **水車**	すいしゃ	名 水車（或唸：すいしゃ） 類 風車 風車 (ふうしゃ)
1353 ☐☐☐ すいじゅん **水準**	すいじゅん	名 水準，水平面；水平器；(地位、 質量、價值等)水平；(標示)高度 類 規準 標準 (きじゅん)

□ 親類づきあい。
像親戚一樣往來。

▶ 現在、親類の家に住んでいるため、ローンを払わなくていいというのは、とても幸運です。
我目前住在親戚家，所以不必還房貸，可說是非常幸運。

□ 人類の進化を導く。
引領人類的進化。

▶ 私は全人類の幸福を祈ります。
我為全人類的幸福而祈禱。

□ 進路が決まる。
決定出路問題。

▶ 子どもの進路についてご相談させていただきたいのですが、よろしいですか。
請問方便與您討論一下關於我家孩子的升學就業嗎？

□ 神話になる。
成為神話。

▶ この地方には古い神話が今でも数多く残っている。
許許多多古老的神話依然在這個地區流傳至今。

□ 巣離れをする。
離巢，出窩。

▶ 蜂の巣を見たら、なるべく近づかないこと。石を投げたり、つついたりして蜂を刺激しないこと。
看到蜂巢時請盡量遠離。也不要朝蜂巢丟石頭或拿東西戳刺，以免刺激蜜蜂。

□ 図で説明する。
用圖說明。

▶ 皆さんご存知だとは思いますが、まずこの図をご覧ください。
相信各位已經很清楚了，不過還是請先看一下這張圖。

□ 西瓜を冷やす。
冰鎮西瓜。

▶ 叔父は、毎年夏になると大きな西瓜を持って家に遊びに来る。
每年一到夏天，叔叔總會帶著好大的西瓜來家裡玩。

□ 水産業を営む。
經營水產業，漁業。

▶ 弊社は旬の魚などの水産物の卸売、加工、販売を行っております。
本公司業務範圍包括批發、加工及銷售各種時令魚類等水產品。

□ 彼は炊事当番になった。
輪到他做飯。

▶ 最近、自分で炊事・洗濯・掃除を全て欠かさずやっております。
最近我自己煮飯、洗衣、打掃樣樣來，一件也沒少做。

□ 水車が回る。
水車轉動。

▶ 手作り水車で発電する。
用手製的水車來發電。

□ 水準が高まる。
水準提高。

▶ 有名大学の合格水準がどんどん上がっているらしい。
大學名校的錄取標準似乎逐年調升。

す

しんるい～すいじゅん

261

<table>
<tr><td>さ行</td><td colspan="2"></td></tr>
</table>

1354 □□□ すいじょう き **水蒸気**	▶ すいじょうき ▶	名 水蒸氣；霧氣，水霧 類 湯気（ゆげ） 熱氣
1355 □□□ すいせん **推薦**	▶ すいせん ▶	名・他サ 推薦，舉薦，介紹 類 応援（おうえん） 支援
1356 □□□ すい そ **水素**	▶ すいそ ▶	名 氫 類 元素（げんそ）（化學）元素
1357 □□□ すいちょく **垂直**	▶ すいちょく ▶	名・形動（數）垂直；（與地心）垂直 類 縦（たて） 縱
1358 □□□ **スイッチ**	▶ スイッチ ▶	名・他サ 開關；接通電路；（喻）轉換（為另一種事物或方法）（或唸：スイッチ） 類 ボタン 按鍵
1359 □□□ すいてい **推定**	▶ すいてい ▶	名・他サ 推斷，判定；（法）（無反證之前的）推定，假定 類 推測（すいそく） 推測
1360 □□□ すいぶん **水分**	▶ すいぶん ▶	名 物體中的含水量；（蔬菜水果中的）液體，含水量，汁 類 湿気（しっけ） 濕氣
1361 □□□ すいへい **水平**	▶ すいへい ▶	名・形動 水平；平衡，穩定，不升也不降 類 地平（ちへい） 地平面
1362 □□□ すいへいせん **水平線**	▶ すいへいせん ▶	名 水平線；地平線 類 地平線（ちへいせん） 地平線
1363 □□□ すいみん **睡眠**	▶ すいみん ▶	名・自サ 睡眠，休眠，停止活動 類 就眠（しゅうみん） 就寢
1364 □□□ すいめん **水面**	▶ すいめん ▶	名 水面 類 海面（かいめん） 海面

□ 水蒸気がふき出す。
噴出水蒸汽。

▶ 沸騰したお湯の入ったやかんの口からは、水蒸気が出ています。
水蒸氣從沸騰的壺嘴冒出來。

□ 代表に推薦する。
推薦為代表。

▶ 彼を議員候補に推薦する。
我推薦他為議員候選人。

□ 水素を含む。
含氫。

▶ 水素で走る自動車の一般発売が開始されました。未来が楽しみですね。
氫燃料電池車正式上市了，我對這種車的前景十分看好。

□ 垂直に立てる。
垂直豎立。

▶ トマトの苗が生長したので、地面に垂直に支えの棒を立てた。
番茄苗長出來了，於是插了一支與地面垂直的棒子。

□ スイッチを入れる。
打開開關。

▶ 蛍光灯などのスイッチを入れた時に、チカチカと点灯している場合は、寿命が来ている可能性が高いです。
當日光燈開啟後不停閃爍，很可能表示使用壽命已盡了。

□ 原因を推定する。
推測原因。

▶ 週2回以上運動を行っている人は約2700万人いると推定されている。
每星期運動兩次以上的人估計約有2700萬人。

□ 水分をとる。
攝取水分。

▶ 実は1日に人間が必要な水分量は、なんと2.5リットルと言われています。
聽說其實每人每日所需水分攝取量，竟然多達2.5公升。

□ 水平に置く。
水平放置。

▶ カラスが2羽、夕焼けの空を水平に悠々と飛んでいる。
兩隻烏鴉在滿天晚霞中保持平行，悠然飛過。

□ 太陽が水平線から昇る。
太陽從地平線升起。

▶ バスの窓から外を眺めていたら、水平線に沈む夕日が見えた。
從巴士的車窗向外望，看見了逐漸沒入地平線的夕陽。

□ 睡眠を取る。
睡覺。

▶ 一般的に十分に睡眠を取った翌日でも、夜になると自然と眠くなってきます。
一般而言，即使前一天睡眠充足，到了晚上還是會很自然地感到睡意。

□ 水面に浮かべる。
浮出水面。

▶ 池をぼんやり見ていたら、大きな魚が水面から顔を出した。
心不在焉地看著池塘，突然一尾大魚探出了水面。

す｜すいじょうき～すいめん

263

Check 1 必考單字	高低重音	詞性、類義詞與對義詞
1365 □□□ すう 数	すう	名・接頭 數，數目，數量；定數，天命；（數學中泛指的）數；數量 類 量 數量
1366 □□□ ずうずう 図々しい	ずうずうしい	形 厚顏，厚皮臉，無恥 類 厚かましい 厚臉皮的
1367 □□□ すえ 末	すえ	名 結尾，末了；末端，盡頭；將來，未來，前途；不重要的，瑣事；（排行）最小 類 端 末端
1368 □□□ ◎T2-02 すえ こ 末っ子	すえっこ	名 最小的孩子 類 お子様 尊稱對方的孩子
1369 □□□ すがた 姿	すがた	名・接尾 身姿，身段；裝束，風采；形跡，身影；面貌，狀態；姿勢，形象 類 形 打扮
1370 □□□ ず かん 図鑑	ずかん	名 圖鑑 類 事典 百科辭典
1371 □□□ すき 隙	すき	名 空隙，縫；空暇，功夫，餘地；漏洞，可乘之機 類 みぞ 溝槽
1372 □□□ すぎ 杉	すぎ	名 杉樹，杉木 類 木材 木材
1373 □□□ す きら 好き嫌い	すききらい	名 好惡，喜好和厭惡；挑肥揀瘦，挑剔（或唸：すききらい） 類 愛憎 愛與恨
1374 □□□ す す 好き好き	すきずき	名・副・自サ（各人）喜好不同，不同的喜好 類 好き勝手 隨心所欲
1375 □□□ す とお 透き通る	すきとおる	自五 通明，透亮，透過去；清澈；清脆（的聲音） 類 澄む 清澈

□ 端数を切り捨てる。
去掉尾數。

▶ 1か月間に残業した時間数を計算して、上司に報告した。
計算一個月內的加班時數後，呈報了主管。

□ ずうずうしい人が溢れている。
到處都是厚臉皮的人。

▶ 子どもを1回預かるのはよかったんだけど、それから何度も当たり前のように預けてくるようになって、図々しい人だ。
幫忙帶一次小孩倒是無所謂，沒想到對方後來居然一副理所當然地經常把小孩塞給我照顧，臉皮實在太厚啦！

□ 末が案じられる。
前途堪憂。

▶ 今月の末に3年ぶりに帰国するのがとても楽しみだ。
這個月底就要回到闊別3年的家鄉了，心頭雀躍不已。

□ 末っ子に生まれる。
我是么兒。

▶ 3兄弟の末っ子なのに、思いやりや向上心は人一倍です。
他雖是3個兄弟姐妹中的老么，卻比任何人更具有同情心和上進心。

□ 姿が消える。
消失蹤跡。

▶ このレストランは、ショートパンツ姿で入る客はお断りしている。
這家餐廳不接待穿短褲的客人。

□ 植物図鑑が送られてきた。
收到植物圖鑑。

▶ 山で見た珍しい花の名前を調べたくて植物図鑑を買った。
很想查出在山裡看到的罕見花卉的名稱，因而買了植物圖鑑。

□ 隙に付け込む。
鑽漏洞。

▶ 泥棒は、店員が客と話している隙に品物を盗んだらしい。
小偷可能是利用店員和顧客談話的時候趁機偷走商品的。

□ 杉の花粉が飛び始めた。
杉樹的花粉開始飛散。

▶ 田舎にある祖父の家には、杉で作られた古い机がある。
鄉下的爺爺家有一張杉木做的老桌子。

□ 好き嫌いの激しい性格。
好惡分明的激烈性格。

▶ 子どもの時は好き嫌いが多かったが、今はなんでも食べられる。
小時候經常挑食，現在什麼東西都能吃了。

□ 蓼食う虫も好き好き。
人各有所好。

▶ どの魚がおいしいかと感じるかは好き好きだ。
覺得哪種魚好吃，就要看個人的喜好而定。

□ 透き通った声で話す。
以清脆的聲音說話。

▶ ここの海は珊瑚礁で遠浅の海が透き通った青に見える。
這裡屬於珊瑚礁海岸，近陸的淺灘看起來是湛藍的。

す｜すう～すきとおる

Check 1 必考單字	高低重音	詞性、類義詞與對義詞
1376 □□□ すきま **隙間**	▶ す\きま	名 空隙，隙縫；空閒，閒暇 類 空隙^{くうげき} 空隙
1377 □□□ すく **救う**	▶ す\くう	他五 拯救，搭救，救援，解救；救濟，賑災；挽救 類 助^{たす}ける 拯救
1378 □□□ **スクール**	▶ ス\クール	名・造 學校；學派；花式滑冰規定動作 類 学院^{がくいん} 學校
1379 □□□ すぐ **優れる**	▶ す\ぐれ\る	自下一（才能、價值等）出色，優越，傑出，精湛；（身體、精神、天氣）好，爽朗，舒暢 類 勝^{しょう} 勝利
1380 □□□ ずけい **図形**	▶ ず\けい	名 圖形，圖樣；（數）圖形 類 図面^{ずめん} 設計圖
1381 □□□ **スケート**	▶ ス\ケート	名 冰鞋，冰刀；溜冰，滑冰 類 アイスホッケー 冰上曲棍球
1382 □□□ すじ **筋**	▶ す\じ	名・接尾 筋；血管；線，條，紋絡，條紋；素質，血統；條理，道理 類 粗筋^{あらすじ} 概要
1383 □□□ すず **鈴**	▶ す\ず	名 鈴鐺，鈴 類 ベル 電鈴
1384 □□□ すず **涼む**	▶ す\ず\む	自五 乘涼，納涼 類 冷^ひやす 冷卻
1385 □□□ ⊙T2-03 **スタート**	▶ ス\ター\ト	名・自サ 起動，出發，開端，開始（新事業等） 類 開始^{かいし} 開始
1386 □□□ **スタイル**	▶ ス\タ\イル	名 文體；（服裝、美術、工藝、建築等）樣式；風格，姿態，體態 類 体^{からだ}つき 體格

□ 隙間ができる。
産生縫隙。

▶ 窓のカーテンの隙間から太陽の光がもれて光の筋になった。
陽光從窗簾的縫隙中射進了一道光束。

□ 信仰に救われる。
因信仰得到救贖。

▶ 犬に襲われた子どもを救った7歳の雌猫に異例の措置を取って、賞を与えた。
一隻7歲的母貓救了一個遭狗襲擊的小孩，於是破天荒地給她頒發了獎項。

□ 英会話スクールに通う。
上英語會話課。

▶ 姉は、結婚前にクッキングスクールに通い始めた。
姊姊在結婚前開始去上烹飪學校了。

□ 優れた人材を招く。
招聘傑出的人才。

▶ ウィーンはすぐれた芸術や建築物にあふれ、グルメも多彩です。
維也納處處都是美輪美奐的藝術品和建築物，還有種類繁多的美食。

□ 図形を描く。
描繪圖形。

▶ 息子は中学校で図形の勉強をしていますが、なかなか難しそうです。
讀中學的兒子正在上幾何課，好像頗有難度。

□ アイススケートに行こう。
我們去溜冰吧！

▶ 最近は区内の公園でスケートボードを練習する子どもたちの姿をよく見かけます。
最近常看到一些小朋友在社區公園裡練習滑板。

□ 筋がいい。
有天分，有才能。

▶ 昨日テレビで見た韓国ドラマの筋を、友だちに話した。
把昨天在電視上看到的韓劇情節轉述給朋友聽。

□ 鈴が鳴る。
鈴響。

▶ 旅行のお土産に、妹からきれいな音のする鈴をもらった。
妹妹旅行回來後送了我一個聲音清脆的鈴鐺。

□ 縁側で涼む。
在走廊乘涼。

▶ 本当に暑いですね。蝉の声を聞きながら木陰で涼みましょうか。
真的好熱呢…我們到樹蔭下聽著蟬鳴乘涼好嗎？

□ 新生活がスタートする。
開始新生活。

▶ その計画をスタートさせるには彼の力が必要だ。
要啟動這項計畫，必須要有他的協助才行。

□ 映画から流行のスタイルが生まれる。
從電影產生流行的款式。

▶ あの女優、昔から変わらない美貌と圧倒的なスタイルが眩しい。
那位女演員始終維持著使用了防腐劑般的美貌和傲人的身材，光芒四射一如往昔。

す─すきま～スタイル

267

Check 1　必考單字	高低重音	詞性、類義詞與對義詞
1387 □□□ スタンド	► ス|タンド	► **結尾・名** 站立；台，托，架；檯燈，桌燈；看台，觀眾席；（擺販式的）小酒吧 **類** 観客席（かんきゃくせき）觀眾席
1388 □□□ ず つう 頭痛	► ず|つう	► **名** 頭痛 **類** 苦痛（くつう）痛苦
1389 □□□ すっきり	► す|っきり	► **副・自サ** 舒暢，暢快，輕鬆；流暢，通暢；乾淨整潔，俐落 **類** さっぱり 心情爽快
1390 □□□ すっと	► す|っと	► **副・自サ** 動作迅速地，飛快，輕快；（心中）輕鬆，痛快，輕鬆 **類** スカッとする 心情痛快
1391 □□□ ステージ	► ス|テージ	► **名** 舞台，講台；階段，等級，步驟 **類** お立ち台（ただい）舞台，講台
1392 □□□ す てき 素敵	► す|てき	► **形動** 絕妙的，極好的，極漂亮；很多 **類** 絕妙（ぜつみょう）極為巧妙
1393 □□□ すで 既に	► す|でに	► **副** 已經，業已；即將，正值，恰好 **類** 先（さき）に 以前
1394 □□□ ストップ	► ス|トップ	► **名・自他サ** 停止，中止；停止信號；（口令）站住，不得前進，止住；停車站 **類** エンド 結局
1395 □□□ す なお 素直	► す|なお	► **形動** 純真，天真的，誠摯的，坦率的；大方，工整，不矯飾的；（沒有毛病）完美的，無暇的 **類** 率直（そっちょく）直爽
1396 □□□ すなわ 即ち	► す|なわち	► **接** 即，換言之；即是，正是；則，彼時；乃，於是 **類** 要（よう）するに 總之
1397 □□□ ず のう 頭脳	► ず|のう	► **名** 頭腦，判斷力，智力；（團體的）決策部門，首腦機構，領導人 **類** 知能（ちのう）智力

す｜スタンド～ずのう

□ 観衆がスタンドを
　埋めた。
　觀眾席坐滿了人。

▶ 姉はグッチのバッグが買いたくて、夏休みはずっとガ
ソリンスタンドで働いていた。
姐姐為了夢寐以求的GUCCI包包，整個暑假都在加油站打工。

□ 頭痛が治まる。
　頭痛止住。

▶ 肩こりがひどくほぼ毎日のように朝から頭痛がする。
我的肩頸嚴重僵硬，幾乎每天一早就開始頭疼。

□ 頭がすっきりする。
　神清氣爽。

▶ 浮気された彼に言いたいこと言って、すっきりした気
分で次の恋を頑張ろうと思う。
把所有想說的話對著出軌的他一吐為快，一身神清氣爽地努力尋
找下一段愛情吧！

□ すっと手を出す。
　敏捷地伸出手。

▶ 彼の顔を見ただけで、不安がすっと解けてしまった。
單是看著他的臉，不安的情緒頓時煙消雲散了。

□ ステージに立つ。
　站在舞台上。

▶ かっこいいステージが見れるのを楽しみにしています。
滿心期待能夠欣賞到超酷的舞台表演。

□ 素敵な服装をする。
　穿著美麗的服裝。

▶ 今日はお客様から、とっても素敵なメッセージをいた
だいた。
今天收到了一則來自顧客的留言，非常感動。

□ すでに知っている。
　已經知道了。

▶ 2時に店に行ったが、ランチタイムは既に終わってい
た。
兩點的時候進到餐館，午餐時段已經結束了。

□ ストップを掛ける。
　命令停止。

▶ 台風で会社までの交通機関がストップしてしまった。
受颱風的影響，前往公司的大眾運輸全都停擺了。

□ 素直な女性がタイ
　プだ。
　我喜歡純真的女性。

▶ 生徒はみんな元気で素直な子どもに育ってもらいたい
と思います。
希望每一個學生都能成長為充滿活力且真誠正直的孩子。

□ 戦えば即ち勝つ。
　戰則勝。

▶ 母の妹、すなわち叔母は高雄の病院で看護師をしてい
る。
媽媽的妹妹，也就是我阿姨，在高雄的一家醫院擔任護理師。

□ 日本の頭脳が挑ん
　でいる。
　對日本人才進行挑戰。

▶ まだ10才なのに大学生と変わらない頭脳を持っている
なんて、信じられない。
才僅僅10歲就擁有相當於大學生的智力，簡直不可思議。

Check 1 必考單字	高低重音	詞性、類義詞與對義詞
1398 □□□ スピーカー	▶ スピーカー ▶	名 談話者，發言人；揚聲器；喇叭；散播流言的人 類 大音量 大音量
1399 □□□ スピーチ	▶ スピーチ ▶	名・自サ（正式場合的）簡短演說，致詞，講話 類 講演 演講
1400 □□□ すべ 全て	▶ すべて ▶	名・副 全部，一切，通通；總計，共計 類 どれも 不論哪個都…
1401 □□□ スマート	▶ スマート ▶	形動 瀟灑，時髦，漂亮；苗條；智能型，智慧型 類 スリム 苗條纖細
1402 □□□ ◎ T2-04 す 住まい	▶ すまい ▶	名 居住；住處，寓所；地址 類 住居 住所
1403 □□□ すみ 墨	▶ すみ ▶	名 墨；墨汁，墨水；墨狀物；（章魚、烏賊體內的）墨狀物 類 顔料 顔料
1404 □□□ ず 済み	▶ ずみ ▶	名 完了，完結；付清，付訖 類 完結 完成
1405 □□□ 澄む	▶ すむ ▶	自五 清澈；澄清；晶瑩，光亮；（聲音）清脆悅耳；清靜，寧靜 類 透ける 透明的
1406 □□□ す もう 相撲	▶ すもう ▶	名 相撲 類 格闘 格鬥
1407 □□□ スライド	▶ スライド ▶	名・自サ 滑動；幻燈機，放映裝置；（棒球）滑進（壘）；按物價指數調整工資 類 滑走 滑行
1408 □□□ ずらす	▶ ずらす ▶	他五 挪開，錯開，差開 類 移動 移動

□ スピーカーから音
声が流れる。
從擴音器中傳出聲音。

▶ スピーカーの音が大きすぎるからもっと小さくして。
擴音器的聲音太大了，請調小聲一點。

□ スピーチをする。
致詞，演講。

▶ 結婚式でスピーチをお願いしたい方には、メッセージ
を書いたカードを添えて招待状を送りましょう。
如果希望於婚禮上邀請貴賓致詞，在給對方致送邀請函時記得附
上一張備註相關訊息的卡片喔。

□ 全てを語る。
說出一切詳情。

▶ このレストランのサラダは、すべて無農薬の野菜を
使っている。
這家餐廳的沙拉一律使用無農藥的蔬菜。

□ スマートな体型が
いい。
我喜歡苗條的身材。

▶ いつもばたばたしている私と違って、彼は余裕のある
振る舞いでとてもスマートに見えました。
不同於總是手忙腳亂的我，總是一派胸有成竹的他看起來很聰明。

□ 一人住まいが不安
になってきた。
對獨居開始感到不安。

▶ 新しい住まいは地下鉄の駅に近くて通勤に便利だ。
新住處離地鐵車站很近，上班相當方便。

□ タコが墨を吐く。
章魚吐出墨汁。

▶ 書道では、同じ文字でも墨の濃さによって印象が変わ
る。
在書法中即使寫同一個字，隨著墨色的濃淡會呈現出不同的感覺。

□ 使用済みの紙コッ
プを活用できる。
使用過的紙杯可以加以
活用。

▶ 明日の会議が中止になったことは全員に連絡済みです。
明日會議取消一事已經通知了全體出席人員。

□ 心が澄む。
心情平靜。

▶ ここは空気が澄んでいて、夜空を見上げると、満点の
星空を観ることができます。
這裡空氣清新，抬頭仰望夜空就能看到滿天的繁星。

□ 相撲にならない。
力量懸殊。

▶ 初めて日本に行って以来、相撲に興味を持つようになっ
た。
自從我第一次造訪日本之後，就對相撲產生了興趣。

□ スライドに映す。
映在幻燈片上。

▶ 資料と教科書を参照しつつ、スライドを使って講義を
行う。
一面參考資料和教科書，一面用投影機講課。

□ 時期をずらす。
錯開時期。

▶ 本棚と机を少しずらして、新しいベッドを置いた。
將書櫃和桌子挪過去一些，擺了張新床。

す｜スピーカー～ずらす

271

Check 1 必考單字	高低重音	詞性、類義詞與對義詞
1409 □□□ ずらり（と）	ずらり（と）	副 一排排，一大排，一長排 類 ぞろり 大量的人或物排成一列
1410 □□□ す 刷る	する	他五 印刷 類 プリントする 印刷
1411 □□□ ずるい	ずるい	形 狡猾，奸詐，耍滑頭，花言巧語 類 あくどい 做得太過火而使人反感
1412 □□□ するど 鋭い	するどい	形 尖的；（刀子）鋒利的；（視線）尖銳 的；激烈，強烈；（頭腦）敏銳，聰明 類 賢い^{さか} 聰明伶俐
1413 □□□ ずれる	ずれる	自下一 （從原來或正確的位置）錯位， 移動；離題，背離（主題、正路等） 類 偏る^{かたよ} 偏向某一方
1414 □□□ すんぽう 寸法	すんぽう	名 長短，尺寸；（預定的）計畫，順 序，步驟；情況 類 全長^{ぜんちょう} 全長
1415 □□□ せい 正	せい	名・漢造 正直；（數）正號；正確，正 當；更正，糾正；主要的，正的 類 プラス 正數；善^{ぜん} 善行
1416 □□□ せい 生	せい	名・漢造 生命，生活；生業，營生；出 生，生長；活著，生存 類 命^{いのち} 生命
1417 □□□ せい 姓	せい	名・漢造 姓氏；族，血族；（日本古代 的）氏族姓，稱號 類 名前^{なまえ} 姓氏，名字，名稱
1418 □□□ せい 精	せい	名 精，精靈；精力 對 体^{からだ} 身體
1419 □□□ ⊙ T2-05 せい	せい	名 原因，緣故，由於；歸咎 類 わけ 原因

□ 石をずらりと並べる。
把石頭排成一排。

▶ ビュッフェ会場には、おいしそうな料理がずらりと並んでいた。
來到自助百匯區，多種美味的餐點一字排開。

□ ポスターを刷る。
印刷宣傳海報。

▶ 新規開店のレストランの宣伝チラシを、1万部刷った。
新開幕的餐廳的宣傳單印了一萬份。

□ ずるい手を使う。
使用奸詐手段。

あとから来て列に割り込もうというのは、ずるい行為だ。
後到者插隊是一種狡猾的行為。

□ 鋭い目つきで見つめる。
以銳利目光注視著。

▶ 地震や水害などの防災政策について、彼は鋭い見解を述べた。
他針對地震和水災的防災政策，闡述了精闢的見解。

□ タイミングがずれる。
錯失時機。

▶ 自転車の後ろの荷台に積んだ荷物が、ずれて落ちそうだ。
堆疊在自行車後方載貨架上的物品歪向一邊，快要掉下去了。

□ 寸法を測る。
量尺寸。

▶ このソファーの寸法が大きすぎてエレベーターに載らない。困りました。
這張沙發的尺寸過大，沒辦法用電梯運送，傷腦筋了。

□ 正三角形でいろんな形を作る。
以正三角形做出各種形狀。

▶ ゼロよりも大きい数を正の数、小さい数を負の数という。
大於零的數字為正數，小於零的數字為負數。

□ 生は死の始めだ。
生為死的開始。

▶ 難しい癌の手術に成功して、今、生の喜びを感じている。
艱難的癌症手術順利完成，此時此刻正在體會生命的喜悅。

□ 姓が変わる。
改姓。

▶ 参加希望者はこの欄に姓、その下の欄に名前を書いてください。
有意參加者請在這個欄位填上姓氏、於下方的欄位寫上名字。

□ 森の精が宿る。
有森林的精靈寄居著。

▶ 長い歳月を経た岩には、コケが付き、やがて森の精が宿る。
經過漫長歲月的岩石上布滿青苔，森林的精靈隨後在此棲息。

□ 人のせいにする。
歸咎於別人。

▶ 父に連れられて転校ばかりしているせいで友達がいない。
由於經常隨著爸爸的工作而轉學，使得我根本沒有朋友。

Check 1 必考單字	高低重音	詞性、類義詞與對義詞

1420 ☐☐☐
ぜい
税
▶ ぜい
▶ 名・漢造 税，税金
類 関税 關稅

1421 ☐☐☐
せいかい
政界
▶ せいかい
▶ 名 政界，政治舞台
類 芸能界 演藝圈

1422 ☐☐☐
せいかつしゅうかんびょう
生活習慣病
▶ せいかつしゅうかんびょう
▶ 名 文明病
類 慢性疾患 慢性疾病

1423 ☐☐☐
ぜいかん
税関
▶ ぜいかん
▶ 名 海關
類 税務署 税務局

1424 ☐☐☐
せいきゅう
請求
▶ せいきゅう
▶ 名・他サ 請求，要求，索取
類 要求 要求

1425 ☐☐☐
せいけい
整形
▶ せいけい
▶ 名 整形
類 美顔 美顔

1426 ☐☐☐
せいげん
制限
▶ せいげん
▶ 名・他サ 限制，限度，極限
類 限定 限制；拘束 束縛

1427 ☐☐☐
せいさく
制作
▶ せいさく
▶ 名・他サ 創作（藝術品等），製作；作品
類 創設 創辦

1428 ☐☐☐
せいさく
製作
▶ せいさく
▶ 名・他サ（物品等）製造，製作，生產
類 生産 生產

1429 ☐☐☐
せいしき
正式
▶ せいしき
▶ 名・形動 正式的，正規的
類 本格 正規

1430 ☐☐☐
せいしょ
清書
▶ せいしょ
▶ 名・他サ 謄寫清楚，抄寫清楚
類 浄書 將原稿重新謄寫好看

□ 税がかかる。
　課税。

▶ 会社員の給料は、所得税などを引いた手取りの額で支払われる。
公司職員的薪資是以扣除所得税等費用後的實領金額支付的。

□ 政界の大物が集まる。
　集結政界的大人物。

▶ 彼は昔、政治記者だったので、政界にはとてもくわしい。
他曾經當過政治記者，因此對政界相當熟悉。

□ 糖尿病は生活習慣病の一つだ。
　糖尿病是文明病之一。

▶ 生活習慣病を予防するためには、毎日の運動が大切です。
生活型態疾病的重要預防方法是養成天天運動的習慣。

□ 税関の検査が厳しくなる。
　海關的檢查更加嚴格。

▶ 空港の税関で身体検査を受けた。
我在機場海關接受身體安檢。

□ 請求に応じる。
　答應要求。

▶ 6000万円の損害賠償の支払いを請求する。
我會要求對方支付6000萬圓的損害賠償金。

□ 整形外科で診てもらう。
　看整形外科。

▶ 美容整形をしてまで、美しくなろうとは思わない。
我沒想過甚至不惜接受醫美整容手術也要讓自己變美。

□ 制限を越える。
　超過限度。

▶ 年齢制限を超えてしまった人でもワーキングホリデーによく似た留学方法があります。
即使是那些已經超過年齡限制的人士，也可以使用一種近似於打工度假的方式留學。

□ 芸術作品を制作する。
　創作藝術品。

▶ 池袋を舞台にした映画を制作して、世界に向けてこの街の魅力を発信したい。
我想製作一部以池袋為背景的電影，向全世界傳達這座城市的魅力。

□ 精密機械を製作する。
　製造精密儀器。

▶ 日本の伝統工芸品を製作する。
製作日本的傳統工藝品。

□ 正式に引退を表明した。
　正式表明引退之意。

▶ 野菜や果物は、正式な手続きをしないと輸出できないことになっている。
蔬菜和水果需先辦理正式的手續，否則無法外銷。

□ ノートを清書する。
　抄寫筆記。

▶ スピーチ原稿を清書する。
將演講稿的原稿重新謄寫清楚。

せ

ぜい〜せいしょ

Check 1 必考單字	高低重音	詞性、類義詞與對義詞
1431 □□□ せいしょうねん **青少年**	せ|いしょうねん	名 青少年 類 若者 年輕人
1432 □□□ せいしん **精神**	せ|いしん	名（人的）精神，心；心神，精力，意志；思想，心意；（事物的）根本精神 類 意欲 積極的衝動和熱情
1433 □□□ せいぜい **精々**	せ|いぜい	副 盡量，盡可能；最大限度，充其量 類 そこそこ 大約…的程度
1434 □□□ せいせき **成績**	せ|いせき	名 成績，效果，成果 類 成果 成果
1435 □□□ せいそう **清掃**	せ|いそう	名・他サ 清掃，打掃 類 洗濯 洗滌
1436 □□□ ⏺T2-06 せいぞう **製造**	せ|いぞう	名・他サ 製造，加工 類 生産 生産
1437 □□□ せいぞん **生存**	せ|いぞん	名・自サ 生存 類 渡世 生活
1438 □□□ ぜいたく **贅沢**	ぜ|いたく	名・形動 奢侈，奢華，浪費，鋪張；過份要求，奢望 類 豪勢 奢侈
1439 □□□ せいちょう **生長**	せ|いちょう	名・自サ（植物、草木等）生長，發育 類 成長 成長
1440 □□□ せいど **制度**	せ|いど	名 制度；規定 類 法律 法律
1441 □□□ せいとう **政党**	せ|いとう	名 政黨 類 派閥 派系

□ 青少年の犯罪をなくす。
消滅青少年的犯罪。

▶ 夏休みには、町で遊んでいる青少年を狙った犯罪が増える。
暑假期間，目標鎖定那些在街上玩耍的青少年的犯罪行為比平常更多。

□ 精神が強い。
意志堅強。

▶ 90才の祖母が元気なのは、きっと精神的に若いからだ。
高齡90的家祖母之所以還能老當益壯，想必該歸功於依然保有年輕的心態。

□ 精々頑張る。
盡最大努力。

▶ 値引きできるにしても、せいぜい20パーセントまでだ。
就算有折扣，頂多只能打到8折。

□ 成績が上がる。
成績進步。

▶ 遊んでばかりいたので、学校の成績が下がって母に叱られた。
因為成天貪玩使得學校成績退步，結果被媽媽罵了一頓。

□ 公園を清掃する。
打掃公園。

▶ 毎年6月に工場周辺道路のガードレール清掃を行っています。
每年6月會清掃一次工廠周邊道路上的護欄。

□ 紙を製造する。
造紙。

▶ 安心できる健康食品を製造し、人々の健康と幸せに貢献できる仕事がしたい。
我想透過生產可以安心食用的健康食品，從事一份能為大眾的健康和幸福有所貢獻的工作。

□ 事故の生存者を収容した。
收容事故的倖存者。

▶ 遭難者のなかにまだ生存している者がいる。
遇難者中還有生還者。

□ ぜいたくな暮らしを送った。
過著奢侈的生活。

▶ 贅沢に育った妹は結婚してからとても苦労している。
向來養尊處優的妹妹在結婚以後可說是吃盡苦頭。

□ 生長が早い。
長得快，發育得快。

▶ この時期の植物の生長は早くて、エ～と思うことがよくあります。
這個時期植物生長的速度很快，快得經常令人感到訝異。

□ 社会保障制度が完備する。
完善的社會保障制度。

▶ 日本の教育制度にはいくつかの問題点があると思います。
我認為日本的教育制度出現幾項問題。

□ 政党政治が展開される。
展開政黨政治。

▶ どこか支持している政党はありますか。
您有支持的政黨嗎？

Check 1 必考單字	高低重音	詞性、類義詞與對義詞
1442 □□□ せいび **整備**	▶ せ<u>いび</u> ▶	名・自他サ 配備，整備；整理，修配； 擴充，加強；組裝；保養 類 維持 維持
1443 □□□ せいふ **政府**	▶ せ<u>いふ</u> ▶	名 政府；內閣，中央政府 かんかい 類 官界 政界
1444 □□□ せいぶん **成分**	▶ せ<u>いぶん</u> ▶	名（物質）成分，元素；（句子）成分； （數）成分 ざいりょう 類 材料 材料
1445 □□□ せいべつ **性別**	▶ せ<u>いべつ</u> ▶	名 性別 くにべつ 類 国別 所屬國籍
1446 □□□ せいほうけい **正方形**	▶ せ<u>いほうけい</u> ▶	名 正方形 ちょうほうけい 類 長方形 長方形
1447 □□□ せいめい **生命**	▶ せ<u>いめい</u> ▶	名 生命，壽命；重要的東西，關鍵， 命根子 じゅみょう 類 寿命 壽命
1448 □□□ せいもん **正門**	▶ せ<u>いもん</u> ▶	名 大門，正門 おおもん 類 大門 正門
1449 □□□ せいりつ **成立**	▶ せ<u>いりつ</u> ▶	名・自サ 產生，完成，實現；成立，組 成；達成 かんせい 類 完成 完成
1450 □□□ せいれき **西暦**	▶ せ<u>いれき</u> ▶	名 西暦，西元 せいき 類 世紀 世紀
1451 □□□ せ お **背負う**	▶ せ<u>おう</u> ▶	他五 背；擔負，承擔，肩負 かつ 類 担ぐ 担，挑
1452 □□□ せき **隻**	▶ せ<u>き</u> ▶	接尾（助數詞用法）計算船，箭，鳥的 單位 りょう 類 輌 計算汽車的單位

□ 車のエンジンを整備する。
保養車子的引擎。

▶ ダムがきちんと整備されておらず、川から水が溢れてくるのです。
水壩的維修不善導致河水氾濫。

□ ひき逃げ事故の被害者に政府が保障する。
政府會保障肇事逃逸事故的被害者。

▶ 今の政府が国民に支持されているとは決して言えない。
目前的政府絕對稱不上受到國民的擁戴。

□ 成分を分析する。
分析成分。

▶ この店の食品には体に悪い成分は含まれていない。
這家店的食品不含對人體有害的成分。

□ 性別を記入する。
填寫性別。

▶ 性別に関係なく、従業員が長く働ける職場環境をつくりましょう。
讓我們一起打造一個能夠讓任何性別的員工都可以長久工作的職場環境。

□ 正方形の用紙を使う。
使用正方形的紙張。

▶ あの部屋には正方形のテーブルが合うのではないでしょうか。
那個房間或許挺適合擺正方形的桌子喔！

□ 生命を維持する。
維持生命。

▶ このような状況において、国民の生命を守る方法は、「内閣総辞職」しかあり得ない。
在這種情況下，能夠守護國民生命安全的唯一方法就只有內閣總辭了。

□ 正門から入る。
從正門進去。

▶ 今日の3時に大学の正門前で待ち合わせましょう。
今天3點在大學正門口碰面吧！

□ 予算案が成立する。
成立預算案。

▶ 国会では、ワクチンの無料接種のための法案が成立をした。
國會為免費接種疫苗成立了法案。

□ 東京オリンピックが西暦2021年です。
東京奧林匹克是在西元2021年。

▶ 生年月日を書くとき、生年は西暦で書いてください。
在寫出生年月日的時候，出生年請以西元年份書寫。

□ 借金を背負う。
肩負債務。

▶ リュックを背負った子どもの後ろ姿ってなんともかわいいですよね。
孩子揹著背包的背影真是太可愛了，您說是吧？

□ 船が2隻停泊している。
兩艘船停靠著。

▶ 訓練のため、3隻の潜水艦が、潜水して航海している。
為進行訓練，3艘潛艦正在海面下航行。

Check 1　必考單字	高低重音	詞性、類義詞與對義詞

1453 ☐☐☐　◎ T2-07 せきたん 石炭	▶ せ|きたん| ▶	名 煤炭 類 炭 炭
1454 ☐☐☐ せきどう 赤道	▶ せ|きどう ▶	名 赤道 類 経度 經度
1455 ☐☐☐ せきにんかん 責任感	▶ せ|きにん|かん ▶	名 責任感 類 問題意識　了解社會中存在的問題 的本質及關心此議題的重要性
1456 ☐☐☐ せき ゆ 石油	▶ せ|きゆ ▶	名 石油 類 灯油 煤油
1457 ☐☐☐ せつ 説	▶ せ|つ ▶	名・漢造 意見，論點，見解；學說；述 說 類 意見 意見
1458 ☐☐☐ せっかく 折角	▶ せ|っかく ▶	名・副 特意地；好不容易；盡力，努 力，拼命的 類 根気 毅力
1459 ☐☐☐ せっきん 接近	▶ せ|っきん ▶	名・自サ 接近，靠近；親密，親近，密 切 類 身近 身邊
1460 ☐☐☐ せっけい 設計	▶ せ|っけい ▶	名・他サ（機械、建築、工程的）設計； 計畫，規則 類 工夫 想方設法
1461 ☐☐☐ せつ 接する	▶ せ|っする ▶	自他サ 接觸；連接，靠近；接待，應酬；連 結，接上；遇上，碰上（或唸：せ|っする） 類 扱う 對待
1462 ☐☐☐ せっせと	▶ せ|っせと ▶	副 拼命地，不停的，一個勁兒地，孜 孜不倦的 類 しきりに 強烈地
1463 ☐☐☐ せつぞく 接続	▶ せ|つぞく ▶	名・自他サ 連續，連接；（交通工具）連 軌，接運 類 溶接 焊接

□ 石炭を燃やす。
燒煤炭。
▶ 私の小学校では、昔、石炭ストーブが使われていた。
我讀的小學從前還用煤炭爐。

□ 赤道を横切る。
穿過赤道。
▶ 実は、暮らしている森は、オーストラリアでも赤道に近い、熱帯の森なんです。
實際上，我居住的森林是位於澳洲的赤道附近的熱帶森林。

□ 責任感が強い。
責任感很強。
▶ 新入社員の鈴木さんは、とても責任感が強い人ですね。
新進職員的鈴木小姐真有責任感呀！

□ 石油を採掘する。
開採石油。
▶ 石油の輸入量は 2000 年から 2018 年の間に 17%減少した。
石油進口量於2000年至2018年間減少了17%。

□ その原因には二つの説があります。
原因有兩種說法。
▶ 惑星に生物がいるかどうかについて、新しい説を唱える。
針對行星上是否存在生物，提出新的學說。

□ せっかくの努力が水の泡になる。
辛苦努力都成泡影。
▶ せっかくスマホを買ったのに、使い方を子どもに聞いても邪魔に扱われてしまい、心が折れてしまう。
興沖沖買了智慧型手機，沒想到問孩子該怎麼用卻被嫌煩，真讓人沮喪。

□ 台風が接近する。
颱風靠近。
▶ 大型台風の接近に伴い、本日は休診とさせていただきます。
隨著大型颱風的接近，診所決定今日休診。

□ ビルを設計する。
設計高樓。
▶ 建築家の先生に設計をお願いして家を建てるのが子どもの頃からの夢でした。
託請建築大師設計建造房子是我從小的夢想。

□ 多くの人に接する。
認識許多人。
▶ 台湾の彼女、今は日本の観光協会につとめていて、緊張のなかで日々観光客に接している。
來自台灣的她，目前任職於日本觀光協會，每天都在緊張的狀態下接待觀光客們。

□ せっせと運ぶ。
拼命地搬運。
▶ 田んぼで、農家の人がせっせと稲の苗を植えている。
田地裡，務農人家正勤奮地插著秧苗。

□ 文と文を接続する。
把句子跟句子連接起來。
▶ ネットの接続が遅い。
網路跑得很慢。

せ｜せきたん～せつぞく

Check 1 必考單字	高低重音	詞性、類義詞與對義詞
1464 □□□ せつび 設備	▶ せつび	▶ 名・他サ 設備，裝設 類 装備 裝備
1465 □□□ ぜつめつ 絶滅	▶ ぜつめつ	▶ 名・自他サ 滅絕，消滅，根除 類 根絶 根除
1466 □□□ せ と もの 瀬戸物	▶ せともの	▶ 名 陶瓷品 類 磁器 瓷器
1467 □□□ ぜ ひ 是非とも	▶ ぜひとも	▶ 副（是非的強調說法）一定，無論如何，務必（或唸：ぜひとも） 類 無論 當然
1468 □□□ せま 迫る	▶ せまる	▶ 自五・他五 強迫，逼迫，臨近，迫近；變狹窄，縮短；陷於困境，窘困 類 強いる 強迫
1469 □□□ ⊙ T2-08 ゼミ	▶ ゼミ	▶ 名（跟著大學裡教授的指導）課堂討論；研究小組，研究班 類 レッスン 課程
1470 □□□ せめて	▶ せめて	▶ 副（雖然不夠滿意，但）那怕是，至少也，最少 類 なんとか 總算，勉強
1471 □□□ せ 攻める	▶ せめる	▶ 他下一 攻，攻打 類 やっつける 撃敗
1472 □□□ せ 責める	▶ せめる	▶ 他下一 責備，責問；苛責，折磨，摧殘；嚴加催討；馴服馬匹 類 どなる 大聲喊叫
1473 □□□ セメント	▶ セメント	▶ 名 水泥 せきざい 類 石材 石材
1474 □□□ せりふ 台詞	▶ せりふ	▶ 名 台詞，念白；（貶）使人不快的說法，說辭 だいし 類 台詞 台詞

□ 設備が整う。
設備完善。
▶ このマンションは設備がオートロック、エレベーター、防犯カメラなど充実しており、お勧めです。
這棟大廈的設備完善，包括自動門鎖、電梯以及監視器，十分推薦。

□ 絶滅の危機に瀕する。
瀕臨絶種。
▶ 世界各地を飛び回り、絶滅の危機に瀕した野生動物の姿を写真におさめる。
在世界各地飛來飛去，到處拍攝瀕危野生動物的照片。

□ 瀬戸物を紹介する。
介紹瓷器。
▶ これは祖母が昔から大事にしていた瀬戸物の茶碗です。
這是奶奶珍藏多年的瓷碗。

□ 是非ともお願いしたい。
務必請您（幫忙）。
▶ 命を守る、働く人のルールを作りたい。この仕事をぜひとも私にやらせてください。
我要為致力於守護生命的那些人制訂足以保護他們的規章！請務必將這項任務交付給我！

□ 危険が迫る。
危險迫近。
▶ 新型コロナウイルスで、医療や介護の働き手の待遇が悪化して、医療崩壊が目前に迫っている。
新型冠狀病毒肆虐，造成醫療及照護的從業人員身陷水深火熱之中，醫療系統頻臨崩潰。

□ ゼミの論文が掲載された。
登載研究小組的論文。
▶ ゼミの発表のテーマが決まらない時は、教授に相談するのが一番です。
當遲遲無法決定在專題報告課程中應該準備什麼主題的時候，最好的辦法就是找教授商量。

□ せめてもう一度受けなさい。
至少再報考一次吧！
▶ 何もいらないが、せめてお礼ぐらいは言ってほしかった。
雖說不求回報，至少希望聽到一句道謝。

□ 城を攻める。
攻打城池。
▶ 敵チームの油断をつき、内野を攻める打球で逆転した。
抓住敵隊疏忽的空檔，朝內野擊出一球而逆轉了局勢。

□ 失敗を責める。
責備失敗。
▶ 1日の終わり、寝る前に、自分を褒める。自分で自分を責めるより、褒める方がずっといいに決まってる。
在一天結束的臨睡前要誇獎自己。自我誇獎遠比自我責備來得好多了。

□ セメントを塗る。
抹水泥。
▶ 工事に使う大量のセメントを積んだトラックが到着した。
裝載著大量工地所需水泥的卡車抵達了。

□ せりふをとちる。
念錯台詞。
▶ アニメ「鬼滅の刃」の名言・セリフ・心に残る言葉をまとめています。
我把動漫《鬼滅之刃》裡面的名言、台詞以及令人難忘的句子彙整在這裡。

せ｜せつび～せりふ

Check 1 必考單字	高低重音	詞性、類義詞與對義詞
1475 □□□ せろん・よろん **世論・世論**	せろん・よろん	名 世間一般人的意見，民意，輿論 類 時論 輿論
1476 □□□ せん **栓**	せん	名 栓，塞子；閥門，龍頭，開關；阻 塞物 類 カバー 套子
1477 □□□ せん **船**	せん	漢造 船 類 船舶 泛指各種船
1478 □□□ ぜん **善**	ぜん	名・漢造 好事，善行；善良；優秀，卓 越；妥善，擅長；關係良好 類 良い 良好的 對 悪 不正，邪惡
1479 □□□ ぜんいん **全員**	ぜんいん	名 全體人員 類 衆人 眾人
1480 □□□ せん ご **戦後**	せんご	名 戰後 類 終戦後 戰爭結束後
1481 □□□ ぜん ご **前後**	ぜんご	名・自サ・接尾（空間與時間）前和後， 前後；相繼，先後；前因後果 類 表裏 表裡
1482 □□□ せんこう **専攻**	せんこう	名・他サ 專門研究，專修，專門 類 研究 研究
1483 □□□ ぜんこく **全国**	ぜんこく	名 全國 類 国じゅう 全國各地
1484 □□□ ぜんしゃ **前者**	ぜんしゃ	名 前者 類 他方 其他方面
1485 □□□ せんしゅ **選手**	せんしゅ	名 選拔出來的人；選手，運動員 類 プレーヤー 選手

□ 世論を反映させる。 反應民意。	世論は政治を動かす力になる。国を変えることもできる。 輿論會成為推動政治的力量，也能夠改革國家。
□ 栓を抜く。 拔起塞子。	みんな集まったらワインの栓を抜いて乾杯しよう。 如果大家都到齊了，那就開紅酒一同舉杯吧！
□ 旅客船が沈没した。 客船沉沒了。	大型客船で、横浜からシンガポールまでの船旅を楽しんだ。 真期待搭乘大型郵輪從橫濱到新加坡的航行之旅。
□ 善は急げ。 好事不宜遲。	「善は急げ」ということわざがある。すぐに取りかかろう。 有句俗話叫「打鐵趁熱」，所以馬上動手吧！
□ 全員参加する。 全體人員都參加。	全員そろってから出発しますので、時間に遅れないように。 屆時需等全員到齊才能出發，千萬別遲到了。
□ 戦後の発展がめざましい。 戰後的發展極為出色。	この発見は、戦後の急速な肺結核患者の死亡率の減少に結びつきました。 這項發現與二戰結束後肺結核病患死亡率的降低息息相關。
□ 前後を見回す。 環顧前後。	課長になってから、帰宅時間が毎晩 1 時前後である。 當上課長之後，每天都到半夜一點左右才回到家。
□ 社会学を専攻する。 專修社會學。	音楽を専攻している 3 名の女子大生が路上ライブをしている。 3 名主修音樂的女大學生正在做街頭表演。
□ 全国を巡る。 巡迴全國。	昨日は雨でしたが、明日は全国的によく晴れるでしょう。 昨天雖然下了雨，不過明天全國各地都將是晴朗的好天氣。
□ 前者を選ぶ。 選擇前者。	国内産の肉と輸入肉とでは、前者の方が高いが売れている。 國內生產的肉品和進口肉品，以前者價格較高。
□ 代表選手に選ばれる。 被選為代表選手。	将来はサッカー選手になりたいという子どもが増えてきた。 長大以後想當足球選手的孩童越來越多了。

せ｜せろん～せんしゅ

285

Check 1 必考單字	高低重音	詞性、類義詞與對義詞
1486 □□□ ◎T2-09 ぜんしゅう **全集**	► ぜんしゅう	► 名 全集 類 シリーズ 系列
1487 □□□ ぜんしん **全身**	► ぜんしん	► 名 全身 類 渾身 渾身
1488 □□□ ぜんしん **前進**	► ぜんしん	► 名・他サ 前進 類 進む 前進
1489 □□□ せん す **扇子**	► せんす	► 名 扇子 類 うちわ 團扇
1490 □□□ せんすい **潜水**	► せんすい	► 名・自サ 潛水 類 浸水 進水
1491 □□□ せんせい **専制**	► せんせい	► 名 專制，獨裁；獨斷，專斷獨行 類 ワンマン 獨裁者
1492 □□□ せんせんげつ **先々月**	► せんせんげつ	► 接頭 上上個月，前兩個月 類 先月 上個月
1493 □□□ せんせんしゅう **先々週**	► せんせんしゅう	► 接頭 上上週 類 先週 上週
1494 □□□ せん ぞ **先祖**	► せんぞ	► 名 始祖；祖先，先人 類 先人 祖先
1495 □□□ **センター**	► センター	► 名 中心機構；中心地，中心區；(棒球)中場 類 中心 空間位置的中心
1496 □□□ ぜんたい **全体**	► ぜんたい	► 名・副 全身，整個身體；全體，總體；根本，本來；究竟，到底 類 全面 全面

□ 世界美術全集を揃える。 せかいびじゅつぜんしゅうそろ 搜集全世界美術史全套。	► ある作家について研究したくなったので、その作家の全集を買った。 さっかけんきゅうさっか ぜんしゅうか 基於希望深入研究某位作家的理由，買下了該作家的作品全集。
□ 症状が全身に広がる。 しょうじょうぜんしんひろ 症狀擴散到全身。	► 突然の大雨で、傘を持っていない私は全身ぬれてしまった。 とつぜんおおあめかさもわたしぜんしん 突如其來的一場大雨，使得沒帶傘的我淋得渾身濕透。
□ 解決に向けて一歩前進する。 かいけつむいっぽ ぜんしん 朝解決方向前進一步。	► 人はみな悩みながらも夢に向かって前進し続けるのだ。 ひとなやゆめむぜんしんつづ 大家都是在煩惱不安中，仍持續朝著夢想前進的。
□ 扇子であおぐ。 せんす 用扇子搧風。	► 久しぶりに着物を着て、母にもらった扇子を帯に差した。 ひさきものきははせんすおびさ 穿上久違的和服，將家母給的扇子插在了腰帶裡。
□ 潜水艦が水中を潜航する。 せんすいかんすいちゅうせんこう 潛水艇在水中潛行。	► 海女は短時間で多くの潜水回数をこなしたり、深い場所に潜ることができる。 あまたんじかんおおぜんすいかいすうふかばしょもぐ 海女不僅能在短時間內多次潛入水中，還能夠潛入深海。
□ 専制政治が倒れた。 せんせいせいじたお 獨裁政治垮台了。	► 東ドイツはとても現代的な専制政治だったともいえるでしょう。 ひがしげんだいてきぜんせいせいじ 換言之，東德施行過相當現代化的專政體制。
□ 先々月の下旬に伊豆に行った。 せんせんげつげじゅん いずい 上上個月的下旬去了伊豆。	► 先々月、駅前に売り出したマンションは、すでに完売だそうだ。 せんせんげつえきまえうだかんばい 聽說，上上個月剛推出的那個位於車站前的大廈建案，現在已經銷售一空了。
□ 先々週から痛みが強くなった。 せんせんしゅういたつよ 上上週開始疼痛加劇。	► 先々週、富士山に登ったが、所々にまだ雪が残っていた。 せんせんしゅうふじさんのぼところどころゆきのこ 上上週我去爬了富士山，不少地方還有未融的殘雪。
□ 先祖の墓がある。 せんぞはか 祖先的墳墓。	► お墓参りを終えた父が我が家の先祖について話してくれた。 はかまいおちちわやせんぞはな 掃完墓之後，爸爸告訴我關於祖先的事蹟。
□ 国際交流センターが設置される。 こくさいこうりゅうせっち 設立國際交流中心。	► 大学の留学生センターで、就職について相談してみよう。 だいがくりゅうがくせいしゅうしょくそうだん 建議你不妨到大學附設的留學中心諮詢求職相關資訊。
□ 全体に関わる問題。 ぜんたいかかもんだい 和全體有關的問題。	► この地区全体は、喫煙や放置自転車が禁止されている。 ちくぜんたいきつえんほうちじてんしゃきんし 本地全區禁止吸菸和隨意停放單車。

Check 1 必考單字	高低重音	詞性、類義詞與對義詞
1497 □□□ せんたく **選択**	せんたく	名・他サ 選擇，挑選 類 選挙 選舉
1498 □□□ せんたん **先端**	せんたん	名 頂端，尖端；時代的尖端，時髦，流行，前衛 類 頂上 頂點
1499 □□□ せんとう **先頭**	せんとう	名 前頭，排頭，最前列 類 最前 最前面
1500 □□□ ぜんぱん **全般**	ぜんぱん	名 全面，全盤，通盤 類 一般 普遍
1501 □□□ せんめん **洗面**	せんめん	名・他サ 洗臉 類 洗顔 洗臉
1502 □□□ T2-10 ぜんりょく **全力**	ぜんりょく	名 全部力量，全力；（機器等）最大出力，全力 類 一生懸命 拼命的
1503 □□□ せんれん **洗練**	せんれん	名・他サ 精錬，講究 類 修練 鍛錬；稽古 學習
1504 □□□ せんろ **線路**	せんろ	名 （火車、電車、公車等）線路；（火車、有軌電車的）軌道 類 レール 軌道
1505 □□□ そ **沿い**	そい	接尾 順，延 類 川沿い 河邊
1506 □□□ ぞう **象**	ぞう	名 大象 類 犀 犀牛
1507 □□□ そう い **相違**	そうい	名・自サ 不同，懸殊，互不相符 類 違い 差異

□ 選択に迷う。
不知選哪個好。

▶ 未来は「正しい選択」をAIが提示し、「面白い選択」を人間が提示することになるでしょう。
可想未來將成為由AI提供正確的選擇，而人類則提出有意思的選項吧。

□ 流行の先端を行く。
走在流行尖端。

▶ ここは先端科学について直接学ぶ機会を提供しています。
這裡提供能夠第一手學習尖端科學的機會。

□ 先頭に立つ。
站在先鋒。

▶ 彼女はどんな仕事でも嫌がらず先頭に立って働く。
她面對任何工作從不拒絕，總是率先垂範。

□ 生活全般にわたる。
遍及所有生活的方方面面。

しっかりしてる人って、スポーツ全般が得意な人が多いです。
自律又堅強的人，通常運動神經也都很發達。

□ 洗面台が詰まった。
洗臉台塞住了。

▶ 壊れた洗面台を直したい。我が家に新しい洗面台がやってきた。
我想把壞掉的洗臉盆修好。接著，一個嶄新的洗臉盆送到了我家。

□ 全力を挙げる。
不遺餘力。

チームがもう一段上に行くためには、みんなで全力で戦うしかない。
為了讓本隊晉級，大家必須竭盡全力決一死戰！

□ あの人の服装は洗練されている。
那個人的衣著很講究。

▶ 王子の優雅な仕草、洗練された服装に目を奪われました。
王子優雅的舉止、講究的服裝，吸引了我的目光。

□ 線路を敷く。
鋪軌道。

線路付近の土地が安いです。やはり、音や安全面での格安なのかな。
鐵路周遭的土地較為便宜。是不是由於噪音和安全性的考量導致地價低廉呢？

□ 線路沿いに歩く。
沿著鐵路走路。

▶ 線路沿いにある出窓からは、電車がゆっくりと走る姿が見えます。
從面向鐵路的飄窗可以看見火車緩緩駛過的景象。

□ アフリカ象は絶滅の危機にある。
非洲象面臨滅亡的危機。

▶ 象は、どんなに柔らかい物でも鼻で上手につかむことができる。
即使是再柔軟的東西，大象也都能靈巧地使用鼻子捲起來。

□ 事実と相違がある。
與事實不符。

▶ 夫婦にしては年齢の相違が甚だしい。
以夫妻而言，這兩人的年齡差距相當大。

Check 1 必考單字	高低重音	詞性、類義詞與對義詞
1508 ☐☐☐ そう言えば	そういえば	他五 這麼說來，這樣一說 類 ところで 話說…
1509 ☐☐☐ そうおん 騒音	そうおん	名 噪音；吵雜的聲音，吵鬧聲 類 騒ぎ 吵鬧
1510 ☐☐☐ ぞう か 増加	ぞうか	名・自他サ 增加，增多，增進 類 増量 增加份量
1511 ☐☐☐ ぞうきん 雑巾	ぞうきん	名 抹布 類 モップ 拖把
1512 ☐☐☐ ぞうげん 増減	ぞうげん	名・自他サ 增減，增加 類 加減 加法和減法
1513 ☐☐☐ そう こ 倉庫	そうこ	名 倉庫，貨棧 類 貯蔵庫 儲藏室
1514 ☐☐☐ そう ご 相互	そうご	名 相互，彼此；輪流，輪班；交替，交互 類 互い 彼此
1515 ☐☐☐ そう さ 操作	そうさ	名・他サ 操作（機器等），駕駛；（設法）安排，（背後）操縱 類 運転 駕駛
1516 ☐☐☐ そうさく 創作	そうさく	名・他サ（文學作品）創作；捏造（謊言）；創新，創造 類 著作 著作
1517 ☐☐☐ ぞうさつ 増刷	ぞうさつ	名・他サ 加印，增印 類 再版 再版
1518 ☐☐☐ そうしき 葬式	そうしき	名 葬禮 類 告別式 告別式

□ そう言えばあの件
　はどうなった。
　這樣一說，那件事怎麼
　樣了？

▶ そういえば聞いたことがある。
這麼說來我好像在哪兒聽過。

□ 騒音がひどい。
　噪音干擾嚴重。

▶ ここに引っ越して来てからずっと上階の子どもの騒音に悩まされている。
自從搬到這裡以後，我一直為了樓上小孩製造的噪音而苦惱。

□ 人口が増加する。
　人口增加。

▶ 高齢人口は増加する一方、生産年齢人口は減少傾向にあります。
在高齡人口持續增加的同時，勞動年齡人口卻在持續減少。

□ 雑巾で拭く。
　用抹布擦拭。

▶ 明日は教室の大掃除をするので、全員雑巾を持ってきなさい。
明天要進行教室大掃除，所有的同學都要帶抹布來。

□ 売り上げは月によって増減がある。
　銷售因月份有所增減。

▶ 人口の増減を調べる。
進行人口增多和減少的調查。

□ 倉庫にしまう。
　存入倉庫。

▶ 今は使わないけど後々必要となりそうなものは倉庫に入れておきましょう。
把一些現在暫時用不到、但是以後可能會需要的東西收進倉庫裡吧！

□ 相互に依存する。
　互相依賴。

▶ 人は話し合いにより相互理解を深めるものなのだ。
人們藉由交談來加深對彼此的理解。

□ ハンドルを操作する。
　操作方向盤。

▶ この方法なら、パソコンをはじめとする機械操作が苦手だという人でも安心です。
只要用這種方法，即便是那些不擅長操作包括電腦在內的各種機器的人，也能夠安心使用。

□ 創作に専念する。
　專心從事創作。

▶ 音楽を創作しよう。
來創作音樂吧！

□ 本が増刷になった。
　書籍加印。

▶ 在庫切れだった写真集を増刷することになる。
銷售一空的寫真集決定再版了。

□ 葬式を出す。
　舉行葬禮。

▶ 今回はコロナで葬儀が心配でしたが小さなお葬式という形式が利用できて良かったです。
這次由於新冠病毒疫情，原本擔心該如何舉行葬禮，所幸得到幫忙安排小型葬禮的形式，真是太好了。

そ｜そういえば～そうしき

Check 1 必考單字	高低重音	詞性、類義詞與對義詞
1519 □□□ ぞうすい **増水**	ぞうすい	名・自サ 氾濫，漲水 類 洪水 洪水
1520 □□□ ⊙T2-11 ぞうせん **造船**	ぞうせん	名・自サ 造船 類 建艦 建造軍艦
1521 □□□ そうぞう **創造**	そうぞう	名・他サ 創造 類 造作 修建
1522 □□□ そうぞう **騒々しい**	そうぞうしい	形 吵鬧的，喧囂的，宣嚷的；（社會 上）動盪不安的 類 やかましい 吵鬧
1523 □□□ そうぞく **相続**	そうぞく	名・他サ 承繼（財產等） 類 継承 繼承
1524 □□□ ぞうだい **増大**	ぞうだい	名・自他サ 增多，增大 類 激増 暴增
1525 □□□ そう ち **装置**	そうち	名・他サ 裝置，配備，安裝；舞台裝置 類 設置 設置
1526 □□□ **そうっと**	そうっと	副 悄悄地（同「そっと」） 類 ひそか 偷偷的
1527 □□□ そうとう **相当**	そうとう	名・自サ・形動 相當，適合，相稱；相當 於，相等於；值得，應該；過得去， 相當好；很，頗 類 かなり 相當
1528 □□□ そうべつ **送別**	そうべつ	名・自サ 送行，送別 類 餞別 臨別時贈送禮物或金錢
1529 □□□ そう り だいじん **総理大臣**	そうりだいじん	名 總理大臣，首相 類 大統領 總統

□ 川が増水して危ない。
河川暴漲十分危險。

▶ 川の増水で橋が流されている。
河川水量暴漲導致橋面被沖走沖毀。

□ タンカーを造船する。
造油輪。

▶ 造船業界の多くの会社は、新卒者を対象とした定期採用を行っています。
許多造船業界的公司都會定期招聘應屆畢業生。

□ 創造力がある。
很有創意。

▶ 夜型人間は創造力が豊か？
夜貓子型的人創造力較為豐富嗎？

□ 世間が騒々しい。
世上騷亂。

▶ 国会議員の選挙が近づき、国中が騒々しくなってきた。
隨著國會議員選舉的接近，鑼鼓喧天的造勢活動相繼於全國各地展開。

□ 財産を相続する。
繼承財產。

▶ 誰が遺産を相続するの？
誰會來繼承遺產呢？

□ 予算が増大する。
預算大幅增加。

▶ 費用の増大を抑える。
抑制費用不再增加。

□ 暖房を装置する。
安裝暖氣。

▶ 自動車に安全運転装置を設置する。
汽車搭載了安全駕駛的設備。

□ 秘密をそうっと打ち明ける。
把秘密悄悄地傳出去。

▶ 音を立てないようそうっとドアを閉める。
盡可能不發出聲響的把門關上。

□ 能力相当の地位を与える。
授予和能力相稱的地位。

▶ 彼女は相当な給料をもらっている。
她領著高額的薪資。

□ 同僚の送別会を開く。
幫同事舉辦送別派對。

▶ あなたが出発する前に送別会を開こう。
出發之前，讓我們來為你辦一場歡送會吧！

□ 内閣総理大臣に任命される。
任命為首相。

▶ 次の総理大臣に適当な政治家は彼しかいないと思います。
我認為適合接任下屆首相的政治家非他莫屬。

Check 1 必考單字	高低重音	詞性、類義詞與對義詞
1530 □□□ ぞく 属する	ぞくする	**自サ** 屬於，歸於，從屬於；隸屬，附屬 **類** 添う 增添
1531 □□□ ぞくぞく 続々	ぞくぞく	**副** 連續，紛紛，連續不斷地 **類** どんどん 連續不斷
1532 □□□ そくてい 測定	そくてい	**名・他サ** 測定，測量 **類** 計測 測量
1533 □□□ そくりょう 測量	そくりょう	**名・他サ** 測量，測繪 **類** 計量 測量
1534 □□□ そくりょく 速力	そくりょく	**名** 速率，速度 **類** 速度 速度
1535 □□□ そ しき 組織	そしき	**名・他サ** 組織，組成；構造，構成； （生）組織；系統，體系 **類** 集団 集體，集團
1536 □□□ そ しつ 素質	そしつ	**名** 素質，本質，天分，天資 **類** 天賦 天賦
1537 □□□ そ せん 祖先	そせん	**名** 祖先 **類** 鼻祖 創始人
1538 □□□ そそ 注ぐ	そそぐ	**自五・他五**（水不斷地）注入，流入； （雨、雪等）落下；（把液體等）注入，倒入；澆，灑 **類** 入れる 倒入熱水沖泡
1539 □□□ ◎T2-12 そそっかしい	そそっかしい	**形** 冒失的，輕率的，毛手毛腳的，粗心大意的 **類** おっちょこちょい 冒失
1540 □□□ そつぎょうしょうしょ 卒業証書	そつぎょう しょうしょ	**名** 畢業證書 **類** 免許証 執照

□ 虎はネコ科に属する。
老虎屬於貓科。

▶ 総務部に属する。
隸屬於總務部。

□ 続々と入場する。
紛紛入場。

▶ 土石流が発生し、救助要請が続々と入っている。
土石流災害發生後不斷接到求援電話。

□ 体力を測定する。
測量體力。

▶ 体重を落としたいと思って、毎日体重を測定するようになった。
想要減重，便養成每天量體重的習慣。

□ 土地を測量する。
測量土地。

▶ エンジニアたちはドローンを飛ばして山の高さを測量している。
工程師們正在操作空拍機測量山的高度。

□ 速力を上げる。
加快速度。

▶ 船は港を出発してから少しずつ速力を上げて進んだ。
船駛出碼頭之後漸漸加速前進。

□ 労働組合を組織する。
組織勞動公會。

▶ 警察の厳しい尋問を受けても、組織の秘密を喋らなかった。
即便受到警方的嚴苛盤問，他也沒有說出組織的秘密。

□ 素質に恵まれる。
具備天分。

▶ この子はまだ5歳だが、確かに画家の素質があります。
這個孩子雖然才5歲，但已經具備畫家的素質了。

□ 祖先から伝わる。
從祖先代代流傳下來。

▶ 夏休みは祖先の墓参りのために国に帰るつもりです。
暑假我打算回鄉祭拜祖墳。

□ 水を注ぐ。
灌入水。

▶ この中華スープは、お湯を注いで混ぜるだけ、簡単に出来上がるよ。
這道中式湯品只要加熱水攪拌，即可輕鬆完成喔！

□ そそっかしい人に忘れ物が多い。
冒失鬼經常忘東忘西的。

▶ 私はそそっかしい性格で、よく忘れ物をします。
我的個性冒失，時常忘東忘西的。

□ 卒業証書を受け取る。
領取畢業證書。

▶ 卒業証書を受け取る時はみんなとても緊張していました。
領取畢業證書的那個時候，大家都非常緊張。

そ｜ぞくする～そつぎょうしょうしょ

Check 1　必考單字	高低重音	詞性、類義詞與對義詞

1541 □□□ そっちょく 率直	▶ そっちょく ▶	形動 坦率，直率 類 実相 實際情況
1542 □□□ そな 備える	▶ そなえる ▶	他下一 準備，防備；配置，裝置；天生具備 類 備わる 具備
1543 □□□ そのころ	▶ そのころ ▶	接 當時，那時 類 そのとき 那時
1544 □□□ そのため	▶ そのため ▶	接 (表原因)正是因為這樣… 類 そのせいで 因為這樣
1545 □□□ そのまま	▶ そのまま ▶	副 照樣的，按照原樣；(不經過一般順序、步驟)就那樣，馬上，立刻；非常相像 類 じっと 一動也不動
1546 □□□ そ ば や 蕎麦屋	▶ そばや ▶	名 蕎麥麵店 類 立ち食いそば 站著食用的蕎麥麵店
1547 □□□ そ まつ 粗末	▶ そまつ ▶	名・形動 粗糙，不精緻；疏忽，簡慢；糟蹋 類 乱暴 粗糙
1548 □□□ そ 剃る	▶ そる ▶	他五 剃(頭)，刮(臉) 類 取る 拿取
1549 □□□ それでも	▶ それでも ▶	接續 儘管如此，雖然如此，即使這樣 類 しかし 可是
1550 □□□ それなのに	▶ それなのに ▶	他五 雖然那樣，儘管如此 類 ところが 可是
1551 □□□ それなら	▶ それなら ▶	他五 要是那樣，那樣的話，如果那樣 類 それでは 那麼

□ 率直な意見を聞き
たい。
想聽坦然直率的意見。

▶ 率直に言うと、この映画嫌い。全く面白くない。
坦白說，我討厭這部電影，根本沒意思！

□ 地震に備える。
地震災害防範。

▶ 地震に備えて家具を固定し、水や保存食を用意する。
地震的防範措施包括將家具固定於牆面或地面，以及備妥飲用水與緊急糧食。

□ そのころはちょう
ど移動中でした。
那時正好在移動中。

▶ 今から20年前、そのころどんな歌が流行していたかなあ。
距今20年前的那個時代，不曉得流行什麼樣的歌曲呢？

□ そのため電話に出
られませんでした。
因為這樣所以沒辦法接電話。

▶ 台風が何度も上陸した。そのため、野菜の値段が高くなった。
颱風接二連三登陸，蔬菜價格因而隨之飆高。

□ そのまま食べる。
就那樣直接吃。

▶ お正月に祖父母からもらったお年玉を、そのまま貯金した。
我把過年時向爺爺奶奶領到的紅包原原本本地存起來了。

□ 蕎麦屋で昼食を取
る。
在蕎麥麵店吃中餐。

▶ 午前中の仕事がひと段落したので、以前から気になっていた蕎麦屋へ行ってみよう。
既然早上的工作告一段落了，那就一起去我一直很想嘗鮮的那家蕎麥麵店吧！

□ 粗末な食事をとる。
粗茶淡飯。

▶ 図書館の本などの公共の物を、粗末に扱ってはいけない。
不可以不愛惜公用物品，例如圖書館的藏書。

□ ひげを剃る。
刮鬍子。

▶ 理髪店で髭を剃ってもらったら、とてもさっぱりした。
在理髮店請師傅刮了鬍子，頓時變得清爽極了。

□ それでもまだ続ける。
即使這樣，還是持續下去。

▶ A大学は難しい。それでも私はがんばって受験したい。
A大學很難考。儘管如此，我還是想努力看看。

□ それなのにこの対
応はひどい。
儘管如此，這樣的應對真是太差勁了。

▶ 昨日はいい天気だった。それなのに1日中家にいた。
昨天天氣晴朗，我卻整天都待在家裡不出門。

□ それならこうすれ
ばいい。
那樣的話，這樣做就可以了。

▶ それなら、これでいいです。
那樣的話，這樣就可以了。

そ｜そっちょく～それなら

297

Check 1 / 必考單字	高低重音	詞性、類義詞與對義詞

1552 ☐☐☐
それなり
▶ それなり ▶
名・副 恰如其分；就那樣
類 うってつけ 合適的

1553 ☐☐☐
逸れる（そ）
▶ それる ▶
自下一 偏離正軌，歪向一旁；不合調，走調；走向一邊，轉過去
類 外す（はず） 錯失

1554 ☐☐☐
そろばん
▶ そろばん ▶
名 算盤，珠算
類 電卓（でんたく） 電子計算機

1555 ☐☐☐
損（そん）
▶ そん ▶
名・自サ・形動・漢造 虧損，賠錢；吃虧，不划算；減少；損失
類 損害（そんがい） 損失

1556 ☐☐☐
損害（そんがい）
▶ そんがい ▶
名・他サ 損失，損害，損耗
類 弊害（へいがい） 弊病

1557 ☐☐☐ T2-13
存在（そんざい）
▶ そんざい ▶
名・自サ 存在，有；人物，存在的事物；存在的理由，存在的意義
類 実存（じつぞん） 真實存在

1558 ☐☐☐
損失（そんしつ）
▶ そんしつ ▶
名・自サ 損害，損失
類 欠損（けっそん） 欠缺

1559 ☐☐☐
存ずる・存じる（ぞん）（ぞん）
▶ ぞんずる・ぞんじる ▶
自他サ 有，存，生存；在於
類 知る（し） 知道

1560 ☐☐☐
存続（そんぞく）
▶ そんぞく ▶
名・自他サ 繼續存在，永存，長存
類 保存（ほぞん） 保存

1561 ☐☐☐
尊重（そんちょう）
▶ そんちょう ▶
名・他サ 尊重，重視
類 尊敬（そんけい） 尊敬

1562 ☐☐☐
損得（そんとく）
▶ そんとく ▶
名 損益，得失，利害
類 得失（とくしつ） 得失

□ 良い物はそれなり
に高い。
一分錢一分貨。

▶ 現実的ではないけれど、それなりに楽しいドラマだった。
儘管劇情超乎現實，倒也算得上是一部精彩的影集。

□ 話がそれる。
話離題了。

▶ 台風の進路は予定のコースを逸れ、関東地方にまっすぐ向かっていきました。
颱風行進的方向偏離了預測路徑，直接撲向了關東地區。

□ そろばんを弾く。
打算盤；計較個人利益。

▶ 兄は子どもの頃そろばんを習っていたので今も計算が得意だ。
哥哥從小就學珠算，現在同樣擅長算數。

□ 損をする。
吃虧。

▶ 長い目で考えると、これは損にはならない。
若以長遠的眼光來看，這麼做並不會有任何損失。

□ 損害を与える。
造成損失。

▶ コロナの影響で、大きな損害を受けている。
因新冠肺炎的影響，遭受了巨大的損失。

□ 級友から存在を無視された。
同學無視他的存在。

▶ 仲間の存在は大きい。
夥伴的重要性非同小可。

□ 損失を被る。
蒙受損失。

▶ 仕事でミスをして10万円の損失を出してしまいました。
因工作的失誤，虧損了10萬圓。

□ よく存じております。
完全了解。

▶ その件は存じております。
這件事我是知道的。

□ 存続を図る。
謀求永存。

▶ 会社の存続がかかっていることを経営者がやらなくて誰がやるんだ。
公司的生死存亡，如果不是管理階層負責，那該由誰負責？

□ 人権を尊重する。
尊重人權。

▶ 人はどんな状態になっても尊重に値する。
不管這個人處於什麼狀態，都應該被尊重的。

□ 損得抜きで付き合う。
不計得失地交往。

▶ 損得ばかり考えていると、「損した」「得した」に振り回されてしまいます。
如果滿腦子計較得失，就會受到「得」與「失」的擺布操控。

Check 1　必考單字	高低重音	詞性、類義詞與對義詞
1563 □□□ た **他**	► たｌ	► 名・漢造 其他，他人，別處，別的事物；他心二意；另外 類 ほか　別的，其他
1564 □□□ た **田**	► たｌ	► 名 田地；水稻，水田 類 畑　旱田
1565 □□□ だい **大**	► だｌい	► 名・漢造（事物、體積）大的；量多的；優越，好；宏大，大量；宏偉，超群 類 特大　特別大的
1566 □□□ だい **題**	► だｌい	► 名・自サ・漢造 題目，標題；問題；題辭 類 題名　書籍或作品的標題
1567 □□□ だい **第**	► だｌい	► 漢造 順序；考試及格，錄取；住宅，宅邸 類 順序　順序
1568 □□□ だい **代**	► だｌい	► 名・漢造 代，輩；一生，一世；代價 類 世代　世代
1569 □□□ たいいく **体育**	► たｌいいく	► 名 體育；體育課 類 体操　體操
1570 □□□ だいいち **第一**	► だｌいいち	► 名・副 第一，第一位，首先；首屈一指的，首要，最重要 類 一番　第一
1571 □□□ たいおん **体温**	► たｌいおん	► 名 體溫 類 平熱　正常體溫
1572 □□□ たいかい **大会**	► たｌいかい	► 名 大會；全體會議 類 会合　聚會
1573 □□□ たいかくせん **対角線**	► たｌいかくｌせん	► 名 對角線（或唸：たｌいかくせん） 類 斜線　斜線

□ 他_たに例_{れい}を見_みない。
未見他例。
▶ これは企業_{きぎょう}秘密_{ひみつ}なので、他社_{たしゃ}の人_{ひと}にもらさないように。
這是企業機密，千萬不可洩漏出去讓其他公司的員工獲知。

□ 田_たを耕_{たがや}す。
耕種稻田。
▶ 電車_{でんしゃ}の窓_{まど}から太陽_{たいよう}の光_{ひかり}を受_うけて輝_{かがや}く緑_{みどり}の田_たが見_みえた。
從電車的車窗看出去，映入眼簾的是在陽光照耀下閃閃發亮的翠綠農田。

□ 1月_{がつ}は大_{だい}の月_{つき}だ。
一月是大月。
▶ 街頭_{がいとう}演説_{えんぜつ}で、社会福祉_{しゃかいふくし}の充実_{じゅうじつ}を、声_{こえ}を大_{だい}にして叫_{さけ}ぶ。
在街頭演講中高聲吶喊：「增進社會福祉！」。

□ 題_{だい}が決_きまる。
訂題。
▶ 私自身_{わたしじしん}が自分_{じぶん}の小説_{しょうせつ}の題_{だい}をつけるときには、いつも「人_{ひと}を驚_{おどろ}かせよう」と考_{かんが}えている。
每當我為自己的小說命名時，總是希望想個「驚世駭俗」的標題。

□ 第_{だい}5回_{かい}大会_{たいかい}を開催_{かいさい}する。
召開第5次大會。
▶ 今度_{こんど}の試験_{しけん}の範囲_{はんい}は、教科書_{きょうかしょ}の第_{だい}1章_{しょう}から第_{だい}3章_{しょう}までだ。
這次的考試範圍是從課本的第1章到第3章。

□ 代_{だい}が変_かわる。
換代。
▶ 私_{わたし}の家_{いえ}は、祖父_{そふ}の代_{だい}からずっと和菓子屋_{わがしや}を営_{いとな}んでいる。
我家從祖父那一代起就經營日式傳統糕餅鋪。

□ 体育_{たいいく}の授業_{じゅぎょう}で走_{はし}る。
在體育課上跑步。
▶ 兄_{あに}は、勉強_{べんきょう}はなんでもできるが体育_{たいいく}だけは苦手_{にがて}だ。
哥哥在學科上樣樣精通，唯獨對體育束手無策。

□ 安全第一_{あんぜんだいいち}だ。
安全第一。
▶ プレゼンは第一印象_{だいいちいんしょう}が大切_{たいせつ}だから挨拶_{あいさつ}にこだわること。
做簡報時的第一印象至關重要，記得要謙恭有禮地致意。

□ 体温_{たいおん}を測_{はか}る。
測量體溫。
▶ 体温_{たいおん}が低_{ひく}いと血液_{けつえき}の循環_{じゅんかん}が悪_{わる}くなって免疫力_{めんえきりょく}が下_さがります。
體溫低使得血液循環變差，導致免疫力下降。

□ 大会_{たいかい}で優勝_{ゆうしょう}する。
在大會上取得冠軍。
▶ バスケットボール部_ぶの皆_{みな}さん、次_{つぎ}の大会_{たいかい}ではぜひ優勝_{ゆうしょう}を目指_{めざ}して頑張_{がんば}ってください。
籃球隊的各位隊員，在接下來的大賽中務必盡全力贏得勝利！

□ 対角線_{たいかくせん}を引_ひく。
畫對角線。
▶ 四角形_{しかっけい}の対角線_{たいかくせん}の長_{なが}さを求_{もと}める問題_{もんだい}がテストに出_でた。
試卷中出現了求四角形對角線長度的題目。

た
た〜たいかくせん

Check 1 必考單字	高低重音	詞性、類義詞與對義詞
1574 □□□ たいき **大気**	▶ た<u>いき</u>	▶ 名 大氣;空氣 類 エア 空氣
1575 □□□ ◎T2-14 たいきん **大金**	▶ た<u>いきん</u>	▶ 名 巨額金錢,巨款 類 巨額 鉅額 きょがく
1576 □□□ だいきん **代金**	▶ だ<u>いきん</u>	▶ 名 貸款,借款 類 料金 費用 りょうきん
1577 □□□ たいけい **体系**	▶ た<u>いけい</u>	▶ 名 體系,系統 類 系統 系統 けいとう
1578 □□□ たいこ **太鼓**	▶ た<u>いこ</u>	▶ 名 (大)鼓 類 打楽器 打擊樂器 だがっき
1579 □□□ たいざい **滞在**	▶ た<u>いざい</u>	▶ 名・自サ 旅居,逗留,停留 類 在留 暫時居住 ざいりゅう
1580 □□□ たいさく **対策**	▶ た<u>いさく</u>	▶ 名 對策,應付方法 類 作戦 作戰策略 さくせん
1581 □□□ たいし **大使**	▶ た<u>いし</u>	▶ 名 大使 類 外交官 外交官 がいこうかん
1582 □□□ たい **大した**	▶ た<u>いした</u>	▶ 連體 非常的,了不起的;(下接否定 詞)沒什麼了不起,不怎麼樣 類 偉い 了不起的 えら
1583 □□□ たい **大して**	▶ た<u>いして</u>	▶ 副 (一般下接否定語)並不太…,並 不怎麼 類 それほど 後接否定表不是那麼的…
1584 □□□ たいしょう **対象**	▶ た<u>いしょう</u>	▶ 名 對象 類 相手 對方 あいて

□ 大気が地球を包んでいる。
大氣將地球包圍。

▶ ここで10分も休憩した。春の山の大気を十分に味わった。
我已經在這裡休息10分鐘，充分享受了春天山上的新鮮空氣。

□ 大金をつかむ。
獲得巨款。

▶ そんな大金をどこでどうやって手に入れたのか言いなさい。
那麼一大筆錢究竟是怎麼拿到手的，立刻從實招來！

□ 代金を請求する。
索取貨款。

▶ お品物の代金とは別に配達料金を頂戴いたします。
商品售價不含運費。

□ 体系をたてる。
建立體系。

▶ 彼はいろいろな外国語の文法を体系的に覚えている。
他以系統性方式學習各種外語的文法。

□ 太鼓を叩く。
打鼓。

▶ 野原を過ぎ、丘を一つ越えた所で、太鼓の音が聞こえて来た。
越過原野、再翻過一座山丘，便傳來了太鼓的聲音。

□ ホテルに滞在する。
住在旅館。

▶ 短期滞在ビザの滞在期間は何日？
持有短期簽證可以停留幾天呢？

□ 対策をたてる。
制定對策。

▶ 試験対策はもう十分だから、あとは当日がんばるだけだ。
既然已經做好應考的萬全準備，接下來就是考試當天全力以赴了。

□ 大使に任命する。
任命為大使。

▶ 在日スペイン大使も皇居で行われたパーティに出席しました。
西班牙駐日大使也出席了於皇居舉行的酒會。

□ たいしたことはない。
沒什麼大不了的事。

▶ 大学卒業と同時に自分の会社を作るなんて、大したものだ。
大學一畢業隨即創立自己的公司，實在了不起！

□ たいして面白くない。
並不太有趣。

▶ 私はたいして酒は好きではないが、友だちに誘われて居酒屋に行った。
我雖然並不怎麼喜歡酒，還是在朋友的邀約之下去了小酒館。

□ 子どもを対象とした。
以小孩為對象。

▶ 調査の対象は取引先だけではなく、従業員やその家族にまで及ぶことがあります。
調查對象不僅限於客戶，甚至包括員工及其家人。

た｜たいき～たいしょう

Check 1 必考單字	高低重音	詞性、類義詞與對義詞
1585 □□□ たいしょう **対照**	▶ たいしょう ▶	名・他サ 對照，對比 類 対比 對比
1586 □□□ だいしょう **大小**	▶ だいしょう ▶	名（尺寸）大小；大和小 類 優劣 優劣
1587 □□□ だいじん **大臣**	▶ だいじん ▶	名（政府）部長，大臣 類 閣僚 部長們
1588 □□□ たい **対する**	▶ たいする ▶	自サ 面對，面向；對於，關於；對 立，相對，對比；對待，招待 類 臨む 面臨
1589 □□□ たいせい **体制**	▶ たいせい ▶	名 體制，結構；（統治者行使權力的） 方式 類 結構 結構
1590 □□□ たいせき **体積**	▶ たいせき ▶	名（數）體積，容積 類 容積 容積
1591 □□□ たいせん **大戦**	▶ たいせん ▶	名・自サ 大戰，大規模戰爭；世界大戰 類 戦争 戰爭
1592 □□□ たいそう **大層**	▶ たいそう ▶	形動・副 很，非常，了不起；過份的， 誇張的 類 大に 很，非常
1593 □□□ ⊙ T2-15 たいそう **体操**	▶ たいそう ▶	名 體操；體育課 類 競技 比賽
1594 □□□ だいとうりょう **大統領**	▶ だいとうりょう ▶	名 總統 類 党首 黨主席
1595 □□□ たいはん **大半**	▶ たいはん ▶	名 大半，多半，大部分 類 多く 許多

□ 原文と対照する。
跟原文比對。

▶ 喜ぶ母とは対照に、私は全く嬉しくなかった。
跟興高采烈的母親相對，我一點也不高興。

□ 大小にかかわらず。
不論大小。

▶ その人は大小合わせて 20 個以上の様々なケーキを買った。
那個人買了大大小小加起來超過20個各種口味的蛋糕。

□ 大臣に任命される。
任命為大臣。

大臣が部屋を出ると、大勢の記者が近づいて質問を始めた。
部長一踏出房間，大批記者立刻蜂擁而上爭相提問。

□ 政治に対する関心が高まる。
提高對政治的關心。

▶ お客さんに対する態度は、基本的には平等にすることをおすすめします。
關於接待顧客時的態度，原則建議以平等的態度相待。

□ 厳戒体制をとる。
實施嚴加戒備的體制。

▶ 今の経営体制では他社との競争に勝てないので、改めるべきだ。
以現在的經營團隊根本無法與其他公司競爭，應該進行組織再造才有勝算！

□ 体積を測る。
測量體積。

▶ この箱の体積は、長さに幅と高さを掛けたもの（L×W×H）になります。
這個盒子的體積計算方式是長度乘以寬度乘以高度（ L x W x H ）。

□ 第二次世界大戦が勃発した。
爆發第二次世界大戰。

▶ 第二次世界大戦の終結から 75 年を迎える。
第二次世界大戰結束距今已滿75年。

□ たいそうな口をきく。
誇大其詞。

▶ 家に着くと、そこは大層立派なマンションだった。
抵達家門的那一刻，赫然發現竟是一棟非常豪華的大廈！

□ 体操をする。
做體操。

▶ 雨が降っていたので、いつもの散歩のかわりに、部屋でダンベル体操をした。
因為下雨無法外出散步，我便在房間做啞鈴操。

□ 大統領に就任する。
就任總統。

▶ 国民投票によって、新しい大統領が選ばれた。
透過全民投票選出了新總統。

□ 大半を占める。
佔大半。

▶ この市の大半は、豊かな自然が残っており、昔ながらの生活が営まれています。
這座城市的大部分地區仍保有豐富的自然風光、過著傳統的生活方式。

た｜たいしょう～たいはん

Check 1　必考單字	高低重音	詞性、類義詞與對義詞
1596 □□□ だい ぶ ぶん **大部分**	だいぶぶん	名・副 大部分，多半 類 多人数 多數人
1597 □□□ **タイプライター**	タイプライター	名 打字機 類 テレックス 用電傳打字機遠距離 列印交換訊息
1598 □□□ たい ほ **逮捕**	たいほ	名・他サ 逮捕，拘捕，捉拿 類 投獄 關進監獄
1599 □□□ たいぼく **大木**	たいぼく	名 大樹，巨樹 類 大樹 大樹
1600 □□□ だいめい し **代名詞**	だいめいし	名 代名詞，代詞；（以某詞指某物、 某事）代名詞 類 品詞 詞性
1601 □□□ **タイヤ**	タイヤ	名 輪胎 類 車輪 車輪
1602 □□□ **ダイヤモンド**	ダイヤモンド	名 鑽石 類 ルビー 紅寶石
1603 □□□ たい **平ら**	たいら	名・形動 平，平坦；（山區的）平原， 平地；（非正坐的）隨意坐，盤腿作； 平靜，坦然 類 平坦 平坦
1604 □□□ だい り **代理**	だいり	名・他サ 代理，代替；代理人，代表 類 代表 代表人
1605 □□□ たいりく **大陸**	たいりく	名 大陸，大洲；（日本指）中國；（英 國指）歐洲大陸 類 大地 大地
1606 □□□ たいりつ **対立**	たいりつ	名・他サ 對立，對峙 類 敵対 敵對

□ 出席者の大部分が
　賛成する。
　大部分的出席者都贊成。

▶ クラスの大部分の生徒がスマートフォンを持っている。
班上大多數學生都有手機。

□ タイプライターで
　印字する。
　用打字機打字。

▶ これは 100 年前に使われていたタイプライターです。
這是100年前人們所使用的打字機。

□ 現行犯で逮捕する。
　以現行犯加以逮捕。

▶ 最近、犯人逮捕の瞬間を映す番組が増えている。
最近越來越多電視節目會把抓補犯罪那一刻的畫面播報出來。

□ 百年を超える大木
　がある。
　有百年以上的大樹。

▶ 公園にあった大木が工事のために切られてしまった。
原本長在公園裡的大樹由於施工之故而被鋸斷了。

□ 代名詞となる。
　變成代名詞。

▶ 文章を読んで答える問題は、代名詞に注意することが
大切だ。
閱讀測驗的作答關鍵在於代名詞。

□ タイヤがパンクす
　る。
　輪胎爆胎。

▶ 自転車で、空気の抜けたタイヤで走ると重いです。
如果腳踏車的輪胎漏氣，騎起來會覺得很重。

□ 大きなダイヤモンド
　をずらりと並べる。
　大顆鑽石排成一排。

▶ ダイヤモンドの婚約指輪で、彼女にサプライズプロポー
ズをすれば、彼女もきっと一生忘れられないだろう。
若是拿一枚鑽石婚戒向女友驚喜求婚，她一定一輩子都不會忘記。

□ 平らな土地が少な
　い。
　平坦的大地較少。

▶ 祖母のために、家中の床を平らにして車椅子が使える
ようにした。
將家裡的地板整平，以便奶奶使用輪椅。

□ 代理で出席する。
　以代理身分出席。

▶ 田中課長の代理で、営業課の鈴木がご連絡させていた
だきます。
銷售部的鈴木將代表田中課長與您聯繫。

□ 新大陸を発見した。
　發現新大陸。

▶ この地球上には七つの大陸と五つの大洋がある。
地球上有七大洲和五大洋。

□ 意見が対立する。
　意見相對立。

▶ 世界各国でタクシー会社と Uber は鋭く対立している。
世界各國的計程車公司與Uber產生嚴重的對立。

た｜だいぶぶん～たいりつ

Check 1　必考單字	高低重音	詞性、類義詞與對義詞

1607 □□□
た う
田植え ▶ たうえ ▶ 名・他サ（農）插秧
類 播種 播種
<small>は しゅ</small>

1608 □□□
だ えん
楕円 ▶ だえん ▶ 名 橢圓
類 円形 圓形
<small>えんけい</small>

1609 □□□
だが ▶ だが ▶ 接 但是，可是，然而
類 ただ 只是，不過

1610 □□□　◎T2-16
たがや
耕す ▶ たがやす ▶ 他五 耕作，耕田
類 耕耘 耕耘
<small>こううん</small>

1611 □□□
たから
宝 ▶ たから ▶ 名 財寶，珍寶；寶貝，金錢
類 重宝 寶貝
<small>ちょうほう</small>

1612 □□□
たき
滝 ▶ たき ▶ 名 瀑布
類 飛泉 瀑布的古語
<small>ひせん</small>

1613 □□□
たく
宅 ▶ たく ▶ 名・漢造 住所，自己家，宅邸；（加接頭詞「お」成為敬稱）尊處
類 住まい 住所

1614 □□□
たくわ　　たくわ
蓄える・貯える ▶ たくわえる ▶ 他下一 儲蓄，積蓄；保存，儲備；留，留存
類 貯める 儲蓄
<small>た</small>

1615 □□□
たけ
竹 ▶ たけ ▶ 名 竹子
類 柏 橡樹
<small>かしわ</small>

1616 □□□
だけど ▶ だけど ▶ 接續 然而，可是，但是
類 それでも 即使如此

1617 □□□
た しょう
多少 ▶ たしょう ▶ 名・副 多少，多寡；一點，稍微
類 幾らか 稍微
<small>いく</small>

□ 田植えをする。
插秧。

▶ 春は田植えが忙しいから、畑はあまりかまっていられんのよね。
因為春天要忙著插秧，沒空管理菜園嘛。

□ 楕円形になる。
變成橢圓形。

▶ この楕円形の大皿は、結婚祝いにもらったものです。
這枚橢圓形的大盤子是結婚時收到的禮物。

□ その日はひどい雨だったが、我々は出発した。
那天雖然下大雨，但我們仍然出發前往。

▶ ダイエットをしている。だが、1か月たっても全く効果がない。
我正在減重。可是，一個月過去，連一點成效也沒有。

□ 荒れ地を耕す。
開墾荒地。

▶ 学校の子どもたちは、校舎内の畑を耕してさまざまな野菜を作っている。
學童在校地裡的菜園農作，種植各種蔬菜。

□ 国の宝に指定された。
被指定為國寶。

▶ ニュージーランドでは、子どもは国の宝だ、という考えが広く浸透しているように思う。
在紐西蘭，人民普遍具有「兒童是國家的珍寶」的想法。

□ 滝のように汗が流れる。
汗流如注。

▶ ここはきれいな滝と美しい森林に囲まれ、自然の魅力を存分に感じられる場所になっています。
這裡有著優美的瀑布還有蓊鬱的森林環繞，是個能夠充分感受到大自然魅力的地方。

□ 先生のお宅を訪問した。
拜訪了老師的尊府。

▶ 日曜日に、部長宅の庭でバーベキューパーティーがある。
星期天將在經理家的庭院舉行烤肉派對。

□ 知識を蓄える。
累積知識。

▶ 毎月少しずつお金を蓄えて、10年後ケーキ屋を開きたい。
我每個月慢慢存錢，打算10年後開一家蛋糕店。

□ 竹が茂る。
竹林繁茂。

▶ 竹の中からかわいい女の子が出てくる昔話があります。
有則民間故事描述在竹子裡發現一個可愛的女娃。

□ 美人だけど、好きになれない。
她人雖漂亮，但我不喜歡。

▶ A教授は厳しそうだった。だけど、話してみると優しかった。
原以為A教授不苟言笑；然而，交談之後發現他其實很和藹。

□ 多少の貯金はある。
有一點積蓄。

▶ 万引きは商品の金額の多少に関わらず犯罪である。
無論商品金額多寡，順手牽羊就是犯罪行為。

Check 1 必考單字	高低重音	詞性、類義詞與對義詞
1618 □□□ ただ	▶ た<u>だ</u> ▶	名・副・接 免費；普通，平凡；只是，僅僅；（對前面的話做出否定）但是，不過 類 無償 無償
1619 □□□ たたか 戦い	▶ た<u>たかい</u> ▶	名 戰鬥，戰鬥；鬥爭；競賽，比賽 類 争い 鬥爭
1620 □□□ たたか たたか 戦う・闘う	▶ た<u>たかう</u> ▶	自五（進行）作戰，戰爭；鬥爭；競賽 類 張り合う 爭奪
1621 □□□ ただ 但し	▶ た<u>だし</u> ▶	接續 但是，可是 類 けれども 但是
1622 □□□ ただ 直ちに	▶ た<u>だちに</u> ▶	副 立即，立刻；直接，親自 類 たちまち 突然
1623 □□□ た あ 立ち上がる	▶ た<u>ちあがる</u> ▶	自五 站起，起來；升起，冒起；重振，恢復；著手，開始行動 類 立てる 豎立
1624 □□□ た ど 立ち止まる	▶ た<u>ちどまる</u> ▶	自五 站住，停步，停下 類 止まる 停止
1625 □□□ たち ば 立場	▶ た<u>ちば</u> ▶	名 立腳點，站立的場所；處境；立場，觀點 類 見地 觀點
1626 □□□ たちまち	▶ た<u>ちまち</u> ▶	副 轉眼間，一瞬間，很快，立刻；忽然，突然 類 すぐさま 立刻
1627 □□□ た 絶つ	▶ た<u>つ</u> ▶	他五 切，斷；絕，斷絕；斷絕，消滅；斷，切斷 類 絶える 斷絕
1628 □□□ ⦿T2-17 たっ 達する	▶ た<u>っする</u> ▶	他サ・自サ 到達；精通，通過；完成，達成；實現；下達（指示、通知等） 類 届く 達到

Check 2 必考詞組	**Check 3** 必考例句

□ ただで働く。 白幹活。	▶ 友だちにただの映画の鑑賞券をもらったので、夕食はおごった。 朋友給了免費的電影票,所以晚餐由我請客。
□ 戦いに勝つ。 打勝仗。	▶ 隣り合う二つの国の戦いは、10年以上の間続いた。 相鄰兩國間的戰爭已經持續長達10年以上了。
□ 病気と闘う。 和病魔抗戰。	▶ 優勝候補のチームと戦って、大差で負けてしまった。 和有望奪冠的隊伍對戰,並以懸殊的比分落敗了。
□ ただし条件がある。 可是有條件。	▶ ランチは千円です。ただし、平日の11時から2時までです。 午餐是1000圓,不過,僅限平日的11點到2點的餐期。
□ 直ちに出動する。 立刻出動。	▶ 不審者等を発見されましたら、直ちに警察又は係員にご連絡ください。 一旦發現可疑物,請立即通知警方或工作人員。
□ コンピューターが立ち上がる。 電腦開機。	▶ 会議で指名されたので、立ち上がって意見を述べた。 在會議中被指名發言,於是起身陳述了意見。
□ 呼ばれて立ち止まる。 被叫住而停下腳步。	▶ 駅前で偶然恩師に会い、立ち止まって挨拶をした。 在車站前偶然遇見恩師,立刻停步問安了。
□ 立場が変わる。 立場改變。	▶ 婚活は、自分の立場をよく考えて行動することが大切です。 關於相親,重點在採取行動前要先想清楚自己的立場。
□ たちまち売り切れる。 一瞬間賣個精光。	▶ 課長が昇進するという噂は、たちまち社内に広まった。 科長高升的消息馬上傳遍了公司。
□ 命を絶つ。 自殺。	▶ 私からデート相手との連絡を絶ってしまったことがある。 我曾主動跟約會對象斷絕聯絡。
□ 義援金が200億円に達する。 捐款達200億圓。	▶ 自分の目標を達するための強い意志を持ちなさい。 為了達成自己所定下的目標,就必須有堅強的意志。

Check 1 必考單字	高低重音	詞性、類義詞與對義詞

1629 □□□ だっせん **脱線**	▶ だっせん ▶	名・他サ（火車、電車等）脱軌，出軌；（言語、行動）脱離常規，偏離本題 類 逸脱 脱離
1630 □□□ たった今 **たった今**	▶ たったいま ▶	副 剛才；馬上 類 ちょうど今 這時，剛剛
1631 □□□ **だって**	▶ だって ▶	接・提助 可是，但是，因為；即使是，就算是 類 だから 所以
1632 □□□ **たっぷり**	▶ たっぷり ▶	副・自サ 足夠，充份，多；寬綽，綽綽有餘；（接名詞後）充滿（某表情、語氣等） 類 いっぱい 充滿
1633 □□□ たて が **縦書き**	▶ たてがき ▶	名 直寫 類 横書き 橫寫
1634 □□□ だ とう **妥当**	▶ だとう ▶	名・形動・自サ 妥當，穩當，妥善 類 最適 最適合
1635 □□□ **たとえ**	▶ たとえ ▶	副 縱然，即使，哪怕 類 もし 如果
1636 □□□ たと **例える**	▶ たとえる ▶	他下一 比喻，比方 類 喩える 比喻
1637 □□□ たに **谷**	▶ たに ▶	名 山谷，山澗，山洞 類 渓谷 溪谷
1638 □□□ たにぞこ **谷底**	▶ たにぞこ ▶	名 谷底 類 海底 海底
1639 □□□ た にん **他人**	▶ たにん ▶	名 別人，他人；（無血緣的）陌生人，外人；局外人 類 別人 別人

□ 列車が脱線する。
火車脫軌。

▶ 電車の脱線事故による負傷者は 300 人ほどです。
因電車脫軌事故造成了300名乘客受輕重傷。

□ たった今まいります。
馬上前往。

▶ このメロンパンは、たった今、焼き上がったばかりだ。
這盤菠蘿麵包是剛剛出爐的。

□ あやまる必要はない。だってきみは悪くないんだから。
沒有道歉的必要，再說錯不在你。

▶ ご飯大盛りでお願い。だってお腹がすいているんだもん。
麻煩飯多盛一些…因為人家肚子快餓扁了嘛！

□ 自信たっぷりだ。
充滿自信。

▶ チーズがたっぷり入っているのに、豆腐ベースでヘルシーな豆腐グラタンは女性に人気だ。
由於添加大量乳酪，這道以豆腐為主要食材的養生焗烤豆腐相當受到女性的喜愛。

□ 縦書きのほうが読みやすい。
直寫較好閱讀。

▶ たまに縦書きで手紙を書くときなんか妙に緊張します。
偶爾書寫直式信件時總會有點緊張。

□ 妥当な方法を取る。
採取適當的方法。

▶ この結果は妥当だと思わない。
我不認為這個結果是合理的。

□ たとえそうだとしてもぼくは行く。
即使是那樣我還是要去。

▶ たとえ冗談にしても、そんなことを言ってはいけない。
即使是開玩笑也不可以說出那種話！

□ 人生を旅に例える。
把人生比喻為旅途。

▶ 朗らかな彼女を花にたとえるなら、「ひまわり」だろう。
若要以花來形容開朗的她，那就是「向日葵」了。

□ 人生山あり谷あり。
人生有高有低，有起有落。

▶ 谷の向こうにある小さな村には誰も行ったことがない。
位於山谷另一邊的小村落不曾有人造訪過。

□ 谷底に転落する。
跌到谷底。

▶ 彼は谷底に落とされたが、また強くなって戻って来ました。
儘管他曾被扔下山谷，但在變得強大之後又回來了。

□ 赤の他人を家族だと思えるのか。
能否把毫無關係的人當作家人呢？

▶ 叔母は自分のことより他人の心配ばかりしている。
嬸嬸總是幫別人操心多過為自己打算。

た
だっせん
〜
たにん

Check 1 必考單字	高低重音	詞性、類義詞與對義詞
1640 □□□ たね 種	たね	名（植物的）種子，果核；（動物的）品種；原因，起因；素材，原料 類 苗 初生的嫩苗
1641 □□□ たの 頼もしい	たのもしい	形 靠得住的；前途有為的，有出息的 類 心強い 因有依靠而放心
1642 □□□ たば 束	たば	名 把，捆 類 把（助数詞）計算成束物品的單位
1643 □□□ た び 足袋	たび	名 日式白布襪 類 靴下 襪子
1644 □□□ たび 度	たび	名・接尾 次，回，度；（反覆）每當，每次；（接數詞後）回，次 類 折 時候
1645 □□□ たび 旅	たび	名・他サ 旅行，遠行 類 行脚 徒步旅行
1646 □□□ T2-18 たびたび 度々	たびたび	副 屢次，常常，再三 類 毎毎 每次
1647 □□□ ダブる	ダブる	自五 重複；撞期 類 重なる 重疊
1648 □□□ たま 玉	たま	名 玉，寶石，珍珠；球，珠；眼鏡鏡片；燈泡；子彈 類 ビー玉 彈珠
1649 □□□ たま 偶	たま	名 偶爾，偶然；難得，少有 類 ときどき 有時
1650 □□□ たま 弾	たま	名 子彈 類 弾丸 子彈和砲彈

□ 種を吐き出す。
吐出種子。

▶ 1週間前にまいた野菜の種がもう芽を出し始めた。
一星期前撒下的蔬菜種子已經開始萌芽了。

□ 頼もしい人が好きだ。
我喜歡可靠的人。

▶ 彼女はなんでも相談できる頼もしい存在だ。
她是個可以諮詢任何苦惱、值得信賴的人。

□ 束を作る。
打成一捆。

▶ 拾ったカバンの中には1万円札の束がたくさん入っていた。
撿到的提包裡裝了好多疊萬圓鈔。

□ 足袋を履く。
穿日式白布襪。

▶ 初めて履いた足袋がきつくて歩きにくかったが、我慢して歩いた。
第一次穿上分趾布襪時難受得幾乎寸步難行，不過還是忍耐著踏出了步伐。

□ この度はおめでとう。
這次向你祝賀。

▶ 母は旅行のたびに、家族や親類に多くのお土産を買って帰る。
媽媽每次出門旅行，總會為家人和親戚買回許多伴手禮。

□ 旅をする。
去旅行。

▶ ひとり旅に出掛けると、グループでいる時よりも楽だ。
一個人出門旅行，要比和一群人旅遊來得輕鬆。

□ たびたびの警告も無視された。
多次的警告都被忽視。

▶ 私の部屋はいつも散らかっていて、母にたびたび注意される。
我的房間總是亂成一團，時常被媽媽訓話。

□ おもかげがダブる。
雙影。

▶ 結婚祝いでもらった品が、前に買った物とダブってしまった。
收到的結婚賀禮和之前買的東西重複了。

□ 玉にきず。
美中不足。

▶ 山下さんは赤い水玉のワンピースを着ていた。
那天山下小姐身穿一件帶紅色水滴花紋的洋裝。

□ たまの休日が嬉しい。
難得少有的休息日真叫人高興。

▶ たまには家族を忘れて友達と一緒にのんびり旅行でもしたい。
偶爾也想暫時放下家人，和朋友相借來一趟悠閒之旅。

□ 弾が当たる。
中彈。

▶ 犯人は銃を持っていたが、幸い弾は入っていなかった。
當時犯人握著槍，所幸裡面沒裝子彈。

た
たね〜たま

315

Check 1 必考單字	高低重音	詞性、類義詞與對義詞
1651 □□□ たまたま 偶々	► たまたま ►	圓 偶然，碰巧，無意間；偶爾，有時 類 しばしば 常常
1652 □□□ たま 堪らない	► たまらない ►	連語・形 難堪，忍受不了；難以形容，… 得不得了；按耐不住 類 耐えられない 忍不住
1653 □□□ ダム	► ダム ►	名 水壩，水庫，攔河壩，堰堤 類 土手 河堤
1654 □□□ いき ため息	► ためいき ►	名 嘆氣，長吁短嘆 類 嘆息 嘆息
1655 □□□ ため 試し	► ためし ►	名 嘗試，試驗；驗算 類 探り 試探
1656 □□□ ため 試す	► ためす ►	他五 試，試驗，試試 類 試みる 測試
1657 □□□ ためら 躊躇う	► ためらう ►	自五 猶豫，躊躇，遲疑，踟躕不前 類 迷う 躊躇
1658 □□□ たよ 便り	► たより ►	名 音信，消息，信 類 音信 音訊
1659 □□□ たよ 頼る	► たよる ►	自他五 依靠，依賴，仰仗；拄著；投 靠，找門路 類 もたれる 倚靠
1660 □□□ だらけ	► だらけ ►	接尾（接名詞後）滿，淨，全；多，很多 類 まみれ 沾滿
1661 □□□ だらしない	► だらしない ►	形 散慢的，邋遢的，不檢點的；不爭 氣的，沒出息的，沒志氣 類 ふしだら 散漫，放蕩

□ たまたま出会う。 偶然遇見。	▶ 旅館でたまたま食べた漬物は、亡き母が漬けた味に似ていた。 偶然在旅館嚐到的醬菜，和過世的媽媽醃漬的味道很像。
□ たまらなく好きだ。 喜歡得不得了。	▶ 徹夜で今日の会議資料を作っていたので、眠くてたまらない。 熬了一夜才做出今天的會議資料，所以現在睏得要命。
□ ダムを造る。 建造水庫。	▶ 川の上流にダムをつくって、雨がたくさんふったときにためておき、少しずつ流す計画です。 目前構想的計畫是在河川上游建造水壩，利用下大雨時蓄水，之後再慢慢放流。
□ ため息をつく。 嘆氣。	▶ 学生たちは、宿題の量の多さに思わずため息をついた。 學生們想到那一大堆作業，忍不住嘆了氣。
□ 試しに使ってみる。 試用看看。	▶ 「お姉ちゃん、この化粧品ちょっと試しに使ってみて」 「姐姐，歡迎試用看看這種彩妝品！」
□ 能力を試す。 考驗一下能力。	▶ Aチームは自分たちの力を試す上で非常にいい相手だったと思います。 我認為A隊是可以用來測試本隊實力的極佳對手。
□ ためらわずに実行する。 毫不猶豫地實行。	▶ 高そうなレストランだったので、店内に入るのをためらった。 當時那家餐廳看起來價格不斐，所以才猶豫著該不該進去。
□ 便りが絶える。 音信中斷。	▶ ときどき友達から便りがあってとても嬉しいです。 偶爾收到朋友的來信令我開心極了。
□ 兄を頼りにする。 依靠哥哥。	▶ 出産から子育てまで、子どもは誰にも頼らずに一人で育て上げた。 從生產到養育，我從未依靠過任何人，只憑自己一個人就將孩子拉拔長大了。
□ 借金だらけになる。 一身債務。	▶ 空き地で子どもたちが、どろだらけになって遊んでいる。 空地上的孩子們玩得渾身是泥。
□ 金にだらしない。 用錢沒計畫。	▶ 父は休日はいつも、だらしない格好でテレビを見ている。 每逢假日，爸爸總是一副不修邊幅的模樣從早到晚看電視。

た｜たまたま～だらしない

Check 1 / 必考單字	高低重音	詞性、類義詞與對義詞
1662 □□□ た 垂らす	たらす	名 滴；垂 類 漏らす 漏出
1663 □□□ た 足らず	たらず	接尾 不足… 類 満たない 不足
1664 □□□ ◎T2-19 だらり（と）	だらり（と）	副 無力地（下垂著） 類 ゆらりと 緩慢地輕輕晃動
1665 □□□ た りょう 多量	たりょう	名・形動 大量 類 大半 多半
1666 □□□ た 足る	たる	自五 足夠，充足；值得，滿足 類 足りる 值得
1667 □□□ た さ 垂れ下がる	たれさがる	自五 下垂（或唸：たれさがる） 類 垂らす 垂下
1668 □□□ たん 短	たん	名・漢造 短；不足，缺點 類 小 小
1669 □□□ だん 段	だん	名・形名 層，格，節；（印刷品的）排，段；樓梯；文章的段落 類 ステップ 台階
1670 □□□ たん い 単位	たんい	名 學分；單位 類 科目 科目
1671 □□□ だんかい 段階	だんかい	名 梯子，台階，樓梯；階段，時期，步驟；等級，級別 類 局面 局勢
1672 □□□ たん き 短期	たんき	名 短期 類 短期間 短期

□ よだれを垂らす。
流口水。

▶ 山田さんは秋の寒空で鼻水を垂らした子どもと一緒に遊んでいる。
山田先生陪著一個在寒冷的秋日中淌著鼻涕的孩子一起嬉戲。

□ 10分足らずで着く。
不到10分鐘就抵達了。

▶ 兄は勤めていた会社を、2年足らずで辞めてしまった。
哥哥上班不到兩年，就向公司辭職了。

□ だらりとぶら下がる。
無力地垂吊。

▶ 動物園の檻の中で、猿が枝にだらりとぶら下がっていた。
動物園的柵欄裡，猴子慵懶地勾著樹枝。

□ 多量の出血を防ぐ。
預防大量出血。

▶ がけ崩れで、多量の土砂が道路を塞ぎ、交通止めになった。
懸崖坍塌，大量土石掉落路面，造成了交通中斷。

□ 読むに足りない本。
不值得看的書。

▶ A教授は、将来のことを相談するに足る方です。
A教授是一位值得與他商量前途的人士。

□ ひもが垂れ下がる。
帶子垂下。

▶ 電線が垂れ下がって危険なので、電力会社に連絡した。
電線垂落非常危險，趕緊通知了電力公司。

□ 長をのばし、短を補う。
取長補短。

▶ 駅から市役所まで、最短距離でも3キロメートルだ。バスの方がいいよ。
從車站到市政府的最短距離也有3公里哦！我看你還是搭公車去吧。

□ 段差がある。
有高低落差。

▶ 石の段を300段ほど上っていくと、古寺の正門があった。
爬上大約300級石階後，就到了古剎的正門。

□ 単位を取る。
取得學分。

▶ 出席日数が足りていても、卒業に必要な単位が取れなかった訳ですから、留年は当たり前だ。
即使上課出席日數足夠，但沒有修足畢業所需的學分，所以留級是理所當然的。

□ 面接の段階に進む。
來到面試的階段。

▶ この仕事は段階的に難しくなっていくので、気をつけなければ。
這項工作隨著不同階段，其難度亦逐步升高，務必留意。

□ 短期の留学生が急増した。
短期留學生急速增加。

▶ 普段はオンライン英会話で勉強しています。学生時代アメリカでの短期留学を経験しました。
我通常透過線上英語會話學習。學生時代曾經前往美國短期留學。

た
たらす～たんき

Check 1 必考單字	高低重音	詞性、類義詞與對義詞
1673 □□□ たん ご **単語**	▶ たんご	名 單詞 ぶんせつ 類 文節 斷句
1674 □□□ たん こう **炭鉱**	▶ たんこう	名 煤礦，煤井 せきたん 類 石炭 煤炭
1675 □□□ だん し **男子**	▶ だんし	名 男子，男孩，男人，男子漢 おとこしゅう 類 男衆 男人們
1676 □□□ たんじゅん **単純**	▶ たんじゅん	名・形動 單純，簡單；無條件 じゅんけつ 類 純潔 純潔
1677 □□□ たんしょ **短所**	▶ たんしょ	名 缺點，短處 くせ 類 癖 不太好的小習慣
1678 □□□ **ダンス**	▶ ダンス	名・自サ 跳舞，交際舞 類 バレエ 芭蕾舞
1679 □□□ たんすい **淡水**	▶ たんすい	名 淡水 かいすい 類 海水 海水
1680 □□□ だんすい **断水**	▶ だんすい	名・他サ・自サ 斷水，停水 ていでん 類 停電 停電
1681 □□□ たんすう **単数**	▶ たんすう	名（數）單數，（語）單數 じっすう 類 実数 實際數量
1682 □□□ 🔊T2-20 だん ち **団地**	▶ だんち	名（為發展產業而成片劃出的）工業區； （有計畫的集中建立住房的）住宅區 しゅうごうじゅうたく 類 集合住宅 容納多戶的公寓住宅
1683 □□□ だんてい **断定**	▶ だんてい	名・他サ 斷定，判斷 めいだん 類 明断 明確判斷

□ 単語がわかる。
　看懂單詞。
▶ 毎日少しずつ単語を覚えて、卒業までに 7000 語はマスターしたい。
期許自己每天背幾個單詞，在畢業之前就能精通7000字。

□ 炭鉱を発見する。
　發現煤礦。
▶ ドイツで働いた日本人炭鉱労働者についてご紹介します。
現在為各位介紹多年前在德國工作的日本煤礦工人。

□ 男子だけのクラスが設けられる。
　設立只有男生的班級。
▶ 明日の健康診断は、男子と女子、別の部屋で行います。
明天的健康檢查，男生和女生將於不同的房間進行。

□ 単純な計算ができない。
　無法做到簡單的計算。
▶ 会社を辞めたのは、仕事が単純でつまらなかったからだ。
之所以向公司辭職，是因為工作內容單調又乏味。

□ 短所を直す。
　改正缺點。
▶ 長所ばかりで短所のない人間なんて、世の中には一人もいません。
只有數不盡的優點而沒有絲毫缺點的人，就算遍尋全世界也找不出一個來。

□ ダンスを習う。
　學習跳舞。
▶ 元気な身体を作るために、おうちでダンスを思いっきり楽しもう。
為了打造充滿活力的身體，讓我們在家裡盡情享受跳舞的樂趣吧！

□ 淡水魚が見られる。
　可以看到淡水魚。
▶ 湖で獲れる淡水魚の料理がおいしいと、村人に教えてもらいました。
村民告訴過我，從湖裡捕到的淡水魚做成菜餚很好吃。

□ 夜間断水する。
　夜間限時停水。
▶ 断水で水が出ない。
由於停水，所以水龍頭不出水。

□ 一人は単数である。
　一個人是單數。
▶ 日本語は単数と複数の区別をしないが、他の言語ではどうだろうか。
日文語法沒有區分單數和複數，不知道其他語言如何呢？

□ 団地に住む。
　住在住宅區。
▶ この団地が建てられた昭和 20 年代は、内風呂がなく、銭湯に通うのが一般的でした。
在這片住宅區建造的昭和二〇年代，多數房屋沒有浴室，住民必須去公共澡堂。

□ 断定を下す。
　做出判斷。
▶ 早く犯人を断定しないと取り返しのつかない事になる。
若不快點找出犯人，將會發生無法挽回的事情。

た
たんご〜だんてい

Check 1 必考單字	高低重音	詞性、類義詞與對義詞

1684 □□□
たんとう
担当
→ たんとう →
名・他サ 擔任，擔當，擔負
類 当番 值班

1685 □□□
たん
単なる
→ たんなる →
連體 僅僅，只不過
類 ただ 只，僅

1686 □□□
たん
単に
→ たんに →
副 單，只，僅
類 単純に 單純的

1687 □□□
たんぺん
短編
→ たんぺん →
名 短篇，短篇小說
類 短文 短文

1688 □□□
た
田んぼ
→ たんぼ →
名 米田，田地
類 稲田 稲田

1689 □□□
ち
地
→ ち →
名 大地，地球，地面；土壤，土地；地表；場所；立場，地位
類 土 大地

1690 □□□
ち い
地位
→ ちい →
名 地位，職位，身分，級別
類 役職 職務

1691 □□□
ち いき
地域
→ ちいき →
名 地區
類 区域 區域

1692 □□□
ち え
知恵
→ ちえ →
名 智慧，智能；腦筋，主意
類 理性 理性

1693 □□□
ちが
違いない
→ ちがいない →
形 一定是，肯定，沒錯，的確是
類 明らか 顯然的

1694 □□□
ちか
誓う
→ ちかう →
他五 發誓，起誓，宣誓
類 決める 決定

□ 担当が決まる。
決定由…負責。

▶ お母さんは私のしつけ担当です。特に振る舞いについては毎日のように注意をされる。
家裡是由媽媽負責管教我，幾乎天天都會特別叮嚀我的言行舉止。

□ 単なる好奇心にすぎない。
只不過是好奇心罷了。

▶ 彼が言ったことは単なる脅しだから、気にしないで。
他說那些不過是撂狠話罷了，別放在心上。

□ 単に忘れただけだ。
只是忘記了而已。

▶ 和食は単においしいだけでなく、栄養的にもすぐれている。
日式餐食不僅美味，營養也相當均衡。

□ 短編小説を書く。
寫短篇小說。

▶ 短編小説を何冊か持って、南の島に一人で行きたい。
我想帶上幾本短篇小說，獨自前往南方的島嶼。

□ 田んぼに水を張る。
放水至田。

▶ きれいな川や田んぼには、驚くほど多彩な生き物が生きています。
在清澈的河川和農田裡棲息著種類多得驚人的生物。

□ 地に落ちる。
落到地上。

▶ われわれは自然の恵み豊かなこの地で育った地魚を使ったお料理でおもてなしいたします。
我們將使用在這個自然豐富的地區生長的本地鮮魚做成的菜餚招待各位貴賓。

□ 地位に就く。
擔任職位。

▶ その政治家は地位が高くなっても人に対する態度は温かかった。
那位政治家即使在身居高位之後，仍舊保持平易近人的態度。

□ 周辺の地域が緑であふれる。
周圍地區綠意盎然。

▶ この地域では昔からボランティア活動が盛んだそうです。
聽說這個地區從以前就有許多人投入義工活動。

□ 知恵がつく。
有了主意。

▶ 子どものうちから悪い知恵をつけないように注意する。
當心別讓孩子從小就懂得耍小聰明。

□ 雨が降るに違いない。
一定會下雨。

▶ 彼女はいつも笑っているから、陽気な性格に違いない。
她總是面帶笑容，性格一定很開朗。

□ 神に誓う。
對神發誓。

▶ 医者に「これからはもう、たばこはすいません」と誓った。
我向醫師發誓「以後再也不抽菸了」。

ち｜たんとう～ちかう

323

Check 1 必考單字	高低重音	詞性、類義詞與對義詞

1695 □□□ ちかごろ **近頃**	► ち<u>かごろ</u>	► **名・副** 最近，近來，這些日子來；萬分，非常 **類** 最近 最近
1696 □□□ ち か すい **地下水**	► ち<u>かすい</u>	**名** 地下水 **類** 下水 廢水
1697 □□□ ちかぢか **近々**	► ち<u>かぢか</u>	**副** 不久，近日，過幾天；靠的很近 **類** そのうち 改天
1698 □□□ ちか よ **近寄る**	► ち<u>かよる</u>	**自五** 走進，靠近，接近 **類** 近づく 靠近
1699 □□□ ちからづよ **力強い**	► ち<u>からづよい</u>	**形** 強而有力的；有信心的，有依仗的 **類** すばらしい 出色的
1700 □□□ ◎ **T2-21** **ちぎる**	► ち<u>ぎる</u>	**他五・接尾** 撕碎（成小段）；摘取，揪下；（接動詞連用形後加強語氣）非常，極力 **類** 小切る 弄小
1701 □□□ ち じ **知事**	► ち<u>じ</u>	**名** 日本都、道、府、縣的首長 **類** 市長 市長
1702 □□□ ち しきじん **知識人**	► ち<u>しきじん</u>	**名** 知識份子 **類** 文化人 知識分子
1703 □□□ ち しつ **地質**	► ち<u>しつ</u>	**名** （地）地質 **類** 土質 土質
1704 □□□ ち じん **知人**	► ち<u>じん</u>	**名** 熟人，認識的人 **類** 友人 朋友
1705 □□□ ち たい **地帯**	► ち<u>たい</u>	**名** 地帶，地區 **類** 地域 地區

□ 近頃の若者が出世
  したがらない。
  最近的年輕人成功慾很
  低。

▶ 近頃、隣の家の人がもううるさすぎて我慢できません。
最近住在隔壁的人吵得我再也受不了了！

□ 地下水を蓄える。
  儲存地下水。

▶ 災害時は、誰でもこの地下水を利用することができる。
當災害發生時，任何人都可以取用此處的地下水緊急救災。

□ 近々訪れる。
  近日將去拜訪您。

▶ 副業としてブログで稼げるため、近々、始めてみよう
と思っています。
透過寫部落格這項副業可以賺些錢，所以我正在考慮近期內開設
一個部落格。

□ 近寄ってよく見る。
  靠近仔細看。

▶ 空き地で寝ている野良猫にそっと近寄って、写真を
撮った。
我悄悄靠近睡在空地上的流浪貓，拍了照片。

□ 力強い演説が魅力
  だった。
  有力的演說深具魅力。

▶ 力強い選手の入場行進に、応援席の観客は歓声を上げ
た。
觀眾席上的觀眾為勢力強勁的選手入場進行歡呼。

□ 花びらをちぎる。
  摘下花瓣。

▶ レタスを、包丁を使わずに手でちぎって器に盛った。
不拿菜刀而直接用手撕下一片片萵苣裝在了碗裡。

□ 知事に報告する。
  向知事報告。

▶ 新しい県知事は、駅前の地区開発計画に大いに力を入
れている。
新上任的縣長戮力於車站前地區開發計畫。

□ 知識人の意見が一
  致した。
  知識分子的意見一致。

▶ 彼は知識人のふりをしているが、経済のことは何も知
らない。
他裝作一副知識人的樣子，其實對經濟一竅不通。

□ 地質を調べる。
  調查地質。

▶ 土地開発の前に、十分な地質調査を行わなければなら
ない。
在開發土地之前，一定要先進行完整的地質調查才行。

□ 知人を訪れる。
  拜訪熟人。

▶ 知人の紹介で健康診断に行ってきました。
我在熟人的介紹下去做了體檢。

□ 安全地帯を求める。
  尋找安全地帶。

▶ 彼らは船に飛び乗り、安全な地帯に逃げた。
他們飛撲上船，逃往安全地帶。

Check 1　必考單字	高低重音	詞性、類義詞與對義詞
1706 ☐☐☐ ちちおや **父親**	▶ ち̲ちおや	▶ 名 父親 類 父上 尊稱自己或他人的父親
1707 ☐☐☐ ちぢ **縮む**	▶ ち̲ぢむ	自五 縮，縮小，抽縮；起皺紋，出 摺；畏縮，退縮，惶恐；縮回去，縮 進去 類 縮まる 縮小
1708 ☐☐☐ ちぢ **縮める**	▶ ち̲ぢめる	▶ 他下一 縮小，縮短，縮減；縮回，捲 縮，起皺紋 類 詰める 縮小
1709 ☐☐☐ ちぢ **縮れる**	▶ ち̲ぢれる	▶ 自下一 捲曲；起皺，出摺 類 巻く 捲起
1710 ☐☐☐ **チップ**	▶ チ̲ップ	▶ 名 (削木所留下的)片削；洋芋片； 小費 類 チョコレート 巧克力
1711 ☐☐☐ ち てん **地点**	▶ ち̲てん	▶ 名 地點 類 位置 位置
1712 ☐☐☐ ち のう **知能**	▶ ち̲のう	▶ 名 智能，智力，智慧 類 知識 知識
1713 ☐☐☐ ち へいせん **地平線**	▶ ち̲へいせん	名 (地)地平線 類 スカイライン 天際線
1714 ☐☐☐ ち めい **地名**	▶ ち̲めい	▶ 名 地名 類 町名 鎮名
1715 ☐☐☐ ちゃ **茶**	▶ ちゃ	▶ 名 漢造 茶；茶樹；茶葉；茶水 類 玉露 日本煎茶的一種
1716 ☐☐☐ ちゃくちゃく **着々**	▶ ちゃ̲くちゃく	▶ 副 逐步地，一步步地 類 ぐんぐん 猛力進行

□ 父親に似る。
和父親相像。

▶ 彼は 20 年前に亡くなった父親によく似ていて、とても
ハンサムだ。
他像極了20年前已故的父親，長得非常英俊。

□ 背が縮む。
身高倒縮。

▶ 大切なセーターを洗濯機で洗ったら、縮んでしまった。
有件特別鍾愛的毛衣放到洗衣機裡洗過以後，竟然縮水了。

□ 命を縮める。
縮短壽命。

▶ 2 年連続区間賞の走りで昨年より 10 秒記録を縮めました。
連續兩年獲得接力賽的分道冠軍紀錄比去年快了10秒。

□ 毛が縮れる。
毛卷曲。

▶ 髪の毛が縮れる原因は、生まれつきのものやストレスなどさまざまである。
頭髮毛躁捲曲，可能是天生的，也有可能是壓力等各種原因造成的。

□ ポテト・チップスを作る。
做洋芋片。

▶ チップをもらうと嬉しくて「いつもより頑張ろう〜！」という気持ちになる。
當我拿到小費時，我特別開心，並覺得「自己必須比平常更加努力」。

□ 通過地点をライトアップする。
點亮通過的地點。

▶ 船が海に沈んだのはこの地点だとニュースで伝えていた。
新聞報導了沉船的地點就在這處海域。

□ 知能を持つ。
具有…的智力。

▶ アメリカの研究によると、知能が高い人ほどユーモアを発揮できることがわかっている。
美國的研究顯示，智商愈高的人愈能發揮幽默感。

□ 地平線が見える。
看得見地平線。

▶ 太陽が地平線に沈むときに夕日が緑色に輝くという現象を見ることもできます。
在這裡還可以看到當太陽沉入地平線時，夕陽映出綠色光輝的現象。

□ 地名を調べる。
調查地名。

▶ 古くからある地名が消えてしまうのは本当に残念だ。
從古沿用至今的地名即將消失，實在令人遺憾。

□ 茶を入れる。
泡茶。

▶ 和菓子を頂いたので、一緒に日本茶を入れて食べましょう。
人家送了日式傳統糕餅，沏壺日本茶一起嚐嚐吧。

□ 着々と進んでいる。
逐步地進行。

▶ ホテルをバリアフリー化する改修工事は、着々と進んでいる。
旅館的無障礙空間改裝工程正逐步順利進行。

ち｜ちちおや〜ちゃくちゃく

327

Check 1　必考單字	高低重音	詞性、類義詞與對義詞

1717 ☐☐☐
チャンス ▶ チャンス ▶ 名 機會，時機，良機
類 時機 時機

1718 ☐☐☐ 🔊 T2-22
ちゃんと ▶ ちゃんと ▶ 副 端正地，規矩地；按期，如期；整潔，整齊；完全，老早；的確，確鑿
類 きちんと 確實地，好好地

1719 ☐☐☐
ちゅう
中 ▶ ちゅう ▶ 名·接尾·漢造 中央，當中；中間；中等；…之中；正在…當中
類 中間 中間

1720 ☐☐☐
ちゅう
注 ▶ ちゅう ▶ 名·漢造 註解，注釋；注入；注目；註釋
類 注解 注釋

1721 ☐☐☐
ちゅうおう
中央 ▶ ちゅうおう ▶ 名 中心，正中；中心，中樞；中央，首都
類 中心 中央

1722 ☐☐☐
ちゅうかん
中間 ▶ ちゅうかん ▶ 名 中間，兩者之間；（事物進行的）中途，半路
類 区間 區間

1723 ☐☐☐
ちゅう こ
中古 ▶ ちゅうこ ▶ 名 （歷史）中古（日本一般是指平安時代，或包含鎌倉時代）；半新不舊
類 古物 舊物

1724 ☐☐☐
ちゅうしゃ
駐車 ▶ ちゅうしゃ ▶ 名·自サ 停車
類 駐輪 停腳踏車，摩托車

1725 ☐☐☐
ちゅうしょう
抽象 ▶ ちゅうしょう ▶ 名·他サ 抽象
類 心像 將記憶具體的呈現在腦海

1726 ☐☐☐
ちゅうしょく
昼食 ▶ ちゅうしょく ▶ 名 午飯，午餐，中飯，中餐
類 昼ごはん 中餐

1727 ☐☐☐
ちゅうせい
中世 ▶ ちゅうせい ▶ 名 （歷史）中世，古代與近代之間（在日本指鎌倉、室町時代）
類 中古 日本平安時代，或包含鎌倉時代

□ チャンスが来る。
機會到來。
▶

「これが漫画家人生最後のチャンスだ。売れなきゃ家族を養えない」と彼は思った。
他心想，這是自己做為漫畫家的最後一次機會了！要是這部作品銷路慘澹，就無法養家糊口了。

□ ちゃんとした職業を持っていない。
沒有正當職業。
▶

なぜ論文の提出が遅れるのか、理由をちゃんと説明しなさい。
關於為何遲交論文，給個好理由吧！

□ 中ジョッキを持つ。
手拿中杯。
▶

高校生の時、英語の成績は中の下で、苦手科目だった。
讀高中時，英文成績總落在中後段，是我害怕的科目。

□ 注をつける。
加入註解。
▶

漢詩の教科書は難しかったが、注を読んで勉強しています。
漢詩的課本十分艱深，所以是藉由註釋來研讀的。

□ 中央に置く。
放在中間。
▶

明日使うマイクは会議室の中央に置いておいてください。
明天要用的麥克風請放在會議室的中央。

□ 中間を取る。
折衷。
▶

自宅と学校の中間に図書館があるので、とても便利だ。
在住處和學校的中間有一座圖書館，所以非常方便。

□ 中古のカメラが並んでいる。
陣列半新的照相機。
▶

初めて自動車を買うなら、安い中古車で十分だと父に言われた。
爸爸告訴我，反正是第一次買車，便宜的中古車就夠用了。

□ 路上に駐車する。
在路邊停車。
▶

ここはお店専用の駐車場は無いようなので駅前に駐車した。
這裡好像沒有專供顧客使用的停車場，所以我把車子停到車站前面了。

□ 抽象的な概念を理解する。
理解抽象的概念。
▶

彼は「部下をやる気にさせるには親のような気持ちで接しなさい」と抽象的なアドバイスをくれた。
他給出了如下的抽象性建議：「要想提振部下的士氣，就得視他們如親生兒女。」

□ 昼食をとる。
吃中餐。
▶

昼食の後で短い昼寝をするのは健康に良いと思うが、どうだろうか。
我以為吃完午餐後小睡片刻有助於健康，不曉得這個觀念對不對。

□ 中世のヨーロッパを舞台にした。
以中世紀歐洲為舞台。
▶

あの中世に建てられたお城は、今は誰も住んでいないそうです。
那座建於中世紀的城堡現在好像沒有人住在裡面了。

ち｜チャンス～ちゅうせい

Check 1 必考單字	高低重音	詞性、類義詞與對義詞

1728 □□□
ちゅうせい
中性 ▶ ちゅうせい ▶ 图（化學）非鹼非酸，中性；（特徵）不男不女，中性；（語法）中性詞
對 酸性 酸性

1729 □□□
ちゅうたい
中退 ▶ ちゅうたい ▶ 图·自サ 中途退學
類 退学 退學

1730 □□□
ちゅうと
中途 ▶ ちゅうと ▶ 图 中途，半路
類 中頃 時間或空間的中間

1731 □□□
ちゅうにくちゅうぜい
中肉中背 ▶ ちゅうにく ちゅうぜい ▶ 图 中等身材
類 体格 體格

1732 □□□
ちょう
長 ▶ ちょう ▶ 图·漢造 長，首領；長輩；長處
類 統領 領袖

1733 □□□
ちょうか
超過 ▶ ちょうか ▶ 图·自サ 超過
類 過度 過度

1734 □□□
ちょうき
長期 ▶ ちょうき ▶ 图 長期，長時間
類 長期間 長期

1735 □□□
ちょうこく
彫刻 ▶ ちょうこく ▶ 图·他サ 雕刻
類 彫像 雕像

1736 □□□ ⊙T2-23
ちょうしょ
長所 ▶ ちょうしょ ▶ 图 長處，優點
類 取り柄 優點

1737 □□□
ちょうじょう
頂上 ▶ ちょうじょう ▶ 图 山頂，峰頂；極點，頂點
類 てっぺん 頂端

1738 □□□
ちょうしょく
朝食 ▶ ちょうしょく ▶ 图 早餐
類 朝ごはん 早餐

□ 中性洗剤がおすすめ。
推薦中性洗滌劑。

▶ pH 6〜8を中性といい、それより小さいのを酸性、大きいのをアルカリ性という。
pH值介於6到8叫做中性，小於這個數值是酸性，而大於這個數值則為鹼性。

□ 大学を中退する。
大學中輟。

▶ 大学を中退した息子の事で悩んでいます。
為大學輟學的兒子，正傷透腦筋。

□ 中途でやめる。
中途放棄。

▶ 治療を中途でやめてしまうと、病気は再び勢いを増しますよ。
如果現在中斷治療，病情會反撲喔！

□ 中肉中背の男が歩いていた。
體型中等的男人在路上走著。

▶ ニュースによると、金を盗んだのは中肉中背の男だったらしい。
根據新聞報導，偷錢的人疑似一名中等身材的男子。

□ 長幼の別をわきまえる。
懂得長幼有序。

▶ 年長者には言葉に気をつけて、礼儀正しく接しなさい。
與長者相處時要注意用字遣詞，還要禮貌得宜。

□ 時間を超過する。
超過時間。

▶ 人員は規定より100人超過した。
人數比規定的還多出了100人。

□ 長期にわたる。
經過很長一段時間。

▶ 長期にわたって海外で勤めていたので、日本の流行の音楽がわからない。
長期以來都在國外工作，所以對日本的流行音樂並不熟悉。

□ 仏像を彫刻する。
雕刻佛像。

▶ 入口の左右に花崗岩で像を彫刻して嵌めてあります。
在入口的左右擺放了兩尊以花崗岩雕刻的雕像。

□ 長所を生かす。
發揮長處。

▶ どんな人にも長所と短所があるが、短所よりも長所を見てつきあう方がいい。
任何人都有長處和短處，與人相處時最好別挑短處看，而應該多多欣賞對方的長處。

□ 頂上を目指す。
以山頂為目標。

▶ 山の頂上から美しい景色を見下ろしたら、気持ちがすっきりした。
從山巔上俯瞰壯觀的景色，心情暢快極了。

□ 朝食はパンとコーヒーで済ませる。
早餐吃麵包和咖啡解決。

▶ 朝食だけは毎日家族で食べたいから、早く起きて準備をする。
至少早餐希望全家一起吃，所以早早起床準備。

Check 1 必考單字	高低重音	詞性、類義詞與對義詞

1739 □□□
ちょうせい
調整
▶ ちょうせい ▶
名·他サ 調整，調節
類 調節 調節

1740 □□□
ちょうせつ
調節
▶ ちょうせつ ▶
名·他サ 調節，調整
類 修整 修整

1741 □□□
ちょうだい
頂戴
▶ ちょうだい ▶
名·他サ（「もらう、食べる」的謙虛說法）領受，得到，吃；（女性、兒童請求別人做事）請
類 恵贈 別人贈送自己禮品的尊敬說法

1742 □□□
ちょうたん
長短
▶ ちょうたん ▶
名 長和短；長度；優缺點，長處和短處；多和不足
類 長さ 長度

1743 □□□
ちょうてん
頂点
▶ ちょうてん ▶
名（數）頂點；頂峰，最高處；極點，絕頂
類 最高 最高

1744 □□□
ちょうほうけい
長方形
▶ ちょうほうけい ▶
名 長方形，矩形
類 矩形 長方形

1745 □□□
ちょう み りょう
調味料
▶ ちょうみりょう ▶
名 調味料，佐料
類 甘味料 砂糖等甜的調味料

1746 □□□
ちょう め
丁目
▶ ちょうめ ▶
接尾（街巷區劃單位）段，巷，條
類 町村 鎮和村

1747 □□□
ちょくせん
直線
▶ ちょくせん ▶
名 直線
類 放物線 拋物線

1748 □□□
ちょくつう
直通
▶ ちょくつう ▶
名·自サ 直達（中途不停）；直通
類 開通 交通或電話線開通

1749 □□□
ちょくりゅう
直流
▶ ちょくりゅう ▶
名·自サ 直流電；（河水）直流，沒有彎曲的河流；嫡系
類 合流 匯合為一

□ 調整を行う。
進行調整。

▶ 需要と供給の状況に応じて価格を調整する。
依據供給與需求調整價位。

□ 調節ができる。
可以調節。

▶ 座って作業するときは、机といすの高さを調節し、正しい姿勢が保てるようにしましょう。
坐著工作時，請調整桌椅的高度並保持正確的姿勢吧！

□ 結構なものを頂戴した。
收到了好東西。

▶ お心遣い、有り難く頂戴させて頂きました。
您的關照，我萬分感激。

□ 長短を計る。
測量長短。

▶ 調理時間の長短は、使う調理器具によっても変わります。
烹調時間的長短隨著使用的烹飪器具而有所差異。

□ 頂点に立つ。
立於頂峰。

▶ テニス選手として頂点に立つのが少女の頃からの妹の夢だ。
攀上網球選手生涯的高峰是妹妹還是個小女孩時就有的夢想。

□ 長方形の箱が用意されている。
準備了長方形的箱子。

▶ 正方形の紙を3枚の長方形に切って、ノートに貼ってください。
請將正方形的紙裁成3張長方形，接著貼在筆記本上。

□ 調味料を加える。
加入調味料。

▶ 肉は少し色付くぐらいまで炒めます。それから調味料を入れます。
把肉煎到稍微上色，然後加入調味料。

□ 田中町3丁目に住む。
住在田中町3段。

▶ 友だちの新しい住所は、中野5丁目4番地3号である。
朋友的新住址是中野5丁目4番地3號。

□ 一直線に進む。
直線前進。

▶ A、B、C三つの点を直線で結んで三角形を描いてみましょう。
把A、B、C3點以直線連接起來，畫個三角形吧！

□ 直通の電話番号ができた。
有了直通的電話號碼。

▶ 空港からホテルまで直通のバスがある。
機場到飯店有直達巴士。

□ 直流に変換する。
變換成直流電。

▶ この川は東に曲がった後は、A市に向かって直流する。
這條河向東蜿蜒，然後直接流向A市。

ち｜ちょうせい～ちょくりゅう

333

Check 1 必考單字	高低重音	詞性、類義詞與對義詞
1750 □□□ ちょしゃ **著者**	ちょしゃ	名 作者 類 筆者 作者
1751 □□□ ちょぞう **貯蔵**	ちょぞう	名・他サ 儲藏 類 収納 收納
1752 □□□ ちょちく **貯蓄**	ちょちく	名・他サ 儲蓄 類 預金 存款
1753 □□□ ちょっかく **直角**	ちょっかく	名・形動（數）直角 類 90度 90度
1754 □□□ ◎T2-24 ちょっけい **直径**	ちょっけい	名（數）直徑 類 半円 半圓形
1755 □□□ ち **散らかす**	ちらかす	他五 弄得亂七八糟；到處亂放，亂扔 類 荒らす 糟蹋
1756 □□□ ち **散らかる**	ちらかる	自五 凌亂，亂七八糟，到處都是 類 荒れる 混亂，放蕩
1757 □□□ ち **散らばる**	ちらばる	自五 分散；散亂 類 散らす 散開
1758 □□□ がみ **ちり紙**	ちりがみ	名 衛生紙；粗草紙 類 トイレットペーパー 日本廁所 用滾筒衛生紙
1759 □□□ つい か **追加**	ついか	名・他サ 追加，添付，補上 類 足す 補上
1760 □□□ **ついで**	ついで	名 順便，就便；順序，次序 類 がてら 順便

□ 著者の素顔が知り
　たい。
　想知道作者的真面目。

▶ この本の著者は、森春香さんで、印税 20 億を超える作家さんです。
這本書的作者是森春香女士，一位版稅收益超過20億的作家。

□ 地下室に貯蔵する。
　儲放在地下室。

▶ 冬季の食糧不足に備え、縄文人は食糧を貯蔵した。
繩紋人會事先儲藏食物，以防冬季的糧食短缺。

□ 貯蓄を始める。
　開始儲蓄。

▶ 毎月の家計が安定してきたら、収入の中から貯蓄をしましょう。
每月家中的收支狀況都穩定的話，就從收入中移出資金來儲蓄吧！

□ 直角に曲がる。
　彎成直角。

▶ 直交とは、ある直線と直線が直角に交わることです。
正交是指一條直線與另一條直線呈直角相交。

□ 円の直径が 4 である。
　圓形直徑有 4。

▶ このホテルのプールは、直径 20 メートルぐらいの円形だ。
這家旅館的游泳池是直徑大約20公尺的圓形喔！

□ 部屋を散らかす。
　把房間弄得亂七八糟。

▶ カラスがごみ置き場のごみを散らかすので、困ってしまう。
烏鴉把垃圾棄置處弄得亂七八糟，真傷腦筋。

□ 部屋が散らかる。
　房間凌亂。

▶ 彼のキッチンと部屋はいつも散らかっている。
他的廚房和房間總是雜亂不堪。

□ 花びらが散らばる。
　花瓣散落。

▶ 机の上の書類が、扇風機の風で散らばってしまった。
桌上的文件被電風扇的風吹得一地都是。

□ ちり紙で拭く。
　用衛生紙擦拭。

▶ 日本では昭和の後半まではちり紙がティッシュペーパーやトイレットペーパーの役目をしていた。
日本直到昭和時代的後半期，仍以草紙做為面紙及廁紙之用。

□ 料理を追加する。
　追加料理。

▶ シャンパンを 2 本追加してくれ。
我要加點兩瓶香檳。

□ ついでの折に立ち寄る。
　順便過來拜訪。

▶ 買い物のついでに、この手紙を出してきてください。
出去買菜時麻煩順便幫我寄這封信。

ちょしゃ～ついで

た
行

Check 1 必考單字	高低重音	詞性、類義詞與對義詞

1761 □□□
つうか
通貨
▶ つうか ▶
名 通貨,(法定)貨幣
類 外貨 外國貨幣

1762 □□□
つうか
通過
▶ つうか ▶
名·自サ 通過,經過;(電車等)駛過;(議案、考試等)通過,過關,合格
類 経る 經過

1763 □□□
つうがく
通学
▶ つうがく ▶
名·自サ 上學
類 登校 到校上學或教課

1764 □□□
つうこう
通行
▶ つうこう ▶
名·自サ 通行,交通,往來;廣泛使用,一般通用
類 進行 行進

1765 □□□
つうしん
通信
▶ つうしん ▶
名·自サ 通信,通音信;通訊,聯絡;報導消息的稿件,通訊稿
類 伝達 傳達

1766 □□□
つうち
通知
▶ つうち ▶
名·他サ 通知,告知
類 連絡 聯繫

1767 □□□
つうちょう
通帳
▶ つうちょう ▶
名 (存款、賒帳等的)折子,帳簿
類 出納簿 出納管理簿

1768 □□□
つうよう
通用
▶ つうよう ▶
名·自サ 通用,通行;兼用,兩用;(在一定期間內)通用,有效;通常使用
類 実用 實用

1769 □□□
つうろ
通路
▶ つうろ ▶
名 (人們通行的)通路,人行道;(出入通行的)空間,通道
類 歩道 人行道

1770 □□□
つかい
使い
▶ つかい ▶
名 使用;派去的人;派人出去(買東西、辦事),跑腿;(迷)(神仙的)侍者;(前接某些名詞)使用的方法,使用的人
類 ミッション 使節

1771 □□□
つき
付き
▶ つき ▶
接尾 (前接某些名詞)樣子;附屬
類 っぽい 有某種強烈的傾向

336

□ 通貨が流通する。
貨幣流通。

▶ ビットコインを仮想通貨だと知っている人は多くいますが、危ないものだと考えている人も少なくありません。
很多人都知道比特幣是一種虛擬貨幣，也有不少人認為它具有高風險。

□ 列車が通過する。
列車通過。

▶ 列車は世界一長い海底トンネルの青函トンネルを通過してます。
列車正通過世界最長的海底隧道——青函隧道。

□ 電車で通学する。
搭電車上學。

▶ 鈴木君は親にねだって買ってもらった車で通学している。
鈴木開著他死氣白賴地要求父母給他買的汽車上學。

□ 通行止めになる。
停止通行。

▶ 一方通行の標識をうっかり見落としてしまった。
一個恍神，漏看了單向通行的交通號誌。

□ 無線で通信する。
以無線電聯絡。

▶ アマチュア無線は地震、台風などにより公衆通信がだえたとき、災害地との連絡に大活躍しています。
當公共電信由於地震、颱風等因素中斷時，透過業餘無線電與災區聯繫可發揮極大的作用。

□ 通知が届く。
接到通知。

▶ 面接受けた会社からの採用通知をもらった。
我面試的公司，寄了錄取通知函給我。

□ 通帳を記入する。
記入帳本。

▶ 愛犬のために預金通帳を作りたいんだけど出来ますか。
我想幫愛犬開個銀行帳戶，可以嗎？

□ 世界に通用する。
在世界通用。

▶ 海外で日本円は通用しますか。
在國外能通用日圓嗎？

□ 通路を通る。
過人行道。

▶ 講堂に通じる長い通路を、友達と二人並んで黙って歩いた。
我和朋友兩人不發一語，並肩走在前往講堂的長長的通道上。

□ 母親の使いで出かける。
被母親派出去辦事。

▶ その男は朝鮮王国の使いとして江戸を訪れた。
那名男子以朝鮮國王使者的身分造訪了江戸。

□ 顔つきが変わる。
神情變了。

▶ 父は40歳を過ぎてから、太ってすっかり体つきが変わってしまった。
爸爸年過40以後發胖，體態變得完全不一樣了。

つ｜つうか～つき

Check 1 必考單字	高低重音	詞性、類義詞與對義詞
1772 □□□ 付き合い （つ）（あ）	つきあい	名・自サ 交際，交往，打交道；應酬，作陪 類 関係 關聯
1773 □□□ T2-25 突き当たる （つ）（あ）	つきあたる	自五 撞上，碰上；走到道路的盡頭；（轉）遇上，碰到（問題） 類 当たる 碰上
1774 □□□ 月日 （つき ひ）	つきひ	名 日與月；歲月，時光；日月，日期 類 年月 歲月
1775 □□□ 突く （つ）	つく	他五 扎，刺，戳；撞，頂；支撐；冒著，不顧；沖，撲（鼻）；攻擊，打中 類 刺す 刺
1776 □□□ 就く （つ）	つく	自五 就位；登上；就職；跟…學習；起程 類 担ぐ 推舉出領袖
1777 □□□ 次ぐ （つ）	つぐ	自五 緊接著，繼…之後；次於，並於 類 継ぐ 接上
1778 □□□ 注ぐ （つ）	つぐ	他五 注入，斟，倒入（茶、酒等） 類 入れる 倒入熱水沖泡
1779 □□□ 付け加える （つ）（くわ）	つけくわえる	他下一 添加，附帶 類 プラス 加上
1780 □□□ 着ける （つ）	つける	他下一 佩帶，穿上 類 まとう 裹著
1781 □□□ 土 （つち）	つち	名 土地，大地；土壤，土質；地面，地表；地面土，泥土 類 土地 土壤
1782 □□□ 突っ込む （つ）（こ）	つっこむ	他五・自五 衝入，闖入；深入；塞進，插入；沒入；深入追究 類 飛び込む 突然闖入

□ 付き合いがある。 有交往。	あいつ、最近付き合いが悪いと思ったら、どうやら彼女ができたようだな。 那傢伙，最近總覺得很難約，看來應該是交了女朋友吧。
□ 厚い壁に突き当たる。 撞上厚牆。	学費の問題に突き当たり、留学は1年間延期となった。 由於籌不足學費，只好延後一年留學了。
□ 月日が経つ。 時光流逝。	月日が流れるのは早いもので、もう卒業してから10年たった。 日月如梭，畢業後已過了10年。
□ 鐘を突く。 敲鐘。	ケンカ中でもできるスキンシップとして、彼の不意を突いて後ろからギュッと抱きつく方法があります。 即使在吵架中也可以進行親密接觸的方法之一是，趁他不注意時忽然從背後緊緊地抱住他。
□ 王位に就く。 登上王位。	今年の春、父は東京に転勤し、支店長の任務に就いた。 今年春天，家父被派往東京，就任了分店長的職務。
□ 不幸に次ぐ不幸に見舞われた。 遭逢接二連三的不幸。	彼に次いでぼくがチームで2番目に足が速い。 我的跑速在隊上僅次於他，是第2快的。
□ お茶を注ぐ。 倒茶。	彼女は私に一杯のお茶を注いでくれた。 她為我斟了一杯茶。
□ 説明を付け加える。 附帶說明。	辞典のおわりに索引を付け加えると使いやすいです。 在辭典的最後幾頁添加索引，可以提高使用的便利性。
□ 服を身に着ける。 穿上衣服。	白いナース服を身に着けている女性看護師が病室に入ってきた。 身穿白色制服的女護理師進來病房了。
□ 土が乾く。 土地乾旱。	春になると、庭の土の中から次々に草花の芽が出てきた。 春天一到，庭院的泥土裡漸漸冒出了花草的新芽。
□ 首を突っ込む。 一頭栽入。	バイクが空き家に突っ込んで、塀や窓が壊れてしまった。 機車衝進空屋，撞壞了圍牆和窗戶。

つ｜つきあい～つっこむ

339

Check 1 必考單字	高低重音	詞性、類義詞與對義詞
1783 ☐☐☐ つつ **包み**	▶ つつみ	▶ 名 包袱，包裹 類 小包 小包裹
1784 ☐☐☐ つと **勤め**	▶ つとめ	▶ 名 工作，職務，差事 類 仕事 工作
1785 ☐☐☐ つと **務め**	▶ つとめ	▶ 名 本分，義務，責任 類 任務 職責
1786 ☐☐☐ つと **務める**	▶ つとめる	▶ 他下一 任職，工作；擔任（職務）；扮演（角色） 類 演ずる 扮演
1787 ☐☐☐ つと **努める**	▶ つとめる	▶ 他下一 努力，為…奮鬥，盡力；勉強忍住 類 頑張る 堅持努力
1788 ☐☐☐ つな **綱**	▶ つな	▶ 名 粗繩，繩索，纜繩；命脈，依靠，保障 類 ひも 帶子
1789 ☐☐☐ つな **繋がり**	▶ つながり	▶ 名 相連，相關；系列；關係，聯繫 類 関与 參與
1790 ☐☐☐ つね **常に**	▶ つねに	▶ 副 時常，經常，總是 類 絶えず 不斷
1791 ☐☐☐ ⊙T2-26 つばさ **翼**	▶ つばさ	▶ 名 翼，翅膀；（飛機）機翼；（風車）翼板；使者，使節 類 羽 翅膀
1792 ☐☐☐ つぶ **粒**	▶ つぶ	▶ 名・接尾 （穀物的）穀粒；粒，丸，珠；（數小而圓的東西）粒，滴，丸 類 砂 沙子
1793 ☐☐☐ つぶ **潰す**	▶ つぶす	▶ 他五 毀壞，弄碎；熔毀，熔化；消磨，消耗；宰殺；堵死，填滿 類 崩す 拆毀

Check 2 必考詞組	Check 3 必考例句

□ 包みが届く。
包裹送到。
▶ 白い包みの中には松茸がありましたので、うれしくなりました。
白色包袱裡面裝的是松茸，真令人欣喜。

□ 勤めに出かける。
出門上班。
▶ 昼、夜の交代制ですが、夜の勤めは午後10時から午前3時までです。
這個工作是白天和晚上的輪班制，夜班是從晚間10點上到凌晨3點。

□ 親の務めを果たす。
完成父母的義務。
▶ 離婚しても相手はきちんと養育費を払い、親としての務めを果たしている。
在離婚之後，另一方仍然按時支付子女撫養費並且善盡父母的職責。

□ 司会役を務める。
擔任司儀。
▶ プロジェクトのリーダーを務めることになったのですが、責任が重大だなと感じます。
在當上了專案計畫的負責人之後，不禁感受到沉重的責任感。

□ サービスに努める。
努力服務。
▶ 毎日ジョギングをして、体力の向上に努めたい。
每天慢跑，努力強化體能。

□ 命綱が2本付いている。
附有兩條救命繩。
▶ 体に綱を巻いていても、こんな急な山は怖くて登りたくない。
就算身上綁著繩索還是害怕，根本不想爬這麼陡峭的山。

□ 繋がりを調べる。
調查關係。
▶ 留学して初めて家族の繋がりの大切さに気がついた。
去留學後才明白了家人之間的羈絆有多麼珍貴。

□ 常に一貫している。
總是貫徹到底。
▶ 母は常に家族みんなの健康を考えて、料理を作っている。
媽媽做菜時總是優先考量全家人的健康。

□ 想像の翼が広がる。
想像的翅膀擴展開來。
▶ 陸上には恐竜が、空には大きな翼を広げて飛ぶ翼竜がいました。
當時陸地上有恐龍，而空中則有展開巨大翅膀飛翔的翼龍。

□ 麦の粒が大きい。
麥粒很大。
▶ 「お米はひと粒でも粗末にしてはいけない」と祖母はよく言っていた。
「連一粒米也不可以糟蹋」是奶奶的口頭禪。

□ 時間を潰す。
消磨時間。
▶ 祖父が作ったこの店を潰さないようにがんばろう。
堅持下去，別讓爺爺開的這家店關門大吉了。

つ｜つつみ～つぶす

Check 1 必考單字	高低重音	詞性、類義詞與對義詞
1794 ☐☐☐ つぶ 潰れる	► つぶれる	► 自下一 壓壞，壓碎，坍塌，倒塌；倒產，破產；磨損，磨鈍；（耳）聾，（眼）瞎 類 倒れる 倒閉
1795 ☐☐☐ つまず 躓く	つまずく	► 自五 跌倒，絆倒；（中途遇障礙而）失敗，受挫 類 引っかかる 勾住
1796 ☐☐☐ つみ 罪	► つみ	► 名・形動（法律上的）犯罪；（宗教上的）罪惡，罪孽；（道德上的）罪責，罪過 類 犯罪 犯罪
1797 ☐☐☐ つや 艶	► つや	► 名 光澤，潤澤；興趣，精彩；豔事，風流事 類 華 華麗
1798 ☐☐☐ つよ き 強気	つよき	► 名・形動（態度）強硬，（意志）堅決；（行情）看漲 類 頑強 頑強
1799 ☐☐☐ つら 辛い	► つらい	► 形・接尾 痛苦的，難受的，吃不消；刻薄的，殘酷的；難…，不便… 類 きつい 費力，勞累
1800 ☐☐☐ つ 釣り	► つり	► 名 釣，釣魚；找錢，找的錢 類 捕らえる 捉住
1801 ☐☐☐ つ あ 釣り合う	► つりあう	► 自五 平衡，均衡；勻稱，相稱 類 合う 適合
1802 ☐☐☐ つ ばし つ ばし 釣り橋・吊り橋	► つりばし	► 名 吊橋 類 陸橋 泛指路面上的橋
1803 ☐☐☐ つ 吊る	► つる	► 他五 吊，懸掛，佩帶 類 垂らす 垂下
1804 ☐☐☐ つ 吊るす	► つるす	► 他五 懸起，吊起，掛著 類 ぶら下がる 垂釣

□ 会社が潰れる。
公司破產。

▶ 会社が潰れたので、仲間で会社を作った。
公司倒閉了，所以我和夥伴合開了一家新公司。

□ 事業に躓く。
在事業上受挫折。

▶ 5月に家内が躓いて転び、右手を骨折してしまった。
5月的時候內人不慎絆倒，摔斷了右手。

□ 罪を償う。
贖罪。

▶ 罪を犯した人は、法律に基づいて罰せられるのが当然だ。
犯了罪的人，依據法律予以處罰是天經地義的。

□ 艶が出る。
顯出光澤。

▶ 髪の毛に艶を出すために、毎日ブラシで手入れしている。
為了讓秀髮呈現光澤，每天都用髮刷仔細梳理。

□ 強気で談判する。
以強硬的態度進行談判。

▶ 社長の強気の決断で、海外に支店を設けることになった。
總經理豪氣地拍板定案，確定將在國外設分店了。

□ 言い辛い話を伝えた。
說出難以啟齒的話。

▶ 最近、腰と膝が痛くて、畳に長い時間座っているのは辛い。
最近腰疼膝痛的，長時間坐在榻榻米上很難受。

□ お釣りを渡す。
找零。

▶ 夫は朝早くから釣りに行くので、日曜も1日中いません。
我先生大清早就出門釣魚去了，就連星期日也一整天不在家。

□ 左右が釣り合う。
左右勻稱。

▶ 私の住んでいる市は、収入と支出が釣り合っているそうだ。
據說我居住的城市目前達到收支平衡。

□ 吊り橋を渡る。
過吊橋。

▶ そこは紅葉がきれいでした。吊り橋がゆらゆら揺れて面白かったです。
那裡的紅葉景色很美，走在上面會搖搖晃晃的吊橋也很刺激。

□ 首を吊る。
上吊。

▶ 外から見えないように、部屋の窓に厚いカーテンを吊る。
為了遮擋外部的視線，在房間的窗子掛上厚厚的窗簾。

□ 洋服を吊るす。
吊起西裝。

▶ この芳香剤はお部屋や玄関に飾ったり、クローゼットに吊るしたり、使い方はいろいろあります。
這款芳香劑可以擺在房間或玄關當作裝飾品，也可以掛在衣櫥裡，用途十分廣泛。

つ｜つぶれる〜つるす

Check 1　必考單字	高低重音	詞性、類義詞與對義詞
1805 □□□ つ 連れ	つれ	名·接尾 同伴，伙伴；（能劇，狂言的）配角 類 同行者 同行者
1806 □·□□ で	で	接續 那麼；（表示原因）所以 類 だから 所以
1807 □□□ で あ 出会い	であい	名 相遇，不期而遇，會合；幽會；河流會合處 類 見合い 相親
1808 □□□ て あら 手洗い	てあらい	名 洗手；洗手盆，洗手用的水；洗手間 類 トイレ 廁所
1809 □□□ ていいん 定員	ていいん	名 （機關，團體的）編制的名額；（車輛的）定員，規定的人數 類 定数 規定的數量
1810 □□□　◎ T2-27 てい か 低下	ていか	名·自サ 降低，低落；（力量、技術等）下降 類 退歩 退步
1811 □□□ てい か 定価	ていか	名 定價 類 価格 價格
1812 □□□ てい き てき 定期的	ていきてき	形動 定期，一定的期間 類 周期 週期
1813 □□□ ていきゅう び 定休日	ていきゅうび	名 （商店、機關等）定期公休日 類 休日 休假日
1814 □□□ ていこう 抵抗	ていこう	名·自サ 抵抗，抗拒，反抗；（物理）電阻，阻力；（產生）抗拒心理，不願接受 類 反抗 反抗
1815 □□□ てい し 停止	ていし	名·他サ·自サ 禁止，停止；停住，停下；（事物、動作等）停頓 類 中止 中止

□ 子ども連れの客が多い。
有許多帶小孩的客人。

遊園地で連れとはぐれて、仕方なく一人で家に帰った。
在遊樂園跟同伴走散了，沒辦法只好一個人回家。

□ で、結果はどうだった？
那麼，結果如何？

「電車の中に鞄を忘れてしまったの」「えっ、で、どうしたの」
「我把包包忘在電車上了。」「啊！那，後來怎麼辦？」

□ 別れと出会い。
分離及相遇。

田中先生との出会いが、私の人生を大きく変えた。
與田中老師的相遇，徹底扭轉了我的人生。

□ 手洗いに行く。
去洗手間。

風邪を引かないためには、うがいと手洗いが何より大事です。
為預防感冒，最重要的就是常漱口和勤洗手。

□ 定員に達する。
達到規定人數。

このボートの定員は8名です。船室は意外に広々としています。
這艘小船最多可乘載8人。船艙比想像更為寬敞。

□ 機能が急に低下する。
機能急遽下降。

コストの削減＝（イコール）サービスの質の低下ではない。
縮減預算不等於降低服務品質。

□ 定価で購入する。
以定價買入。

ずっと欲しかったバッグを、定価の20％引きで買いました。
渴望了好久的皮包，終於用定價的8折買到了。

□ 定期的に送る。
定期運送。

この公園では、定期的にフリーマーケットが行われている。
這座公園會定期舉辦跳蚤市場。

□ 定休日が変わる。
改變公休日。

本来いきたかったレストランが定休日だったので、マクドナルドにした。
本來很想去的那家餐廳不巧公休，只好去了麥當勞。

□ 命令に抵抗する。
違抗命令。

敵が頑強に抵抗して、なかなか前進ができない。
遭到敵人的頑強抵抗而遲遲無法推進。

□ 作業を停止する。
停止作業。

運転士は異音を感じたため、列車を停止させた。
司機察覺到異樣的聲響，於是將火車停了下來。

て｜つれ～ていし

Check 1 必考單字	高低重音	詞性、類義詞與對義詞

1816 □□□
ていしゃ
停車
▶ てｲしゃ
▶ 名・他サ・自サ 停車，剎車
類 停留 停留

1817 □□□
ていしゅつ
提出
▶ てｲしゅつ
▶ 名・他サ 提出，交出，提供
類 提議 提議

1818 □□□
ていど
程度
▶ てｲど
▶ 名・接尾（高低大小）程度，水平；（適當的）程度，適度，限度
類 加減 程度

1819 □□□
でい
出入り
▶ でｲり
▶ 名・自サ 出入，進出；（因有買賣關係而）常往來；收支；（數量的）出入；糾紛，爭吵
類 受け払い 收支

1820 □□□
でい ぐち
出入り口
▶ でｲりぐち
▶ 名 出入口
類 玄関 玄關

1821 □□□
て い
手入れ
▶ てｲれ
▶ 名・他サ 收拾，修整；檢舉，搜捕（或唸：てｲれ）
類 手当て 準備

1822 □□□
で
出かける
▶ でかける
▶ 自下一 出門，出去，到…去；剛要走，要出去；剛要…
類 出向く 前往

1823 □□□
てき
的
▶ てき
▶ 造語 …的
類 点 論點

1824 □□□
てき
敵
▶ てき
▶ 名・漢造 敵人，仇敵；（競爭的）對手；障礙，大敵；敵對，敵方
類 相手 對手

1825 □□□
でき あ
出来上がり
▶ できあがり
▶ 名 做好，做完；完成的結果（手藝，質量）
類 完了 完成

1826 □□□
でき あ
出来上がる
▶ できあがる
▶ 自五 完成，做好；天性，生來就…
類 まとまる 談妥

□ 各駅に停車する。
各站皆停。

▶ その駅に特急は停まらないので、準急か各駅停車に乗ってください。
特快車不停靠該站，請搭乘準快車或慢車。

□ 証拠物件を提出する。
提出證物。

▶ 病院でもらった処方箋を薬局の窓口に提出する。
我把在醫院領到的處方箋交到藥局的窗口。

□ 軽い程度でした。
程度輕微。

▶ 電車の脱線事故があったが、被害の程度はわかっていない。
目前已知發生了電車出軌事故，但是傷亡狀況仍有待確認。

□ 出入りがはげしい。
進出頻繁。

▶ 和室の場は床の間の前が上座になります。人の出入りが激しい出入り口から一番遠くなり、落ち着ける場所だからです。
若是日式房間，應以壁龕前面為上座。因為那裡是距離人們頻繁進出的門口最遠、不會受到打擾的地方。

□ 出入り口に立つ。
站在出入口。

▶ 車で荷物を運ぶなら、お店の出入り口の前に駐車場がある方が運搬がラクになります。
如果需要開車載運貨物，最好店門前有停車場，這樣搬運時比較輕鬆。

□ 肌の手入れをする。
保養肌膚。

▶ テニスコートの芝はきれいに手入れされている。
網球場的草皮修剪得很整齊。

□ 家を出かけた時に
電話が鳴った。
正要出門時，電話響起。

▶ 旅行に出かける時は、家の戸締りをしっかりしてください。
外出旅遊時，請務必將家裡的門窗關緊鎖好。

□ 科学的に実証される。
在科學上得到證實。

▶ 年齢の高い層と比べると若年層の政治的な物事への関心は低い。
跟高齡層相比，低齡層對政治較不感興趣。

□ 敵に回す。
與…為敵。

▶ 決勝戦で戦う予定の敵チームは、投手が素晴らしいという評判だ。
即將於冠亞軍賽對戰的對手球隊，其投手以實力堅強著稱。

□ 出来上がりを待つ。
等待成果。

▶ このスープは、お湯を入れたら3分で出来上がりです。
這道湯只要把配料放進熱開水裡，3分鐘就能完成。

□ ようやく出来上がった。
好不容易才完成。

▶ この小説は書き始めてから2年、やっと出来上がった。
這部小說自兩年前開始撰寫，終於成稿了。

て｜ていしゃ～できあがる

347

Check 1　必考單字	高低重音	詞性、類義詞與對義詞
1827 □□□ てきかく **的確**	てきかく	形動 正確，準確，恰當 かくじつ 類 確実 確實
1828 □□□　⊙ T2-28 てき **適する**	てきする	自サ（天氣、飲食、水土等）適宜，適合；適當，適宜於（某情況）；具有做某事的資格與能力 あ 類 当てはまる 適合
1829 □□□ てきせつ **適切**	てきせつ	名・形動 適當，恰當，妥切 さいてき 類 最適 最適合
1830 □□□ てき ど **適度**	てきど	名・形動 適度，適當的程度 てきとう 類 適当 適當
1831 □□□ てきよう **適用**	てきよう	名・他サ 適用，應用 しよう 類 使用 使用
1832 □□□ **できれば**	できれば	連語 可以的話，可能的話 類 できたら 可以的話
1833 □□□ でこぼこ **凸凹**	でこぼこ	名・自サ 凹凸不平，坑坑窪窪；不平衡，不均勻 き ふく 類 起伏 高低起伏
1834 □□□ て ごろ **手頃**	てごろ	名・形動（大小輕重）合手，合適，相當；適合（自己的經濟能力、身分） てき ど 類 適度 適度
1835 □□□ で し **弟子**	でし	名 弟子，徒弟，門生，學徒 と てい 類 徒弟 徒弟
1836 □□□ て じな **手品**	てじな	名 戲法，魔術；騙術，奸計 ま じゅつ 類 魔術 魔術
1837 □□□ **ですから**	ですから	接続 所以 ゆえ 類 それ故に 因此

□ 的確な数字を出す。 提出正確的數字。	▶ 先生は成績が伸び悩んで落ち込んでいた時も的確な助言で励ましてくださいました。 在我為無法提升成績而感到沮喪的時候，老師也會給予鞭辟入裡的意見來勉勵我。
□ 子どもに適した映画を紹介する。 介紹適合兒童觀賞的電影。	▶ この部屋は植物を健やかに育てるのに適している。 這個房間很適合讓植物健康成長。
□ 適切な処置をする。 適當的處理。	▶ 交通事故の現場で、救急隊員は適切な応急処置をした。 急救員在車禍現場做了妥善的緊急救護處理。
□ 適度な運動をする。 適度的運動。	▶ 仕事の効率を上げるためには、適度な休息が必要だ。 為提升工作效率，適度的休息是必要的。
□ 法律に適用しない。 不適用於法律。	▶ 彼らは倒産法の適用によって保護されている。 他們符合破產法的規定而獲得保護。
□ できればもっと早く来てほしい。 希望能盡早來。	▶ 開演は3時ですが、できれば20分前にお越しください。 開演時刻是3點，但請盡量提前20分鐘進場。
□ でこぼこな地面をならす。 將坑坑洞洞的地面整平。	▶ この制震装置なら、車内の人は道路の凸凹を感じることなく、快適性が保たれる。 只要裝上這款避震器，車上的乘客就不會感受到路面的凹凸不平，可以享有舒適的乘坐感。
□ 手頃なお値段で食べられる。 能以合理價錢品嚐。	▶ この店では、質の良い靴を手頃な値段で買うことができる。 在這家店可以用實惠的價格買到品質優良的鞋子。
□ 弟子を取る。 收徒弟。	▶ 達人の弟子になるために、毎日一生懸命練習をした。 為了成為高手的徒弟而每天拚了命地苦練。
□ 手品を使う。 變魔術。	▶ 彼の趣味は手品だ。今日はトランプを使った手品を披露した。 他的愛好是魔術表演。今天用撲克牌露了一手魔術。
□ ですから先ほど話したとおりです。 所以，正如我剛剛說的那樣。	▶ 手術は成功しました。ですから、どうぞ安心なさってください。 手術成功了！所以，各位可以放心了。

1838 □□□ でたらめ	▶	で|たらめ	▶	名・形動 荒唐，胡扯，胡說八道，信口開河 類 いい加減 胡來，隨便
1839 □□□ てつ 鉄	▶	て|つ	▶	名 鐵 類 鋼_{はがね} 鋼
1840 □□□ てつがく 哲学	▶	て|つがく	▶	名 哲學；人生觀，世界觀 類 唯物論_{ゆいぶつろん} 唯物論
1841 □□□ てっきょう 鉄橋	▶	て|っきょう	▶	名 鐵橋，鐵路橋 類 高架橋_{こうかきょう} 高架橋
1842 □□□ てっきり	▶	て|っきり	▶	副 一定，必然；果然 類 きっと 一定
1843 □□□ てっこう 鉄鋼	▶	て|っこう	▶	名 鋼鐵 類 ステンレス 不鏽鋼
1844 □□□ てつ 徹する	▶	て|っする	▶	自サ 貫徹，貫穿；通宵，徹夜；徹底，貫徹始終 類 達_{たっ}する 到達
1845 □□□ てつづ 手続き	▶	て|つづき	▶	名 手續，程序 類 段取_{だんど}り 計畫
1846 □□□ てつどう 鉄道	▶	て|つどう	▶	名 鐵道，鐵路 類 モノレール 單軌鐵路
1847 □□□ ●T2-29 てっぽう 鉄砲	▶	て|っぽう	▶	名 槍，步槍 類 ピストル 手槍
1848 □□□ て 手ぬぐい	▶	て|ぬぐい	▶	名 布手巾 類 おしぼり 餐廳給客人使用的溼毛巾

□ でたらめを言うな。
別胡說八道。

▶ 友だちから聞いた住所はでたらめだったので、手紙が戻ってきてしまった。
從朋友那裏問到的住址是胡謅的，所以寄去的信被退回來了。

□ 鉄の意志が生んだ。
產生如鋼鐵般的意志。

▶ いくら押してもその鉄のドアは少しも開かなかった。
任憑他使盡吃奶的力氣推那道鐵門，無奈依然紋絲不動。

□ それは僕の哲学だ。
那是我的人生觀。

▶ この子の質問はいつもおもしろいから、きっと哲学者になれるね。
這孩子總是提出一些挺有意思的問題，日後一定會成為哲學家喔！

□ 鉄橋をかける。
架設鐵橋。

▶ 男の子は「やっぱり赤い鉄橋を渡る電車が好きだな。朝からずっと見ていても飽きないよ」と笑顔を見せた。
男孩笑著說：「我最喜歡的就是電車過紅鐵橋。從早上就一直看個不停也不覺得膩。」

□ てっきり晴れると思った。
以為一定會放晴。

▶ てっきりあなたの手作り弁当だと思っていたのに、違うのね？
我還以為這是你親手做的便當耶，不是哦？

□ 鉄鋼製品を販売する。
販賣鋼鐵製品。

▶ 海外の鉄鋼メーカーでは生産が難しい「高級鋼材」を、日本の鉄鋼業は得意としています。
海外的鋼鐵廠難以製造的「高級鋼材」卻是日本鋼鐵業最擅長的產品線。

□ 金儲けに徹する。
努力賺錢。

▶ 新しい創作劇は会員が夜を徹して作ったそうだ。すごいなあと敬服した。
會員為了創作新劇而徹夜未眠。實在令人敬佩。

□ 手続きをする。
辦理手續。

▶ 入学手続きのために写真を撮らなくてはなりません。
為了辦理入學手續而不得不去拍照。

□ 鉄道を利用する。
乘坐鐵路。

▶ 最近、鉄道会社に就職を希望する女子学生が多いという。
據說近來有不少女學生希望到鐵路公司上班。

□ 鉄砲を向ける。
舉槍瞄準。

▶ 日本に初めて鉄砲が入ってきたのは 16 世紀です。
日本最早是在16世紀引進了槍砲。

□ 手ぬぐいを絞る。
扭（乾）毛巾。

▶ 祖母は泥だらけの私の顔を手ぬぐいでふいてくれた。
奶奶拿手巾幫我擦拭了沾滿泥巴的臉。

Check 1 必考單字	高低重音	詞性、類義詞與對義詞

1849 □□□
て ま
手間
▶ てま ▶
图（工作所需的）勞力、時間與功夫；
（手藝人的）計件工作，工錢
類 手数 費事

1850 □□□
で むか
出迎え
▶ でむかえ ▶
图 迎接；迎接的人
類 迎賓 接待賓客

1851 □□□
で むか
出迎える
▶ でむかえる ▶
他下一 迎接
類 迎える 迎接
むか

1852 □□□
デモ
▶ デモ ▶
图 抗議行動
類 要請 要求
ようせい

1853 □□□
て
照らす
▶ てらす ▶
他五 照耀，曬，晴天
類 輝かす 使光亮
かがや

1854 □□□
て
照る
▶ てる ▶
自五 照耀，曬，晴天
類 光る 發光
ひか

1855 □□□
てん
店
▶ てん ▶
图 店家，店
類 ショップ 店鋪

1856 □□□
てんかい
展開
▶ てんかい ▶
名・他サ・自サ 開展，打開；展現；進
展；（隊形）散開
類 進行 進展
しんこう

1857 □□□
てんけい
典型
▶ てんけい ▶
图 典型，模範
類 タイプ 類型

1858 □□□
てんこう
天候
▶ てんこう ▶
图 天氣，天候
類 気象 氣象
きしょう

1859 □□□
でん し
電子
▶ でんし ▶
图（理）電子
類 原子 原子
げんし

□ 手間がかかる。
費工夫，費事。

▶ そこそこの素材でも手間をかければ美味しくいただける。
即使是平凡無奇的食材，只要多花幾道功夫，就能變成美味的料理。

□ 出迎えに上がる。
去迎接。

▶ 空港で出迎えの車に乗って、すぐホテルに向かった。
在機場搭上前來迎接的車子，立刻駛往了旅館。

□ 客を駅に出迎える。
到車站接客人。

▶ 大臣は、アメリカの要人を空港で出迎える予定である。
部長將前往機場迎接美國的重要人士。

□ デモに参加する。
參加抗議活動。

▶ デモに参加する人々が朝早くから公園に集まった。
參加示威活動的人們一大早就在公園集合了。

□ 先例に照らす。
參照先例。

▶ 停電したので、仕方なくろうそくで部屋を照らした。
停電了，只好點了蠟燭照亮房間。

□ 日が照る。
太陽照射。

▶ 1日中雨の天気予報だったが、午後から日が照ってきた。
原本氣象預報是全天有雨，可是到下午卻出了太陽。

□ 店員になる。
成為店員。

▶ 今日、本店から書類が届くので、受け取っといてください。
由本店寄出的文件將於今日送達，敬請留意收件。

□ 思わぬ方向に展開した。
向意想不到的方向發展。

▶ 1点を追う展開でゲーム終了の笛が鳴り、選手は天を仰いだ。
比賽在落後一分的情況下響起時間終了的笛聲，選手不禁仰天嘆息。

□ 典型とされる作品。
典型作品。

▶ 咳が出るのはこの病気の典型的な症状の一つです。
咳嗽是這種疾病的典型症狀之一。

□ 天候が変わる。
天氣轉變。

▶ 天候が変わりやすいせいか、最近体調がよくない。
也許是因為天候陰晴不定，最近身體狀況不太好。

□ 電子オルガンを弾く。
演奏電子琴。

▶ 最近の新しい電子辞書はデザインもよく、使いやすい。
最近上市的電子辭典不僅設計美觀，同時便於使用。

Check 1　必考單字	高低重音	詞性、類義詞與對義詞

1860 □□□
てんじかい
展示会
▶ てんじかい ▶
名 展示會
類 てんらんかい 展覧会 展覽會

1861 □□□
でんせん
伝染
▶ でんせん ▶
名・自サ（病菌的）傳染；（惡習的）傳染，感染
類 かんせん 感染 感染

1862 □□□
でんせん
電線
▶ でんせん ▶
名 電線，電纜
類 でんわせん 電話線 電話線

1863 □□□
でんちゅう
電柱
▶ でんちゅう ▶
名 電線桿
類 はしら 柱 柱子

1864 □□□　　◎T2-30
てんてん
点々
▶ てんてん ▶
副 點點，分散在；（液體）點點地，滴滴地往下落
類 あっちこっち 這裡那裡

1865 □□□
てんてん
転々
▶ てんてん ▶
副・自サ 轉來轉去，輾轉，不斷移動；滾轉貌，嘰哩咕嚕
類 うろうろ 來回走動

1866 □□□
でんとう
伝統
▶ でんとう ▶
名 傳統
類 ぜんれい 前例 先例

1867 □□□
てんねん
天然
▶ てんねん ▶
名 天然，自然
類 しぜん 自然 天然

1868 □□□
てんのう
天皇
▶ てんのう ▶
名 日本天皇
類 ていおう 帝王 帝王

1869 □□□
でんぱ
電波
▶ でんぱ ▶
名（理）電波
類 ていしゅうは 低周波 低頻率的波

1870 □□□
テンポ
▶ テンポ ▶
名（樂曲的）速度，拍子；（局勢、對話或動作的）速度
類 ペース 速度

□ 着物の展示会に
　行った。
去參加和服展示會。

▶ 家具を買う予定があるので、展示会に行ってみようと
思う。
我計畫買家具，所以打算去展售會逛一逛。

□ 麻疹が伝染する。
傳染麻疹。

▶ 鳥インフルエンザが伝染することを官民一体となって
防ぎます。
官民一體，齊心協力的預防禽流感的感染。

□ 電線を張る。
架設電線。

▶ 切れた電線は危険なので、絶対に近づかないでくださ
い。
斷裂的電線非常危險，請千萬不要靠近！

□ 電柱を立てる。
立電線桿。

▶ 電柱に、勝手に広告を貼ってはならないことになって
いる。
按照規定，不可以擅自在電線桿上張貼廣告。

□ 点々と滴る。
滴滴答答地滴落下來。

▶ 雪が降った日の朝、庭に猫の足跡が点々と続いていた。
下過雪的早晨，院子裡留下了貓咪的一串點點小腳印。

□ 各地を転々とする。
輾轉各地。

▶ 犯人は発見を恐れて、居住地を転々と変えていた。
這些年來凶手唯恐被人認出而一再搬家，輾轉多地。

□ 伝統を守る。
遵守傳統。

▶ 伝統的な日本のスポーツ、相撲を毎回楽しみにしてい
る外国人のファンも多いです。
有許多外國球迷十分熱衷日本傳統運動的相撲。

□ 天然の良港に恵ま
れている。
天然的良港得天獨厚。

▶ この腕時計は 100% 天然の木で作られているため、とて
も軽いです。
這款手錶是以百分之百天然木材製成的，非常輕盈。

□ 天皇陛下が 30 日に
退位する。
天皇陛下在 30 日退位。

▶ 今日は天皇誕生日なので、ほとんどの学校は休みです。
今天是天皇誕辰日，因此幾乎所有的學校都放假。

□ 電波を出す。
發出電波。

▶ 山の奥では携帯の電波が届かないんです。残念です。
手機在深山收不到訊號，真遺憾。

□ テンポが落ちる。
節奏變慢。

▶ 彼女の説明はテンポが速くて、誰もついていけなかっ
た。
她講解時速度太快，誰都來不及聽懂。

て｜てんじかい ～ テンポ

355

Check 1 必考單字	高低重音	詞性、類義詞與對義詞
1871 □□□ てんぼうだい **展望台**	てんぼうだい	名 瞭望台 類 見晴らし台 瞭望台
1872 □□□ でんりゅう **電流**	でんりゅう	名（理）電流 類 送電 輸電
1873 □□□ でんりょく **電力**	でんりょく	名 電力 類 電気 電力
1874 □□□ と **都**	と	名・漢造 首都；「都道府縣」之一的行政 單位，都市；東京都 類 都心 市中心
1875 □□□ と **問い**	とい	名 問，詢問，提問；問題 類 伺い 詢問
1876 □□□ と あ **問い合わせ**	といあわせ	名 詢問，打聽，查詢 類 申し入れ 提議
1877 □□□ **トイレットペー パー**	トイレットペー パー	名 衛生紙，廁紙 類 ティッシュ 面紙
1878 □□□ とう **党**	とう	名・漢造 郷里；黨羽，同夥；黨，政黨 類 政党 政黨
1879 □□□ とう **塔**	とう	名・漢造 塔 類 灯台 燈塔
1880 □□□ ◎**T2-31** とう **島**	とう	名 島嶼 類 本島 島群中的主要島嶼
1881 □□□ どう **銅**	どう	名 銅 類 銀 銀

□ 展望台からの眺め。
從瞭望台看到的風景。

▶ 展望台からの景色は本当に素晴らしかったのでまた機会があれば訪れたいです。
從觀景台賞覽的景色真是太壯觀了，有機會還想再次造訪。

□ 電流が通じる。
通電。

▶ みんなの体の中には、いつも弱い電流が流れているんだ。本当だよ。
每個人的身體裡無時無刻都有微弱的電流持續流動。是真的喔！

□ 電力を供給する。
供電。

▶ 今後、地球温暖化で、ますます電力消費が増えることが予想されています。
今後由於地球暖化，可以想見電力消費將會大幅增加。

□ 東京都水道局が管理する。
東京都水利局進行管理。

▶ 2021年に東京都で、東京オリンピックが開催される。
2021年將在東京都舉行東京奧運。

□ 問いに答える。
回答問題。

▶ 世界一悪い人は誰かという子どもの問いに答えられなかった。
誰是世界上最壞的人──小孩的這個問題考倒我了。

□ 問い合わせが殺到する。
詢問人潮不斷湧來。

▶ お問い合わせは、電話またはメールでお願いいたします。
有任何問題請透過電話或電子郵件洽詢。

□ トイレットペーパーがない。
沒有衛生紙。

▶ トイレットペーパーがあと少ししかないので買っておこう。
廁紙只剩下一點點了，快去買吧！

□ 党の決定に従う。
服從黨的決定。

▶ 来月の国会議員の選挙で、彼は新しい党から立候補する。
下個月的國會議員選舉，他將代表新政黨參選。

□ 宝塔に登る。
登上寶塔。

▶ 北海道に行ったら、札幌で「さっぽろテレビ塔」を見たい。
如果有機會到北海道，我想去札幌看「札幌電視塔」。

□ 離島が数多くある。
有許多離島。

▶ サイパン島の海岸に新しいホテルができたので行ってみよう。
賽班島的海岸蓋了一家新旅館，我們去住住看吧！

□ 銅を含む。
含銅。

▶ その選手は銅メダルを首にかけて、観客に手を振った。
那位選手將銅牌掛上脖子，向觀眾揮了揮手。

Check 1 必考單字	高低重音	詞性、類義詞與對義詞

1882 □□□
とうあん
答案
▶ と|うあん ▶

名 試卷，卷子
類 正答 正解（せいとう）

1883 □□□
どう致（いた）しまして
▶ ど|うい|たしま|して ▶

寒暄 不客氣，不敢當
類 とんでもない 別客氣

1884 □□□
とういつ
統一
▶ と|ういつ ▶

名・他サ 統一，一致，一律
類 一統 統一治理（いっとう）

1885 □□□
どういつ
同一
▶ ど|ういつ ▶

名・形動 同樣，相同；相等，同等
類 同等 同樣的等級（どうとう）

1886 □□□
どうか
▶ ど|うか ▶

副 (請求他人時)請；設法，想辦法；(情況)和平時不一樣，不正常；(表示不確定的疑問，多用かどうか)是…還是怎麼樣
類 ぜひ 務必

1887 □□□
どうかく
同格
▶ ど|うかく ▶

名 同級，同等資格，等級相同；同級的 (品牌)；(語法)同格語
類 同級 相同等級（どうきゅう）

1888 □□□
とうげ
峠
▶ と|うげ ▶

名 山路最高點 (從此點開始下坡)，山巔；頂部，危險期，關頭
類 坂道 坡道（さかみち）

1889 □□□
とうけい
統計
▶ と|うけい ▶

名・他サ 統計
類 集計 總計（しゅうけい）

1890 □□□
どうさ
動作
▶ ど|うさ ▶

名・自サ 動作
類 身振り 動作（みぶり）

1891 □□□
とうざい
東西
▶ と|うざい ▶

名 (方向)東和西；(國家)東方和西方；方向；事理，道理
類 和洋 日本與西洋（わよう）

1892 □□□
とうじ
当時
▶ と|うじ ▶

名・副 現在，目前；當時，那時
類 過去 過去（かこ）

□ 答案を出す。
交卷。

▶ テストの時、よく確認をせずに答案を出してしまった。
考試時沒有仔細檢查就交卷了。

□「ありがとう」「どう致しまして」
「謝謝。」「不客氣。」

▶「お土産を頂き、ありがとうございます」「どう致しまして」
「謝謝您送的伴手禮。」「不客氣。」

□ 意見を統一する。
統一意見。

▶ そこは落ち着いた色合いの家具で統一されたシックな部屋だった。
那裡曾是以一貫沉穩的色調擺放家具的房間。

□ 同一歩調を取る。
採取同一步調。

▶ この商品は、全国どこへでも同一の送料でお送りします。
這件商品寄到全國各地的運費都是相同的。

□ どうか見逃してください。
請原諒我。

▶ 企画書は作り直しますので、どうかもう1日待ってください。
我會重做一份企劃書，懇請您再等一天！

□ 課長職と同格に扱う。
以課長同等地位看待。

▶ 母は、昔から子どもの私と同格に話してくれた。
當我還是個小孩的時候，媽媽就用對等的立場和我說話了。

□ 峠に着く。
到達山頂。

▶ この仕事は今日が峠だから、みんなで力を合わせてがんばろう。
這項工作今天來到最關鍵的時刻，大家一起齊心協力克服難關吧！

□ 統計を出す。
做出統計數字。

▶ 私が調査結果の統計をとるのを手伝ってください。
請幫忙我彙整統計調查結果。

□ 動作が速い。
動作迅速。

▶ バレエは優雅な動作や姿勢の美しさを重視しています。
芭蕾舞重視美麗優雅的動作及姿態。

□ 東西に分ける。
分為東西。

▶ 日本は東西でうどんやラーメンの味の濃さが違うそうだ。
聽說在日本的關東、關西地區，烏龍麵和拉麵的湯頭濃度不一樣。

□ 当時を思い出す。
憶起當時。

▶ 小学校へ入学した当時、妹は体が弱く、よく学校を休んだ。
剛進小學就讀的那個時候，妹妹體弱多病，常向學校請假。

と｜とうあん ～ とうじ

Check 1 必考單字	高低重音	詞性、類義詞與對義詞
1893 □□□ どう し **動詞**	▶ どうし	名 動詞 類 他動詞 他動詞
1894 □□□ どう じ **同時**	▶ どうじ	名・副・接 同時，時間相同；同時代；同時，立刻；也，又，並且 類 並行 同時進行
1895 □□□ とうじつ **当日**	▶ とうじつ	名・副 當天，當日，那一天 類 当時 當時
1896 □□□ とうしょ **投書**	▶ とうしょ	名・他サ・自サ 投書，信訪，匿名投書；（向報紙、雜誌）投稿 類 投稿 投稿
1897 □□□ T2-32 とうじょう **登場**	▶ とうじょう	名・自サ（劇）出場，登台，上場演出；（新的作品、人物、產品）登場，出現 類 臨場 親臨現場
1898 □□□ **どうせ**	▶ どうせ	副（表示沒有選擇餘地）反正，總歸就是，無論如何 類 しょせん 反正
1899 □□□ とうだい **灯台**	▶ とうだい	名 燈塔 類 海図 航海地圖
1900 □□□ とうちゃく **到着**	▶ とうちゃく	名・自サ 到達，抵達 類 到来 到來
1901 □□□ どうとく **道徳**	▶ どうとく	名 道德 類 人道 人道
1902 □□□ とうなん **盗難**	▶ とうなん	名 失竊，被盜 類 危難 災難
1903 □□□ とうばん **当番**	▶ とうばん	名・自サ 值班（的人） 類 担当者 負責人

□ 動詞の活用が苦手だ。
動詞的活用最難。

▶ 日本語の動詞の活用はとても複雑なので、外国人には難しい。
日文的動詞變化非常複雜，對外國人是一大考驗。

□ 同時に出発する。
同時出發。

▶ テレビ番組の芸人のするどいツッコミに家族皆が同時に笑い声をあげた。
全家人被藝人在節目中的吐槽逗得同時爆出了笑聲。

□ 大会の当日に配布される。
在大會當天發送。

▶ 出発の当日になって風邪を引き、旅行をキャンセルした。
到了旅行出發當天居然感冒，只好取消了行程。

□ 役所に投書する。
向政府機關投書。

▶ 産経新聞に投書をしました。すると、新聞社から採用の電話が来ました。
投稿到產經新聞，結果就收到了報社的採用電話。

□ 新製品が登場する。
新商品登場。

▶ この漫画はユニークな必殺技が次々と登場する。
這部漫畫將有獨家絕招陸續登場。

□ どうせ勝つんだ。
反正怎樣都會贏。

▶ どうせ間に合わないのだからゆっくり行こう。
既然肯定趕不上了，不如慢慢去吧。

□ 灯台守が住んでいる。
住守著燈塔守衛。

▶ 灯台の光は、力強く、遠くまでしっかり届くので海難事故を減らすことができる。
燈塔發出的光線很強，可以射到很遠的地方，有效減少海難事故。

□ 目的地に到着する。
到達目的地。

▶ 事故発生から１時間後、ようやく現場に救急隊が到着した。
事故發生過了一個鐘頭，急救隊才總算抵達現場。

□ 道徳に反する。
違反道德。

▶ 商売をする上で重要なのは、競争しながらでも道徳を守るということだ。
做生意重要的是必須在競爭中謹守道德底線。

□ 盗難に遭う。
遭竊。

▶ 昨夜、盗難事件のあったスーパーは、この店です。
昨晚遭竊的超市是這家店。

□ 当番が回ってくる。
輪到值班。

▶ 彼には日頃よくしてもらっているので、ゴミ当番を代わってあげています。
他平常對我很好，所以我代替他當垃圾值日生。

と｜どうし～とうばん

Check 1 必考單字	高低重音	詞性、類義詞與對義詞

1904 □□□
とうひょう
投票 ▶ と|うひょう ▶ 名・自サ 投票
類 選挙 選舉
せんきょ

1905 □□□
とう ふ
豆腐 ▶ と|うふ ▶ 名 豆腐
類 油揚げ 炸豆皮
あぶら あ

1906 □□□
とうぶん
等分 ▶ と|うぶん ▶ 名・他サ 等分，均分；相等的份量
類 等量 相同份量
とうりょう

1907 □□□
とうめい
透明 ▶ と|うめい ▶ 名・形動 透明；純潔，單純
類 鮮明 鮮明
せんめい

1908 □□□
どうも ▶ ど|うも ▶ 副（後接否定詞）怎麼也…；總覺得，似乎；實在是，真是
類 どうやら 大概

1909 □□□
とう ゆ
灯油 ▶ と|うゆ ▶ 名 燈油；煤油
類 石油 石油
せき ゆ

1910 □□□
どう よう
同様 ▶ ど|うよう ▶ 形動 同樣的，一樣的
類 同一 相同
どういつ

1911 □□□
どうよう
童謡 ▶ ど|うよう ▶ 名 童謠；兒童詩歌
類 子守歌 搖籃曲
こ もりうた

1912 □□□
どうりょう
同僚 ▶ ど|うりょう ▶ 名 同事，同僚
類 連中 同伴
れんちゅう

1913 □□□
どう わ
童話 ▶ ど|うわ ▶ 名 童話
類 寓話 寓言
ぐう わ

1914 □□□
とお
通り ▶ と|おり| ▶ 接尾 種類；套，組
類 ルート 途徑

□ 投票に行く。
去投票。
▶ その意見はファンの皆さんが Twitter 投票で決める。
那項意見是粉絲在推特上投票的結果。

□ 豆腐は安い。
豆腐很便宜。
▶ 京都で食べた豆腐料理は、とてもおいしかった。
在京都吃到的豆腐料理令人回味無窮。

□ 3等分する。
分成3等分。
▶ 兄弟3人だから遺産は3等分するのが公平だ。
有3個兄弟，所以遺產要分成3等分才公平。

□ 透明なガラスで仕
切られた。
被透明的玻璃隔開。
▶ いちごジャムを作り、透明のガラス瓶に入れて保存した。
製作草莓果醬，倒進了透明玻璃瓶裡貯存。

□ どうも調子がおか
しい。
總覺得怪怪的。
▶ 夫の様子がどうも怪しいと思って、調査を依頼したら、やはり浮気でした。
我覺得先生的態度不太對勁，找人調查之後，果真有外遇了！

□ 灯油で動く。
以燈油啟動。
▶ その灯油は値上がりしていて、しかも残りすくない状態です。困っています。
那款煤油漲價了，而且架上所剩不多，傷腦筋。

□ 同様の値段で販売
している。
同樣的價錢販售。
▶ 今年の夏休みも昨年同様、家族でキャンプをするつもりだ。
今年暑假和去年一樣，打算全家一起露營。

□ 童謡を作曲する。
創作童謠歌曲。
▶ 母親は子どものために優しい声で童謡を歌っている。
母親用溫柔的聲音為孩子唱著童謠。

□ 昔の同僚に会った。
遇見以前的同事。
▶ 同僚は僕が困ってるとすぐ察してくれて、いつも助けてくれる親切な人です。
同事是個每次都會立刻察覺到我有困難，並且出手協助的親切好人。

□ 童話に引かれる。
被童話吸引住。
▶ 昔、寝る前母に童話集を読んでもらっていた時期がありました。
以前有一段時期，睡前媽媽會讀童話集給我聽。

□ 方法は二通りある。
辦法有兩種。
▶ 市役所に行くには、電車、バス、徒歩の3通りの方法がある。
前往市政府有3種交通方式，可以搭電車、巴士，或是步行。

Check 1 必考單字	高低重音	詞性、類義詞與對義詞

1915 □□□ ○ T2-33
とお
通りかかる ▶ と|おりかかる ▶ 自五 碰巧路過
類 通りすがる 碰巧路過

1916 □□□
とお す
通り過ぎる ▶ と|おりすぎる ▶ 自上一 走過，越過
類 通過 不停頓的通過

1917 □□□
と かい
都会 ▶ と|かい ▶ 名 都會，城市，都市
類 都心 市中心

1918 □□□
とが
尖る ▶ と|がる ▶ 自五 尖；發怒；神經過敏，神經緊張
類 とんがる 尖尖的，「尖る」的口語用法

1919 □□□
とき
時 ▶ と|き ▶ 名 時間；（某個）時候；時期，時節，季節；情況，時候；時機，機會
類 機 時機

1920 □□□
ど
退く ▶ ど|く ▶ 自五 讓開，離開，躲開
類 退く 後退

1921 □□□
どく
毒 ▶ ど|く ▶ 名・自サ・漢造 毒，毒藥；毒害，有害；惡毒，毒辣
類 有害 有害

1922 □□□
とくしゅ
特殊 ▶ と|くしゅ ▶ 名・形動 特殊，特別
類 独特 獨特

1923 □□□
とくしょく
特色 ▶ と|くしょく ▶ 名 特色，特徵，特點，特長
類 異彩 突出的成就

1924 □□□
どくしん
独身 ▶ ど|くしん ▶ 名 單身
類 未婚 未婚

1925 □□□
とくちょう
特長 ▶ と|くちょう ▶ 名 專長
類 長所 優點

□ 通りかかった船に救助された。 被經過的船隻救了。	▶ レンガ造りのいい感じのお店で、通りかかったので、ちょっと寄ってみた。 我路過一家頗具風格的磚造商店，順道進去逛逛。
□ うっかりして駅を通り過ぎてしまった。 一不小心車站就走過頭了。	▶ 村を通り過ぎると、美しい緑の草原が広がっています。 穿過村莊，美麗的翠綠草原在眼前鋪展開來。
□ 彼は都会育ちだ。 他在城市長大的。	▶ 田舎に住んでいた頃、都会は怖いところだと思っていた。 以前住在鄉下的時候，一直以為城市是可怕的地方。
□ 神経が尖る。 神經緊張。	▶ 先の尖った鉛筆で書いたほうが、きれいな字が書けるんですか。 用削得很尖的鉛筆寫出來的字比較好看嗎？
□ その時がやって来る。 時候已到。	▶ どんな時でも笑顔を忘れないでいたいと思います。 希望自己無論在任何時候都不要忘記面帶笑容。
□ 早く退いてくれ。 快點讓開。	▶ 起きたのなら、そこをどいてください。掃除をするから。 既然醒了就讓開，我要打掃那邊了。
□ 毒にあたる。 中毒。	▶ 河豚の毒に当たったらまず舌や手足から痺れ始めます。 萬一中了河豚毒素，首先感到麻痺的是舌頭跟手腳。
□ 特殊なケース。 特殊的案子。	▶ このフライパンは、焦げないように特殊な加工がしてある。 這款平底鍋有避免燒焦的特殊加工。
□ 特色を生かす。 發揮特長。	▶ この大学の特色はボランティア活動が盛んなことです。 這所大學的特色是師生積極參與志工活動。
□ 独身で暮らしている。 獨自一人過生活。	▶ 営業部は、鈴木さんと中村さん以外みんな独身だ。 業務部除了鈴木先生和中村小姐以外，全都是單身。
□ 特長を生かす。 活用專長。	▶ 山本課長は新人社員の特長を見つけて生かすのが得意だ。 山本科長擅長於發掘新進職員的專長並且予以發揮。

Check 1　必考單字	高低重音	詞性、類義詞與對義詞

1926 □□□
とくてい
特定
▶ とくてい ▶
名・他サ 特定；明確指定，特別指定
類 特殊 特殊
とくしゅ

1927 □□□
どくとく
独特
▶ どくとく ▶
名・形動 獨特
類 格別 特別
かくべつ

1928 □□□
とくばい
特売
▶ とくばい ▶
名・他サ 特賣；（公家機關不經標投）賣給特定的人
類 安価 廉價
あんか

1929 □□□
どくりつ
独立
▶ どくりつ ▶
名・自サ 孤立，單獨存在；自立，獨立，不受他人援助
類 孤立 孤立
こりつ

1930 □□□
と　こ
溶け込む
▶ とけこむ ▶
自五 （理、化）融化，溶解，熔化；融合，融
類 溶ける 融化
と

1931 □□□
ど
退ける
▶ どける ▶
他下一 移開
類 退く 後退
しりぞ

1932 □□□
どこか
▶ どこか ▶
連語 某處，某個地方
類 どこかしら 某處

1933 □□□ ◎T2-34
とこ　ま
床の間
▶ とこのま ▶
名 壁龕（牆身所留空間，傳統和室常有擺設插花或是貴重的藝術品之特別空間）
類 （お）座敷 客廳
ざしき

1934 □□□
どころ
▶ どころ ▶
接尾（前接動詞連用形）值得…的地方，應該…的地方；生產…的地方；們
類 位置 地方
いち

1935 □□□
ところが
▶ ところが ▶
接・接助 然而，可是，不過；一…，剛要
類 ただ 不過

1936 □□□
ところで
▶ ところで ▶
接續・接助（用於轉變話題）可是，不過；即使，縱使，無論
類 ともあれ 暫且不提

□ 特定の店しか扱わ ない。 只能於特定的店家使用。	▶ 警察はパソコンの検索履歴から犯人を特定したそうだ。 據說警方是從電腦的瀏覽紀錄中鎖定了凶嫌。
□ 独特なやり方であ る。 是獨特的做法。	▶ 小さい時は、香草の独特な匂いが苦手で食べられなかっ た。 小時候很怕香草植物的獨特氣味，根本不敢吃。
□ 夏物を特売する。 特價賣出夏季商品。	▶ このスーパーは毎週土日に、お米の特売をやっている。 這間超市每週末都會舉辦白米優惠大特賣。
□ 親から独立する。 脫離父母獨立。	▶ アメリカは自由・平等・幸福の追求を求めて、独立を 宣言した。 美國為保障生命權、自由權和追求幸福的權利而宣布了獨立。
□ チームに溶け込む。 融入團隊。	▶ 息子は、転校した学校にすっかり溶け込んだようだ。 轉學後的兒子看來已經完全融入新環境了。
□ 石を退ける。 移開石頭。	▶ 木をどけて下を 5 センチくらい掘るとカブトムシの幼 虫が出てきました。 把樹移開再往下挖 5 公分左右，就挖出了獨角仙的幼蟲。
□ どこか遠くへ行き たい。 想要去某個遙遠的地方。	▶ うわあ、暑くてたまらない。どこか涼しい所で休もう。 天啊，熱得受不了了！找個涼爽的地方休息吧！
□ 床の間に飾る。 裝飾壁龕。	▶ お庭に咲いた春の花が素敵だったので、とりあえず床 の間に飾った。 庭園裡的春花開得很好看，所以我先拿來擺在壁龕了。
□ 彼の話はつかみど ころがない。 他的話沒辦法抓到重點。	▶ 明日の決勝戦の見どころは、両チームの投手の投げ合 いだ。 明天那場冠亞軍賽的看點是兩隊的投手對決戰。
□ ところがそううま くはいかない。 可是，沒那麼好的事。	▶ ネットで靴を注文した。ところが、サイズが合わなかっ た。 在網路上訂了鞋子。沒想到送來後發現尺寸不合。
□ ところであの話は どうなりましたか。 不過，那件事結果怎麼 樣？	▶ やっと実験が終わった。ところで昼食はどこで食べよ うか。 實驗總算做完了。欸，我們去哪裡吃午餐吧？

と｜とくてい～ところで

367

Check 1 必考單字	高低重音	詞性、類義詞與對義詞
1937 □□□ と ざん **登山**	とざん	名・自サ 登山；到山上寺廟修行 類 登攀 攀登 とうはん
1938 □□□ とし した **年下**	としした	名 年幼，年紀小 類 若手 青年 わかて
1939 □□□ とし つき **年月**	としつき	名 年和月，歲月，光陰；長期，長年 累月；多年來 類 春秋 歲月 しゅんじゅう
1940 □□□ ど しゃくずれ **土砂崩れ**	どしゃくずれ	名 土石流 類 土砂災害 土石流、山崩、火山噴 發等災害的總稱 ど しゃさいがい
1941 □□□ と しょしつ **図書室**	としょしつ	名 閱覽室 類 閱覽室 閱覽室 えつらんしつ
1942 □□□ と しん **都心**	としん	名 市中心 類 城市 城市 じょうし
1943 □□□ と だな **戸棚**	とだな	名 壁櫥，櫃櫥 類 たんす 衣櫥
1944 □□□ と たん **途端**	とたん	名・他サ・自サ 正當…的時候；剛…的時 候，一…就… 類 即時 立刻 そくじ
1945 □□□ と ち **土地**	とち	名 土地，耕地；土壤，土質；某地 區，當地；地面；地區 類 領土 領土 りょうど
1946 □□□ **とっくに**	とっくに	他サ・自サ 早就，好久以前（或唸： とっくに） 類 もはや 已經
1947 □□□ **どっと**	どっと	副 （許多人）一齊（突然發聲），哄堂； （人、物）湧來，雲集；（突然）病重， 病倒 類 大笑い 大笑 おおわら

□ 家族を連れて登山する。 帶著家族一同爬山。	▶ 私が、登山をはじめたきっかけは、日本一の富士山に登りたいと思ったからです。 我開始登山的契機是想登上日本第一高峰的富士山。
□ 年下なのに生意気だ。 明明年紀小還那麼囂張。	▶ 相手が年下だとしても、好きになったら自分の気持ちに正直になるべきだ。 即使對方的年紀比自己小，既然喜歡上了，就該誠實面對內心的情感。
□ 年月が流れる。 歲月流逝。	▶ 日々の生活の足となり、仕事道具ともなるなど、長い年月を車とともに過ごしてきた。 愛車與我一起度過了長久的歲月，既是日常生活中的代步工具，也是生財器具。
□ 土砂崩れで通行止めだ。 因土石流而禁止通行。	▶ 昨日の大雨で土砂崩れが起き、大勢のけが人が出た。 昨天的大雨引發了土石流，造成多人受傷。
□ 図書室で宿題をする。 在閱覽室做功課。	▶ 私は、休み時間には友達と遊ぶより図書室にいることが多かった。 想當年下課的時間比起和同學玩，我更常待在圖書室裡。
□ 都心から5キロ離れている。 離市中心5公里。	▶ 都心に住んではいないが都心で働きたいと考えている女子大生は多いようです。 好像有很多女大學生的想法是，雖然不住在市中心但想在市中心工作。
□ 戸棚から取り出す。 從櫥櫃中拿出。	戸棚にある使わない食器は全部捨てることにしました。 擺在櫥櫃裡沒使用的餐具全都丟了。
□ 買った途端に後悔した。 才剛買下就後悔了。	▶ 走り始めたとたんにパンクとは、前途多難だな。 剛開動就爆胎了，看來前途困難重重啊！
□ 土地が肥える。 土地肥沃。	▶ 先祖が大事にしていた土地を売らなければならなくなった。 祖先十分珍視的土地，如今卻不得不脫手了。
□ とっくに帰った。 早就回去了。	▶ 撮影がとっくに始まってるよ。 拍攝早就開始了喔！
□ 人がどっと押し寄せる。 人群湧至。	▶ ピエロのおどけたしぐさを見て、園児たちはどっと笑った。 看到小丑逗趣的舉動，幼兒園的小朋友們一下子哈哈大笑了。

と｜とざん～どっと

369

Check 1 必考單字	高低重音	詞性、類義詞與對義詞
1948 □□□ とっぷう 突風	▶ とっぷう	名 突然颳起的暴風 類 嵐 暴風雨
1949 □□□ ととの 整う	▶ ととのう	自五 齊備，完整；整齊端正，協調； （協議等）達成，談妥 類 揃う 齊全
1950 □□□ ◉T2-35 とど 留まる	▶ とどまる	自五 停頓；留下，停留；止於，限於 類 止まる 停下
1951 □□□ ど な 怒鳴る	▶ どなる	自五 大聲喊叫，大聲申訴 類 叫ぶ 大聲喊叫
1952 □□□ とにかく	▶ とにかく	副 總之，無論如何，反正 類 ともあれ 不論如何
1953 □□□ と こ 飛び込む	▶ とびこむ	自五 跳進；飛入；突然闖入；（主動） 投入，加入 類 舞い込む 突然到來
1954 □□□ と だ 飛び出す	▶ とびだす	自五 飛出，飛起來，起飛；跑出；（猛 然）跳出；突然出現 類 抜け出る 脫離
1955 □□□ と は 飛び跳ねる	▶ とびはねる	自下一 跳躍 類 飛び上がる 跳起來
1956 □□□ と 泊める	▶ とめる	他下一 （讓…）住，過夜；（讓旅客）投 宿；（讓船隻）停泊 類 泊まる 投宿
1957 □□□ とも 友	▶ とも	名 友人，朋友；良師益友 類 心友 知心朋友
1958 □□□ ともかく	▶ ともかく	副・接 暫且不論，姑且不談；總之，反 正；不管怎樣 類 とにかく 總之

□ 突風に帽子を飛ばされる。
帽子被突然颳起的風給吹走了。

▶ 傘をさしていたが、突風で遠くに飛ばされてしまった。
原本撐著的傘竟被一陣怪風吹到了大老遠。

□ 条件が整う。
條件齊備。

▶ 徹夜の作業の結果、開店セレモニーの準備が整った。
經過通宵的趕工，終於完成了開幕儀式的準備。

□ 現職に留まる。
留職。

▶ 1週間アメリカに留まって、大胆にもキャンピングカーを借りてアメリカ西部の国立公園を巡ることにした。
我在美國停留一星期，並且很大膽地租下一輛露營車到美國西部的國家公園玩了一圈。

□ 上司に怒鳴られた。
被上司罵。

▶ 上の住民に「カラオケの音がうるさい」と怒鳴られました。
我們被樓上的居民破口大罵：「卡拉OK的聲音吵死啦！」

□ とにかく待ってみよう。
總之先等看看。

▶ このコーヒーを飲んでごらん。とにかく香りがいいんだ。
您不妨試喝看看這款咖啡。別的不說，氣味特別香醇。

□ 川に飛び込む。
跳進河裡。

▶ 授業開始のチャイムが鳴ったので、教室に飛び込んだ。
上課鐘聲響了，趕緊衝回教室。

□ 子どもがとび出す。
小孩突然跑出來。

▶ 大きな地震に驚いて、何も持たず部屋を飛び出した。
被大地震嚇壞，什麼也沒帶就奔出屋外了。

□ 飛び跳ねて喜ぶ。
欣喜而跳躍。

▶ 病気がちで身体の弱かった弟の体質が改善され、こうして元気に飛び跳ねることができるようになった。
體弱多病的弟弟在體質改善之後，變得像現在這樣活蹦亂跳了。

□ 観光客を泊める。
讓觀光客投宿。

▶ 田舎から遊びに来たいとこを、1週間泊めてやった。
表姊從鄉下來玩，留她在家裡住了一星期。

□ 友となる。
成為朋友。

▶ 10年ぶりに再会した友は、みな立派な社会人になっていた。
相隔10年後重逢的朋友們，一個個都成為出色的社會人士了。

□ ともかく先を急ごう。
總之，趕快先走吧！

▶ 売り切れかもしれないが、ともかく問い合わせてみよう。
說不定已經賣完了，總之還是問問看吧。

Check 1　必考單字	高低重音	詞性、類義詞與對義詞

1959 ☐☐☐
とも
共に
▶ と|もに ▶
圖 共同，一起，都；隨著，隨同；全，都，均
園 一緒に 一起

1960 ☐☐☐
とら
虎
▶ と|ら ▶
名 老虎
園 ひょう 豹

1961 ☐☐☐
と
捕らえる
▶ と|らえ|る ▶
他下一 捕捉，逮捕；緊緊抓住；捕捉，掌握；令陷入…狀態
園 捕まる 被逮捕

1962 ☐☐☐
トラック
▶ ト|ラ|ック ▶
名（操場、運動場、賽馬場的）跑道
園 軽トラ 小貨車

1963 ☐☐☐
と　　あ
取り上げる
▶ と|りあげ|る ▶
他下一 拿起，舉起；採納，受理；奪取，剝奪；沒收（財產），徵收（稅金）（或唸：と|りあげる）
園 選ぶ 挑選

1964 ☐☐☐
と　　い
取り入れる
▶ と|りいれ|る ▶
他下一 收穫，收割；收進，拿入；採用，引進，採納
園 入れる 採納

1965 ☐☐☐
と　　け
取り消す
▶ と|りけす ▶
他五 取消，撤銷，作廢
園 取り下げる 撤銷

1966 ☐☐☐
と　　こわ
取り壊す
▶ と|りこわす ▶
他五 拆除
園 壊す 破壞

1967 ☐☐☐
と　　だ
取り出す
▶ と|りだす ▶
他五（用手從裡面）取出，拿出；（從許多東西中）挑出，抽出（或唸：と|りだす）
園 引き出す 拉出

1968 ☐☐☐ 〇T2-36
と
捕る
▶ と|る ▶
他五 抓，捕捉，逮捕
園 捕まえる 抓住

1969 ☐☐☐
と
採る
▶ と|る ▶
他五 採取，採用，錄取；採集；採光
園 用いる 採納

□ 一生を共にする。
終生在一起。

▶ 彼とは小学生の時から、共に遊び共に学んだ仲だ。
我和他是從小學就一起玩耍，一起學習的同伴。

□ 虎の尾を踏む。
若蹈虎尾。

▶ あの時は、虎の尾を踏む心地だった。
那時我心裡如踏虎尾般地膽戰心驚。

□ 犯人を捕らえる。
抓住犯人。

小屋から逃げ出したウサギを、係員が追いかけて捕らえた。
飼育員把逃出籠子的兔子抓回來了。

□ トラックを一周する。
繞跑道一圈。

▶ 彼の養父は、トラックの運転手として生計を立てている。
他的養父是大卡車司機，以開大卡車養家餬口。

□ 受話器を取り上げる。
拿起話筒。

▶ 彼の企画案を、次の会議の議題に取り上げることにした。
他的企劃案被排入下次會議的議程了。

□ 提案を取り入れる。
採用提案。

▶ 母から学んだ暮らしのコツを取り入れたら、お金も貯まるようになった。
自從運用從媽媽那裡學到的生活小智慧之後，開始存得到錢了。

□ 発言を取り消す。
撤銷發言。

▶ 課題の提出を取り消した場合は、期限までに忘れずに再提出してください。
如果取消提交作業，請務必在截止日期之前重新提交。

□ 古い家を取り壊す。
拆除舊屋。

▶ 現在、居住中の家を取り壊して、3階建てのアパートを建てる計画をしております。
我們正在計畫將目前居住的房子拆除，改建一棟3層樓公寓。

□ かばんからノートを取り出す。
從包包裡拿出筆記本。

▶ 鞄の中から携帯電話を取り出して、母に電話をした。
從提包掏出手機撥給了媽媽。

□ 鼠を捕る。
捉老鼠。

▶ 子どもの頃、よく川に入りザリガニを捕ったりして遊んだものだ。
我小時候常去河裡抓小龍蝦玩喔！

□ 新卒者を採る。
錄取畢業生。

▶ 外国人社員を採るのは初めてなので、いろいろな手続きが必要みたいだ。
這是公司第一次錄取外籍職員，似乎需要辦理許多手續。

と｜ともに～とる

Check 1 必考單字	高低重音	詞性、類義詞與對義詞
1970 □□□ ドレス	ドレス	名 女西服，洋裝，女禮服 類 ワンピース 連身裙
1971 □□□ と 取れる	とれる	自下一（附著物）脫落，掉下；需要，花費（時間等）；去掉，刪除；協調，均衡 類 落ちる 脫落
1972 □□□ どろ 泥	どろ	名・造語 泥土；小偷 類 垢 汙垢
1973 □□□ とんでもない	とんでもない	連語・形 出乎意料，不合情理；豈有此理，不可想像；（用在堅決的反駁或表示客套）哪裡的話 類 とてつもない 極為荒謬
1974 □□□ トンネル	トンネル	名 隧道 類 隧道 隧道
1975 □□□ な 名	な	名 名字，姓名；名稱；名分；名譽，名聲；名義，藉口 類 名称 名稱
1976 □□□ ないか 内科	ないか	名（醫）內科 類 外科 外科
1977 □□□ ないせん 内線	ないせん	名 內線；（電話）內線分機 類 電線 電線
1978 □□□ なお	なお	副・接 仍然，還，尚；更，還，再；猶如，如；尚且，而且，再者 類 まだ 仍，還
1979 □□□ なが 永い	ながい	形（時間）長，長久 類 末長く 永遠
1980 □□□ ながそで 長袖	ながそで	名 長袖 類 半袖 短袖

□ ドレスを脱ぐ。
脱下洋裝。

▶ 純白のドレスを着た彼女は天使のごとき美しさだった。
當時身穿一襲雪白禮服的她美得像個天使。

□ 疲れが取れる。
去除疲勞。

▶ 本の表紙が取れてしまったので、書名がわからなくなった。
由於書封遺失，連書名都不知道了。

□ 泥がつく。
沾上泥土。

▶ 転んでしまって頭から足の先まで泥だらけになった。
我摔了一跤，從頭到腳都是泥巴。

□ とんでもない要求をする。
做無理的要求。

▶ 「皿を割ったのは君？」「とんでもない。私じゃないよ」
「盤子是你打破的？」「怎麼可能！才不是我呢！」

□ トンネルを掘る。
挖隧道。

▶ 赤いトンネルを抜けると無人のビーチへとたどり着いた。
穿過紅色的隧道之後，來到了一片空無一人的海灘。

□ 名を売る。
提高聲望。

▶ 正義の名のもとに始まった戦争は、大きな悲劇をもたらした。
打著正義大旗的這場戰爭造成了慘烈的悲劇。

□ 内科医になる。
成為內科醫生。

▶ 内科の先生と接する機会が多かったから、大学入学当初から内科を志望していました。
因為以前有很多機會和內科醫師接觸，所以大學一入學就決定專攻內科了。

□ 内線番号にかける。
撥打內線分機號碼。

▶ 内線の 321 番をお願いいたします。
請幫我轉接分機321。

□ なお議論の余地がある。
還有議論的餘地。

▶ 今日の会議はこれで終わりです。なお、明日は午後 2 時からです。
今日會議到此結束。此外，明天的議程將從下午兩點開始。

□ 永い眠りにつく。
長眠。

▶ 田舎の祖父母には、末永く健やかに過ごしてもらいたい。
希望住在鄉間的祖父母能夠永遠健康硬朗。

□ 長袖の服を着る。
穿長袖衣物。

▶ この長袖のワンピースはシンプルながら上品なデザインになっています。
這件長袖洋裝的設計簡約又有質感。

な｜ドレス〜ながそで

Check 1 / 必考單字	高低重音	詞性、類義詞與對義詞
1981 □□□ なかなお 仲直り	なかなおり	名・自サ 和好，言歸於好 類 和解 和解
1982 □□□ なか 半ば	なかば	名・副 一半，半數；中間，中央；半途；（大約）一半，一半（左右）（或唸：なかば） 類 半分 一半
1983 □□□ なが び 長引く	ながびく	自五 拖長，延長 類 遅らせる 延遲
1984 □□□ なか ま 仲間	なかま	名 伙伴，同事，朋友；同類 類 グループ 團體
1985 □□□ なが 眺め	ながめ	名 眺望，瞭望；（眺望的）視野，景致，景色 類 景観 景色
1986 □□□ ◉ T2-37 なが 眺める	ながめる	他下一 眺望；凝視，注意看；（商）觀望 類 見渡す 放眼望去
1987 □□□ なか よ 仲良し	なかよし	名 好朋友；友好，相好 類 親しい 親密的
1988 □□□ なが 流れ	ながれ	名 水流，流動；河流，流水；潮流，趨勢；血統；派系，（藝術的）風格 類 流水 流水
1989 □□□ なぐさ 慰める	なぐさめる	他下一 安慰，慰問；使舒暢；慰勞，撫慰 類 和らげる 使緩和
1990 □□□ な 無し	なし	名 無，沒有 類 ゼロ 零
1991 □□□ な 為す	なす	他五 （文）做，為 類 致す 做，「する」的謙讓語

□ 弟と仲直りする。
與弟弟和好。

▶ 無意味な言い争いはやめて、仲直りしなさい。
不要再繼續這種毫無意義的爭執了，馬上和好！

□ 半ばの月を眺める。
眺望仲秋之月。

▶ 人生の半ばを過ぎるとある程度、将来像が見えてくると思います。
人生過了一半，就某種程度而言已能看到未來的樣貌了。

□ 病気が長引く。
疾病久久不癒。

▶ 道路工事が長引いて、周辺の住民が大変迷惑している。
修路工程延宕，造成周邊居民極大的困擾。

□ 仲間に入る。
加入夥伴。

▶ ネット販売をする仲間を集めて起業しようと思っています。
我正在考慮找群朋友合作網路創業的線上銷售。

□ 眺めが良い。
視野好。

▶ 山頂に到達し、眼下に広がる壮大な眺めに言葉を失った。
一爬到山頂，在眼前鋪展開來的壯闊景象令人頓時為之語塞。

□ 星を眺める。
眺望星星。

▶ 山の頂上から遠くを眺めると、多くの小さな島々が見える。
從山頂眺望遠方，可以看到許多小島。

□ 仲良しになる。
成為好友。

▶ 娘は仲良しのななちゃんとおそろいの服でご機嫌だ。
女兒和好朋友小奈穿上同款的衣服，開心極了。

□ 流れを下る。
順流而下。

▶ 接続詞を効果的に使って、文章の流れを整える。
畫龍點睛地使用連接詞，讓文脈更為流暢。

□ 心を慰める。
安撫情緒。

▶ 失恋した友だちを慰めるためピクニックを計画した。
我規劃了一場野餐來安慰失戀的朋友。

□ 何も言うことなし。
無話可說。

▶ ここは景色も素晴らしい。コース料理もなにも言うことなしです。
這裡不僅風景秀麗，美味的套餐也無可挑剔。

□ 善を為す。
為善。

▶ これは原因不明のこぶではあるが、体に害をなすものではなかった。
這顆瘤雖然病因不明，不過對身體無害。

Check 1 必考單字	高低重音	詞性、類義詞與對義詞
1992 ☐☐☐ なぞ **謎**	な ぞ	名 謎語；暗示，口風；神秘，詭異，莫名其妙，不可思議，想不透（為何） 類 神妙 神奇
1993 ☐☐☐ なぞなぞ **謎々**	な ぞなぞ	名 謎語 類 しりとり 接龍遊戲
1994 ☐☐☐ **なだらか**	な だらか	形動 平緩，坡度小，平滑；平穩，順利；順利，流暢 類 緩やか 緩和的
1995 ☐☐☐ なつ **懐かしい**	な つかしい	形 懷念的，思慕的，令人懷念的；眷戀，親近的 類 恋しい 思慕的
1996 ☐☐☐ な **撫でる**	な でる	他下一 摸，撫摸；梳理（頭髮）；撫慰，安撫 類 揉む 搓揉
1997 ☐☐☐ なに **何しろ**	な にしろ	副 不管怎樣，總之，到底；因為，由於 類 なんせ 畢竟
1998 ☐☐☐ なになに **何々**	な になに	代·感 什麼什麼，某某 類 あれこれ 種種
1999 ☐☐☐ なにぶん **何分**	な にぶん	名·副 多少；無奈… 類 どうか 總算
2000 ☐☐☐ **なにも**	な にも	連語·副（後面常接否定）什麼也…，全都…；並（不），（不）必 類 なにもかも 一切
2001 ☐☐☐ なまいき **生意気**	な まいき	名·形動 驕傲，狂妄；自大，逞能，臭美，神氣活現 類 偉そう 自視甚高的樣子
2002 ☐☐☐ なま **怠ける**	な まける	自他下一 懶惰，怠惰 類 サボる 偷懶翹班翹課

□ 謎を解く。
解謎。

▶ 源氏物語の冒頭は深い霧のような謎に包まれているのです。
《源氏物語》一開篇便籠罩著濃霧般的謎團。

□ 謎々遊びをする。
玩猜謎遊戲。

▶ 哲学は謎々から始まったという説がある。
有人說，哲學是來自於猜謎。

□ なだらかな坂をくだる。
走下平緩的斜坡。

▶ 自転車でなだらかな坂道を上っていくと、遠くに海が見えた。
騎著單車爬上平緩的坡道，望見了遠方的大海。

□ 故郷が懐かしい。
懷念故鄉。

▶ 小学校の同窓会で恩師や級友に会い、本当に懐かしかった。
在小學同學會上見到恩師和同班同學，真是太讓人思念了！

□ 犬の頭を撫でる。
撫摸狗的頭。

▶ 犬の頭を撫でようとしたら犬は僕の手を舐めてきた。
當我正要摸摸狗兒的頭，牠自己過來舔我的手。

□ なにしろ話してごらん。
不管怎樣，你就說說看。

▶ 海外旅行では、何しろパスポートに気をつけなければならない。
出國旅行時，最重要的就是要留意護照絕對不能遺失。

□ 何々会社の人。
某公司的社員。

▶ 一緒にすき焼きを作ろう。何々を買ってくればいいのかな。
我們一起煮日式牛肉火鍋吧！該請你幫忙買哪些食材才好呢？

□ 何分経験不足なのでできない。
無奈經驗不足故辦不到。

▶ 何分にも日本に来てまだ1か月ですので、日本語がうまく話せません。
畢竟來到日本才一個月，日語還不流利。

□ なにも知らない。
什麼也不知道。

▶ 疲れた、もう何もしたくない。毎日ずっと寝ていたい。心が疲れているのかな。
我累了，什麼都不想做了。真想每天從早睡到晚。是不是心累了呢？

□ 生意気を言う。
說大話。

▶ 娘は、よく知りもしないのに生意気なことばかり言う。
女兒明明什麼都不懂，卻老是口出狂言。

□ 仕事を怠ける。
工作怠惰。

▶ 小学生の時、宿題を怠けると母に叱られたものだ。
讀小學時要是偷懶沒寫功課，就會挨媽媽罵。

な
なぞ〜なまける

379

Check 1 必考單字	高低重音	詞性、類義詞與對義詞
2003 □□□ なみ 波	なみ	名 波浪，波濤；波瀾，風波；聲波；電波；潮流，浪潮；起伏，波動 類 風浪 風浪
2004 □□□ ◎ T2-38 なみ き 並木	なみき	名 街樹，路樹；並排的樹木 類 防風林 防風林
2005 □□□ なら 倣う	ならう	自五 仿效，學 類 見習う 模仿，學習
2006 □□□ な 生る	なる	自五 (植物)結果；生，產出 類 熟する 成熟
2007 □□□ な 成る	なる	自五 成功，完成；組成，構成；允許，能忍受 類 成す 完成
2008 □□□ な 馴れる	なれる	自下一 馴熟 類 近寄る 親近
2009 □□□ なわ 縄	なわ	名 繩子，繩索 類 ロープ 繩索
2010 □□□ なんきょく 南極	なんきょく	名 (地)南極；(理)南極(磁針指南的一端) 類 南端 南端
2011 □□□ なんて	なんて	副助 什麼的，…之類的話；說是…；(輕視)叫什麼…來的；等等，之類；表示意外，輕視或不以為然 類 なんか 什麼的
2012 □□□ なん 何で	なんで	副 為什麼，何故 類 どうしたわけか 不知怎麼的
2013 □□□ なん 何でも	なんでも	副 什麼都，不管什麼；不管怎樣，無論怎樣；據說是，多半是 類 丸ごと 完整的全部

□ 波に乗る。
趁著浪頭，趁勢。
▶ 日本海は波が荒いので、欠航も珍しくはない。
由於日本海的風浪很大，取消船班的情況並不罕見。

□ 並木道がきれいでした。
蔭林大道美極了。
▶ A市は河川敷に桜並木を造る予定です。
A市規劃沿著河岸兩旁栽種成排的櫻樹。

□ 先例に倣う。
仿照前例。
▶ D社の戦略に倣って我が社も方向転換することにした。
本公司仿效D公司的戰略，同樣決定改變方向了。

□ 柿が生る。
長出柿子。
▶ イチゴがたくさん生ったので、ジャムを作ることにした。
草莓結實纍纍，於是拿去做了果醬。

□ 氷が水に成る。
冰變成水。
▶ チームは毎日厳しい練習を続け、ついに優勝がなった。
全隊每天堅持嚴苛的練習，終於獲得了勝利。

□ この馬は人に馴れている。
這匹馬很親人。
▶ 1週間前から飼い始めた犬は、やっと家族に馴れたようだ。
一星期前開始養的小狗，總算願意親近家人了。

□ 縄にかかる。
（犯人）被捕，落網。
▶ 犯人が人質を動けないようにするために縄で縛った。
罪犯為了不讓人質亂動而用繩子捆了起來。

□ 南極海が凍る。
南極海結冰。
▶ 地球温暖化のため、南極で氷の減少が加速している。
地球暖化使南極的冰層加速融解。

□ 勉強なんて大嫌いだ。
我最討厭讀書了。
▶ あの人が外科の医師だなんて、ちっとも知らなかった。
他居然是外科醫師？一點都看不出來。

□ 何で文句ばかりいうんだ。
為什麼老愛發牢騷？
▶ 給料日前なのに、なんでそんな高い肉を買ってきたの。
還不到發薪日，為什麼要買那麼貴的肉回來呢？

□ 何でも出来る。
什麼都會。
▶ それについて分からないことは何でも私に聞いてください。
關於那件事，有任何不明白的地方都可以問我。

な／なみ～なんでも

Check 1 必考單字	高低重音	詞性、類義詞與對義詞

2014 □□□
なん
何とか
→ なんとか →
圖 設法，想盡辦法；好不容易，勉強；（不明確的事情、模糊概念）什麼，某事
題 やっと 好不容易

2015 □□□
なん
何となく
→ なんとなく →
圖（不知為何）總覺得，不由得；無意中
題 気のせいか 是錯覺嗎？

2016 □□□
なんとも
→ なんとも →
圖・連 真的，實在；（下接否定，表無關緊要）沒關係，沒什麼；（下接否定）怎麼也不…
題 とにかく 不論如何

2017 □□□
なんびゃく
何百
→ なんびゃく →
圖（數量）上百
題 何万 上萬

2018 □□□
なんべい
南米
→ なんべい →
圖 南美洲
題 南アメリカ 南美洲

2019 □□□
なんぼく
南北
→ なんぼく →
圖（方向）南與北；南北
題 東西 東與西

2020 □□□
にお
匂う
→ におう →
圓五 散發香味，有香味；（顏色）鮮豔美麗；隱約發出，使人感到似乎…
題 香る 散發香味

2021 □□□
に
逃がす
→ にがす →
他五 放掉，放跑；使跑掉，沒抓住；錯過，丟失
題 見失う 跟丟了，不見了

2022 □□□ ◉ T2-39
にく
憎い
→ にくい →
形 可憎，可惡；（說反話）漂亮，令人佩服
題 憎む 憎恨

2023 □□□
にく
憎む
→ にくむ →
他五 憎恨，厭惡；嫉妒
題 恨む 怨恨

2024 □□□
に　　き
逃げ切る
→ にげきる →
圓五（成功地）逃跑（或唸：にげきる）
題 逃げ果せる 逃之夭夭

□ 何<ruby>なん</ruby>とか間<ruby>ま</ruby>に合<ruby>あ</ruby>った。 勉強趕上時間了。	何<ruby>なん</ruby>とか天気<ruby>てんき</ruby>はもちそうだ。予定通<ruby>よていどお</ruby>りピクニックに行<ruby>い</ruby>こう。 看來天氣應該不會轉壞，我們按照原定計畫去野餐吧！
□ 何<ruby>なん</ruby>となく心<ruby>こころ</ruby>が引<ruby>ひ</ruby>かれる。 不由自主地被吸引。	何<ruby>なん</ruby>となく、田舎<ruby>いなか</ruby>の母<ruby>はは</ruby>のことが気<ruby>き</ruby>になる。電話<ruby>でんわ</ruby>してみよう。 不知怎麼地，突然掛念起住在鄉下的媽媽。打個電話問問吧！
□ 結果<ruby>けっか</ruby>はなんとも言<ruby>い</ruby>えない。 結果還不能確定。	携帯電話<ruby>けいたいでんわ</ruby>を池<ruby>いけ</ruby>に落<ruby>お</ruby>としてしまったが、なんともなかった。 手機掉進水池裡了，所幸一切完好如初。
□ 蚊<ruby>か</ruby>が何百匹<ruby>なんびゃっびき</ruby>もいる。 有上百隻的蚊子。	満足<ruby>まんぞく</ruby>の行<ruby>い</ruby>くデータを得<ruby>え</ruby>るまで何百回<ruby>なんびゃっかい</ruby>と実験<ruby>じっけん</ruby>を繰<ruby>く</ruby>り返<ruby>かえ</ruby>した。 在得到滿意的數據之前，重複做了幾百次實驗。
□ 南米大陸<ruby>なんべいたいりく</ruby>をわたる。 橫越南美洲。	南米<ruby>なんべい</ruby>のジャングルに棲<ruby>す</ruby>む野生動物<ruby>やせいどうぶつ</ruby>の生態<ruby>せいたい</ruby>を調査<ruby>ちょうさ</ruby>する。 將要調查棲息於南美洲叢林的野生動物生態。
□ 南北<ruby>なんぼく</ruby>に縦断<ruby>じゅうだん</ruby>する。 縱貫南北。	川<ruby>かわ</ruby>は南北<ruby>なんぼく</ruby>に細長<ruby>ほそなが</ruby>い山地<ruby>さんち</ruby>と平行<ruby>へいこう</ruby>して流<ruby>なが</ruby>れている。 河川平行流經南北兩側的細長山地。
□ 花<ruby>はな</ruby>が匂<ruby>にお</ruby>う。 花散發出香味。	喫茶店<ruby>きっさてん</ruby>の中<ruby>なか</ruby>はコーヒーが匂<ruby>にお</ruby>って、落<ruby>お</ruby>ち着<ruby>つ</ruby>いた気分<ruby>きぶん</ruby>になった。 咖啡廳裡咖啡香四溢，讓人感到心情寧靜。
□ チャンスを逃<ruby>に</ruby>がす。 錯失機會。	釣<ruby>つ</ruby>りを楽<ruby>たの</ruby>しんだ後<ruby>あと</ruby>、小<ruby>ちい</ruby>さい魚<ruby>さかな</ruby>は川<ruby>かわ</ruby>に逃<ruby>に</ruby>がしてやった。 享受了釣魚的樂趣後，將小魚放回了河裡。
□ 冷酷<ruby>れいこく</ruby>な犯人<ruby>はんにん</ruby>が憎<ruby>にく</ruby>い。 冷酷的犯人真可恨。	この虫<ruby>むし</ruby>は農家<ruby>のうか</ruby>や家庭菜園<ruby>かていさいえん</ruby>を楽<ruby>たの</ruby>しむ者<ruby>もの</ruby>にとってはキュウリ、カボチャ等<ruby>など</ruby>の葉<ruby>は</ruby>を食<ruby>く</ruby>い荒<ruby>あ</ruby>らす憎<ruby>にく</ruby>い害虫<ruby>がいちゅう</ruby>です。 對農戶和家庭菜園而言，這種昆蟲是會啃咬小黃瓜、南瓜等葉子的可惡害蟲。
□ 戦争<ruby>せんそう</ruby>を憎<ruby>にく</ruby>む。 憎恨戰爭。	多<ruby>おお</ruby>くの人<ruby>ひと</ruby>たちの尊<ruby>とうと</ruby>い生命<ruby>せいめい</ruby>を奪<ruby>うば</ruby>ってしまう戦争<ruby>せんそう</ruby>を憎<ruby>にく</ruby>む。 我痛恨那奪走許多人寶貴生命的戰爭。
□ 危<ruby>あぶ</ruby>なかったが、逃<ruby>に</ruby>げ切<ruby>き</ruby>った。 雖然危險但脫逃成功。	強盗<ruby>ごうとう</ruby>の罪<ruby>つみ</ruby>を犯<ruby>おか</ruby>した犯人<ruby>はんにん</ruby>は逃<ruby>に</ruby>げ切<ruby>き</ruby>ったけど、今後<ruby>こんご</ruby>はもう一生<ruby>いっしょう</ruby>追<ruby>お</ruby>いかけられるだろう。 強盜雖然能順利脫逃一時，但今後將一輩子飽受被追捕之苦。

に
なんとか〜にげきる

Check 1 必考單字	高低重音	詞性、類義詞與對義詞
2025 □□□ にこにこ	にこにこ	副・自サ 笑嘻嘻，笑容滿面 類 にやにや 賊笑
2026 □□□ にご 濁る	にごる	自五 混濁，不清晰；（聲音）嘶啞；（顏色）不鮮明；（心靈）污濁，起邪念 類 濁す 混濁
2027 □□□ にじ 虹	にじ	名 虹，彩虹 類 レーンボー 彩虹
2028 □□□ にち 日	にち	名・漢造 日本；星期天；日子，天，晝間；太陽 類 日の丸 日本國旗
2029 □□□ にち じ 日時	にちじ	名 （集會和出發的）日期時間 類 時点 時候
2030 □□□ にちじょう 日常	にちじょう	名 日常，平常 類 平常 平常
2031 □□□ にち や 日夜	にちや	名・副 日夜；總是，經常不斷地 類 一年中 一整年
2032 □□□ にちようひん 日用品	にちようひん	名 日用品 類 用品 用品
2033 □□□ にっ か 日課	にっか	名 （規定好）每天要做的事情，每天習慣的活動；日課 類 ルーティン 每日例行公事
2034 □□□ にっこう 日光	にっこう	名 日光，陽光；日光市 類 陽光 陽光
2035 □□□ にっこり	にっこり	副・自サ 微笑貌，莞爾，嫣然一笑，微微一笑 類 スマイル 微笑

□ にこにこする。
笑嘻嘻。
▶ おじいちゃんはいつもにこにこしている。
爺爺總是面帶微笑。

□ 空気が濁る。
空氣混濁。
▶ 森林火災で、外の空気が濁っている。
森林大火使得屋外的空氣霧茫茫一片。

□ 七色の虹が出る。
出現七色彩虹。
▶ 雨上がりの空に虹がかかっている。
雨後的天空高掛著彩虹。

□ 対日貿易赤字が解
消される。
對日貿易赤字被解除了。
▶ アメリカの大統領が来日し、広島の原爆ドームを訪れた。
美國總統訪日，造訪了位於廣島的原子彈爆炸穹頂。

□ 出発の日時が決
まった。
出發的時日決定了。
▶ 出発の日時を変更したいのですが。
我想更改出發時間。

□ 日常会話ができる。
日常會話沒問題。
▶ ありふれた日常の中にこそ、人生の喜びがある。
人生的喜悅就藏在平凡的日常生活之中。

□ 日夜研究に励む。
不分晝夜努力研究。
▶ 将来歯医者になるために日夜勉強に励む傍ら、日々の
筋トレも欠かさない。
我為了將來成為牙醫而日夜奮用功，並且天天不忘鍛鍊肌肉。

□ 日用品を揃える。
備齊了日用品。
▶ 日用品を安く買うならネットスーパーですか。ヨドバ
シですか。
想低價購買日用品應該去網購呢？還是去連鎖量販店呢？

□ 日課を書きつける。
寫上每天要做的事情。
▶ 彼は毎日ストレッチと散歩するのを日課としている。
他每天固定做伸展運動和散步。

□ 洗濯物を日光で乾
かす。
陽光把衣服曬乾。
▶ 洗濯物は日光で乾かすのが一番効果的ですか。
日曬晾乾是最有效的曬衣方法嗎？

□ にっこりと笑う。
莞爾一笑。
▶ 彼がにっこりと笑うと口元から覗く白い歯は魅力的で
す。
他咧嘴而笑的時候嘴角露出潔白的牙齒，格外迷人。

に
に
こ
に
こ
〜
に
っ
こ
り

Check 1 必考單字	高低重音	詞性、類義詞與對義詞
2036 □□□ にっちゅう 日中	▶ にっちゅう ▶	名 白天，畫間（指上午10點到下午3、4點間）；日本與中國 類 真昼 大白天
2037 □□□ にってい 日程	▶ にってい ▶	名（旅行、會議的）日程；每天的計畫（安排） 類 スケジュール 行程安排
2038 □□□ にぶ 鈍い	▶ にぶい ▶	形（刀劍等）鈍，不鋒利；（理解、反應）慢，遲鈍，動作緩慢；（光）朦朧，（聲音）渾濁 類 まずい 笨拙的
2039 □□□ に ほん 日本	▶ にほん ▶	名 日本 類 大和 日本國異稱
2040 □□□ ◎ T2-40 にゅうしゃ 入社	▶ にゅうしゃ ▶	名・自サ 進公司工作，入社 類 就任 就職
2041 □□□ にゅうじょう 入場	▶ にゅうじょう ▶	名・自サ 入場 類 入館 入館
2042 □□□ にゅうじょうけん 入場券	▶ にゅうじょうけん ▶	名 門票，入場券 類 チケット 票券
2043 □□□ にょうぼう 女房	▶ にょうぼう ▶	名（自己的）太太，老婆 類 カミさん 老婆
2044 □□□ にら 睨む	▶ にらむ ▶	他五 瞪著眼看，怒目而視；盯著，注視，仔細觀察；估計，揣測，意料；盯上 類 睨みつける 怒瞪
2045 □□□ にわか	▶ にわか ▶	名・形動 突然，驟然；立刻，馬上；一陣子，臨時，暫時 類 すぐさま 立刻
2046 □□□ にんげん 人間	▶ にんげん ▶	名 人，人類；人品，為人；（文）人間，社會，世上 類 人類 人類

□ 日中の一番暑い時
　 に出かけた。
　 在白天最熱之時出門了。

▶ 皆様、日中は暖かいですが、夜はすこし冷えるように
　 なってきましたね。いかがお過ごしでしょうか。
　 大家好。近來白天雖然暖和，但入夜以後頗有寒意，各位是否別
　 來無恙？

□ 日程を変える。
　 改變日程。

▶ 予定を変更します。つきましては、会議の日程も変更
　 させてください。
　 決定更改原先計畫。為此，請恕變更開會日期。

□ 動作が鈍い。
　 動作遲鈍。

▶ 鈍いなあ、こんな簡単な問題に1時間もかかるなんて。
　 真是遲鈍，這麼簡單的題目居然要花上一個鐘頭！

□ 日本語で話す。
　 用日語交談。

▶ 温暖化の影響で、日本も亜熱帯のような気候になりつ
　 つある。
　 在地球暖化的影響下，日本也逐漸趨向亞熱帶氣候。

□ 企業に入社する。
　 進企業上班。

▶ 入社後は1週間、本社にて新人研修を行います。
　 正式上班後的第一週將在總公司參加新進員工培訓課程。

□ 関係者以外の入場
　 を禁ず。
　 相關人員以外，請勿入
　 場。

▶ 吹奏楽団の演奏に合わせて選手たちが入場してきた。
　 在管樂團的伴奏之下，選手們進場了。

□ 入場券売場がある。
　 有門票販售處。

▶ 夫がモーターショーの入場券を無料で手に入れた。
　 我先生拿到了免費的車展門票。

□ 世話女房が付いて
　 いる。
　 有位對丈夫照顧周到的
　 妻子。

▶ うちの女房は、いつも人使いが荒い。
　 我太太老是差遣別人做事。

□ 情勢を睨む。
　 觀察情勢。

▶ 彼女に反対意見を言ったら、すごい目で私を睨んでき
　 た。
　 當我表示反對意見後，她用惡狠狠的目光瞪了我。

□ 天候がにわかに変
　 化する。
　 天候忽然起變化。

▶ 妹は夏休みが終わりに近づくと、にわかに宿題を始め
　 る。
　 暑假尾聲將近，妹妹這才開始趕作業。

□ 人間味に欠ける。
　 缺乏人情味。

▶ 仕事を辞める主な理由の一つは職場の人間関係らしい
　 です。
　 職場的人際關係似乎是上班族離職的主要原因之一。

Check 1 必考單字	高低重音	詞性、類義詞與對義詞
2047 ☐☐☐ ぬの 布	▶ ぬの	名 布匹；棉布；麻布 類 生地（きじ）布料，質地
2048 ☐☐☐ ね 根	▶ ね	名 (植物的)根；根底；根源，根據； 天性，根本 類 根本（こんぽん）根本
2049 ☐☐☐ ね 値	▶ ね	名 價錢，價格，價值 類 真価（しんか）真正的價值
2050 ☐☐☐ ねが 願い	▶ ねがい	名 願望，心願；請求，請願；申請 書，請願書 類 望み（のぞ）希望
2051 ☐☐☐ ねが 願う	▶ ねがう	他五 請求，請願，懇求；願望，希 望；祈禱，許願 類 拝む（おが）懇求
2052 ☐☐☐ ねじ	▶ ねじ	名 螺絲，螺釘 類 くぎ 釘子
2053 ☐☐☐ ねずみ	▶ ねずみ	名 老鼠 類 ハムスター 倉鼠
2054 ☐☐☐ ねっ 熱する	▶ ねっする	自サ・他サ 加熱，變熱，發熱；熱中於， 興奮，激動 類 温める（あたた）加溫
2055 ☐☐☐ ねったい 熱帯	▶ ねったい	名 (地)熱帶 類 亜熱帯（あねったい）亞熱帶
2056 ☐☐☐ ね ま ぎ 寝間着	▶ ねまき	名 睡衣 類 普段着（ふだんぎ）便服
2057 ☐☐☐ ねら 狙う	▶ ねらう	他五 看準，把…當做目標；把…弄到 手；伺機而動 類 目指す（めざ）以某事為目標

□ 布を織る。 織布。	▶ リサイクルできる紙や布は資源ごみとして分別します。 可回收的紙張或布料應分類為資源垃圾。
□ 根がつく。	▶ 雑草を「根」からザックリ引き抜きます。 從根拔除雜草。
□ 値をつける。 訂價。	▶ この品物は、熟練の技を駆使して作られているだけあって、かなり値が張ります。 這項商品以純熟的技術研製而成，價格相當昂貴。
□ 願いを聞き入れる。 如願所償。	▶ 最後に家族に会いたいという彼の切実な願いは叶わなかった。 他渴望見家人最後一面的懇切求究終未能如願。
□ 復興を願う。 祈禱能復興。	▶ 世界平和を願って、戦争反対のためのボランティア活動をする。 目前正在從事祈求世界和平並且反對戰爭的志工活動。
□ ねじが緩む。 螺絲鬆動；精神鬆懈。	▶ 取付ねじがゆるんでいると、扉が落下する恐れがありますよ。 如果安裝的螺絲鬆脫，門片可能會掉落喔。
□ ねずみが出る。 有老鼠。	▶ 普通は猫が鼠を襲うはずなのに逆に鼠が猫を撃退するなんて初めて見ました。 一般而言應該是貓襲擊老鼠才對，我頭一回看到反過來變成老鼠驅趕貓！
□ 火で熱する。 用火加熱。	▶ 中火で熱したフライパンにサラダ油をひき、たまねぎを入れて炒めます。 平底鍋以中火加熱後倒入沙拉油，放進洋蔥拌炒。
□ 熱帯気候がない。 沒有熱帶氣候。	▶ 今夜は熱帯夜で、寝苦しくてかなわない。 今晚氣溫頗高，熱得讓人睡不著。
□ 寝間着に着替える。 換穿睡衣。	▶ 可愛い寝間着に着替えたら、きっと桃ちゃんたちとのお休み前のガールズ・トークも尽きないでしょう。 要是再換上可愛的睡衣，和小桃她們在放假前一晚來場girl's talk（女孩們談心悄悄話）一定怎麼聊都聊不完。
□ 優勝を狙う。 想取得優勝。	▶ 逆転ホームランを狙って、打者はバッターボックスに立った。 打者站上了打擊區，將目標鎖定在揮出一支再見全壘打。

ね
ぬ
の
～
ねらう

Check 1 必考單字 | 高低重音 | 詞性、類義詞與對義詞

2058 □□□ ◎ T2-41
ねん が じょう
年賀状
▶ ねんがじょう ▶
名 賀年卡
類 便り 音訊

2059 □□□
ねんかん
年間
▶ ねんかん ▶
名・漢造 一年間；（年號使用）期間，年間
類 年中 全年

2060 □□□
ねんげつ
年月
▶ ねんげつ ▶
名 年月，光陰，時間
類 月日 時光

2061 □□□
ねんじゅう
年中
▶ ねんじゅう ▶
名・副 全年，整年；一年到頭，總是，始終
類 随時 隨時

2062 □□□
ねんだい
年代
▶ ねんだい ▶
名 年代；年齡層；時代
類 時代 時代

2063 □□□
ねん ど
年度
▶ ねんど ▶
名（工作或學業）年度
類 今年度 今年度

2064 □□□
ねん れい
年齢
▶ ねんれい ▶
名 年齡，歲數
類 年紀 年齡

2065 □□□
の
野
▶ の ▶
名・漢造 原野；田地，田野；野生的
類 草原 草原

2066 □□□
のう
能
▶ のう ▶
名・漢造 能力，才能，本領；功效；（日本古典戲劇）能樂
類 能力 能力

2067 □□□
ノー
▶ ノー ▶
名・感・造 表否定；沒有，不；（表示禁止）不必要，禁止
類 反対 反對

2068 □□□
のうさんぶつ
農産物
▶ のうさんぶつ ▶
名 農產品
類 物産 物產

□ 年賀状を書く。
寫賀年卡。

▶ もうすぐ年賀状を出す時期だから、年賀状に一言付け加えておこう。
再過不久就要寄賀年卡了，先寫好問候祝福的話語吧！

□ 年間所得が少ない。
年收入低。

▶ 2019年日本では年間およそ800件ほどの展示会が開催されました。
根據2019年的統計結果，日本每年舉辦大約800場展覽。

□ 長い年月がたつ。
經年累月。

▶ 彼女と別れて10年の年月が流れた今でも彼女はどうしているだろうかと考えることがある。
自從和她分手之後匆匆已過10年歲月，有時仍會想如今的她不知過得如何。

□ 年中無休にて営業しております。
營業全年無休。

▶ この店24時間年中無休で営業していて、深夜や早朝でも美味しいお寿司がいただけるのです。
這家餐廳全年無休24小時營業，不管是在深夜或者清晨都可以享用到美味的壽司。

□ 1990年代に登場した。
在1990年代(90年代)登場。

▶ 年上の彼氏と付き合っていると、時々生まれ育った年代の差を感じる瞬間がある。
自從和年長的男友交往後，我時常忽然感覺到年齡代溝。

□ 年度が変わる。
換年度。

▶ 以下、本年度の事業計画を掲げます。
以下我們將制訂今年的商業計畫。

□ 年齢が高い。
年紀大。

▶ 大澤先生とは年齢が近いせいか話に夢中になってしまうことがよくある。
由於和大澤老師年紀相仿，我們經常會聊得渾然忘我。

□ 野の花が飾られている。
擺飾著野花。

▶ 登山列車は、野を越えて、山を越え走り、山頂駅に着いた。
登山火車越過原野、越過山林，抵達了山頂車站。

□ 野球しか能がない。
除了棒球以外沒別的本事。

▶ 勉強は丸暗記だけが能ではない。
讀書不能光靠死記硬背。

□ ノースモーキング。
禁止吸菸

▶ 日本人は「ノー」と言わず、返事を曖昧にする傾向がある。
日本人通常不會直接說「no」，只會給個模擬兩可的回答。

□ 農産物に富む。
農產品豐富。

▶ この事業は、自ら生産した農産物を消費者に直接販売することだ。
這項事業計畫是將自家生產的農產品直接銷售給消費者。

Check 1 必考單字	高低重音	詞性、類義詞與對義詞

2069 □□□
のうそん
農村
▶ の うそん ▶
图 農村，郷村
題 田舎 郷下

2070 □□□
のうみん
農民
▶ の うみん ▶
图 農民
題 田舎者 郷下人

2071 □□□
のうやく
農薬
▶ の うやく ▶
图 農薬
題 防虫剤 防蟲剤

2072 □□□
のうりつ
能率
▶ の うりつ ▶
图 效率
題 実績 實際成績

2073 □□□
のき
軒
▶ の き ▶
图 屋簷
題 ひさし 裝設在門窗上的屋簷

2074 □□□ ⊙T2-42
のこ
残らず
▶ の こらず ▶
副 全部，通通，一個不剩
題 全部 全部

2075 □□□
のこ
残り
▶ の こり ▶
图 剩餘，殘留
題 余り 剩餘

2076 □□□
の
載せる
▶ の せる ▶
他下一 刊登；載運；放到高處；和著音樂拍子
題 登載 刊登

2077 □□□
のぞ
除く
▶ の ぞく ▶
他五 消除，刪除，除外，削除；除了…，…除外；殺死
題 取る 拿取

2078 □□□
のぞ
覗く
▶ の ぞく ▶
自五・他五 露出（物體的一部份）；窺視，探視；往下看；晃一眼；窺探他人秘密
題 盗み見する 偷看

2079 □□□
のぞ
望み
▶ の ぞみ ▶
图 希望，願望，期望；抱負，志向；眾望
題 期待 期待

□ 農村の生活が長寿
につながっている。
農村的生活與長壽息息
相關。

▶ 幕府は正業をもたない人に資金を与えて農村に帰ることを勧めた。
幕府當時撥付資金給那些沒有正職工作的人，鼓勵他們回歸農村。

□ 農民人口が増える。
農民人口增多。

▶ この制度により、農民が都市で働くと同時に農業を兼業で続けることが可能になりました。
這項制度讓農民得以在城市工作並且同步兼營農業。

□ 農薬の汚染がひどい。
農薬污染很嚴重。

▶ 有機野菜とは農薬を使わない安心安全なオーガニック野菜です。
有機蔬菜是指不使用農藥、以有機方式栽培，讓人安全又安心的蔬菜。

□ 能率を高める。
提高效率。

▶ 能率を高めるためには、仕事量を一定に保ったまま労働時間を減らす必要があります。
想要提高效率，就必須在維持工作量不變的狀態下減少工作時間。

□ 軒を並べる。
房屋鱗次櫛比。

▶ 駅の周辺には飲食店が軒をつらねている。
車站周邊的餐廳櫛比鱗次。

□ 残らず食べる。
一個不剩全部吃完。

▶ お腹がすいていたので、出された料理を残らず食べた。
肚子實在太餓了，把端上桌的菜餚一掃而空。

□ 売れ残りの商品を
もらえる。
可以得到賣剩的商品。

▶ 長年頑張って返済しているため、借金の残りもあと僅かだ。
經過多年來努力還債，只剩一點點就可以全數清償了。

□ 雑誌に記事を載せる。
在雜誌上刊登報導。

▶ コンテストに入選した作品を、地方の新聞に載せる。
將入圍比賽的作品刊登在地方報紙上。

□ 不安を除く。
消除不安。

▶ 傷んだ野菜を除いて、新鮮な野菜を市場に出荷する。
剔除掉賣相不佳的蔬菜，將新鮮的蔬菜運到市場販售。

□ 隙間から覗く。
從縫隙窺看。

▶ 先程までみんなでいた部屋をそっと覗いてみると、誰もいませんでした。
當我朝向剛才大家都在的房間瞥了一眼，裡面卻已是空蕩蕩了。

□ 望みが叶う。
實現願望。

▶ 望み通りの人生を実現するために単純だけれど重要なことをご紹介します。
在此介紹幾件儘管簡單卻很重要的事情，可以幫助您實現夢想中的人生。

の
のうそん〜のぞみ

393

Check 1 必考單字	高低重音	詞性、類義詞與對義詞

2080 □□□
のちほど
後程 ▸ の**ちほど** ▸ 副 過一會兒
類 後で 之後

2081 □□□
の はら
野原 ▸ の**はら** ▸ 名 原野
類 緑地 緑地

2082 □□□
の の
延び延び ▸ の**びのび** ▸ 名 拖延，延緩
類 延々 沒完沒了的持續

2083 □□□
の の
伸び伸び（と） ▸ の**びのび（と）** ▸ 副・自サ 生長茂盛；輕鬆愉快
類 伸びやか 舒適自得

2084 □□□
の
述べる ▸ の**べる** ▸ 他下一 敘述，陳述，說明，談論
類 語る 講述

2085 □□□
の かい
飲み会 ▸ の**みかい** ▸ 名 喝酒的聚會
類 酒宴 酒宴

2086 □□□
のり
糊 ▸ の**り** ▸ 名 膠水，漿糊
類 接着剤 黏著劑

2087 □□□
の
載る ▸ の**る** ▸ 他五 登上，放上；乘，坐，騎；參與；上當，受騙；刊載，刊登
類 掲示する 布告

2088 □□□
のろ
鈍い ▸ の**ろい** ▸ 形 （行動）緩慢的，慢吞吞的；（頭腦）遲鈍的，笨的；對女人軟弱，唯命是從的人
類 どんくさい 緩慢的

2089 □□□
のろのろ ▸ の**ろのろ** ▸ 副・自サ 遲緩，慢吞吞地
類 ぐずぐず 磨蹭

2090 □□□
のん き
呑気 ▸ の**んき** ▸ 名・形動 悠閑，無憂無慮；不拘小節，不慌不忙；蠻不在乎，漫不經心
類 マイペース 有自己的步調、方法

Check 2 必考詞組	**Check 3** 必考例句

☐ 後程（のちほど）またご相談（そうだん）し
ましょう。
回頭再來和你談談。

▶ 後程（のちほど）、係員（かかりいん）がエアコンの修理（しゅうり）のため、お宅（たく）に伺（うかが）います。
稍後，維修人員將會前往府上修理空調。

☐ 野原（のはら）で遊（あそ）ぶ。
在原野玩耍。

▶ 野原（のはら）で遊（あそ）んでいたら、言葉（ことば）を失（うしな）う程（ほど）きれいな花（はな）を見（み）つけた。
在田野玩耍的時候，赫然發現了美麗得令人張口結舌的花朵。

☐ 運動会（うんどうかい）が雨（あめ）で延（の）び延（の）びになる。
運動會因雨勢而拖延。

▶ コロナ禍（か）で試合（しあい）が延（の）び延（の）びとなっている。
因新冠災禍導致考試一延再延。

☐ 子（こ）どもが伸（の）び伸（の）びと育（そだ）つ。
讓小孩在自由開放的環境下成長。

▶ 子（こ）どもは田舎（いなか）で伸（の）び伸（の）びと育（そだ）った。
孩子在鄉下成長茁壯。

☐ 意見（いけん）を述（の）べる。
陳述意見。

▶ 入社試験（にゅうしゃしけん）の面接（めんせつ）で、志望動機（しぼうどうき）や将来（しょうらい）の夢（ゆめ）を述（の）べた。
在公司的聘用面試中說明了報考的動機和未來的夢想。

☐ 飲（の）み会（かい）に誘（さそ）われる。
被邀去參加聚會。

▶ 彼女（かのじょ）は飲（の）み会（かい）のたびに彼（かれ）に熱（あつ）い視線（しせん）を送（おく）っている。
在飲酒聚會上，她每每對他投以熾熱的視線。

☐ 糊（のり）をつける。
塗上膠水。

▶ 水（みず）で濡（ぬ）らすタイプの糊付（のりつ）き封筒（ふうとう）はとても便利（べんり）です。
沾水即可黏貼的脅膠式信封非常便利。

☐ 新聞（しんぶん）に載（の）る。
登在報上，上報。

▶ 書（か）いた記事（きじ）が紙面（しめん）に載（の）ると、反響（はんきょう）があって励（はげ）みになります。
當我寫的報導刊載於報紙後，引發的迴響令人鼓舞。

☐ 足（あし）が鈍（のろ）い。
走路慢。

▶ 彼女（かのじょ）は仕事（しごと）は鈍（のろ）いが、明朗（めいろう）なので、みんなに好（す）かれている。
她雖然工作不利索，但是個性開朗，所以大家都喜歡她。

☐ のろのろ（と）歩（ある）く。
慢吞吞地走。

▶ 牛車（ぎっしゃ）がのろのろと進（すす）んでいる様子（ようす）を見（み）ると、故郷（こきょう）を思（おも）い出（だ）す。
看著牛車緩慢前進的模樣使我思念起家鄉。

☐ 呑気（のんき）に暮（く）らす。
悠閒度日。

▶ 明日（あした）は試験（しけん）だというのに、姉（あね）はのんきに漫画（まんが）を読（よ）んでいる。
明天都要考試了，姊姊卻還好整以暇地一直看漫畫。

Check 1 / 必考單字	高低重音	詞性、類義詞與對義詞
2091 □□□ ば **場**	ば	名 場所，地方；座位；（戲劇）場次； 場合 類 処 地方
2092 □□□ **はあ**	はあ	感（應答聲）是，唉；（驚訝聲）嘿 類 へえ 是的
2093 □□□ ⊙T2-43 ばい う **梅雨**	ばいう	名 梅雨 類 梅雨入り 進入梅雨季
2094 □□□ **バイキング**	バイキング	名 自助式吃到飽 類 サラダバー 沙拉吧
2095 □□□ はい く **俳句**	はいく	名 俳句 類 和歌 日本的詩歌文體
2096 □□□ はいけん **拝見**	はいけん	名・他サ（「みる」的自謙語）看，瞻仰 類 拝読 拜讀
2097 □□□ はいたつ **配達**	はいたつ	名・他サ 送，投遞 類 運ぶ 運送
2098 □□□ ばいばい **売買**	ばいばい	名・他サ 買賣，交易 類 商売 經商買賣
2099 □□□ **パイプ**	パイプ	名 管，導管；煙斗；煙嘴；管樂器 類 導管 （液體）輸送管
2100 □□□ は **這う**	はう	自五 爬，爬行；（植物）攀纏，緊貼； （趴）下 類 引きずる 拖，拉
2101 □□□ はか **墓**	はか	名 墓地，墳墓 類 墓碑 墓碑

□ その場で断った。
當場推絕了。

▶ 巨人同士の戦闘シーンがこの映画の見せ場だ
巨人和巨人的戰鬥場面是這部電影最精彩的部分。

□ はあ、かしこまりました。
是，我知道了。

▶ 「駅はどっちですか」「はあ。すみません。わかりません」
「請問去車站該往哪邊走？」「呃，不好意思，我不知道。」

□ 梅雨前線が停滞する。
梅雨鋒面停滯不前。

▶ いつまで梅雨なのだ。全身からカビが生えそうだ。
這場梅雨到底還要下多久啊？我全身上下都快發霉了。

□ 朝食のバイキング。
自助式吃到飽的早餐。

▶ 家族そろって郷土料理付きのホテルバイキングをおもいっきり食べました。
全家人在可嚐到當地美食的飯店百匯自助餐大啖朵頤一番。

□ 俳句を読む。
吟詠俳句。

▶ 私はこの番組の先生の解説と添削付きの俳句コーナーが気に入って、俳句を面白いと感じ始めた。
我很喜歡這個節目的俳句專欄裡老師的點評以及批改，從此覺得俳句很有意思。

□ お宝を拝見しましょう。
讓我們看看您收藏的珍寶吧！

▶ 切符を拝見させていただきます。
請您出示車票。

□ 新聞を配達する。
送報紙。

▶ 郵便サービスの見直しにより、土曜日の配達が廃止されることとなった。
基於郵務服務調整而停止了週六的投遞作業。

□ 土地を売買する。
土地買賣。

▶ 株の売買で最も難しいといわれるのが売りのポイントです。
掌握賣出時機可說是股票買賣中最困難的地方。

□ パイプが詰まる。
管子堵塞。

▶ トイレのパイプで水漏れが起こりやすい箇所は以下の通りです。
以下幾處是廁所水管容易漏水的部位。

□ 蛇が這う。
蛇在爬行。

▶ この花は次々に咲いて、地面を這って広がっていきます。
這種花逐一綻放，在地面蔓延開來。

□ 墓まいりする。
上墳祭拜。

▶ 祖母は故郷の村の墓で静かに眠っている。
祖母長眠在她的故鄉村中的墳墓。

は
ば
～
は
か

Check 1 必考單字	高低重音	詞性、類義詞與對義詞
2102 □□□ ば　か **馬鹿**	▶ ば|か	▶ **名・形動** 愚蠢，糊塗 **類** 愚か 愚蠢
2103 □□□ は **剥がす**	▶ は|が|す	▶ **他五** 剝下 **類** 剃る 刮，剃
2104 □□□ はか せ **博士**	▶ は|かせ	▶ **名** 博士；博學之人 **類** ドクター 博士
2105 □□□ ば　か **馬鹿らしい**	▶ ば|からし|い	▶ **形** 愚蠢的，無聊的；划不來，不值得 **類** くだらない 微不足道的
2106 □□□ はか **計り**	▶ は|かり|	▶ **名** 秤，量，計量；份量；限度 **類** てんびん 天平
2107 □□□ はかり **秤**	▶ は|かり|	▶ **名** 秤，天平 **類** 体重計 體重機
2108 □□□ はか **計る**	▶ は|か|る	▶ **他五** 測量；計量；推測，揣測；徵詢，諮詢 **類** いくつ 多少
2109 □□□ は　け **吐き気**	▶ は|きけ|	▶ **名** 噁心，作嘔 **類** むかつく 火大
2110 □□□ **はきはき**	▶ は|きはき	▶ **副・自サ** 活潑伶俐的樣子；乾脆，爽快；（動作）俐落 **類** てきぱき 乾淨俐落
2111 □□□ ◎T2-44 は **吐く**	▶ は|く	▶ **他五** 吐，吐出；說出，吐露出；冒出，噴出 **類** 出す 取出
2112 □□□ は **掃く**	▶ は|く	▶ **他五** 掃，打掃；（拿刷子）輕塗 **類** 拭う 擦拭

<table>
<tr><td>

□ 馬鹿にする。
　軽視，瞧不起。

</td><td>

▶

</td><td>

こんな問題を間違えるなんて、なんて私は馬鹿なのだろう。
連這種題目都會答錯，我簡直笨到家了！

</td></tr>
<tr><td>

□ ポスターをはがす。
　拿下海報。

</td><td>

▶

</td><td>

小さい時に机に貼った人気キャラクターのシールを剥がす。
把小時候貼在桌上的大受歡迎的動漫人物的貼紙撕掉。

</td></tr>
<tr><td>

□ 物知り博士が説明
　してくれる。
　知識淵博的人為我們進
　行說明。

</td><td>

▶

</td><td>

蟻が好きな君は蟻博士になって、楽しく自由研究してみてはいかがでしょうか。
你既然喜歡螞蟻，不如化身為螞蟻小博士，開開心心地以此做為自由研究作業的主題，覺得如何？

</td></tr>
<tr><td>

□ 馬鹿らしくて話に
　ならない。
　荒唐得不成體統。

</td><td>

▶

</td><td>

海外旅行で、ブランド品の買い物ばかりするのは馬鹿らしい。
出國旅行時只顧著買名牌貨，簡直是浪費時間。

</td></tr>
<tr><td>

□ 計りをごまかす。
　偷斤減兩。

</td><td>

▶

</td><td>

家庭ではデジタル計りを使いますが、お店は天秤式の計りを使うんです。
家裡用的是電子磅秤，但店裡用的是天平秤。

</td></tr>
<tr><td>

□ 秤で量る。
　秤重。

</td><td>

▶

</td><td>

秤の目盛りを読み違えたのか、このケーキはいくらなんでも甘過ぎる。
做這塊蛋糕時大概看錯磅秤的刻度了，實在太甜啦！

</td></tr>
<tr><td>

□ 心拍数を計る。
　計算心跳次數。

</td><td>

▶

</td><td>

この時計は時間を計るだけではない。睡眠の質の分析などもしてくれる。
這只手錶不僅可以測量時間，還具有分析睡眠品質等功用。

</td></tr>
<tr><td>

□ 吐き気がする。
　令人作嘔，想要嘔吐。

</td><td>

▶

</td><td>

この記事ではストレスを解消して吐き気を改善する方法についてお伝えします。
這篇報導告訴大家如何抒解壓力並且改善反胃症狀的方法。

</td></tr>
<tr><td>

□ はきはきと答える。
　乾脆地回答。

</td><td>

▶

</td><td>

就職活動の面接では笑顔ではきはき答えたほうが好印象でしょう。
在求職過程參加面試時，若能面帶笑容、精神抖擻地回答問題，比較容易給人留下好印象。

</td></tr>
<tr><td>

□ 息を吐く。
　呼氣，吐氣。

</td><td>

▶

</td><td>

長距離バスから乗り換えたばかりで、気分が悪く、地下鉄に乗ってからすぐに吐いてしまった。
下了長途大巴士才剛換乘地鐵就覺得不舒服，一進車廂馬上吐出來。

</td></tr>
<tr><td>

□ 道路を掃く。
　清掃道路。

</td><td>

</td><td>

母は農家でどんなに朝忙しくても、庭を掃いて部屋の掃除もしています。
務農的家母無論早上有多忙都一定會打掃院子還有清掃房間。

</td></tr>
</table>

は
ばか～
はく

399

Check 1 必考單字	高低重音	詞性、類義詞與對義詞

2113 □□□
ばくだい
莫大
▶ ばくだい ▶
名・形動 莫大，無尚，龐大
類 億万 數量龐大

2114 □□□
ばくはつ
爆発
▶ ばくはつ ▶
名・自サ 爆炸，爆發
類 破裂 破裂

2115 □□□
は ぐるま
歯車
▶ はぐるま ▶
名 齒輪
類 車輪 車輪

2116 □□□
バケツ
▶ バケツ ▶
名 木桶
類 瓶 瓶子

2117 □□□
はさ
挟まる
▶ はさまる ▶
自五 夾，（物體）夾在中間；夾在（對立雙方中間）
類 塞がる 堵塞

2118 □□□
はさ
挟む
▶ はさむ ▶
他五 夾，夾住；隔；夾進，夾入；插
類 差し込む 插入

2119 □□□
は さん
破産
▶ はさん ▶
名・自サ 破産
類 倒産 破産

2120 □□□
はしご
▶ はしご ▶
名 梯子；挨家挨戶
類 脚立 較短的折疊梯子

2121 □□□
はじ
初めまして
▶ はじめまして ▶
寒暄 初次見面
類 よろしく 請多關照

2122 □□□
はしら
柱
▶ はしら ▶
名・接尾 （建）柱子；支柱；（轉）靠山
類 礎 基石

2123 □□□
はす
斜
▶ はす ▶
名 （方向）斜的，歪斜
類 斜め 傾斜

□ 莫大な損失を被った。 遭受莫大的損失。	▶ ワクチン実用化には長い年月と莫大な研究費が必要だ。 疫苗的上市需要投入長久的時間與龐大的研究費。
□ 火薬が爆発する。 火藥爆炸。	▶ 製鉄所で爆発事故が起こり、従業員が負傷した。 煉鋼廠發生爆炸事故，造成員工受傷。
□ 歯車がかみ合う。 齒輪咬合；協調。	▶ 最近ミスも多くて、なんだか心と体の歯車がかみ合っていないみたい。 最近頻頻失誤，或許是身心的齒輪咬合不正。
□ バケツに水を入れる。 把水裝入木桶裡。	▶ 重い石を運ぶために頑丈なバケツが必要になったので購入しました。 我需要堅固的桶子來搬運很重的石頭，所以買了下來。
□ 歯に挟まる。 卡牙縫，塞牙縫。	▶ 電車のドアにリュックが挟まってしまい、慌ててしまった。 背包被電車門夾住，頓時不知所措了。
□ 本にしおりを挟む。 把書籤夾在書裡。	▶ パンにチーズとハムを挟んで、サンドウィッチを作った。 在麵包夾入起士和火腿，做了三明治。
□ 破産を宣告する。 宣告破產。	▶ 取引先が破産してしまった。 客戶破產了。
□ はしごを上る。 爬梯子。	▶ 屋根やはしごの上で作業することは危険なため、慣れていない方はできれば避けるべきです。 在屋頂和梯子上工作具有危險性，不熟練的人應該盡量避免。
□ 初めまして、山田太郎と申します。 初次見面，我叫山田太郎。	▶ 初めまして。私は大阪から来た小林由美子と申します。 幸會，我是來自大阪的小林由美子。
□ 柱が倒れる。 柱子倒下。	▶ 幼稚園の時、母は、家の柱に私の身長を記した。 上幼兒園的時候，媽媽把我的身高刻記在家裡的柱子上。
□ 道を斜に横切る。 斜行走過馬路。	▶ 会社の斜向かいにカレー屋さんができて嬉しい。 很高興公司的斜對面新開了一家咖哩專賣店。

は

ばくだい〜はす

Check 1 必考單字	高低重音	詞性、類義詞與對義詞
2124 □□□ パス	パ<u>ス</u>	**名·自サ** 免票，免費；定期票，月票；合格，通過 **類** 合格 合格
2125 □□□ <ruby>肌<rt>はだ</rt></ruby>	<u>は</u>だ	**名** 肌膚，皮膚；物體表面；氣質，風度；木紋 **類** <ruby>皮<rt>かわ</rt></ruby> 表皮
2126 □□□ パターン	パ<u>ターン</u>	**名** 形式，樣式，模型；紙樣；圖案，花樣 **類** ワンパターン 千篇一律
2127 □□□ <ruby>裸<rt>はだか</rt></ruby>	<u>は</u>だか	**名** 裸體；沒有外皮的東西；精光，身無分文；不存先入之見，不裝飾門面 **類** <ruby>丸裸<rt>まるはだか</rt></ruby> 一絲不掛
2128 □□□ <ruby>肌着<rt>はだぎ</rt></ruby>	<u>は</u>だぎ	**名** (貼身)襯衣，汗衫 **類** <ruby>下着<rt>したぎ</rt></ruby> 內衣
2129 □□□ <ruby>畑<rt>はたけ</rt></ruby>	<u>は</u>たけ	**名** 田地，旱田；專業的領域 **類** <ruby>麦畑<rt>むぎばたけ</rt></ruby> 麥田
2130 □□□ ◎T2-45 <ruby>果<rt>は</rt></ruby>たして	<u>は</u>た<u>して</u>	**副** 果然，果真 **類** ずばり 一針見血
2131 □□□ <ruby>鉢<rt>はち</rt></ruby>	<u>は</u>ち	**名** 鉢盆；大碗；花盆；頭蓋骨 **類** <ruby>花瓶<rt>かびん</rt></ruby> 花瓶
2132 □□□ <ruby>鉢植<rt>はちう</rt></ruby>え	<u>は</u>ちうえ	**名** 盆栽 **類** <ruby>盆栽<rt>ぼんさい</rt></ruby> 種在盆栽裡的花木
2133 □□□ <ruby>発<rt>はつ</rt></ruby>	<u>は</u>つ	**名·接尾** (交通工具等)開出，出發；(信、電報等)發出；(助數詞用法，計算子彈數量)發，顆 **類** <ruby>発車<rt>はっしゃ</rt></ruby> 發車
2134 □□□ ばつ	<u>ば</u>つ	**名** (表否定的)叉號 **類** ペケ 叉號

□ 試験にパスする。
通過測驗。

▶ 彼女がその試験にパスしたということを知ったとき嬉しくて泣いた。
當我獲知她通過了那項考試時不禁喜極而泣。

□ 肌が白い。
皮膚很白。

▶ いつも肌がつやつやしてるけど、どこの化粧品使ってるの？
妳的肌膚看起來總是光可鑑人，平常是用哪一家的化妝品呢？

□ 行動のパターンが
変わった。
行動模式改變了。

▶ 年齢、職業からその人の思考パターンを類推することができる。
可以從年齡、職業依此類推該名人士的思考模式。

□ 裸になる。
裸體。

▶ 人前で裸になる夢を見た。
夢見自己赤身裸體在眾人面前。

□ 婦人の肌着の品は
豊富です。
女性的汗衫類產品很豐富。

▶ 広場側の入口から入ってすぐに紳士肌着売り場があります。
從靠近廣場那邊的門口一進去就是男士內衣專櫃。

□ 畑で働いている。
在田地工作。

▶ 畑に罠を仕掛けて、ウサギを捕まえた。
在田裡設下陷阱，抓到了兔子。

□ 果たして成功する
のだろうか。
到底真的能夠成功嗎？

▶ このリゾート開発計画は、果たしてうまくいくのだろうか。
這項渡假村開發計畫，究竟能否順利進行呢？

□ バラを鉢に植える。
玫瑰花種在花盆裡。

▶ 本日、苗を鉢に植え替えました。二株ずつ、二つの鉢にしました。
今天，我幫幼苗換盆了。分別在兩個盆子裡各種兩株。

□ 鉢植えの手入れを
する。
照顧盆栽。

▶ 昨日ヤシのような形の鉢植えの松を買った。
昨天我買了一盆長得像椰子的松樹。

□ 6時発の列車が遅
れる。
6點發車的列車延誤了。

▶ 東京駅発午前9時の新幹線に乗ると、12時過ぎに大阪駅に着く。
若是搭乘上午9點從東京站出發的新幹線列車，12點過後就能抵達大阪站了。

□ ばつを付ける。
打叉。

▶ ばつをつけられた箇所を修正した。
修改了被打叉的地方。

は
パス
〜
ばつ

Check 1 必考單字	高低重音	詞性、類義詞與對義詞
2135 □□□ ばつ **罰**	▶ ばつ	▶ 名·漢造 懲罰，處罰 類 罪 處罰
2136 □□□ はついく **発育**	▶ はついく	▶ 名·自サ 發育，成長 類 成長 成長
2137 □□□ はっき **発揮**	▶ はっき	▶ 名·他サ 發揮，施展 類 振起 振奮起來
2138 □□□ **バック**	▶ バック	▶ 名·自サ 後面，背後；背景；後退，倒 車；金錢的後備，援助；靠山 類 後退 後退
2139 □□□ はっこう **発行**	▶ はっこう	▶ 名·自サ（圖書、報紙、紙幣等）發行； 發放，發售 類 出版 出版
2140 □□□ はっしゃ **発車**	▶ はっしゃ	▶ 名·自サ 發車，開車 類 発航 出航
2141 □□□ はっしゃ **発射**	▶ はっしゃ	▶ 名·他サ 發射（火箭、子彈等） 類 噴射 噴射
2142 □□□ ばっ **罰する**	▶ ばっする	▶ 他サ 處罰，處分，責罰；（法）定罪， 判罪 類 刑する 處刑
2143 □□□ はっそう **発想**	▶ はっそう	▶ 名·自他サ 構想，主意；表達，表現； （音樂）表現 類 奇想 奇想
2144 □□□ **ばったり**	▶ ばったり	▶ 副 物體突然倒下（跌落）貌；突然相 遇貌；突然終止貌 類 ふいと 突然
2145 □□□ **ぱっちり**	▶ ぱっちり	▶ 副·自サ 眼大而水汪汪；睜大眼睛 類 ぱっくり 張大嘴巴

□ 罰を受ける。
遭受報應。

▶ 母との約束を守らなかった罰に、お風呂の掃除をさせられた。
由於沒遵守和媽媽的約定，結果被處罰刷洗浴室了。

□ 発育を妨げる。
阻擾發育。

▶ 近頃の小学生は発育がいいよなあ。
最近的小學生都發育得很好呢！

□ 才能を発揮する。
發揮才能。

▶ 彼は陸上競技、殊に短距離走において抜群の才能を発揮した。
他在田徑方面，尤其是短跑項目，展現了超群的才華。

□ 綺麗な景色をバックにする。
以美麗的風景為背景。

▶ 夜景をバックにして、写真を撮った。
我拍了一張以夜景為背景的照片。

□ 雑誌を発行する。
發行雜誌。

▶ このコミックスは初版発行部数が 300 万部を超え、史上最高を記録した。
這漫畫的初版發行量超過300萬冊，創下了史上最高紀錄！

□ 発車が遅れる。
逾時發車。

▶ 通過を待って 2002D「白鳥」が 14 時 34 分に 2 番線から発車する。
等待前一班列車通過的2002D「天鵝」即將於14點34分從 2 號月台發車。

□ ロケットを発射する。
發射火箭。

▶ 空中戦で下を飛ぶ敵にミサイルを発射する。
在空戰中，朝在下方飛行的敵機發射導彈。

□ 違反者を罰する。
處分違反者。

▶ スピード違反をして警察官に捕まり、厳しく罰せられた。
因為駕車超速而被警察攔下，被開了高額的罰單。

□ アメリカ人的な発想だね。
很有美國人的思維邏輯嘛。

▶ 彼の作品は自由な発想と大胆な色使いが魅力だ。
他作品的魅力在於自由的發想和大膽的用色。

□ ばったり（と）会う。
突然遇到。

▶ デパートの入り口で、高校時代の友人にばったり会った。
在百貨公司門口恰巧遇到了高中時代的朋友。

□ 目がぱっちりとしている。
眼兒水汪汪。

▶ 彼女は小柄で、髪型はショートボブで、ぱっちりした目をしているのが可愛らしい。
她身材嬌小，髮型是短鮑伯頭，有著一雙水汪汪的大眼睛，非常可愛。

は
ばっ～ぱっちり

405

Check 1	必考單字	高低重音	詞性、類義詞與對義詞

2146 □□□
はってん
発展 ▶ はってん ▶ 名・自サ 擴展，發展；活躍，活動
きんだいか
類 近代化 現代化

2147 □□□
はつでん
発電 ▶ はつでん ▶ 名・他サ 發電
きゅうでん
類 給電 供電

2148 □□□ ◎ T2-46
はつばい
発売 ▶ はつばい ▶ 名・他サ 賣，出售
はんばい
類 販売 販賣

2149 □□□
はっぴょう
発表 ▶ はっぴょう ▶ 名・他サ 發表，宣布，聲明；揭曉
けんでん
類 喧伝 極力宣傳

2150 □□□
はな あ
話し合う ▶ はなしあう ▶ 自五 對話，談話；商量，協商，談判
（或唸：はなしあう）
い あ
類 言い合う 互相跟彼此說

2151 □□□
はな
話しかける ▶ はなしかける ▶ 自下一 （主動）跟人說話，攀談；開始
談，開始說
ことば
類 言葉をかける 搭話

2152 □□□
はな ちゅう
話し中 ▶ はなしちゅう ▶ 名 通話中
でんわちゅう
類 電話中 正在講電話

2153 □□□
はなは
甚だしい ▶ はなはだしい ▶ 形 （不好的狀態）非常，很，甚
類 ものすごい 非常，驚人的

2154 □□□
はなばな
華々しい ▶ はなばなしい ▶ 形 華麗，豪華；輝煌；壯烈
類 まぶしい 耀眼

2155 □□□
はな び
花火 ▶ はなび ▶ 名 煙火
えんか
類 煙火 煙火

2156 □□□
はな
華やか ▶ はなやか ▶ 形動 華麗；輝煌；活躍；引人注目
類 まぶしい 耀眼的

□ 発展が目覚ましい。
發展顯著。

▶ わが社は東京を拠点とし、そして海外へと発展しております。
我們公司總部設在東京，並正向海外擴展中。

□ 川を発電に利用する。
利用河川發電。

▶ 太陽光発電は今人気が高く、どこでも工事予約でいっぱいだ。
太陽能目前相當盛行，每家安裝廠商都是滿手訂單。

□ 好評発売中。
暢銷中。

▶ 5月に発売される「鬼滅の刃」のグッズをまとめてみました。
以下是即將於5月開賣的《鬼滅之刃》周邊商品一覽表。

□ 発表を行う。
進行發表。

▶ 発表が長引いたため、その後の討議の時間が短縮された。
由於演講的時長拖延，導致後續的討論時間縮短了。

□ 楽しく話し合う。
相談甚歡。

▶ サークルのメンバーで話し合って、合宿の場所を決めた。
和社團成員商討後，決定了集訓的地點。

□ 子どもに話しかける。
跟小孩說話。

▶ 公園のベンチに一人で座っているお年寄りに、話しかけた。
我和一個獨自坐在公園長椅上的老人交談。

□ お話し中失礼ですが…
不好意思打擾您了…

▶ お話し中失礼します。A社からお客様がお見えです。
不好意思打擾您談話，A公司的客人已經到了。

□ 甚だしい誤解がある。
有很大的誤會。

▶ 私が言ったことを信じないなんて、甚だしく不愉快だ。
竟敢不信吾言？委實令人極度不悅！

□ 華々しい結婚式が話題になっている。
豪華的婚禮成為話題。

▶ そのテニスプレーヤーは、全米オープンで華々しいデビューを飾った。
那位網球運動員在美國公開賽上首次出場便創下亮眼佳績。

□ 花火を打ち上げる。
放煙火。

▶ 「三陸花火大会」は、今年開催される国内最大級の花火大会です。
「三陸花火節」是今年國內舉辦規模最大的煙火施放活動。

□ 華やかな服装で出席する。
穿著華麗的服裝出席。

▶ お正月、華やかな着物を着て初詣をする人が多い。
新年期間，許多人穿著色彩絢爛的和服前往神社做初次參拜。

は
はってん〜はなやか

407

Check 1　必考單字	高低重音	詞性、類義詞與對義詞
2157 □□□ はなよめ 花嫁	はなよめ	图 新娘 類 お嫁さん　新娘
2158 □□□ はね 羽	はね	图 羽毛；（鳥與昆蟲等的）翅膀；（機器等）翼，葉片；箭翎 類 羽毛　羽毛
2159 □□□ ばね	ばね	图 彈簧，發條；（腰、腿的）彈力，彈跳力 類 クッション　靠墊
2160 □□□ は 跳ねる	はねる	自下一 跳，蹦起；飛濺；散開，散場；爆，裂開 類 躍る　跳躍
2161 □□□ ははおや 母親	ははおや	图 母親 類 お袋　媽媽
2162 □□□ はぶ 省く	はぶく	他五 省，省略，精簡，簡化；節省 類 略す　省略
2163 □□□ は へん 破片	はへん	图 破片，碎片 類 砕片　碎片
2164 □□□ ハム	ハム	图 火腿 類 ベーコン　培根
2165 □□□ は 嵌める	はめる	他下一 嵌上，鑲上；使陷入，欺騙；擲入，使沉入 類 差し込む　插入
2166 □□□ ⊙T2-47 はや お 早起き	はやおき	图 早起 類 起床　起床
2167 □□□ はやくち 早口	はやくち	图 說話快 類 快弁　口若懸河

□ 花嫁の姿がひとき
　　わ映える。
　新娘的打扮格外耀眼奪
　目。

▶ 花嫁はきらびやかなドレスを身につけて、幸せそうに
微笑んだ。
新娘身穿一襲光彩絢爛的禮服，露出幸福的微笑。

□ 羽を伸ばす。
　無所顧慮，無拘無束。

▶ これが噂の「くじゃく弁当」ですか。まるで羽を広げ
た孔雀のようだからだとか。
這就是有名的「孔雀盒餐」嗎？聽說名稱的由來是因為像極了孔
雀開屏。

□ ばね仕掛けのロ
　　ボット。
　上發條的機器人。

▶ 体のばねがある。
身體柔軟有彈力。

□ 馬がはねる。
　馬騰躍。

▶ 水が溜まっているところで、カエルたちが大合唱して
いて、よく見るとぴょんぴょんと飛び跳ねていた。
那時青蛙在水窪裡大合唱，定睛一看，牠們正在此起彼落地跳個不停。

□ 母親のいない子に
　　なってしまう。
　成為無母之子。

▶ 体の弱かった娘が母親になるとは、感無量だ。
從小體弱多病的女兒如今竟也當上媽媽了，真是令人感慨萬分。

□ 経費を省く。
　節省經費。

▶ 細かい点は省いて、要点だけを話す。とにかく結論か
ら簡潔に話せるように練習しましょう。
省略細節，只講重點。總而言之，要多加練習如何簡潔有力地先
從結論開始陳述。

□ ガラスの破片が飛
　　び散る。
　玻璃碎片飛散開來。

▶ 窓が割れてガラスの破片が私たちの上に雨のように
降ってきた。
窗戶破裂，玻璃碎片如雨點般紛紛撒落到我們身上。

□ ハムサンドをくだ
　　さい。
　請給我火腿三明治。

▶ ハムを使ったお弁当を紹介する。
我來介紹這款加了火腿的便當。

□ 指輪にダイヤをは
　　める。
　在戒指上鑲入鑽石。

▶ ワイシャツのボタンを嵌め、ネクタイを締めて出かけ
る。
扣上襯衫鈕扣、繫上領帶之後出門。

□ 早起きは苦手だ。
　不擅長早起。

▶ 早寝早起きは自律神経を整えるためにも大切な要素と
なります。
早睡早起是調節自律神經的重要因素。

□ 早口でしゃべる。
　說話速度快。

▶ 彼はあまりに早口なので、所々聞き取りにくいんだ。
他說得太快，有些地方我聽得很吃力。

Check 1 必考單字	高低重音	詞性、類義詞與對義詞
2168 □□□ はら 原	▶ はら	▶ 名 平原，平地；荒原，荒地 類 牧野 放牧的原野
2169 □□□ はら こ 払い込む	▶ はらいこむ	▶ 他五 繳納 類 支払う 付款
2170 □□□ はら もど 払い戻す	▶ はらいもどす	▶ 他五 退還（多餘的錢），退費；（銀行）付還（存戶存款） 類 返金 還錢
2171 □□□ はり 針	▶ はり	▶ 名 縫衣針；針狀物；（動植物的）針，刺 類 指針 指針
2172 □□□ はりがね 針金	▶ はりがね	▶ 名 金屬絲，（鉛、銅、鋼）線；電線 類 銅線 銅線
2173 □□□ は き 張り切る	▶ はりきる	▶ 自五 拉緊；緊張，幹勁十足，精神百倍 類 奮起する 發憤
2174 □□□ は 晴れ	▶ はれ	▶ 名 晴天；隆重；消除嫌疑 類 晴天 晴天
2175 □□□ はん 反	▶ はん	▶ 名・漢造 反，反對；（哲）反對命題；犯規；反覆 類 非 錯誤
2176 □□□ はんえい 反映	▶ はんえい	▶ 名・自サ・他サ（光）反射；反映 類 映る 反射
2177 □□□ パンク	▶ パンク	▶ 名・自サ 爆胎；脹破，爆破 類 爆裂 爆裂
2178 □□□ はんけい 半径	▶ はんけい	▶ 名 半徑 類 直径 直徑

□ 野原の花が咲く。
野地的小花綻放著。

▶ ススキの原は寂しさいっぱい。
一大片菅芒花草原，寂寥中又帶點蕭瑟感。

□ 税金を払い込む。
繳納税金。

▶ 毎月、近くのコンビニで、ガス料金と電気代を払い込む。
每個月都在附近的超商繳納瓦斯費和電費。

□ 税金を払い戻す。
退税。

▶ もし今日の会費が余ったら、後日会員に払い戻すつもりだ。
今天收到的會費如有結餘，將於日後歸還會員。

□ 針に糸を通す。
把線穿過針頭。

▶ 針に糸を通すのに目を細くしている。
我瞇起眼睛把線穿過針頭。

□ 針金細工が素晴らしい。
金屬絲工藝品真別緻。

▶ ごみ袋の口は針金でしっかりしばってください。
請用鐵絲把垃圾袋口牢牢綁緊。

□ 張り切って働く。
幹勁十足地工作。

▶ まだ若い者には負けないと張り切って試合に臨んだ。
我覺得自己並不輸年輕人，鬥志昂揚地參加了比賽。

□ さわやかな晴れの日だ。
舒爽的晴天。

▶ 明日の天気は晴れのち曇りです。
明天的天氣是晴轉陰。

□ 靴を反対に履く。
鞋子穿反了。

▶ マンション建設予定地で、反建設派の住民がデモをした。
在即將興建大廈的工地上，反對興建派的居民舉行了示威抗議。

□ 湖面に反映する。
反射在湖面。

▶ 湖に日の光が反映している。
湖面反射著日光。

□ タイヤがパンクする。
爆胎。

▶ 情報量が多すぎて頭がパンクしそうだ。
信息量太大，我的腦袋好像就要爆炸了。

□ 半径5センチの円になる。
成為半徑5公分的圓。

▶ 校則で半径2キロ以内の生徒は自転車通学禁止でした。
校規禁止住在學校半徑兩公里以內的學生騎腳踏車上學。

は
はら～はんけい

Check 1 必考單字	高低重音	詞性、類義詞與對義詞
2179 □□□ はんこ	はんこ	名 印章，印鑑 類 印章 印章
2180 □□□ はんこう 反抗	はんこう	名・自サ 反抗，違抗，反擊 類 敵対 敵對
2181 □□□ はんざい 犯罪	はんざい	名 犯罪 類 主犯 犯罪主謀
2182 □□□ ばんざい 万歳	ばんざい	名・感 萬歲；（表示高興）太好了，好極了 類 やったね 太好了
2183 □□□ ハンサム	ハンサム	名・形動 帥，英俊，美男子 類 二枚目 美男子
2184 □□□ はんじ 判事	はんじ	名 審判員，法官 類 法官 法官
2185 □□□ はんだん 判断	はんだん	名・他サ 判斷；推斷，推測；占卜 類 決断 果斷決定
2186 □□□ ⊙T2-48 ばんち 番地	ばんち	名 門牌號；住址 類 現住所 現在的住所
2187 □□□ はんつき 半月	はんつき	名 半個月；半月形；上（下）弦月 類 1ヶ月 一個月
2188 □□□ バンド	バンド	名 樂團帶；狀物；皮帶，腰帶 類 オーケストラ 管弦樂
2189 □□□ はんとう 半島	はんとう	名 半島 類 列島 列島

□ はんこを押す。
蓋章。

▶ 契約書に判子を押してもらうまで絶対に帰らない。
你若不在契約上蓋章我絕不回去。

□ 命令に反抗する。
違抗命令。

▶ 小学4年生くらい、親に反抗的な態度をとるようになった。
大約在小學4年級，我開始會反抗父母了。

□ 犯罪を犯す。
犯罪。

▶ 貧しさを理由に、犯罪行為を正当化してはいけない。
不可以拿貧窮當擋箭牌把犯罪行為合理化。

□ 万歳を三唱する。
三呼萬歲。

▶ 万歳！希望の会社の人事部から、採用の連絡が入ったぞ。
萬歲！我想進的那家公司的人事部通知我錄取了！

□ ハンサムな少年が踊っている。
英俊的少年跳著舞。

▶ あなたの隣にいるハンサムな男性は、お兄さんですか。
請問坐在您身邊的那位英俊的男士，是令兄嗎？

□ 裁判所の判事が参加する。
加入法院的審判員。

▶ 判事になるには、公正で的確な判断と責任感があることが大切です。
當法官重要的是要有公正準確的判斷力和責任感。

□ 判断がつく。
做出判斷。

▶ その投資話に乗らなかったのは、賢明な判断だったな。
沒有參與那件投資案真是英明的判斷！

□ 番地を記入する。
填寫地址。

▶ 留学中は中町23番地に住んでいた。
留學期間我住在中町23號。

□ 半月かかる。
花上半個月。

▶ アマゾンの売上金は半月ごとに支払われます。
亞馬遜每半個月會支付一次銷售額。

□ バンドを締める。
繫皮帶。

▶ かねてより憧れていたイギリスのバンドが今年来日する。
從以前就一直很喜歡的英國樂團即將在今年造訪日本。

□ 伊豆半島を一周する。
繞伊豆半島一周。

▶ 強い台風19号が、伊豆半島に上陸し県東部を中心に大きな爪痕を残した。
19號強颱從伊豆半島登陸，尤其對本縣東部地區造成了大面積的破壞。

は
はんこ〜はんとう

Check 1 必考單字	高低重音	詞性、類義詞與對義詞
2190 ☐☐☐ ハンドル	ハンドル	名（門等）把手；（汽車、輪船）方向盤 類 舵 舵
2191 ☐☐☐ はんにち 半日	はんにち	名 半天 類 全日 全天
2192 ☐☐☐ はんばい 販売	はんばい	名・他サ 販賣，出售 類 商売 經商
2193 ☐☐☐ はんぱつ 反発	はんぱつ	名・他サ・自サ 回彈，排斥；拒絕，不接受；反攻，反抗 類 反論 反駁
2194 ☐☐☐ ばん め 番目	ばんめ	接尾（助數詞用法，計算事物順序的單位）第 類 順番 輪流
2195 ☐☐☐ ひ 非	ひ	名・漢造 非，不是 類 弊 弊病
2196 ☐☐☐ ひ 灯	ひ	名 燈光，燈火 類 照明 照明
2197 ☐☐☐ ひ あ 日当たり	ひあたり	名 採光，向陽處 類 日差し 陽光照射
2198 ☐☐☐ ひ がえ 日帰り	ひがえり	名・自サ 當天回來 類 朝帰り 在外過夜，早上才回家
2199 ☐☐☐ ひ かく 比較	ひかく	名・他サ 比，比較 類 対比 對比
2200 ☐☐☐ ひ かくてき 比較的	ひかくてき	副・形動 比較地 類 相対的 相對的

☐ ハンドルを回す。
轉動方向盤。

▶ 腰をかがめた老人を避けようと、バイクが急ハンドルを切った。
為了避開駝背的老人而猛然扭轉了機車龍頭。

☐ 半日で終わる。
半天就結束。

▶ これは宮古島の透明度抜群の美しい海で、釣りを楽しむ半日コースツアーです。
這是可以在宮古島清澈無比的美麗海水中享受釣魚樂趣的半日遊行程。

☐ 古本を販売する。
販賣舊書。

▶ 近年はコンビニ大手各社が店頭でのドーナツ販売を始めた。
近年來主要連鎖便利店都開始在店裡銷售甜甜圈。

☐ 反発を買う。
遭到反對。

▶ 新しい上司はワンマン主義でみんなの反発を買った。
新主管非常專斷獨行，引發了大家的反彈。

☐ 4番目の姉が来られない。
四姊無法來。

▶ 2番目にお呼びします。こちらでもう少しお待ちください。
下一位就輪到您了，請在這裡稍候。

☐ 非を認める。
認錯。

▶ この事故に関して、あなたに非はありません。ご心配なく。
您在這場事故中並沒有過失，敬請放心。

☐ 灯をともす。
點燈。

▶ 日が暮れて、家々の窓には灯がともり始めた。
太陽下山了，家家戶戶的窗戶開始亮起燈光。

☐ 日当たりがいい。
採光佳。

▶ 彼は2階以上の日当たりのいい部屋を探していた。
他之前在找2樓以上採光良好的房間。

☐ 日帰りの旅行がおすすめです。
推薦一日遊。

▶ 日帰りの出張よりも宿泊を伴う出張の方が費用がかかる。
比起當天來回的出差，需過夜的出差花費比較多。

☐ 比較にならない。
比不上。

▶ その絵は比較にならないほど美しくて、素晴らしい。
那幅畫美得無與倫比，簡直出神入化。

☐ 比較的やさしい問題だ。
相較來說簡單的問題。

▶ この地方の夏は例年とても暑いが、今年は比較的涼しい。
這個地區往年夏天極度酷熱，今年算是較為涼爽。

ひ｜ハンドル～ひかくてき

Check 1 必考單字	高低重音	詞性、類義詞與對義詞
2201 □□□ 日陰 （ひかげ）	▶ ひかげ ▶	名 陰涼處，背陽處；埋沒人間；見不得人 類 神隠し（かみかくし）突然失蹤
2202 □□□ ぴかぴか	▶ ぴかぴか ▶	副·自サ 雪亮地；閃閃發亮的（或唸：ぴかぴか） 類 ちかちか 閃爍光芒
2203 □□□ 引き返す （ひきかえす）	▶ ひきかえす ▶	自五 返回，折回 類 引き戻す（ひきもどす）拉回
2204 □□□ 引き出す （ひきだす）	▶ ひきだす ▶	他五 抽出，拉出；引誘出，誘騙；（從銀行）提取，提出 類 取り出す（とりだす）取出
2205 □□□ ⊙T2-49 引き止める （ひきとめる）	▶ ひきとめる ▶	他下一 留，挽留；制止，拉住 類 とどまる 停止
2206 □□□ 卑怯 （ひきょう）	▶ ひきょう ▶	名·形動 怯懦，卑怯；卑鄙，無恥 類 陰険（いんけん）陰險
2207 □□□ 引き分け （ひきわけ）	▶ ひきわけ ▶	名（比賽）平局，不分勝負 類 接戦（せっせん）難分高下的比賽
2208 □□□ 轢く （ひく）	▶ ひく ▶	他五（車）壓，軋（人等） 類 ぶつかる 碰撞
2209 □□□ 悲劇 （ひげき）	▶ ひげき ▶	名 悲劇 類 悲惨（ひさん）悲慘
2210 □□□ 飛行 （ひこう）	▶ ひこう ▶	名·自サ 飛行，航空 類 飛翔（ひしょう）飛翔
2211 □□□ 日差し （ひざし）	▶ ひざし ▶	名 陽光照射，光線 類 太陽光（たいようこう）太陽光

□ 日陰で休む。
在陰涼處休息。

▶ タオルは少し優しく、気長に日陰で干してあげてくだ
さいね。
毛巾應該要更溫柔一點對待，耐心地在陰涼處慢慢晾乾才好喔。

□ ぴかぴか光る。
閃閃發光。

▶ 黒いワンピースに真珠のネックレスがぴかぴかと光っ
ていた。
搭在黑色洋裝上的珍珠項鏈散發出了晶瑩的光澤。

□ 途中で引き返す。
半路上折回。

▶ 通勤途中で会社に行くのが嫌になって引き返して帰っ
たことがある。
我曾經在上班途中忽然不想去公司，直接掉頭回家了。

□ 生徒の能力を引き
出す。
引導出學生的能力。

▶ A先生は、厳しい指導で学生のピアノの才能を引き出
した。
Ａ老師藉由嚴謹的指導，挖掘出學生的鋼琴才華。

□ 客を引き止める。
挽留客人。

▶ 雨の中を登山しようとする友人を、危険だと言って引
き止めた。
我告訴打算於雨中爬山的朋友那樣太危險了，阻止了他。

□ 卑怯なやり方だ。
卑鄙的作法。

▶ 陰で僕の悪口を言うなんて何と卑怯な奴だ。
怎麼會有那麼卑鄙的傢伙居然在背後講我的壞話！

□ 引き分けになる。
打成平局。

▶ ブラジルとメキシコの試合は0－0の引き分けに終わっ
た。
巴西對上墨西哥的比賽以0：0戰成平手。

□ 自動車が人を轢い
た。
汽車壓了人。

▶ 道で狸や猫、犬を轢きそうになったこともありますが、
大抵は逃げてくれています。
我曾在路上險過些碾過貉子、貓、狗，幸好牠們多半及時逃走了。

□ 悲劇が重なる。
悲劇接連發生。

▶ 原爆や空襲のリアルな現実を伝え、戦争の悲劇を二度
と繰り返さないようにしなければなりません。
必需向後人傳達核爆和空襲真實狀況，才能避免戰爭的悲劇再度
上演。

□ 宇宙飛行士にあこ
がれる。
憧憬成為太空人。

▶ ニュージーランドで、白昼に空を飛行する謎の物体が
目撃された。
在紐西蘭，有民眾目睹白天在空中飛行的不明物體。

□ 日差しを浴びる。
曬太陽。

▶ 海の強い日差しを受けて日焼けした。
我被海上強烈的陽光曬黑了。

ひ｜ひかげ～ひざし

Check 1 必考單字	高低重音	詞性、類義詞與對義詞
2212 □□□ ピストル	ピストル	名 手槍 類 拳銃 手槍
2213 □□□ ビタミン	ビタミン	名（醫）維他命，維生素 類 栄養素 營養素
2214 □□□ ぴたり	ぴたり	副 突然停止；緊貼地，緊緊地；正好，正合適，正對 類 ずばり 一語中的
2215 □□□ ひだりがわ 左側	ひだりがわ	名 左邊，左側 類 左手 左手邊
2216 □□□ ひ　か 引っ掛かる	ひっかかる	自五 掛起來，掛上，卡住；連累，牽累；受騙，上當；心裡不痛快 對 とれる 脱落
2217 □□□ ひっき 筆記	ひっき	名・他サ 筆記；記筆記 類 記述 紀載敘述
2218 □□□ びっくり	びっくり	副・自サ 吃驚，嚇一跳 類 どきっとする 震驚
2219 □□□ ひっきしけん 筆記試験	ひっきしけん	名 筆試 類 模擬試験 模擬考試
2220 □□□ ひ　　　かえ 引っくり返す	ひっくりかえす	他五 推倒，弄倒，碰倒；顛倒過來；推翻，否決 類 倒す 放倒
2221 □□□ ひ　　　かえ 引っくり返る	ひっくりかえる	自五 翻倒，顛倒，翻過來；逆轉，顛倒過來 類 覆る 翻覆
2222 □□□ ひづけ 日付	ひづけ	名（報紙、新聞上的）日期 類 日にち 天數

□ ピストルで撃つ。
用手槍打。

▶ 警官はピストルを身につけて、パトロールすることで、私達の日常の平和を守ってくれている。
員警佩帶手槍巡邏，守護我們的生活安寧。

□ ビタミンＣに富む。
富含維他命Ｃ。

▶ ビタミン不足は目や骨、神経等の深刻な病を招く。
缺乏維生素會導致罹患眼睛、骨骼或神經方面的嚴重疾病。

□ 計算がぴたりと合う。
計算的數字正確。

▶ 天気予報がぴたりと当たり、午後から雨が雪に変わった。
氣象預報精準測中，雨勢從下午開始轉為降雪。

□ 左側に並ぶ。
排在左側。

▶ まっすぐ歩き、セブンで左に曲がって、左側の二つ目の建物にスターバックスがあります。
直走到7-11左轉，星巴克在左邊第2棟樓裡。

□ 甘い言葉に引っ掛かる。
被花言巧語騙過去。

▶ 魚がたくさん網に引っ掛かっていたので、漁師が喜んだ。
漁網上掛著滿滿的魚獲，漁夫自然樂呵呵。

□ 講義を筆記する。
做講義的筆記。

▶ 筆記試験と口述試験の合計得点で合否が決まる。
將以筆試和口試的合計分數決定合格與否。

□ ニュースを聞いてびっくりした。
看到新聞嚇了一跳。

▶ 別れた途端、恋人が変貌したのでびっくりしました。
分手時，戀人就像變了個人似的嚇壞我了。

□ 筆記試験を受ける。
參加筆試。

▶ 筆記試験は前半が選択問題、後半が記述問題です。
筆試的前半部分是選擇題、後半部份是敘述題。

□ 順序を引っ繰り返す。
順序弄反了。

▶ 雨が試合を引っくり返してしまった。
這場雨讓比賽上演了大逆轉。

□ コップが引っくり返る。
翻倒杯子。

▶ バスが急停車したので、立っていた私は引っくり返ってしまった。
巴士緊急煞車，害站著的我摔倒了。

□ 日付を入れる。
填上日期。

▶ 見積書の日付が古いので本日の日付で見積をもう一度作成した。
報價單的日期是舊的，所以我用今天的日期再次報價。

ひ｜ピストル～ひづけ

Check 1 　必考單字	高低重音	詞性、類義詞與對義詞
2223 □□□ ◎T2-50 ひ こ 引っ込む	▶ ひっこむ ▶	自五・他五 引退，隱居；縮進，縮入； 拉入，拉進；拉攏 類 どける 移開
2224 □□□ ひっ し 必死	▶ ひっし ▶	名・形動 必死；拼命，殊死 類 熱心 熱情
2225 □□□ ひっしゃ 筆者	▶ ひっしゃ ▶	名 作者，筆者 類 著者 作者
2226 □□□ ひつじゅひん 必需品	▶ ひつじゅひん ▶	名 必需品，日常必須用品 類 実用品 實用的物品
2227 □□□ ひ ば 引っ張る	▶ ひっぱる ▶	他五 （用力）拉；拉上，拉緊；強拉 走；引誘；拖長；拖延；拉（電線 等）；（棒球向左面或右面）打球 類 引く 拉
2228 □□□ ひ てい 否定	▶ ひてい ▶	名・他サ 否定，否認 類 拒否 拒絕
2229 □□□ ビデオ	▶ ビデオ ▶	名 影像，錄影；錄影機；錄影帶 類 スクリーン 銀幕
2230 □□□ ひと 一	▶ ひと ▶	接頭 一個；一回；稍微；以前 類 一つ 一個
2231 □□□ ひとこと 一言	▶ ひとこと ▶	名 一句話；三言兩語 類 片言 隻字片語
2232 □□□ ひと ご 人混み	▶ ひとごみ ▶	名 人潮擁擠（的地方），人山人海 類 混雑 擁擠
2233 □□□ ひと 等しい	▶ ひとしい ▶	形 （性質、數量、狀態、條件等）相 等的，一樣的；相似的 類 ふさわしい 相襯的

□ 部屋の隅に引っ込む。
退往房間角落。

▶ 弟は半年前から部屋に引っ込んで、漫画を書いている。
弟弟從半年前起一直窩在房間裡畫漫畫。

□ 必死に逃げる。
拼命逃走。

▶ 夜道で鞄をひったくられ、「どろぼう」と必死に叫んだ。
走在夜路上遭人一把搶走了提包，我立刻扯著嗓門大叫「搶錢啊！」

□ 本文の筆者をお呼びしました。
邀請本文的作者。

▶ 筆者の言いたいことは何か。簡潔に述べよ。
作者想表達什麼呢？簡要說明吧。

□ 生活必需品を詰める。
塞滿生活必需品。

▶ アマゾンは水や米など生活必需品を大幅に値引きしている。
亞馬遜大幅打折水和米等生活必須品。

□ 綱を引っ張る。
拉緊繩索。

▶ 綱引きは、綱を引っ張って勝負を決める競技だ。
拔河是一項雙方互拉拔河繩以決定勝負的競賽。

□ うわさを否定する。
否認謠言。

▶ 彼はアルコール依存症である事を否定している。
他不斷否認自己有酒精中毒的狀況。

□ ビデオ化する。
影像化。

▶ 逆転ゴールはビデオ判定によって無効となった。
逆轉的關鍵射門，經影片判定進球無效。

□ 一勝負しようぜ。
比賽一回吧！

▶ 1時間歩いて疲れたので、あそこのベンチで一休みしよう。
走了一個小時有點累了，我們到那邊的長椅休息一下吧。

□ 一言も言わない。
一言不發。

▶ あいつはどうも一言多くて、癪に障るな。
那傢伙真多嘴，實在惹人惱火。

□ 人込みを避ける。
避開人群。

▶ 人混みを避けるため、在宅勤務や時差通勤を推奨する。
為避免人潮擁擠，推廣在家工作或避開尖峰時段通勤。

□ AはBに等しい。
A等於B。

▶ 母と私は身長がほぼ等しいので、母は時々私の服を着ている。
媽媽和我幾乎身高相同，所以媽媽經常穿我的衣服。

Check 1 必考單字	高低重音	詞性、類義詞與對義詞
2234 □□□ ひとすじ **一筋**	ひとすじ	名 一條，一根；（常用「一筋に」）一心一意，一個勁兒 類 一条 一條 _{ひとすじ}
2235 □□□ ひととお **一通り**	ひととおり	副 大概，大略；（下接否定）普通，一般；一套；全部 類 大体 大致 _{だいたい}
2236 □□□ ひとどお **人通り**	ひとどおり	名 人來人往，通行；來往行人 類 通行 往來 _{つうこう}
2237 □□□ ひと ま **一先ず**	ひとまず	副 （不管怎樣）暫且，姑且 類 一段階 第一階段 _{いちだんかい}
2238 □□□ ひとみ **瞳**	ひとみ	名 瞳孔，眼睛 類 眸 瞳孔 _{ひとみ}
2239 □□□ ひと め **人目**	ひとめ	名 世人的眼光；旁人看見；一眼望盡，一眼看穿 類 人影 人影 _{ひとかげ}
2240 □□□ ひとやす **一休み**	ひとやすみ	名・自サ 休息一會兒 類 休憩 休息 _{きゅうけい}
2241 □□□ ひと ごと **独り言**	ひとりごと	名 自言自語（的話） 類 ぶつぶつ 發牢騷
2242 □□□ ◎T2-51 ひと **独りでに**	ひとりでに	副 自行地，自動地，自然而然也 類 自ずと 自然地 _{おの}
2243 □□□ ひとりひとり **一人一人**	ひとりひとり	名 逐個地，依次的；人人，每個人，各自 類 各々 各個 _{おのおの}
2244 □□□ ひ にく **皮肉**	ひにく	名・形動 皮和肉；挖苦，諷刺，冷嘲熱諷；令人啼笑皆非 類 嫌み 嘲諷 _{いや}

Check 2 必考詞組	Check 3 必考例句

□ 一筋の光が差し込む。
一道曙光照射進來。
▶ 昭和 50 年の創業以来、木材一筋で歩んでまいりました。
本店自昭和50年創業以來，始終專注經營木材行業。

□ 一通り読む。
略讀。
▶ 子猫を迎えるにあたり必要なものを一通り揃えた。
我已經把養小貓咪的各種必備用品張羅齊全了。

□ 人通りが激しい。
來往行人頻繁。
▶ このあたりは夜になると人通りがなくなり、一人で歩くのは危ない。
晚上這附近就很少人走動了，獨自一人行走十分危險。

□ ひとまず閉店する。
暫且停止營業。
▶ お金が足りないので、今日はひとまず買わずに帰ろう。
身上的錢不夠，今天先不買，回家吧。

□ 瞳を輝かせる。
目光炯炯。
▶ 新入社員の瞳は、やる気に満ちてキラキラしている。
新進員工的眼中閃耀著充滿鬥志的光輝。

□ 人目に立つ。
顯眼。
▶ この悩みを解決する方法の一つは、「人目を気にしすぎないこと」だと思います。
我覺得解決這種煩惱的方法之一是「不要太在乎別人的眼光」。

□ そろそろ一休みしよう。
休息一下吧！
▶ 買い物が済んだら一休みしよう。
購物後就先休息一下吧。

□ 独り言を言う。
自言自語。
▶ これは私の独り言だと思って聞いてください。
這個請你當做是我的自言自語隨便聽聽。

□ 窓が独りでに開いた。
窗戶自動打開了。
▶ このガスコンロは、地震があるとひとりでに火が消える。
這款瓦斯爐在地震發生時會主動熄火。

□ 一人一人診察する。
一一診察。
▶ ボランティアに集まった一人一人に、リーダーが仕事を割り当てていった。
領導給每位志工一一分配了工作。

□ 皮肉に聞こえる。
聽起來帶諷刺味。
▶ 私の下手な絵が斬新だと皮肉を言われた。
有人用「好前衛喔」的評語調侃了我那張拙劣的圖畫。

ひ｜ひとすじ～ひにく

423

Check 1 必考單字	高低重音	詞性、類義詞與對義詞
2245 □□□ ひ 日にち	▶ ひにち	名 日子，時日；日期 類 月日 日期
2246 □□□ ひね 捻る	▶ ひねる	他五 (用手)扭，擰；(俗)打敗，擊敗；別有風趣 類 転がる 翻滾
2247 □□□ ひ　　い 日の入り	▶ ひのいり	名 日暮時分，日落，黃昏 類 暮れ 黃昏
2248 □□□ ひ　　で 日の出	▶ ひので	名 日出 (時分) 類 曙光 曙光
2249 □□□ ひ はん 批判	▶ ひはん	名・他サ 批評，批判，評論 類 悪評 不好的評價
2250 □□□ ひび 罅	▶ ひび	名 (陶器、玻璃等)裂紋，裂痕；(人和人之間)發生裂痕；(身體、精神)發生毛病 類 傷 缺角，裂痕
2251 □□□ ひび 響き	▶ ひびき	名 聲響，餘音；回音，迴響，震動；傳播振動；影響，波及 類 音波 音波
2252 □□□ ひび 響く	▶ ひびく	自五 響，發出聲音；發出回音，震響；傳播震動；波及；出名 類 鳴る 鳴響
2253 □□□ ひ ひょう 批評	▶ ひひょう	名・他サ 批評，批論 類 中傷 誹謗
2254 □□□ び みょう 微妙。	▶ びみょう	形動 微妙的 類 不思議 不可思議
2255 □□□ ひも 紐	▶ ひも	名 (布、皮革等的)細繩，帶 類 糸 線

□ 同窓会の日にちを
決める。
決定同學會的日期。

▶ デートの日にちを決める。
定下約會的日期。

□ 頭を捻る。
轉頭；左思右想。

▶ 休憩時間には、気分転換のため、腰をひねって体操している。
休息時間經常做扭腰的體操以轉換心情。

□ 夏の日の入りは午後6時30分だ。
夏天的日落時刻是下午6點30分。

▶ 今日の日の入りは午後6時55分だ。
今天的日落時間是下午6點55分。

□ 初日の出が見られる。
可以看到元旦的日出。

▶ 今日の日の出は午前7時5分だ。
今天的日出時間是上午7點5分。

□ 批判を受ける。
受到批評。

▶ これらの写真には現代社会への痛切な批判が込められている。
這些照片反映了對現代社會深刻的批判。

□ ひびが入る。
出現裂痕。

▶ 手が寒さでひび割れた。
手被凍裂了。

□ 鐘の響きが時を告げる。
鐘聲的餘音宣報時刻。

▶ 熱い熱い音楽が空にまで響きわたる。
聽了讓人熱情澎湃的音樂響徹雲霄。

□ 天下に名が響く。
名震天下。

▶ 近所でビルの建設工事をしているので、窓ガラスがガタガタ響く。
附近正在蓋高樓，因此窗子喀啦喀啦響個不停。

□ 批評を受け止める。
接受批評。

▶ 提案は、内容がほとんどなく、批評の価値がない。
提案毫無內容，不值得批評。

□ 微妙な言い回しが面白い。
微妙的說法很耐人尋味。

▶ 同じすき焼きでも、地域によって作り方や味が微妙に違う。
即使是同一道日式牛肉火鍋，不同地區的煮法和味道仍有些許的差異。

□ 紐がつく。
帶附加條件。

▶ 靴の紐がほどけたまま歩いている老女を見つけて、縛ってあげようとした。
我那時發現一位走在路上的老婆婆鞋帶沒綁好，想去幫她繫緊。

ひ｜ひにち～ひも

Check 1 必考單字	高低重音	詞性、類義詞與對義詞
2256 □□□ ひゃっか じ てん **百科事典**	ひゃっかじてん ▸	名 百科全書 類 類語辞典 同義詞典
2257 □□□ ひ よう **費用**	ひよう ▸	名 費用，開銷 類 支出 支出
2258 □□□ ひょう **表**	ひょう ▸	名・漢造 表，表格；奏章；表面，外表；表現；代表；表率 類 図 圖表
2259 □□□ びょう **病**	びょう ▸	漢造 病，患病；毛病，缺點 類 病気 疾病
2260 □□□ び よう **美容**	びよう ▸	名 美容 類 整形 整形
2261 □□□ ◉T2-52 び よういん **美容院**	びよういん ▸	名 美容院，美髮沙龍 類 散髪屋 理髮店
2262 □□□ ひょう か **評価**	ひょうか ▸	名・他サ 定價，估價；評價 類 異論 異議
2263 □□□ ひょうげん **表現**	ひょうげん ▸	名・他サ 表現，表達，表示 類 表明 表明
2264 □□□ ひょう し **表紙**	ひょうし ▸	名 封面，封皮，書皮 類 カバー 套子
2265 □□□ ひょうしき **標識**	ひょうしき ▸	名 標誌，標記，記號，信號 類 記号 符號
2266 □□□ ひょうじゅん **標準**	ひょうじゅん ▸	名 標準，水準，基準 類 規準 基準

□ 百科事典で調べる。
査閲百科全書。

▶ 弊社は数々の百科事典を世に送り出してきました。
我們向全世界出版了多部百科全書。

□ 費用を納める。
繳納費用。

▶ 映画のこのシーンだけで約27億円もの費用がかかったそうだ。
單是電影的這一幕似乎就耗資約27億圓。

□ 表で示す。
用表格標明。

▶ アンケートの結果を表にして、次の会議の報告書に載せた。
將問卷調查結果製成表格，放進下次會議的報告書裡。

□ 仮病をつかう。
裝病。

▶ 彼女は父親の看病のため、仕事を辞めて故郷に帰った。
她為了照顧罹病的父親，辭去工作回到了家鄉。

□ 美容整形した。
做了整形美容。

▶ 普段みなさんもよく食べるジャガイモは、実は美容やダイエットにもいいのだとか。
根據研究，各位平時常吃的馬鈴薯，其實對美容和瘦身都有好處。

□ 美容院に行く。
去美容院。

▶ 私は今日美容院に行って、髪を切って、パーマをかけました。
我今天去了髮廊，把頭髮剪短後燙捲了。

□ 評価が上がる。
評價提高。

▶ この個展の成功によって、彼に対する評価は定まったといえる。
可以說，這場個展的成功與否，將會決定他得到的評價。

□ 言葉の表現が面白かった。
言語的表現很有意思。

▶ 日本語は婉曲な表現が多く、分かりにくいと言われる。
一般而言，日文有許多委婉的表達方式，以至於不容易理解正確的意涵。

□ 表紙を付ける。
裝封面。

▶ 表紙を通して知ってもらうことは「その本にはどんな内容が書かれているのか」である。
讀者透過書封可以了解到「那本書裡寫著什麼樣的內容」。

□ 交通標識が曲がっている。
交通標誌彎曲了。

▶ 一方通行の標識は、「青い長方形」に「白矢印」からなる。
單行道標誌是由「藍色長方形」和「白色箭頭」所組成的。

□ 標準的なサイズが一番売れる。
一般的尺寸賣最好。

▶ 標準に及ばず、努力を要する。
未達標準，仍需努力。

ひ／ひゃっかじてん～ひょうじゅん

Check 1 必考單字	高低重音	詞性、類義詞與對義詞
2267 ☐☐☐ びょうどう **平等**	▶ びょうどう ▶	名・形動 平等，同等 類 こうせい 公正 公正
2268 ☐☐☐ ひょうばん **評判**	▶ ひょうばん ▶	名（社會上的）評價，評論；名聲，名譽；受到注目，聞名；傳說，風聞 類 ていひょう 定評 公眾的評論
2269 ☐☐☐ ひ よ **日除け**	▶ ひよけ ▶	名 遮日；遮陽光的遮棚 類 ひさし 設置於門窗上的屋簷
2270 ☐☐☐ ひる す **昼過ぎ**	▶ ひるすぎ ▶	名 過午 類 ひるご 昼後 午後
2271 ☐☐☐ **ビルディング**	▶ ビルディング ▶	名 建築物 類 まてんろう 摩天楼 摩天大樓
2272 ☐☐☐ ひる ね **昼寝**	▶ ひるね ▶	名・自サ 午睡 類 ごすい 午睡 午睡
2273 ☐☐☐ ひるまえ **昼前**	▶ ひるまえ ▶	名 上午；接近中午時分 類 ごぜん 午前 上午
2274 ☐☐☐ ひろ ば **広場**	▶ ひろば ▶	名 廣場；場所 類 パーク 公園
2275 ☐☐☐ ひろびろ **広々**	▶ ひろびろ ▶	副・自サ 寬闊的，遼闊的 類 こうだい 広大 廣大
2276 ☐☐☐ ひ とお **火を通す**	▶ ひをとおす ▶	慣 加熱；烹煮 類 ほのお つつ 炎に包まれる 被火焰包圍
2277 ☐☐☐ ひん **品**	▶ ひん ▶	名・漢造（東西的）品味，風度；辨別好壞；品質；種類 類 ひんかく 品格 品德

□ 男女平等が進んで
いる。
男女平等很先進。

▶ クリスマスケーキを、8人で平等に分けて食べた。
將耶誕蛋糕平均切成8等份，每人各吃了一塊。

□ 評判が広がる。
風聲傳開。

▶ 彼は人当たりがよく、周囲の評判（特に女子）もすこ
ぶる高い優等生だ。
他是個待人親切、並且身邊的人（尤其是女生）均給予極高評價
的優等生。

□ 日除けに帽子をか
ぶる。
戴上帽子遮陽。

▶ 室外機に日除けをつける。
幫冷氣室外機加裝遮陽板。

□ もう昼過ぎなの。
已經過中午了。

▶ 引取り希望時間帯は午前中から昼過ぎになります。
希望能在早上到午後的這段時間前來取貨。

□ 朝日ビルディング
を賃貸する。
朝日大樓出租。

▶ ビルディングの屋上に太陽光発電設備を設置すること
が決まった。
在建築物屋頂安裝太陽能發電設備一事已經定案。

□ 昼寝（を）する。
睡午覺。

▶ 冬眠は人間の昼寝とは違い、動物にとって命懸けの行
為だそうだ。
動物的冬眠與人類的午睡不同，是攸關性命的行為。

□ 昼前なのにもうお
腹がすいた。
還不到中午肚子已經餓
了。

▶ 作業が昼前に終わった。
中午前就結束作業了。

□ 広場で行う。
於廣場進行。

▶ 「世界最古のカフェ」はイタリア・ベネチアのサンマルコ
広場にあると言われる。
聽說「世界上最古老的咖啡館」坐落於義大利威尼斯的聖馬可廣場。

□ 広々とした庭だ。
寬敞的院子。

▶ 狭い土地でも広々快適な家を建てたい。
哪怕是在狹小的土地上，也想蓋一棟寬敞舒適的房子。

□ さっと火を通す。
很快地加熱一下。

▶ この魚は刺身用ではないので、必ず火を通してくださ
い。
這種魚不能生食，請一定要煮熟後食用。

□ 品がない。
沒有風度。

▶ A社の受付の人は、品のいい話し方でお客様に接して
いる。
A公司的櫃臺人員正以優雅的談吐接待客戶。

ひ／びょうどう〜ひん

429

Check 1　必考單字	高低重音	詞性、類義詞與對義詞
2278 □□□ びん 便	びん	名・漢造 書信；郵寄，郵遞；（交通設施等）班機，班車，機會，方便 類 直行便 直達車，航班
2279 □□□　◎ T2-53 びん 瓶	びん	名 瓶，瓶子 類 つぼ 壺
2280 □□□ ピン	ピン	名 大頭針，別針；（機）拴，樞 類 針 針
2281 □□□ びんづめ 瓶詰	びんづめ	名 瓶裝；瓶裝罐頭 類 パック詰め 盒裝，袋裝，盤裝
2282 □□□ ふ 不	ふ	漢造 不；壞；醜；笨 類 否 不
2283 □□□ ぶ 分	ぶ	名・接尾（優劣的）形勢，（有利的）程度；厚度；十分之一；百分之一 類 比 比較
2284 □□□ ぶ 部	ぶ	名・漢造 部分；部門；冊 類 部門 部門
2285 □□□ ぶ 無	ぶ	漢造 無，沒有，缺乏 類 零 零
2286 □□□ ふう 風	ふう	名・漢造 樣子，態度；風度；習慣；情況；傾向；打扮；風；風教；風景；因風得病；諷刺 類 風習 風俗
2287 □□□ ふうけい 風景	ふうけい	名 風景，景致；情景，光景，狀況；（美術）風景 類 風光 風景
2288 □□□ ふうせん 風船	ふうせん	名 氣球，氫氣球 類 飛行船 飛行船

□ 定期便に乗る。
搭乘定期班車（機）。

▶ 台風のため、午後からの成田発の便はすべて欠航になった。
受到颱風影響，下午以後從成田機場起飛的班機全部停飛了。

□ 花瓶に花を挿す。
把花插入花瓶。

▶ 牛乳瓶のふたを集めていました。
收集了牛奶瓶的瓶蓋。

□ ピンで止める。
用大頭針釘住。

▶ ピンで髪を固定しようとすると、うまくできない。きちんと留めたつもりなのに、すぐ取れる。
我試著用髮夾固定住頭髮，卻怎麼樣都夾不好。原本打算將頭髮夾得整整齊齊的，無奈只能摘下來了。

□ 瓶詰で売る。
用瓶裝銷售。

▶ この店は見た目にもかわいい瓶詰めのジャムをいろいろ売っています。
這家店販售各式各樣外觀可愛的瓶裝果醬。

□ 飲食不可になる。
不可食用。

▶ 期末試験で数学が不可だったので、追試験になってしまった。
期末考的數學不及格，必須補考了。

□ 二割三分の手数料がかかる。
要 23%的手續費。

▶ 決勝戦は、今のところ私たちのチームにとって分が悪い。
就目前來看，我隊在這場決賽中屈居劣勢。

□ 五つの部に分ける。
分成 5 個部門。

▶ 夜の部の歌舞伎のチケットは、すでに売り切れだった。
歌舞伎的晚場票已經售罄了。

□ 無愛想な返事をする。
冷淡的回應。

▶ 挨拶もできないような、無作法な子に育ってほしくない。
我不想把兒女教成那種見了人連聲問候都不說的沒規矩的孩子。

□ 和風に染まる。
沾染上日本風味。

▶ 最近は多少値段が高くても、安全な食材を求める風潮がある。
近來社會上吹起一股不惜多花點錢也要買安心食材的風潮。

□ 風景を楽しむ。
觀賞風景。

▶ 小さな駅を出ると、のどかな田園風景が広がっていた。
走出小車站，一片悠閒的田園風光展現在眼前。

□ 風船を飛ばす。
放氣球。

▶ 風船をふくらまして、先生の合図で一斉に飛ばします。
吹完氣球以後，在老師的號令下同時鬆手讓它們飛出去。

ふ｜びん～ふうせん

Check 1　必考單字	高低重音	詞性、類義詞與對義詞

2289 ☐☐☐
ふ うん
不運
▶ ふうん ▶
名・形動 運氣不好的，倒楣的，不幸的
類 悪運 厄運

2290 ☐☐☐
ふ え
笛
▶ ふえ ▶
名 橫笛；哨子
類 簫 蕭，樂器

2291 ☐☐☐
ふ か
不可
▶ ふか ▶
名 不可，不行；（成績評定等級）不及格（或唸：ふか）
類 不能 不能

2292 ☐☐☐
ぶ き
武器
▶ ぶき ▶
名 武器，兵器；（有利的）手段，武器
類 刀剣 刀劍

2293 ☐☐☐
ふ き そく
不規則
▶ ふきそく ▶
名・形動 不規則，無規律；不整齊，凌亂
類 不健康 不健康

2294 ☐☐☐
ふ と
吹き飛ばす
▶ ふきとばす ▶
他五 吹跑；吹牛；趕走
類 飛び出す 飛起，跑出

2295 ☐☐☐
ふ きん
付近
▶ ふきん ▶
名 附近，一帶
類 近辺 附近

2296 ☐☐☐
ふ
吹く
▶ ふく ▶
他五・自五 （風）刮，吹；（用嘴）吹；吹（笛等）；吹牛，說大話
類 吹かす 使引擎快速轉動

2297 ☐☐☐
ふく し
副詞
▶ ふくし ▶
名 副詞
類 助詞 助詞

2298 ☐☐☐ ◉T2-54
ふく しゃ
複写
▶ ふくしゃ ▶
名・他サ 複印，複制；抄寫，繕寫
類 謄写 油印

2299 ☐☐☐
ふく すう
複数
▶ ふくすう ▶
名 複數
對 単複 單數

□ 不運に見舞われる。
遭到不幸，倒楣。
▶ 初めてスキーに行ったが、不運にも骨折してしまった。
這是我第一次滑雪，沒想到不幸受傷骨折了。

□ 笛が鳴る。
笛聲響起。
▶ 駅前の一時停止を完全に無視して通過すると、脇から警察官が笛を吹いて出てきました。
那輛車對於車站前的停止再開標誌視而不見直接開過去，旁邊的員警吹著哨子出面攔阻了。

□ 可もなく不可もなし。
不好不壞，普普通通。
▶ アルバイト勤務の影響で、講義の単位で「不可」をとったことがある。
曾經因為打工的影響，在大學的課堂上拿過不及格。

□ 武器を捨てる。
放下武器。
▶ 武器を捨てて手をあげろ。
放下武器，雙手舉高！

□ 不規則な生活をする。
生活不規律。
▶ 父の帰宅は不規則なので、私は母と二人で夕食を食べることが多い。
爸爸回家的時間並不規律，通常只有我和媽媽兩人一起吃晚餐。

□ 迷いを吹き飛ばす。
拋開迷惘。
▶ 今日は風がとても強く、洗濯物が吹き飛ばされてしまった。
今天的風真大，洗好的衣服都被吹走了。

□ 付近の商店街が変わりつつある。
附近的店家逐漸改變樣貌。
▶ 部屋探しする際、できるのなら公園の付近にある物件が良いとこだわる方もいます。
有些人在找房子的時候提出的要求是盡可能找在公園附近的房屋。

□ ほらを吹く。
吹牛。
▶ 高原は爽やかな風が吹き、とても心地よかった。
涼爽的風拂過高原，令人心曠神怡。

□ 様態の副詞を使う。
使用樣態副詞。
▶ 接続詞や副詞などではひらがなを使うことが多い。
連接詞、副詞等大多都用平假名書寫。

□ 原稿を複写する。
抄寫原稿。
▶ 近代作家の手書き原稿を複写した。
抄寫了近代作家的手稿。

□ 複数形がない。
沒有複數形。
▶ 複数の人が同時に話している。
多人同時通話。

ふ｜ふうん ～ ふくすう

Check 1　必考單字	高低重音	詞性、類義詞與對義詞
2300 □□□ ふくそう **服装**	ふくそう	名 服裝，服飾 類 着物 衣服
2301 □□□ ふく **膨らます**	ふくらます	他五（使）弄鼓，吹鼓 類 腫れる 腫脹
2302 □□□ ふく **膨らむ**	ふくらむ	自五 鼓起，膨脹；（因為不開心而）噘嘴 類 張る 膨脹
2303 □□□ ふ けつ **不潔**	ふけつ	名・形動 不乾淨，骯髒；（思想）不純潔 類 汚穢 汙穢
2304 □□□ ふ **老ける**	ふける	自下一 上年紀，老 類 老いる 上年紀
2305 □□□ ふ さい **夫妻**	ふさい	名 夫妻 類 配偶者 配偶
2306 □□□ ふさ **塞がる**	ふさがる	自五 阻塞；關閉；佔用，佔滿 類 防ぐ 防止
2307 □□□ ふさ **塞ぐ**	ふさぐ	他五・自五 塞閉；阻塞，堵；佔用；不舒服，鬱悶 類 阻む 阻擋
2308 □□□ ふ ざ け **巫山戯る**	ふざける	自下一 開玩笑，戲謔；愚弄人，戲弄人；（男女）調情，調戲；（小孩）吵鬧 類 戯れる 嬉戲
2309 □□□ ぶ さ た **無沙汰**	ぶさた	名・自サ 久未通信，久違，久疏問候 類 消息不明 毫無音訊
2310 □□□ ふし **節**	ふし	名（竹、葦的）節；關節，骨節；（線、繩的）繩結；曲調 類 目 網眼

□ 服装に凝る。
講究服装。

ホームパーティーですので、華美な服装はご遠慮下さい。
這只是一場家庭派對，穿著打扮請勿過於華麗。

□ 胸を膨らます。
鼓起胸膛；充滿希望。

待望の就職が決まって、今は胸を膨らませている毎日です。
應徵到期盼已久的工作，現在每天心中都無比雀躍。

□ ポケットが膨らんだ。
口袋鼓起來。

網で焼いたお餅が膨らんで可愛い犬の顔になっている。
在網子上烘烤的年糕逐漸膨脹，變成可愛的小狗臉蛋。

□ 不潔な心を起こす。
生起骯髒的心。

不潔なまな板や包丁を使っていると、食中毒の原因になる。
使用不乾淨的砧板或廚刀將會導致食物中毒。

□ 年の割には老けてみえる。
顯得比實際年齡還老。

彼女は30歳ぐらいだったが、年よりもはるかに老けて見えた。
她當時只有30歲左右，可是看起來比實際年齡還要蒼老得多。

□ 林氏夫妻を招く。
邀請林氏夫婦。

是非今度、ご夫妻でおいでください。
賢伉儷下次請務必一同蒞臨。

□ 手が塞がっている。
騰不出手來。

このアパートは全室塞がっていて、空いている部屋はない。
這棟公寓每一戶都有人住，沒有空房。

□ 瓶の口を塞ぐ。
塞住瓶口。

深夜、隣の住人が騒いでうるさかったので、耳を塞いだ。
深夜時分，鄰居又吵又鬧的，我只好搗住耳朵。

□ 謝罪しないだと、ふざけるな。
說不謝罪，開什麼玩笑。

友だちは楽しい人で、よくふざけてみんなを笑わせる。
朋友是個有趣的人，經常開玩笑逗大家哈哈笑。

□ 大変ご無沙汰致しました。
久違了。

ご無沙汰のお詫びかたがた、就職のご報告に先生をお訪ねした。
致上久疏問候的歉意，順便拜訪一下老師，報告自己已就業的消息。

□ 指の節を鳴らす。
折手指關節。

流しそうめんに使う竹の節を削ります。
削掉流水麵線用竹子的竹節。

ふ｜ふくそう～ふし

435

Check 1 必考單字	高低重音	詞性、類義詞與對義詞
2311 ☐☐☐ ぶ し **武士**	ぶし	名 武士 類 侍 武士
2312 ☐☐☐ ぶ じ **無事**	ぶじ	名・形動 平安無事，無變故；健康；最好，沒毛病；沒有過失 類 元気 朝氣
2313 ☐☐☐ ぶ しゅ **部首**	ぶしゅ	名（漢字的）部首 類 偏旁 偏旁
2314 ☐☐☐ ふ じん **夫人**	ふじん	名 夫人 類 ワイフ 老婆
2315 ☐☐☐ ふ じん **婦人**	ふじん	名 婦女，女子 類 淑女 淑女
2316 ☐☐☐ ふすま **襖**	ふすま	名 隔扇，拉門 類 扉 門扉
2317 ☐☐☐ ふ せい **不正**	ふせい	名・形動 不正當，不正派，非法；壞行為，壞事 類 不当 不正當
2318 ☐☐☐ ⊙T2-55 ふ せ **防ぐ**	ふせぐ	他五 防禦，防守，防止；預防，防備 類 抑える 抑制
2319 ☐☐☐ ふ ぞく **付属**	ふぞく	名・自サ 附屬 類 従属 從屬
2320 ☐☐☐ ふた ご **双子**	ふたご	名 雙胞胎，孿生；雙 類 双生児 雙胞胎
2321 ☐☐☐ ふ だん **普段**	ふだん	名・副 平常，平日 類 平時 平時

□ 武士に二言なし。
武士言必有信。
▶ 武士が刀を2本持ち歩くのは何故ですか。
武士為何要隨身佩帶兩把刀呢？

□ 無事を知らせる。
報平安。
▶ 自転車で台湾一周の旅をしていた友が、昨日無事に戻ってきた。
騎單車環遊台灣的那位朋友，昨天平安回來了。

□ 部首索引を使ってみる。
嘗試使用部首索引。
▶ 漢字の部首検索を行う。
查詢漢字的部首。

□ 夫人同伴で出席する。
與夫人一同出席。
▶ 外相ご夫人方をお迎えして、邦楽部の箏曲合奏を演奏する。
日本傳統音樂團將演奏古箏樂曲，恭迎各國外交部長夫人的蒞臨。

□ 婦人警官が現れた。
女警出現了。
▶ 日本で初めての婦人警察官が警視庁で採用されたのは1946年でした。
日本警視廳錄取日本首位女性警察是在1946年。

□ 襖を開ける。
拉開隔扇。
▶ 襖をあけると和室の客室があります。
拉開隔扇，裡面有一間日式房跟一間客房。

□ 不正を働く。
做壞事；犯規；違法。
▶ 不正な行為をしてまで、敵チームに勝とうとは思わない。
我沒想過不惜作弊也要贏過對手球隊。

□ 火を防ぐ。
防火。
▶ 毎日の食事や適度な運動に気をつけて、病気になるのを防ぐ。
留意每日飲食與適度運動，預防疾病發生。

□ 大学付属小学校に通う。
上大學附屬小學。
▶ 娘を地方の国立大学付属小学校を受験させようと考えています。
我正在考慮讓女兒參加外縣市的國立大學附設小學的入學考試。

□ 双子を生んだ。
生了雙胞胎。
▶ あの二人は双子ですが、外見や性格はあまり似ていません。
那兩人是雙胞胎，但是長相和性格都不太像。

□ 普段の状態に戻る。
回到平常的狀態。
▶ 連休のため、動物園はふだんより家族連れで混んでいた。
適逢連續假期，動物園擠滿了比平常更多的家庭遊客。

ふ｜ぶし～ふだん

Check 1 必考單字	高低重音	詞性、類義詞與對義詞
2322 □□□ ふち 縁	ふち	名 邊緣，框，檐，旁側 類 端っこ 角落
2323 □□□ ぶ 打つ	ぶつ	他五（「うつ」的強調説法）打，敲 類 殴る 毆打
2324 □□□ ふ つう 不通	ふつう	名（聯絡、交通等）不通，斷絕；沒有音信 類 停滞 停滞
2325 □□□ ぶつかる	ぶつかる	自五 碰，撞；偶然遇上；起衝突 類 当たる 撞上
2326 □□□ ぶっしつ 物質	ぶっしつ	名 物質；（哲）物體，實體 類 資源 資源
2327 □□□ ぶっそう 物騒	ぶっそう	名・形動 騷亂不安，不安定；危險 類 危険 危險
2328 □□□ ぶつぶつ	ぶつぶつ	名・副 嘮叨，抱怨，嘟囔；煮沸貌；粒狀物，小疙瘩 類 ギャーギャー 嘰哩呱啦的表示不滿
2329 □□□ ふで 筆	ふで	名・接尾 毛筆；（用毛筆）寫的字，畫的畫；（接數詞）表蘸筆次數 類 毛筆 毛筆
2330 □□□ ふと	ふと	副 忽然，偶然，突然；立即，馬上 類 ぱったり 忽然，啪的一聲
2331 □□□ ふと 太い	ふとい	形 粗的；肥胖；膽子大；無恥，不要臉；聲音粗 類 大きい 大的
2332 □□□ ふ とう 不当	ふとう	形動 不正當，非法，無理 類 不合理 不合理

□ 眼鏡の縁がない。 沒有鏡框。	▶ 縁の広い帽子をかぶったかわいいパンダと自撮りの写真を撮りました。 我用自拍方式和一隻戴著寬簷帽的可愛貓熊合照了。
□ 平手で打つ。 打一巴掌。	▶ 店の入り口が低かったため、入る時頭を打ってしまった。 店的門楣太低，以至於走進去時不慎一頭撞上。
□ 音信不通になる。 音訊不通。	▶ 地震を受けて、県内では携帯電話が不通になっているということです。 遭到地震襲擊後，全縣的手機皆無法通訊。
□ 自転車にぶつかる。 撞上腳踏車。	▶ 携帯を操作しながら歩いていたら、電柱にぶつかった。 邊走邊滑手機，結果撞上電線桿了。
□ 物質文明が発達した。 物質文明進步發展。	▶ この国には物質的な援助が必要だ。 這個國家需要物質援助。
□ 物騒な世の中だ。 騷亂的世間。	▶ イノシシが民家の周辺までやってくるらしい。物騒な話だ。 聽說山豬甚至在民宅周邊出沒，怪嚇人的。
□ ぶつぶつ文句を言う。 嘟嚷抱怨。	▶ 母に叱られたので、ぶつぶつ言いながら部屋を片付けた。 由於被媽媽訓了一頓，不情願地一邊嘟嘟囔囔、一邊整理了房間。
□ 筆が立つ。 文章寫得好。	▶ パソコンの普及で、最近では筆で字を書く人が少なくなった。 個人電腦的普及使得近來提筆寫字的人愈來愈少了。
□ ふと見ると何かが落ちている。 猛然一看好像有東西掉落。	▶ 改札口でふと振り返ると、出張から帰った父が立っていた。 那時在票閘口忽然回頭一看，只見出差回來的爸爸就站在那裏。
□ 神経が太い。 粗枝大葉。	▶ 子どもの頃、太い木の枝にぶら下がって遊んだものだ。 小時候會手抓粗樹枝懸著玩。
□ 不当な取引だ。 非法交易。	▶ 不当な方法で会社の利益を得ようとするのは、許されない。 透過非法方式盜取公司利益是不可原諒的！

ふ｜ふち～ふとう

Check 1 必考單字	高低重音	詞性、類義詞與對義詞
2333 □□□ ぶ ひん 部品	ぶひん	名（機械等）零件 類 素材 素材 そざい
2334 □□□ ふ ぶき 吹雪	ふぶき	名 暴風雪 類 暴風雪 暴風雪 ぼうふうせつ
2335 □□□ ぶ ぶん 部分	ぶぶん	名 部分 類 一部 一部分 いちぶ
2336 □□□ ふ へい 不平	ふへい	名・形動 不平，不滿意，牢騷 類 不服 不服氣 ふ ふく
2337 □□□ ◎T2-56 ふ ぼ 父母	ふぼ	名 父母，雙親 類 両親 雙親 りょうしん
2338 □□□ ふみきり 踏切	ふみきり	名（鐵路的）平交道，道口；（轉）決心 類 遮断機 平交道柵欄 しゃだんき
2339 □□□ ふゆやすみ 冬休み	ふゆやすみ	名 寒假 類 春休み 春假 はるやす
2340 □□□ ぶら下げる さ	ぶらさげる	他下一 佩帶，懸掛；手提，拎 類 垂れ下がる 垂下 した さ
2341 □□□ ブラシ	ブラシ	名 刷子 類 たわし 掃帚
2342 □□□ プラン	プラン	名 計畫，方案；設計圖，平面圖；方式 類 コンセプト 構想，概念
2343 □□□ ふ り 不利	ふり	名・形動 不利 類 不経済 浪費 ふ けいざい

□ 部品が揃う。
零件齊備。
▶ この製品は古いまたは壊れた部品を交換することができます。
本產品可更換老舊或故障零件。

□ 吹雪に遭う。
遇到暴風雪。
▶ 以下の道路は吹雪のため通行止めとなります。
下述道路因暴風雪之故禁止通行。

□ 部分的には優れている。
一部份還不錯。
▶ 法律概論Ⅱは、Ⅰで扱った内容と重複する部分があります。
法律概論Ⅱ跟法律概論Ⅰ中提及的內容有一些重複。

□ 不平を言う。
發牢騷。
▶ どのような困難な中にあっても不平を言ってはいけない。未来に向かって喜びを持って歩みなさい。
無論面臨任何困難都不要抱怨！應當心懷喜悅邁向未來！

□ 父母の膝下を離れる。
離開父母。
▶ 養父母のもとで暖かく育てられた。
在養父母溫暖撫養下成長。

□ 踏切を渡る。
過平交道。
▶ もし踏切で閉じこめられたら遮断ポールは折らずに斜めに上げて、直ぐ脱出して下さい。
萬一駕駛人被困在平交道上，請以車頭把柵欄往上頂，接著離開平交道。

□ 冬休みは短い。
寒假很短。
▶ 私は昨年ハワイで冬休みを過ごしました。
去年我在夏威夷度過了寒假。

□ バケツをぶら下げる。
提水桶。
▶ 大きな買い物袋をぶら下げて、駅前のスーパーへ行く。
拎著偌大的購物袋前往車站前的超市。

□ ブラシを掛ける。
用刷子刷。
▶ ロールブラシで髪を引っ張りながらブローする。
一邊利用捲梳吹拉頭髮，一邊梳理整型。

□ プランを立てる。
訂計畫。
▶ 20代という早い時期にキャリアプランを立てる最大のメリットは、取るべき行動が明確になるという点です。
提早在20至30歲時期制訂職業生涯規劃最大優點是，可以明確了解自己應當採取的行動。

□ 不利に陥る。
陷入不利。
▶ A社とB社の合併は、A社にとって不利な条件であった。
關於A公司和B公司的合併案，其條件不利於A公司。

ふ｜ぶひん〜ふり

Check 1 必考單字	高低重音	詞性、類義詞與對義詞
2344 ☐☐☐ フリー	フリー	名·形動 自由，無拘束，不受限制；免費；無所屬；自由業 類 自在 自由自在
2345 ☐☐☐ 振り仮名 ふ　が　な	ふりがな	名 (在漢字旁邊)標註假名 類 送りがな 詞語中漢字後面的假名
2346 ☐☐☐ 振り向く ふ　む	ふりむく	自五 (向後)回頭過去看；回顧，理睬 類 顧みる 回頭
2347 ☐☐☐ 不良 ふ りょう	ふりょう	名·形動 不舒服，不適；壞，不良；(道德、品質)敗壞；流氓，小混混 類 最悪 最糟糕
2348 ☐☐☐ プリント	プリント	名·他サ 印刷(品)；油印(講義)；印花，印染 類 グラビア 凹版印刷機
2349 ☐☐☐ 古 ふる	ふる	名·漢造 舊東西；舊，舊的 類 中古 舊的
2350 ☐☐☐ 震える ふる	ふるえる	自下一 顫抖，發抖，震動 類 振動 震動
2351 ☐☐☐ 故郷 ふるさと	ふるさと	名 老家，故鄉 類 故郷 故郷
2352 ☐☐☐ 振舞う ふる　ま	ふるまう	自五·他五 (在人面前的)行為，動作；請客，招待，款待 類 挙止 舉止
2353 ☐☐☐ 触れる ふ	ふれる	他下一·自下一 接觸，觸摸(身體)；涉及，提到；感觸到；抵觸，觸犯；通知 類 当たる 碰上
2354 ☐☐☐ ブローチ	ブローチ	名 胸針 類 ペンダント 垂墜的飾品

□ 検査はフリーパス
　だった。
　不用檢查。

▶ 現在、彼女はフリーのアナウンサーになって活躍して
いる。
目前，她成為自由播音員，在業界十分活躍。

□ 振り仮名をつける。
　標上假名。

▶ 英語の読み方に振りがなをつけるのはやめてほしいで
すね。
真希望不要再以日文來標示英文發音了。

□ 彼女は自分の方を
　振り向いた。
　她往我這裡看。

▶ 後ろから呼ばれて振り向くと、サークルの先輩だった。
有人從後面喊我，回頭一看，原來是社團學長。

□ 不良少年がパクリ
　をする。
　不良少年偷東西。

▶ 買った炊飯器が不良品だったので、取り替えてもらっ
た。
買回來的電鍋是故障品，於是廠家換了一個給我。

□ 楽譜をプリントす
　る。
　印刷樂譜。

▶ ビラをプリントして配る。
印發傳單。

□ 古新聞をリサイク
　ルする。
　舊報紙資源回收。

▶ 古本屋で、江戸時代中期頃のこの町の地図を見つけた。
在舊書店發現了約莫是江戶時代中期的本鎮地圖。

□ 手が震える。
　手顫抖。

▶ 大型トラックが通るたびに、窓ガラスがぎしぎし震え
る。
每一次只要有大卡車駛過，窗玻璃便會嘎嘎震動。

□ 故郷に帰る。
　回故鄉。

▶ その料理の懐かしい味わいに、故郷の思い出がよみが
えるようです。
這道菜的懷舊風味彷彿勾起了我對故鄉的記憶。

□ 愛想よく振舞う。
　舉止和藹可親。

▶ 祖母は、我が家に来る人誰にでも、優しく振る舞う。
奶奶對每一個來到家裡的人同樣親切款待。

□ 電気に触れる。
　觸電。

▶ この段ボールの山は触れると崩れるので注意してくだ
さい。
這座紙箱山一碰就會坍塌，請務必小心。

□ ブローチを付ける。
　別上胸針。

▶ シャツなど薄手の生地に大き目のブローチをつけると、
重さに負けて下を向いてしまう。
如果把大胸針別在襯衫之類的薄布上，會因為重量無法支撐而朝
下翻墜。

ふ｜フリー～ブローチ

443

Check 1 必考單字	高低重音	詞性、類義詞與對義詞
2355 □□□ プログラム	プログラム	图 節目（單），說明書；計畫（表），程序（表）；編制（電腦）程式 類 目録 目録
2356 □□□ ○T2-57 ふ ろ しき 風呂敷	ふろしき	图 包巾 類 三角巾 醫療用三角巾
2357 □□□ ふわっと	ふわっと	副・自サ 輕軟蓬鬆貌；輕飄貌 類 ふわふわ 蓬鬆柔軟
2358 □□□ ふわふわ	ふわふわ	副・自サ 輕飄飄地；浮躁，不沈著；軟綿綿的（或唸：ふわふわ） 類 ふにゃふにゃ 軟趴趴的
2359 □□□ ぶん 文	ぶん	名・漢造 文學，文章；花紋；修飾外表，華麗；文字，字體；學問和藝術 類 古文 古文
2360 □□□ ぶん 分	ぶん	名・漢造 部分；份；本分；地位 類 取り分 應得的份額
2361 □□□ ふん い き 雰囲気	ふんいき	图 氣氛，空氣 類 様子 情況
2362 □□□ ふん か 噴火	ふんか	名・自サ 噴火 類 爆発 爆發
2363 □□□ ぶんかい 分解	ぶんかい	名・他サ・自サ 拆開，拆卸；（化）分解；解剖；分析（事物） 類 分離 分離
2364 □□□ ぶんげい 文芸	ぶんげい	图 文藝，學術和藝術；（詩、小說、戲劇等）語言藝術 類 文学 文學
2365 □□□ ぶんけん 文献	ぶんけん	图 文獻，參考資料 類 史料 歷史文獻資料

□ プログラムを組む。
編制程序。
▶ ファイルに記述したプログラムを実行する。
一切按照檔案中的方案執行。

□ 風呂敷を広げる。
打開包袱。
▶ 既存のバッグを風呂敷で包むと、新しいバックに早変わりします。
只要在現有的包包外面裹上大布巾，就能馬上變成一只新包包。

□ ふわっとした雪を見る。
仰望輕飄飄的雲朵。
▶ ふわっとした布団に寝たいです。
真想睡在蓬鬆柔軟的被褥上。

□ ふわふわの掛け布団が好きだ。
喜歡軟綿綿的棉被。
▶ かわいい雲がふわふわしてます。
可愛的雲朵輕盈鬆軟。

□ 文に書く。
寫成文章。
▶ 日本語は、文の終わりに句点を付ける決まりがある。
日語的文法規定是在句子的結尾處必須加上句點。

□ これはあなたの分です。
這是你的份。
▶ 甘いのは苦手なので、私の分には砂糖をあまり入れないで。
我不喜歡吃甜的，所以我的那份不要加太多糖。

□ 雰囲気が明るい。
愉快的氣氛。
▶ 小さな会社ですが、アットホームな雰囲気が自慢です。
我們雖是一間小公司，但如同家人的溫馨氛圍是一大優勢。

□ 噴火口が残っている。
留下火山口。
▶ 桜島が 27 日ぶりに噴火しました。
櫻島火山相隔27日，又再度噴發。

□ 時計を分解する。
拆開時鐘。
▶ 時計を分解して、また組み立てる。
拆開錶又把它組裝起來。

□ 文芸映画が生まれた。
誕生文藝電影。
▶ 「朝日文芸欄」に執筆する。
在「朝日文藝欄」寫稿。

□ 文献が残る。
留下文獻。
▶ いろいろな文献を収集します。
收集各類文獻。

ふ｜プログラム～ぶんけん

445

は
行

Check 1　必考單字	高低重音	詞性、類義詞與對義詞

2366 □□□
ふんすい
噴水 ▶ ふんすい ▶ 名 噴水；（人工）噴泉
類 湧水 湧泉

2367 □□□
ぶんせき
分析 ▶ ぶんせき ▶ 名·他サ（化）分解，化驗；分析，解剖
類 解剖 剖析

2368 □□□
ぶんたい
文体 ▶ ぶんたい ▶ 名（某時代特有的）文體；（某作家特有的）風格
類 画風 畫風

2369 □□□
ぶんたん
分担 ▶ ぶんたん ▶ 名·他サ 分擔
類 手分け 分工

2370 □□□
ぶん ぷ
分布 ▶ ぶんぷ ▶ 名·自サ 分布，散布
類 散在 分布

2371 □□□
ぶんみゃく
文脈 ▶ ぶんみゃく ▶ 名 文章的脈絡，上下文的一貫性，前後文的邏輯；（句子、文章的）表現手法
類 構文 文章結構

2372 □□□
ぶんめい
文明 ▶ ぶんめい ▶ 名 文明；物質文化
類 開化 開化

2373 □□□
ぶん や
分野 ▶ ぶんや ▶ 名 範圍，領域，崗位，戰線
類 方面 領域

2374 □□□
ぶんりょう
分量 ▶ ぶんりょう ▶ 名 分量，重量，數量
類 数量 數量

2375 □□□ 🔊T2-58
ぶんるい
分類 ▶ ぶんるい ▶ 名·他サ 分類，分門別類
類 分別 辨別

2376 □□□
へい
塀 ▶ へい ▶ 名 圍牆，牆院，柵欄
類 柵 柵欄

446

□ 噴水を設ける。
架設噴泉。

▶ 広場に噴水を設ける。
廣場上設置一座噴水池。

□ 分析を行う。
進行分析。

▶ 理論上は起こり得ない事故が起こってしまい、状況の分析中だ。
發生了理論上不可能發生的事故，目前正在分析情況。

□ 夏目漱石の文体が非常に美しかった。
夏目漱石的文體極為優美。

▶ 華麗な彼の文体は、一挙に生彩を失った。
他那華麗的風格頓時變得黯然失色。

□ 費用を分担する。
分擔費用。

▶ 結婚式の費用は両家で折半して分担する人が多い。
結婚典禮的費用大多是男女雙方均攤。

□ 分布区域が拡大する。
擴大分布區域。

▶ 大鶴の姓は福岡県や大分県に多く全国に分布している。
大鶴的姓氏以福岡縣及大分縣為多，並遍布全國各地。

□ 文脈がはっきりする。
文章脈絡清楚。

▶ AIは人間のように「文脈」から「意味」を理解できるのか。
AI能和人類一樣由「前後文」理解「語意」嗎？

□ 文明が進む。
文明進步。

▶ ギリシャ文明が人類の歴史に大きく寄与したことは間違いない。
毫無疑問，希臘文明為人類歷史做出了莫大的貢獻。

□ 分野が違う。
不同領域。

▶ サービスロボットの分野は近年、急成長を遂げている。
近年來，服務型機器人市場快速成長。

□ 分量が足りない。
份量不足。

▶ 米と水の分量を間違えて、炊き上がってもちょっと芯が残った感じになっちゃった。
我把米和水的比例弄錯，蒸完後飯粒還有點夾生。

□ 分類表が作られた。
製作分類表。

▶ 血液型占いは、ABO式血液型で分類されています。
血型占卜有A型、B型、O型３種分類。

□ 塀が傾く。
圍牆傾斜。

▶ 猫たちが庭で遊んでいるうちに塀を越えて隣の庭に入ってしまった。
貓咪們在院子裡晚耍後，越過圍牆跑進了鄰居的庭院。

Check 1 必考單字	高低重音	詞性、類義詞與對義詞

2377 □□□
へいかい
閉会 ▸ へいかい ▸ 名·自サ·他サ 閉幕，會議結束
類 閉幕 閉幕

2378 □□□
へいこう
平行 ▸ へいこう ▸ 名·自サ（數）平行；並行
類 一列 一排

2379 □□□
へいせい
平成 ▸ へいせい ▸ 名 平成（日本年號）
類 昭和 昭和（日本年號）

2380 □□□
へいてん
閉店 ▸ へいてん ▸ 名·自サ（商店）關門；倒閉
類 閉館 （圖書館等）閉館

2381 □□□
へいぼん
平凡 ▸ へいぼん ▸ 名·形動 平凡的
類 凡庸 平庸

2382 □□□
へいや
平野 ▸ へいや ▸ 名 平原
類 原野 原野

2383 □□□
へこ
凹む ▸ へこむ ▸ 自五 凹下，潰下；屈服，認輸；虧空，赤字
類 沈める 使…陷入

2384 □□□
へだ
隔てる ▸ へだてる ▸ 他下一 隔開，分開；（時間）相隔；遮擋；離間；不同，有差別
類 区切る 劃分

2385 □□□
べつ
別 ▸ べつ ▸ 名·形動·漢造 分別，區分；分別
類 区分 劃分

2386 □□□
べっそう
別荘 ▸ べっそう ▸ 名 別墅
類 山荘 山中別墅

2387 □□□
ペラペラ ▸ ペラペラ ▸ 副·自サ 說話流利貌（特指外語）；單薄不結實貌；連續翻紙頁貌
類 すらすら 流利地

Check 2 必考詞組	Check 3 必考例句

☐ 閉会式が開かれた。
舉辦閉幕式。

▶ 閉会の挨拶が終わったとき、肩の力が抜けてほっとしました。
閉幕儀式的致詞結束時，我宛如放下了肩頭的重擔一般，鬆了一口氣。

☐ 平行線に終わる。
以平行線告終。

▶ どちらかが譲歩しない限り、話し合いは平行線のままだ。
除非某一方願意讓步，否則協商永遠是兩條平行線。

☐ 平成の次は令和に決定致しました。
平成之後決定為令和。

▶ 僕は平成元年生まれ、ふたご座A型、岐阜県出身です。
我出生於平成元年，是雙子座A型，岐阜縣人。

☐ あの店は7時閉店だ。
那間店7點打烊。

▶ 店内には彼の他に誰もおらず、閉店を告げる音楽が静かに流れていた。
那時候店裡只剩下他一個，告知打烊的音樂緩緩地流洩。

☐ 平凡な顔こそが美しい。
平凡的臉才美。

▶ コロナ禍の中で、今では自粛にも慣れ、自宅で静かに暮らす単調で平凡な日々に感謝と幸せを感じられるようになりました。
在新冠肺炎疫情肆虐下，如今已習慣減少外出，對於自己能在家中安靜地過著平凡單調的生活而滿懷感恩與深感幸福。

☐ 関東平野が見える。
可眺望關東平原。

▶ 群馬にも広々とした平野があります。
群馬縣也有廣闊的平原。

☐ 道が凹む。
路面凹下。

▶ 父が10年以上乗っている車は、あちこちへこんでいる。
爸爸開了超過10年的車子已經布滿凹痕了。

☐ 友達の仲を隔てる。
離間朋友之間的關係。

▶ 患者さんとは机を隔てて、正面から向き合って診療しています。
醫師與患者隔著桌子，面對面進行診療。

☐ 正邪の別を明らかにする。
明白的區分正邪。

▶ 会社の採用試験は、男女の別なく受けることができる。
公司的錄用考試，不分性別均可參加。

☐ 別荘を建てる。
蓋別墅。

▶ 私が別荘を買うなどとは夢にも思わなかった。
我作夢也沒想過，我竟然會買下一棟別墅。

☐ 英語がペラペラだ。
英語流利。

▶ 彼はインターナショナルスクール出身なので、英語はペラペラです。
他是從國際學校畢業的，英文頂呱呱。

へ｜へいかい～ペラペラ

449

Check 1 必考單字	高低重音	詞性、類義詞與對義詞
2388 ☐☐☐ ヘリコプター	ヘリコプター	名 直昇機 類 ドローン 空拍機
2389 ☐☐☐ へ 経る	へる	自下一（時間、空間、事物）經過，通過 類 過ごす 度過
2390 ☐☐☐ 偏	へん	名・漢造 漢字的（左）偏旁；偏，偏頗 類 片端 一端，一頭
2391 ☐☐☐ べん 便	べん	名・形動・漢造 便利，方便；大小便；信息，音信；郵遞；隨便，平常 類 有用 有用的
2392 ☐☐☐ へんしゅう 編集	へんしゅう	名・他サ 編集；（電腦）編輯 類 撰述 撰寫
2393 ☐☐☐ ⊙T2-59 べんじょ 便所	べんじょ	名 廁所，便所 類 (お) 手洗い 洗手間
2394 ☐☐☐ ペンチ	ペンチ	名 鉗子 類 スパナ 扳手
2395 ☐☐☐ ほ 歩	ほ	名・漢造 步，步行；（距離單位）步 類 歩行 走路
2396 ☐☐☐ ぽい	ぽい	接尾・形型（前接名詞、動詞連用形，構成形容詞）表示有某種成分或傾向 類 らしい 非常有…的樣子
2397 ☐☐☐ ほう 法	ほう	名・漢造 法律；佛法；方法，作法；禮節；道理 類 ルール 規則
2398 ☐☐☐ ぼう 棒	ぼう	名・漢造 棒，棍子；（音樂）指揮；（畫的）直線，粗線 類 杖 拐杖

□ ヘリコプターが飛んでいる。 直升飛機飛翔著。	▶ ヘリコプターは飛行機に比べて比較的低い高度で飛びます。 直升機與飛機相比，飛行高度相對較低。
□ 手を経る。 經手。	▶ 先生がお亡くなりになられてから早くも2年の年月を経た。 自從老師過世，轉眼已過了兩年。
□ 偏見を持っている。 有偏見。	▶ 子どもの頃は偏食で肉は嫌いだったが、今は何でも食べる。 小時候偏食，討厭吃肉，現在什麼都吃。
□ 便がいい。 很方便。	▶ 家を買う時は、まず、交通の便がよいかどうかを考えるべきだ。 買房子的時候，首要考量應該是交通便利與否。
□ 雑誌を編集する。 編輯雜誌。	▶ ファッション誌が好きで、よく「この雑誌の編集はいつもセンスがええなぁ」とか、勝手に分析してました。 由於熱衷時尚雜誌，我經常覺得「這本雜誌的編輯總是很有品味」，讀著讀著便自己分析起來了。
□ 便所へ行く。 上廁所。	▶ 赤痢になると1日に10回～20回も便所へ行きます。 一旦染上痢疾，一天可能要腹瀉10到20次。
□ ペンチを使う。 使用鉗子。	▶ 松の盆栽を植え替えるために、鉢やペンチなどを用意しました。 為了將松樹換盆，而準備了新盆栽和老虎鉗等道具。
□ 歩を進める。 邁步向前。	▶ 「日進月歩」とは、物事が絶え間なく進歩していくことだ。 「日新月異」是指事物不停發展進步。
□ 忘れっぽい。 健忘。	▶ このラーメンは脂っぽいので、かなりカロリーが高いと思う。 這碗拉麵油膩膩的，想必熱量超高。
□ 法に従う。 依法。	▶ 少子高齢化に伴い、新しい法の制定が検討されている。 隨著少子化和高齡化社會趨勢，政府正在研擬制定新法規。
□ 足を棒にする。 腳痠得硬邦邦的。	▶ 険しい山道を、棒を杖にして上り、やっと頂上に着いた。 拄著木棍充當手杖爬著崎嶇的山路，總算抵達山頂了。

ほ｜ヘリコプター～ぼう

451

Check 1 必考單字	高低重音	詞性、類義詞與對義詞

2399 ☐☐☐
ボーイ
▶ ボーイ ▶
🔢 少年，男孩；男服務員（或唸：
ボーイ）
🔢 ウェイター 男服務生

2400 ☐☐☐
ボーイフレンド
▶ ボーイフレンド ▶
🔢 男朋友
🔢 彼氏 男朋友

2401 ☐☐☐
ぼうえんきょう
望遠鏡
▶ ぼうえんきょう ▶
🔢 望遠鏡
🔢 拡大鏡 放大鏡

2402 ☐☐☐
ほうがく
方角
▶ ほうがく ▶
🔢 方向，方位
🔢 方向 方向

2403 ☐☐☐
ほうき
箒
▶ ほうき ▶
🔢 掃帚
🔢 掃除機 吸塵器

2404 ☐☐☐
ほうげん
方言
▶ ほうげん ▶
🔢 方言，地方話，土話
🔢 田舎訛り 郷下口音

2405 ☐☐☐
ぼうけん
冒険
▶ ぼうけん ▶
🔢・自サ 冒険
🔢 決行 堅決進行

2406 ☐☐☐
ほうこう
方向
▶ ほうこう ▶
🔢 方向；方針
🔢 目標 目標

2407 ☐☐☐
ぼう
坊さん
▶ ぼうさん ▶
🔢 和尚
🔢 僧 僧侶

2408 ☐☐☐
ぼうし
防止
▶ ぼうし ▶
🔢・他サ 防止
🔢 阻止 阻止

2409 ☐☐☐
ほうしん
方針
▶ ほうしん ▶
🔢 方針；（羅盤的）磁針
🔢 目的 目的

□ ホテルのボーイを
呼ぶ。
叫喚旅館的男服務員。

▶ 息子の仲間と野外に出て生きる力を養うため、ボーイ
スカウトに参加させた。
為了培養兒子和同伴一起在野外求生的能力，我讓他加入童子軍。

□ ボーイフレンドと
映画を見る。
和男朋友看電影。

▶ ボーイフレンドから素っ気ない返信が返ってきて落ち
込んでいる。
男友給了一封冷淡的回信，讓我陷入沮喪。

□ 望遠鏡で月を見る。
用望遠鏡賞月。

▶ この望遠鏡は先端技術の粋を集めたものだ。
這座望遠鏡是尖端科技的結晶。

□ 方角を表す。
表示方向。

▶ 玄関はどちらの方角を向いているべきですか。
玄關應該要朝向哪個方位才對呢？

□ 箒で掃く。
用掃帚打掃。

▶ 掃除機が届かない細かい箇所は箒で掃けばキレイにな
るよ。
吸塵器無法觸及的小地方，用掃帚掃過就能清得乾乾淨淨喔。

□ 方言で話す。
說方言。

▶ 彼は東京で暮らし始めてからも故郷の方言で喋り続け
た。
他即便來到了東京生活，也堅持說著故鄉的方言。

□ 冒険をする。
冒險。

▶ この本は冒険ものが好きな人はきっと気に入るだろう。
熱愛冒險的玩家們想必會中意這本書吧。

□ 方向が変わる。
方向改變。

▶ 彼女が指差した方向を見ると、遠くに煙りが上がって
いた。
順著她指的方向看，遠處有炊煙正冉冉升起。

□ 坊さんがお経を上
げる。
和尚念經。

▶ 空襲で全て焼けてしまった寺は、お坊さんたちによっ
て再建された。
在空襲中被全部燒燬的寺廟，經由和尚們的一翻努力又被重建
了起來。

□ 火災を防止する。
防止火災。

▶ こちらは美容、健康維持と老化防止に最も有効なサプ
リメントです。
這是對於美容、保持健康以及抗衰老最有效的營養補充劑。

□ 方針が定まる。
定下方針。

▶ 彼は今後もこの方針を貫くつもりのようだ。
他往後似乎也想繼續堅持這個政策。

ほ
ボーイ
〜
ほうしん

453

Check 1 必考單字	高低重音	詞性、類義詞與對義詞
2410 □□□ ほうせき **宝石**	▶ ほうせき	名 寶石 類 ルビー 紅寶石
2411 □□□ ◎T2-60 ほうそう **包装**	▶ ほうそう	名・他サ 包裝，包捆 類 梱包 打包
2412 □□□ ほうそう **放送**	▶ ほうそう	名・他サ 廣播；（用擴音器）傳播，散佈 （小道消息、流言蜚語等） 類 放映（電視）放映
2413 □□□ ほうそく **法則**	▶ ほうそく	名 規律，定律；規定，規則 類 原則 原則
2414 □□□ ぼうだい **膨大**	▶ ぼうだい	名・形動 龐大的，臃腫的，膨脹 類 無量 沒有止境
2415 □□□ ほうていしき **方程式**	▶ ほうていしき	名（數學）方程式 類 公式 數學公式
2416 □□□ **ボート**	▶ ボート	名 小船，小艇 類 屋形船 有屋頂的畫舫
2417 □□□ ぼうはん **防犯**	▶ ぼうはん	名 防止犯罪 類 保護 保護
2418 □□□ ほうふ **豊富**	▶ ほうふ	形動 豐富 類 満載（車、船、版面等）載滿
2419 □□□ ほうぼう **方々**	▶ ほうぼう	名・副 各處，到處 類 諸所 四處
2420 □□□ ほうめん **方面**	▶ ほうめん	名 方面，方向；領域 類 方向 方向

□ 宝石で飾る。
用寶石裝飾。

▶ 宝石箱の蓋には貝を用いた美しい細工が施されていた。
珠寶盒的蓋子用了以貝殼鑲嵌的華美精工。

□ 包装紙が新しく変わる。
包裝紙改換新裝。

▶ 日本のデパートでは、決して高い商品を買ったわけではなくても無料できれいな包装をしてくれる。
在日本的百貨公司，就算客人沒有花什麼大錢，仍然免費將商品包裝得十分精美。

□ 放送が中断する。
廣播中斷。

▶ 映画は、残酷な場面がカットされた上でテレビ放送された。
電影中的殘酷鏡頭經過刪減之後於電視頻道播放。

□ 法則に合う。
合乎規律。

▶ 上達の法則に合った鍛錬が上達を生むのである。
用對方法鍛錬，才能練得爐火純青。

□ 膨大な予算をかける。
花費龐大的預算。

▶ 癌に関する膨大なデータをまとめて、結果を研究発表した。
將癌症相關的龐大資料歸納彙整後的研究結論發表出來。

□ 方程式を解く。
解方程式。

▶ 二つの直線の交わる点を方程式を使って求める。
請用方程式算出兩條直線的交叉點。

□ ボートに乗る。
搭乘小船。

▶ 遠くに島影が見えると、ボートはゆっくりと進路を南に転回した。
看到遠處的島影，小船便緩緩朝南迴轉前進。

□ 防犯に協力する。
齊心協力防止犯罪。

▶ 各階の廊下には防犯カメラが据え付けてあります。
各樓層走廊皆已裝設監控錄影機。

□ 天然資源が豊富な国だ。
擁有豐富天然資源的國家。

▶ 最近、宅配弁当の種類が豊富なので、いつも頼むのが楽しみです。
最近宅配盒餐的種類豐富，每回訂購都讓人滿心期待。

□ 方々でもてはやされる。
到處受歡迎。

▶ 飼い猫がいなくなったが、ほうぼう探してやっと見つけた。
家裡養的貓不見了，遍尋各處才總算找到了。

□ 大阪方面へ出張する。
到大阪方向出差。

▶ 台風は沖縄方面に向かっているようだ。
颱風正朝著沖繩的方向移動。

ほ｜ほうせき～ほうめん

は
行

Check 1 必考單字	高低重音	詞性、類義詞與對義詞

2421 ☐☐☐
ほうもん
訪問
▶ ほうもん
▶ 名・他サ 訪問，拜訪
類 往訪 前去拜訪（おうほう）

2422 ☐☐☐
ぼう
坊や
▶ ぼうや
▶ 他五 對男孩的親切稱呼；未見過世面的男青年；對別人男孩的敬稱
類 御曹司（おんぞうし） 名門子弟

2423 ☐☐☐
ほう
放る
▶ ほうる
▶ 自下一 拋，扔；中途放棄，棄置不顧，不加理睬
類 投げる（な） 投擲

2424 ☐☐☐
ほ
吠える
▶ ほえる
▶ 名・他サ（狗、犬獸等）吠，吼；（人）大聲哭喊，喊叫
類 哮る（たけ） 咆哮

2425 ☐☐☐
ほかく
捕獲
▶ ほかく
▶ 形動（文）捕獲
類 争奪（そうだつ） 爭奪

2426 ☐☐☐
ほが
朗らか
▶ ほがらか
▶ 名（天氣）晴朗，萬里無雲；明朗，開朗；（聲音）嘹亮；（心情）快活
類 明るい（あか） 明朗的（個性、表情）

2427 ☐☐☐
ぼくじょう
牧場
▶ ぼくじょう
▶ 名 牧場
類 放牧場（ほうぼくじょう） 放牧牧場

2428 ☐☐☐
ぼくちく
牧畜
▶ ぼくちく
▶ 名 畜牧
類 酪農（らくのう） 酪農業

2429 ☐☐☐ 🔊 T2-61
ほけん
保健
▶ ほけん
▶ 名 保健，保護健康
類 衛生（えいせい） 衛生

2430 ☐☐☐
ほけん
保険
▶ ほけん
▶ 名 保險；（對於損害的）保證
類 信託（しんたく） 委託他人管理或運用財產

2431 ☐☐☐
ほこ
誇り
▶ ほこり
▶ 名 自豪，自尊心；驕傲，引以為榮
類 プライド 自尊心

Check 2 必考詞組	**Check 3** 必考例句

□ お宅を訪問する。
到貴宅拜訪。
▶ 在宅介護はホームヘルパーがご自宅に訪問して、ケアプランにそって日常生活をサポートします。
居家照顧是由照顧服務員依循照顧計畫到家中協助失能者的生活起居。

□ 坊やは今年いくつ。
小弟弟，你今年幾歲？
坊や、年はいくつ？
小男孩，你今年幾歲了？

□ 仕事を放っておく。
放下工作不做。
▶ 子どもの時、父と一緒に川に石を放って遊んだものだ。
小時候常和爸爸一起在河邊打水漂玩。

□ 犬が吠える。
狗吠叫。
▶ 2歳の息子は、犬に吠えられて泣き出してしまった。
兩歲的兒子一被狗吠就哇哇大哭了。

□ 鯨を捕獲する。
捕獲鯨魚。
▶ 京都市の中心部にイノシシが現れ、住宅地などを走り回ったあと、警察に捕獲されました。
京都市中心忽然冒出一頭野豬在住宅區四處亂竄，最後由警方予以順利捕獲。

□ 朗らかな顔が印象的でした。
愉快的神色令人印象深刻。
結婚したら、笑いの絶えない朗らかな家庭を作りたい。
等結婚以後，我想建立一個時時充滿笑聲的歡快家庭。

□ 牧場を経営する。
經營牧場。
▶ 牧場には牛がたくさんいて、のどかな雰囲気でした。
牧場裡牛隻成群，給人一種悠閒寧靜的氣氛。

□ 牧畜を営む。
經營畜牧業。
▶ セネガルでは、落花生の栽培や羊の牧畜が盛んだそうです。
聽說在塞內加爾境內廣泛種植花生與飼養羊。

□ 保健体育が始まった。
開始保健體育。
▶ 保健所の迅速な対応によって、被害は最小限に食い止められた。
多虧衛生所即時處置，得以將受害程度降到最低。

□ 保険をかける。
投保。
▶ 子どもが生まれるので、生命保険への加入を検討している。
孩子即將誕生，所以正在考慮投保壽險。

□ 誇りを持つ。
有自尊心。
▶ この会社に決めた理由は日本の誇りである自動車産業に携わりたいと思ったからです。
決定進入這間公司的原因是，我想參與日本引以為傲的汽車產業。

ほ　ほうもん～ほこり

457

Check 1 必考單字	高低重音	詞性、類義詞與對義詞
2432 □□□ ほこ 誇る	ほ<u>こ</u>る	自五 誇耀，自豪 いば 類 威張る 自吹自擂
2433 □□□ ほころ 綻びる	ほ<u>ころび</u>る	自下一 脫線；使微微地張開，綻放 さ 類 咲く 開花
2434 □□□ ぼ しゅう 募集	ぼ<u>しゅう</u>	名・他サ 募集，征募 類 徵募 招募
2435 □□□ ほ しょう 保証	ほ<u>しょう</u>	名・他サ 保証，擔保 ほ しょう 類 保障 保障
2436 □□□ ほ 干す	<u>ほ</u>す	他五 曬乾；把（池）水弄乾；乾杯 あ 類 当てる 曬在陽光下
2437 □□□ ポスター	ポ<u>スター</u>	名 海報 類 チラシ 廣告傳單
2438 □□□ ほ そう 舗装	ほ<u>そう</u>	名・他サ（用柏油等）鋪路 せい ち 類 整地（耕作、建築前）整地
2439 □□□ ほっきょく 北極	ほ<u>っきょく</u>	名 北極 ほっきょくけん 類 北極圏 北極圈
2440 □□□ ほっそり	ほ<u>っそり</u>	副・自サ 纖細，苗條 類 スリム 瘦長的
2441 □□□ ぽっちゃり	ぽ<u>っちゃり</u>	副・自サ 豐滿，胖 類 ぷりぷり 豐滿有彈性
2442 □□□ ぼっ 坊ちゃん	ぼ<u>っちゃん</u>	名（對別人男孩的稱呼）公子，令郎； 少爺，不通事故的人，少爺作風的人 類 ぼんぼん 少爺

□ 成功を誇る。
以成功自豪。

▶ この歌は 2003 年にリリースされて以来、ウェディング・ソングとして今でも絶大な人気を誇っている。
這首歌自2003年發行以來，至今仍是極受歡迎的婚禮歌曲。

□ 袖口が綻びる。
袖口綻開。

▶ 桜がほころび始めたので、今度の日曜日に花見をしよう。
櫻花開了，這個星期天去賞櫻吧！

□ 募集を行う。
進行招募。

▶ このお店に掛けられる暖簾アート作品を募集しています。
本展覽正在募集可以掛在商店門口的店簾藝術作品。

□ 生活が保証されている。
生活有了保證。

▶ 今度紹介する友人の人柄の良さは私が保証するよ。
我敢拍胸脯，這次要介紹給你的那位朋友保證人品優秀！

□ 洗濯物を干す。
曬衣服。

▶ 外に干しっぱなしの洗濯物が突然の通り雨で濡れてしまった。
晾在外面沒收的衣服被突如其來的陣雨淋濕了。

□ ポスターを張る。
張貼海報。

▶ 今年街中に貼られるまつりのポスターの図案を考えたのは僕だ。
今年滿街張貼的慶典海報，負責構思設計圖案的人是我。

□ 舗装した道路が壊れた。
鋪過的路崩壞了。

▶ 舗装道路がキラキラしている。
鋪好的道路，閃閃發亮。

□ 北極星を見る。
看見北極星。

▶ このまま温暖化が進んだら、夏には北極圏の氷がなくなるかもしれない。
假如地球暖化的狀況持續惡化，恐將導致北極夏季海冰消失。

□ 体つきがほっそりしている。
身材苗條。

▶ ほっそりとした長い首は綺麗ですよね。
細長的天鵝頸十分優雅對吧？

□ ぽっちゃりして可愛い。
胖嘟嘟的很可愛。

▶ 割れていた腹筋がぽっちゃりとしたおなかに変わってしまった。
六塊肌變成圓滾滾的大肚腩了。

□ 坊ちゃん育ち。
嬌生慣養。

▶ 彼は坊ちゃん育ちで、身にはなに一つ技能をつけていない。
他是含著金湯匙長大的，毫無一技之長。

ほ
ほこる～ぼっちゃん

Check 1 必考單字	高低重音	詞性、類義詞與對義詞

2443 ☐☐☐
歩道
ほ どう
▸ ほどう ▸
名 人行道
類 道路 馬路
どう ろ

2444 ☐☐☐
解く
ほど
▸ ほどく ▸
他五 解開（繩結等）；拆解（縫的東西）
類 解かす 梳頭髮
と

2445 ☐☐☐
仏
ほとけ
▸ ほとけ ▸
名 佛，佛像；（佛一般）溫厚，仁慈
的人；死者，亡魂
類 神仏 神與佛
しんぶつ

2446 ☐☐☐
炎
ほのお
▸ ほのお ▸
名 火焰，火苗
類 烈火 烈火
れっ か

2447 ☐☐☐
略・粗
ほぼ ほぼ
▸ ほぼ ▸
副 大約，大致，大概
類 だいたい 大概

2448 ☐☐☐ ◉ T2-62
微笑む
ほほ え
▸ ほほえむ ▸
自五 微笑，含笑；（花）微開，乍開
類 スマイル 微笑

2449 ☐☐☐
堀
ほり
▸ ほり ▸
名 溝渠，壕溝；護城河
類 水道 航道
すいどう

2450 ☐☐☐
彫り
ほ
▸ ほり ▸
名 雕刻
類 入れ墨 刺青
い ずみ

2451 ☐☐☐
彫る
ほ
▸ ほる ▸
他五 雕刻；紋身
類 刻む 雕刻
きざ

2452 ☐☐☐
掘る
ほ
▸ ほる ▸
他五 掘，挖，刨；挖出，掘出
類 開ける 打開
あ

2453 ☐☐☐
襤褸
ぼ ろ
▸ ぼろ ▸
名 破布，破爛衣服；破爛的狀態；破
綻，缺點
類 雑巾 抹布
ぞうきん

□ 歩道を歩く。
走人行道。

▶ 歩道と車道が縁石で分離されている。
以路緣石隔開人行道和車道。

□ 結び目を解く。
把結扣解開。

▶ 素敵な箱のリボンを解いて開けてみると、ネックレスが入っていた。
我將精美盒子上的緞帶解下並且掲開盒蓋，只見裡面躺著一條項錬。

□ 仏に祈る。
向佛祈禱。

▶ 極楽浄土というのは限りなく美しく、仏の慈悲に満ちた、至上の世界であろう。
所謂的極樂淨土，想必是一個瑰麗絕美、法喜充滿、至高無上的世界。

□ 炎に包まれる。
被火焰包圍。

▶ 山火事で、懐かしいふるさとの風景は炎の海となった。
森林大火使得令人思念的故郷風景淪為一片火海。

□ 仕事がほぼ完成した。
工作大略完成了。

▶ 来週提出の卒業論文をほぼ書き終えて、ほっとした。
下星期要繳交的畢業論文差不多都寫完了，可以鬆一口氣了。

□ にっこりと微笑む。
嫣然一笑。

▶ 娘を保育園に迎えにいくと、微笑んで駆け寄ってきた。
去托兒所接女兒時，滿臉笑容的她朝自己撲了過來。

□ 堀で囲む。
以城壕圍著。

▶ 農民のために川と川をつなぐ堀を掘ろうとした。
我試圖為農民挖掘一條連接河流的渠道。

□ 彫りの深い顔立ち。
五官深邃。

▶ その俳優は彫りの深い顔をしている。
那位演員有著一張輪廓深邃的臉。

□ 像を彫る。
刻雕像。

▶ 石に会社の創設者の名前を彫って、記念碑を建てた。
在石板刻上創立者的大名並樹起了紀念碑。

□ 穴を掘る。
挖洞。

▶ 子ども達が畑の土を掘ると宝物を掘り当てたように「あった！じゃがいもがあった」と大興奮でした。
小朋友們在田裡忙著挖土，忽然間像是挖到寶藏似地興奮大叫：「挖到啦！挖到馬鈴薯啦！」

□ ぼろが出る。
露出破綻。

▶ 道端で寝っ転がっている人がいて、襤褸を身にまとっていた。
道路旁邊躺著一個衣衫襤褸的人。

ほ｜ほどう～ぼろ

461

Check 1 必考單字	高低重音	詞性、類義詞與對義詞

2454 ☐☐☐
ぼん
盆 ▸ ぼ<u>ん</u> ▸
名·漢造 拖盤，盆子；中元節略語
類 盂蘭盆 日本秋季舉行的祭祖法事

2455 ☐☐☐
ぼん ち
盆地 ▸ ぼ<u>んち</u> ▸
名 (地)盆地
類 湿地 濕地

2456 ☐☐☐
ほん と
本当 ▸ ほ<u>ん</u>と ▸
名·形動 真實，真心；實在，的確；真正；本來，正常
類 真実 真實

2457 ☐☐☐
ほんばこ
本箱 ▸ <u>ほ</u>んばこ ▸
名 書箱
類 本棚 書架

2458 ☐☐☐
ほん ぶ
本部 ▸ <u>ほ</u>んぶ ▸
名 本部，總部
類 本署 (警察、消防)總署

2459 ☐☐☐
ほんもの
本物 ▸ <u>ほ</u>んもの ▸
名 真貨，真的東西
類 真正 真正

2460 ☐☐☐
ぼんやり ▸ ぼ<u>んやり</u> ▸
名·副·自サ 模糊，不清楚；迷糊，傻楞楞；心不在焉；笨蛋，呆子
類 うかつ 粗心大意

2461 ☐☐☐
ほんらい
本来 ▸ <u>ほ</u>んらい ▸
名 本來，天生，原本；按道理，本應
類 元来 本來

2462 ☐☐☐
ま
間 ▸ <u>ま</u> ▸
名·接尾 間隔，空隙；間歇，機會，時機；(音樂)節拍間歇；房間；(數量)間
類 期間 期間

2463 ☐☐☐
まあ ▸ <u>ま</u>あ ▸
名 (安撫、勸阻)暫且先，一會；躊躇貌；還算，勉強；制止貌；(女性表示驚訝)哎喲，哎呀
類 とりあえず 首先

2464 ☐☐☐
マーケット ▸ <u>マ</u>ーケット ▸
副·感 商場，市場；(商品)銷售地區
類 売り場 專櫃

□ 盆が来る。
盂蘭盆會要到來。

► 毎年夏には盆踊り大会があり、浴衣を着て出かける。
毎年夏天都會舉行盂蘭盆舞大會，當天我會穿上簡易和服出門參加。

□ 山の間が盆地になっている。
山中間形成盆地。

► 京都は盆地になっているので、冷気が盆地の底に溜まります。それゆえ、大変寒いのです。
由於京都是盆地，冷空氣會下沉到盆底，使得氣溫特別寒冷。

□ ほんとに悪いと思う。
實在是感到很抱歉。

► 君はあの時、私に本当のことを言ってくれたらよかったのに。
假如你當時能夠對我說出實話就好了。

□ 本箱がもういっぱいだ。
書箱已滿了。

► 自分の本はすべて本箱に入れる。
自己的書每本都要收到書櫥裡。

□ 本部の指令に従う。
遵照總部的指令。

► 特別捜査本部が立ち上がる。
警界啟動了特別調查指揮部。

□ 本物と偽物とを見分ける。
辨別真貨假貨。

► トップアーティストからも絶賛されるほど彼の才能は本物だ。
他擁有貨真價實的才華，連藝術大師都對他讚譽有加。

□ ぼんやりと見える。
模糊的看見。

► その朝は霧が深くて向こう側の家が「ぼんやり」見えるだけだった。
那天早上的霧氣太濃了，只能望見對面房屋「朦朦朧朧」的剪影而已。

□ 本来の使命を忘れた。
忘了本來的使命。

► 自分の本来の「人を幸せにする」という目的を見失うことなく、とにかく行動し続けようと思います。
我日後的行為準則，仍舊會繼續秉持「把幸福帶給大家」的初心。

□ 間に合う。
趕得上。

► 現在は新しい製品の開発のため、休む間もないほど忙しい。
現在為了研發新產品而忙得連休息的時間都沒有。

□ まあ、かわいそうに。
哎呀！多麼可憐。

► 焦る気持ちはわかるが、まあもう少し考えたほうがよい。
我明白你焦急的心情，不過呢，最好再多想一下。

□ マーケットを開拓する。
開闢市場。

► 全世界にマーケットを広げるオンライン旅行会社の戦略を立てる。
網路旅行社正在制訂將行銷市場拓展至全世界的戰略。

ま｜ぼん～マーケット

463

Check 1　必考單字	高低重音	詞性、類義詞與對義詞
2465 ☐☐☐ **まあまあ**	▸ まあまあ ▸	名（催促、撫慰）得了，好了好了，哎哎；（表示程度中等）還算，還過得去；（女性表示驚訝）哎唷，哎呀 類 まずまず 還算可以
2466 ☐☐☐ まい　ご **迷子**	▸ まいご ▸	名 迷路的孩子，走失的孩子 類 迷宮^{めいきゅう} 迷宮
2467 ☐☐☐　◉T2-63 まいすう **枚数**	▸ まいすう ▸	名（紙、衣、版等薄物）張數，件數 類 部数^{ぶすう} 冊數
2468 ☐☐☐ まい　ど **毎度**	▸ まいど ▸	名 曾經，常常，屢次；每次 類 始終^{しじゅう} 總是
2469 ☐☐☐ まい **参る**	▸ まいる ▸	自五・他五（敬）去，來；參拜（神佛）；認輸；受不了，吃不消；（俗）死；（文）（從前婦女寫信，在收件人的名字右下方寫的敬語）鈞啟；（古）獻上；吃，喝；做　類 向かう^む 前往
2470 ☐☐☐ ま **舞う**	▸ まう ▸	自五 飛舞；舞蹈 類 浮く^う 漂浮
2471 ☐☐☐ まえがみ **前髪**	▸ まえがみ ▸	名 瀏海 類 後ろ髪^{うしがみ} 腦後的頭髮
2472 ☐☐☐ まかな **賄う**	▸ まかなう ▸	他五 供給飯食；供給，供應；維持 類 供給する^{きょうきゅう} 供應
2473 ☐☐☐ ま　　　かど **曲がり角**	▸ まがりかど ▸	名 街角；轉折點 類 三叉路^{さんさろ} 三岔路口
2474 ☐☐☐ ま **蒔く**	▸ まく ▸	他五 播種；（在漆器上）畫泥金畫 類 植える^う 栽種
2475 ☐☐☐ まく **幕**	▸ まく ▸	名・漢造 幕，布幕；（戲劇）幕；場合，場面；營幕 類 序幕^{じょまく} 開端

□ まあまあそう言うなよ。 好啦好啦!別再說氣話了!	こちらのコーヒーはコーヒー豆の香りがしてまあまあおいしかったです。 這支咖啡嚐起來有咖啡豆的香氣,還算好喝。
□ 迷子になる。 迷路。	遊園地では待ち時間は長いし、子どもは迷子になってしまったし、さんざんでした。 上次在遊樂園不只等待的時間長,又不小心和孩子走散,簡直糟糕透頂了。
□ 枚数を数える。 數張數。	注文したはがきの枚数が足りなくなったら、追加注文をご利用ください。 如果訂購的明信片數量不夠,您可以另行追加。
□ 毎度ありがとうございます。 屢蒙關照,萬分感謝。	毎度、同じことを言うが、この会社は凄いスピードで、変わっている。 我每回都是同一句評語:這家公司以驚人的速度持續蛻變中。
□ お墓に参る。 去墓地參拜。	これから山田様のお宅までお迎えに参ります。 山田先生,我們現在就到府上接您。
□ 雪が舞う。 雪花飛舞。	公園の銀杏の落ち葉が風に舞う光景は、とてもきれいだ。 公園裡銀杏樹的落葉隨風翩舞的情景,真是如詩如畫。
□ 前髪を切る。 剪瀏海。	おしゃれなのかもしれないけど、その前髪、うっとうしくないの? 這種髮型或許比較時尚,可是那麼長的瀏海,不覺得煩人嗎?
□ 食事を賄う。 供餐。	マンションの外壁の修繕費を、住人の毎月の積立金で賄う。 大廈外牆的修繕費將由住戶每月繳交的管理費支付。
□ 曲がり角で別れる。 在街角道別。	階段を降りて最初の曲がり角を左に曲がると正面がマンションの受付になります。 走下樓梯,在第一個交叉口左轉,正前方就是公寓的櫃檯。
□ 種を蒔く。 播種。	土佐文旦の種を蒔いたら、2メートル以上の大きな樹になってました。 播下了土佐文旦的種子之後,長成了超過兩公尺的大樹。
□ 幕を開ける。 揭幕。	労使の交渉は話し合いが妥結し、やっと幕になった。 勞資雙方談判於各退一步後達成協議,終於落幕了。

ま
まあまあ～まく

465

Check 1 必考單字	高低重音	詞性、類義詞與對義詞
2476 □□□ まごまご	ま ご ま ご	名・自サ 不知如何是好，惶張失措，手忙腳亂；閒蕩，遊蕩，懶散 類 うろうろ 驚慌失措
2477 □□□ ま さつ 摩擦	ま さつ	名・自他サ 摩擦；不和睦，意見紛歧，不合 類 紛争 紛争
2478 □□□ まさに	ま さに	副 真的，的確，確實 類 しかと 確實地
2479 □□□ まし	ま し	名・形動 增，增加；勝過，強 類 増える 増加
2480 □□□ ま し かく 真四角	ま し かく	名 正方形（或唸：ま し かく） 類 菱形 菱形
2481 □□□ ま 増す	ま す	自五・他五（數量）增加，增長，增多；（程度）增進，增高；勝過，變的更甚 類 加える 増加
2482 □□□ マスク	マ スク	名 面罩，假面；防護面具；口罩；防毒面具；面相，面貌 類 アイマスク 眼罩
2483 □□□ まず 貧しい	ま ず し い	形（生活）貧窮的，窮困的；（經驗、才能的）貧乏，淺薄 類 乏しい 貧窮
2484 □□□ また 跨ぐ	ま た ぐ	他五 跨立，叉開腿站立；跨過，跨越 類 越える 越過
2485 □□□ T2-64 まちあいしつ 待合室	ま ち あ い し つ	名 候車室，候診室，等候室 類 控え室 等候休息室
2486 □□□ ま あ 待ち合わせる	ま ち あ わ せ る	自他下一（事先約定的時間、地點）等候，會面，碰頭 類 会わせる 引見

□ 出口が分からずま ごまごしている。 找不到出口，不知如何 是好。	道がわからなくてまごまごしていた。 迷了路，不知如何是好。
□ 摩擦が起こる。 產生分歧。	A国による強気の交渉戦術は深刻な貿易摩擦を引き起こした。 A國強勢的交涉戰術引發了嚴重的貿易摩擦。
□ まさに君の言った 通りだ。 您說得一點都沒錯。	まさに君の言うとおり、僕が尊敬してる数少ない政治家の一人が彼女だ。 正如你所說，她是我敬重的少數政治家之一。
□ 一割増になる。 增加一成。	この旅館では、土曜日の宿泊料は平日の２割ましになる。 這家旅館星期六的住宿費比平日貴兩成。
□ 真四角の机が置い てある。 放著正方形桌子。	私は真四角な顔です。 我有一張四方的國字臉。
□ 不安が増す。 更為不安。	昨夜からの歯の痛みが増してきたので、とうとう歯医者に行った。 昨晚開始的牙痛愈來愈嚴重，不得不去看牙醫了。
□ マスクを掛ける。 戴口罩。	マスクをつける生活が長くなっていますから、メイクは手を抜きがちだ。 戴口罩的日子一久，連化妝都懶了。
□ 貧しい家に生まれ た。 生於貧窮人家。	彼は貧しい家に生まれたが、働きながら大学を卒業した。 他出身貧困，日後勤工儉學，從大學畢業了。
□ 敷居をまたぐ。 跨過門檻。	台風で倒れた大木をまたいで、急いで学校へ行った。 一腳跨過被颱風吹倒的大樹，趕著上學了。
□ 駅の待合室で待つ。 在候車室等候。	毎月外来の待合室には通所リハビリをご利用の方が作られた作品を飾っております。 每個月的門診候診室都會掛上使用日間照顧服務的高齡者的作品。
□ 駅で４時に待ち合 わせる。 4點在車站見面。	友だちと、１時に駅の改札で待ち合わせることにした。 和朋友約好了一點在車站的票閘口碰面。

ま｜まごまご 〜 まちあわせる

467

Check 1 必考單字	高低重音	詞性、類義詞與對義詞

2487 □□□
まちかど
街角
▸ ま̲ちかど ▸
图街角，街口，拐角
類 死角 死角
しかく

2488 □□□
まつ
松
▸ ま̲つ ▸
图松樹，松木；新年裝飾正門的松枝，裝飾松枝的期間
類 竹 竹
たけ

2489 □□□
ま か
真っ赤
▸ ま̲っか ▸
名·形鮮紅；完全
類 丹紅 鮮紅色
たんこう

2490 □□□
ま さき
真っ先
▸ ま̲っさ̲き ▸
图最前面，首先，最先
類 まず 首先

2491 □□□
まつ
祭る
▸ ま̲つる ▸
他五祭祀，祭奠；供奉
類 奉祀する 供奉
ほうし

2492 □□□
まどぐち
窓口
▸ ま̲どぐ̲ち ▸
图（銀行，郵局，機關等）窗口；（與外界交涉的）管道，窗口
類 案内 導覽
あんない

2493 □□□
まな
学ぶ
▸ ま̲なぶ ▸
他五學習；掌握，體會
類 勉強する 用功學習
べんきょう

2494 □□□
ま ね
真似
▸ ま̲ね ▸
名·他サ·自サ模仿，裝，仿效；（愚蠢糊塗的）舉止，動作
類 模擬 模擬
もぎ

2495 □□□
まね
招く
▸ ま̲ねく̲ ▸
他五（搖手、點頭）招呼；招待，宴請；招聘，聘請；招惹，招致
類 呼ぶ 邀請
よ

2496 □□□
ま ふゆ
真冬
▸ ま̲ふゆ ▸
图隆冬，正冬天
類 厳冬 嚴冬
げんとう

2497 □□□
ママ
▸ ▽マ▽マ ▸
图（兒童對母親的愛稱）媽媽；（酒店的）老闆娘
類 母親 母親
はぎおや

□ 街角に佇む。
佇立於街角。
　▶ とある街角で、ぼくは彼女と別れた。
　在某個街角，我和她分手了。

□ 松を植える。
種植松樹。
　▶ あの松の枝にリスがいるよ。目を凝らしてよく見てごらん。
　那棵松樹的樹枝上有松鼠耶！快仔細瞧瞧！

□ 真っ赤になる。
變紅。
　▶ あそこにいる、真っ赤なセーターを着ている人は誰ですか。
　那邊那位身穿大紅毛衣的人是誰呢？

□ 真っ先に駆けつける。
最先趕到。
　▶ 彼は患者のことを真っ先に考える医者です。
　他是一個以病人為第一優先考量的醫生。

□ 先祖をまつる。
祭祀先祖。
　▶ 「七福神を祭っている寺社をすべて回ると、七つの福が授かり、七つの難を逃れる」といわれています。
　一般認為，「只要參拜完所有供奉七福神的寺院神社，七難即滅，七福即生」。

□ 3番の窓口へどうぞ。
請至3號窗口。
　▶ 詳しくは、お取引店の窓口にご相談ください。
　詳情請洽詢原開戶分行之承辦人員。

□ 日本語を学ぶ。
學日語。
　▶ 専門的に学ぶためには、基礎知識をまず学ぶのが大事だ。
　在學習專業知識之前，更重要的是先學習基礎知識。

□ まねがうまい。
模仿得很好。
　▶ 子どもは親の真似をして、できる事が増える。
　孩子會模仿父母，並學會做許多事情。

□ 災いを招く。
惹禍。
　▶ この本は、「福を招く」ということをテーマに「旧暦の知恵」をまとめました。
　本書彙整以「招福」為主題的「農民曆上的智慧」。

□ 真冬に冷水浴をして鍛える。
在嚴冬裡沖冷水澡鍛練心志。
　▶ 昨日は真冬並みの寒さ、今日は初夏の陽気、この極端な温度差はきつい。
　昨天寒冷得像隆冬，今天溫暖得像初夏，這種極端的溫差讓人難以適應。

□ スナックのママがきれいだ。
小酒館的老闆娘很漂亮。
　▶ スナックのママは接客業のプロです。
　酒吧的媽媽桑是待人接客的專家。

ま｜まちかど～ママ

469

Check 1 必考單字	高低重音	詞性、類義詞與對義詞
2498 □□□ まめ 豆	▶ まめ	名・接頭（總稱）豆；大豆；小的，小型；（手腳上磨出的）水泡 類 納豆 納豆
2499 □□□ ま な 間も無く	▶ まもなく	副 馬上，一會兒，不久 類 今に 不久
2500 □□□ マラソン	▶ マラソン	名 馬拉松長跑 類 ランニング 跑步
2501 □□□ まる 丸	▶ まる	名・接尾 圓形，球狀；句點；完全 類 円形 圓形
2502 □□□ まれ 稀	▶ まれ	形動 稀少，稀奇，希罕 類 めったに 很少（後接否定）
2503 □□□ まわ 回す	▶ まわす	他五・接尾 轉，轉動；（依次）傳遞；傳送；調職；各處活動奔走；想辦法；運用；投資；（前接某些動詞連用形）表示遍布四周　類 巻く 捲起
2504 □□□ ◎T2-65 まわ みち 回り道	▶ まわりみち	名 繞道，繞遠路 類 寄り道 繞遠路
2505 □□□ まんいち 万一	▶ まんいち	名・副 萬一 類 もしも 萬一
2506 □□□ まんいん 満員	▶ まんいん	名（規定的名額）額滿；（車、船等）擠滿乘客，滿座；（會場等）塞滿觀眾 類 満載 載滿
2507 □□□ まんてん 満点	▶ まんてん	名 滿分；最好，完美無缺，登峰造極 類 高点 高分
2508 □□□ ま まえ 真ん前	▶ まんまえ	名 正前方 類 真向かい 正對面

□ 豆を撒く。
撒豆子。

▶ 節分に、「鬼は外、福は内」と言いながら豆をまく習慣がある。
在立春的前一天有個習俗是邊撒黃豆邊喊著「鬼在外！福在內！」。

□ 間もなく試験が始まる。
快考試了。

▶ まもなく、日比野に到着します。日比野を出ますと、次は津島に停まります。
本列車即將抵達日比野。從日比野發車後，下一個停靠站是津馬。

□ マラソンに出る。
參加馬拉松大賽。

▶ 大阪マラソンのコースは見どころもあり、変化があって楽しいコースです。
大阪馬拉松路線沿途有很多景點，這條豐富多變的路線備受歡迎。

□ 丸を書く。
畫圈圈。

▶ 正しい答えに丸を付けてください。
請圈出正確答案。

□ 稀なでき事だ。
罕見的事。

▶ 父は忙しい人だが、まれに早く帰ってくることがある。
爸爸是個大忙人，偶爾才會早點回來。

□ 目を回す。
吃驚。

▶ 芸人が舞台の上で、何枚もの皿を回してみせている。
藝人在舞台上同時旋轉好幾枚盤子。

□ 回り道をしてくる。
繞道而來。

▶ 回り道をしたからこそ分かるノウハウはたくさんある。
許多訣竅都是經過多方試誤的經驗累積。

□ 万一に備える。
以備萬一。

▶ 家を新築した時、万一の場合に備え火災保険に入った。
新居落成後投保了火險，以防萬一。

□ 満員の電車が走る。
滿載乘客的電車在路上跑著。

▶ カプセルホテルが満員だったので諦めました。
因為膠囊旅館已客滿，只好放棄了。

□ 満点を取る。
取得滿分。

▶ 彼はさすがによく勉強しているだけあって、この前のテストは満点だった。
不愧是讀書勤勉的他，上次考試也順利考取了滿分。

□ 銀行は駅の真ん前にある。
車站正前方有銀行。

▶ 家の真ん前に立ってる松の木が台風で倒れた。
屋前的一棵松樹，被颱風吹倒了。

ま｜まめ ～ まんまえ

Check 1　必考單字	高低重音	詞性、類義詞與對義詞

2509 □□□
ま まる
真ん丸い
▶ まんまるい ▶
形 溜圓，圓滾滾
類 球形 球形

2510 □□□
み
身
▶ み ▶
名 身體；自身，自己；身分，處境；心，精神；肉；力量，能力
類 身体 身體

2511 □□□
み
実
▶ み ▶
名 （植物的）果實；（植物的）種子；成功，成果；內容，實質
類 種 種子

2512 □□□
み
未
▶ み ▶
漢造 未，沒；（地支的第8位）末
類 非 不對

2513 □□□
み あ
見上げる
▶ みあげる ▶
他下一 仰視，仰望；欽佩，尊敬，景仰
類 仰ぐ 仰

2514 □□□
み おく
見送る
▶ みおくる ▶
他五 目送；送別；（把人）送到（某的地方）；觀望，擱置，暫緩考慮；送葬
類 送り出す 送行

2515 □□□
み お
見下ろす
▶ みおろす ▶
他五 俯視，往下看；輕視，藐視，看不起；視線從上往下移動
類 見晴らす 眺望

2516 □□□
み か
見掛け
▶ みかけ ▶
名 外貌，外觀，外表
類 見た目 外觀

2517 □□□
み かた
味方
▶ みかた ▶
名・自サ 我方，自己的這一方；夥伴
類 仲間 夥伴

2518 □□□
み かた
見方
▶ みかた ▶
名 看法，看的方法；見解，想法
類 意見 意見

2519 □□□
み かづき
三日月
▶ みかづき ▶
名 新月，月牙；新月形
類 満月 滿月

Check 2 必考詞組	Check 3 必考例句
□ 真ん丸い月が出る。 圓月出來了。	1歳になる妹は、真ん丸い顔をしていて、とてもかわいい。 剛滿一歲的妹妹有張圓嘟嘟的臉蛋，可愛極了。
□ 身に付く。 掌握要領。	知識を身につけて行動すれば未来は変えられる。 只要獲得知識並採取行動，未來一定可以改變。
□ 実がなる。 結果。	柿の実がなる。 柿子結果。
□ 未知の世界が広がっている。 未知的世界展現在眼前。	未開発の土地を切り開いて、ゴルフ場を作る計画がある。 目前有項計畫是將未開發的土地整地之後建造高爾夫球場。
□ 空を見上げる。 仰望天空。	よく晴れた日に夜空を見上げると、夏の星座をたくさん見ることができます。 若是在萬里無雲的日子仰望夜空，可以看到非常多夏季星座。
□ 友達を見送る。 送朋友。	父の定年退職を祝って海外旅行に出かける両親を、空港で見送ることにした。 他在機場給為慶祝父親退休而出國旅遊的雙親送行了。
□ 下を見下ろす。 往下看。	展望台から町を見下ろすと、ビルや町並みが霞んで見えた。 從觀景台俯視城鎮，隱約望見了樓房和街景的模樣。
□ 人は見掛けによらない。 人不可貌相。	あの小さなお嬢ちゃんにそんな特技があるとは人は見掛けによらないものだなあ。 沒想到那個小姑娘居然有如此厲害的技藝，真是人不可貌相呀！
□ 味方に引き込む。 拉入自己一夥。	正義の味方、ウルトラマン参上！怪獣よ、かかってこい！ 正義使者──鹹蛋超人駕到！你們這些怪獸，儘管放馬過來！
□ 見方が違う。 看法不同。	自分の見方や考え方を変え、自分らしく心地よく生きよう。 改變自己的觀點和思維，自由自在地活出真我吧！
□ 三日月のパンが可愛い。 月牙形的麵包很可愛。	今夜は三日月がとても近くて綺麗だった。 今晚的一彎新月宛如近在眼前，很有閉月羞花之美。

み
まんまるい〜みかづき

473

Check 1 必考單字	高低重音	詞性、類義詞與對義詞

2520 □□□
みぎがわ
右側 ▶ み̄ぎがわ ▶ 名 右側，右方
類 右方 右側

2521 □□□
み ごと
見事 ▶ み̄ごと ▶ 形動 漂亮，好看；卓越，出色，巧妙；整個，完全
類 優秀 優秀

2522 □□□
みさき
岬 ▶ み̄さき ▶ 名（地）海角，岬
類 崎 岬角

2523 □□□ ⊙ T2-66
みじ
惨め ▶ み̄じめ ▶ 形動 悽慘，慘痛
類 絶望 絶望

2524 □□□
みずか
自ら ▶ み̄ずから ▶ 代・名・副 我；自己，自身；親身，親自
類 自身 自行

2525 □□□
みず ぎ
水着 ▶ み̄ずぎ ▶ 名 泳裝
類 ビキニ 比基尼

2526 □□□
みせ や
店屋 ▶ み̄せや ▶ 名 店鋪，商店
類 商店 商店

2527 □□□
み ぜん
未然 ▶ み̄ぜん ▶ 名 尚未發生
類 事前 事前

2528 □□□
みぞ
溝 ▶ み̄ぞ ▶ 名 水溝；（拉門門框上的）溝槽，切口；（感情的）隔閡
類 溝渠 溝渠

2529 □□□
みたい ▶ み̄たい ▶ 助動・形動型（表示和其他事物相像）像…一樣；（表示具體的例子）像…這樣；表示推斷或委婉的斷定
類 らしい 好像（推斷）

2530 □□□
み だ
見出し ▶ み̄だし ▶ 名（報紙等的）標題；目錄，索引；選拔，拔擢；（字典的）詞目，條目
類 題目 標題

□ 右側に郵便局が見える。 右手邊能看到郵局。	▶ ソウル地下鉄、来月から右側通行になった。 首爾地下鐵下個月起將靠右行駛。
□ 見事に成功する。 成功得漂亮。	▶ A選手の見事な逆転ホームランで、チームは決勝戦に進んだ。 A球員揮出一支漂亮的再見全壘打，帶領球隊進入決賽。
□ 岬には燈台がある。 海角上有燈塔。	▶ 岬には灯台があり、視野が開けてとにかく美しい。 海角有座燈塔，視野開闊，風光絕美。
□ 惨めな生活を送る。 過著悲慘的生活。	▶ 夢があるので、貧乏な暮らしでも惨めだとは思わない。 我有夢想，所以即使過著窮日子也不覺得悲慘。
□ 自らを省みる。 反省自己。	▶ 当社で使用する食材は、店主が自らの目で品質を確かめた「こだわりのもの」です。 本公司使用的食材都是經由老闆親自精選品質保證的「特級產品」。
□ 水着に着替える。 換上泳裝。	▶ 水着に着替えて思いっきり海を楽しもう。 換上泳裝，盡情享受大海吧！
□ 店屋が並ぶ。 商店林立。	▶ 帰り道にはお店屋さんがたくさんあるので、お買い物が楽しいです。 回程的路上有很多家店，可以享受購物的樂趣。
□ 未然に防ぐ。 防患未然。	▶ いじめを未然に防ぐための人間関係づくりを学びましょう。 我們一起學習如何建立人際關係以預防霸凌的發生。
□ 溝をさらう。 疏通溝渠。	▶ 最近親友との間に溝ができていて、今もケンカ気味です。 最近和好友產生了隔閡，現在也還沒和好。
□ 子どもみたい。 像小孩般。	▶ 台所からいい匂いがする。魚を焼いているみたいだ。 一股好香的味道從廚房飄來，聞起來像是在烤魚。
□ 見出しを読む。 讀標題。	▶ 前回の講義を参考に、人の目を引く見出しやレイアウトを考えていきました。 參考上次上課的內容，我想了些吸睛的標題和版型。

み／みぎがわ～みだし

Check 1 必考單字	高低重音	詞性、類義詞與對義詞

2531 □□□
みちじゅん
道順
▶ みちじゅん ▶
名 順路，路線；步驟，程序
類 経路 路線

2532 □□□
み
満ちる
▶ みちる ▶
自上一 充滿；月盈，月圓；（期限）滿，
到期；潮漲
類 満たす 充満

2533 □□□
みつ
蜜
▶ みつ ▶
名 蜜；花蜜；蜂蜜
類 黒砂糖 黒糖

2534 □□□
み　　　　な
見っとも無い
▶ みっともない ▶
形 難看的，不像樣的，不體面的，不
成體統；醜
類 醜い 難看的

2535 □□□
み　つ
見詰める
▶ みつめる ▶
他下一 凝視，注視，盯著
類 注目する 注目

2536 □□□
みと
認める
▶ みとめる ▶
他下一 看出，看到；認識，賞識，器
重；承認；斷定，認為；許可，同意
類 見立てる 診斷

2537 □□□
み　なお
見直す
▶ みなおす ▶
自他五 （見）起色，（病情）轉好；重看，
重新看；重新評估，重新認識
類 蒸し返す 舊事重提

2538 □□□
み　な
見慣れる
▶ みなれる ▶
自下一 看慣，眼熟，熟識
類 慣らす 使習慣

2539 □□□
みにく
醜い
▶ みにくい ▶
形 難看的，醜的；醜陋，醜惡
類 嫌らしい 令人討厭的

2540 □□□
み　　つ
身に付く
▶ みにつく ▶
慣 學到手，掌握
類 体で覚える 親身體會與學習

2541 □□□
み　　つ
身に付ける
▶ みにつける ▶
慣 （知識、技術等）學到，掌握到
類 頭に入れる 記住

□ 道順を聞く。
問路。

▶ これは場所や道順を調べるアプリとして多くの人に利用されている。
很多人都在使用這款手機應用程式找地點或是查路線。

□ 月が満ちる。
滿月。

▶ 潮が満ちていると、ここに両側から波が押し寄せるらしい。
聽說這地方在漲潮的時候，左右兩岸同時都有浪潮湧來。

□ 花の蜜を吸う。
吸花蜜。

▶ おじいちゃんは山桜の花の蜜を採集して、販売している。
爺爺採賣野櫻花蜜。

□ みっともない服装をしている。
穿著難看的服裝。

▶ 人の荷物を盗るなんてみっともないことをするな。
別做那種偷別人東西的丟臉事！

□ 顔を見詰める。
凝視對方的臉孔。

▶ 母は、私が嘘をつくと、厳しい目で私の顔を見詰める。
每當我說謊，媽媽總會以嚴峻的目光直視我的臉。

□ 彼の犯行と認める。
確認他的犯罪行為。

▶ 彼はミスしたのは自分であったことを認めて、素直に謝った。
他承認犯錯的人是自己，坦率地道了歉。

□ 答案を見直す。
把答案再檢查一次。

▶ 映画を見て、世界が平和であることの尊さを見直した。
從電影中再度領略到世界和平的珍貴。

□ 景色が見慣れる。
看慣景色。

▶ 明日は卒業式。この見慣れた教室とも今日でお別れだ。
明天就是畢業典禮，今天將要告別這間熟悉的教室了。

□ 醜いアヒルの子が生まれた。
生出醜小鴨。

▶ 事故のせいで顔が醜くなった夫は「君はまだ若いから別れよう」と言った。
因意外事故導致毀容的丈夫對我說：「妳還年輕，我們離婚吧。」

□ 技術が身に付く。
學技術。

▶ 1年間日本人家庭で生活したら、日本の習慣が身に付いた。
在日本人的家庭裡住上一年，已經熟悉日本的習俗了。

□ 一芸を身に付ける。
學得一技之長。

▶ 外国語を身に付ければ、将来きっと何かの役に立つだろう。
若能學會外語，總有一天可以派上用場吧。

み／みちじゅん～みにつける

Check 1 必考單字	高低重音	詞性、類義詞與對義詞
2542 □□□ ◎T2-67 みの 実る	み のる	自五（植物）成熟，結果；取得成績，獲得成果，結果實 類 成熟する 成熟 せいじゅく
2543 □□□ み ぶん 身分	み ぶん	名 身分，社會地位；（諷刺）生活狀況，境遇 類 身元 身分 みもと
2544 □□□ み ほん 見本	み ほん	名 樣品，貨樣；榜樣，典型 類 手本 範本 てほん
2545 □□□ み ま 見舞い	み まい	名 探望，慰問；蒙受，挨（打），遭受（不幸） 類 訪問 拜訪 ほうもん
2546 □□□ み ま 見舞う	み まう	他五 訪問，看望；問候，探望；遭受，蒙受（災害等）（或唸：みまう） 類 伺う 拜訪 うかが
2547 □□□ み まん 未満	み まん	接尾 未滿，不足 類 以内 以內 いない
2548 □□□ み やげ 土産	み やげ	名（贈送他人的）禮品，禮物；（出門帶回的）土產 類 特産 當地特產 とくさん
2549 □□□ みやこ 都	み やこ	名 京城，首都；大都市，繁華的都市 類 府県（日本行政區）府和縣 ふけん
2550 □□□ みょう 妙	みょ う	名・形動・漢造 奇怪的，異常的，不可思議；格外，分外；妙處，奧妙；巧妙 類 不自然 不自然 ふしぜん
2551 □□□ み りょく 魅力	み りょく	名 魅力，吸引力 類 引力 吸引力 いんりょく
2552 □□□ みんよう 民謡	み んよう	名 民謠，民歌 類 島唄 日本奄美群島的民謠 しまうた

□ 柿が実る。
結柿子。

▶ 日本では、秋に稲が実って新米を食べることができる。
在日本，人們能吃到秋天結穗的新米。

□ 身分が高い。
地位高。

▶ ここは身分の高い人だけが座れる。
只有高身分地位的人才能坐在這裡。

□ 見本を提供する。
提供樣品。

▶ 素直な子に育ってほしければ、お父さんとお母さんが見本を見せてあげてくださいね。
若是希望培育出直率的孩子，爸爸和媽媽就得成為兒女的榜樣喔！

□ 見舞いにいく。
去探望。

▶ おばあちゃんが孫の怪我を心配してお見舞いにやって来た。
奶奶擔心孫子的傷勢而來探望了。

□ 病人を見舞う。
探望病人。

▶ 交通事故で入院した伯父を見舞うと、とても喜んでくれた。
去探望因車禍住院治療的伯父，他非常高興。

□ 二十歳未満の少年がいる。
有未滿 20 歲的少年。

▶ 台湾では、18 歳未満の人は煙草や酒を飲んではいけないそうだ。
聽說在台灣，未滿18歲者禁止喝酒吸菸。

□ お土産をもらう。
收到禮品。

▶ 台湾のお土産にきれいな刺繍の靴をもらった。
收到了別人從台灣帶回的繡花鞋伴手禮。

□ ウィーンは音楽の都だ。
維也納是音樂之都。

▶ 水の都ベネチアと音楽の都ウィーンを 6 日間、楽しみました。
我們在 6 天之內暢遊了水都威尼斯以及音樂之都維也納。

□ 妙な話が書いてある。
寫著不可思議的事。

▶ 家の近くにコンビニがあるのに、わざわざ遠くのローソンに牛乳を買いに行くなんて、妙だな。
明明家附近就有便利店，卻偏要去很遠的LAWSON買牛奶，真讓人納悶。

□ 魅力がある。
有魅力。

▶ 春夏秋冬で様々な魅力がある新潟県の上越市はご存知ですか。
您知道那個春夏秋冬各有風情的新潟縣上越市嗎？

□ 民謡を歌う。
唱民謠。

▶ 日本民謡を楽しみました。
欣賞日本民謠。

み｜みのる～みんよう

Check 1 必考單字	高低重音	詞性、類義詞與對義詞
2553 □□□ む 無	▸ む	名・接頭・漢造 無，沒有，徒勞，白費； 無…，不…；欠缺，無 類 没 沒有
2554 □□□ む 向かう	▸ むかう	自五 向著，朝著；面向；往…去， 向…去；趨向，轉向 類 向ける 朝向
2555 □□□ む 向き	▸ むき	名 方向；適合，合乎；認真，慎重其 事；傾向，趨向；（該方面的）人，人 們 類 方向 方針
2556 □□□ む 向け	▸ むけ	造語 向，對 類 向く 傾向
2557 □□□ む げん 無限	▸ むげん	名・形動 無限，無止境 類 無窮 無限
2558 □□□ む こう がわ 向こう側	▸ むこうがわ	名 對面；對方 類 行く先 目的地
2559 □□□ む し 無視	▸ むし	名・他サ 忽視，無視，不顧 類 拒否 拒絕
2560 □□□ むし ば 虫歯	▸ むしば	名 齲齒，蛀牙 類 歯周病 牙周病
2561 □□□ ⊙T2-68 む じゅん 矛盾	▸ むじゅん	名・自サ 矛盾 類 食い違う 有分歧
2562 □□□ む 寧ろ	▸ むしろ	副 與其說…倒不如，寧可，莫如，索 性 類 いっそ 倒不如
2563 □□□ む りょう 無料	▸ むりょう	名 免費；無須報酬 類 ただ 免費 對 有料 收費

□ 無から有を生ずる。
無中生有。

▶ これまでの努力を無にしないために、もう少し頑張ってみよう。
為了不讓過去這段時間的努力付諸流水，我們再加把勁吧！

□ 鏡に向かう。
對著鏡子。

▶ 向かって左側が崖になっているので、注意してください。
面對前方的左邊是山崖，請務必小心。

□ 向きが変わる。
轉變方向。

▶ いい映画だが、残酷な場面があるので子ども向けではない。
這雖是一部好電影，可是片中出現殘酷的場面，因此兒童不宜。

□ 子ども向けの番組が減った。
以小孩為對象的節目減少了。

▶ 最近、コンビニでは、シニア向けの食べ物が多く売られている。
近來，超商販賣許多適合銀髮族的餐飲。

□ 無限の空間がある。
有無限的空間。

▶ 無限に広がる宇宙に関心を持ち、天体の研究をすることにした。
對無垠的宇宙產生興趣，於是投身天文研究。

□ 川の向こう側にいる。
在河川的另一側。

▶ 明日は船で川の向こう側に渡ろう。
明天我們就乘船過河到對岸吧！

□ 事実を無視する。
忽視事實。

▶ 彼は、何度も注意や指導や警告を受けているのに悉く無視した。
儘管他收到多次提醒、訓誡和警告，卻一概置若罔聞。

□ 虫歯が痛む。
蛀牙疼。

▶ 痛みがないのをいいことに虫歯を放置していたら、ある日突然激痛に襲われた。
我仗著蛀牙不痛就沒事而置之不理，不料某一天突然感到劇烈的疼痛。

□ 矛盾が起こる。
產生矛盾。

▶ 考えと気持ちが矛盾していて苦しい。
想法和感受背道而馳，真叫人痛苦不堪。

□ あの人は作家というよりむしろ評論家だ。
那個人與其說是作家不如說是評論家。

▶ 私はいつも金よりもむしろ経験を求めているのだ。
我一向著重於累積經驗而不是積攢金錢。

□ 無料で提供する。
免費提供。

▶ 1万円以上購入すると送料が無料となります。
購買商品超過一萬圓即享免運。

む｜む～むりょう

Check 1 必考單字	高低重音	詞性、類義詞與對義詞

2564 ☐☐☐
む
群れ ▶ むれ ▶ 名 群，伙，幫；伙伴
類 集団 集團

2565 ☐☐☐
め
芽 ▶ め ▶ 名 (植)芽
類 苗 幼苗

2566 ☐☐☐
めいかく
明確 ▶ めいかく ▶ 名・形動 明確，準確
類 確実 確實

2567 ☐☐☐
めいさく
名作 ▶ めいさく ▶ 名 名作，傑作
類 代表作 代表作

2568 ☐☐☐
めいし
名詞 ▶ めいし ▶ 名 (語法)名詞
類 用言 動詞、形容詞、形容動詞的
總稱

2569 ☐☐☐
めいしょ
名所 ▶ めいしょ ▶ 名 名勝地，古蹟
類 穴場 秘境

2570 ☐☐☐
めい　めい
命じる・命ずる ▶ めいじる・
めいずる ▶ 他上一・他サ 命令，吩咐；任命，委派；命名
類 言いつける 吩咐

2571 ☐☐☐
めいしん
迷信 ▶ めいしん ▶ 名 迷信
類 怪談 鬼怪故事

2572 ☐☐☐
めいじん
名人 ▶ めいじん ▶ 名 名人，名家，大師，專家
類 大物 大人物

2573 ☐☐☐
メーター ▶ メーター ▶ 名 米，公尺；儀表，測量器
類 計量器 計量的工具

2574 ☐☐☐
めいぶつ
名物 ▶ めいぶつ ▶ 名 名產，特產；(因形動奇特而)有名的人
類 土産 當地特產

□ 群れになる。
結成群。

▶ これは、野生のシカの群れだ。その数およそ 20 頭。
這是一群野鹿。數量約有20頭。

□ 芽が出る。
發芽。

▶ 親が教育熱心なあまり、子どもの芽を摘んでしまうこ
ともある。
有些時候，虎媽狼爸反而會揠苗助長。

□ 明確に答える。
明確回答。

▶ 事件に関して記者が質問すると、警察は明確な回答を
した。
當記者詢問案件的相關細節，警方給了明確的答覆。

□ 不朽の名作だ。
不朽的名作。

▶ この講座では古今の名作を毎回 1 作ずつ取り上げてい
る。
這門課每堂都會選一篇古今的名著來進行講解。

□ 名詞は変化が無い。
名詞沒有變化。

▶ 誰もみな、年をとれば固有名詞が出てこないという現
象が起こる。
不管是誰，只要上了年紀多少都會有一時想不起某些專有名詞的現象。

□ 名所を見物する。
參觀名勝。

▶ ここは紅葉の名所として知られていて、渓谷に流れる
川沿いに色づいたもみじがとても良く映えている。
這地方是著名的紅葉名勝，轉紅的楓葉在溪谷河水流淌的岸邊顯
得燦爛奪目。

□ 局長を命じられる。
被任命為局長。

▶ 海外出張を命じられてから時間がなかったら、このビジ
ネスの場面で頻繁に活用するフレーズを覚えておこう。
如果臨時奉派出國工作，請記住這些在商務場合中常會用到的慣用句。

□ 迷信を信じる。
相信迷信。

▶ 日本には茶柱が立つといいことがあるという迷信があ
る。
在日本，有著「茶梗立起就會帶來好運」這樣的迷信。

□ 料理の名人が手が
ける。
料理專家親自烹煮。

▶ この講座では人脈づくりの名人が成功のカギを教えて
くれます。
這個課程會教我們關於人脈鏈結大師傳授的成功金鑰。

□ 水道のメーターが
回っている。
自來水錶運轉著。

▶ 毎月ガスのメーターをチェックしている。
我每月檢查瓦斯表。

□ 青森名物のリンゴ
を買う。
買青森名產的蘋果。

▶ タクシーの運転手さんから「この蜜饅頭はここの名物
だよ」と薦められた。
計程車司機先生向我推薦：「這種蜂蜜豆沙包是這地方的名產
喔！」

め｜むれ～めいぶつ

483

Check 1 必考單字	高低重音	詞性、類義詞與對義詞
2575 ☐☐☐ めいめい **銘々**	▶ めいめい	▶ 名・副 各自，每個人 類 別々 各別
2576 ☐☐☐ めぐ **恵まれる**	▶ めぐまれる	▶ 自下一 得天獨厚，被賦予，受益，受到恩惠 類 享受する 享有
2577 ☐☐☐ めぐ **巡る**	▶ めぐる	▶ 自五 循環，轉回，旋轉；巡遊；環繞，圍繞 類 囲む 包圍
2578 ☐☐☐ め ざ **目指す**	▶ めざす	▶ 他五 指向，以…為努力目標，瞄準 類 狙い撃つ 瞄準射擊
2579 ☐☐☐ ⊙T2-69 め ざ **目覚まし**	▶ めざまし	▶ 名 叫醒，喚醒；小孩睡醒後的點心；醒後為打起精神吃東西；鬧鐘 類 置き時計 座鐘
2580 ☐☐☐ め ざ ど けい **目覚まし時計**	▶ めざましどけい	▶ 名 鬧鐘 類 掛け時計 掛鐘
2581 ☐☐☐ めし **飯**	▶ めし	▶ 名 米飯；吃飯，用餐；生活，生計 類 食事 用餐
2582 ☐☐☐ め した **目下**	▶ めした	▶ 名 部下，下屬，晚輩 類 後進 晚輩
2583 ☐☐☐ め じるし **目印**	▶ めじるし	▶ 名 目標，標記，記號 類 記号 符號
2584 ☐☐☐ め だ **目立つ**	▶ めだつ	▶ 自五 顯眼，引人注目，明顯 類 映える 光彩奪目
2585 ☐☐☐ **めちゃくちゃ**	▶ めちゃくちゃ	▶ 名・形動 亂七八糟，胡亂，荒謬絕倫 類 ごちゃごちゃ 亂七八糟

□ 銘々（めいめい）に部屋（へや）がある。
每人都有各自的房間。

▶ 明日（あした）の昼食（ちゅうしょく）は、銘々（めいめい）で弁当（べんとう）やお茶（ちゃ）を用意（ようい）してください。
明天午餐請各自準備便當和茶水。

□ 恵（めぐ）まれた生活（せいかつ）をする。
過著富裕的生活。

▶ 動物園（どうぶつえん）の桜（さくら）は散（ち）ってしまったものの、晴天（せいてん）に恵（めぐ）まれて多（おお）くの家族（かぞく）連（づ）れでにぎわってました。
動物園的櫻花雖已凋謝，仍然擠滿了許多攜家帶眷的遊客趁著好天氣入園參觀。

□ 湖（みずうみ）を巡（めぐ）る。
沿湖巡行。

▶ 友（とも）だちと1週間（しゅうかん）かけて京都（きょうと）と奈良（なら）のお寺（てら）を巡（めぐ）る旅（たび）をした。
我和朋友用了一個星期到京都和奈良做了一趟寺院巡禮。

□ 優勝（ゆうしょう）を目指（めざ）す。
以優勝為目標。

▶ コーチの指導（しどう）のもと、悲願（ひがん）の初優勝（はつゆうしょう）を目指（めざ）して大会（たいかい）に挑（いど）みます。
我們在教練的指導之下挑戰這次的比賽，立誓一定要贏得首場勝利。

□ 目覚（めざ）ましをセットする。
設定鬧鐘。

▶ 今朝（けさ）は目覚（めざ）ましをかけ忘（わす）れて寝坊（ねぼう）しました。
今天早上因為忘記設鬧鐘，就睡過頭了。

□ 目覚（めざ）まし時計（どけい）を掛（か）ける。
設定鬧鐘。

▶ 僕（ぼく）はいつも目覚（めざ）まし時計（どけい）をセットした時刻（じこく）よりも早（はや）く起（お）きる。
我一向比鬧鐘設定的時間還要早醒來。

□ 飯（めし）を炊（た）く。
煮飯。

▶ この唐辛子（とうがらし）みそで飯（めし）が何杯（なんばい）でも食（た）べられる。
配上這個辣椒味噌醬，幾碗白飯都吃得下。

□ 目下（めした）の者（もの）を可愛（かわい）がる。
愛護晚輩。

▶ 彼（かれ）は目下（めした）の者（もの）の意見（いけん）を聞（き）こうとしない。
他不會詢問下屬的意見。

□ 目印（めじるし）をつける。
留記號。

▶ 釣（つ）った魚（さかな）を目印（めじるし）を付（つ）けて放流（ほうりゅう）しました。
把釣到的魚做上記號後放了。

□ ニキビが目立（めだ）ってきた。
痘痘越來越多了。

▶ 彼女（かのじょ）はいつも大（おお）きく上品（じょうひん）な帽子（ぼうし）を被（かぶ）っていて、とても目立（めだ）つ。
她向來戴著優雅的大帽子，格外引人矚目。

□ めちゃくちゃなことを言（い）う。
胡說八道。

▶ 人生（じんせい）をめちゃくちゃにされたら、思（おも）い切（き）って環境（かんきょう）を変（か）えてみよう。
如果覺得人生一團糟，不妨下定決心換個環境吧！

Check 1 必考單字	高低重音	詞性、類義詞與對義詞
2586 □□□ **めっきり**	▶ めっきり ▶	副 變化明顯，顯著的，突然，劇烈 類 どんどん 接二連三
2587 □□□ めった **滅多に**	▶ めったに ▶	副（後接否定語）不常，很少 類 まれに 鮮少
2588 □□□ め で た **目出度い**	▶ めでたい ▶	形 可喜可賀，喜慶的；順利，幸運， 圓滿；頭腦簡單，傻氣；表恭喜慶祝 えんぎ 類 縁起がいい 吉利
2589 □□□ め まい め まい **目眩・眩暈**	▶ めまい ▶	名 頭暈眼花 ふなよ 類 船酔い 暈船
2590 □□□ **メモ**	▶ メモ ▶	名・他サ 筆記；備忘錄，便條；紀錄 類 ノート 筆記
2591 □□□ め やす **目安**	▶ めやす ▶	名（大致的）目標，大致的推測，基 準；標示 て ほん 類 手本 範本
2592 □□□ めん **面**	▶ めん ▶	名・接尾・漢造 臉，面；面具，假面；防 護面具；用以計算平面的東西；會面 がいめん 類 外面 表面
2593 □□□ めんきょしょう **免許証**	▶ めんきょしょう ▶	名（政府機關）批准；許可證，執照 そつぎょうしょうしょ 類 卒業証書 畢業證書
2594 □□□ めんぜい **免税**	▶ めんぜい ▶	名・他サ・自サ 免税 げんめん 類 減免 減免
2595 □□□ めんせき **面積**	▶ めんせき ▶	名 面積 はんい 類 範囲 範圍
2596 □□□ めんどうくさ **面倒臭い**	▶ めんどうくさい ▶	形 非常麻煩，極其費事的 類 やっかい 麻煩

□ めっきり寒くなる。
明顯地變冷。
▶ この頃めっきり寒くなってきたので、冬用の衣料を買った。
這陣子明顯變冷，於是買了冬季的衣服。

□ めったに怒らない。
很少生氣。
▶ 最近はライン、メールや電話で連絡し合い、めったに手紙を書かない。
近來大家都用LINE、簡訊或電話聯絡，很少寫信了。

□ めでたく入学する。
順利地入學。
▶ 日本人は、昔からめでたいときにはお赤飯を炊いて食べる習慣がある。
日本人從很久以前就有當家有喜事時炊煮食用紅豆飯的習俗。

□ めまいを感じる。
感到頭暈。
▶ めまいがしたら、治まるまでそのままの大勢で止まってください。
如果感到頭暈，請保持原姿勢直到暈眩症狀緩解為止。

□ メモに書く。
寫在便條上。
▶ カンニング用のメモを一生懸命作るくらいなら勉強しなさい。
有那個閒工夫拚命做小抄，不如給我努力唸書！

□ 目安を立てる。
確定標準。
▶ 日本語の小説を読むときは、1日20ページを目安にしている。
我若是閱讀日文小說，原則上每天讀20頁。

□ 面をかぶる。
戴上面具。
▶ 彼は勉強だけでなく、音楽や舞踊の面でも優れている。
他不但課業成績好，在音樂和舞蹈方面也同樣傑出。

□ 運転免許証を見せてください。
駕照讓我看一下。
▶ 母は運転免許証を持っているが、運転はしない。
母親雖有駕照，但不開車。

□ 空港の免税店で買い物する。
在機場免稅店購物。
▶ この店の全ての商品は免税になっている。
這家店的所有商品都是免稅的。

□ 面積を測る。
測量面積。
▶ 環境省のデータから、都道府県別の自然公園の面積をランキングしました。
依據環境省的資料，將各都道府縣的自然公園面積做了排名。

□ 面倒くさい問題を排除する。
排除棘手的問題。
▶ 食事を作るのが面倒臭かったので、コンビニで弁当を買ってきた。
我懶得做飯，於是到便利商店買了便當。

め｜めっきり～めんどうくさい

Check 1 必考單字	高低重音	詞性、類義詞與對義詞

2597 ☐☐☐ ◎ T2-70
メンバー ▶ メンバー ▶
- 名 成員，一份子；（體育）隊員
- 類 一員 一份子

2598 ☐☐☐
儲かる（もう） ▶ もうかる ▶
- 自五 賺到，得利；賺得到便宜，撿便宜
- 類 売れる 暢銷

2599 ☐☐☐
儲ける（もう） ▶ もうける ▶
- 他下一 賺錢，得利；（轉）撿便宜，賺到
- 類 潤う（うるお） 經濟變得寬裕

2600 ☐☐☐
設ける（もう） ▶ もうける ▶
- 他下一 預備，準備；設立，制定；生，得（子女）
- 類 備わる（そな） 具備

2601 ☐☐☐
申し訳（もう わけ） ▶ もうしわけ ▶
- 名・他サ 申辯，辯解；道歉；敷衍塞責，有名無實
- 類 言い分（い ぶん） 意見

2602 ☐☐☐
モーター ▶ モーター ▶
- 名 發動機；電動機；馬達
- 類 エンジン 引擎

2603 ☐☐☐
木材（もくざい） ▶ もくざい ▶
- 名 木材，木料
- 類 流木（りゅうぼく） 漂流木

2604 ☐☐☐
目次（もく じ） ▶ もくじ ▶
- 名 （書籍）目錄，目次；（條目、項目）目次
- 類 書目（しょもく） 圖書的目錄

2605 ☐☐☐
目標（もくひょう） ▶ もくひょう ▶
- 名 目標，指標
- 類 目的（もくてき） 目的

2606 ☐☐☐
潜る（もぐ） ▶ もぐる ▶
- 自五 潛入（水中）；鑽進，藏入，躲入；潛伏活動，違法從事活動
- 類 忍ぶ（しの） 偷偷地

2607 ☐☐☐
文字（も じ） ▶ もじ ▶
- 名 字跡，文字，漢字；文章，學問
- 類 用字（ようじ） 用字

□ メンバーを揃える。
湊齊成員。

ディスカッションの班のメンバーは、くじ引きで決めます。
討論小組的成員由抽籤決定。

□ 1万円儲かった。
賺了一萬日圓。

このラーメン屋はいつもお客でいっぱいで、儲かっている。
這家拉麵店總是高朋滿座，想必日進斗金。

□ 一割儲ける。
賺一成。

彼はユーチューブでかなり儲けて、庭付きの一軒家を買った。
他靠著YouTube頻道賺到不少錢，還買下有院子的獨棟樓房。

□ 席を設ける。
準備酒宴。

カウンターを中心にして、テーブル席を設けた店内のレイアウトはすばらしかった。
餐廳內部以櫃檯為中心的桌席配置方式真是太高明了！

□ 申し訳が立たない。
沒辦法辯解。

この度はご迷惑をおかけし、誠に申し訳ございません。
造成諸多不便，至感抱歉。

□ モーターを動かす。
開動電動機。

とうとうモーターがいかれたのか、動かなくなっちゃったよ。
馬達無法啟動，終於壽終正寢了。

□ 建築用の木材を事前にカットする。
事先裁切建築用木材。

この収納ボックスは100%天然木材で作られています。
這個收納箱是用百分之百純天然的木材製成的。

□ 目次を作る。
編目次。

あいうえお順の目次から探す。
從50音順排序的目錄來查找。

□ 目標とする。
作為目標。

政府は2030年までにCO2を26%減らすという目標を掲げているが、楽観的ではない。
儘管政府訂定了在2030年之前將二氧化碳排放量減少26%的目標，然而實際進度並不樂觀。

□ 水中に潜る。
潛入水中。

定年になってから、海に潜って魚を見たり、取ったりするのが趣味になった。
退休以後，我培養的新嗜好是潛入海裡看魚和抓魚。

□ 文字を書く。
寫字。

単語の後ろに小さな文字で注釈を付ける。
在單字後面加上小小的文字註解。

も｜メンバー〜もじ

489

Check 1 必考單字	高低重音	詞性、類義詞與對義詞
2608 □□□ もしも	もしも	副（強調）如果，萬一，倘若 類 万一 萬一
2609 □□□ 凭れる・靠れる	もたれる	自下一 依靠，憑靠；消化不良 類 寄る 倚靠
2610 □□□ モダン	モダン	名・形動 現代的，流行的，時髦的 類 今風 時興
2611 □□□ 餅	もち	名 年糕 類 桜餅 櫻餅
2612 □□□ 持ち上げる	もちあげる	他下一（用手）舉起，抬起；阿諛奉承， 吹捧；抬頭 類 抱き上げる 抱起來
2613 □□□ 用いる	もちいる	自五 使用；採用，採納；任用，錄用 類 使う 使用
2614 □□□ 以って	もって	連語・接續（…をもって形式，格助詞用 法）以，用，拿；因為；根據；（時間 或數量）到；（加強を的語感）把；而 且；因此；對此 類 よって 藉由
2615 □□□ 最も	もっとも	副 最，頂 類 大いに 非常
2616 □□□ ⊙T2-71 尤も	もっとも	連語・接續 合理，正當，理所當有的； 話雖如此，不過 類 なるほど 的確
2617 □□□ モデル	モデル	名 模型；榜樣，典型，模範；（文學 作品中）典型人物，原型；模特兒（或 唸：モデル） 類 タレント 表演者
2618 □□□ 元・旧・故	もと	名・接尾 原，從前；原來 類 源 起源

□ もしものことが 　あっても安心だ。 　有意外之事也安心。 ▶	もしも地震が起きて、グラッときたら電気の安全チェックをしましょう。 萬一發生地震，在察覺到搖晃時請執行用電安全檢查！
□ ドアに凭れる。 　靠在門上。 ▶	歩き疲れた彼は、公園のベンチにもたれて、体を休めていた。 走累了的他靠坐在公園的長椅上休息了一陣子。
□ モダンな服装で現れる。 　穿著時髦的服裝出現。 ▶	母は珍しくモダンな服を着て、ミュージカルを観に行った。 媽媽難得穿上時髦的衣服，出門欣賞音樂劇了。
□ 餅をつく。 　搗年糕。 ▶	餅を食べて新年の無病息災を願う。 吃麻糬以祈求新的一年能無病無災。
□ 荷物を持ち上げる。 　舉起行李。 ▶	宅配便の業者の人は、重い荷物を持ち上げて車に積んだ。 宅配員扛起沉重的貨物搬上車。
□ 意見を用いる。 　採納意見。 ▶	「私の好きな言葉」を、ハガキに毛筆で墨を用いて書いてください。 請持毛筆蘸墨，在明信片上寫下「我最喜歡的一句話」。
□ 身をもって経験する。 　親身經驗。 ▶	採用か不採用かは、1週間後書面をもって通知いたします。 錄取與否，將於一星期後以書面通知。
□ 世界で最も高い山。 　世界最高的山。	京都市街で最も高い建物である「京都タワー」は、町の様々な場所から見ることができます。 從京都市區的許多景點都能遠眺該市最高的建築物「京都塔」。
□ もっともな意見を言う。 　提出合理的意見。 ▶	朝が忙しいのはもっともだが、朝食はきちんと食べるべきだ。 早晨儘管忙碌，不過，還是該吃頓營養的早餐。
□ モデルにする。 　作為原型。	横手市が「キャッシュレス決済モデル地区」に選ばれました。 横手市獲選為「非現金支付示範區」。
□ うわさの元をただす。 　追究流言的起源。 ▶	引っ越したのに、郵便物が元の住所に届けられてしまった。 都已經搬家了，郵件還是被送到原先的住處。

も

もしも～もと

Check 1 必考單字	高低重音	詞性、類義詞與對義詞
2619 □□□ もと　もと 元・基	▶ もと	名 起源，本源；基礎，根源；原料； 原因；本店；出身；成本（或唸：もと） 類 基礎 基礎
2620 □□□ もど 戻す	▶ もどす	自五・他五 退還，歸還；送回，退回； 使倒退；（經）市場價格急遽回升 類 返る 歸還
2621 □□□ もと 基づく	▶ もとづく	自五 根據，按照；由…而來，因為， 起因 類 拠る 根據
2622 □□□ もと 求める	▶ もとめる	他下一 想要，渴望，需要；謀求，探 求；征求，要求；購買 類 望む 期望
2623 □□□ もともと	▶ もともと	名・副 與原來一樣，不增不減；從來， 本來，根本 類 前から 從以前
2624 □□□ もの 者	▶ もの	名（特定情況之下的）人，者 類 人物 人物
2625 □□□ ものおき 物置	▶ ものおき	名 庫房，倉房 類 収納スペース 收納空間
2626 □□□ ものおと 物音	▶ ものおと	名 響聲，響動，聲音 類 人の気配 人的氣息
2627 □□□ ものがたり 物語	▶ ものがたり	名 談話，事件；傳說；故事，傳奇； （平安時代後散文式的文學作品）物語 類 話 傳聞
2628 □□□ ものがた 物語る	▶ ものがたる	他五 談，講述；說明，表明 類 話す 說，講
2629 □□□ ものごと 物事	▶ ものごと	名 事情，事物；一切事情，凡事 類 事 事情

□ 元首相が出席する。
前首相將出席。
▶ 「農は国の基なり」と彼は主張した。
他主張：「農業是國家的基石」。

□ 本を戻す。
歸還書。
▶ 米国の図書館では、取った本は自分の手で棚に戻してはいけないとされていた。
美國的圖書館規定，凡是從書架上拿取的書，閱讀完畢後皆不可自行放回原位。

□ 規則に基づく。
根據規則。
▶ 教育は平等の原則に基づいて行わなければならない。
從事教育應遵循平等的原則。

□ 協力を求める。
尋求協助。
▶ よりやりがいのある仕事を求めて転職した。
為尋求更有價值的工作而轉職了。

□ 彼は元々親切な人だ。
他原本就是熱心的人。
▶ 彼はもともと大学院に行きたかったので、就職する気はなかった。
他本來就打算進研究所就讀，並沒有就職的意願。

□ 家の者が車で迎えに来る。
家裡人會開車來接我。
▶ ここは柔道を志す者にとっては神聖な場所だ。
這裡對投身柔道運動者而言是神聖的場所。

□ 物置に入れる。
放入倉庫。
▶ 冬には雪が降る地域に住んでいるので、自転車を物置に入れておいた。
我住在一個冬季會被白雪覆蓋的地方，所以已事先將腳踏車放進倉庫收好了。

□ 物音がする。
發出聲響。
▶ 酷い飼い主なのだろう。その犬は始終おどおどして小さな物音にも驚いて跳び上がる。
想必飼主沒有善待牠吧。那隻狗總是畏畏縮縮的，連一點小小的聲響也會把牠嚇得跳起來。

□ 物語を語る。
說故事。
▶ その物語が自分の人生に酷似していると知り、読み進むうちにその物語にハマっていった。
那則故事的劇情發展像極了我的人生，因此讀著讀著，很快的我便欲罷不能的喜歡上了。

□ 経験を物語る。
談經驗。
▶ 彼の痩せた顔と体は、病気が重かったことを物語っている。
他消瘦的臉龐和身軀訴說著病情的嚴重。

□ 物事が分かる。
懂事。
▶ 「そうして」はものごとを列挙したり、付け加えたりするのに用いる。
「然後」用於列舉多項事物或補充說明時。

も
もと～ものごと

や行

2630 □□□ もの さ **物差し**	▶ ものさし	▶ 名 尺；尺度，基準 類 尺 尺
2631 □□□ ものすご **物凄い**	▶ ものすごい	▶ 形 可怕的，恐怖的，令人恐懼的；猛烈的，驚人的 類 すさまじい 驚人的
2632 □□□ **モノレール**	▶ モノレール	▶ 名 單軌電車，單軌鐵路 類 ロープウェイ 纜車
2633 □□□ も み じ **紅葉**	▶ もみじ	▶ 名 紅葉；楓樹 類 青葉 嫩葉
2634 □□□ ◎ T2-72 も **揉む**	▶ もむ	▶ 他五 搓，揉；捏，按摩；（很多人）互相推擠；爭辯；（被動式型態）錘鍊，受磨練 類 マッサージ（massage）按摩
2635 □□□ もも **桃**	▶ もも	▶ 名 桃子 類 水蜜桃 水蜜桃
2636 □□□ も よう **模様**	▶ もよう	▶ 名 花紋，圖案；情形，狀況；徵兆，趨勢 類 図柄 圖樣
2637 □□□ もよお **催し**	▶ もよおし	▶ 名 舉辦，主辦；集會，文化娛樂活動；預兆，兆頭 類 イベント 活動
2638 □□□ も **盛る**	▶ もる	▶ 他五 盛滿，裝滿；堆滿，堆高；配藥，下毒；刻劃，標刻度 類 重ねる 重疊地堆放
2639 □□□ もんどう **問答**	▶ もんどう	▶ 名・自サ 問答；商量，交談，爭論 類 返答 回話
2640 □□□ や **屋**	▶ や	▶ 接尾（前接名詞，表示經營某店家或從事某種工作的人）店，舖；（前接表示個性、特質）帶點輕蔑的稱呼；（寫作「舍」）表示堂號，房舍的雅號 類 店 店鋪

Check 2 必考詞組	**Check 3** 必考例句

□ 物差しにする。
作為尺度。
▶ 母親が羊羹を物差しで計ってから、等分に切って子どもに配った。
母親拿尺量了羊羹以後，才按人數平均分切給了孩子們。

□ ものすごく寒い。
冷得要命。
▶ 今日はものすごく暑い。戸外では必ず帽子をかぶろう。
今天特別熱，到戶外一定要戴上帽子。

□ モノレールが走る。
單軌電車行駛著。
▶ 舞浜駅からディズニーシーへモノレールで行く方法を教えてください。
請告訴我如何從舞濱站搭單軌電車去迪士尼海洋。

□ 紅葉を楽しむ。
觀賞紅葉。
▶ 今度の３連休で、京都の紅葉を見に行く予定だ。
這次的３天連假我計畫去京都賞楓。

□ 肩を揉む。
按摩肩膀。
▶ お父さんが「肩をもんでくれ」と言ったけど、聞こえないふりをした。
儘管爸爸喊我「過來按摩肩膀」，不過我裝做沒聽見。

□ 桃のおいしい季節がやってきた。
到了桃子的盛產期。
▶ この村は四季折々の自然が素晴らしいが、桃の花の季節は取り分け美しい。
這個村莊四季分明的自然風光如詩如畫，尤其桃花盛開的這個季節更是美不勝收。

□ 模様をつける。
描繪圖案。
▶ 公園内に散った桜の花びらの作り出した模様が見事だった。思わずシャッターを押した。
公園裡的櫻花遍地落英繽紛的景象太美了。我不假思索地按下相機快門。

□ 歓迎の催しを開く。
舉行歡迎派對。
▶ 学校では廃棄するチョークを使って中庭に「落書き」を楽しむ催しがあった。
學校舉辦了歡迎大家拿廢棄粉筆在中庭裡「隨意塗鴉」的活動。

□ ご飯を盛る。
盛飯。
▶ ザルに山のように盛ったじゃがいもは、とても安かった。
在竹筐裡堆得像座小山似的馬鈴薯，價錢非常便宜。

□ 人生について問答する。
談論人生的問題。
▶ お坊さん達が仏法について問答する。
僧侶們就佛教的問題進行問答。

□ ケーキ屋がある。
有蛋糕店。
▶ 母の日に、駅前の花屋でカーネーションの鉢植えを買った。
母親節那天，我在車站前的花店買了一盆康乃馨。

や行

2641 □□□ やがて	▸ や̄がて ▸	副 不久，馬上；幾乎，大約；歸根就底，亦即，就是 類 いずれ 改天
2642 □□□ やかま 喧しい	▸ や̄か̄ま̄し̄い ▸	形 （聲音）吵鬧的，喧擾的，囉唆的，嘮叨的；難以取悅；嚴格的，嚴厲的 類 騒がしい 吵雜的
2643 □□□ や かん 薬缶	▸ や̄かん ▸	名 （銅、鋁製的）壺，水壺 類 急須 小茶壺
2644 □□□ やく 役	▸ や̄く̄ ▸	名·漢造 職務，官職；責任，任務，（負責的）職位；角色；使用，作用 類 役柄 職務
2645 □□□ やく 約	▸ や̄く ▸	名·副·漢造 約定，商定；縮寫，略語；大約，大概；簡約，節約 類 ほぼ 大致上
2646 □□□ やく 訳	▸ や̄く ▸	名·他サ·漢造 譯，翻譯；漢字的訓讀（或唸：や̄く̄） 類 通訳 翻譯
2647 □□□ やくしゃ 役者	▸ や̄く̄しゃ ▸	名 演員；善於做戲的人，手段高明的人，人才 類 演者 演出者
2648 □□□ やくしょ 役所	▸ や̄く̄しょ̄ ▸	名 官署，政府機關 類 県庁 縣政府
2649 □□□ やくにん 役人	▸ や̄く̄にん ▸	名 官員，公務員 類 官僚 政府官員
2650 □□□ やくひん 薬品	▸ や̄く̄ひ̄ん ▸	名 藥品；化學試劑 類 薬物 藥物
2651 □□□ やく め 役目	▸ や̄く̄め̄ ▸	名 責任，任務，使命，職務 類 責任 責任

□ やがて夜になった。
不久天就黑了。

▶ 彼がオーストラリアに留学してから、やがて半年になる。
自從他去澳洲留學，轉眼半年已過。

□ 工事の音が喧しい。
施工噪音很吵雜。

▶ 駅前のマンションは便利だが、電車の音がやかましい。
位於車站前的公寓固然方便，但電車的聲音擾人清靜。

□ やかんで湯を沸かす。
用壺燒水。

▶ 電気ポットと、やかんで湯をわかすガス代、どちらが安くつきますか？
使用電熱水壺跟用茶壺燒水的瓦斯費，哪一個比較省錢呢？

□ 役に就く。
就職。

▶ 会社の創立30周年のパーティーで、司会の役をした。
我在公司創立30周年酒會上擔任了司儀一職。

□ 約10キロ走った。
跑了大約10公里。

▶ 乗用車から火が出ました。火は約30分後に消し止められました。
轎車裡面噴出了火舌。火勢大約在30分鐘以後被撲滅了。

□ 訳文を付ける。
加上譯文。

▶ 販路開拓のため、オリジナルPR動画に英語訳を付けてYouTubeにアップした。
為拓展銷售管道，將原創音樂錄影帶配上英文字幕後上傳到YouTube頻道了。

□ 役者が揃う。
人才聚集。

▶ 役者になるきっかけは困っている人たちを「笑顔」にさせられなかった自分の悔しさからです。
我成為演員的契機是因為自己曾經無法讓苦於煩憂的人們「展露笑容」而深覺懊悔。

□ 役所に勤める。
在政府機關工作。

▶ 役所に勤め、国家に貢献していきたい。
我想到公家機關任職，為國效力。

□ 役人になる。
成為公務員。

▶ 僕は今回はかっちりした、人間らしい人間の法務局の役人を演じた。
我這次飾演的是一位剛正不阿、富有同理心的司法局官員。

□ 化学薬品を取り扱っている。
管理化學藥品。

▶ これらの薬品を無断で持ち出すことは禁止されている。
這些藥品禁止擅自攜出。

□ 役目を果たす。
完成任務。

▶ 正しいことを伝えるのは大事だけど、正しいことを適切に言うのも医者の役目だと思う。
說實話固然重要，然而說實話時要斟酌用字亦是醫師的職責。

やがて～やくめ｜や

497

や行

Check 1 必考單字	高低重音	詞性、類義詞與對義詞
2652 ☐☐☐ ⊙T2-73 やくわり 役割	▶ やくわり	名 分配任務（的人）；（分配的）任務，角色，作用（或唸：やくわり） 類 役柄 職務
2653 ☐☐☐ やけど 火傷	▶ やけど	名・自サ 燙傷，燒傷；（轉）遭殃，吃虧 類 焼け跡 火燒過的廢墟
2654 ☐☐☐ やこう 夜行	▶ やこう	名・接頭 夜行；夜間列車；夜間活動 類 市電 市營電車
2655 ☐☐☐ やじるし 矢印	▶ やじるし	名（標示去向、方向的）箭頭，箭形符號 類 標識 標誌
2656 ☐☐☐ やたらに	▶ やたらに	形動・副 胡亂的，隨便的，任意的，馬虎的；過份，非常，大膽 類 むやみ 隨便
2657 ☐☐☐ やっかい 厄介	▶ やっかい	名・形動 麻煩，難為，難應付的；照料，照顧，幫助；寄食，寄宿（的人） 類 迷惑 麻煩
2658 ☐☐☐ やっきょく 薬局	▶ やっきょく	名（醫院的）藥局；藥鋪，藥店 類 医院 醫院
2659 ☐☐☐ やっ つ 遣っ付ける	▶ やっつける	他下一（俗）幹完（工作等，「やる」的強調表現）；教訓一頓；幹掉；打敗，擊敗 類 攻める 攻擊
2660 ☐☐☐ やど 宿	▶ やど	名 家，住處，房屋；旅館，旅店；下榻處，過夜 類 ホテル 飯店
2661 ☐☐☐ やと 雇う	▶ やとう	他五 雇用 類 雇用 雇用
2662 ☐☐☐ やぶ 破く	▶ やぶく	他五 撕破，弄破 類 破る 弄破

Check 2 必考詞組	**Check 3** 必考例句

□ 役割を決める。
決定角色。
▶
まず計画の概略をお話し、その後、それぞれの役割についてご説明します。
首先報告整體計畫的概況，之後再詳述個別成員負責的項目。

□ 手に火傷をする。
手燙傷。
▶
花火をするときはやけどなどをしないように十分注意してください。
放煙火時請當心千萬別燙傷了。

□ 夜行列車が出る。
夜間列車發車。
▶
最近の夜行バスは、座席がゆったりしていて快適である。
近年來的夜間巴士座位寬敞，十分舒適。

□ 矢印の方向に進む。
沿箭頭方向前進。
▶
矢印の方向に進んでいただきますと、駐輪場がございます。
只要依循箭頭指示的方向前進，即可抵達自行車停放處。

□ やたらに金を使う。
胡亂花錢。
▶
君のようにやたらに金を使うと今におやじさんは破産してしまうよ。
你要是再這樣亂花錢，你老爸很快就會破產囉。

□ 厄介な仕事が迫っている。
因麻煩的工作而入困境。
▶
今度の仕事は厄介だが、きっと私が成功させてみせる。
這次的工作雖然棘手，但我一定會順利完成讓大家瞧瞧！

□ 薬局に処方箋を出す。
在藥局開立了處方箋。
▶
薬局で医療品を買った場合のレシートは確定申告ができるので捨てないでください。
在藥房購買醫療用品的收據可做為納稅申報之用，請不要丟棄。

□ 一撃で遣っ付ける。
一拳就把對方擊敗了。
▶
逆転のホームランで、優勝候補のチームをやっつけるなんて誰も予想していなかった。
誰都想像不到，居然靠著一支逆轉全壘打擊敗了最具冠軍相的球隊。

□ 宿に泊まる。
住旅店。
▶
その宿は、川で釣れた魚と採れたての山菜で客をもてなす。
那家旅店用釣到的河魚和摘採的山菜來款待住客。

□ 船を雇う。
租船。
▶
このスーパーは、主婦などのパート社員を多く雇っている。
這家超市雇用許多主婦做為兼差員工。

□ 障子を破く。
把紙拉門弄破。
▶
障子を破くことが大好きな猫たちを飼っている。障子を破くパスパスという音が好きみたい。
我養了幾隻非常喜歡捅門紙的貓。牠們似乎很中意捅破門紙時發出的啪嘶啪嘶聲響。

くわり～やぶく｜や

Check 1　必考單字	高低重音	詞性、類義詞與對義詞
2663 □□□ や 病む	やむ	自他五 得病，患病；煩惱，憂慮 類 罹る 患病
2664 □□□ やむを得ない	やむをえない	形 不得已的，沒辦法的 類 しかたがない 沒辦法
2665 □□□ ゆいいつ 唯一	ゆいいつ	名 唯一，獨一 類 単一 單一
2666 □□□ ゆうえんち 遊園地	ゆうえんち	名 遊樂場 類 芸術村 藝術村
2667 □□□ ゆうこう 友好	ゆうこう	名 友好 類 親交 深交
2668 □□□ ゆうこう 有効	ゆうこう	形動 有效的 類 有用 有用的
2669 □□□ 🔊T2-74 ゆうじゅうふだん 優柔不断	ゆうじゅうふだん	名・形動 優柔寡斷 類 因循姑息 優柔寡斷
2670 □□□ ゆうしょう 優勝	ゆうしょう	名・自サ 優勝，取得冠軍 類 連覇 連續獲勝
2671 □□□ ゆうじょう 友情	ゆうじょう	名 友情 類 友愛 友誼
2672 □□□ ゆうしょく 夕食	ゆうしょく	名 晚餐 類 夕ご飯 晚餐
2673 □□□ ゆうだち 夕立	ゆうだち	名 雷陣雨 類 豪雨 豪雨

□ 肺を病む。
得了肺病。

▶ 良い歌ですね。これはある青年が胸を病んで18歳で亡くなった恋人のために作ったそうだ。
真是一首好歌呀。據說這是一個年輕人為了那位罹患胸疾而不幸於18歲早逝的戀人所寫的曲子。

□ やむをえない事情がある。
有不得已的情由。

▶ 台風が近づいているので、やむを得なく運動会を延期した。
由於颱風將近，不得已只好將運動會延期了。

□ 唯一無二の友がいた。
有獨一無二的朋友。

▶ 唯一のママ友が他の人と仲良くしていたりしたら気になるでしょう。
如果您在媽媽圈裡唯一的朋友跟別人很要好，想必心裡挺不是滋味的吧？

□ 遊園地で遊ぶ。
在遊樂園玩

▶ うちのママは遊園地に行ったら子どもよりもはしゃいでしまう。ほんとうに無邪気だ。
你也知道嘛，我老婆每次去遊樂園的時候總是玩得比小孩還瘋，超幼稚的！

□ 友好を深める。
加深友好關係。

▶ この間、官民ともに友好な関係が保たれたことに対して、感謝申し上げるところです。
我要感謝近來公共和私營部門都能保持友好關係。

□ 有効に使う。
有效地使用。

▶ このコーヒー半額クーポン券は、4月末まで有効である。
這張咖啡半價優惠券的有效日期到4月底。

□ 優柔不断な性格でも可愛い。
優柔寡斷的個性也很可愛。

▶ 姉は優柔不断で、どのケーキを買うか決められないでいる。
姊姊優柔寡斷，遲遲無法決定該買哪種蛋糕。

□ 優勝を狙う。
以冠軍為目標。

▶ 開会式で、昨年の優勝校が優勝旗を返還する。
去年獲獎的學校在開幕典禮上交還獎旗。

□ 友情を結ぶ。
結交朋友。

▶ 彼女の温かい友情を感じた。
我從她身上感受到友誼的溫暖、關懷。

□ 夕食はハンバーグだ。
晚餐吃漢堡排。

▶ 合宿中は、夕食後の自由時間以外、必ず班で行動すること。
集訓期間，除了晚餐後的自由活動時間以外，皆須以小組為單位集體行動。

□ 夕立が上がる。
驟雨停了。

▶ 激しい夕立が上がって雲が切れると、家の正面に山が姿を現した。
當午後滂陀的雷陣雨停歇，烏雲散去，屋子的正前方出現了山嶺的身影。

や
む
〜
ゆ
う
だ
ち
ゆ

や行

Check 1 必考單字	高低重音	詞性、類義詞與對義詞
2674 ☐☐☐ ゆうのう **有能**	▶ ゆうのう ▶	名・形動 有才能的，能幹的 類 いっざい 卓越的才能
2675 ☐☐☐ ゆう ひ **夕日**	▶ ゆうひ ▶	名 夕陽 類 しゃよう 斜陽 斜陽
2676 ☐☐☐ ゆうゆう **悠々**	▶ ゆうゆう ▶	副・形動 悠然，不慌不忙；綽綽有餘，充分；（時間）悠久，久遠；（空間）浩瀚無垠 類 のんびり 悠閒自在
2677 ☐☐☐ ゆうらんせん **遊覽船**	▶ ゆうらんせん ▶	名 渡輪 類 ゆ そうせん 輸送船 運輸船
2678 ☐☐☐ ゆうりょう **有料**	▶ ゆうりょう ▶	名 收費 類 しようりょう 使用料 使用費 對 む りょう 無料 免費
2679 ☐☐☐ ゆ かた **浴衣**	▶ ゆかた ▶	名 夏季穿的單衣，浴衣 類 ご ふく 呉服 和服衣料
2680 ☐☐☐ ゆく え **行方**	▶ ゆくえ ▶	名 去向，目的地；下落，行蹤；前途，將來 類 もくてきち 目的地 目的地
2681 ☐☐☐ ゆく え ふ めい **行方不明**	▶ ゆくえふめい ▶	名 下落不明 類 すがた 姿をくらます 下落不明
2682 ☐☐☐ ゆ げ **湯気**	▶ ゆげ ▶	名 蒸氣，熱氣；（蒸汽凝結的）水珠，水滴 類 すいじょう き 水蒸気 水蒸氣
2683 ☐☐☐ ゆ けつ **輸血**	▶ ゆけつ ▶	名・自サ（醫）輸血 類 し けつ 止血 止血
2684 ☐☐☐ ゆ そう **輸送**	▶ ゆそう ▶	名・他サ 輸送，傳送 類 うんぱん 運搬 運輸

□ 有能な部下に脅威を感じる。
對能幹的部屬頗感威脅。

▶ あの病院には有能な医師がいるので、受診してみよう。
那家醫院有高明的醫師，去那裏就診吧。

□ 夕日が沈む。
夕陽西下。

▶ この夕日が沈みかけている時間帯の風景が素敵だったので、ここに家を建てたんです。
夕陽漸漸西沉的這一小段時間，景色實在太美了。於是我把房子蓋在了這裡。

□ 悠々と歩く。
不慌不忙地走。

▶ 試験が近づいたのに彼は依然として悠々としている。羨ましい。
儘管考試迫在眉睫，他依然一派悠然自在。真讓人羨慕。

□ 遊覧船に乗る。
搭乘渡輪。

▶ 晴れた日は遊覧船に乗って景色を眺めるのも楽しそうですね。
在陽光普照的日子搭乘觀光船欣賞風景，想必十分愜意唷。

□ 有料駐車場が二つある。
有兩座收費停車場。

▶ チケットを自動改札ゲートに挿入して場内にお進みください。再入場は有料となりますよ。
請將票卡插入自動驗票閘門後進入會場。離場之後再度進入將收取費用喔。

□ 浴衣を着る。
穿浴衣。

▶ 鎌倉で浴衣を着てデートをしたい。
我想在鎌倉穿著浴衣約會。

□ 行方を探す。
搜尋行蹤。

▶ 地震の時から行方が分からなくなっている犬や猫達が心配だ。
我很擔心在地震之後下落不明的那些狗和貓。

□ 行方不明になる。
下落不明。

▶ 行方不明の男の子の捜索は深夜まで続いた。
對失蹤男童的搜尋工作持續到了深夜。

□ 湯気が立つ。
冒熱氣。

▶ やかんに入れた水を加熱したら、やかんの口から湯気が出てきた。
當我把裝在水壺裡的水加熱之後，從水壺的壺嘴裡冒出了蒸氣。

□ 輸血を受ける。
接受輸血。

▶ 私は未熟児で生まれ、生まれてすぐ輸血をしてもらったおかげで生きることができた。
我出生時是早產兒，所幸出生後立刻接受輸血才保住了性命。

□ 貨物を輸送する。
輸送貨物。

▶ 日本は6月に台湾に英アストラゼネカ製ワクチン124万回分を輸送した。
日本於6月向台灣運送了124萬劑英國阿斯利康疫苗。

ゆうのう～ゆそう｜ゆ

503

Check 1 必考單字	高低重音	詞性、類義詞與對義詞

2685 □□□
ゆ だん
油断
▸ ゆだん ▸
名・自サ 缺乏警惕，疏忽大意
類 粗雑 粗糙
そ ざつ

2686 □□□
ゆっくり
▸ ゆっくり ▸
副・自サ 慢慢地，不著急的，從容地；安適的，舒適的；充分的，充裕的
類 のろのろ 慢吞吞

2687 □□□ ◯T2-75
ゆったり
▸ ゆったり ▸
副・自サ 寬敞舒適
類 おおらか 豁達

2688 □□□
ゆる
緩い
▸ ゆるい ▸
形 鬆，不緊；徐緩，不陡；不嚴格；稀薄
類 粗い 粗，大
あら

2689 □□□
よ
夜
▸ よ ▸
名 夜，晚上，夜間
類 夜分 夜裡
や ぶん

2690 □□□
よ あ
夜明け
▸ よあけ ▸
名 拂曉，黎明
類 あけぼの 黎明

2691 □□□
よう
様
▸ よう ▸
名・形動 樣子，方式；風格；形狀
類 様子 樣子
よう す

2692 □□□
よ
酔う
▸ よう ▸
自五 醉，酒醉；暈（車、船）；（吃魚等）中毒；陶醉
類 晩酌する 晩上小酌
ばんしゃく

2693 □□□
よう い
容易
▸ ようい ▸
形動 容易，簡單
類 簡単 簡單
かんたん

2694 □□□
よう がん
溶岩
▸ ようがん ▸
名 (地)溶岩
類 岩漿 岩漿
がんしょう

2695 □□□
よう き
容器
▸ ようき ▸
名 容器
類 瀬戸物 陶、瓷器
せ ともの

□ 油断してしくじる。
因大意而失敗了。

▶ 向こうも必死だ。それ故一瞬の油断が命取りになる。
對方同樣抱定殊死的決心，因此哪怕是一瞬間的疏忽都可能成為致命傷。

□ ゆっくり歩く。
慢慢地走。

▶ 最新の研究で、よくかんでゆっくり食べると、消費カロリーが増えることが分かりました。
最新研究結果顯示，飲食時細嚼慢嚥，可以增加熱量的消耗。

□ ゆったりした服が着たくなる。
想穿寬鬆的服裝。

▶ 動きやすいから、ゆったりしたシャツが好きだ。
我喜歡寬鬆的襯衫，因為活動起來較為方便。

□ 緩いカーブ。
慢彎。

▶ 帽子のひもの結び方が緩かったので、風で飛んでしまった。
帽繩的結打得太鬆，風一吹就飛走了。

□ 夜が明ける。
天亮。

▶ 老人の身の上話に付き合ううちに、夜が明けてしまった。
陪著老人家聽他講述一生的經歷，不知不覺間一夜天明了。

□ 夜明けになる。
天亮。

▶ こんなコロナ禍の時だから、強い希望を持って前に進み、夜明けが来るまで待とう。
時值新冠疫情時代，更要懷抱堅定的信念向前邁進，等待黎明的到來。

□ 話し様が悪い。
說的方式不好。

▶ 大型スーパーの進出による、駅前の変わりようには驚くばかりだ。
隨著大型超市的進駐，車站前的新風貌令人嘖嘖稱奇。

□ 酒に酔う。
喝醉酒。

▶ 忘年会の季節になると、電車の中は酔った会社員が多くなる。
每逢辦尾牙的季節，電車裡就會多出不少醉醺醺的上班族。

□ 容易にできる。
容易完成。

▶ あなたにも容易にできる英語上達法をご紹介します。
為您介紹一些輕鬆提升英文程度的好方法。

□ 溶岩が流れる。
熔岩流動。

▶ 地元当局によると、火山から流れる溶岩が変化に富んだ海岸線を形作っているそうだ。
據當地機關的說明，這裡因火山熔岩而形成了變化多樣的海岸地形。

□ 容器に納める。
收進容器。

▶ できた液を平たい容器に流し入れ、冷蔵庫で冷やし固めます。
完成後的液體倒進平底容器，放到冰箱冷藏凝固。

ゆだん～ようき｜よ

Check 1 必考單字	高低重音	詞性、類義詞與對義詞
2696 □□□ ようき 陽気	▸ よ<u>うき</u> ▸	名・形動 季節，氣候；陽氣（萬物發育之氣）；爽朗，快活；熱鬧，活躍 類 朗らか 晴朗無雲的
2697 □□□ ようきゅう 要求	▸ よ<u>うきゅう</u>	名・他サ 要求，需求 類 要請 要求
2698 □□□ ようご 用語	▸ よ<u>うご</u> ▸	名 用語，措辭；術語，專業用語 類 慣用語 慣用語
2699 □□□ ようし 要旨	▸ <u>よう</u>し ▸	名 大意，要旨，要點 類 趣旨 宗旨
2700 □□□ ようじ 用事	▸ よ<u>うじ</u> ▸	名（應辦的）事情，工作 類 御用 應辦的事情
2701 □□□ ようじん 用心	▸ よ<u>うじん</u> ▸	名・自サ 注意，留神，警惕，小心 類 警戒 警戒
2702 □□□ ようす 様子	▸ よ<u>うす</u> ▸	名 情況，狀態；容貌，樣子；緣故；光景，徵兆 類 具合 狀態
2703 □□□ よう 要するに	▸ よ<u>うす</u>るに ▸	副・連 總而言之，總之 類 一言で言うと 一言以蔽之
2704 □□□ ようせき 容積	▸ <u>よう</u>せき ▸	名 容積，容量，體積 類 体積 體積
2705 □□□ ようそ 要素	▸ よ<u>うそ</u> ▸	名 要素，因素；（理、化）要素，因子 類 内容 内容
2706 □□□ ⊙T2-76 ようち 幼稚	▸ よ<u>うち</u> ▸	名・形動 年幼的；不成熟的，幼稚的 類 貧弱 貧乏

Check 2 必考詞組	**Check 3** 必考例句

□ 陽気になる。
變得爽朗快活。

ぽかぽか陽気のせいで、公園の桜は明日には満開になるだろう。
在暖呼呼的天氣助攻下，公園裡的櫻花應該明天就會盛開了。

□ 要求に応じる。
回應要求。

人質を取られており、犯人側の要求を受け入れざるを得ない。
人質遭到挾持，不得不接受犯人提出的要求。

□ ＩＴ用語を解説する。
解說資訊科技專門術語。

伝わらない医療用語に気をつけましょう。
請謹慎使用一般民眾難以理解的醫學術語。

□ 要旨をまとめる。
彙整重點。

この問題は一つ一つの要旨を簡潔に、かつ詳細にまとめる必要があります。
這個問題需要把各別重點逐一簡明而詳盡地歸納彙整。

□ 用事が済んだ。
事情辦完了。

どうしても断れない急な用事が入りまして、本日は臨時休業とさせていただきます。
小店因不可抗力之急事需立即處理，今日臨時公休一天。

□ 用心深い人だ。
非常謹慎自保的人。

みんなで火の用心を呼びかけ、火事が起きないようにしましょう。
大家一起呼籲千萬要注意用火，避免火災的發生。

□ 様子を窺う。
暗中觀察狀況。

完全燃焼したのだろう、引退会見の彼は晴れ晴れとした様子だった。
在退役記者會上他看起來心情十分寬暢，可以想見他的在職生涯已經竭盡全力，無怨無悔。

□ 要するにこの話は信用できない。
總而言之，此話不可信。

体重の増加は、要するにカロリーの取り過ぎによるものだ。
簡而言之，體重增加是熱量攝取過度所造成的結果。

□ 容積が小さい。
容量很小。

正方形の紙で、容積の大きい箱を作ってください。
請用正方形紙，做一個大容量的箱子。

□ 犯罪要素を構成する。
構成犯罪的要素。

一般に土地、資本、労働を生産の３要素という。
一般而言，生產的３要素為土地、資本跟勞動。

□ 幼稚な議論が続いている。
幼稚的爭論持續著。

そんなことで向きになるなんて、君も幼稚だな。
為了區區那種小事就發起脾氣，你還真幼稚啊！

ようき～ようち｜よ

や行

2707 ☐☐☐ よう ち えん **幼稚園**	▶ ようちえん ▶	图 幼稚園 ほ いくえん 類 保育園 幼兒園
2708 ☐☐☐ ようてん **要点**	▶ ようてん ▶	图 要點，要領 類 ポイント 要點
2709 ☐☐☐ よう と **用途**	▶ ようと ▶	图 用途，用處 り よう 類 利用 利用
2710 ☐☐☐ ようひんてん **洋品店**	▶ ようひんてん ▶	图 舶來品店，精品店，西裝店 ご ふく や 類 呉服屋 布莊
2711 ☐☐☐ ようぶん **養分**	▶ ようぶん ▶	图 養分 えいよう 類 栄養 營養
2712 ☐☐☐ ようもう **羊毛**	▶ ようもう ▶	图 羊毛 けい と 類 毛糸 毛線
2713 ☐☐☐ ようやく **要約**	▶ ようやく ▶	图·他サ 摘要，歸納 がいよう 類 概要 概要
2714 ☐☐☐ ようや **漸く**	▶ ようやく ▶	副 好不容易，勉勉強強，終於；漸漸 類 どうにか 總算
2715 ☐☐☐ ようりょう **要領**	▶ ようりょう ▶	图 要領，要點；訣竅，竅門 じゅうてん 類 重点 重點
2716 ☐☐☐ **ヨーロッパ**	▶ ヨーロッパ ▶	图 歐洲 類 アフリカ 非洲
2717 ☐☐☐ よ き **予期**	▶ よき ▶	图·自サ 預期，預料，料想 けんとう 類 見当 推測

□ 幼稚園に入る。
上幼稚園。
▶
幼稚園の先生になりたくて、短大で幼児教育を勉強している。
我很想當幼兒園的老師，正在短期大學裡學習幼兒教育。

□ 要点をつかむ。
抓住要點。
▶
わかりやすく説明するためには、要点を先に話すことがポイントだ。
淺顯易懂的解釋訣竅在，先列舉重點。

□ 用途が広い。
用途廣泛。
▶
ナイフの用途は広いが故に種類も多くなる。
刀子用途廣泛，因此種類也五花八門。

□ 洋品店を開く。
開精品店。
▶
デパートで制服を買うより近所の洋品店で買ったほうが半額くらいの値段で満足いく物が買えます。
在附近的舶來品服飾店買到的制服比百貨公司的售價幾乎便宜一半，我很滿意。

□ 養分を吸収する。
吸收養分。
▶
植物の根は土壌から水や養分を吸収する器官である。
植物的根是負責從土壤中吸收水和養分的器官。

□ 羊毛を刈る。
剪羊毛。
▶
この室内ブーツは羊毛100％の生地を贅沢に使っている。
這雙室內靴奢華地採用百分百的羊毛原料製成。

□ 論文を要約する。
做論文摘要。
▶
昨日話した内容を要約して、ご紹介します。
我來簡潔扼要地介紹一下昨天的談話內容。

□ ようやく完成した。
終於完成了。
▶
リハビリの結果、ようやく自力で歩けるようになった。
經過一番復健，終於能夠靠自己的力量行走了。

□ 要領を得る。
很得要領。
▶
あの男は役人上がりだから、真面目な反面、要領はよくない。
那個男人曾經擔任公職，儘管做事認真，但卻缺乏要領。

□ ヨーロッパへ行く。
去歐洲。
▶
アメリカの旅行者の間ではヨーロッパ大陸が人気だが、メキシコ、カナダ、日本も訪れたい国となっていることも分かった。
根據調查結果，美國遊客很喜歡去歐洲大陸，還有墨西哥、加拿大以及日本也是他們想造訪的國家。

□ 予期せぬ出来事が次々と起こった。
意料之外的事件接二連三地發生。
▶
予期に反して売り上げは倍増し、飛ぶように売れた。嬉しいですね。
銷量出乎意料地倍增，商品狂銷熱賣。真是太高興了！

ようちえん ～ よき｜よ

509

Check 1　必考單字	高低重音	詞性、類義詞與對義詞
2718 □□□ よく ば 欲張り	よくばり	名·形動 貪婪，貪得無厭（的人）（或 唸：よくばり） 類 貪婪 貪婪
2719 □□□ よく ば 欲張る	よくばる	自五 貪婪，貪心，貪得無厭 類 荒稼ぎ 不擇手段的賺錢
2720 □□□ よ けい 余計	よけい	形動·副 多餘的，無用的，用不著的； 過多的；更多，格外，更加，越發 類 おせっかい 多管閒事
2721 □□□ よこ が 横書き	よこがき	名 橫寫 類 縦書き 豎寫
2722 □□□ よこ ぎ 横切る	よこぎる	他五 橫越，橫跨 類 通り抜ける 穿過
2723 □□□ よこなが 横長	よこなが	名·形動 長方形的，橫寬的 類 縦長 縱向比橫向長的（物體）
2724 □□□ ⊙T2-77 よ さん 予算	よさん	名 預算 類 推算 推算
2725 □□□ よ 止す	よす	他五 停止，做罷；戒掉；辭掉 類 取りやめる 取消
2726 □□□ よ そ 他所	よそ	名 別處，他處；遠方；別的，他的； 不顧，無視，漠不關心（或唸：よそ） 類 余所 別的地方
2727 □□□ よ そく 予測	よそく	名·他サ 預測，預料 類 予期 預期
2728 □□□ よ かど 四つ角	よつかど	名 十字路口；四個犄角 類 曲がり角 街道轉角

□ 欲張りな人に悩まされている。 因貪得無厭的人而感到頭痛。 ▶	残ったお菓子まで持って帰るなんて、欲張りな人たちだなあ。 連剩餘的餅乾都要帶回去，那些人還真貪心呀！
□ 欲張って食べ過ぎる。 貪心結果吃太多了。 ▶	妹は欲張ってケーキを3個も食べ、お腹をこわしてしまった。 妹妹貪心地吃了整整3塊蛋糕，結果鬧肚子了。
□ 余計な事をするな。 別多管閒事。 ▶	一人でちゃんと帰れるから、余計な心配はしなくていいよ。 我可以自己回家沒問題，真的用不著擔心。
□ 横書きの雑誌を作っている。 編製橫寫編排的雜誌。 ▶	文章を横書きにするときは、アラビア数字で記述することが多い。 橫寫的文章書寫時大多使用阿拉伯數字。
□ 通りを横切る。 穿越馬路。 ▶	道路を横切る時は、信号機や横断歩道のあるところで横断しましょう。 過馬路的時候，要走在有紅綠燈和斑馬線的地方喔！
□ 横長の鞄を背負っている。 背著橫長的包包。 ▶	横長のテーブルに掛ける白いテーブルクロスを探している。 我正在找適用於長方形桌子的白色桌布。
□ 予算を立てる。 訂立預算。 ▶	県議会は来年度の予算について、満場一致で議決した。 縣議會一致通過了明年度預算的決議案。
□ 行くのは止そう。 不要去了吧。 ▶	少し落ち着きなさい。そんなに興奮するのはよしなさい。 你先冷靜下來，不要那麼激動。
□ よそを向く。 看別的地方。 ▶	注射が苦手な私は、注射されるところを見たくないので、いつもよそを向いていた。 我很怕打針，不敢看針頭扎進去的那一瞬間，所以總是把頭別向另一邊。
□ 予測がつく。 可以預料。 ▶	「未来を予測するスキル」は訓練で高められる。 藉由訓練能提升「預知未來的技能」。
□ 四つ角に交番がある。 十字路口有派出所。 ▶	その四つ角を左へ曲がるとすぐ喫茶店が見えます。 在那個十字路口左轉就會看到咖啡廳了。

よくばり～よっかど｜よ

Check 1 必考單字	高低重音	詞性、類義詞與對義詞
2729 ☐☐☐ ヨット	ヨット	名 遊艇，快艇 類 帆船 帆船
2730 ☐☐☐ 酔っ払い	よっぱらい	名 醉鬼，喝醉酒的人 類 酔い 醉意
2731 ☐☐☐ 夜中	よなか	名 半夜，深夜，午夜 類 深夜 三更半夜
2732 ☐☐☐ 予備	よび	名 預備，準備 類 用意 準備
2733 ☐☐☐ 呼び掛ける	よびかける	他下一 招呼，呼喚；號召，呼籲 類 働きかける 推動
2734 ☐☐☐ 呼び出す	よびだす	他五 喚出，叫出；叫來，喚來，邀請；傳訊 類 引き寄せる 拉到身邊
2735 ☐☐☐ 余分	よぶん	名・形動 剩餘，多餘的；超量的，額外的 類 余り 剩餘
2736 ☐☐☐ 予報	よほう	名・他サ 預報 類 予測 預測
2737 ☐☐☐ 読み	よみ	名 唸，讀；訓讀；判斷，盤算；理解 類 閲読 閲讀
2738 ☐☐☐ 蘇る	よみがえる	自五 甦醒，復活；復興，復甦，回復；重新想起 類 蘇生する 死而復生
2739 ☐☐☐ 嫁	よめ	名 兒媳婦，妻，新娘 類 連れ添い 結婚一起過生活

□ ヨットに乗る。
乗遊艇。

▶ あのヨットに乗って以来、ヨットに乗ることにすっかり夢中になっている。
自從搭過那艘遊艇後，我便完全沉迷於其中了。

□ 酔っぱらい運転をするな。
請勿酒醉駕駛。

▶ 昨夜、店の前で酔っ払いに絡まれて殴られた。
昨天夜裡在店門口被醉漢糾纏，遭到對方的毆打。

□ 夜中まで起きている。
直到半夜都還醒著。

▶ 夜中に楽器を弾くのは非常識だと思います。しかたなく僕は耳栓をするようになりました。
只有沒常識的人才會在三更半夜彈奏樂器！我逼不得已，只好戴耳塞了。

□ 予備の電池を買う。
買預備電池。

▶ 万が一のために予備のお金を持ち歩く人は意外と多いようです。
隨身攜帶備用現金以防萬一的人比想像來得多。

□ 人に呼びかける。
呼喚他人。

▶ 街頭で、地震被災者を助ける募金を呼び掛けている。
目前正在街頭為震災受害者勸募捐款。

□ 電話で呼び出す。
用電話叫人來。

▶ 昨晩彼を電話で呼び出して、二人きりでバーに行きました。
昨晚我打電話找他出來，和他單獨去了酒吧。

□ 人より余分に働く。
比別人格外辛勤。

▶ このタレはサッパリと肉にマッチして、絶品だったため、つい余分に肉を注文した。
這種清爽的醬汁很適合用來蘸肉，簡直是天生絕配，不由得點了更多肉。

□ 予報が当たる。
預報說中。

▶ 天気予報によると、来週も晴天が続くでしょう。
根據氣象預報表示，下週天氣將持續晴朗。

□ この字の読みがわからない。
不知道這個字的讀法。

▶ 2014年男の子の名前の読み方ランキングで、「はると」は6年連続でトップになった。
2014年度男寶寶命名讀音的排行榜，「はると」已經連續6年衛冕冠軍寶座了。

□ 記憶が蘇る。
重新憶起。

▶ 今回の再演を機に読み返してみたら、戯曲を書き始めたばかりの頃のことがよみがえってきました。
利用此次重新上演的機會再度溫習了一遍，剛開始寫劇本的那段記憶頓時在腦中甦醒了。

□ 嫁にいく。
嫁人。

▶ 父は生前、母について「僕にはもったいない女性。いい嫁をもらって安心した」と話していたという。
聽說家父在世時曾經這樣談到家母，「我配不上她。能討到一個好老婆真是福氣。」

ヨット～よめ｜よ

513

2740 □□□ よ ゆう 余裕	よ｜ゆう	图 富餘，剩餘；寬裕，充裕 類 遊び 餘裕
2741 □□□ より	よ｜り	副 更，更加 類 なお 更
2742 □□□ ◎ T2-78 よ 因る	よ｜る	自五 由於，因為；任憑，取決於；依靠，依賴；按照，根據 類 引き起こす 引起
2743 □□□ らい 来	らい	連體（時間）下個，下一個 類 明 下一個
2744 □□□ らいにち 来日	ら｜いにち	图·自サ（外國人）來日本，到日本來 類 日本訪問 訪問日本
2745 □□□ らくてんてき 楽天的	ら｜くてんてき	形動 樂觀的 類 楽観的 樂觀的
2746 □□□ らくらい 落雷	ら｜くらい	图·自サ 打雷，雷擊 類 霹靂 霹靂雷鳴
2747 □□□ ら せん 螺旋	ら｜せん	图 螺旋狀物；螺旋 類 螺状 螺旋狀
2748 □□□ らん 欄	ら｜ん	图·漢造（表格等）欄目；欄杆；（書籍、刊物、版報等的）專欄 類 枠 框
2749 □□□ ランニング	ラ｜ンニング	图 賽跑，跑步 類 トレーニング 肌肉鍛錬
2750 □□□ リード	リ｜ード	图·自他サ 領導，帶領；（比賽）領先，贏；（新聞報導文章的）內容提要 類 優位 優勢

□ 余裕がある。
綽綽有餘。

▶ 頭の中は既に飽和状態で、新しい公式を覚える余裕などない。
我的大腦已經呈現飽和狀態，再也沒有多餘的空間容納新公式了。

□ より深く理解する。
更加深入地理解。

▶ こっそりお教えします。実年齢より若々しく見える秘訣！
我會偷偷教您幾招祕訣──如何讓外表看起來比實際年齡更年輕！

□ 不注意によって怪我する。
由於疏忽受傷。

▶ 医師は、「これは寝過ぎによる腰痛です」という診断をした。
醫師下的診斷是：這是睡太久造成的腰痛。

□ 来年3月に卒業する。
明年3月畢業。

▶ 来月の末、私たちは駅前にラーメン屋を開店する予定だ。
下個月月底，我們在車站前的拉麵店即將開幕。

□ 米大統領が来日する。
美國總統來訪日本。

▶ 要人の来日に備え、警察は万全の警備態勢だ。
為因應重要人士訪日，警方已有萬全的維安戒備。

□ 楽天的な性格が裏目に出る。
因樂天的性格而起反效果。

▶ 楽天的な息子は、1年後の就職活動について、まだ何も考えていないらしい。
對於一年後即將面臨的求職生涯，我那個天性樂觀的兒子似乎還沒有任何計畫。

□ 落雷で火事になる。
打雷引起火災。

▶ かつてはここに鳥居があったが、落雷で焼失してしまった。
過去這裡曾有一座神社的牌坊，但遭雷擊燒毀了。

□ 螺旋階段が登りにくい。
螺旋梯難以攀登。

▶ 螺旋階段を登ると、大きなガラス窓に囲まれた明るいダイニングが広がる。
沿著螺旋梯爬到上面，眼前出現的是大片玻璃窗環繞的寬敞明亮的餐廳。

□ 欄に記入する。
寫入欄內。

▶ 母は新聞の家庭欄はよく読むが、経済欄はあまり読まない。
媽媽常看報紙的家庭專欄，但對經濟專欄鮮少過目。

□ 公園でランニングする。
在公園跑步。

▶ ランニングをしたら、足に筋肉がついて、体重が増えた。
開始慢跑後，雙腿肌肉量增加，體重也隨之加重了。

□ 人をリードする。
帶領人。

▶ 日本が世界をリードしていた薄型テレビがなぜ韓国勢に大きなリードを許したのかを考えてみたい。
我想探討為何原本由日本高居世界領導地位的薄型電視，如今卻被韓國大幅超越了。

ら行

Check 1 必考單字	高低重音	詞性、類義詞與對義詞

2751 □□□
り えき
利益
▶ りえき ▶
名 利益，好處；利潤，盈利
類 営利 營利 えいり

2752 □□□
り がい
利害
▶ りがい ▶
名 利害，得失，利弊，損益
類 得失 得失 とくしつ

2753 □□□
りく
陸
▶ りく ▶
名・漢造 陸地，旱地；陸軍的通稱
類 大陸 巨大的陸塊 たいりく

2754 □□□
り こう
利口
▶ りこう ▶
名・形動 聰明，伶利機靈；巧妙，周到，能言善道
類 英明 英明 えいめい

2755 □□□
り こ しゅ ぎ
利己主義
▶ りこしゅぎ ▶
名 利己主義
類 自己中心 以自我為中心 じ こ ちゅうしん

2756 □□□
リズム
▶ リズム ▶
名 節奏，旋律，格調，格律
類 節奏 節奏 せっそう

2757 □□□
り そう
理想
▶ りそう ▶
名 理想
類 夢想 夢想 む そう

2758 □□□
りつ
率
▶ りつ ▶
名 率，比率，成數；有力或報酬等的程度
類 比率 比率 ひりつ

2759 □□□
リットル
▶ リットル ▶
名 升，公升
類 単位 單位 たんい

2760 □□□ 🔊 T2-79
りゃく
略する
▶ りゃくする ▶
他サ 簡略；省略，略去；攻佔，奪取
類 省略 省略 しょうりゃく

2761 □□□
りゅう
流
▶ りゅう ▶
名・接尾（表特有的方式、派系）流，流派
類 派 派別 は

□ 利益になる。
有利潤。

▶ 利益を目的とする行為は、この会の趣旨に反する。
以獲益為目的的行為違背本會的宗旨。

□ 利害が相反する。
與利益相反。

▶ 双方の利害が一致しないんだ、合意に達するわけがない。
雙方利益並不一致，哪裡可能達成共識！

□ 陸が見える。
看見陸地。

▶ 陸に揚げられた荷物は、大型トラックで東京まで運ばれる。
靠港卸下的貨物由大卡車一路運到東京。

□ 利口な子が揃った。
齊聚了一群機靈的小孩。

▶ ビーグル犬は、利口で、子どもたちとも上手に遊ぶことのできる性格の良い犬だ。
米格魯是一種聰明伶俐、甚至可以是孩子們最佳玩伴的性格溫馴的狗。

□ 利己主義はよくない。
利己主義是不好的。

▶ 彼はただの利己主義者でしかありません。
他只是一個利己主義者。

□ リズムを取る。
打節拍。

▶ これは軽快なリズム感が作り出され、踊りだしたくなるような曲です。
這是一首帶出輕快的節奏感、讓人忍不住想舞動的曲子。

□ 理想を抱く。
懷抱理想。

▶ 理想は理想として、今は君の実力に即した仕事を考えたほうがいい。
理想歸理想，建議你還是找個以目前的實力能夠勝任的工作比較實際。

□ 能率を上げる。
提高效率。

▶ この問題が出てきた時を境に大統領支持率はガクンと落ちた。
自從有人提出這項質疑的那一刻起，總統的支持率便急遽下滑。

□ 1リットルの牛乳が
スーパーで並んでいる。
一公升的牛奶擺在超市裡。

▶ きれいの秘訣は？と聞くと「1日2リットル水を飲むことです」と美容で有名な芸能人は口をそろえていう。
請問您維持美麗的祕訣是什麼？每天喝兩公升水──凡是擅於保養的藝人無不異口同聲地這樣回答。

□ マクドナルドを略してマック。
麥當勞簡稱麥克。

▶ 「コンビニエンスストア」を略して、「コンビニ」という。
將「超級商店」簡稱為「超商」。

□ 一流企業に就職する。
在一流企業上班。

▶ 茶道には流派があって、流派によって作法もそれぞれ違う。
茶道有所謂的流派，不同流派的禮法也各有差異。

りえき～りゅう

り

Check 1　必考單字	高低重音	詞性、類義詞與對義詞

2762 ☐☐☐
りゅういき
流域
▶ りゅういき ▶
- 名 流域
- 類 海域　海域

2763 ☐☐☐
りょう
両
▶ りょう ▶
- 漢造 雙，兩
- 類 複　複數

2764 ☐☐☐
りょう
量
▶ りょう ▶
- 名・漢造 數量，份量，重量；推量；器量
- 類 数　數目

2765 ☐☐☐
りょう
寮
▶ りょう ▶
- 名・漢造 宿舍（狹指學生、公司宿舍）；茶室；別墅
- 類 寓　暫時的住所

2766 ☐☐☐
りょうきん
料金
▶ りょうきん ▶
- 名 費用，使用費，手續費
- 類 代金　款項

2767 ☐☐☐
りょう じ
領事
▶ りょうじ ▶
- 名 領事
- 類 参事官　管轄立法機關及各省廳之事務的職位

2768 ☐☐☐
りょうしゅう
領収
▶ りょうしゅう ▶
- 名・他サ 收到
- 類 レシート　收據

2769 ☐☐☐
りょうたん
両端
▶ りょうたん ▶
- 名 兩端
- 類 両辺　圖形的兩個邊

2770 ☐☐☐
りょうめん
両面
▶ りょうめん ▶
- 名 （表裡或內外）兩面；兩個方面
- 類 多面　許多方面

2771 ☐☐☐
りょくおうしょく
緑黄色
▶ りょくおう
しょく ▶
- 名 黃綠色
- 類 緑黄色野菜　黃綠色蔬菜

2772 ☐☐☐
りん じ
臨時
▶ りんじ ▶
- 名 臨時，暫時，特別
- 類 不意　突然

□ 長江流域が水稲の
生産地である。
長江流域是生產水稻的
中心區域。

▶ メコン川の流域に広がる森には、絶滅の恐れのある動
物たちも多く生息している。
屬於湄公河流域的森林裡棲息著許多瀕危動物。

□ 両者の合意が必要
だ。
需要雙方的同意。

コスト削減のため、両面に印刷して紙の使用を抑えな
さい。
為了降低成本請用雙面印刷，以減少紙張用量！

□ 量をはかる。
測數量。

▶ 父は健康診断で医師に注意されたので、酒量を減らし
ている。
爸爸做完健康檢查後醫師給了忠告，因此正在努力少喝點酒。

□ 寮生活をする。
過著宿舍生活。

▶ 社会人になったばかりの頃、僕は会社の寮で生活した
ことがある。
我剛成為社會新鮮人的時候，曾經住過公司的宿舍。

□ 料金がかかる。
收費。

▶ 通話料金はひと月 30 時間まで無料になります。
通話費包含每個月享有30小時的免費通話。

□ 日本領事が発行す
る。
日本領事所發行。

▶ ヨルダン領事が来訪する。
約旦的領事將前來拜訪。

□ 代金を領収する。
收取費用。

▶ 下記、ご利用料金を口座振替により領収いたしました。
以下款項已從您的帳戶轉出。

□ ケーブルの両端に
挿入する。
插入電線兩端。

▶ エスカレーターは駅の両端にある。
自動手扶梯位於車站的兩頭。

□ 物事を両面から見
る。
從正反兩面來看事情。

▶ どんな物事にも両面があるものだ。
凡事都有一體兩面。

□ 緑黄色野菜を毎日
十分取っている。
每天充分攝取黃綠色蔬
菜。

▶ ここの温泉は空気に触れると緑黄色になる。
這裡的溫泉一旦接觸到空氣就會變成黃綠色。

□ 臨時に雇われる。
臨時雇用。

▶ 本日誠に勝手ながら、社員研修のため、臨時休業致し
ます。
今日因員工教育訓練公休一天，敬請見諒。

りゅういき〜りんじ
り

Check 1 必考單字	高低重音	詞性、類義詞與對義詞

2773 □□□
れいせい
冷静 ► れいせい ► 名・形動 冷靜，鎮靜，沉著，清醒
類 沈着 沉著

2774 □□□
れいてん
零点 ► れいてん ► 名 零分；毫無價值，不夠格；零度，冰點（或唸：れいてん）
類 無得点 零分

2775 □□□
れいとう
冷凍 ► れいとう ► 名・他サ 冷凍
類 凍結 結凍

2776 □□□
れいとうしょくひん
冷凍食品 ► れいとうしょくひん ► 名 冷凍食品
類 保存食 容易保存的乾燥食品

2777 □□□
レクリエーション ► レクリエーション ► 名（身心）休養；娛樂，消遣
類 娯楽 娛樂

2778 □□□ T2-80
レジャー ► レジャー ► 名 空閒，閒暇，休閒時間；休閒時間的娛樂
類 観光 觀光

2779 □□□
れっとう
列島 ► れっとう ► 名（地）列島，群島
類 離島 離島

2780 □□□
れんが
煉瓦 ► れんが ► 名 磚，紅磚
類 焼き物 陶、瓷器

2781 □□□
れんごう
連合 ► れんごう ► 名・他サ・自サ 聯合，團結；（心）聯想
類 合併 合併

2782 □□□
レンズ ► レンズ ► 名（理）透鏡，凹凸鏡片；照相機的鏡頭
類 虫眼鏡 放大鏡

2783 □□□
れんそう
連想 ► れんそう ► 名・他サ 聯想
類 思量 考慮

□ 冷静を保つ。
保持冷靜。

▶ 火災が発生した時は、慌てず冷静に行動してください。
發生火災的時候千萬不能慌張，請保持冷靜採取行動。

□ 零点を取る。
得到零分。

▶ ママに見つからないよう零点のテストを隠しましょう。
把零分的考卷藏起來，別讓媽媽發現囉。

□ 肉を冷凍する。
將肉冷凍。

▶ これは「急速冷凍」素早く凍らせることで、お肉の鮮度を保つことができるから、おいしいのよ。
這是運用「急速冷凍」技術透過快速冷凍來保持肉品的鮮度，很好吃喔！

□ 冷凍食品は便利だ。
冷凍食品很方便。

このスーパーは下ごしらえの手間を省いて保存もきく「冷凍食品」が充実している。
在這家超市裡，能省下備料的功夫又利於保存的冷凍食品款項齊全。

□ レクリエーションの施設が整っている。
休閒設施完善。

介護レクリエーションに必要な能力を確実に習得したいと思います。
我希望能確實學得看護娛樂必備的能力。

□ レジャーを楽しむ。
享受休閒時光。

▶ オリンピックの勢いで、今後も更なるレジャー業界の発展と活躍が見込まれるでしょう。
休閒產業搭上這波奧運熱潮，今後可望進一步發展與普及。

□ 日本列島を横断する。
横越日本列島。

▶ もうすぐ桜が満開です。日本列島が一番美しい季節です。
再過不久櫻花即將盛開。這是日本列島最美麗的季節。

□ 煉瓦を積む。
砌磚。

子どもに焼きたてのピザを食べさせたいため、耐火煉瓦を積んでピザ窯をつくった。
我想讓孩子嚐到剛出爐的披薩，於是用耐火磚砌了一個披薩窯。

□ 国際連合を批判する。
批評聯合國。

▶ 野党であった自由党、労働党が連合して進歩党を結成した。
在野黨的自由黨及勞動黨聯合起來，組成了進步黨。

□ レンズを磨く。
磨鏡片。

▶ この前、めがねのレンズが割れてしまい、交換に行きました。
前陣子我眼鏡鏡片壞了，去換了新的。

□ 雲を見て羊を連想する。
看見雲朵就聯想到綿羊。

▶ 春といえば桜を連想する方も多いのではないのでしょうか。
說到春天，想必許多人都會聯想到櫻花吧！

れいせい～れんそう｜れ

Check 1 必考單字	高低重音	詞性、類義詞與對義詞

2784 ☐☐☐
ろうそく
蝋燭
▶ ろうそく ▶
名 蝋燭
類 燭台 燭台

2785 ☐☐☐
ろうどう
労働
▶ ろうどう ▶
名・自サ 勞動，體力勞動，工作；（經）勞動力
類 稼働 勞動

2786 ☐☐☐
ロビー
▶ ロビー ▶
名（飯店、電影院等人潮出入頻繁的建築物的）大廳，門廳；接待室，休息室，走廊
類 控え室 等候、休息室

2787 ☐☐☐
ろんそう
論争
▶ ろんそう ▶
名・自サ 爭論，爭辯，論戰
類 激論 口角

2788 ☐☐☐
ろんぶん
論文
▶ ろんぶん ▶
名 論文；學術論文
類 手記 親手寫的紀錄

2789 ☐☐☐
わ
和
▶ わ ▶
名 和，人和；停止戰爭，和好
類 団結 團結

2790 ☐☐☐
わ
輪
▶ わ ▶
名 圈，環，箍；環節；車輪
類 環 環

2791 ☐☐☐
わ えい
和英
▶ わえい ▶
名 日本和英國；日語和英語；日英辭典的簡稱
類 漢和 中文和日文

2792 ☐☐☐
わか ば
若葉
▶ わかば ▶
名 嫩葉、新葉
類 青葉 新葉

2793 ☐☐☐
わかわか
若々しい
▶ わかわかしい ▶
形 年輕有朝氣的，年輕輕的，富有朝氣的
類 みずみずしい 新鮮，水潤

2794 ☐☐☐
わき
脇
▶ わき ▶
名 腋下，夾肢窩；（衣服的）旁側；旁邊，附近，身旁；旁處，別的地方；（演員）配角
類 そば 旁邊

□ 蠟燭を吹き消す。
吹滅蠟燭。
▶ ふぅー！とろうそくを消して願い事をしました。
「呼——！」的吹息蠟燭，許下了心願。

□ 労働を強制する。
強制勞動。
▶ 今は仕事と両立して安心して子どもを育てられる労働環境の確保が求められている。
現在社會要求勞方必須提供員工可以兼顧工作與安心養育小孩的職場環境。

□ ホテルのロビーで待ち合わせる。
在飯店的大廳碰面。
▶ ホテルのロビーには金色のバラが美しく咲いていて、華やかなディテールへのこだわりが感じられます。
飯店大廳綻放著豔麗的金色玫瑰，以及華美繁複的細節。

□ 論争が起こる。
引起爭論。
▶ 彼の理論が真実であることは論争の余地がない。
毫無疑問，他的理論是對的。

□ 論文を提出する。
提出論文。
▶ ミサイル防衛システムの開発と製造に関する論文を読む。
閱讀導彈防衛系統之研發暨製造的相關論文。

□ 和を保つ。
保持和諧。
▶ 夫婦間の和を重んじることが、夫婦円満の秘訣なのかもしれません。
維持夫妻關係的融洽，或許就是維繫美好婚姻的祕訣。

□ 輪を描く。
圍成圈子。
▶ 毎年恒例の盆踊り！皆で輪になって踊る盆踊りはとっても楽しいです。
一年一度的盂蘭盆節舞蹈又來囉！大家圍成一圈跳著盂蘭盆舞，歡樂無比。

□ 和英辞典で調べた。
查日英辭典。
▶ 和英辞典を引くにはコツがいる。
查詢日英辭典是有訣竅的。

□ 若葉が萌える。
長出新葉。
▶ 4月も終わり、若葉の季節に移る。
4月已過，新葉的季節開始了。

□ 色つやが若々しい。
色澤鮮艷。
▶ 選手たちの若々しく力あふれる入場行進に感動した。
選手們朝氣蓬勃而活力洋溢的進場感動了我。

□ 脇に抱える。
夾在腋下。
▶ 猫背の人は脇の筋肉が硬くなって、痛みが出やすくなるんです。
駝背的人腋下肌肉相對容易僵硬並引起疼痛。

ろうそく〜わき｜わ

わ
行

Check 1　必考單字	高低重音	詞性、類義詞與對義詞
2795 □□□ わ 湧く	わく	自五 湧出；產生（某種感情）；大量湧現 類 湧き出す 湧出
2796 □□□ ⊙ T2-81 わざ 態と	わざと	副 故意，有意，存心；特意地，有意識地 類 あえて 硬是，敢
2797 □□□ わず 僅か	わずか	副・形動（數量、程度、價值、時間等）很少，僅僅；一點也（後加否定） 類 ちょいと 稍微
2798 □□□ わた 綿	わた	名（植）棉；棉花；柳絮；絲棉 類 ウール 羊毛
2799 □□□ わ だい 話題	わだい	名 話題，談話的主題、材料；引起爭論的人事物 類 議題 議題
2800 □□□ わ 詫びる	わびる	自五 道歉，賠不是，謝罪（或唸：わびる） 類 謝罪する 道歉賠罪
2801 □□□ わ ふく 和服	わふく	名 日本和服，和服 類 呉服 和服的衣料
2802 □□□ わり わり 割と・割に	わりと・ わりに	副 比較；分外，格外，出乎意料 類 思いがけず 意外的
2803 □□□ わりびき 割引	わりびき	名・他サ（價錢）打折扣，減價；（對說話內容）打折；票據兌現 類 特価 特價
2804 □□□ わ 割る	わる	他五 打，劈開；用除法計算 類 割り出す 除法計算出
2805 □□□ わるくち わるぐち 悪口・悪口	わるくち・ わるぐち	名 壞話，誹謗人的話；罵人 類 毒舌 毒舌

□ 清水が湧く。
清水泉湧。

▶ 温泉が湧いている所は人気があり、観光客が絶えない。
有天然湧泉的地方廣受眾人喜愛，造訪的觀光客絡繹不絕。

□ わざと意地悪を言う。
故意說話刁難。

▶ 妹とバドミントンをしたとき、私はわざと負けてやった。
和妹妹打羽毛球時，我故意輸給她了。

□ わずかにずれる。
稍稍偏離。

▶ 頑張ったが、合格点にはわずかに届かなかった。悔しかった。
我盡力了，可惜還差一點點就及格了。真懊惱！

□ 綿を入れる。
（往衣被裡）塞棉花。

▶ 北海道で綿のように真っ白な雪を眺めながら、雪見風呂を二人占めしちゃいましょう。
讓我們兩人獨享賞雪浴池，一起欣賞北海道如棉花般潔白的雪花吧。

□ 話題が変わる。
改變話題。

▶ 彼女の鋭い指摘にドキリとした彼は、話題をそらそうとした。
當時他被她尖銳的批評給嚇到了，並試圖轉移話題。

□ 心から詫びる。
由衷地道歉。

▶ 「いらいらして周りに怒鳴りつけてすみません」と彼はみんなに詫びた。
「對不起，我因為心煩氣躁而朝大家大吼大叫了。」他向所有人如此賠罪。

□ 和服姿で現れる。
以和服打扮出場。

▶ 成人式に和服姿の女性たちが自撮りをしている。
在成人式上，穿著和服的女孩們對鏡自拍留影。

□ 柿が割に甘い。
柿子分外香甜。

▶ 期待してなかったんですが、値段が割と安かったので、いい意味で裏切られました。
原本不抱任何期待，沒想到價錢挺便宜的，像這種始料未及的驚喜多多益善。

□ 割引になる。
可以減價。

▶ あの商店では現在、商品を定価の2割引で売っているよ。
那家商店目前店內商品一律以定價8折販售喔。

□ 6を2で割る。
6除以2。

▶ 6人で食べた食事代を6で割って、割り勘にすることにした。
將6個人的餐費除以6，平均分攤。

□ 悪口を言う。
說壞話。

▶ ずっと前からネットで職場や同僚の悪口を言ってたら、ひどく怒られた。
當我被發現從很久以前就在網路上寫公司和同事的壞話後，挨了一頓臭罵。

わく～わるくち―わ

525

Check 1 必考單字	高低重音	詞性、類義詞與對義詞
2806 □□□ われわれ 我々	▸ わ<u>れわれ</u>	▸ 代（人稱代名詞）我們；（謙卑說法的） 我；每個人 類 われら 我們
2807 □□□ ワンピース	▸ ワ<u>ンピー</u>ス	▸ 名 連身裙，洋裝 類 普段着 便服 ふだんぎ

MEMO

▸

▸

▸

▸

▸

▸

▸

▸

▸

▸

▸

▸

▸

▸

□ 我々の仲間を紹介
致します。
我來介紹我們的夥伴。

▶ 我々は力の限り戦い、優勝候補のチームに1点差で
勝った。
我們竭盡全力奮戰，以一分之差險勝了奪冠軍相的對手隊。

□ ワンピースを着る。
穿洋裝。

▶ 黒いワンピースに真珠のネックレスが光っていた。
搭在黑色洋裝上的珍珠項鏈散發出了晶瑩的光澤。

▶ _____

▶ _____

▶ _____

▶ _____

▶ _____

▶ _____

▶ _____

▶ _____

▶ _____

▶ _____

▶ _____

▶ _____

▶ _____

われわれ ～ ワンピース｜わ

527

絕對合格 36

新制日檢 N2 必背必出聽力 (25K)

———— MP3 + 朗讀 QR Code

發行人	林德勝
著者	吉松由美・田中陽子・西村惠子 山田社日檢題庫小組
出版發行	山田社文化事業有限公司 地址　臺北市大安區安和路一段112巷17號7樓 電話　02-2755-7622　02-2755-7628 傳真　02-2700-1887
郵政劃撥	19867160號　大原文化事業有限公司
總經銷	聯合發行股份有限公司 地址　新北市新店區寶橋路235巷6弄6號2樓 電話　02-2917-8022 傳真　02-2915-6275
印刷	上鎰數位科技印刷有限公司
法律顧問	林長振法律事務所　林長振律師
定價	新台幣479元
初版	2022年 03 月

© ISBN : 978-986-246-658-2
2022, Shan Tian She Culture Co. , Ltd.

朗讀QR Code

CD1▼　　　CD2▼